es 1825
edition suhrkamp
Neue Folge Band 825

»Immer deutlicher zeichnet sich ja ab, daß Johnson – der Autor der ›Jahrestage‹-Tetralogie – neben, wenn nicht vor Grass und Böll als umfassender, hellsichtiger, unbestechlicher Chronist des gesamtdeutschen Schicksals begriffen werden muß. Als Schriftsteller von weltliterarischem Rang« – so urteilte Joachim Kaiser in der *Süddeutschen Zeitung* im Jahre 1992. In dem Kulminationspunkt seines Schaffens, in den knapp zweitausendseitigen *Jahrestagen*, erzählt der »Genosse Schriftsteller«, beginnend mit dem 20. August 1967, in tagtäglichen Eintragungen bis zum 20. August 1968 das Leben von Gesine Cresspahl und ihrer zehn Jahre alten Tochter Marie. Beide leben nun in New York. Von dem Leben in dieser amerikanischen Großstadt berichten die *Jahrestage*, und zugleich erzählt Gesine ihrer Tochter, »für wenn ich tot bin«, die Geschichte der Familie Cresspahl, so wie diese lebte im Mecklenburg der dreißiger Jahre, während der Herrschaft der Nationalsozialisten, in der sich anschließenden sowjetischen Besatzungszone und den ersten Jahren der DDR. Um »Jahrestage« handelt es sich also in der zweifachen Bedeutung des Wortes: Erzählt werden die einzelnen Tage in einem Jahr, das mit der Invasion der Truppen des Warschauer Pakts in die ČSSR endet, und zugleich besondere, erinnernswerte Tage im Erleben der heranwachsenden Mecklenburgerin. Das Besondere der Erzählweise Uwe Johnsons besteht nicht nur in dem lebhaften Panorama New Yorks und der Nachzeichnung der Einflüsse der unterschiedlichen Gesellschaftssysteme auf den einzelnen, sondern auch in der humor- und liebevollen Weise, in der Uwe Johnson uns seine Gestalten vor Augen führt.

Uwe Johnson, geb. am 20. Juli 1934 in Cammin (Pommern), starb am 23. Februar 1984 in Sheerness-on-Sea (Kent/England).

Uwe Johnson

Jahrestage

4

Aus dem Leben von Gesine Cresspahl

Suhrkamp

edition suhrkamp 1825
Neue Folge Band 825
Erste Auflage 1993

Druck: Nomos Verlagsgesellschaft, Baden-Baden
Umschlagentwurf: Willy Fleckhaus
Printed in Germany

4 5 6 7 – 05 04 03 02 01 00

Jahrestage

Juni 1968 - August 1968

20. Juni, 1968 Donnerstag

Aufgewacht von flachem Knallen im Park, Schüssen ähnlich. Unerschreckt stehen Leute an der Bushaltestelle gegenüber. Hinter ihnen spielen Kinder Krieg.

Unser Stand an der 96. Straße ist verhängt. Keine Zeitungen wegen Todesfalls. Der Alte hätte doch hinschreiben sollen, ob er selber der Tote ist. Auch die wöchentliche Ware ist zugedeckt mit verwittertem Plastiktuch. Die Kunden treten regelmäßig heran, stutzen erst wenige Schritte vor den grabähnlichen Packen, ziehen in verlegenem Bogen ab. Niemand versucht etwas zu stehlen. Wer dann immer noch Schlaf bei sich trägt, erwartet auf dem von Hand beschriebenen Karton: Geschlossen aus Anstand gegenüber . . . wem?

In der Unterführung der U-Bahn geht ein Junge mit Schädelkappe vorüber an einem Whisky-Plakat, da hat jemand gleich zweimal in Schönschrift aufgetragen: Fickt die jüdischen Säue. Der Junge hält den Kopf, als hätte er es übersehen.

Im Grand Central war noch eine New York *Times* übrig. Wetter teils sonnig, teils kühl. Behalten: das Foto des Heinz Adolf Bekkerle, früheren deutschen Gesandten in Bulgarien, angeklagt wegen Mithilfe bei der Deportation von 11 000 Juden ins Todeslager Treblinka im Jahr 1943. Weil er an Ischias leidet, liegt er auf einer Bahre, bürgerlich bekleidet zwischen Kopfkissen und Decken; sorgsam tragen zwei frankfurter Polizisten ihn die Treppe zum Gericht hinauf. Frankfurt am Main.

Manchmal gelingt das letzte Aufwachen an dem Wasserbrunnen vor dem Durchgang zum Graybar-Haus. Heute hängen da zwei Herren, beugen abwechselnd sich vor, nehmen den Kopf hoch wie die Hühner, betäuben ihre Alkoholschmerzen.

Der Bettler vor dem Ausgang hat heute einen roten Eimer für seinen Hund.

Etwa dreißig Leute können bezeugen, daß Mrs. Cresspahl um 8:55 ihr Büro betrat und den Dienst erst um 4:05 Uhr verließ!

In der nachgezogenen Mittagspause, um viertel fünf hat der Haarkünstler Boccaletti den einzigen Termin in der ganzen Woche für seine Mrs. Cresspahl gefunden. Im Wartezimmer sitzen

die anderen vom Abonnement, unter ihnen die beiden Damen, die es lieben, einander mit zärtlicher Besorgnis anzureden, befriedigt in der Gewißheit, daß die eine doch immer noch schlechter dran ist als die andere. Das hat sich schon auf der Flucht gezeigt, wissen Sie noch, in Marseille. Mrs. Cresspahl hätte gern noch mehr gehört von diesem Deutsch, aber Signor Boccaletti ruft sie eilends heran wie sonst nicht. Es geht ihm nicht um Zeitgewinn bis zur nächsten Kundin, er will klagen über den weiten weiten Weg bis Bari, wo es anders zugeht als hier. Zwei Hände voll Seifenschaum wirft er in die Luft, erst so kann er ausrufen: Signora, uccidere per due dollari? Ma!
(Giorgio Boccaletti, Madison Avenue, wird gebeten, in der Seufzerspalte der *Times* mitzuteilen – Diskretion zugesichert –: Von welchem Betrag an denn es sich lohnt.)
Verspätungen auf dem Expreßgleis der Westseite. Der Lautsprecher verspricht knurrend, mit jeder Wiederholung brummiger: Der Bummler hält an allen Schnellstationen, zu der verzerrten Stimme ist ein Mensch nicht zu denken, und da halten muß ein Lokalzug doch so wie so. Mitgekommen bin ich erst mit dem dritten Zug, in dem war zu wenig Luft zum Atmen.
Zehn Minuten stand ich vor einem Plakat mit der Aufforderung Support Our Servicemen. Darunter war ein S.O.S. in Morseschrift abgebildet, darunter ein Foto, auf dem ein weißer Soldat einem schwarzen eine Blutlösung eintropfen läßt. Unterstützt unsere Soldaten. Links, unter rotem Kreuz: Hilf uns helfen. Nach Amanda Williams' zuverlässigen Auskünften soll dies Plakat heimlich bedeuten: Die Amerikaner sind in äußerster Not in Viet Nam.
Dann drehten zwei Negerinnen sich in einer nahezu synchronen Bewegung um ihre Körperachse, bewegten ihre Nachbarn mit, so daß ich von dem Plakat abgewandt stehen konnte.
Auf dem Broadway taumelte ein vielleicht betrunkener Neger in einen Delikatessenladen und begrüßte den Inhaber mit einem Wort, das kann ich nicht. – Wenn Sie das nicht gern hören, können Sie ja verschwinden! schreit er. Er schwankt weiter zwischen den Vitrinen und hält eine Aufstandsrede, die versteht nun keiner mehr. Der Inhaber beobachtet den Feind, leicht gekrümmt, die Hände auf den Kassentisch gestützt, mit nicht ärgerlichem Blick unter den Brauen hervor.

Zu Hause hat Marie Blumen. Es waren einmal ein Dutzend Päonien, zu sechs Dollar. – Da war eine Puertorikanerin mit ihrem kleinen Kind, neun Jahre alt, das Mädchen wünschte auch solche, die Mutter sagte so oft: But they don't last, child! Aber sie halten sich nicht! Da hab ich vor der Tür auf das Mädchen gewartet und ihr sechs abgegeben. Gesine, bist du einverstanden? Talk to me! Sprich mit mir!
– Einverstanden, Marie. Warum überhaupt Blumen?
– Heute hat doch Karsch Geburtstag. Nehmen sie dir denn auch das Gedächtnis heraus in der Bank? Heute hat Karsch Geburtstag!
In der Post aus Europa beruft jemand sich auf Bekanntschaft mit Mrs. Cresspahl und will das schriftlich haben, zu einem Jubelfeste. Auf Bestellung.

21. Juni, 1968 Freitag

Gestern begannen von Amts wegen die Manöver der Sowjets, Ungarn, Ostdeutschen und Polen mit den Tschechoslowaken auf deren Boden. Nach Auskunft von Ivan I. Yakubowsky, Marschall der Sowjetunion, sind nur Kommandostäbe, Signal-, Transport- und Hilfstruppen beteiligt. Über die Dauer ist nichts gesagt.

– Marie, was benötigt man für öffentliche Wahlen?
– Gewählt haben sie auch noch in Mecklenburg? Konnten sie nicht nehmen, was da war?
– Wenn es denn einmal sein soll, Marie. Was nimmt man da.
– Parteien hattet ihr schon, erstens. Zweitens, die Leute in Parteien müssen Leute einladen, die nicht in den Parteien sind. Denen müssen sie etwas versprechen, entweder mehr oder was anderes als die anderen Parteien. Eine Partei, die nicht an der Macht ist, muß dazu ebenso eine Erlaubnis haben wie die Partei, die an der Macht ist. Weil die Parteien nicht alle Leute einladen können, die nicht in Parteien sind, müssen sie auf den Rest einreden mit Zeitungen, Flugzetteln, Plakaten. Wenn es endlich ans Wählen geht, brauchen sie drittens Schiedsrichter. Die kümmern sich nur um die Regeln, als da sind Freiwilligkeit, Geheimhaltung und ge-

naue Auszählung; die Parteien aber sind ihnen schnurz. Dann brauchst du noch Leute, die es nicht satt haben und überhaupt wählen wollen. Da weiß ich ein paar, die wollten sich gar nichts mehr aussuchen.

– Es waren aber die Grenzen zu seit dem 30. Juni 1946. Das hatten die Sowjets zwar zu eigenen Gunsten eingerichtet, jedoch im Kontrollrat mit den westlichen Alliierten zusammen. Auch nach deren Willen sollte einer in Mecklenburg bleiben, wenn er einmal da war, da bereit sein für die Forderung des täglichen Tags. Für den 15. September standen Gemeindewahlen im mecklenburgischen Kalender. Mine Köpcke hätte nicht einmal in einem Letzten Willen angeben können, was sie in der Hand hatte, es sei denn Duvenspecks weichen Hals; auch die sagte, dennoch: Warum sollen wir die Macht aus der Hand geben?

– Wer gewinnt, weiß ich. Das wird langweilig.

– Für den Wahlkampfleiter der S.E.D. im Landkreis Gneez war es nicht langweilig. Unheimlich war ihm. Oft in den Wochen vor der Wahl bekam er ein Gefühl, als stünde Einer hinter ihm, im Dunkeln. Er konnte nicht herausfinden, was es war. Die Sache lief für ihn und seine Freunde prächtig, er würde sagen: schnukkelig geht das! Er war kein Dummkopf, er hatte was gelernt aus den hessischen Gemeindewahlen vom Januar, als die S.P.D. achtmal soviel Stimmen bekam wie die eigene Partei; der Landkreis Gneez war einer der ersten, in dem die Sozialdemokraten ihre eigene Partei aufgaben und mit ihm in eine neue gingen, am Ende hatte auch der Zentralvorstand begreifen müssen und der von unten aufsteigenden Vereinigung gehorchen. Den Mund hatte er sich fusselig geredet! Was hatte er den Sozis nicht alles versprechen müssen: Sauberkeit bei Prozeduren der Geschäftsordnung, wonach die jieperten in einer unheimlichen Art; daß nicht jedes Wort von Lenin in deutsche Verhältnisse eingebaut würde; grundsätzlich den besonderen deutschen Weg, den demokratischen, wenn auch nur so lange, wie die kapitalistische Klasse den Boden der Demokratie nicht verläßt, dann leider revolutionär, was die Sozis für einen Gegensatz ansahen; alles versprochen, besiegelt mit Protokoll. Das kam ihm eher zupaß; er hielt es mit den Genossen von Kröpelin, die den Beschluß über die Vereinigung noch hatten unterzeichnen lassen vom Ersten wie dem Zweiten Bürgermeister und schließlich vom Chef der

Polizei. Lade hieß der. Kröpelin nannten sie die Schausterstadt. Oh, er lernte gewiß. So war er auf Sozialdemokraten gestoßen, die beriefen nur auf Befehl des sowjetischen Ortskommandanten eine gemeinsame Sitzung mit ihm ein. Manche begriffen erst, wenn ihnen vorsorglich der Rücktritt befohlen wurde. Oft jedoch waren es gesellige Abende gewesen, lustig geradezu; in seiner Sammlung hatte er Unterschriften, denen war der selige Schwung des Wodka erheiternd abzulesen. Mit solchen Hallodris war man nun in einer Partei, ihretwegen hatte man den Titel Deutsche Volkszeitung aufgegeben für ein »Neues Deutschland«, mehr als die Hälfte der Mitglieder stellten ehemalige Sozis in der Einheitspartei; zwar würden die für sie gedachten Stimmen nicht mehr auf sie allein fallen. Da war er beruhigt; warum denn hatte er ein flimmerndes Gefühl innen in den Handgelenken, wenn die Gemeindewahlen ihm bloß durch die Gedanken witschten und nicht einmal sich niederließen im Bewußtsein?

– Er fürchtete für seinen Namen, dieser Gerd Schumann.

– Das sollst du anders sagen, Marie. Das hörte er nicht gern. Gerd, es klang auf falsche Weise jungenhaft, kindlich geradezu; auch blieb von der einen Silbe fast nichts übrig, wenn das Dreifache J sie aussprach. Slata hatte von ihm, in seiner Gegenwart, zwar wie von einem Abwesenden, immerhin gesprochen als dem Genossen Gä-chatt. Von ihr hatte er sich angerufen gefühlt. Schumann, was war daran Merkliches? Zum Vergessen lud es ein, er selbst wohnte oft weit weg von so einem Fehlläufer von Namen. Da war »der Genosse Landrat« erträglicher, das erinnerte ihn wenigstens nur an das, was er zu tun hatte. (Wie hätte er sich gefreut über den Spitznamen »Rotkopf«, wäre der ihm nur zu Ohren gekommen!)

– Dein Genosse Landrat hatte vielleicht Angst, daß sie nicht ihn aussuchen würden!

– Deswegen wachst du auf in durchgeschwitztem Bettzeug? Im August? In einem so kühlen, dickwandigen Haus wie dem Hotel Stadt Hamburg, in einem Zimmer gegen den Westwind? Kann solche Sorge mitkommen in den Schlaf?

– Gesine, ich meinte ja nur. Für den Fall, daß die Wähler den Genossen Landrat und seine Partei ansehen für Angestellte der Sowjets.

– Das sag ihm bloß nicht. Da werden ihm die schweren Augen

groß, dunkel von andrängendem Blut; du hast viel mehr getan als ihn ein bißchen beleidigt. Gekränkt hast du ihn, wahrhaft aus dem Hinterhalt zugeschlagen, so sackt er zusammen in den Schultern. Muß dir leid tun, so ein hübscher Junge, die rötlich grauen Haare strubbelig im roten Gesicht, nun sind die harmlosen Lippen bitter verkniffen. Fast ohne Hoffnung, gelähmt fragt er dich, wer denn außer ihm und seiner Partei auf das Nationale achtet. Nein, daß jemand ihn, gerade ihn, für einen Handlanger ästimiert!

– Na entschuldige. Er ist bloß befreundet mit den Sowjets.

– Kannst du wohl sagen. Verbündet ist er mit ihnen. Weiß er. Dankbar ist er ihnen, und nämlich nicht in jener bürgerlichen Art, bei der allein das Materielle zählt. Gewiß, auch das tun sie für dich. Wenn du einen Wagen brauchst, die Kommandantur stellt ihn dir hin, mit Fahrer, Benzin soviel du brauchst, Gutscheine obendrein. Da kann Grimm lange warten, Christdemokrat als der er sich entlarvt hat; überhaupt kriegt der keinen Urlaub für Wahlreisen, der soll mal die Verwaltung des Landkreises in Ordnung bringen. Wenn dir eine bürgerliche Ortsgruppe in Alt Demwies nicht ganz hasenrein vorkommt, darfst du es freiweg sagen, schon wird sie bei der S.M.A. aus der Registrierung gestrichen. In Mecklenburg gab es 2404 Gemeinden, da wünschten die Liberalen 152 Ortsgruppen; sollten die doch froh sein über 65! 707 Ortsgruppen melden die Christdemokraten an; die können von Glück sagen, daß sie 237 durchkriegen! Deine Partei aber kommt überall hin, dein *Neues Deutschland* liegt in jedem Laden auf, die *Tägliche Rundschau* obendrein; nämlich in täglichen Ausgaben; sollen die Sowjets nun auch noch sich abplagen mit Dingern wie *Neue Zeit* oder *Der Morgen,* die ohnehin bloß zweimal in der Woche erscheinen? Anfangs bleibt dir die Spucke weg, wenn deine Partei 800 Tonnen Papier kriegt für die Werbung, während der C.D.U. und der L.D.P.D. zusammen bloß 9 Tonnen zugeteilt werden; dann siehst du es ein. Was haben die schon zu sagen. Was wissen die schon. Die richtigen Sachen müssen unter die Leute, du wirst die Freunde nicht enttäuschen; die Bürgerlichen rangeln noch mit den Ortskommandanten um Genehmigungen für Versammlungen oder Plakate, da bist du längst durch fünf Dörfer gerauscht. Du hast eben das Vertrauen der Freunde. Du brauchst deine Reden nicht zur Genehmigung vorzulegen, ohnehin sprichst du frei. Und wenn du liegen bleibst mit Motorschaden im tiefsten Wald an der Küste, wer kommt dich suchen mit dem Jeep und einem Wagen zur Reserve? die Rote Armee opfert Zeit und Mannschaften, damit du fast rechtzeitig zur nächsten Versammlung kommst in Beidendorf. Eben nur bei einem Kommunisten können die Freunde gewiß sein, daß er von Natur ein Feind der Faschisten ist auf den Tod; da war nichts zu besorgen, von daher konnte das Flattern nicht kommen, das ihm durchs Gehirn zog vor dem Einschlafen und manchmal die halbe Nacht.

– Wofür denn noch will er dankbar sein, Gesine? Es ist ja fast, als hülfe dir Rockefeller beim Wahlkampf!

– Für Erziehung im Denken, du. Die Rote Armee gibt ihm ja nicht nur mietfrei Quartier bei Alma Witte, läßt ihm Essen bringen aus der städtischen Gemeinschaftsverpflegung, schenkt ihm endlich eine Lederjacke, ein Paar Halbschäfter, wenn auch getragen. Sein leibliches Wohl genügt ihnen nicht, darauf wollte er zur Not verzichten, solange die Freunde nur darauf achten, daß dir der Kopf nicht stehen bleibt wie der Flunder das Maul, als es Zwölf schlug. Was haben sie ihn nicht alles gelehrt! Nimm nur das Wort Wahlkampf. Anfangs hat er das benutzt wie eines, das gibt es eben, darunter verstehen alle das Gleiche, es gehört keinem mehr als anderen, es ist bloß eine Beschreibung für deinen gegenwärtigen Parteiauftrag. Da läßt J. J. Jenudkidse dich aufs Rathaus rufen, mitten aus der Arbeit heraus, diese fünf Minuten wirst du nicht vergessen. Das Dreifache J sitzt mit vorgetäuschter Unnahbarkeit am blanken Schreibtisch, hinter sich ein Bildnis Goethes im Format hundert mal hundert, neben sich Frau Dr. Beese, die ihre Einkünfte mit Deutschunterricht im Rathaus aufbessert. Beide blicken dich stumm an, verschmitzt, als solltest du eine Überraschung erleben. Aber keiner schiebt die Lippen so spitzbübisch vor wie Jenudkidse, eine einzige Frage stellt er dir, ein Wort nur, ein deutsches, und ein für alle Male hast du deinen besonderen Besitz an den Wahlen begriffen, das Kämpferische, den Kampf, dazu die Feinde, ohne die es nicht geht; du hättest es gern Elise Bock erklärt, die legt dir gleichmütig die Unterschriftenmappe noch einmal vor und will deine Aufregung nicht begreifen. Eine halbe Woche lang kannst du es auf den Versammlungen kaum abwarten, bis der örtliche Bürgermeister dich vorgestellt hat als den Genossen vom Kreis und du endlich anfangen darfst zu reden! Tage lang kommst du nicht ins Amt, bist nur durch telefonischen Zufall erreichbar in den Dörfern rund um Gneez, zehn Auftritte am Tag sind dir einer zu wenig, noch in den elften gehst du hinein wie ein Boxer, und wo immer du aufwachst, findest du neben dir Zettel vollgekritzelt mit Einfällen, die hättest du noch besser bringen sollen! Dann denkst du, es ist Schuldbewußtsein.

– Rede mal so, Gesine.

– Die erste Ernte auf freiem Boden. Der Raubbau der Junkerherrschaft von den zwanziger Jahren bis zur Befreiung. 120000 Hektar mehr bestellt als 1945. Rote Armee stoppt Demontage der Neptunwerft in Rostock, schafft Arbeitsplätze durch Einrichtung einer S.A.G. Die Hansawerft Wismar erweitert um Gelände der Dornierwerke, mit Werftausrüstungen aus Szczecin. Nicht nur heute, seit jeher hat die Sowjetunion brüderlich geholfen. Der selbe sowjetische Eisbrecher Krassin, der im Sommer 1928 die Besatzung des gescheiterten Luftschiffes Italia aus dem Packeis bei Spitzbergen rettete, kämpfte im Winter 1929 vor Warnemünde eingefrorene Schiffe frei, darunter die Eisenbahnfähre nach Dänemark. Nicht aber um die Sowjets geht es, nicht um die Diktatur des Proletariats, nur um den Neuen Anfang, den Aufbau, im Bündnis mit allen antifaschistischen Kräften, auch den bürgerlichen, sofern sie ehrlich sind. Vernachlässigung der antifaschistischen Siegerpflicht durch die Engländer und Amerikaner, die Nazis in der Verwaltung, der Schutzpolizei, der Kripo, der Gendarmerie von Gneez beließen. Reinigung des Landes. Parlamentarische Demokratie, mit allen demokratischen Rechten und Freiheiten für das Volk, unter dem Schutz der Sowjetunion.

– S.A.G.

– Sowjetische Aktiengesellschaft.

– Nein, als Zwischenruf!

– Do as the Romans do. Bürgerliche Wirtschaftsform vorgefunden.

– Gleichberechtigung der Frau. Frauen kriegen weniger Tabak auf Karten zugeteilt!

– Spirituosen auch. Ach so. Für diesen Zweck trug der Genosse Landrat jeweils eine Packung mit zwei Zigaretten bei sich. Die warf er ungefähr in die Richtung der Ruferin, mit dem Aufschrei, es seien auch seine letzten! Erst eine massenhafte Beteiligung an der Wahl, ein Sieg der S.E.D., der Name allein schon, werde auch in dieser Frage. Sah niedlich aus, wenn er bedauernd die Schultern hob in der Lederjacke und lächelte, ein wenig mit Schmerz. Hatte auf seine letzten zwei Zigaretten verzichtet.

– War Nichtraucher.

– Ja. Bezog Zigaretten stangenweise in der Marketenderei der Roten Armee.

– Nun verlor er die Wahl.

– Nun verlor er. In den Gemeindewahlen am 15. September bekamen L.D.P.D. und C.D.U. fast 25 vom Hundert der abgegebenen Stimmen. Seine Partei aber, zusammen mit der befreundeten Bauernhilfe und den Frauenausschüssen, wurde bloß mit 66 vom Hundert gewählt. Er war recht niedergeschlagen, ging dem Dreifachen J aus dem Weg. Bloß den ersten Abend machte das Trinken erträglich. So eindringlich er sich vorstellte, daß es eben ein Kampf gewesen war, er hatte ihn nun einmal nicht mit Übermacht gewonnen. Mehr als ein Viertel der Leute in Mecklenburg vertraute ihm nicht. Überdies hatte er die Freunde enttäuscht. Jetzt glaubte er das Gefühl der letzten Wochen zu erkennen: Angst vor dem Versagen, Ahnung der Niederlage. Ältere wären erleichtert gewesen, wenigstens über sich Bescheid zu wissen; ihm mit seinen dreiundzwanzig Jahren war kaum zu helfen.

22. Juni, 1968 Sonnabend

In České Budějovice gibt es einen Bischof, der war sechzehn Jahre lang außer Dienst, nämlich seiner Diözese verwiesen, unter Hausarrest. Am vorigen Sonntag durfte er wieder in seiner Kathedrale St. Nikolaus die Messe zelebrieren, in Anwesenheit dreier Behördenvertreter, die sich überaus höflich verhielten. Am Dienstag schon rief die Polizei ihn an, wegen eines Mannes, der beim Geldzählen an einem offenen Eisenbahnfenster eine große Summe verloren hatte. Ob die Gesetzeshüter den Unglücklichen nicht mal rüberbringen könnten, damit er vom Bischof jene Tröstung erfahre, die einem Polizeirevier nicht gegeben sei?

Solche Bitte der Staatsmacht, die ihn (gleichfalls drei Mann hoch) im März 1952 deportierte, hält der Bischof von Böhmisch Budweis nun für das höchst herzerquickende Symbol seiner Zukunft in der Č.S.S.R.

Im zweiten Herbst nach dem Krieg hatte Cresspahls Tochter aufgehört, Herrn Pastor Brüshaver die Tageszeit zu bieten. Sie entschlug sich der Mühe, wenigstens zu tun, als hätte sie den geistlichen Würdenträger übersehen. Sie sah ihn wohl, wem fiel er nicht auf. Er war nicht mager vom letztjährigen Hunger, die Lager der Nazis schienen ihn am ganzen Leibe umgebaut zu haben in eine Fassung von zierlicher Dürftigkeit, die Hosen und Jacken von 1937 schlotterten auch von seinen vorsichtigen, fast steifen Bewegungen. Diese Gesine verzichtete noch darauf, Brüshaver den Gruß ausdrücklich zu verweigern; obendrein zeigte sie, daß sie ihn erkannte, wie man vorbeigeht an etwas Gewohntem, das ist nicht mehr zu brauchen. Wie Brüshaver früher ausgekommen war ohne Stolz und Strenge, versuchte er es eine Weile mit Nikken, als Ältester zuerst! Dann sah er das Kind nur noch an, ohne Vorwurf, ohne rätselnde Miene; dem Kind gelang es obendrein, in solchem Blickwechsel überhaupt Bekanntschaft abzustreiten.

Jakob erkannte es in der Regel bald, wenn Cresspahls Tochter sich Nücken in den Kopf gesetzt hatte; nur schaffte er es kaum, ihr die auszureden. Jakob war nicht zufrieden mit sich als Vorstand des Haushalts.

Der Haushalt war klein geworden, drei Köpfe hatte er in der Volkszählung melden können, dazu für die Rubrik »ansässig, aber abwesend« Cresspahl, Heinrich. Die Sonntagsarbeit des N.K.W.D. im September hatte das ihre getan, mehr noch das Gerücht, das alle Spuren dem abgeholten Bürgermeister in die Schuhe legen wollte. Ende September waren alle Flüchtlinge ausgezogen, sogar die marienwerdersche Lehrerin, die lieber mit zwei anderen Familien weitab in der Försterei Wehrlich hausen und obendrein ihr Söhnchen selber versorgen wollte, als noch länger in der Nähe solcher gefährlichen Sowjetfeinde leben. Das Amt für Wohnraum besserte die Abgänge nicht auf, noch der neue Schub sudetendeutscher Aussiedler wurde von den mittlerweile eingesessenen Flüchtlingen Jerichows rechtzeitig gewarnt vor dem einsamen Haus am Ziegeleiweg, gerade gegenüber der

Kommandantur, Ort unzähliger Haussuchungen, ganz verdorben für eine Zukunft. Wie in einem Spukhaus allein lebten Gesine in ihrer Kammer, in Cresspahls großer Stube Frau Abs, auf der anderen Seite des Flurs Jakob. Nach hinten benutzten sie nur die Küche und, gelegentlich, eine der Vorratskammern als Unterkunft für Herrn Krijgerstam oder verwandte Geschäftsleute. Ein Haushalt war das erst abends; beim Frühstück bereitete Frau Abs das Mittagsbrot für die beiden anderen vor, dann war die Tür verschlossen, bis alle von Arbeit und Schule kamen, ohne Aufsicht. Dann war manchmal Licht zu sehen an der Stelle, wo früher Cresspahl sein Schriftliches gemacht hatte; da erledigte das Kind Schularbeiten, Frau Abs kämmte Schafwolle aus, und Jakob, an Abenden ohne Überstunden oder Handelstermine, sah den beiden zu, heimlich über den Rand seines russischen Wörterbuchs hinweg, Vorstand des Haushalts, nicht zufrieden mit sich.
Seine Mutter hatte ihm die amtliche wie die äußere Wirtschaft übergeben, schon vor Cresspahls Verschwinden, gleich als er sich ausgeschlossen hatte von der Bodenlotterie. Wie immer er sie enttäuscht hatte, das ländliche Eigentum hatte ja ohnedies nur für ihn sein sollen. Sie wollte davon nun nicht reden hören, auch Versuche von Erklärung oder Entschuldigung waren ihr zuviel. Nach ihrer Kocharbeit im Krankenhaus blieb ihr eben noch Kraft für das Abendbrot und ein wenig Sauberkeit. Er hatte entschieden, daß sie bei einem reinweg elternlosen Kind sitzen geblieben waren, in einem fremden Haus, in einer mecklenburgischen Gegend auf dem Lande ohne mehr als ein paar Ruten Garten; sollte er das verwalten. Das Alter hatte er dazu. Sollte er das verantworten. Überdies war sie beschäftigt mit Warten auf den Mann. Weder von dem noch von Cresspahl sprach sie als zurückkehrenden Richtern, bei denen er häßlich abfallen würde mit seiner Rechenschaft. Für ihr Teil glaubte er sie ergeben, wenn nicht zufrieden. Das fremde Kind, diese Gesine Cresspahl, war ihm unerfindlich. Sie hatte diesem Brüshaver die Hand gegeben am Grab von Amalie Creutz. Bloß weil sie da aufgestellt waren als Helfer beim Leidtragen? Folgsam hatte sie ihren Vater begleitet zum ersten Gottesdienst, den dieser Brüshaver nach dem Krieg hielt, zum vierten Mal nach ihrer Taufe überhaupt war sie in der Petrikirche gewesen, wie Cresspahl auch. Warum dann nicht mehr? Sie war doch erst dreizehn Jahre alt; was konnte solch Kind wissen von

Nutzen oder Schaden der evangelischen Glaubensgemeinschaft?
Er sah sie ja Unterschiede machen. Wenn es denn Verachtung war, was sie einzelnen Erwachsenen zeigte. Wenn sie denn etwas zeigen wollte. Da kam sie gelegentlich mit Dr. Kliefoth zurück in einem Zug, dann hatten die in einem Abteil zusammen gesessen, gingen noch bis durch die Bahnhofstraße nebeneinander, bis zur Marktecke, dazu mußten sie nicht reden, der alte Mann und das Kind sahen doch zugehörig aus. Verbündet. Von früher her? das konnte Jakob nicht wissen. Dieser Kliefoth war ein studierter Mensch wie Brüshaver, eine Person für Respekt. Für den machte sie fast eine Art Knicks; Brüshaver ließ sie hinter sich wie ein leeres Schaufenster. Eine gab es, Louise Papenbrock, ihre leibliche Großmutter, vor der ging sie auf den anderen Bürgersteig. Das mochte noch von Gewohnheiten aus der Zeit ihres Vaters rühren, wie immer unbegreiflich. Aber von Heinz Wollenberg ließ sie sich anhalten. Bloß weil sie mit dessen Lise zur Schule fuhr? Bei Peter Wulff blieb sie stehen, mit dem sprach sie. Jakob durfte das mit eigenen Augen sehen, sie erzählte davon. Meistens war es die Frage nach Cresspahl gewesen. Dann hielt Jakob den Mund und die Augen auf die kyrillische Spalte in seinem Buch; er zweifelte an dessen Rückkehr. (Er hielt diesen Cresspahl für tot.) Wenn sie Trost brauchte, sie konnte ihn holen von dem, dessen Amt es war. Dem verweigerte sie die Tageszeit.

Weil artige Kinder die Erwachsenen grüßen. Nich, Jakob?

Wir wollten gern, daß du solche Sachen recht lernst.

Weil du nicht mal in die Nähe von Leuten wie Stoffregen gegangen bist.

Mit der Kirche hattet ihr was zu tun, Gesine. Das wußt ich nu nach einem Jahr Jerichow.

Warst du sonntags in der Petrikirche, oder bei Johnny Schlegel?

Gesine, wir waren doch nicht von eurer Landeskirche. Ich mocht nicht nach Gneez, bloß weil da alle Vierteljahr einer kam von den Altlutherischen aus Schwerin.

Bin ich nicht mit deiner Mutter zu den altlutherischen Gottesdiensten nach Gneez gefahren? Hingeführt hab ich sie. Dageblieben bin ich. Mitgesungen hab ich!

Stoffregen war bei den Nazis. Der hat Kinder geschlagen. Brüshaver war sieben Jahre lang in den Lagern. Vier Kinder verloren. Statt sich auszuruhen, geht er in die Politik.

Eben.

Grüßt du nicht.

Er machte Politik mit den Sowjets. Die Sowjets hatten meinen Vater. Brüshaver hat Cresspahl nicht weggeholt von den Sowjets. Nicht versucht hat er es.

Hast du so die Leute eingeteilt? Nach Freunden, nach Feinden? Sind Kinder so?

Wie warst du als Kind mit dreizehn, Jakob?

Neuerdings hatte das unbegreifliche Cresspahlkind es mit dem Schwarzhandel. Johnny Schlegel hatte noch zwei Sack Weizenmehl am Ziegeleiweg abladen können, als der Wagen von der Stadtwaage zurückkam, ganz nach Treu und Glauben, wenn auch wohl Kägebein auf dem Papenbrockspeicher der Roten Armee etwas mehr Schrumpfverlust anschreiben mußte. Oder sich. Oder gar keinem. Was auch immer aus diesen beiden Säcken geworden sein mochte auf dem Wege der Buchhaltung, in Wirklichkeit standen sie in der hinteren Vorratskammer, für etwa zwei Tage: dachte Jakob. Auf einmal verbot diese Gesine die Verwandlung des Weizens. Weil er zur Hälfte Hanna gehörte? die sollte ihren Teil am Ertrag nachgeschickt kriegen. Nein. Weil nur Gesine Verfügung über ihr Eigentum zustand? Das wollte er gern mit ihr beraten. Sie pfiff auf seine Beratung, sie wünschte das nicht verkauft. Er rechnete ihr vor, daß sie in diesen beiden Säkken 6000 Mark liegen hatte, aber verderbliche. Das waren 160 Zentner Brikett. Davon hatte sie einen Wintermantel, Nähgarn, Futter, zuverlässige Schneiderarbeit und immer noch ein Vermögen übrig. Er wußte jemand, der würde ein Paar Winterstiefel ihrer Größe, zwar angebraucht, abgeben für 560 Mark, für Weizenmehl aber um zehn Prozent billiger. Es war an einem Abend im Winter 1946, als er ihr die geschäftliche Verwertung ihres Ernteverdienstes ausdeutete, der Ofen war schon geheizt mit Kohlen aus Butter (vier Pfund je Zentner), in der Lampe brannte schon das Öl, das er für den Winter angeschafft hatte (eine Mandel Eier). Er stellte sich kaum eifrig an bei diesen Berechnungen, denn solche Transaktion würde ihn gehörig Zeit kosten, von den

Wegen nicht zu reden; allerdings wollte er die gern drangeben als echte Miete in diesem Haus. Sogar war er sicher, daß er keinen belehrenden Ton gebraucht hatte, er wollte das mal hoffen; unverhofft sprang dies Kind auf, begreife das ein anderer, riß ihre Schulhefte an sich, als sollten sie ihr gleich mit körperlicher Gewalt geraubt werden, lief davon. Mit der knallenden Tür blieb Jakob ein Kopfschütteln seiner Mutter übrig, dessen verhohlener Spott jedoch galt ihm, dazu zwei Ausrufe Gesines, die erschreckten ihn. Es war nicht wegen der Ungerechtigkeit, nur weil sie ihm unfaßlich waren. Sind Kinder so?
Jakob verstand es nicht. Am nächsten Morgen entschuldigte das Kind sich bei ihm. Kaute mit hohem Atem. Fragte: ob er es denn ehrlich meine. Das mit dem Verzeihen? das sei doch nichts gewesen. Nein. Das mit dem Plan für den Winter. Dazu stellt solch Kind sich dann mit dem Gesicht zum Fenster, läßt sich so widerstrebend heranziehen an den Zöpfen, daß der Ältere endlich losläßt und verspricht, auf eine würdige, deutlich zurückhaltende Art: Was du willst, Gesine.

Vilami na vodje?

Nein. Nicht mit der Gabel auf dem Wasser geschrieben. Wie du sagst.

Das war am Sonntag vor den Landtagswahlen, so daß sie reichlich Zeit hatten für den Entwurf, nach dem der Weizen umzuwandeln war in Vorräte bis zum nächsten Frühjahr. Lange Zeit war Jakob unbehaglich in solcher Konferenz, wegen der Fügsamkeit dieser Gesine. Er bekam davon das Gefühl, als haue er sie übers Ohr. Sie hieß gut, was immer er anlegen wollte, ob Schuhsohlen, Schurwolle oder Kohlenanzünder; ab und an ein Protest wär ihm lieber gewesen. Um so mehr erschrak er über ihre Bedingung, die einzige, die er blind versprochen hatte: nicht nur die Warenliste galt als zwischen ihnen verabredet. Vielmehr sollte jeder Handelsweg, jeder Partner mit ihr beraten werden.
Er hielt sie für neugierig, wie Kinder eben sind; er sagte mit Bedenken zu. Er versuchte etwas im Heimlichen; diese Gesine war imstande, zu einem Partner hinzugehen und zu fragen. Sie war die Tochter von Cresspahl, sie bekam Antwort, die mußte obendrein nur ausfallen wie eine letzte Bestätigung. Es ging nicht an-

ders, er mußte ihr die Bewandtnisse des Herrn Krijgerstam erzählen. Danach bekam dieser gewandte Veteran der Baltischen Flotte von der Firma Abs & Cresspahl kaum noch Speck, für den er in seinem Rasno-Export jene Ölgemälde eintauschen wollte, mochte seinem Kunstverstand daran beliebig gelegen sein. Auch die Verbindung mit dem Großen Knoop wurde für eine Weile trocken gelegt, tatsächlich hörte diese Gesine das gneezer Stadtgespräch genauer als Jakob das konnte von Jerichow aus, Knoop ging hoch, der hatte zu früh auf den Großhändler umsteigen wollen. N.Ö.P. ist eben nicht für jeden das kleine Einmaleins, da mußte erst Emil kommen. Unstreitig wußte sie mehr von Leuten in Jerichow. So geriet Jakob an Jöche, einen Freund bis zum Herbst 1956, so wurde er mit Peter Wulff zusammengebracht, so dauerhaft und unkündbar wie auf Erden möglich.
Jakob hatte davon gehört, daß die Kinder in den jerichower wie den gneezer Schulen Handel betrieben mit den Lebensmittelmarken, die sie für die Schulspeisung hätten abliefern sollen. Diese Gesine aber wollte von jedem Schuster wissen, mit dem er etwas anfing, von jedem zugelaufenen Rechtsanwalt, noch als sie längst über das Volumen von zweihundert Pfund Weizenmehl hinaus waren. Sie erfuhr zu viel. Sie geriet hinein in Geschäfte, die nicht nur für ein Kind gefährlich waren. So läßt man Kinder nicht lernen vom eigenen Beispiel. So steht man nicht einem Haushalt vor.
Warum sie das anders nicht wollte, wer sollte das erdenken?
Übrigens mochte seine Mutter recht haben damit, daß solch Cresspahlsches Kind in eine kirchliche Lehre gehörte. Gesine hatte da Nücken im Kopf, er war das wohl gewahr geworden. Wie ihr die ausreden?

23. Juni, 1968 Sonntag

Um Mitternacht wurde der amerikanische Krieg in Südostasien der längste in der Geschichte der Staaten, vorausgesetzt, die Revolution hörte auf mit der britischen Kapitulation bei Yorktown am 19. Oktober 1781. Heute dauert der Krieg in Viet Nam sechs Jahre, sechs Monate und jetzt den zweiten Tag.
Gestern kamen in LaGuardia fünf Kinder an aus Viet Nam, in ei-

ner Militärmaschine, die sollen hier in Krankenhäuser. Die Jungen heißen Nguyen Bien, zehn Jahre alt, am 8. Januar von einer Kugel im Rücken getroffen; Doan Van Yen, zwölf Jahre, am 4. März verletzt durch Raketenbeschuß; Le Sam, elf, Verbrennungen dritten Grades durch Napalm am 31. März; Nguyen Lau, neun Jahre, vor etwa neun Monaten hüftabwärts gelähmt durch einen Gewehrschuß ins Rückgrat. Fotografiert hat die New York *Times* das Mädchen, die achtjährige Le Thi Tum, die in weißen Pyjamas, eifrig und lächelnd, die Treppe herunterkam. Näher ist die *Times* nicht gegangen. Sie trägt in Worten nach, daß dem Mädchen eine Narbe quer über das Gesicht geht und die Nase zwar noch da ist, jedoch ohne Brücke. Ohne Steg.
– Nein. Nasenbein.
Denn Mrs. Cresspahl fährt mit ihrer Tochter in den Städten und Wäldern nördlich New Yorks umher, in Eisenbahnen, Bussen, Taxis, dabei teilen sie die Zeitung, dabei berichtigt die eine der anderen die Sprache, ein Kind hat sein Recht auf Erziehung. Die Marktplätze sind still vor Freude auf den Mittag, in einem Stadtpark steht ein Polizist auf seinem Rappen unbeweglich wie sein eigenes Denkmal, Reiterstandbild mit Funkgerät am Ohr, in den Wäldern laufen Bäche aus den Felsen so klar, als dürfe man von ihrem Wasser trinken ohne Gefahr des Todes. Es ist ein Ausflug, es ist eine Geschäftsreise. Wie jedes Jahr um diese Zeit muß für das Kind ein Platz für die Sommerferien besorgt werden, Marie hat ihr Recht auf Ferien. In New Rochelle, in Mamaroneck, in Peekskill besichtigt sie herrschaftliche Landsitze, Barackenstädte, Zeltplätze; ihr kommt es an auf die Länge der Busfahrt nach New York. Denn wir haben uns geeinigt auf bloß vier Wochen in Prag, vielleicht will sie hier bleiben und warten. Mit ernsthaften Verhandlungen triezt sie den Aufseher eines Bauplatzes, den die zahlenden Kinder offenbar mit eigenen Händen in eine Feriengegend verwandeln sollen, denn der Prospekt verspricht schöpferische Beschäftigung. Kreative. Der Mann ist recht gepeinigt, sichtlich tut es ihm weh im Kopf, wenn er sich Sachen ausdenken muß wie Bildhauerei ... rhythmische Bewegung ... französische Sprachkurse bei Regen. 200 Dollar pro Monat. Im späten Nachmittag findet Marie ein Lager am Sund von Long Island, eine halbe Stunde vom Riverside Drive entfernt, da sitzt eine stramme Dame an der Kasse, sie stellt nicht Schöpferisches in

Aussicht, auf soldatische Weise zählt sie ihre Angebote auf: Quadratmeter Fläche des Lagers, zwei Schwimmkästen, sportliche Aufsicht, pädagogische Betreuung nach fünfunddreißigjähriger Erfahrung, Linienverkehr von und nach Manhattan, Absperrung des Camps gegen das lebensgefährliche Naturwasser durch einen unüberwindlichen Maschendrahtzaun. Wegen des Flugverkehrs auf dem Platz LaGuardia gegenüber, alle zwei Minuten Start oder Landung: Ermäßigung auf fünfunddreißig Dollar pro Woche.
Sechs Stunden lang sind uns Amerikaner begegnet wie Freunde, unmäßig hinaus über das Geschäftliche an den Besuchen: jene Lehrerin, die eine Kunst an Mobiles ausübt, die Pförtner, die Taxifahrerin, ja noch der unglückselige Mann, der eine Bauwüste als Kinderparadies verkaufen sollte, wegen eines bißchen steilen Waldes in der Nähe. In einem Zug hat der Lokomotivführer Marie nicht nur in seine Kabine gerufen, sie durfte auch seinen Hebel festhalten und drücken und weiß nunmehr, wie es ist beim Einfahren ganz vorne in den Tunnel unter dem North River. In Yonkers wurden wir in eine Bar gelassen, obwohl die männlichen Gäste gerade das nachmittägliche Trinken angefangen hatten; der Besitzer mochte allen die italienischen Kochkünste vorführen wollen, die er im Schilde führt, was er brachte war Pizza, italienisch. In Yonkers entschied sich Marie. Die militärische Ausführung soll es sein. Gegenüber LaGuardia.

– Du weißt es, oder? Du denkst dir doch, du kennst mich? Sag es, Gesine.
– Fünfundvierzig Dollar für die Kinder.
– Fünfzehn gesparte Dollar pro Woche. Macht sechzig.
– Marie, jenes Komitee tritt auf im Namen der »Verantwortlichkeit«.
– Verantwortlich sind weder ich noch du. Tut dir das Geld leid?
– Nein. Nur, du willst es aus Mitleid.
– Ich muß nicht solch Kind werden wie du eins warst.
– Mitleid ist falsch, Marie.
– Mitleid ist nicht schlecht. Wenn ich mein Gewissen beruhige für vier Wochen, ist das praktisch oder was?

Der Ausgang der mecklenburgischen Landtagswahlen vom 20. Oktober 1946 ist bekannt. Die Sozialistische Einheitspartei bekam 45 Sitze, die Konservativen 31, die Liberalen 11, die Gegenseitige Bauernhilfe durfte 3 Vertreter nach Schwerin schicken, für einen vom Kulturbund zur demokratischen Erneuerung Deutschlands waren nicht genug Stimmen abgefallen.

Auch in der neuen Kampagne war der Wahlkampfleiter für den Landkreis Gneez mit unsicherem Gefühl unterwegs, vielleicht wegen seiner Niederlage im September. Überdies, das Gefühl hatte sich verändert. Gewiß, ihm war noch einmal der ehrende Auftrag zugefallen, diesmal jedoch ging es um mehr als bloß Gemeinden, um so tiefer konnte er abrutschen. Solche Angst dachte er sich weg, nachdem er sie einmal erkannt hatte als Eigennutz. Eine ähnliche Empfindung blieb übrig, die Gewißheit von etwas Kommendem, das konnte alles verderben. Es saß ihm im Nakken, ähnlich der Vorahnung eines Schlages. Gegen einen Überfall wollte er sich wohl verteidigen, Ungehorsam dachte er gründlich abzufertigen, dafür hatte er sich einen Namen gemacht; was aber sollte er anfangen mit einer Katastrophe? Anzusehen war ihm bloß Müdigkeit, innen fühlte er sich schlaff. Es lag nicht an den vielen Wiederholungen jeden täglichen Tag; die Wiederholungen waren richtig, sie stellten Wahrheit dar. Was war es denn?

Bei der Einfahrt in Jerichow glaubte er einen winzigen Zipfel erwischt zu haben. Es war der letzte Tag vor der Wahl, noch kein Mal war er aufgetreten in diesem windigen Nest, das sich eine Stadt nannte. Das schlechte Gewissen mochte ihn plagen, er hatte sich vor diesem Jerichow gedrückt. Hier hatte Slata drei Jahre lang gelebt, im Haus eines kapitalistischen Großhändlers, vorgesehen als Ehefrau eines faschistischen Mordbrenners; er wollte das Haus nicht sehen, erst recht sollten solche Schwiegereltern Slatas seinen Augen fernbleiben. Der Mann, Papenbrock hieß er ja wohl, verdiente sich wahrscheinlich längst wieder eine goldene Nase im Zwischenhandel, unter den Augen der Roten Armee, wohlgeschützt unter ihrer N.Ö.P.; den würde er mit Genuß sich vornehmen, wenn das nächste Kapitel im Buch aufzuschlagen war. Er nahm sich vor, ja nicht nach diesen Papenbrocks zu fragen. Zwar war an solchem Vorsatz etwas Privates; vielleicht genügte es für den Augenblick, oder bis zur Auszählung der Wahl-

ergebnisse, daß er solche Schwäche niemandem eingestand als sich selber.
Er stand mit dem Rücken zum Fenster von Papenbrocks ausgeräumtem Comptoir, inkognito, denn ohne Wagen, Chauffeur und Ledermantel glaubte er sich unkenntlich genug. Die Frau, die neben ihm sich aus der Tür drückte, war Louise Papenbrock, die früher für solche Gänge ein Dienstmädchen hatte schicken dürfen. Jetzt mußte sie in eigener Person durch die Stadtstraße und den Genossen Bescheid sagen, aus Christenpflicht auch den Liberalen, denn denen hatte die S.M.A. wiederum keine Kandidatenliste genehmigt. Sogar Alfred Bienmüller erfuhr binnen einer Stunde, daß ein Fremder angekommen war, Auto mit Chauffeur und Ledermantel hinterm Güterschuppen abgestellt.
Der Redner dieses Abends schritt vorläufig die Stadtstraße hinunter, gemächlich, wie einer, der möchte sich in der Fremde mit einem Einkauf eine Freude machen, es muß aber nichts Bestimmtes sein. Hier konnte nie vorkommen, was er im geheimen besorgte. Überdies war der Gegenstand der Furcht ihm nicht bekannt, also die Empfindung als solche unwissenschaftlich. Hier war der Bürgermeister von seiner eigenen Partei, die beiden Beiräte allerdings christlich-demokratisch; demnach hatte die Stadt zwar in den letzten Wochen nicht die vollen Zuteilungen auf die Lebensmittelkarten bekommen, gewiß aber fast die Hälfte des Gedruckten. Das würde schon helfen. Auch hatten die Freunde ein Element der bürgerlichen Demokratie benutzt, wonach ein französischer Konservativer politische Feinde amnestiert oder ein deutscher Sozialdemokrat der Tochter eines Kriegsverbrechers Blumen schickt, beide nun rechter Stimmen gewiß; nur eben in der dialektischen Umkehrung: keine Blumen, statt Amnestie Festnahme. So witzig hatte Gerd Schumann die Redereien dieses Ottje Stoffregen auf Dauer nicht finden können; der schraubte an diesem Tage Schienen der Strecke Gneez–Herrnburg ab und trug sie mit seinen feinen Lehrershänden zum Abtransport in die Sowjetunion. Auch war gewiß mit Papier nicht gespart; an fast jedem Schaufenster, jedem Hoftor klebte ein Zettel ausreichender Größe.
Als er den ersten las, war er sicher, daß seine Sorgen angetreten waren, Meldung machten, zur Stelle. Ein verwünschtes Kaff, dieses Jerichow. Hätte er nur nie einen Fuß hierher gesetzt.

Die Zettel riefen zur abendlichen Wahlkundgebung auf und waren unterzeichnet von Alfred Bienmüller im Namen der S.E.D. Der Text begann mit einer Personenbeschreibung: Gerd Schumann, Angehöriger der Deutschen Wehrmacht, nach Überlaufen zur Roten Armee im Nationalkomitee Freies Deutschland, 23 Jahre alt, Landrat. Es waren unzählige Zettel, einer wie der andere. An der Ziegelei kehrte er um, da steht der Stadtstraße zum ersten Mal ihr Name angeschrieben, eine Tafel an der Friedhofsmauer. Es war gewiß die Hauptstraße, sie trug nicht den Namen des Generalissimus Iossif Vissarionovič Stalin. Es war ein altmodisches Schild, mit Zierlinien um die Fraktur, die Schrift weiß in blau, überall so heil und appetitlich, als hätte es ein paar Jahre lang unter Wolle in einer Kommode gelegen.

Der Redner des Abends beeilte sich auf dem Rückweg zum Marktplatz. Der hieß Marktplatz.

Da stand er gerade recht, die Stelle erlaubt einen fast vollständigen Blick auf die Fassade des Bahnhofs (»an dem müssen die meisten Jerichower einmal am Tag vorbei«). Er konnte seinen Chauffeur auf den Stufen sehen, der schlug sich die Arme warm mitten unter dem Bettlaken, auf dem mit schwarzer Farbe gemalt stand:

Für sofortigen Anschluss an die Sowjetunion!
Wählt die Sozialistische Einheitspartei (S.E.D.),

nun gerade nicht in Mittelachse.

Mit Bienmüller bekam er Streit nach den ersten Sätzen. Er war es, als Landrat, gewöhnt, in die gute Stube gebeten zu werden, zu einem Imbiß, einem Schluck. Er kannte es, als Genosse und Wahlkampfleiter, nicht anders, als daß man mit ihm einig war. Dieser Bienmüller ging nicht weg von seinem matschigen Werkstatthof, ließ eine Lastwagenwinde in seiner linken Hand hängen, als wöge die nichts, behielt auch den Filzhut auf, so daß von seinem Gesicht wenig nachweisbar wurde, bückte sich wahrhaftig schon wieder zu seiner Arbeit.

– Das ist eine Provokation da am Bahnhof! Das ist schlimmer als in Gneez, da haben sie Postkarten verschickt mit solchen Sachen wie »Ihntelljenz, wählt SED! Für Gebildete: ABER, Lateinisch«!

– Ach.

– Du willst ein Genosse sein!

– Min Jünging, wistu dat nich? Wistu denn nich tau de Soowjetunioon?
– Ich verlange, daß wir die Sache gemeinsam mit dem Kommandanten klären!
– Wi hem nich een. Wi hem twei.
– Du wirst da deine Plakate mal erklären, mein Lieber.
– Doe döerf ick gar nich hen åhn dissn Dschiep. Dat isn Besatzungsbefæl.
– Du, Genosse, du bleibst hier nicht lange Bürgermeister!
– Nee, gewiß nich. Ick bün de Dürd all.
Der Redner des Abends wurde auf dem Eilmarsch zur Kommandantur noch einmal angehalten von dem Schild an Peter Wulffs Laden. Der Name war ihm ungefähr vertraut, dessen Karteiblatt hatte er sich einmal beschaffen lassen aus den Listen der alten S.P.D. in Gneez. Mitglied bis zum Verbot von 1933, Kurierdienste, Illegales (eigene Initiative), inhaftiert während des Mussolinibesuchs in Mecklenburg (Bützow-Dreibergen), von 1939 auf 1940 (Sachsenhausen), wehrunwürdig, noch nicht vereinigt. Wahrscheinlich Schlamperei in der Buchung. Das war ein Mann nahe den Sechzig, groß aber krumm, als sei er eher Säckeschlepper denn Gastwirt, weißlich im Gesicht, immer noch blond. Im Schatten des Flurs sah er bloß massig aus, weich, draußen unverhofft erwies er sich als kräftig, viel mehr Draufgänger als Bienmüller. Tatsächlich hatte Peter Wulff sofort einen Spaten vom Haken gegriffen und ging in den Garten graben (»uns Peting is n gauden Kierl, blot mannicheins vegæt hei sick bannig«). Wer aber gräbt und gräbt in einem fort, hat keine Hand frei zum Zuschlagen.
– Tag, Genosse.
– Rot Front heit't.
– Rot Front, Genosse.
– Bün din Genosse nich.
– Du bist doch Mitglied der S.P.
– Waest.
– Du stehst in der Kartei. Brauchst nur noch vereinigen.
– Dor mœt ick mi beråden.
– Ja, beraten wir uns doch.
– Nee. Bring mi man Cresspahl.
– Was für ein Ding?

– Unsn Boergermeister.
– Ist Bienmüller nicht genehm? Soll er zurückgezogen werden?
– Cresspahl is dee, den'n hem wi wullt. Nu heft ji em. Bring em man. Fragn kannst inne Kommandantur.
– Das werde ich tun müssen, Herr Wulff.
– Orre gå tau din Slata, de weit dat ook!
Der Redner des Abends mag von der Anspielung auf Slata erschüttert worden sein. Wie konnte ihm aufgehen, daß Wulff mit einem possessiven Singular einen Plural in die Grammatik zu setzen imstande war! Der Landrat hatte sich wohl etwas dringlich in der Kommandantur melden lassen, als Landrat, womöglich nicht höflich genug, als die Herren nicht empfangen wollten. Es wäre am Ende politisch klüger gewesen, die Auseinandersetzung auf der Ebene der Verwaltung zu führen, nach dem Wunsch der Genossen Wenndennych, die da allerhand zweitrangige Beschwerden hatten wegen der Versorgung ihres Befehlsbereichs mit Lebensmitteln, Brennstoff, Baumaterial. Der Landrat, der Freund des Dreifachen J, er mochte sich im Ton vergriffen haben, als er ihnen ihre Fehler in der politischen Arbeit unter den Leuten Jerichows vorzuhalten im Begriffe war. Das rechtfertigte keineswegs, daß sie ihm die Pistole abnehmen ließen. Diesen Moment erinnerte er als Pantomime. Während er behindert war von dem jerichower Ratespiel, welcher nun der Zwillinge das politkommissarische und welcher das militärische Sagen hatte, drehte ihn eine Ordonnanz in traumhafter Regelmäßigkeit um die eigene Achse und wickelte ihn aus, aus dem Gürtel, dem Holster, der Bewaffnung. Sie gaben ihm den Armeebefehl über Waffenbesitz deutscher Zivilisten zu lesen, in deutscher Sprache, während er in einem fort beteuerte, daß er aber doch die russische Sprache beherrsche, vollkommen in Wort und Bild, auch Schrift! Sie ließen ihn auf den Ziegeleiweg führen, mit dem zuverlässigen Versprechen: Der Antrag auf Bestrafung werde der S.M.A. ohnehin in russischer Ausfertigung zugeleitet werden, wegen der Wahlen jedoch erst am Montag.
Später war ihm, als habe er versucht, Unterkunft zu finden in einem Hause, das der Kommandantur schräg gegenüber stand, sonderbar allein, so daß es ihm vorkam wie weit entfernt von dieser Stadt. Er wollte nur drei Stunden Ruhe haben bis zum Beginn

der Versammlung. Er konnte nicht gleich wieder unter Leute. Das wurde ihm verweigert, von einem Kinde, einem Mädchen, höchstens dreizehn Jahre alt, die antwortete ihm immerfort in zwei Sätzen, die sie mal verband mal trennte, in Niederdeutsch, auf Wunsch auch in der Hochsprache: Dat geit nich.
– Wieso.
– Drœben sünt de Russen.
– Was hat das damit zu tun?
– Das geht nicht. Drüben sind die Russen.
Endlich gab er sie auf als blöd, schwachsinnig, Einbildung. So was kann Einer sich einbilden in Momenten, da das Gefühl hoch angespannt ist. Solche Illusionen gibt es.
Gegen sechs Uhr war der Marktplatz dicht bestanden. Neben ihm auf dem Rathausbalkon stand Bürgermeister Bienmüller, gerahmt waren sie von den Zwillingen Wenndennych. Die Versammlung begann um eine halbe Stunde später, weil diese Kommandanten bestanden hatten auf einem Verzeichnis seiner Stichworte, datiert und unter Zeugen unterschrieben. Wie kann Einer unter solchen Umständen eine Rede halten! Mutlos fing er an mit der Ernte, der Industrialisierung, er war noch weit von dem gewohnten Schwung, dem Anschwellen der Brust von innen, als er gemahnte an den Bolschewisten Leonid Borissovič Krassin, den Fachmann für Sprengstoff und Banküberfälle zur Zarenzeit, den Vertreter des jungen Sowjetrußland in London und Paris, der noch nach seinem Tode als Eisbrecher im Jahre 1929 eine deutsche Eisenbahnfähre vor Warnemünde aus dem Eis befreit hatte. Dann setzte er die beiden Waffen ein, mit denen die Partei ihn beschenkt hatte, damit solch beschämendes Ergebnis wie das vom September sich nicht wiederhole. Der Markt war ziemlich still, als er die Stelle aus dem Wahlruf vom 7. Oktober wiederholte: Unsere Partei setzt sich ein für den Schutz des rechtmäßig und durch eigene Arbeit erworbenen Eigentums.
Dann kam die Masche, die erfahrungsgemäß Beifall aus den Kehlen holte, auf die er den Satz vorzeitig nach Melodie, Pause und Lautstärke einstellte, die Worte direkt aus Berlin, vom Munde der Partei, der mannhafte Widerstand gegen den sowjetischen Außenminister und dessen Anerkennung der Oder/Neiße-Grenze: Aber unser Standpunkt muß von deutschen Interessen bestimmt sein. Russische Außenpolitik macht Molotov.

– Mehr: rief der Redner des Abends: brauchen wir wohl nicht zu sagen! Unsere Partei! macht – Deutsche Politik!
Dann mußte einer der Zwillinge ihn am Arm nehmen. Es war ihm entgangen, daß unter ihm einige Leute auf dem Markt weinten. Es ist auch jemand hingefallen.
Den Abschluß der Kundgebung lieferte Alfred Bienmüller, als Bürgermeister und örtlicher Vorsitzender der Sozialistischen Einheitspartei. Der Gastredner vom Kreis verstand nicht alles, da seine Benommenheit nicht nachlassen wollte; auch rutschte Bienmüller mit seiner Art von hochdeutscher Grammatik leicht in die Töne des Platt.
– Ausgelacht habt ihr mich: sagte Bienmüller. – Wie habn euch gesacht, daß eine humåne Großmacht wie die Sowjetunion nich Leute ins Unglück bringt, bloß wegen Gelände Gewinnen, nich? Ich mein, wo doch sogar der Schwede nich ... jawohl, Herr Duvenspeck! Ausgelacht habt ihr uns. Nich geglaubt habt ihr uns. Nun habt ihr das ja gehört, ihr Quatschköppe. Ihr wißt auch, von wem ihr das gehört habt! Nu soll das nich bloß eine Freude sein für unsre Flüchtlinge, daß sie wieder nach Haus dürfen, da wollen wir ihnen beim Freuen mal helfen. Wenn wir ihnen schon bei was annerm nich geholfen haben. Holl doch din Muul du! Unt denn noch eins. Es sünt hier Gerüchte. Wir wissen auch, wer die in die Welt setzt, und die Alimente sollen wir zahlen. Das is nich wahr. Es heißt da, wo in einer Stadt zu wenig S.E.D. gewählt wird, kriegen die Leute weniger auf die Karten, weniger Kohlen und von allem, was nich da ist. So wahr ich das hier auf diesem Zettel zu stehen habe, so wahr ich jetzt diesn Zeddl vor eure Augen in Stücken reiß, so wahr is das nich wahr! Dafür wolln wir nich gewählt wern! Kuckt uns man an, un denn wählt! Ditt hev ick nich secht vonne Paatei, ditt sech ick as Boegemeiste. Ruhich! Hie hat kein ein ... Die Versammlung ist aufgehoben.
So verlor der Landrat von Gneez seine Wahl. In ganz Mecklenburg bekam seine Partei 125 583 Stimmen weniger als bei der Probe vom September. Er hätte es gern auf die Schlußrede Bienmüllers geschoben, aber er mußte sich das aus wissenschaftlichen Gründen verbieten. Denn, siehe da, in der Stadt Jerichow hatte seine Partei soviel Prozent der Stimmen wie sonst nur noch in zwei, drei anderen mecklenburgischen Gemeinden: über siebzig vom Hundert.

Den Revolver bekam er nicht zurück. Immerhin war das ein Verlust, an dem kann ein Gefühl sich festhalten. Nur, das richtige war es immer noch nicht. Wovor denn hatte er sich gefürchtet?
Heutzutage, wenn ein Führer der K.P.Č. einen anonymen Brief unter seiner Post findet, in dem er als Jude beschimpft wird und bedroht mit gezählten Tagen, was tut da die Zeitung seiner Partei, das »Rote Recht«? Sie druckt den Brief vollständig ab, und ebenso offen darf er ihn beantworten. Was darf er antworten? Daß solche anonymen Briefschreiber sich zu erkennen geben durch den Ton von 1952. Was war denn 1952? Da wurde Rudolf Slánský im Namen des Volkes hingerichtet. Das hatten wir in der Schule.

25. Juni, 1968 Dienstag

Die Delegation der tschechoslowakischen Nationalversammlung hat es der Sowjetunion beschrieben wie ein A und B und C, »daß die Bedingungen, unter denen wir unseren sozialistischen Staat nach dem Februar 1948 errichteten, sich verändert haben und daß die qualitativen Veränderungen in der Ökonomie wie in der sozialistischen Struktur unseres Landes es notwendig machen, die Fehler, Mängel und Mißbildungen der Vergangenheit zu berichtigen und die schändlich zurückgebliebene Wirtschaft auf einen zeitgemäßen Stand zu bringen.
Aber die neuen Realitäten erfordern ein großes Teil mehr. Sie erfordern einen Übergang zu einem demokratischen, menschenfreundlichen und von den Bürgern bejahten Verständnis des Sozialismus nicht nur in der Wirtschaft, sondern auch, vor allem, im öffentlichen und politischen Leben, wo der Sozialismus neue, weitreichende Begriffe von den Rechten des Einzelnen wie der Gesellschaft als Ganzem anbieten muß.«
Die sowjetischen Genossen haben dies mit beträchtlicher Duldsamkeit angehört, womöglich angeheimelt von der Wortwahl. Es kann aber auch sein, daß eines der Worte zu oft vorgekommen ist. Sie haben es nicht angehört mit Begeisterung. Der Erste unter ihnen, das bleibt unwidersprochen, hatte Tränen in den Augen.

Die Wahlen zum mecklenburgischen Landtag vom 20. Oktober 1946 zeitigten drei Ergebnisse.

1.

In der Nacht vom 21. zum 22. Oktober kam die Rote Armee heraus aus ihrem Zaun und machte Besuche in Gneez. Sie parkte große Lastwagen so leise an verschiedenen Stellen der Stadt, daß die folgenden Vorgänge in der Nacht kaum auffielen. Wo die Kommandos eine Wohnung öffneten, führten sie die Familien vollständig ab. Der Vorwurf der Roheit ist nicht angebracht, da die Soldaten den Betroffenen beim Kofferpacken behilflich waren und jeden gewünschten Gegenstand, von der Petroleumlampe bis zum eichenen Buffett, die Treppe hinuntertrugen und sorgsam auf die Transporter luden. Dies geschah in einigen Häusern mehrmals, in vielen Straßen gar nicht. Gegen Morgen, als die Berichte von Zuschauern in der Stadt überein trafen und die Umzügler längst in Personenzügen auf die neue Ostgrenze zufuhren, wurde die Vermutung laut, es habe sich abermals sowjetischer Nationalcharakter erwiesen, ein neues Beispiel für Impulsivität, auch Willkür. Dem muß widersprochen werden. Ein Vergleich der beseitigten Adressen ergab, daß ihnen, bei aller Streuung, zwei Dinge sämtlich gemeinsam waren: einmal besaßen die Abgereisten ihre Stadtrechte seit mindestens fünf Jahren, genossen den Status der Ansässigen, in keinem Fall den von Flüchtlingen (Umsiedlern); zum anderen hatten die männlichen Haushaltsvorstände ohne Ausnahme in den Arado-Werken Gneez-Brücke gearbeitet. Die Arado-Werke waren ein Kriegsbetrieb der Sonderstufe gewesen, unter anderem wegen der Raketenteile für die Heeresversuchsanstalt Peenemünde. Das andere, die Vorfertigungen für den Strahlbomber Ar 234, das Ding mit den vier Düsenmotoren B.M.V. 003, bleibt unter uns. Die Schlußfolgerung, die Demontage der Einrichtungen und die Inhaftierung der Arbeiter sei aus kriegsrechtlichen Gründen logisch erfolgt, muß als überhastet zurückgewiesen werden. Es konnte nicht Sinn der Aktion sein, dem von den peenemünder Raketen geschädigten Großbritannien eine moralische Gefälligkeit zu erweisen, da die Siegermächte sich für Demontagen oder Reparationen jeweils die eigene Besatzungszone zugewiesen hatten und, wie hervorgehoben werden sollte, die Briten während ihrer vorläufigen Regierung über Westmecklenburg Konstruktionsunterlagen des Arado-Werkes Gneez als Kriegsbeute für eigenen Gebrauch beschlagnahmten, ja daß diese kapitalistische Räuberbande sich nicht scheute, Angehörige des Werkes mit wissenschaftlicher Ausbildung zum Mitkommen zu bewegen, als sie ihr mecklenburgisches Territorium gegen den britischen Sektor von Berlin auszutauschen gezwungen war. Weiterhin, in der Nacht vom 21. zum 22. Oktober wurde in Gneez-Brücke nicht demontiert, da auf Grund des Befehls Nr. 3 der S.M.A. vom 25. Juni 1945 sogleich nach dem Einmarsch der Roten Armee in Gneez, am 5. Juli 1945, die Maschinen, Fließbänder, Kühlanlagen etc. der dortigen Arado-Werke abgebaut und in die Sowjetunion verlagert worden waren. Bei diesem Punkt kann nicht genug gewarnt werden vor einer Aufwärmung des Schauermärchens, im Hof des Postamts Gneez seien Telefonapparate mit Mistgabeln auf Heeresfahrzeuge gestakt worden, und was dergleichen Arbeitsbeschreibungen mehr sind. Die Demontage von Gneez-Arado ging vor sich unter der Aufsicht eines ingenieurwissenschaftlich diplomierten Hochschullehrers von den sowjetischen Raketentruppen im Range eines Obersten, also auf die behutsamste Weise. Beweis dafür ist die Katalogisierung der Geräte: nach dem schriftlichen Eintrag wurde jede Maschine dreimal fotografiert, nämlich im Stillstand, dann im Zustand der Funktion und der Bedienung durch ihren Facharbeiter, schließlich von der Rückseite, abermals mit zugehörigem Arbeiter, der von den Fußspitzen bis zum Scheitel ins Bild kommen mußte. Hierbei ist noch daran zu erinnern, daß die Tischler der Stadt ihre sämtlichen Vorräte zu Kisten nach Maß verarbeiteten und angehalten waren, zwei Tage lang Holzwolle nicht als Abfall, sondern als Hauptprodukt zu produzieren. Der Betrieb Arado in Gneez war Anfang August völlig entmachtet. Von bürgerlichen Interessenten wird dagegen ins Spiel gebracht, daß die verbliebenen Arbeiter damals das Werk nicht aufgaben und aus Abfallstücken primitive Werkzeuge herstellten und die Bevölkerung ab September versorgten mit Harken, Spaten, Ofenrohren, Kochtöpfen, Bratpfannen, Blechkämmen, Linealen, oder zumindest Reparaturen an solchen Gegenständen vornahmen. Darauf ist in aller Schärfe zu erwidern, daß die Herkunft des verwendeten Materials in sehr vielen Fällen von der Volkspolizei nicht geklärt werden konnte (Aluminiumbleche für Kaninchenställe!), daß der Betrieb, in einer Landstadt gelegen, alle denkbaren Schmiedearbeiten ausführte, nur nicht solche an Pferden, daß der in ungesetzlicher Willkür gewählte Betriebsleiter, Herr Dr. Bruchmüller von der C.D.U., nicht von dem Verdacht befreit ist, in den Arado-Werken befindliche Werkzeuge und Handelsartikel vor der zweiten Demontage im November vorigen Jahres verschleppt zu haben, daß, wir kommen zum vierten und fünften Punkt, . . . ein großer Teil der Fertigungen auf private Bestellungen zurückzuführen ist und der von der Sowjetischen Militär-Administration organisierte Geldumlauf von den Angehörigen des früheren Werkes Gneez-Brücke durch Verträge über Entlohnung in Naturalwerten sabotiert wurde. Schon insofern könnte die Verlegung der ehemaligen Werksangehörigen als eine gerechte Strafe bezeichnet und das Zusammenlassen der Familie als Milde empfunden werden. Da hiervon keine Rede sein kann, und erst recht nicht von einer Mißachtung der faschistischen Kapitulationsbedingungen, ist das in der Bevölkerung umlaufende Wort »Ossawakim« als feindselige, von den westlichen Besatzungszonen her eingeschleuste Propaganda zu bekämpfen. Demjenigen, der die Auflösung dieser sowjetischen Parole als »Sonderverwaltung zur Durchführung von Verlagerungen« hat nach draußen dringen lassen, gehört der Kopf abgerissen. (Wer jetzt noch ausquatscht, daß es in Wirklichkeit ganz anders heißt, nämlich Ossoaviachim,

Förderung
der Verteidigung,
des Flugwesens
und der Chemie
der U.d.S.S.R.,

dem gehört noch mehr abgerissen als der Kopf.) Weiteren Anfragen des Freien Deutschen Gewerkschaftsbundes ist einheitlich zu antworten, daß mit sämtlichen abgereisten Familien fünfjährige Arbeitsverträge abgeschlossen wurden und nunmehr die Gewerkschaft der Sowjetunion ihre Interessen wahrnimmt. Auf Wunsch können Kopien der Arbeitsverträge nachgereicht werden. Der kleine Kreis dieser Besprechung erlaubt es, die taktische Umsicht der Sowjetunion und der Roten Armee einer freundschaftlichen Würdigung zu unterziehen. Hätten die Freunde eine solche lebensnotwendige Aktion während der Vorbereitung der Landtagswahlen vorgenommen, so wäre in der sowjetischen Besatzungszone ein Ergebnis zustandegekommen wie in den Berliner Auszählungen, wo die S.P.D. unter dem Schutz der amerikanischen und britischen Bajonette immer noch das Maul aufreißen kann und von ganzen hundertzwanzig Mandaten 63 Stück bekommen hat, wir hingegen nur 26 Sitze erringen konnten. Nunmehr wird auch dem Genossen Schumann ein Licht leuchten, wieso ihm während der letzten Wochen der Arsch mit Grundeis ging. Ja, wenn! Die Rote Armee hat diese Bürger eben nicht während des Wahlkampfes in die Sowjetunion eingeladen, auch nicht einen Tag vor der Wahl. Sondern einen Tag nach der Wahl. Der Genosse Landrat weiß so überzeugend zu reden von Dankespflicht an die Sowjetunion, aber wenn sie ihm vor den Augen hängt, erkennt er sie nicht. Schließlich, da der Aufruf zur Wahl die Sicherung des Friedens und die Freundschaft mit der Sowjetunion über alles gestellt hat, ist es ein Fakt, daß auch die ehemaligen Angehörigen des Werkes Gneez-Brücke ihre Stimmen abgegeben haben und wählten, was sie wählten.

2.
Die Volkszählung vom Oktober 1946 bekam einen Knick. Von Ossawakim wurden nicht nur Personen in Stadt und Landkreis Gneez betroffen, auch in anderen mecklenburgischen Betrieben von rüstungsstrategischer Bedeutung, weiterhin in den anderen Provinzen der sowjetischen Zone, so bei Carl Zeiss und den Glaswerken in Jena, bei den Siebel-Flugzeugwerken in Halle, bei Henschel in Staßfurt, beim A.E.G.-Werk Oberspree und Askania Friedrichshafen in Berlin, etc. Die Zählung sollte erfassen, wer in der Nacht vom 29. zum 30. Oktober zu Hause war, desgleichen, welchen Beruf er dabei für sich angab. So ging dem Unternehmen eine Wanderungsbewegung verloren, die mit statistischen Mitteln nicht aufzufangen ist. Zudem legt das Ergebnis nahe, es hätten sich auf dem sowjetischen Besatzungsgebiet aus natürlichen Gründen weniger Fachleute für hitzebeständiges Glas oder elektrische Meßanlagen (GEMA Köpenick) befunden als in den Zonen der westlichen Alliierten. Hier müssen andere Wissenschaften als die soziologischen bemüht werden. In Stadt und Landkreis Gneez hatte Ossawakim unter der friedliebenden

Bevölkerung die Überzeugung verbreitet, daß die Sowjetunion nach immerhin einem Jahr die Entmilitarisierung ihrer Deutschen für abgeschlossen halte und die Berufszählung weiterhin beweise, daß das sowjetische Interesse an Kriegsspezialisten kein leerer Wahn sei. Nach dem örtlichen Gerücht waren einem jeden neuwertige Bekleidung, festes Schuhwerk und regelmäßige Ernährung sicher, der sich der Roten Armee als Söldner im Krieg gegen Japan zur Verfügung stelle. Hier ließen die Erwartungen an die Zukunft sich zusammenfassen in den Fragesatz, der seinerseits ein doppeltes Ergebnis darstellt: Wenn'ck man bloß wüßt, wo'ck mi meldn kann!

3.

Der Landrat von Gneez wurde anderthalb Tage lang in einer Gefängniszelle unter dem Rathaus von Gneez gehalten. Ursache war ein Streit, der anfing um eine Pistole, die Kollegen des Dreifachen J ihm in Jerichow abgenommen hatten. Im weiteren Verlauf bat der Genosse Schumann unverhofft, ihm selbst nicht erklärlich, um die Adresse von Slata. (Nur um ihr zu schreiben.) J. J. Jenudkidse galt als ein ruhiger Kommandant, ohne Neigung zu gehässigen oder gar unüberlegten Einfällen. Er ließ den jungen Mann an eine solche Adresse befördern. Sechzehn Jahre später, im Frühling 1962, wird der junge Mann von damals einer Frau zu beschreiben versuchen, daß dies der Abschluß seiner Erziehung war, die endgültige Abkehr von privaten Wünschen, das vollständige Aufgehen in der Partei. Es wird nicht eine Frau sein, mit der er verheiratet ist, dennoch wird er weder Slatas Namen noch ihren Verbleib erwähnen. Verheiratet ist er. Es wird ein Abend im schweriner Burggarten sein, nach einem Serenadenkonzert. Er wird nicht mehr so heißen. Sein Nachname wird bis auf zwei Buchstaben dem seines Vaters gleichen, vorn aber wird er genau so gerufen werden, wie seine Mutter das wollte. Zwei Tage nach der Landtagswahl 1946, sieben Tage vor dem Ausgang der Volkszählung, wird er nach Schwerin berufen. Dort wartet der Name auf ihn. Personalabteilung auf der Ebene der Landesverwaltung, Abteilung Sicherheit auf der des zentralen Ministeriums. Nach Gneez kam er nie wieder. Ich habe ihn nie wieder gesehen.

– Ich aber, wenn ich mitkäme nach Prag, ich würde ihn sehen: sagt Marie. Sie würde ihn sehen. Ich werde ihn erkennen.

Den ganzen Tag schon haben wir gewartet auf den schwarzen Regen, der endlich über dem Hudson hängt. Mittags war die Luft ganz dick von Feuchtigkeit. Ganz trockene Menschen bekamen eine zweite Haut aus Schweiß, sobald sie aus den gekühlten Häusern traten. Das war nicht mehr im Kopf auszurechnen: 89 Grad Fahrenheit minus 32 mal fünf durch neun wäre irgend etwas in Celsius gewesen. Die oberen Gebäudekanten flimmerten. Nach zehn Blocks verschwamm die Lexington Avenue; es war eine Frage, ob sie nach zwanzig Blocks schon davongeschmolzen war. Jetzt, neun Uhr abends, ist der Regen aus dem Norden angekommen, mitten darin zwei kurze Blitzschläge, die stechen in die Augen, schließen etwas kurz im Gehirn.
– Der Regen von New York würde mir fehlen: sagt Marie. (Kinder nehmen Regen mit auf die Reise.)

26. Juni, 1968 Mittwoch

Die tschechoslowakische Nationalversammlung hat mit allen Stimmen beschlossen, daß Leute ins Recht gesetzt werden, die seit der kommunistischen Machtübernahme von 1948 zu Unrecht der Polizei anheimfielen, im Zuchthaus gehalten und gefoltert wurden. Die Urteile sollen aufgehoben oder vermindert werden, falls ein Angeklagter nicht bekam, was ihm gesetzlich zustand. Die Hinterbliebenen sollen Geld kriegen, vielleicht ein neues Parteibuch für den Toten. Finanzielle Entschädigungen sind weiterhin vorgesehen für Haftschäden körperlicher Art, für Gerichtskosten, für beschlagnahmtes Eigentum. Die schuldigen Richter, Polizisten, Staatsanwälte, Ermittler, Gefängnisbeamten sowie Angestellten des Innenministeriums sollen ihre Posten verlieren und/oder, je nach dem, strafrechtlich verfolgt werden. Nein, nicht alle. Die Parteifunktionäre, so genannte Politiker, die die falschen Prozesse in Auftrag gaben, sind ausgenommen. Antonín Novotný, seit 1946 dabei im Z.K. der K.P.Č., soll nichts passieren. Das ist eine erfreuliche Nachricht auch für Sachverständige anderer Nationalität.

In jenem Parlament sitzen bis auf den letzten Abgeordneten die selben wie zu Novotnýs Tagen.
Schlechte Nachrichten für Karsch. In Palermo sind siebzehn Sizilianer und Italo-Amerikaner freigesprochen von der Anklage, sie hätten womöglich für die heimische Mafia oder die amerikanische Rauschgifte spediert oder mit Währungen jongliert. Üble Nachrichten für Karsch. Mindestens ein halbes Kapitel muß er nun umackern in seinem Buch. Das Register ist hin. Das kriegt er nicht mehr fertig bis Ende Juli. Na. Wir werden nicht so sein.
Heute hat Mrs. Cresspahl über Mrs. Carpenter gelacht.
Das weiß Mrs. Carpenter nicht. Niemandem würde sie es zutrauen, käme sie doch selber auf solchen Gedanken nicht. Könnte sie es doch beweisen.
Mrs. Carpenter (»Nennen Sie mich Ginny«) ist eine junge Person, einunddreißig Jahre, fünf Fuß vier Zoll, Blusengröße 34, Schuhe Sieben und ein Viertel, alles im Amerikanischen geschätzt. Zu sehen ein wohlgewachsenes Mädchen mit breiten Schultern, birnengroßen Brüsten, schmalen Hüften, regelmäßig bis ins Gesicht, dessen eine Hälfte der anderen zum Verwechseln gleicht, umhangen von einheitlich verbogenen Haaren, die früher einmal glatt hingen, aber so weiß wie heute. Was man auf der Oberen Westseite New Yorks den skandinavischen Typ nennt. So ist sie selten sichtbar, denn sie bewegt sich in einem fort. Wenn sie fährt, spielt sie mit dem Steuer, gelegentlich bloß mit dem kleinen Finger; in jeder Art von Gespräch setzt sie die Füße hin und her, streckt den Arm aus, krault in der Frisur; geht sie einmal zu Fuß, so entsteht für den Zusehenden ein Wirbel aus raschen Ansätzen, vom ruckenden Hals, dem Griff zur Perlenkette, dem Umwenden oder Durchsuchen der Handtasche, bis zu den Beinen, die sie mit achtlosem Stoß gegen den Beton hämmert. Auf dem Tennisplatz bekommt dies den Zusammenhang einer Aufführung und wird vergnüglich. Noch beim Zeitunglesen weitet sie die Umgebung ihrer schmalen grauen Augen überraschend, als Vorführung ihrer Geistesgegenwart. Achtet sie einmal nicht auf sich, so wenn sie Unvernunft eines Kindes betrachtet oder aus blauem Himmel ein erster Regentropfen stürzt, verrutscht die liebliche Eintönigkeit ihrer Maske zu Mißgunst, Überdruß am Leben gar; auch das ließe sich gerecht an, würde die ebene Miene nicht schief dabei. Unverzüglich kommt das Lächeln zurück. Sie

hält sich für schön, begehrenswert, musterhaft; es wird ihr versichert. Ihre Unterschenkel mögen einer Frau erschlafft vorkommen; eine Europäerin wird sich eher irren über Spätfolgen von Universitätshockey in Michigan. Anselm Kristlein konnte eine halbe Stehparty lang nicht sich lösen von ihrem hohen bebenden Hals, ihrem tiefkehligen Alt, der ernsten Drolligkeit, die sie für wörtliche Flirts benutzt; sie ist Mr. Carpenter treu auf eine gehorsame, fast unbegabte Manier. Wenn sie einmal ihn abtastet mit Lächeln, mädchenhaftem Mitleid, entzückten Ausrufen, schwerlich wird ihm etwas einfallen, das auszusetzen ist an ihr.
Seit sie vor vier Jahren an den Riverside Drive kam, von Anfang an bestand sie darauf, wir sollten nicht bloß Nachbarn sein, Freunde eben. Marcia kam damals mit Marie in eine Klasse. Marie ging bald allein zu Besuch bei Carpenters. Sie wollte herausfinden, was das ist: eine Stiefmutter. Ginny klagte sich an mit unernsten Brusttönen als eine Stiefmutter aus dem Märchen, es mußte nur jemand zuhören; das Kind hörte verwundert zu; da die Fremde ihr doch insgeheim beliebig den Willen tat. (Sie konnten um so leichter Komplizen werden, als Mrs. Carpenter kein eigenes Kind hat. Vorläufig nicht gebären möchte.) Marie ging dahin, vorgeblich zum Fernsehen; sie wollte auch nachprüfen, wie das ist: Leben mit einem Vater. Wenn Mr. Carpenter nach Hause kommt aus seiner Kanzlei, fängt die Arbeit erst an: jeden Abend neu beseligt steht eine junge Frau an der Tür, etwas übergerötet von hausfraulichem Eifer; behaglich und sauber warten die Möbel, die er so aufwendig für eine dritte Ehe gar nicht gewünscht hat, am Fenster zum Hudson warten die Highballs, frisch, in seiner bevorzugten Temperatur. Nun muß er ran. Erzählen aus dem Büro. Wie Elman heute war. Ob Burns ihm über Elman noch die Grundstückssache gegen die Nationalgarde zuschieben will. Carpenter, Oberst der Reserve, wird überschüttet mit Ereignissen des Haushalts und solchen, die die New York Times ihm bereits gesteckt hat. Die Liebkosungen fallen sämtlich aus, wie Kinder sie ohne Schaden ansehen dürfen. Er kommt gut weg, wenn sie keine Party beschlossen hat, fünfzehn Leute mal kurz vor dem Abendessen, eine Aufmerksamkeit für durchreisende Bekanntschaft oder einen Intellektuellen aus Europa; gerade dann muß er sich glücklich preisen, denn die lebhafteste Stimme ist die seiner Frau, ein Geräusch, das seiner Anmut

inne ist. Unermüdlich heiter kreiselt sie die Gäste umeinander, beschleunigt sie mit zärtlichen Zuteilungen feinen Alkohols, verwandelt sie sich in die inbrünstige Studentin von ehemals, Hauptfach Philosophie und Soziologie, unerreichbar in traulicher Zweisamkeit an der Kaminecke, blicklos entschwunden in die gelehrte Besprechung eines Artikels in International Affairs, welche Zeitschrift in diesem Salon gleich berechtigt ausliegt neben Cosmopolitan, Newsweek oder Saturday Review. Der Playboy liegt nicht aus. Es ist ein Haushalt nach strenger wie großzügiger Regel; die Gäste bestätigen einander das noch auf dem Bürgersteig; nur daß wir dorthin nicht gingen, eine Prise Salz zu leihen. Das Carpentersche Dienstmädchen, aus einem Dorf in den Alleghenies, sieht der Dame des Hauses schon nach zwei Jahren ähnlich; das macht die Jugend nicht allein. Jene blanke Isobel wird dort bleiben wollen nicht der Halbwaise Marcia zuliebe, die hält sich das Kind eher vom Leibe. Tessie, die uns einmal half, würde keinen Fuß setzen in jenes Appartement. Dabei ist Tessie eine Untertanin Ihrer Königlich Britischen Majestät; sie mag in der Bronx wohnen, ihr kann es egal sein, was für Befunde Mrs. Carpenter über die dunkelhäutige Rasse als solche ausspricht.

Unzweifelhaft ist Ginny Carpenter eine Großmacht in unserer Gegend, ein Pfeiler unserer Nachbarschaft. Wenn es dem Gouverneur Rockefeller einfiele, daß solch Riverside Park ihm gar nichts nützt und viel günstiger eine achtbahnige Autobahn abgäbe für nichts als Lastwagen, binnen drei Tagen hätte Ginny die Wählscheibenfeder ihres Telefons ruiniert, durch vorschriftsmäßigen Gebrauch, was im menschlichen Leben sonst unerhört ist, und ein felsenfestes Komitee stünde da, ein grimmiges Wort aus den Abkürzungen von Rettet Unseren Riverside Park, da würde Rocky ganz hübsch bange. Sie amtiert als Mitglied in fast allen Vereinen, die sich bekümmern um die äußere Schönheit unseres Viertels, sei es die Großzahnespe an der 119. Straße oder ein zertretener Abfallkorb an der Uferpromenade. Denn solche Wirtschaft wie die seiner Frau könnte ein in Maßen ehrlicher Rechtsanwalt schwerlich bezahlen auf der Ostseite von Manhattan, wo sie allerdings standesgemäß wäre; folglich lebt Mrs. Carpenter bei uns wegen des Baumbestandes, wegen der Sonnenuntergänge jenseits des Hudson und, nicht zu vergessen, wegen der unver-

gleichlichen Mischung der hiesigen Leute, deren Sinn für Gemeinschaft sie schwerlich erwarten könne in den seelenlosen Schubladentürmen östlich der Fifth Avenue. – Nie! sagt sie, und stampft ein wenig auf mit ihrem langen Fuß. Tatsächlich, wenn sie uns erwischt zu Fuß auf dem Riverside Drive, sie setzt ihr Cabriolet eigens zurück für uns ($ 6780,00), unterhält uns während der Fahrt mit den eleganten Empfindlichkeiten solchen Automobils und stoppt unverlegen vor unseren grau gestrichenen Treppenstufen, wo sogar ein Teppich fehlt. – Wir sind doch Nachbarn: ruft sie strahlend, ein gutartiges, ein immer neu von Herzen erfreutes Kind.
Gewiß ist sie ehrlich. Es dauerte nicht lange, da fiel ihr etwas auf. Wir wohnen in keinem Haus, das man unter einem Baldachin hindurch betritt, an einem Portier vorbei; wir haben bloß drei Zimmer, wir sehen den Park von unterhalb der Baumkronen, uns bewacht kein Livrierter. Es sind denn doch die Einkünfte schlecht vergleichbar, Einladungen wie die ihren könnten wir kaum vergelten; so ist eine verträgliche Nachbarschaft einer Freundschaft vorzuziehen, in der der eine Teil sich quält. In Gesellschaft, in der wir haben fehlen müssen, kann Mrs. Carpenter Bewunderung äußern für allein stehende Mütter mit einem Kind, die Jahr für Jahr mit Arbeit bewältigen, wie etwa Mrs. Cresspahl, so eine Frau möchte sie sein; wenn sie eben nur frei käme von dem Verdacht, diese Mrs. Cresspahl führe solch Leben einer verquasten Ideologie von weiblicher Emanzipation zuliebe, statt um seiner selbst willen. Was sie uns zugute halten will, ist noch die europäische Herkunft; nur besteht ihr Europa aus Frankreich, Monaco und Spanien; unsere Gegend ist ihr etwas verdächtiger als Jugoslawien. Nein, sie besteht nicht weiter auf Freundschaft. Nachbarschaft tut es auch.
Heute sollte Mrs. Cresspahl ihre Tochter abholen von einem Kindergeburtstag bei Pamela. Manchmal besteht Marie auf solchen Förmlichkeiten, will die Mutter vorzeigen in den besten Sachen und, bitte, mit einer Brosche am Hals. Nach der Arbeit umziehen, rauf den Riverside Drive, Fahrstuhl in den zwölften Stock. Durch die halb offene Tür von Blumenroths Wohnzimmer war Ginny zu sehen, die tat vier Dinge zur fast gleichen Zeit.
Sie kostete nach, was sie eben durch den Raum gestreut hatte:

Ganz reizend; nein, wie umwerfend; Sie sehen aus wie der Juni in Person; etc.
Sie saß auf der Kante des Sofas und aß Kuchen, die hohle Hand unterm Kinn, um ihr Rotseidenes von Lord & Taylor zu schützen; ihrer strammen Stirn war die Erwägung anzusehen, daß sie mit einem ausführlichen Besuch bei (zwar vermögenden) Juden mal wieder eine tolle Toleranz vorführe; wem sie das erzählen dürfe und wem besser vorenthalten, schließlich die schlingende Neugier: ob diese Kekse wohl koscher seien.
Sie dozierte: In zwanzig Jahren werden die Neger aus Manhattan vertrieben sein. Wir werden auf einer rein weißen Insel leben, umgeben von den schwarzen Bezirken, Bronx, Queens, Kings. Nein, Richmond, das ist noch unentschieden. Ganz einfach, durch ökonomische Faktoren. Denn unsere entzückenden Brownstones, der kostbare vierstöckige Sandstein in den numerierten Straßen, zu welcher Bestimmung kann er zurückkehren sollen als in die alte, die der luxuriösen Häuser für jeweils eine Familie ganz für sich?
Sie befingerte Maries Bluse, die durchgenähte Knopfleiste, die doppelte Naht entlang am button down-Kragen, es kam ihr unamerikanisch vor; mit einem Mal zog sie dem Kind das Tuch aus dem Nacken, fingerte nach dem Etikett, buchstabierte erschüttert am Etikett aus Genf.
Wie Mrs. Cresspahl ihr Kind da rauswinkte, es ist ihr entfallen. Wie sie an der verblüfften Gastgeberin vorbeikam, sie wird es entschuldigen müssen. Als die Fahrstuhltüren vor ihr zuklappten, fing sie an zu lachen. Zwölf Stockwerke lang fiel sie lachend nach unten, zum ernsten Befremden Maries, und gleich auf dem Bürgersteig verlangte das Kind nach einer Aufklärung, damit die Mutter abgehalten werde vom Weiterlachen, so in der Öffentlichkeit. Aber, können vor Lachen.

Ich will dir mal was sagen, du Schriftsteller.

Gelacht haben Sie, Mrs. Cresspahl, du, Gesine. Hast du.

Es mag ja stimmen. Aber nicht nur dies eine Mal.

Das mag auch stimmen, Mrs. Cresspahl.

Ein Jahr hab ich dir gegeben. So unser Vertrag. Nun beschreibe das Jahr.

Und was vor dem Jahr war.

Keine Ausflüchte!

Wie es kam zu dem Jahr.

In diesem verabredeten Jahr, seit dem 20. August 1967, war ich mit Ginny Carpenter zusammen: Auf Jones Beach, zweimal. In der Philharmonie, dreimal. Haben wir uns zum Essen in der Stadt getroffen: einmal. Hat sie mir ihren Wagen geliehen: nein, das zerschlug sich.

Da war es doch billiger, ein Auto zu mieten, als ihr was schuldig zu sein.

(Das ist nicht raus.) Sie gehört zu meinem täglichen Leben.

Nicht auf dem Broadway: sie läßt sich ihr Fleisch von Schustek schicken. Nicht in der U-Bahn: in der ist sie noch nie gefahren. Wenn die Italienische Delegation dich einlädt, bringst du sie nicht mit. Du fürchtest doch, sie stellt was Genierliches an.

Ach was. Es ist wie mit der Sache vom vorigen Donnerstag. Wenn du einmal was zeigen willst vom Einkaufen, muß da gleich ein betrunkener Neger über mich in den Laden fallen und Sexualphantasien austoben. Zweimal in der Woche seh ich Ginny Carpenter, du führst sie vor ein einziges Mal in zehn Monaten: in einem auffälligen Moment.

In einem wichtigen.

Jedes Mal lach ich, wenn ich sie seh. Marie muß bloß von ihr erzählen. Es ist kein unfreundliches Gelächter. Es ist meist ganz ohne Spott. Fast jedes Mal ist dabei Spaß, daß es solche gibt. Freude geradezu.

Daß Amerika auch so sein kann.

Ja. Dann schreib es auf.

Soll es denn doch ein Tagebuch werden?

Nein. Nie. Ich halt mich an den Vertrag. Nur, schreib sie öfter hin.

Dann könnte verloren gehen, was heute wichtig war an dem Lachen.

Jetzt fängst du wieder an mit Quantität und Qualität! Summier doch das eine, wenn du das andere willst!

Mit Akkumulation komm ich bei Mrs. Capenter bloß zu Mrs. Carpenter. Ich wollte zeigen, daß du deine Abreise vorbereitest. Was du zurückläßt, es soll nicht alles unentbehrlich sein. Etwa Mrs. Carpenter. Du möchtest dir den Abschied leichter machen, wenigstens den von dieser Erscheinung New York.

Abschied? Für drei Wochen in Prag?

Solche geschäftlichen Aufenthalte können sich verzögern, Mrs. Cresspahl.

Ich fürchte mich vor dem Verlust New Yorks, ich mag's mir bloß nicht sagen?

Sag mal, Mrs. Cressphal.

Meine Psychologie mach ich mir selber, Genosse Schriftsteller. Du mußt sie schon nehmen, wie du sie kriegst.

So hast du noch nie gelacht über Ginny Carpenter.

Einverstanden. Das kannst du schreiben. So noch nie.

So hatte Mrs. Cresspahl noch nie über Mrs. Carpenter gelacht. So? Nie.

27. Juni, 1968 Donnerstag

Im Herbst 1946 war das Kind Cresspahl mit vielen Sachen umgezogen von Jerichow in die Kreisstadt des Winkels, nach Gneez. Sie wohnte in Jerichow, sie stand da in der Liste der Ämter für Anmeldung und Wohnraum, da bekam sie ihre Lebensmittelkarten (Gruppe IV), da war sie verabredet mit ihrem Vater für den Fall, daß er zurückkam aus der sowjetischen Haft oder irgend einem Ort, von dem aus Rückkehr zu denken war. Aber zur Schule ging sie in Gneez, sehr oft legte die Fahrdienstleitung den Mittagszug nach Jerichow zusammen mit dem abendlichen, und wenn auch für den keine Kohle abfiel, schlief sie bis zum nächsten Schulmorgen bei Alma Witte, in dem Zimmer, aus dem Slata verloren gegangen war. Nach Jerichow kam sie zurück im Dunkeln, wie ins Dunkle.

Gneez war eine große Stadt. Für ein Kind, das geboren ist in Jerichow, und solch erweitertes Straßendorf von einer Stadt seitdem angesehen hat für die vorbestimmte, wenn nicht die mögliche Welt, ist Gneez eine Stadt, von der aus sind bloß noch größere zu denken.

Der Zug brauchte für die Stichstrecke Jerichow–Gneez, 19 Tarifkilometer, vier regelmäßige Zwischenhalte und einer auf Verlangen, nach dem Fahrplan 41 Minuten, damals etwa eine Stunde. Er war zusammengesetzt aus drei Wagen jener Dritten Klasse, in

der die durchgehenden Abteile umschichtig je eine Tür haben nach links oder rechts, dazu zwei oder drei Güterwagen, auf denen die in Jerichow gesammelten Kartoffeln, Rüben, Weizensäcke zur Versorgung der Stadt Gneez angeliefert wurden. Diese Wagen fuhren abends leer zurück, in der Regel, und sobald der Zug den Sichtbereich des sowjetischen Kontrolloffiziers auf der Lok-Leitstelle verließ, turnten die Volkspolizisten von den offenen Kästen rückwärts, auf den langen Trittbrettern der Personenwagen entlang, wo ihnen wenigstens von Skatspielen warm werden konnte. Morgens aber, im Regen wie im Reif, hockten sie auf den Kanten neben den Landprodukten, die Karabiner 98k schräg aufgestützt, unversöhnliche Kämpfer gegen Heckenschützen, Diebe und Schwarzhändler. Hätte das Landratsamt Gneez seinen Bedarf auf Lastwagen aus dem Küstengebiet holen können, auch diese meist eingleisige Strecke wäre abgeschraubt worden für die Sowjetunion, wie überall die zweiten Gleise in ihrem Besatzungsgebiet. So aber wurde die Strecke befahren, fahrplanmäßig dreimal am Tag, und das Kind Cresspahl kam in seine weiterführende Schule zu Gneez, wie das Gesetz zur Reform des Unterrichts es befahl.
Der Milchholerzug von der Küste geht Gneez an in einer weitbauchigen Westkurve, so daß die dünnen scharfen Turmspitzen von Lübeck da halbrund aufgebaut sein können, wie in einem Guckkastenbild; bei der damals aufgehobenen Station Gneez-Brücke zielt die Strecke noch südsüdwestlich, da streicht die aufgehende Sonne die Fenster an; auf dem Bahnhof Gneez steht der Jerichower fast genau in der Richtung Ost-West, da könnte er mit ein wenig Rangierens nach Hamburg oder Stettin auf den Weg gebracht werden; nun beide Städte der klassischen Linie abgesperrt waren durch Grenzen, kam er über den Bahnsteig 4 nicht hinaus. Gneez hatte vier Bahnsteige.
Da hatten sie einen Vorplatz, der nahm mehr Fläche ein als der ganze Markt von Jerichow, wie ein Markt war er umbaut. Da waren rechts die übermannshohen Stahltore der Güterverladung, daneben in drei rotziegligen Stockwerken das Rathaus mit der Fahne der Roten Armee, gerade vor den Augen das Fürstenhaus, umgebaut zu Knoops Lager und Spedition, gekreuzte Hämmer auf den Milchglasscheiben, links, entlang der nach Bad Kleinen fortlaufenden Strecke, Fahrradschuppen und die Bucht im Bür-

gersteig, die ehedem die Landomnibusse anfuhren. In der Mitte dieser unglaublichen Weite war ein wahrhaftiger Park angelegt, ein zwar nun schwarzgetretenes Rasenkarree, mit kahlen Bäumen hier und da. Quer durch den Platz aber lief der Weg hinzu auf das Prachtstück des ersten Eindrucks, ein vierstöckiges Haus in grauem Putz, mit durchgehenden Säulen und Riefen bis unters vornehm gerundete Walmdach ein Palast, das Hotel Erbgroßherzog, um 1912 errichtet nach den Plänen eines Architekten, der an eine großstädtische Zukunft von Gneez geglaubt hatte. Nicht nur zog der Bau mit Restaurant und drei Stockwerken Zimmern in den Rosengarten hinein, anderthalbfach so dick war er in die Eingangsstraße gesetzt, im Untergeschoß aufgeweitet zu einem Café unter zierlichen Stuckgirlanden, einem großmächtigen Tor zu den Gesellschaftssälen und einem mehr geduckten zu den Renaissance-Lichtspielen. Erst dann, nach einundfünfzig Metern von der Eisenbahnstraße, überließ der Koloß die Front kleinstöckigen Winzlingen, weißbemalten Bürgerhäusern mit Ladengeschäften und Lokalen im Fuß. Das war die Eisenbahnstraße, die ein paar Jahre lang nach einem Österreicher geheißen hatte und nun wieder benannt war nach dem Ort, wohin sie führte, woher sie kam. Der Name Erbherzog saß dem Hotel noch auf dem Dach, in stolzer Antiqua an Drahtgittern befestigt, und wie das Haus früher Reisende mit kleiner Handlung abgeschreckt hatte, so war es heutzutage besser gestellten Personen vorbehalten durch ein rot und gelbes Blechschild auf dem halbrund vorgesetzten Empfang, das für die meisten Deutschen nicht leserlich war und nach Vermutungen übersetzt wurde als Haus der Offiziere, aber für Offiziere im Besitz einer kyrillischen Schreibbildung. Das war der Bahnhofsplatz von Gneez, das Zeichen, das eine reiche Landstadt einmal sich vorgenommen hatte als dauerndes Monument, nicht in einer protzigen Geste, sondern in bescheidener Ankündigung des Vorhandenen. Mehr wollten die Bürger vom Anfang des Jahrhunderts nicht hermachen von sich; wie solide es um sie stand, sollte zu sehen sein. Es war der Aufmarschplatz der politischen Demonstrationen gewesen seit dem Kriege von 1914; hier hatte die Rote Armee ihre zivile Herrschaft eingerichtet.

Rundum war der Platz bewacht von Laternen, die brauchten gar nicht zu leuchten, mochten ihre Gläser eingeworfen oder zer-

schossen sein, sie standen doch so hoch in steif ausladenden Paaren, Kandelaber blieben sie, schwarz lackierte. In fast jedem Zwischenraum war ein Pfahl mit roter Fahne aufgestellt oder ein Tuch gespannt, auf dem redete die Rote Armee mit den Einheimischen in ihrer eigenen Sprache, deutsche Fraktur.
Wem das Dom Offizerov zu herrschaftlich drohte, der fand einen schmalen Weg geradeaus, entlang an Knoops erbeigentümlichen Bauten, und mochte ehrlich erschrecken über den Unterschied zwischen der türlosen Bahnhofsfront des Fürstenhauses und der südlichen, die mit dicken Balkonbuchten, Figuren in Nischen und einer gelassen ausschwenkenden Freitreppe den Süden kommandierte. Da war einmal ein Park gewesen, langsam aufgefressen von einer Neustadt, die alle Jahrhunderte seit dem fünfzehnten einmal abbrannte, bis die S.P.D. von 1925 hier eine Siedlung gemäßigten Wohlstands plante, mit Nachlässen im Bodenpreis, Kredithilfe und rechtschaffener Angst vor Übereilung. So wurden sechs Felder erst 1934 und 1935 zugebaut, so stand Gneez-Neustadt seitdem in den Bilderbüchern als Beispiel für die Blüte Mecklenburgs unter dem Nationalsozialismus abgebildet. Das war kaum Stadt. Es war ein Feld aus roten Villen, jede in einem umzäunten Gartenbeet für sich, zu Sechsergruppen gefaßt mit sparsamen Asphaltwegen unter dem Patronat der musikalischen Innung. Der Name des Herrn Mendelssohn-Bartholdy hatte nicht erneuert werden können auf dem üblichen Emailschild, aber mit Schnitzschrift in zwei eichenen. Das war das »neue gute« Viertel der Stadt gewesen, vergeben an Angestellte der Verwaltung, der Parteien, zugezogene Kopfarbeiter, nun dick belegt mit Flüchtlingen, Kinderheimen, sowjetischer Privat-Einquartierung. Erst wenn man, Ecke um Ecke nach links, durch dies Kästchenmuster gewandert war, stand man auf dem Schwanz der Eisenbahnstraße, einem geringfügigen Platz, der einmal die verdickte Stadtmauer gefaßt hatte, das Lübische Tor, die bei Lisch nicht erwähnten Wachhäuser und eine scherzhafte Nachbildung jenes Tiers, dem Gneez seine Spitznamen verdankt, in Bronze. Jetzt aber gab der Platz bloß die Brücke her über den Stadtgraben, ein tiefliegendes, fast stehendes Gewässer, so breit wie ein Mann lang ist. Hier fing das alte Gneez an.
Auf Karten ähnelt Alt Gneez dem Versuch eines frühen Mathematikers, aus vielkantigen Brettchen ein Vieleck zu bilden, das

einem Kreise nahe kommt. Das rohe Rund, dünnadrig gegliedert, war mittendurch getrennt von der Stalinstraße, auf der zwei Pferdewagen ohne Ausweichen aneinander vorbei konnten, ein Weg für Einkäufe, Bummelei, Durchfahrten. Fast alles östlich dieser Magistrale, bis hin zum Rosengarten, galt als das »alte gute« Viertel, Sammeladresse für Leute, die schon seit den Franzosenzeiten dort Familie nachzuweisen hatten, im Zweifel für Flüchtlinge. Auf der westlichen Seite mochten die Nebenstraßen am Anfang einzelstehende Putzbauten zeigen, die verrieten sich durch mürbes Fachwerk an den Seiten, die wurden überführt von den hinter ihnen abfallenden Katen, Ackerbürgereien, Handwerkshöfen. Das waren Häuser, gebaut nicht bloß für eine Familie, sondern für solche, die wollten noch Mietgeld mitnehmen. Wer durch den Dänschenhagen ging, sah es an den Türen. Fabrikware, kaum Schnitzereien oder Sprüche in den Balken. Arbeiter eben. Die waren ja froh, wenn sie wo unterkriechen durften. War eben Westseite, nichs zu machen bei, nich? Allerdings, da gab es so krumme Mauern, in denen fiel eine Klinke kaum auf. Da war so manches Haus der Plünderei entgangen. Auch bei der Belegung mit Flüchtlingen waren die günstiger weggekommen. Aber die Grenze zum anständigen Viertel, die Stalinstraße, hatten auch die Sowjets nicht beseitigen können.
Die Stalinstraße, ehedem benannt nach ihrer Richtung auf Schwerin, kroch vierhundert Meter südlich auf den Marktplatz, verschwand da auf dem Katzenkopfpflaster und fing an der Ecke gegenüber, weniger großspurig, wieder an als Schweriner Straße. Da war der Bullenwinkel, die Bleicherstraße, die Reiferbahn. Da war das Kind manchmal zu Besuch in einem Haus mit stattlicher Einfahrt, einer gedrungenen Wohnetage und Leutekammern darüber. Da sah sie manchmal Böttcher zu beim Tischlern. Sie sah das gern. Da war schräg gegenüber die Heiligblutkapelle. Einmal war die Schweriner Straße ein Schulweg gewesen.
Aber der Markt war einem Kind aus Jerichow unvergeßlich. Er mochte eine Fläche haben ähnlich dem heimischen. Aber für Jerichow war es bei dem einen Markt geblieben; in diesem erkannte man das Vorbild für Gneezens neuzeitlichen Festplatz am Bahnhof. Hier zeigten die Häuser oft vier Reihen Fenster übereinander, jedes nach eigenem Maß, in einzeln hochgezirkelten Fassaden, hinter deren Spitze nicht blanke Luft war, sondern ein

unbezweifelbares Fenster zu einem Bodenraum, den es gab. So stolz rückten sie von einander ab, sie ließen Tüschen frei, nicht aus Notwendigkeit, bloß aus Selbstachtung. Daran sollte es nicht fehlen. Die Dächer waren dem Markt abgekehrt, wie Scheitel über Gesichtern, die sollen alle verschieden sein. In den Giebeln hingen Flaschenzüge, war eine einsame Luke wenigstens mit Stabspeichen zu einem halben Rad befördert, waren Hauswappen gemalt, von verschlungenen Initialen bis zur brennend kreisenden Sonne. (Auf der Südseite wendet ein Haus dem Markt die Breitseite seines Daches zu, mit einer ausgemauerten Mansarde, das fehlt auf jeder Ansichtskarte vor 1932.) Hier war die Hof- und Raths-Apotheke. Da sind Häuser, die melden Geschichte nicht nur in den abgewetzten Ziegeln: Auf dieser Diele zahlten die Bürger der Stadt ihre Kontribution zum Kriege des Alten Fritzen 1756–1763. Zum Andenken an die Franzosenzeit: Brandschatzung durch die Division Vegesack. Hier nächtigte Friedrich IV., König von Dänemark, vom 19. auf den 20. Dezember 1712. Am Markt stand die Post, ehemals Palais der Grafen von Harkensee, mit höflich zurückgenommenen dorischen Säulen. Auf der Westseite ist einem weitläufigen Haus die Stirn so hoch gezogen, das Dach muß sich eine Weile in der Waagerechten halten, ehe es nach hinten abbiegt. In der Front sitzt eine Doppeltür nach dem Goldenen Schnitt, der nähert sich von zwei Seiten eine Treppe, zur ersten Etage hinauf. Dennoch steht es in einer Reihe mit den anderen, es verlangt nicht größeren Abstand. Das war einmal das Rathaus. Die Treppe hatte der Obrigkeit sollen Achtung bezeigen, dem gewählten Ersten unter gleichen Bürgern. Darunter der Ratskeller sollte seinen Blick behalten auf den Markt. Es war denen vom 20. Jahrhundert zu bescheiden gewesen. Bei all ihrer Großmannsucht waren sie doch nicht losgekommen von den dickschopfigen Linden, die den Marktplatz umstanden, eng an den Häusern entlang; sie waren in einem fort gewachsen. Die Kandelaber würden nicht wachsen. Der Bahnhofsplatz mochte der Neuzeit als Salon genügen; der Marktplatz war Gneezens Gute Stube nach wie vor.

Da endete die Stadt nicht, südlich des Marktes war noch fast ein Drittel aufgestellt, das herzogliche genannt, etwas weitläufiger von Hofbaumeistern entworfen in der Zange, die aus Alleen auf den alten Festungsmauern ausgelegt war: Polizeigefängnis,

Landratsamt, Land- und Amtsgericht, Schloßtheater, Domhof, das zum Sowjetlazarett umgewandelte Gymnasium und die wohl einhundert Meter lange Promenade zwischen Schwimmbadeanstalt und der Siedlung Klein Berlin am Stadtsee. An der Ecke zum Domhof stand Alma Wittes Hotel, da blieb das Kind aus Jerichow manchmal über Nacht.
Stadt Gneez. 1235 zum ersten Mal erwähnt im ratzeburger Zehntenregister. 1944 etwa 25000 Einwohner, 1946 nur wenig unter 38000. Kreisstadt. Industrie: Sägewerk Panzenhagen und Konservenfabrik Möller & Co., Zweigwerk von Arado. Ansonsten Handwerk, Handel bis auf eine Firma wenig bedeutend. Umgebung: Wälder an allen außer der südlichen Seite, im Osten ein Bergzug von 98 Meter Höhe, bewaldet unter der gütigen Aufsicht der Herzogin Anna Sophie von Mecklenburg. Dortselbst 1676 die letzte Hexenverbrennung; daher der zweite Name Smœkbarg. Neben dem Stadtsee der Warnowsee, Rexin. Bahnverbindungen nach Bad Kleinen, Herrnburg, Jerichow.
Seit das Kind Cresspahl in die Brückenschule versetzt war, hätte sie gleich rechts vom Bahnhofplatz abgehen können, die Speicherstraße entlang und über die Brücke zur Brückenschule in der lübischen Vorstadt. Wenn sie mehr von der Stadt Gneez lernen wollte, als ihr aufgegeben war, lag es vielleicht an der Zeit, die sie bis zur Abfahrt eines Zuges hinbringen mußte?
Sie war längst nicht mehr so fremd, daß sie erst auf die Häuser achtete, dann auf die Leute. Eine Fahrschülerin war sie geblieben; dennoch zog sie um nach Gneez mit vielen Stücken.
Sie ging hinein in die Häuser. Sie beredete mit den Leuten die Geschäfte, für die sie ganz andere Zeit aufwenden konnte als Jakob. Sie erfragte bei Böttcher den Preis für ein Butterstampffaß, sie verglich die Auskunft mit den Wünschen von Arri Kern, Böttcher bekam den Zuschlag.
Im »neuen guten« Viertel, der Bahnhofsvorstadt, hatte sie eine russische Offiziersfrau zu besuchen, Aufseherin des Landratsamtes. Die deutschen Hausbesitzer versuchten, wenigstens diese Einquartierung hinauszuekeln mit unsachgemäßer Bedienung. So gaben sie der Krosinskaja keine Bettwäsche und erzählten in der Nachbarschaft, solche seien es anders ja auch kaum gewohnt. Die Krosinskaja hatte keinen Mann im Kasernenviertel Barbarastraße, ihrer lag bei Stettin in der Erde, so hätte sie Bezüge und

Laken geradezu kaufen müssen. Sie kaufte Likör. Einmal zog sie sich vor dem Kind aus Jerichow aus bis auf den seidenen Unterrock, stemmte ein unsichtbares Gewicht auf beiden Armen und fragte: ob sie noch schön sei. Das Kind schätzte sie auf vierzig Jahre, nannte sie mit dem gewünschten Wort, gar nicht lügenhaft. Nur, bei der Krosinskaja war alles ein wenig zu groß, zu schwer, von den Beinen bis zum Busen. Die Krosinskaja zahlte genau. Über ihre deutschen Gastgeber lachte sie. Die gaben ihr keine Möbel, nun was. Also wohnte sie im Bett. Auf das blanke Inlett legte sie die Armeezeitung, auf der täglichen Krasnaja Armija breitete sie ihr Abendbrot aus, Wurst und Brot und Zwiebeln einzeln, aß mit dem Messer. Sonst war sie ganz tutig.

Eine andere sowjetische Familie, beschäftigt im Bahnhof der Stadt, erzog ihren kleinen Jungen zum Deutschenhaß. Er schmiß Großmutter Rehse den Aufwascheimer um, behandelte sie durchaus wie einen Dienstbolzen. Oma Rehse wäre gern zärtlich zu dem Siebenjährigen gewesen, nun verstand sie ihn nicht. Das war die Familie Shachtev, die kaufte keinen Likör, sondern Schallplatten. Es sollte Musik von Beethoven sein, und billiger als bei Krijgerstams Rasno-Export. Die rückten den Likör unter Streit heraus, beschimpften das deutsche Kind als Faschistenbrut, drohten wohl auch einmal mit Anzeige, alles mit betont guten Formen, die jedwede Vertraulichkeit ausschlossen. Frau Shachtev war im Frieden Ärztin gewesen. Ihr Herzenskind Kolja war in der Heimat von einem Kindermädchen versorgt worden.

Das Jerichower Kind lernte von Alma Witte, von Wilhelm Böttcher kleine Fetzen der Ortsgeschichte, mit denen Zugezogene so gern sich eine Kenntnis der fremden Gegend einbilden:

Der Dom brannte im heißen Juni 1659 ab, ganz allein in der Stadt, wie angesteckt. (Nach Berechnungen des Städtischen Wetteramtes von New York war der diesjährige Juni für die Jahreszeit zu feucht, zu kühl.) Seit 1660 wartete die Kirche auf eine Spende der Stadt für eine neue Spitze des Turms. Die Stadt hatte den evangelischen Glauben unter Kriegsgewalt annehmen müssen, bis zum Jahr 1880 bekam der Dom bloß seine Kreuzflügel wieder, die Stadt wandte nichts auf für den Turm. Die Stadt konnte warten. Solange die Kirche ärgerlich war, wollten die Bürger verwinden, daß die Schiffahrt nun nicht mehr das stumpfe

Notdach von Gneez als Seezeichen benutzte, sondern die Petrikirche von Jerichow.
Die lübische Vorstadt hieß Brückenstadt, Brückenviertel, obwohl auf der lübecker Seite gelegen. Einmal mußte man den großen Nachbarn im Westen nicht auch noch namentlich in der Stadt haben. Zum anderen war da einmal eine Brücke gewesen, über den Wasserlauf, mit dem Johann Albrecht I. von Mecklenburg die wismarsche Bucht an die Elde und Kleinasien hatte anschließen wollen, lange vor Wallenstein. Wallenstein hatte dem Plan seinen Namen verliehen, übrig war da ein fauliger Graben zwischen den Arado-Werken I und II.
Der Stadtsee war einmal benannt gewesen nach einem großen Bauerndorf im Süden, das im Krieg von 1618–1648 ausstarb und in den nächsten Jahren unter den Pflug kam und vermoorte. Die Woternitz war das gewesen. Je mehr Gneez aufkam, desto dringender wollte es einen Stadtsee haben, druckte ihn auf Prospekte für den Fremdenverkehr, schraubte schon am Bahnhof emaillene Schilder an mit deutender Hand. Zwar, das Reichsamt für Landesaufnahme hatte sich nicht erweichen lassen. Gesine lernte es, solchen Geschichten zuzuhören, ohne die Stadtstraße von Jerichow zu erwähnen. Richtig war es, beim gneezer »Stadtsee« etwas die Lippen vorzuschieben, Willi Böttcher seitwärts anzublicken. Dann gehörte sie beinahe dazu.
Sie mußte sich einrichten in Gneez. Als sie am 1. September 1946 in die Brückenschule umzog, fiel dem Klassenlehrer, Herrn Dr. Kramritz, auf dem alten Zeugnis die Unterschrift Abs auf. Kramritz hatte lediglich aus Neugier gefragt, sie aber war vor Angst auf die Wahrheit verfallen. Frau Abs war weder ihre Stiefmutter noch ihre Tante noch irgend jemand, der ihr Zeugnis unterzeichnen durfte. Das Kind Cresspahl hatte keinen gesetzlichen Vertreter.
Ende Oktober hörte sie von der Kontrollratsdirektive 63. Es sollte nun »Interzonenpässe« geben für Reisen in die westlichen Zonen. Die Grenze war wieder offen. Was immer Jakob festhielt am Gaswerk von Jerichow und in Cresspahls Haus, sie wußte es nicht. Eines Tages konnte er nach Westen gehen. Erfinde dir drüben eine Beerdigung, ein Geschäft mit Nägeln, die Volkspolizei gibt dir das Papier für die Reise. Frau Abs würde ohne ihn nicht bleiben. Cresspahls Kind mußte warten.

In Gneez war es zu sehen. Von einem Tag auf den anderen war Brigitte Wegerecht nicht mehr zur Schule gekommen, entschuldigt weder bei Dr. Kramritz noch bei der Freundin. Dann schickte sie Wort aus Uelzen (britische Zone).
Unverhofft wurden in Gneez Zimmer leer über Nacht, ganze Wohnungen, wunderbar schüttete Leslie Danzmann Einweisungen aus über die Flüchtlinge. Es gab schon wieder Familien, die wohnten ganz für sich hinter der eigenen Tür. Als Dr. Grimm das Landratsamt von Gneez wiederum als Erster Leiter übernehmen sollte, auf energischen Wunsch der Krosinskaja, reiste seine Familie zu einer Taufe in Hannover, nicht verwunderlich bei einer so evangelischen Familie. Er besprach die von Gerd Schumann hinterlassene Arbeit einen ausführlichen Abend lang, im Dom Offizerov bei Wein; am nächsten Morgen war er bei Ratzeburg durch den See geschwommen. Der wußte, was er tat. Brigittes Mutter, die geborene von Oertzen, mochte dem Testament ihres Mannes folgen, oder dem Willen ihres Bruders. Hätte das Cresspahlsche Kind es Jakobs Mutter verdenken dürfen?
Jakob ging noch oft genug zu Besuch bei Johnny Schlegel. Er hatte da eine Liebschaft. Jene Anne-Dörte war hübscher, klüger auch als so jüngere Kinder, sie mochte eine Gräfin sein und all das, aber das wußte Gesine Cresspahl, dafür war sie ihre dreizehn Jahre alt: Solche Liebschaften sind fürs Leben. Es gab keinen Zweifel. Wenn Anne-Dörte nach Schleswig-Holstein gerufen wurde, ging Jakob ihr auch dahin nach. Dann war das Cresspahlsche Kind das gewohnheitsmäßige Erziehungsrecht los, das die Familie Abs ihr geliehen hatte.
Kinder, die allein stehen, kommen in ein Heim. In Jerichow gab es keins. Das Sammelkinderheim stand in Gneez.

28. Juni, 1968 Freitag

Gestern, 27. června, stand in der Wochenzeitung des tschechoslowakischen Schriftstellerverbandes, Literární Listy, genehmigt beim Kulturministerium, Erscheinungsort Prag, Preis eine Krone zwanzig, ein Brief an alle Bürger des Landes,

dělníkům,

zemědělcům,

úředníkům,
vědcům,
umělcům,
a všem,

unterschrieben von fast siebzig Arbeitern, Bauern, Technikern, Ärzten, Wissenschaftlern, Philosophen, Sportlern, Künstlern,

Dva Tisíce Slov, Zweitausend Worte:

»Am Anfang bedrohte der Krieg das Leben unseres Volkes. Ihm folgten abermals schlimme Zeiten mit Vorfällen, die die moralische Integrität und seinen Charakter gefährdeten. Die Mehrheit des Volkes nahm das sozialistische Programm mit Hoffnung auf. Jedoch geriet die Leitung in die Hände falscher Leute. Der Schaden wäre zu beheben gewesen, wenn diese Leute ihren Mangel an staatsmännischen, sachlichen, philosophischen Kenntnissen wettgemacht hätten mit gesundem Verstand und Takt, also die Fähigkeit erworben hätten, die Meinung Anderer anzuhören und, schließlich, sich der Auslese der Besseren zu unterwerfen.

Die Kommunistische Partei genoß nach dem Krieg das Vertrauen des Volkes in weitem Umkreis. Dies Vertrauen hat sie nach und nach eingetauscht gegen Posten, bis sie endlich alle besetzt hielt und sonst gar nichts mehr besaß. Wir müssen das so sagen. Das wissen die Kommunisten wie die Parteilosen, die von den Ergebnissen gleicher Maßen enttäuscht sind. Die fehlerhafte Linie der Partei in der Führung hat sie selbst aus einer politischen Partei, einer Gruppe mit einer großen Idee, verwandelt in eine Machtorganisation. Die zog herrschsüchtige Egoisten an, Feiglinge ohne Skrupel, Leute, die etwas zu verbergen haben. Solche Leute hatten Einfluß auf das Selbstverständnis und das Verhalten der Partei, die im Inneren durchaus so organisiert war, daß anständige Leute nicht ohne schändliche Taten in die Führung kamen, um die Partei zu verwandeln in eine, die jederzeit in die Welt von heute paßt. Viele Kommunisten haben versucht, gegen diesen Verfall zu kämpfen; fast nichts haben sie verhindert von dem, was später Wirklichkeit wurde.

Die Zustände in der Kommunistischen Partei waren Vorbild und Ursache für die entsprechenden Zustände im Staat. Die Verflechtung mit dem Staat hat die Partei des Vorteils beraubt, den ein Abstand von der Exekutive bedeutet hätte. Was in Staat und

Wirtschaft geschah, durfte nicht kritisiert werden. Das Parlament verlernte das Beraten, die Regierung das Regieren und die Direktoren das Leiten. Die Wahlen bedeuteten nichts, die Gesetze galten kaum. Wir konnten unseren Abgeordneten in keinem Ausschuß mehr vertrauen, selbst im anderen Fall durften wir von ihnen nichts verlangen, denn sie konnten nichts tun. Noch schlimmer war, daß wir selbst einander fast gar nicht mehr vertrauen konnten. Die persönliche Ehre und die der Gemeinschaft ging kaputt. Anstand half gar nichts, noch verschlug die Bewertung eines Menschen nach seinen Fähigkeiten. Darum verloren die meisten Leute das Interesse für die öffentlichen Dinge, sie kümmerten sich nur noch um sich selbst und um Geld, und das in Verhältnissen, da man sich nicht einmal mehr aufs Geld verlassen konnte. Die Beziehungen zwischen den Menschen verkamen, die Freude an der Arbeit war dahin, kurzum: es kamen die Zeiten, die die moralische Integrität und den Chrakter unseres Volkes gefährdeten.
Für den heutigen Zustand sind wir alle verantwortlich, in größerem Maße jedoch die Kommunisten unter uns. Die allergrößte Verantwortung tragen jene, die Vorteil zogen aus der unkontrollierten Macht oder ihr dienstbar waren. Das war die Macht einer eigensinnigen Gruppe, die mit Hilfe des Parteiapparates von Prag aus in jeden Bezirk und in jede Gemeinde eindrang. Dieser Apparat bestimmte, wer was tun durfte oder nicht tun durfte, er entschied für die Mitglieder der Genossenschaften über die Genossenschaften, für die Arbeiter über die Fabriken, für die Bürger über die Nationalausschüsse. Keine Organisation, nicht einmal eine kommunistische, gehörte wirklich ihren Mitgliedern. Die Hauptschuld und der schlimmste Betrug dieser Herrscher ist, daß sie ihre Willkür ausgaben für den Willen der Arbeiterklasse. Ließen wir uns darauf ein, so müßten wir heute den Arbeitern vorwerfen, daß unsere Wirtschaft ruiniert ist, daß an unschuldigen Menschen Verbrechen verübt wurden, daß eine Zensur noch eine Beschreibung all dieser Dinge verhinderte! Dann wären die Arbeiter schuld an den Fehl-Investitionen, an den Verlusten im staatlichen Handel, am Wohnungsmangel. Kein vernünftiger Mensch wird an eine solche Schuld der Arbeiterklasse glauben. Wir alle wissen, vor allem jeder Arbeiter, daß seine Klasse von jeglicher Entscheidung ausgeschlossen war. Über ihre eigenen

Funktionäre wurde auswärts abgestimmt. Viele Arbeiter glaubten sich an der Macht; dabei regierte in ihrem Namen eine eigens trainierte Clique von Funktionären des Apparats von Partei und Regierung. Diese nahmen faktisch den Platz der gestürzten Klasse ein und erhoben sich selbst zur neuen Obrigkeit.
Um der Gerechtigkeit willen müssen wir sagen, daß unter ihnen viele sich bewußt waren, was für ein falsches Spiel sie betrieben. Heute erkennen wir sie daran, daß sie versuchen, das Unrecht wieder gutzumachen, die Fehler zu berichtigen, die Befugnis zur Entscheidung an die Parteimitglieder und an die Bürger zurückzugeben und die Vollmachten sowie die Kopfzahl der Administration zu beschränken. Gemeinsam mit uns wenden sie sich gegen rückständige Ansichten innerhalb der Partei. Aber ein großer Teil der Funktionäre stemmt sich gegen jede Veränderung. Immer noch haben sie Einfluß. Immer noch haben sie Mittel der Macht in den Händen, vor allem in der Provinz, in den Bezirken und Gemeinden, wo sie geheim ausgeübt werden kann, ohne Sorge vor einer Rechenschaft.
Seit Anfang dieses Jahres befinden wir uns in einem Prozeß der Erneuerung, der Demokratisierung.
Der Prozeß hat in der Kommunistischen Partei begonnen. Wir müssen das anerkennen, auch die Parteilosen unter uns, die von der Seite schon nichts Gutes mehr erwartet haben. Ergänzend ist zu sagen, daß dieser Prozeß auch nirgendwo anders hätte in Gang kommen können. Denn nur den Kommunisten war es vergönnt, über zwanzig Jahre hinweg ein politisches Leben zu führen und ihre Meinung dort zu sagen, wo etwas getan wurde. Lediglich die Opposition innerhalb der Partei genoß das Privileg, Fühlung mit dem Gegner zu halten. Darum sind die Initiative und die Bemühungen der demokratischen Kommunisten nur eine Abzahlung auf die Schuld, die die gesamte Partei gegenüber den Nichtkommunisten trägt, etwa mit der Verweigerung einer gleich berechtigten Stellung. Somit gebührt der Kommunistischen Partei keinerlei Dank. Vielleicht sollte man ihr anrechnen, daß sie sich ehrlich bemüht um die letzte Gelegenheit, die eigene Ehre und die Ehre der Nation zu retten.
Was der Prozeß der Erneuerung bringt, ist nicht allzu neu. Er kommt mit Gedanken und Problemen, von denen viele älter sind als die Irrtümer des Sozialismus und andere Erkenntnisse, die un-

ter der Oberfläche der sichtbaren Geschehnisse entstanden, die längst hätten ausgesprochen werden müssen, aber unterdrückt wurden. Wir sollten uns nicht einbilden, daß diese Erkenntnisse nun notwendig siegen müssen, weil sie die Kraft der Wahrheit für sich haben. Über ihren Sieg entscheidet allein die Schwäche des alten Systems, das offenbar müde werden mußte durch eine zwanzigjährige, ungehinderte Herrschaft. Offensichtlich mußten sich die fehlerhaften Grundelemente dieses Systems, die schon in seinen ideologischen Grundlagen verborgen lagen, zur vollen Reife entwickeln. Darum sollten wir nicht die Kritik überschätzen, die aus den Reihen der Schriftsteller und Studenten kommt. Die Quelle der gesellschaftlichen Veränderungen ist die Wirtschaft. Ein richtiges Wort wirkt nur dann, wenn es ausgesprochen wird unter Bedingungen, die richtig vorbereitet sind. Richtig vorbereitete Bedingungen: darunter muß man bei uns leider unsere gesamte Armut verstehen und den völligen Zusammenbruch des zentralen Leitungssystems, in dem Politiker eines gewissen Typs in aller Ruhe und auf unsere Kosten einander bloßstellten. Bei uns nämlich siegt die Wahrheit nicht von allein, die Wahrheit bleibt einfach übrig, wenn alles andere verjubelt ist! Darum haben wir keinerlei Anlaß zu nationalen Siegesfeiern, lediglich einen Grund zur Hoffnung.
In diesem Augenblick der Hoffnung wenden wir uns an euch. Sie ist weiterhin ständig in Gefahr. Es hat mehrere Monate gebraucht, bis viele von uns sich durchrangen zu dem Vertrauen, sie dürften nun ungestraft aussprechen, was sie denken. Allerdings, viele trauen sich dazu bis heute nicht. Aber wir haben schon so viel ausgesprochen, so viele von uns haben sich zu erkennen gegeben, daß wir die Humanisierung dieses Regimes ohne Abstrich zum Ende bringen müssen. Sonst stünde uns eine grausame Rache der alten Gewalten bevor. Vor allem wenden wir uns an diejenigen, die bisher bloß abgewartet haben. Die Zeit, die jetzt beginnt, wird über viele Jahre entscheiden.
Die Zeit, die jetzt anfängt, ist ein Sommer, mit Urlaub und Ferien, und der alte Brauch könnte uns verleiten, alles liegen und stehen zu lassen. Wir dürfen jedoch nicht vergessen, daß unsere lieben Gegner auf die sommerliche Entspannung verzichten werden. Sie werden die Leute auf die Beine bringen, die ihnen verpflichtet sind, damit sie sich schon jetzt auf ruhige Weih-

nachtsfeiertage verlassen können! Wir müssen aufpassen, was geschehen wird; wir müssen versuchen, es zu verstehen und es entsprechend zu beantworten. Laßt uns den unmöglichen Anspruch aufgeben, daß stets ein Höherer uns die jeweils einzig mögliche Erklärung einer Sache liefern kann, mit der einzig richtigen Schlußfolgerung daraus. Jeder wird seine Schlüsse selber ziehen müssen, auf seine eigene Verantwortung. Gemeinsame, übereinstimmende Beschlüsse kann man nur in einer allseitigen Aussprache fassen. Voraussetzung dazu ist die Freiheit des Wortes, die womöglich die einzige demokratische Errungenschaft bleiben wird, zu der wir es in diesem Jahr gebracht haben.

In die kommenden Tage müssen wir jedoch mit eigener Initiative und mit eigenen Entschlüssen gehen.

Vor allem müssen wir der Ansicht widersprechen, wenn sie überhaupt laut werden sollte, es sei eine demokratische Erneuerung ohne die Kommunisten durchzusetzen, im gegebenen Fall sogar gegen sie. Das wäre ungerecht. Noch mehr, es wäre unvernünftig. Die Kommunisten verfügen über eine gut ausgebaute Organisation, in der wir den fortschrittlichen Flügel unterstützen müssen. Unter ihnen sind erfahrene Funktionäre, sie haben, nicht zuletzt, die Hebel der Macht in den Händen. Ihr Aktionsprogramm steht vor der Öffentlichkeit. Dies Programm soll immerhin damit anfangen, die gröbsten Ungerechtigkeiten in Ordnung zu bringen. Niemand sonst kann ein solches Programm vertreten. Verlangen müssen wir, daß sie sich der Öffentlichkeit mit lokalen Aktionsprogrammen stellen, in jedem Bezirk, in jeder Gemeinde. Dann wird es plötzlich um sehr einfache und richtige Entscheidungen gehen, die seit langem erwartet werden. Die K.P.Č. bereitet den Parteitag vor, der ein neues Zentralkomitee wählen müssen wird. Wir fordern, daß es ein besseres ist als das bisherige. Wenn die Partei neuerdings behauptet, sie wolle ihre führende Rolle in Zukunft auf das Vertrauen der Bürger stützen und nicht auf Gewalt, so laßt uns das glauben nach dem Maß, in dem wir jenen Leuten Glauben schenken, die die Partei schon jetzt auf die Bezirks- und Kreiskonferenzen delegiert.

In letzter Zeit sind die Leute beunruhigt, es könne der Fortschritt der Demokratisierung zum Stillstand gekommen sein. Dies Gefühl rührt zum Teil aus der Ermüdung nach den aufregenden Ereignissen der vergangenen Monate, zum anderen aber entspricht es einem tatsächlichen Sachverhalt: Die Saison bestürzender Enthüllungen, der Rücktritte in hohen Positionen und berauschender Aufrufe von unerhörter Kühnheit ist zu Ende. Jedoch vollzieht sich der Kampf der Kräfte nur auf einer anderen Ebene. Jetzt wird um den Inhalt und den Wortlaut der Gesetze gerungen, um die Reichweite praktischer Maßnahmen. Daneben muß man den neuen Leuten, den Ministern, Staatsanwälten, Vorsitzenden und Sekretären Zeit lassen, sich einzuarbeiten. Sie haben ein Anrecht auf diese Zeit, entweder um sich zu bewähren, oder um ihren Mangel an Eignung zu erweisen. Darüber hinaus kann man in den zentralen politischen Organen nicht viel erwarten. Ohnehin haben sie, nolens volens, bemerkenswerte Tugenden gezeigt.

Die praktische Qualität der zukünftigen Demokratie hängt jetzt davon ab, was mit den Fabriken und in den Fabriken geschehen wird. Bei allen unseren Diskussionen kommt es letzten Endes auf die Wirtschaftler an. Es gilt jetzt, Ökonomen zu suchen, die ihr Fach verstehen, und sie auf die richtigen Stellen zu setzen. Es ist zwar wahr, daß wir alle, im Vergleich mit den entwickelten Ländern, schlecht bezahlt werden, einige von uns noch schlechter. Wir könnten nun mehr Geld verlangen. Aber das läßt sich in beliebiger Menge drucken, damit also entwerten. Darum sollten wir lieber die Herren Direktoren und Vorsitzenden auffordern, uns Rechnung zu legen darüber, was und zu welchen Kosten sie produzieren wollen, wem sie es zu welchem Preis verkaufen wollen, welcher Gewinn dabei herauskommen soll, welcher Teil des Profits in die Modernisierung der Produktion investiert und was davon verteilt werden kann. Die scheinbar langweiligen Überschriften in unseren Zeitungen spiegeln jetzt einen harten Kampf wider, in dem es um Demokratie oder Futtertröge geht. Hier können die Arbeiter als Unternehmer eingreifen, indem sie sich ansehen, wen sie in die Verwaltungen der Fabriken und die Werkräte wählen. Als Angestellte können sie jetzt ihren Vorteil achten, wenn sie als ihre Delegierten in die Gewerkschaftsorgane die Vertreter ihrer Interessen wählen, fähige und anständige Menschen, ohne Rücksicht auf eine Parteizugehörigkeit.

Wenn gegenwärtig von den zentralen politischen Organen nicht viel zu erwarten ist, so muß um so mehr in den Bezirken und Kreisen erreicht werden. Wir verlangen den Rücktritt jener Leute, die ihre Macht mißbraucht, das öffentliche Eigentum geschädigt, die schändlich oder grausam gehandelt haben. Man muß Mittel anwenden, die sie zum Rücktritt zwingen. Zum Beispiel: Öffentliche Kritik, öffentliche Beschlüsse, Demonstrationen, demonstrative Arbeitseinsätze, Spendensammlungen für ihren Ruhestand, Streik, Umgehung ihrer Büros. Jedoch muß auf alle Aktionen ungesetzlicher, unehrenhafter oder faustrechtlicher Art verzichtet werden, da sie damit Alexander Dubcek in den Ohren liegen würden. Unser Abscheu gegen das Schreiben widerlicher Briefe ohne Unterschrift muß so allgemein werden, daß jeder derartige Brief, den sie noch bekommen werden, gelten kann als Post, die sie sich selbst geschrieben haben.

Bringen wir Leben in die Arbeit der Nationalen Front. Verlangen wir, daß die Nationalausschüsse öffentlich tagen. Bei Fragen, die nicht bearbeitet werden, bilden wir unsere eigenen Bürgerausschüsse und Kommissionen. Das ist ganz einfach: Ein paar Leute kommen zusammen, wählen ihren Vorsitzenden, lassen vorschriftsmäßig Protokoll führen, veröffentlichen ihre Angelegenheiten und lassen sich nicht einschüchtern. Verwandeln wir die lokale und die Bezirkspresse, die meist zu einem amtlichen Sprachrohr heruntergekommen sind, in eine Tribüne aller nützlichen politischen Kräfte. Verlangen wir, daß Redaktionsräte mit Vertretern der Nationalen Front besetzt werden, oder gründen wir andere Zeitungen. Bilden wir Ausschüsse mit der Aufgabe, die Freiheit des Wortes zu verteidigen. Ziehen wir für unsere Versammlungen einen eigenen Ordnungsdienst auf. Wenn wir über bestimmte Personen anrüchige Geschichten erfahren, so laßt uns die prüfen auf ihren Gehalt an Wahrheit, dann eine Delegation zu den zuständigen Organen schicken und deren Befund veröffentlichen, wenn nicht anders durch Anschlag an den Toren.

Unterstützen wir die Organe der Polizei, wenn sie wirkliche Straftaten verfolgt. Es ist nicht unsere Absicht, Anarchie oder einen Zustand allgemeiner Unsicherheit herbeizuführen. Vermeiden wir Streit unter Nachbarn, betrinken wir uns nicht, wenn wir politische Dinge zu besprechen haben. Aber entlarven wir Spitzel!

Die belebte sommerliche Bewegung in der gesamten Republik fördert auch das Interesse für eine neue Regelung der staatsrecht-

lichen Beziehungen zwischen Böhmen und der Slowakei. Wir betrachten die Föderation als eine Möglichkeit, die nationale Frage zu lösen. Davon abgesehen, ist sie nur eine der bedeutsamen Maßnahmen, Demokratie in unseren Verhältnissen einzuführen. Diese Maßnahme für sich allein kann der Slowakei kein besseres Leben bringen. Mit getrennten Regierungen in der Slowakei und den böhmischen Ländern ist noch gar nichts getan. Die Herrschaft der partei-staatlichen Bürokratie könnte auch dann weiter bestehen, in der Slowakei um so eher, als sie dort ›eine größere Freiheit erkämpft hat‹.
In der letzten Zeit entsteht ungewöhnliche Unruhe aus der Möglichkeit, daß ausländische Mächte in unsere Entwicklung eingreifen könnten. Angesichts aller Großmächte müssen wir uns damit bescheiden, ruhig unseren Standpunkt zu verteidigen und niemanden herauszufordern. Unsere Regierung muß von uns wissen, daß wir hinter ihr stehen, wenn nötig mit Waffen, solange sie nach dem Auftrag unseres Mandats handelt. Unsere Verbündeten können versichert sein, daß wir unsere Bündnis-, Freundschafts- und Wirtschaftsverträge einhalten werden. Gereizte Vorwürfe und unbelegte Verdächtigungen tun nichts, als die Stellung unserer Regierung zu erschweren, statt ihr zu helfen. Beziehungen auf der Grundlage der Gleichberechtigung sind für uns erst dann möglich, wenn wir die Zustände im Inneren verbessert und den Prozeß der Erneuerung so weit geführt haben, daß wir uns eines Tages Politiker wählen können, die so viel Standhaftigkeit, Ansehen und politisches Können besitzen, daß sie solche Beziehungen für uns auszuhandeln und einzuhalten imstande sind. Übrigens ist das ein Problem, mit dem die Regierungen aller kleineren Staaten in der Welt ihre Mühe haben.
In diesem Frühling haben wir von neuem, wie nach dem Kriege, eine große Chance bekommen. Von neuem haben wir die Möglichkeit, unsere gemeinschaftliche Sache, die den Arbeitstitel SOZIALISMUS trägt, in die eigenen Hände zu nehmen und sie in einen Zustand zu bringen, der unserem einst guten Ruf und der verhältnismäßig guten Meinung entspräche, die wir ursprünglich von uns hatten. Dieser Frühling ist eben zu Ende gegangen, er wird nicht wiederkehren. Im Winter werden wir wissen, woran wir sind.
Damit endet dieser Aufruf an die Arbeiter, Bauern, Künstler,

Wissenschaftler, Techniker und an alle. Geschrieben wurde er auf Anregung der Wissenschaftler.«
An diesem Tag erschien die Angestellte Cresspahl verspätet zum Dienst. Pflichtvergessen besuchte sie erst einmal die Italienische Delegation bei den Vereinten Nationen, ohne Einladung, ohne telefonische Anmeldung. Signora Sabatino mochte nicht recht glauben, daß es in Person einen Menschen gibt, den sie doch nur aus der Adressenkartei für Cocktails zweiten Grades kennt. Auf den Empfängen aber serviert sie, sieht jedem Gast aufmunternd ins Gesicht, stumm aber so deutlich, daß Einer zu hören glaubt: Na? Nicht doch noch ein Stückchen? So ein kleines? Dieses?
Es war ja nur eine Frage. Wie soll eine prager Zeitung von gestern heute schon in New York sein. Die, wissen Sie, die heute in der Times ...
– Ma! rief Frau Sabatino mit einem Mal. – Ma abbiamo quattro edizioni del questo manifesto! La Práce, Zemědělské Noviny e Mladá Fronta! Anche le Sue Literární Listy! Signora, legen Sie doch Ihren Mantel ab! Sie sind naß im Haar! Sie sind die Dame, die die Briefe schickt für Signor Karresh! Nicht wahr, nun werde ich Sie melden bei seiner Excellenz Dr. Pompa, er ist schwer beschäftigt, er hat gar nichts zu tun. Zwei Minuten, und ich komme stören mit Kaffee. Facciamo cosi, Signora?
Aber Mrs. Cresspahl ging gleich weiter durch den Regen, sieben Bogen Fotokopie unterm Mantel. Anwesenheit am Arbeitsplatz muß zumindest vorgetäuscht werden. Dann hat sie die Bank um einen ganzen Arbeitstag betrogen; da hätte selbst unser Vizepräsident de Rosny vergebens gefragt, was solch tschechische Schrift denn zu tun hat mit einer Reise nach Prag. Die Angestellte Cresspahl hätte ihn nicht nur daran erinnert, daß eben sie im August im Auftrag der Bank dahin reisen soll, wo die Sozialisten so reden. Sie hätte ihm wohl etwas erzählen mögen, etwa, daß Vorgesetzte sich störend auf die Arbeit auswirken. Schularbeiten waren es ja geradezu! Das Essen ließ Mrs. Cresspahl sich heraufbringen aus Sams Restaurant! Das Radio, eingestellt auf die Station Prag, sonderte laut fremde Worte ab, ausländische Musik, ganz heiß war es, als sie es abends mit nach Haus nahm. Nach Arbeiten sah es heute kaum aus im Büro.
Komunistická strana, která měla po válce velikou důvěru lidí,

postupně ji vyměňovala za úřady, až je dostala všechny a nic jiného už neměla. Musíme to tak říci...
Nein, noch weiter vorne. Událostmi, které ohrozily jeho duševní zdraví a charakter. Verwüsteten die Integrität...? Das ist noch lange nicht das richtige Wort.
Auch heute sagt unser Radio brav die Wasserstände der Moldau auf, dazu aber schon die Antworten einiger Bürger.
Der Ministerpräsident Oldřich Černík verurteilt solchen Brief vor der Nationalversammlung. Im Schlußteil rufe er geradezu auf zu Taten, aus denen Sachen entstehen könnten wie Nervosität, Unruhe und rechtliche Unsicherheit.
Das Präsidium des Z.K. der K.P.Č. glaubt durch diesen Brief das eigene Programm bedroht, die Politik der Nationalen Front und der Regierung gefährdet.
Wenn ihr wissen wollt, was an Sozialismus möglich ist zu unseren Zeiten, lernt Tschechisch, Leute!

29. Juni, 1968 Sonnabend Tag der South Ferry

Die Rawehns, ff. Damen- und Herrenmoden, unterhielten ihr Ladengeschäft am gneezer Markt seit der Franzosenzeit. Sie waren einmal lose verwandt gewesen mit den berühmten Ravens von Wismar; noch im Herbst 1946 sollte ein Mantel für den Winter ausfallen, wie die Firma Rawehn ihn für modisch estimierte, um so mehr, wenn die Kundschaft ein Handwerkerskind bloß aus Jerichow war, in Obhut einer alten Frau von noch weiter auswärts, einer Flüchtlingsperson. Die Rawehnsche, eine dralle kurze Frau von noch nicht vierzig Jahren, so appetitlich wie unangreiflich verpackt in ihrem städtischen Kostüm, tat beileibe nicht hochnäsig gegen diese Frau Abs und ihren Schützling, die versprachen mit Weizen zu zahlen. Sie durfte vermögliche Kundschaft nicht verärgern; auch solch schwarzes Kammgarntuch hatte sie lange nicht in der Hand gehabt, das hatte wohl seit dem Jahr 1938 in einer Schublade gelegen, einer französischen womöglich, davon hätte sie gern mehr bezogen als anderthalb Meter doppelt breit. Das Futter mit Schottenmuster gar nicht zu erwähnen. Nur, wie diese Gesine Cresspahl sie anblickte! es war ja, um in den Spiegel zu sehen! Im Spiegel wurde sie sich beim Maßnehmen gewahr, vom Kauern stramm am ganzen Leibe, die kastanienschwarzen Haare in festen Streifen hochgesteckt, in der Entwarnungsfrisur, alles nach oben. Daran konnte es nicht liegen. Am Ende war es nur der Trotz, den Mädchen so haben können in diesem Alter.

Das Mädchen dachte an einen Mantel bis lang über die Knie. Kinder trugen bei Rawehns kurz. Das Mädchen wollte die Knöpfe unter Verdeck. Brachte acht große Hornknöpfe an, zum Verstecken? Das Mädchen wünschte einen hohen Kragen, steif um den Hals gestellt; modisch war für Kinder der Bubikragen, halb die Schultern bedeckend, mit runden Ecken. Das Mädchen hätte lieber keinen Riegel im Rücken gehabt. – Dann is doch der Pli hin? rief Helene Rawehn. – Alle kennen das as ne Arbeit von uns, wat salln de Lüd denken in Gneez!

Ihr entging nicht, daß die Dreizehnjährige ab und an Beistand suchte im Gesicht ihrer Begleiterin, die so hohl um die Augen war. Sie bekam Blicke, die trösten sollen und vertrösten, von Kenntnissen in der Kunst des Schneiderns fiel Helene da nichts auf. Überdies sprach die Alte ja kaum. Die Rawehnsche gab nach beim Rückengürtel. Den würde sie mit Knöpfen in der Seitennaht befestigen, nach Belieben abnehmbar. Den unteren Saum würde sie um eine Elle umnähen, wenn das Kind einmal denn den sowjetischen Stil tragen mochte. Der Mantel sollte geräumig werden für zwei Jahre Wachstums. Von den sichtbaren Knöpfen, der ausgestellten Form, dem Bubikragen ging Helene keinen Zentimeter ab, da standen für sie die Kunst und Ehre der Familie Rawehn (Raven) auf dem Spiel. Tatsächlich setzte das Kind sich selten zur Wehr bei den Anproben (an Sonntagen, diskret anschleichend durch Tüsche und hintere Tür, damit den sowjetischen Damen, beim Warten im Salon mit den englischen Magazinen, solch Tuch nicht in die Augen stach); wahrhaftig betrog die Rawehnsche das Kind um kein Lot Mehl, noch die Knopflöcher nähte sie mit eigener Hand; von Herzen gern hätte sie mit dem fertigen Stück im Schaufenster für die Firma geworben, wären es Zeiten gewesen wie im Frieden; Sorgen hatte sie selber, um den bei Charkow vermißten Mann, den Heini, den Schürzenjäger, den liebestollen Kerl. Warum sollte da ein Kind nicht eine schmale Flunsch ziehen in Zeiten wie diesen?

Das Kind war unglücklich mit dem Mantel. Das kam nicht, weil

er so die geplanten Zwecke verfehlte. Schräg eingeschnittene Taschen, einmal eingerissen, brauchen grobe Nähte; einfach aufgesetzte klammerst du wieder an, am Mantel ist nichts zu sehen. Sie wollte keinen Mantel mit Kragen, der nach kleinen Jungen hieß; daran und am Gürtel konnte Einer sie festhalten. Sie kam heutzutage so oft ins Gedränge, da rissen die Knöpfe ab wie aus eigenem; unter einer Leiste hätte sie die behalten dürfen. Sie hatte den Mantel ja zu mehr brauchen wollen als zum Wohnen darin; er war bestimmt gewesen als ein haltbares Gehäuse für die Reise, auf die die Sowjets sie einmal holen konnten, weil sie den Vater geholt hatten. Nun hatte Gesine Cresspahl einen schwarzen Mantel, der war bloß zeitgenössisch elegant.
Frag die Gräfin Seydlitz, sie wird auch hier Bescheid wissen wollen und einem Kind nachsagen aus der gelungenen Ehe der Eltern, es komme viel früher, kräftiger zu sich selbst, zu einem Begriff von der Stelle Ich, zumindest wo es haben will oder wünscht, vielleicht auch, wo es sich kennt als Ich und das bekannt macht in seiner Welt.
Marie Luise Kaschnitz aber hat gesehen und sagt, wie ein Kind sich schaden kann an einem vollkommenen Bündnis der Eltern. Die halten zusammen gegen das Kind, lassen es nicht zu sich einzeln, verweigern ihm das Aussuchen unterschiedlicher Ansätze fürs Lieben, halten es fest in dem unweigerlichen Verzicht, noch mit dreizehn Jahren kaum mehr zu sein als das Kind der Eltern, fast nur beschrieben durch sie.
Das eine Kind wie das andere, beide können sie zurücklaufen zu den Eltern, wenn die Welt sie nicht verstehen will oder kränkt, auch zum großen Bruder, de hett Nœgel ünner de Schauh, in ihrem Schutz geborgen und doch des Verständnisses von sich selbst nicht verlustig. Die Älteren bringen ja nur in Ordnung, was solche Kinder noch nicht haben lernen können; von ihnen werden sie es lernen, auch in Unordnung unverletzlich zu bleiben.
Dem Kind Gesine Cresspahl war die Mutter weggegangen schon im November 1938, es war verraten worden mit viereinhalb Jahren. Der Vater, nicht nur deswegen unentbehrlich, auch als Bundesgenosse im englischen Geheimnis, hatte die Bürgermeisterei von Jerichow zum Ärger der Roten Armee verwaltet, mochte es die Sache mit den Abtreibungen sein oder Mangel an Gehorsam, bei den Russen war er nun, unerreichbar, jeden Tag weniger zu-

ständig für das Kind, da er nicht sah, was sie sah. In ihrem Haus lebte eine Frau von der Insel Wollin, gewünscht als Mutter für alle Zeit, die durfte sie schwerlich bitten: Nimm mich an an Kindes Statt. Sie half, mehr noch, sie ließ sich helfen und war mit dem fremden Kind glücklich, wenn einmal nachmittags ein Ofen schon geheizt war. Auch das weiß ich von ihr: Du kannst nun selber Kinder kriegen, Gesine.

Da war Jakob Abs, der Sohn Abs, der nahm sie als die kleine Schwester. Die Zeit, die er nicht arbeiten mußte, hängte er an die Geschäfte, zu allererst jedoch an ein Mädchen, das war nicht zu jung für ihn, ein vor Schönheit nicht träumbares Geschöpf, Anne-Dörte hieß sie. Nicht nur zu ihr ging er weg, auch aus Jerichow schon. Sein Russisch lernte er aus einem Buch der železnodorožnych terminov, vom Gaswerk machte er sich auf den Weg zu einer Lehre bei der Eisenbahn, die würde ihn wegfahren nach Gneez, nach Schwerin und einmal ganz weg aus Mecklenburg.

Die waren ihr geblieben.

Was fängt eine solche Gesine Cresspahl nun an, wenn sie vierzehn Jahre alt werden soll am 3. März 1947 und darf sich nicht verlassen auf einen einzigen in Jerichow und Umgebung? Wird sie so blind vor Angst, daß sie denen nachläuft, die bloß in der Nähe sind, von den Freunden des Vaters bis zu einem Lehrer, der einmal nicht fragt nach seinem Verbleib? Oder, das kann sie auch getan haben, sie begreift sich als allein gegenüber den Erwachsenen, in zwar nicht angesagter Feindschaft, jedoch ohne Hoffnung auf Hilfe von ihnen? Kann die nicht auch sich merken als ein Ich, mit Wünschen, mit Zukünften die müssen bloß erst noch versteckt werden?

Das Kind das ich war, Gesine Cresspahl, Halbwaise, dem Andenken des Vaters zuliebe entzweit mit der überlebenden Verwandtschaft, auf dem Papier Besitzerin eines Bauernhauses am Friedhof von Jerichow, am Leibe einen schwarzen Mantel, sie muß sich eines Tages entschlossen haben, den Erwachsenen das verlangte Teil zu geben, dabei sich selbst von dannen zu schmuggeln und in ein Leben zu kommen, in dem durfte sie dann sein, wie sie würde sein wollen. Wurde es ihr nicht gesagt, mußte sie es allein herausfinden. Mut verschlägt da wenig.

Sonderbar genug galt ihr die Schule als ein Weg nach draußen. Ihr Vater hatte sie aus der Hauptschule von Jerichow genommen, weil der Lehrer Stoffregen schlug; weil sie ihn eines Tages noch verraten würde vor dem sudetischen Gfeller, Schuldirektor und Gauredner der Nazis; versteckt hatte er sie im Lyzeum von Gneez. Das Kind dachte sich daraus zurecht, er habe im Ernst eine weiter führende Schulbildung angeraten. Dann blieb ihr nichts übrig, als die Ohren anzulegen und geradeaus dorthin zu gehen, wo die Schule aufhörte, an den märchenhaften Platz, der Abitur hieß und Erlaubnis, etwas auszusuchen. Nein, mutig war sie kaum. Angst hatte sie.

Sie fing an mit Lügen. Für den Eintritt in die siebente Klasse, in die Brückenschule von Gneez, hatte sie nicht nur das Abgangszeugnis der sechsten Klasse abgeben müssen, auch einen Lebenslauf. Es war eine Schule unter der Verwaltung der Roten Armee, ihr Vater stand nicht gut mit den Sowjets. Oder umgekehrt. Das konnte sie nicht wissen; etwas anderes hatte sie gelernt. Sie gab ihn an im Lebenslauf, sie beschrieb ihn als Tischlermeister, selbständig, verkleinerte seinen Anteil am Bau des Flughafens Mariengabe, beschränkte ihn auf seine Anstellung als Werfthandwerker, kam zu sprechen auf die Befreiung durch die Sowjetunion und tat, als sei er weiterhin am Leben, Arbeiten, Wohnen in Jerichow.

Wer eines Tages die amtlichen Lebensläufe dieser Gesine Cresspahl vergleicht, er wird nicht umhin können, verschiedene Personen dieses Namens anzunehmen. Oder aber eine einzige, die war jedes Jahr eine andere und wurde sich selbst unbekannt von einem auf den anderen Tag!

Eifer fiel auf, sie entschied sich für Fleiß. Wie sie in der alten Schule »John Maynard« abgeben konnte durch Aufsagen, in Antworten, Klassenarbeiten, lieferte sie dem Lehrerpersonal in der neuen die gewünschte Beschreibung des gegenwärtigen Lebens in Mecklenburg:

Aufbau der anti-faschistisch-demokratischen Grundordnung. I. Definition. Das erste Wort, ein Attribut, nur in Zusammensetzungen zu verwenden, drückt eine Gegnerschaft aus. Sie richtet sich auf eine Herrschaftsform, deren Symbol die Rutenbündel der Liktoren im alten Rom waren, auf eine Unterdrückung des Volkes durch Gewalt in den Händen Weniger. Gewalt haben wir keine in Mecklenburg. Demokratie, eine Verbindung aus den griechischen Worten für Volk und herrschen (demos & kratein), bedeutet eine Ausübung der Macht durch das Volk selber. Wir sehen im Landkreis Gneez, wie die Ausbeuter und Räuber am Volk davon gejagt wurden oder mindestens dreißig Kilometer von ihrem Besitz entfernt Wohnung suchen und arbeiten müssen. Das Volk selber besteht aus den Arbeitern, den Bauern, dem Kleinbürgertum, dem mittleren Bürgertum, in dieser Reihenfolge. (Diese Stelle war für sie heikel, weil sie in der Rangordnung recht ungünstig stand, Handwerkers Kind.) Alles zusammen macht eine Grundordnung aus. II. Anwendung. Ein Beispiel dafür bietet die Schulreform.

In Physik schrieb sie auf Verlangen: Alexandr Stepanovič Popov, russischer Physiker, geboren am 17. März 1859 in Bogoslovsk im Gouvernement Perm, gestorben am 13. Januar 1906 in dem damaligen St. Petersburg, erfand im Jahre 1895 das Telefon. (Sie hat es geglaubt, sie kümmerte sich nicht mehr um den Ursprung der Anekdote, bis zu sechzehn Jahren konnte sie Telefone nur zusammen denken mit Behörden und ein paar ausgewählten Bürgersfamilien, Günstlingen der N.Ö.P.) Auch in ihrem Abitur, Juni 1952, wäre die Antwort noch richtig gewesen. Ohne Absicht, gewiß nicht auf Suche, schlug sie das 1950 von Papenbrocks geerbte Konversationslexikon auf an der Stelle, wo der Lebenslauf von Alexander Graham Bell dargestellt ist. Noch lange später wünschte sie sich, sie müßte das Jahr 1895 nicht gerade deswegen vergessen, dürfte eine andere Vorfreude auf Edinburgh in Schottland behalten.

1947 hatte sie im dritten Jahr Russisch, immer noch bei Charlotte Pagels. Das Thema war die Ableitung mecklenburgischer Worte aus dem Slawischen, einer dem Russischen vorangegangenen Sprachform, nun wohl. Am Schluß meldete sich Cresspahl, mit der für dies Kind mittlerweile bekannten Schüchternheit, und bat um Erlaubnis, etwas über Gneez sagen zu dürfen. Es könne doch wohl herrühren von dem sowjetischen Wort für Nest, nicht wahr? Gnezdo. Eine Eins ins Klassenbuch! (Dergleichen schadete ihr bei den anderen Mädchen in der Klasse, sogar bei Lise Wollenberg; sie mußte es beheben mit der Lage ihres Hauses gegenüber der jerichower Kommandantur, mit Erzählungen von Herrn Leutnant Wassergahn. Endlich kam Lise ihr zu Hilfe. – Doch, du: sagte sie. – Die Cresspahls warn mal so gut wie besetzt!)

Nur keinen Blick abseits vom Lehrplan, der war zum Abstürzen:

Händchen falten, Köpfchen senken
still der S.E.D. gedenken;
gib uns mehr als Kartoffeln und Kohl,
auch was essen der Erste Sekretär und der Zweite
der Sozialistischen Einheitspartei Deutschlands wohl!

Wenn eine Mädchenklasse gegen Mittag allein gelassen wird, frierend in ihren Mänteln sitzt, bei 12 Grad Celsius im schönsten Falle, was können die für verrückte Singetänze anstellen, kreischend, wie die Tollen über die Tische hüpfend!

Zucker sparen?
Ganz verkehrt!
Zucker essen!
Zucker nährt!

bis Fifi Pagels hereinstürzte, ganz ohne Erinnerung an die Preise auf dem Schwarzen Markt für Süßmittel, nur verletzt in ihrem Traum von artigen Kindern etwa um 1912, und ausrief: Ihr bösen, bösen Kinder!
Im Februar 1947 wurde bei Dr. Kramritz die neue mecklenburgische Verfassung durchgenommen, die der Landtag der vorjährigen Wahlen sich gegeben hatte. Bürger des Landes sind alle Einwohner deutscher Staatsangehörigkeit. Die im öffentlichen Dienst Tätigen sind Diener des Volkes; sie müssen sich des Vertrauens des Volkes jederzeit würdig erweisen. II. Grundrechte und Grundpflichten der Bürger, Artikel Acht. Die Freiheit der Person ist unverletzlich.

Personen, denen Freiheit entzogen wird.
Sind spätestens am folgenden Tag in Kenntnis zu setzen.
Von welcher Behörde und aus welchen Gründen.
Die Entziehung der Freiheit angeordnet worden ist.
Unverzüglich ist ihnen Gelegenheit zu geben.
Einwendungen gegen ihre Freiheitsentziehung vorzubringen.

Herr Dr. phil. Kramritz war Mieter zweier Zimmer in Knoops Fürstenhof. Als Knoop im März zurückkam aus seiner entzoge-

nen Freiheit, war dies das erste, was seine treu sorgende Mutter von ihm seit dem 3. Februar erfuhr. Selbst bewährten Freunden gab Knoop keine Auskunft über den Haftort, über Veranstaltungen in der mangelnden Freiheit. Was er gern antwortete, unbeweisbar feixend, gemütlich, in breitem Hochdeutsch: Das Verfahren is niedergeschlagen worden. Ganz wie Emil.
Im März kam einmal die Schülerin Cresspahl dran in Englisch, obwohl Frau Dr. Weidling sich längst in der Mitte des Alphabets befand, nach gerechter Reihenfolge. Zu dieser Unterrichtsstunde brachte sie einen jungen Mann mit in städtischem Zivil, den stellte sie vor als künftigen Neulehrer, zu dessen Ausbildung solche Hospitation gehöre. Frau Dr. Weidling war die sowjetische Spionageabwehr schon ziemlich dicht auf die Haut ihres Mannes gerückt, die unterlassene Warnung ist ihr wenig zu verdenken. Wer möchte was verdacht haben aus jenen Zeiten. Nach einigen grammatikalischen Fragen in der Gegend von N., O. und P. wurde das Cresspahlsche Kind aufgerufen zum Vortragen eines Gedichts, das war aufgegeben in Portionen zum Auswendiglernen. Sie hielt es immer noch für ein Versehen, daß die Sowjets das Englische zuließen als eine zweite Fremdsprache, sie wollte Frau Weidling gern eine Blamage ersparen, sie fing an und hielt durch, in einer widerlichen Lautbildung, in schülerhafter Rhythmisierung, aber in der Satzmelodie so achtlos und annehmbar, wie sie das gelernt hatte von ihrem Vater seit 1943, wann immer sie ohne Ohrenzeugen gewesen waren, woran Frau Weidlings Unterricht wenig hatte verändern können:

Recuerdo
by Edna St. Vincent Millay
born 1892

TOLD BY HEART

»We were very tired, we were very merry –
We had gone back and forth all night on the ferry.
. . . .
We hailed ›Good-morrow, mother!‹ to a shawl-covered head,
And bought a morning paper, which neither of us read;
And she wept, ›God bless you!‹ for the apples and the pears,
And we gave her all our money but our subway fares.«

Marie mag es nicht glauben, eben weil wir auf der Fähre einfahren nach Manhattan und gleich die Subway benutzen werden für den Weg an den Riverside Drive. Marie mißtraut Geschichten, die in allem zusammenpassen; so weit hab ich sie nun. Tatsächlich war Frau Weidling in Lehrerkonferenzen bekannt gemacht worden mit einigen Zeichen der Zeit, sie ließ uns auch Poeme lernen wie »Das Lied vom Hemde«, Verfasser Thomas Hood, 1799–1845, Mit Fingern mager und müd / Mit Augen schwer und rot / In schlechten Hadern saß ein Weib / Nähend fürs liebe Brot, die sozialkritische Anklage. Nur, sie hatte ihren akademischen Grad erworben auf einer Universität statt durch Heirat, sie war in vielen Ländern umhergekommen durch ihres Mannes Gefälligkeiten für die Abwehr, sie mag recht wohl den Band »Some Figs From Thistles« von 1922 besessen haben, und wahrhaftig ließ sie dem Gasthörer aus dem Sowjetlande jenes Fährgedicht vortragen mit der schädlichen, der systemreformistischen Botschaft, wenn überhaupt einer; Kriecherei verbat sie sich wie ihren Schülerinnen, wie Leslie Danzmann wollte sie sich halten als Dame. Das Kind Cressphal bekam seine fürchterliche Niederlage.

Wann hest du't markt, Gesine?

Oh Cresspahl. Dat kannst mi nicht vegætn!

Ick vegæt di dat. Segg an.

Ierst harr'k em nich seihn. Denn wüsst ick, he har de ganze Tied nich rædt. Hei seech so stumm ut. As ick farich wier, sä hei wat in Inglisch tau de Weidling. Nu wusst ick: Dat wier'n Russn.

War nich schlimm, Gesine.

Ja, für mich. Zum ersten Mal konnte ich gewiss sein, du lebst. Aber ich hab uns verraten. Mußtest du noch ein Jahr wegbleiben im Lager Fünfeichen.

Ach wat, Gesine. Der sollt man bloß nachprüfen, ob ich würklich mal in Inglant war lange Jahre.

Und ob sie dich zurückschicken konnten nach Süd-London mit einem Kind, das fällt wegen der Sprache bald gar nicht auf.

Ja, Gesine. Das Englisch von Richmond hättst du noch lernen können.

Wärst du für die Sowjets nach England gegangen?

Für dich, ja. Das wollt ich dich fragen, sobald sie mich rausließen zu dir.

Das kommt nun bald. Dann sag ich wieder das Falsche.

Mi tau Leiw, Gesine.

30. Juni, 1968 Sonntag

Der Oberst Emil Zátopek, der selbe, der uns seit seinem Sieg über 5000 Meter beim Internationalen Militär-Sportfest Anfang September 1946 im berliner Olympia-Stadion hingestellt wurde als ein musterhaftes Beispiel für die Verbindung von Humanismus und Sport unter sowjetischer Aufsicht,
Emil Zátopek, der sich jene zweitausend Worte an alle Leute in seinem Land gewünscht hat, er versteht nun nicht den Ärger der Partei über den Wunsch, es möchten die Schuldigen endlich behandelt werden als Schuldige. – Daran seh ich nichts Konterrevolutionäres: sagt er. Er sagt: Allen Unterzeichnern des Aufrufs geht es um den raschen Aufbau des demokratischen Sozialismus und die Freiheit des Menschen. Sagt er.
Er ist da nicht allein; ähnlich redet die Zemědělské Noviny, die Zeitung der Bauern, auch die Mladá Fronta, die kommunistische Jugendzeitung der ganzen Č.S.S.Republik. Und eben der Tischlerssohn, Träger einer goldenen und einer silbernen Medaille von den Olympischen Spielen 1948 zu London, Meister der Intervall-Methode, Vorbild nicht nur der Streckenläufer, ein Jahr lang lebendes Modell für die Sowjets auf der Krim, drei Goldmedaillen auf den Überflüssigen Spielen 1952 zu Helsinki, für Läufe über

5000 m	in	14:06,6
10000 m	in	29:17,0
42200 m	in	2:23:03,2;

Inhaber von insgesamt 19 Weltrekorden, Leiter des tschechoslowakischen Militärsports seit 1958, zum Sportler des Jahres in seinem Land gewählt noch 1966, wohnhaft Prag, nahe Hauptbahnhof, Am Leihhaus 8, die tschechische Lokomotive, der auch: Emil Zátopek.
In die Konfirmationslehre von Pastor Brüshaver bekamen die Absens mich nur für zwei Stunden, da setzte er mich schon vor

die Tür; Unterricht im Tanzen mußte ich nehmen, wöchentlich zwei Nachmittage im gneezer Hotel Sonne hinterm Landratsamt, im Frühjahr 1947, weil im Winter Feuerung wie Tageslicht nicht gereicht hätten. Zeit zu Schularbeiten verlor ich, kam mürrisch nach Jerichow mit dem Abendzug, da verschlug meine maulende Miene weder bei Jakob noch vor seiner Mutter, das Kind bekam seine Richtigkeit. Tanzstunde.
Sie sahen es in Jerichow, Jakob in Gneez bei seinem Umschulerkurs: vom Bürgerlichen sollte etwas übrigbleiben. Ihnen galt ich als ein bürgerliches Kind, mochte mein Vater verschwunden sein oder einer meiner Onkel ein unbeschreiblicher Verbrecher; fast war es, als hätten sie mich zu vornehmer Erziehung in Auftrag genommen. In Jerichow wie in der Kreisstadt sahen sie die feine Gesellschaft ungeschoren, ausgenommen die man mit Waffen in der Sowjetunion ertappt hatte, oder in Karteikästen der Nazipartei, oder mit adligen Besitztiteln und zu gewinnträchtigen Geschäften mit dem vergangenen Reich. Oder auf Zetteln ohne Unterschrift. Die anderen beließ man in dem Glauben, sie würden noch gebraucht; sie selber waren dessen sicher. Ob Einer mit Schuhabsätzen handelte oder den Arbeitern die Butter abwog in Fetzen zu 20 Gramm, allesamt waren sie gewiß, ohne sie liefe die Versorgung der Bevölkerung noch übler. Keine in unserer Schulklasse hatte es ausgesprochen, fast von Anfang an dachten wir uns geteilt als Einheimische und Flüchtlinge. Die Erwachsenen verlängerten den Unterschied bis zu alteingesessener Bürgerschaft und zugelaufenem Pack; zwar auch weil die dekorativen Holzarbeiten der Sudetendeutschen und Ostpreußen Kleingeld wegnahmen von ihrem Markt. Die hatten ihren Besitz fast ganz zurücklassen müssen; bei den rechten Leuten in Jerichow hatten plündernde Sowjetmenschen noch lange nicht alle Stücke aus Gold oder Gemälde in Öl gefunden, die konnten sie in größerer Not beim Rasno-Export der Roten Armee umtauschen in Zigaretten, die wiederum in Butter oder einen zweimal getragenen Bleyle-Anzug, der einem Flüchtlingsjungen verblieben war. Sie hatten einander selten aus den Augen verloren, so übersichtlich war selbst Gneez; nun fanden sie von neuem zusammen, so in konservativen Parteien, wo sie den Nachtwächterstaat besprachen oder einen künftigen Anschluß an ein skandinavisches Land. Sogar Mecklenburg als eine Provinz hatte die revolutio-

näre Rote Armee ihnen belassen; der störende Zusatz »-Vorpommern« wurde durch das Gesetz vom 1. März 1947 beseitigt, so daß die nun weniger zu sagen hatten und eigentlich gerechnet werden konnten als ein Gewinn für Mecklenburg. Land Mecklenburg. Im Artikel I. 1 Absatz 3 der neuen Verfassung waren die Landesfarben bestimmt: Blau/Gelb/Rot. Das Hergebrachte, wer ficht das an.

Sie zeigten obendrein, was sie von sich hielten. Johannes Schmidt Erben in Jerichow mochte der S.E.D. schließlich seine Lautsprecher ohne Gebühr für Wahlkämpfe überlassen; Wauwi Schröder, ebenso Musikalien und Elektro, jedoch in Gneez, er hatte zwei Schaufenster, in dem einen hing bis Februar 1947 ein Schild in Zierschrift, mit Goldleisten gerahmt: Wir rechnen uns an als eine Ehre,

jetzt und hinkünftig
der Roten Armee und der ihr verbündeten Partei
unsere Verstärker im Dienste der antifaschistischen Sache
sowie auch ohne Rechnung zur Verfügung zu stellen,

mit dem Zusatz:

Das am 19. September in Vergesseneit geratene Mikrofon
betrachten wir als ein Zeichen unseres guten Willens.

Dazu zwei mittlere Töpfe Azaleen. Nach der nächsten Großkundgebung, anläßlich der moskauer Außenministerkonferenz vom 24. April, montierte Wauwi sein Mikrofon zusammen mit den übrigen Kabeln ab und ersetzte die Schrift im Schaufenster durch den neuesten Ausspruch des dienstältesten Funktionärs, die S.E.D. werde nach wie vor jede Veränderung der Grenzen ablehnen. Solche gönnten den Flüchtlingen ja die Rückkehr in ihr Land jenseits der Oder und Neiße; wären sie nur endlich wieder unter sich.

Sie fanden einander in einer Provinz, die sie für ihre angestammte hielten: in den kulturellen Veranstaltungen. Regelmäßige Tischsitten, Nuancen in Grußformeln, abgestimmte Kleidung, dies verstand sich von selbst. Wie aber wäre einem Farbenhändler Krämergeist nachzusagen, der fast keine Veranstaltung des Kulturbundes (z.d.E.D.) ausläßt, und mag sie der Auslegung eines Gedichtes von Friedrich Hölderlin oder so ähnlich gelten? Die alten Familien von Gneez hatten mecklenburgische Stücke gesammelt, nicht nur die fünf Bände Lisch oder das Jahrbuch, auch

Gläser, Scherenschnitte, Truhen, Portraits altväterischer Bürgermeister oder Ansichten des Doms vor dem unerklärlichen Zwischenfall vom Sommer 1659. Sie hatten fast einmal ausreichend zusammengelegt für einen Auftrag an den Bildhauer Ernst Barlach, er möge ihnen ihr genierliches Wappentier in einer recht würdigen Gestalt abbilden, in Bronze; es war dann wegen der Streitigkeiten mit den güstrower und berliner Nazis dazu nicht gekommen. Gneez war kein Güstrow. Sie hatten die den Nazis ungenehmen Bücher ein wenig nach hinten gestellt in den Vitrinen; einmal waren solche Gedichte um 1928 der dernier cri gewesen, schlicht unerläßlich für die Selbstachtung, auch war ja ihr künftiger Geldeswert vielleicht bloß vorläufig zu verachten. Gneez hatte seinen Schriftsteller gehabt! zwar geboren als Tagelöhnerjunge auf dem Gut Alt Demwies, seit seiner Verfrachtung in die Domschule auf Magistratsstipendium vom elften Lebensjahr in Anspruch genommen von der guten Stadt Gneez in Mecklenburg. Einen Band Gedichte, zwei Romane hatte der zuwege gebracht, bis er vor den Nazis aus dem Lande laufen mußte; schon unter der britischen Besatzung hatte der Rat der Stadt beantragt, die Wilhelm Gustloff-Straße neu zu benennen zu Gunsten von Joachim de Catt, auch dem Dreifachen J war als Ausweis für de Catt die Emigration ausreichend erschienen. Nu vot, ungewöhnliche Gesetzgebung erfordert ungewöhnliche Gesetzgebung. Počemu njet? Možno. Imejem vozmožuostj. Zwar hatte »unser Dichter« noch nicht wieder den Weg gefunden in seine stolze Vaterstadt, weder in Person noch brieflich. Kam er einmal zurück aus seinen transatlantischen Gefilden, sollte in Gneez vergeben sein, was 1931 an Ähnlichkeiten im Portrait einer kleinen mecklenburgischen Stadt ein wenig ärgerlich gewesen war, Gneez fand sich kaum klein; sein Jubelfest sollte er kriegen, vorerst hatte Herr Jenudkidse schon den zweiten Rezitationsabend zu Ehren von J. de Catt genehmigt. Da fanden sie einander, nicht bloß in den Vorträgen von Frau Landgerichtspräsidentin Lindsetter, die öffentlich ihre Erinnerungen an die Mangelrezepte des Kriegsjahres 1916vortrug. Die Kirche gehörte dazu, die Religion war gewiß eine Schicklichkeit; bei abendlichen Orgelkonzerten war der Dom praller gefüllt als zu den Gottesdiensten. Wohl war es erhebend und unschädlich, was Superintendent Marjahn predigte; geriet er bei den großen Festen nur ein wenig ins Schwim-

men, so klangen ihm hinterher gewiß die Ohren von den Schimpfreden der pflichtbewußten Damen, die mit der Schürze vor dem Festtagskleid eine Gans zu spät aus der Röhre holten oder mit dem Karpfen ins Hintertreffen kamen. Im Hungerwinter 1946. Die waren übrig geblieben. Wenn Herrn Dr. Kliefoth die Wohnung ausgeräumt worden war, so blieb das erst mal sein Pech. Überdies hatte er sich 1932 das Nest Jerichow zum Wohnen ausgesucht, statt der Bürgerstadt Gneez, die über die Jahrhunderte nicht weniger als zwei Chroniken aufzuweisen hatte. Dennoch würde man ihn wohl oder übel aufnehmen müssen in die alte Gilde, promoviert, Studienrat, Oberstleutnant des Heeres, sonderbar respektiert von den sowjetischen Behörden; der kam nicht. Låt em. Murrjahn wier'n bösn Hund, œwe tauletzt müßt hei sick doch gewn.
Das Cresspahlsche Kind, obwohl Fahrschülerin aus Jerichow und wegen des verhafteten Vaters heikler Umgang; die feinen Familien rechneten sie gern als zugehörig. Diesen Cresspahl hatten immerhin die Briten zum Bürgermeister ernannt, nicht die Sowjets. Was für einen schmucken schwarzen Mantel die trug. Die hielt auf sich, ließ nicht bei Flüchtlingen arbeiten, sondern bei Helene Rawehn am Markt. Und ganz wie der Anstand nun verlangte, ging sie zur Tanzstunde.
»Herr Jenudkidse« nannten sie ihren Kommandanten, auch ins Gesicht hinein. An ihren guten Formen sollte es nicht fehlen. Leider erfreute er sich derer auch. Auf Höflichkeit dachten sie ihn nunmehr fest zu verpflichten.
Es gab Ausnahmen, die wurden bezeichnet nach dem Sprichwort von den Spuren dessen, was Einer angefaßt hat. So wurde Leslie Danzmann bei Knoops, bei Marjahns, bei Lindsetters eine düstere Zukunft vorausgesagt, als sie auch mit den neuen Ämtern noch sich einließ. Leslie Danzmann, alte mecklenburgische Familie, englische Großmutter, Witwe eines Kapitänleutnants, eine Dame. Kam gegen Mitte des Krieges an im gneezer Winkel, mietete eine der modernsten Villen dicht an der See, lebte völlig comme il faut als Hausdame eines Herrn, der etwas zu tun gehabt hatte mit dem Reichsluftfahrtministerium in Berlin. Vergab sich nichts. Erste Klasse. Dann waren in Gneez die aufgefallen, die immer noch Tennis spielten; auch Leslie Danzmann wurde dienstverpflichtet, ans Arbeitsamt. Höhere Gewalt. Mußte sie

danach wieder zu den Sowjets gehen und um Arbeit einkommen in ihrer Verwaltung? Daß Eine nichts besitzt als eine verflossene Pension und nie eine solide Arbeit gelernt hat, Klavierunterricht oder Arztgattin, was soll denn das für eine Entschuldigung sein! Gewiß war auch sie ein wenig in Haft genommen worden, in der Cresspahlsache, komisch, nich? hatte sie sich das dienen lassen als Warnung? Nein, die gute Danzmann hatte sich wiederum den Sowjets angeboten. Den Kindern sagt man: Geh da nich so dicht ran. Nun war sie reingefallen, entlassen aus dem Wohnungsamt, mitten hinein in die Fischkonservenfabrik. Konnte die sich doch denken, daß der Genosse Leiter des Wohnungsamtes sie einlädt in die Partei. Weiß sie keine andere Antwort: Aber was sollen die Nachbarn von mir denken, Herr Jendretzky! Sie hatte es ziemlich richtig getroffen mit den Gedanken der Nachbarn;.stellt sich hin, spricht das aus. Bringt man doch schon den Kindern bei: Sagt man doch nicht. Nun kam sie jeden Arbeitstag morgens zu Fuß von der See, mit dem Milchholerzug nach Gneez, steht bis abends an einem stinkenden Tisch, nimmt Flundern aus, kocht Brühe. Nein, sie klagte nicht. Darin gehörte sie noch dazu. Wie Frauen in der Fischfabrik reden, eine Hausfrau von Welt denkt sich das leicht. Was sie für den weiblichen Geschlechtsteil sagen, das weiß man. Das kleidet eine gebildete Dame jedoch nicht in Worte. Von dem, was vor sich geht, wenn eine Frau, eine verheiratete, wenn die sich freiwillig hinlegt, mit einem Mann, davon sprechen sie als ———. Sind eben Arbeiterinnen, nich? Was ein scheußliches Wort, übrigens. Apropos, wenn Ein'n so'n büschn ginauer über nachdenkt, vleicht is es gaa nich so schlecht angemessen. Ein solches Wort kommt mir nie über die Lippen, Frau Dr. Schürenberg! Das hatte Leslie Danzmann nun davon. Wenn Eine sich erziehen läßt zu den bürgerlichen Formen und will so leben und die Sachen sollen bloß an sie rankommen, wenn sie will, denn soll sie nicht dahin gehen, wo sie rausgeschmissen werden kann in die Fischfabrik! Und zeigte sie wohl nachbarliches Mitgefühl, diese Leslie Danzmann? Sie war da doch ganz dicht dran an dem Fisch, konnte sie nicht mal was mitbringen? so als kleine Aufmerksamkeit? Tat sie nicht. Wenn sie von der Arbeit überhaupt sprach, lobte sie die Proletenfrauen. Die sollten ja gutmütig sein. Angeblich halfen die ihr. Da war eine, Wieme Wohl aus dem Dänschenhagen, stadtbekannt, die hatte mehr als einmal zum Arbeitsschluß gesagt, vor der Taschenkontrolle: Du, Danzmann, komm her, hier hast'n Aal. Bind ihn dir um den Bauch. Wenn dich das ekelt, mach ich dir das. Is doch bloß für zehn Minuten, Danzmann! Nu sei doch nich so stolz ... Die Danzmann war fest geblieben. Es sei nicht von wegen Stolz. – Kinnings, das gehört mir doch nicht! Das ist doch nich meins! Die Frauen hatten ihr zugeredet. Leslie wollte am Ende auch glauben, daß Fisch, besonders Aal, gar nicht in die Ladengeschäfte komme, sondern in die geschlossenen Verteiler von Roter Armee und Partei; das fiel ihr leicht, das sah sie. Dann war sie dabei geblieben: der Aal gehöre ihr nicht. So ging es einer, die sich fallen ließ aus den Sitten von Anstand und Eigentum!

Cresspahls Kind ging nicht gern zur Tanzstunde. Sie tat das aus Gehorsamkeit gegen Frau Abs.

An solchen Nachmittagen war sie in Gneez zusammen mit Lise Wollenberg. In den Stunden hießen sie die Helle und die Dunkle aus Jerichow, für fremde Jungen. Den Unterricht erteilte Franz Knaak, ein Mensch aus hamburger Familie, außer einem alle örtliche Tanzpädagogen, seit 1847. Dieser war fett, sprach gern Französisch, nasal; auf seine mechanischen Manieren war er so stolz, daß er sich mit müden braunäugigen Blicken hinwegtrösten konnte über seine umfängliche Leiblichkeit. Er lehrte vorerst altdeutsche Tänze, Kegel, Rheinländer, sämtlich mit Hinweisen auf das Erbe unserer Väter, statt etwa sowjetisches. Auf den Schieber ließ er sich erst ein nach allgemeinen, fast ungestümen Bitten; diese Art der Bewegung machte er vor in einer schmierigen Art, daß man für den Rest seines Lebens einen Ekel davor bewahren sollte. Er trug so etwas wie einen Gehrock, seifig im Nacken, davon hielt er die Säume mit jeweils zwei Fingern erfaßt und trat die Schritte der Mazurka zum Beispiel mit schwächlich federnden Beinen. Was für ein unbegreiflicher Affe: dachte Gesine Cresspahl in ihrem Sinn. Aber sie sah wohl, daß Lise, die schöne, die lustige, die langbeinige Lise die Sprünge Herrn Knaaks mit einem selbstvergessenen Lächeln verfolgte; Lise wußte in allem so Bescheid. – Wie willst du denn einen Mann kriegen, wenn du nich tanzen lernst! hatte sie gesagt, und an der Längswand des Saals hingen auf abgewetzten Plüschstühlen die Mütter, darunter Frau Wollenberg, und tupften sich die Augen. Sie sah das nicht ein. Damit wollte sie keinen Mann kriegen.

Sie wußte schon einen, der ging mit einer anderen tanzen.
Ihr Mantel hatte von schwarzer Farbe sein sollen, weil sie Trauer tragen wollte um ihren Vater, beileibe nicht weil er wohl gestorben war, bloß zu seinem Andenken. Das gehörte sich. Das wußte sie. Das aber war eine Sache, die auszusprechen war unschicklich.
An den Abenden nach der Tanzstunde traf sie fast immer Leslie Danzmann auf dem Bahnsteig. Sie grüßte sie, sie wartete in weitem Abstand von ihr auf den Zug, sie stieg nie mit ihr in das selbe Abteil. Leslie Danzmann mag sich eine neue Demütigung erfunden haben, diesmal aus dem Geruch, den sie an sich trug. Das war es nicht. Der Duft fiel eher appetitlich auf. Das Cresspahlsche Kind wollte diese Danzmann strafen. Die war freigelassen worden, ihr Vater nicht. Die hatte ihr keine Nachricht gebracht von ihm. Die konnte ihn auch verraten haben.

1. Juli, 1968 Montag

Manchmal denke ich: das ist nicht sie. Was heißt hier sie, was ich; gedacht kann es werden. Es ist nicht zu denken. Sähe Einer allein sie, ich müßte meinen: das ist Gesine Cresspahl (Mrs.), eine Frau um die Fünfunddreißig, (keine Dame), in der allerbesten Haltung für vornehme Gelegenheiten, das Kinn hoch, den Rücken gerade, weit ab von der Lehne, den Blick so beweglich gehalten, daß er von einem Moment zum anderen überwechseln kann von schwenkender Aufmerksamkeit zu unauflöslicher Verbindung mit nur einem Gegenstand, bloß einer Person; von fern müßte ich sie erkennen an den kurz geschnittenen Haaren, aus denen der Friseur das dicht überlappende Federkleid eines Vogels hat machen wollen, was aber nun lässig aussieht, zu struppig in der Stirn. Von nahem wäre sie unzweifelhaft, an den vorsichtigen Bewegungen der Lippen, zu schmal, ob nun kauend oder sprechend, an der flachen Grube unterhalb der Jochbeine, über denen die Haut manchmal hart gespannt wird von Mimik, an den härter gewordenen Falten in den Augenwinkeln, an den unwillkürlich verengerten Pupillen; das ginge mir auf als erstes: die versteckt Angst, nicht ungeschickt. Die ist auf der Hut, die wird sich wehren; erscheinen aber möchte sie als höflich, liebenswürdig, damenhaft. Es müßte schon ein Verliebter sein, der sie eigens beobachten wollte, wenn sie einen schicklich abgemessenen Bissen Fisch von der Gabel nimmt und ihn mit kaum erkennbarem Kauen zerlegt, damit ihr der Mund gleich leer wird, bereit zu Lächeln oder Antwort; uns fällt da wenig auf. Aber, sie ist nicht allein.

Sie ist bloß eine von vielen Leuten in einem großzügig gestreckten Speiseraum, dessen wandhohe Fensterscheiben an zwei Kanten gegen die Sonne verstellt sind mit senkrechten Jalousiestreifen aus ganz weißem Stoff; sie sitzt in einer Männergesellschaft an einem der nördlichen Tische, hinter ihr leerer, schmutziger Himmel, in den schüchterne Turmspitzen emportasten wie abgeschnitten, da kämen Flugzeuge eher erwartet. Sie mag passen in die Gelegenheit des Restaurants, sie ist nicht fremd in den Manieren, die damastenes Tischtuch und silbernes Besteck mit Messerbänken und drei Trinkgläsern verlangen, makellos ist noch ihr Nicken über die Schulter zu dem Kellner, der ihr die Platte mit dem nächsten Gang zur Prüfung hinbückt; dies wird sie gelernt haben. Aber es ist das Restaurant hoch oben im Östlichen Turm der Bank, geschlossen für das Publikum, für gewöhnliche Leute, für Angestellte; selbst der Direktor der Abteilung Bürobedarf müßte sich geehrt fühlen durch die Einladung in diesen Himmel und die Erlaubnis, die französisch formulierte Speisekarte zu lesen, deren Herstellung er täglich in der Hausdruckerei genehmigt. Mrs. Cresspahl jedoch steht nicht nur noch niedriger in der Rangordnung des Hauses, schon das reicht für die Kellner zu leicht verrutschtem Benehmen; sie ist an diesem Tage auch die einzige Frau. Oh, hierher werden Frauen mitgebracht, es kommt vor. Nur, dann gehören sie zu der Familie, den Besitzern der Bank; sie sind Ehefrauen, eingeladen, wenn ein Vizepräsident im Rang erhoben wird oder mit einer Pension abgeschoben ins Alter und in das fast abgezahlte Eigenheim an der schlechten oder guten Seite des Sunds von Long Island; es kommen Damen von Verbündeten im geschäftlichen Leben, wenn ein Vertrag besiegelt, eine Masche gelaufen ist; und wenn die Staatsbank der Volksrepublik Polen nicht einen Mann zu Verhandlungen schickt, sondern eine Mrs. Paula Ford, wird es nicht abgehen ohne ein Essen zu ihren Ehren in diesen abgeschirmten Höhen. Mrs. Cresspahl nun war vor einem Jahr noch Sekretärin für

Fremdsprachen, sie hat einmal in den tiefen Stockwerken gearbeitet in einem Großraumbüro, mit Tonbändern, deren Stimmen sie nicht vorgestellt wurde, angefangen hat sie in diesem Finanzinstitut an einer Rechenmaschine ganz unten; was soll sie hier? Es ist überdies kein beliebiger Tisch, sondern der reservierte von de Rosny, des wahren Regenten in dieser Bank, des Vizepräsidenten aller Vizepräsidenten, des Zweiten Vorsitzenden im Aufsichtsrat; hier empfängt er Staatsbesuche von der Konkurrenz, hier veranstaltet er seine Seminare mit den Direktoren der ausländischen Bereiche; heute mittag kam er mit Mrs. Cresspahl. Sie mag einen heimlichen Auftrag für ihn bearbeiten, etwas Statistisches wahrscheinlich, sie bleibt doch eine von den Entbehrlichen, denen mit der vierzehntägigen Kündigungsfrist; dennoch, wen immer er an seinen Tisch beorderte mit Nicken oder Zuruf, alle haben sie diese Mrs. Cresspahl begrüßen müssen in den gehörigen Formen, dabei hatten manche sie an diesem Tag schon getroffen und sich begnügt mit einem gewöhnlichen Hi. Hi. Nunmehr hat es heißen müssen: It is a pleasure –; sie sitzt nun zur rechten Hand de Rosnys, als wären sie beide Gastgeber für die schwer verantwortlichen Herren. Ist doch bloß eine Frau. Was immer de Rosny vorhat, er wird es durchsetzen; dies ist das Richtige nicht. Was will die hier!
Sie wünscht sich weg. Sie möchte nach unten, auf die Straße, in die Mittagspause. Unten mag es heiß sein, 95 Grad sind vorausgesagt, da hätte sie über die Avenuen Lexington und Madison auf die Fünfte gehen können, Blusen einkaufen wie andere »Mitarbeiter«, denen nach Arbeitsschluß die Zeit fehlt für Kaufhäuser, sie könnte sitzen in Gustafssons Fischladen an der Zweiten, etwas angelehnt, zusammen mit Amanda Williams, mit Mr. Shuldiner, mit Freunden, in Gesprächen, wo sie nicht aufpassen muß an jeder Ecke wie ein Schießhund. Für solch lockere Stunde, die vertraglich zugesicherte, gäbe sie gern die arktische Kühle, wie sie die Maschinen für Chefs erzeugen. Sie weiß ja, es wird nicht dauern. Sie gehört zu den anderen in der Stadt, die können solche Apparate weder erwerben noch unterhalten. Wenn sie heute abend zurückkommt auf die Obere Westseite, über ihr werden nur wenige von diesen teuren Kästen aus den Fassaden ragen, auf den Stufen werden die Leute sitzen, Schonung bloß vom natürlichen Schatten erwartend, bloß die Fenster können sie hochschie-

ben und hoffen, sie erwischten eine Brise von der Luft, die in den Kanälen der Straßen ins Laufen kommt. Marie wird die Wohnungstür offen halten, um einen Durchzug zwischen dem Hudson und dem Treppenhaus zu erzwingen, Einbrecher hin, Räuber her. Der Strom kann weggeschaltet sein, der Gasdruck gesunken, die Wasserhähne verdurstet. Die Feuerwerker werden wieder zu wenig Sprühkappen auf die Hydranten gesetzt haben, so daß die Kinder sich helfen müssen mit Gewalt, damit sie umherhüpfen können in den sprühenden Strahlen, die gegen das Feuer gut sein sollten. Wer daran abends vorbeifährt in verriegelten, automatisch gekühlten Autos, wird new yorker Folklore vermuten und nicht einen Mangel an Duschvorrichtungen in den armen Straßen. Nach der schweren Luftmasse, die seit gestern vom mexikanischen Golf so mühsam hereintreibt über New York, werden andere die Stadt besuchen, und niemals wird eine Mrs. Cresspahl angemeldet sein beim Komfort der doppelt und dreifach gesicherten Versorgungssysteme; schon diese eine Stunde zuviel in der klimatisierten Festung der Bank kann schädlich sein für das Training zum Leben in New York. Da de Rosny es wünscht, sitzt sie mit dem Rücken zum Norden in der Kälte, und die Luftströme aus den Lamellen hinter ihr streicheln ihr den Rücken, daß aus dem Schauern oft beinahe ein Zittern wird.
Sie ahnt, worauf de Rosny hinaus will mit ihr in dieser Gesellschaft von Herren mit mehrfachen Vorrechten; sie weiß nicht sich gemeint. Von seinesgleichen befragt, würde er etwas von sich geben über die Gleichberechtigung der Frau, geradezu das Wort Emanzipation nähme er in den Mund mit jenem heiteren Ernst, dem selbst seine Freunde von der Westküste nicht so leicht Spott unterschöben. Dann gälte es als eine seiner Launen, und ein winziger Fehltritt hätte jene Mrs. Cresspahl verwandelt in ein Opfer. Solange sie sich gerade hält und dennoch ihre Schritte ohne Fehler setzt, kann er seine Untergebenen, wie immer männlich, gewöhnen nicht nur an die Anwesenheit einer Frau bei dienstlichen Mahlzeiten, auch an ihre Fähigkeit zum Mitsprechen, damit sie eines Tages mit ihr sprechen werden in einem Geschäft, in dem sie de Rosny vertreten wird, von einem Land aus, das kennen die kaum ... davon sprechen wir nicht. de Rosny hat angefangen mit Einladungen in solche Lokale wie das Brussels oder das Quo Vadis, da sollte Seinesgleichen, Freund wie Feind,

ihm helfen mit der Verbreitung des Gerüchtes, er werde sich nun doch trösten über die böse Sache mit seiner Frau, ist doch kaum sechzig, de Rosny, ist er; hier im Chefrestaurant werden die Knaben denken was sie sollen, solange er es denn will. Allerdings, die Einrichtung auf Frauen, de Rosny hat sie doch vergessen, Vorbereitung fällt ihm nicht ein, Anmeldung hält er für entbehrlich; wenn er rufen läßt, soll Mrs. Cresspahl kommen, wie sie ist. So darf sie nicht mehr sorglos zur Arbeit gehen in einem etwas verjährten Kleid, das zum Schwitzen schicklich wäre und zum Waschen leicht; die letzte Aufbesserung im Gehalt wird fast jeden Monat aufgefressen von Einkäufen in Läden, die mögen die Dienstmädchen der Kennedys sich leisten können, aber doch nicht die Angestellte einer Bank! Heute hat sie eben Glück gehabt mit dem Ripsseidenen von Bergdorf & Goodman, ärmellos mit kurzer Jacke, es ist förmlich genug, die Farbe neben dem Weiß wird hoffentlich fertig mit der ihres Haares; nur daß die Schneider sparen wollten mit den Nähten, da fühlt beste Paßform sich weit an und lädt hier oben die Einbildung von Frieren ein. Ist es nicht so, die Ansagerinnen der Fernsehstationen bekommen Kleiderzulage! Dor hett ne Uul sætn. Übrigens bewähren wir uns in der Kunst des Gesprächs.
Wie de Rosny es will, läuft es heute wieder einmal ab in der Art einer Prüfung. Ihm scheint kaum tückisch zumute, eher behaglich stellt er sich dar, der Chef, der philosophiert. Die jungen Herren versuchen, in einem sich einzuhaken in seine Blicke und gleichzeitig das Fleisch (gegrillte Lammkoteletts mit eingeflogenen Erbsen) vom Teller zu bekommen, treu wie junge Hunde können sie sich benehmen, Wilbur N. Wendell, Henri Gelliston, Anthony Milo, die noch vor einer Stunde recht herrenhafte Briefe an Banken in vielen Kontinenten diktiert haben. de Rosny sieht sie nicht, wie betrübt über das Vergehen der Zeit erinnert er sich an die Jahre 1899 und 1900, die Open Door Acts, die Erlasse über die Expansion der amerikanischen Wirtschaft nach Übersee, die Heiligsprechung des Glaubens, daß die U.S.A. den Besitz der vollkommensten Ordnung in Wirtschaft wie Politik nicht für sich behalten sondern anderen Völkern schenken dürfen. Die Angestellte Cresspahl hält die Augen auf ihrem Besteck; genau so hat sie es auf der Schule gelernt, bloß mit anderen Worten, dazu die Einbildung, Menschen ohne Kenntnis des dialektischen Ma-

terialismus seien im Denken nicht recht für voll zu nehmen. de Rosny hat jetzt einen seiner jungen Hunde so weit, daß er sich erweisen möchte als guter Schüler. Anthony, armer Anthony. Er ist wohl doch zu rasch weggezogen aus Brooklyn, von der eben erst eingewanderten Mutter mit dem beschämend bäuerlichen Kopftuch, an der er jetzt täglich vorbeifährt in der Eisenbahn hinaus auf Long Island. Hätte er sich noch einmal umgesehen! Aber so fiel er herein auf das neue Nationalgefühl, so liefert unser Tonio einfach die Legenden ab, das Auslaufen der Truppen von Kalifornien nach den Philippinen, Deweys Sieg in der Bucht von Manila 1897, die Versenkung der »Maine« im nächsten Jahr, fast blind vor Eifer läuft er in de Rosnys offenes Messer: So hätte nicht einmal John Jacob Astor geredet, junger Herr Milo. Denken Sie mal an unsere Missionare in China!
Es hat mittelbar etwas zu tun mit Mrs. Cresspahls geheimem Auftrag, diese Verschickung amerikanischen Handels und Wandels zu weniger begnadeten Nationen, in den Augenwinkeln fühlt sie den Blick de Rosnys über sich wischen. Nein danke. Es ist ihr zu früh für einen Sieg über diese besser bezahlten Herren unter der Knute de Rosnys. Sie hat auch zuviel Wut auf sie. Besitzt Mrs. Cresspahl ein Haus auf Long Island? Wo hätte sie Aktien, mit denen sie privat handelt? Nein, Danke. Morgen wird Tonio sagen zu James Carmody: Hast du Schwein gehabt, daß du nicht da warst!
de Rosny nimmt jetzt einmal Rips zum Beispiel: Internationale Kredite tun es freilich nicht; die armen Eingeborenen können die Güter und Dienstleistungen der Industrieländer erst erwerben, wenn sie Arbeit bekommen, Kauflizenz, Handel, mit denen sie die eigene Prosperität zurückliefern in die U.S.A., sagen wir einmal. Nehmen wir einmal diesen Rips, dies wunderhübsche Kleid unserer Mrs. Cresspahl –
Danke. Das sagt sie noch, dann spricht sie quer über den Tisch mit Mr. Kennicott II über den Streik der Eisenbahn von Long Island. War's schlimm? Mr. Kennicott II mag bewährt sein als Personalchef, dies Netz hat nicht er einmal erkannt, bewegt fängt er an zu klagen über die Hitze in den stehenden Zügen heute morgen. Mrs. Cresspahl wird sich nicht hindrängen lassen zu rein weiblichen Themen. Mag unser angeblich allseits verehrter Vizepräsident nun referieren über Rips barré, Rips ottomane, Rips

ondé; die Dame hört ihn gar nicht, hingegeben lauscht sie Kennicott II, nichts scheint ihr wichtiger als wie es war auf der Montauk-Linie, wo achtzehn von 24 Zügen aus Babylon ausfielen. Sie nickt, sie kann sich das vorstellen, wer will da zweifeln.
Kurz vor den spätägyptischen Beweisen für Rips ist es de Rosny zu langweilig geworden; gütig läßt er Mr. Gelliston (Harvard Business School) und Mr. Wendell aufsagen, wie die Politik der Offenen Tür wuchs und Gedeihen zeitigte unter McKinley, Roosevelt, Wilson, von der Konferenz von Algeciras bis zu den Erlassen Webb-Pomerance und Edge, die Bedürfnisse amerikanischer Wirtschaft als Akt und Gesetz und des Weißen Mannes Bürde. Nun haben wir aber doch eine Dame am Tisch, die ist nicht nur sein Entzücken und seine Zierde, sondern auch ausgebildet im Marxismus. Nun, Mrs. Cresspahl?
– It is the indispensable duty of all the nations of the earth: sagt sie wie bereitwillig, erst beim fünften Wort des predigenden Tons sicher, fast zu tief hineingefallen in den kugeligen Hohlraum, den das d-j-u ihr in die Kehle grub: To know that the LORD he is God, and to offer unto him sincere and devout thanksgiving and praise. But if there is any nation under heaven, which hath more peculiar and forcible reasons than others, for joining one heart and voice in offering up to him these grateful sacrifices, the United States of America are that nation.
Beifall. Gelächter. Sie wird ja doch rot, warum es verbergen wollen. Ohnehin nimmt es sich weiblicher aus, niedlicher, vermindert den Erfolg. Auch ist sie wiederum zu wütend gewesen, mehr noch als sie den Sermon las in einem Schulbuch Maries, datiert fünf Jahre nach der Französischen Revolution. Um dies Datum geht es jetzt in einem Wettraten, sie darf den Preis vergeben, sie schlägt am Ende ein Jahr auf, um ihn über de Rosny hinweg an Henri Gelliston zu reichen. Der Chef hat so herzlich gelacht, seine Augen können mit nichts anderem beschäftigt sein, sie erkennt das geringfügige, billigende Nicken.
Das Gespräch geht nun über Dialektik, den Bahnstreik, die Hitze, in vorsichtigem Kreis immer rund um die Politik. Nicht einmal wird das Flugzeug erwähnt, das gestern mit 214 amerikanischen Soldaten an Bord von sowjetischen Kampfjägern zur Landung auf den Kurilen gezwungen wurde: de Rosny mißbilligt die Politik des gegenwärtigen Präsidenten, warum ihn

zwingen zu peinlicher Wiederholung. (de Rosny ist am 16. März nicht empfangen worden im Weißen Haus.) Gebühren für Ferienlager, den Kaffee, Urlaubspläne. Mr. Kennicott II bekommt Hinweise auf Restaurants in Amsterdam. Eins ist ihm schon empfohlen worden, irgend wie nach einem gelben Vogel heißt es. Da möchte de Rosny ihm doch abraten. Will Mr. Kennicott denn auch im Niederländischen mit Amerikanern zusammen essen oder mit den Leuten von der Börse? de Rosny kennt da eins, dunkle Wandtäfelung, solide Möbel, väterliche Kellner, da zittert der Fußboden, das heißt wie Latein in der Schule, es heißt ... – Könnten Sie Dorrius meinen? sagt die Angestellte Cresspahl vorsichtig, schülerinnenhaft, sie will es ja nicht übertreiben an diesem einen Tag. (Sie hat das Dorrius bloß von außen gesehen, es war zu teuer für sie; sie weiß davon mehr durch D. E., dem freilich alle Dinge zum Guten dienen sollen.) de Rosny steht nun frei, ihr den Abgang zu vermasseln, ebenso kann er sie auszeichnen sichtbarlich unter und vor seinen Schülern.

– Dorrius heißt es! ruft de Rosny aus.

– Drei Ausgänge hat es: fügt seine Mrs. Cresspahl bescheiden hinzu.

Sie bekommen Applaus für ihr Duett, de Rosny verbeugt sich für beide, bis zum Fahrstuhl geht die amüsierte Unterhaltung über Dialektik. Da wird sie ihn nicht los, immer noch nicht zieht de Rosny sich zurück in seine erlesenen Gemächer, ehrenvoll begleitet er seine Mannschaft hinunter in ihren Kanzleisaal. Dann war es doch Mrs. Cresspahl, und nicht um Ehre geht es, sondern um ein Wort hinter ihrer geschlossenen Tür. Sie ist mit einem Mal so ängstlich, sie bleibt stehen mitten in dem für ihre Arbeit hergerichteten Raum.

Auch de Rosny verlangt es nicht nach einem Sitzplatz. Lehnt an der Tür, sucht auf den Tabellen an den Wänden, den Schriftstükken auf dem Stahlsekretär nach einem Anfang.

Wer ist das, dieser de Rosny? Was hat sie mit ihm zu tun? War er einer von denen, die am 26. Juni 1940 die Kapitulation Frankreichs im Hotel Waldorf-Astoria mit einem Festessen begingen? Nein, er nicht. Seine Eltern, womöglich. Was die antifaschistische Komponente angeht, so fühlt sie keine Gefahr von ihm;

Faschismus ist schlecht für das Geschäft. Weil er die falschen Gründe hat, deswegen mißtraut sie ihm? Was will er in ihrem Zimmer, bei geschlossener Tür?
Sie sieht da einen Herrn, der hat für seinen Körper gesorgt von Jugend an, an dem wird er nicht sterben. Es muß schon schlimmes Alter sein, das diesen erledigen will. Er hat sein Gehirn beschäftigt, aber ohne Gewalt, ohne es treiben zu lassen in Alkohol. Dieser wird einmal sehr wach sein, wenn er in den Tod geholt werden soll. Kaum Falten in der Stirn. Meliertes Haar, aber nicht greisenweiß, dicht, kräftige Bürste. Die Augen allerdings, sonst kühl, scharf im Blick, sind heute trübe, kaum noch blau. Das geht heute abend weg auf dem Golfplatz am Sund. Sie sieht ihn, sie würde ihn nun erkennen noch in Verkleidung; sie kann in den Anblick nicht einziehen, was sie weiß. Es ist ein Wissen daneben: er ist einer von denen, vor denen sind wir gewarnt worden auf der Schule. Er ist das feindselige Geld. Es hat ihn aufgezogen, er dient ihm; er meint nicht die Verbesserung des Sozialismus, wenn er der Č.S.S.R. einen Kredit beschaffen will. Von Politik versteht er, was dem Gelde schädlich ist. Er hält es für nützlich, den Tschechoslowaken und Sozialisten jemanden zu schicken, der hat einmal in ihrer Nähe gelebt. Das soll sie sein, sie braucht es nicht zu sein. Warum reicht es nicht zu Ekel?
– Mrs. Cresspahl. Das ist ein Anfang. Schon hält Räuspern ihn auf. Sie ist nicht einverstanden mit sich, sie möchte ihm doch heraushelfen aus seiner Verlegenheit. – Sir?
– Sie wollen alle diese Dinge für uns tun ... Sie gehen nach Prag für uns, Sie ziehen Ihr Kind aus der Schule, aus der Heimat New York, ...: es kann ein viertel Jahr dauern, ein halbes: wiederholt er, stellt er noch einmal fest, aber ganz ohne Bedauern in der Stimme. Mitgefühl hat er kaum im Sinn. Warum sieht er sie nicht an?
– Yes. Sir: sagt die Angestellte Cresspahl.
– Würden Sie noch etwas tun? etwas ... ich darf es Ihnen nicht sagen, schon dies ist zuviel! Sie könnten sich weigern ...: er ist immer schneller geworden; bei jedem anderen hätte sie Befangenheit, Scham, Geniertheit für sicher angenommen. Dieser lächelt nun ein wenig. Bei Cresspahls Katzen hab ich das gesehen, da hielten sie die Pfote über der Maus.

Es ist nicht die Bank, für die ich das tu.

Das ist mir bekannt.

Sie ahnen nicht warum, Mr. de Rosny.

Mag sein. Solange es uns nützt.

Ich brauch Ihnen gar nichts zu sagen.

Sie könnten nun zurücktreten von diesem Auftrag. Es ist die letzte Gelegenheit.

Dann käme die vierzehntägige Kündigung.

Sie kennen Ihren Anstellungsvertrag, Mrs. Cresspahl.

Nach zwei Monaten könnte ich meine Wohnung nicht mehr bezahlen, nach einem halben Jahr müßte ich Marie von ihrer Schule nehmen.

Und wenn es das wert wäre?

Sie setzen mich auf die Schwarze Liste, bei keiner Bank im Staat New York, in Pennsylvania, in Neuengland bekäm ich Arbeit.

Ein Schmerzensgeld.

Fürs Maulhalten.

So ist es, young lady. Sogar an Ihrer Arbeitserlaubnis könnten wir was drehen.

Sie würden sich zweifelsohne entschuldigen.

Nur in diesem Moment. Jetzt.

Mr. de Rosny, sagen Sie es. Nur daß ich es weiß.

Beweisen Sie mir, daß ich hier war, Mrs. Cresspahl. Beweisen Sie es irgend jemandem!

– Was immer zur Durchführung dieses Auftrags unerläßlich ist, ich werde mich nicht weigern: sagt die Angestellte Cresspahl, steif, höflich. Sie ist ärgerlich auf sich, sie hat einen Moment lang nicht aufgepaßt, in der leeren Stelle sitzt nun Vertrauen. Sie hat eine andere als die richtige Angst.
– Das ist die Art von Mut, die ich bewundere: sagt de Rosny, dreht sich an einer Schulter aus der Tür, hinterläßt sie angelehnt, war nie hier.
In den Stunden bis zum Dienstschluß macht Mrs. Cresspahl ihre Arbeiten, als müßten sie allesamt an diesem Tag um 5 p. m. abgeliefert werden. Sie kann die LIBO-Rate, die London Interbank Offered, dieser Woche gut und gern ein zweites Mal durchrechnen. Sie kann das ein drittes Mal übersetzen in tschechische Kro-

nen. Am Ende hat sie nur zwei Minuten für das Memo an den Chef der Personalabteilung: Das Restaurant Dorrius, Amsterdam, Niederlande, hat einen Ausgang am N.Z. Voorburgwal und zwei zur Spuistraat hin (N.Z. = Nieuwezijds = Neuseite; eine Altseite gibt es seit ungefähr 150 Jahren nicht mehr): mit verbindlichen Grüßen Ihre G. C. ... als die abendliche Hitze der Straße über sie fällt, weiß sie noch einen scharfen Rand von Furcht. So ist es, wenn eine etwas vergessen will. Warum sollte ihr Schlimmeres abverlangt werden als den Leuten um sie herum, die vorsichtig auf den Bahnhof Grand Central zugehen, in Angst vor dem plötzlichen Ausbruch von Schweiß, vor der Nonne, die zwischen den Klapptüren im östlichen Eingang eine Bettelschale auf den Knien hält, vor der abgerissenen alten Frau, die mit ihren aufgequollenen Beinen auf den Stufen zum Graybar Building schläft, eine fransige Papiertüte fest in der Hand, an diesem 1. Juli 1968. Es ist nicht Angst, es fühlt sich übler an: wie Abschied, Abschied von New York.

2. Juli, 1968 Dienstag

Das amerikanische Militär in Viet Nam streitet sich mit der Presse und leugnet rundweg, in Kriegszeiten könnten die Reporter die Neuigkeiten so rasch und vollständig kriegen, wie sie das wünschen mögen. Die Leute von den Zeitungen halten es überdies für machbar. In der vorigen Woche ging John Carroll, von der Baltimore Sun, nach Khesanh und sah mit seinen Augen, wie Marinesoldaten die Startbahn in die einzelnen Stahlplatten zerlegten und eigene Bunker mit Dynamit hochjagten. Da er den feindlichen Truppen in vorgeschobenen Stellungen ähnliche Beobachtungen zutraute, schickte er die Nachricht nach Hause. Der General von der Presse zog Mr. Carrolls Karte für unbestimmte Zeit ein; mit dem werden nun weder die Angestellten der Botschaft noch des Militärs sprechen, und wenn er von einem Ort an den anderen will, nimmt kein Fahrzeug der Armee ihn mit. Sie gibt ihm recht in seiner Einschätzung mit neun Zehnteln; ihr eines Zehntel Meinung reicht zum Verbot. Vielleicht paßte der Rückzug aus Khesanh noch nicht zu den drei Monaten blutiger Verteidigung.

In Hessen, westdeutsche Republik, ist Dr. Fritz Bauer gestorben, Generalstaatsanwalt und einer der wenigen im Amt, die von Anfang an die Verbrechen der Nazis für gerichtlich erfaßbar hielten, und erfaßten. Gerade die suchte er, die als Beweis von Unschuld reine Hände vorzeigten, alle Tintenflecken abgewaschen, von Eichmann bis zu den Ärzten der Konzentrationslager. Ohne ihn hätte es den Prozeß über Auschwitz von 1963 bis 1965 nicht gegeben. Viele Schriftsätze an Herrn Bauer hat sie sich ausgedacht, das Kind das ich war, keinen abgeschickt. Bloß 64 Jahre alt, gestorben.

Die Gesine Cresspahl der Sowjetischen Besatzungszone hatte im Frühjahr 1947 angefangen mit einem Tagebuch.

Es war nicht so recht eines. (Wie dies keins ist, aus anderen Gründen: hier macht ein Schreiber in ihrem Auftrag für jeden Tag eine Eintragung an ihrer Statt, mit ihrer Erlaubnis, nicht jedoch für den täglichen Tag.) Das schrieb sie selber, ließ aber ganze Wochen aus. Es kam nicht aus einem Entschluß zu einem Neuen Jahr. Gewiß, es sollte gegen das Vergessen sein, nur Jemand Anderem zuliebe als ihr. Es sah kaum aus wie ein Buch, wie ein Heft. Jakobs Mutter hätte sich gescheut, es anzufassen, Jakob wäre nicht über die erste Zeile gekommen; sie wußte recht ungenau, warum sie es schützen mußte. Es lag mal zwischen diesen, mal zwischen jenen Seiten von Büchners Wirtschaftsgeographie von Mecklenburg-Schwerin. Das ist eine Dissertation, dick genug für eine Widmung an Eltern, dünn wie Broschüren sind; mehr als Zettel sind da kaum einzulegen. Auf dem Zettel standen keine Daten, das mußte noch keinem zweiten Blick ein Tagebuch sein. Da waren wenig volle Sätze zu sehen in der unausgewachsenen Schrift, bloß Worte in Reihen hintereinander, in der Art eines falsch angelegten Vokabelhefts, viele ausgestrichen. Eins war noch zu lesen, »schartig« hieß es. Gelegentlich vergaß sie, was sie hatte festhalten wollen. Dies finden wir noch einmal. Es enthielt die wiederkehrende Empfindung, das Gesicht der Schülerin Cresspahl müsse doch sich schartig ausnehmen im Gespräch mit Erwachsenen, bloß weil sie es von innen so fühlte. Was aber fangen wir an mit einer Notiz wie »Ja kolokoičik« oder »Packard? Buick«? Es ist verloren. Und nicht nur standen da, gestrichen oder belassen, russische Worte, auch deutsche versteckt in kyrillischer Umschrift. Das ist weggelaufen, keiner fängt es mehr. Es

war nicht viel von einem Tagebuch, und sollte eines für Cresspahl werden. Wem man etwas aufschreibt, der muß doch kommen. Wer tot ist, kann der lesen?
»Ja kolokoičik« ist ohne Strich, also war es damals nicht zum Schämen. Dann darf »ja« aber auch »ich« bedeuten, wie die russische Schreibweise es vorschlägt, es hat da jemand sich eine Abkürzung ausgedacht. Kolokoičik, was hatte Jakob da angefangen mit einer kleinen Glocke? Mit einer Schlittenklingel, etwa? Sollte das ein Name sein für jene Anne-Dörte, die ihn immer noch nicht nachgeholt hatte in ihr Schleswig-Holstein? Nein, hoffentlich. Denn gerade in bösen Namen wollte sie es nicht aufnehmen mit einem Mädchen, das Jakob ihr vorzog. War sie das selber gewesen, die zu kleine Glocke?
»Rips«. Notierung des Schwarzen Marktes, Stoff, oder Risse darin? Nicht einmal Rippenschmerzen; der unausweichlich tägliche Umgang mit Jakob tat an einer anderen Stelle weh. Nein, Rips war Bettina Riepschläger, vertretende Fachkraft für Deutsch an der gneezer Brückenschule, wenig älter als die Schülerinnen der Sieben b, vom eigenen Abitur nach zwei Monaten Lehrerkurs mit humanistischer Bildung betraut, ein fröhliches Mädchen, ohne Verlangen nach standesgemäßer Würde. Wir machten während ihres Unterrichts, wonach uns zumute war; sie desgleichen. Oft sah es aus, als redete sie uns dazwischen. Die Schülerin Cresspahl wollte ihr beweisen, wie wenig sie ein gemeinsames Erlebnis am Windfang von Alma Wittes Hotel auszunutzen gedachte; am liebsten sah sie die bloß an. Bettina hatte sich ihr dünnes helles Haar schneiden lassen nach der Mode Strubbelkopf; sie bekam Strähnen von drei Zentimeter Länge zwischen die Finger, mit denen sie sich kämmte. Blond, das hatte die Erfahrung gelehrt, war Jakobs Farbe. Im Gegensatz zu dunkleren Tönungen. Heute wird sie auch wissen, daß die Mode kam aus jenem Film nach Hemingway, in dem die spanischen Terroristen einem Mädchen den Kopf geschoren hatten; jene Maria aber sollte dunkelbraun gewesen sein. Am besten blieb Jakob ohne Nachricht von solchem Kornblumenkleid, das in allem richtig fiel, von solchen schön ausgewachsenen Beinen, von dieser unbedenklichen hellen Stimme, die umsteigen konnte von einem kameradschaftlichen Ton in einen festen, der Zurückweisung ankündigen konnte und doch Schutz. Es kam vor, daß Bettina so alt

tat wie ihre neunzehn Jahre. »Kinnings –« sagte sie wohl; dann waren wir eine Weile Kinder. Lise Wollenberg hat einmal geweint vor Angst, Bettina könne mit einer anderen auf dem Hof spazieren gehen als mit ihr; Lise versuchte ja jetzt schon die Füße zu setzen wie Fräulein Riepschläger. Aus Ludwigslust war sie. Diese Lehrerin sprach wenig in den umgedrehten Ausdrücken von Dr. Kramritz, die antifaschistisch-demokratische Grundordnung oder die führende Rolle der Partei der Arbeiterklasse kamen bloß vor, als verstünden die sich von selbst, weil vorhanden. Bei ihr schrieben wir Aufsätze wie »Mein bester Freund«. Cresspahl aus Jerichow war noch tiefer verrutscht in das unauflösliche Bedürfnis nach Heimlichkeiten, so mochte sie auch keinen besten Freund angeben und verfiel auf einen Hund. Den gab es nicht, es war weder der von der Kommandantur noch der Chou-Chou von Käthe Klupsch, den bildete sie sich ein, vom Körperbau bis zum Benehmen. Sie verstieg sich zu der Behauptung, jener Ajax bleibe angstlos am Beckenrand der Militärbadeanstalt liegen, wenn sie noch so spritzend an ihm vorbeischwimme. Aus diesen und vielen anderen Gründen: war dies der Schülerin Cresspahl bester Freund. Sie bekam als Zensur die Frage, in diskreter Rotschrift: »Bißchen sentimental, oder?« Sie freute sich sehr. Nun hielt sie diese Bettina für eine von den vernünftigsten Lehrerinnen ihres ganzen Lebens, und es war etwas an ihr, das wollte sie Cresspahl erzählen. Rips.
Škola, die Schule. Da hatte diese Tagebuchschreiberin ihre Bedenken, Sorgen geradezu. Denn es waren wenige Lehrer wie Bettina, die ja nach der Schule »frei« hatte wie wir. Solche wie Dr. Kramritz glaubten sich geachtet, verehrt geradezu, nur weil es in deren Stunden still war; über ihn wurde kaum gesprochen. Es war einmal ausgemacht, daß es in Gneez anders zuging als nach seinen Erläuterungen zur mecklenburgischen Landesverfassung. Das steife Knie hatte er sich abgeholt in eben jenem Krieg, den er nun darstellte als nationale Schuld, statt seine. Es sah aber unkorrekt aus, wenn er sich die silberdrahtige Brille noch fester auf den Nasenrücken drückte; dann schien er sich zu bewaffnen. Seine Strafen waren alle zulässig nach der Schulordnung; er genoß den Gehorsam. Die Flüchtlingskinder fürchteten ihn. Gesine Cresspahl fand die Wundenspur auf seiner Nase zum Ekeln. Immerhin erzwang er, daß die Klasse das Gewünschte aufsagen konnte.

Anders war das bei Fräulein Pohl, Mathematik und Geographie, einer von denen, die zeit ihrer Laufbahn Fräulein heißen, obwohl sie über die Fünfzig war und an keiner Stelle ihres Leibes noch zierlich. Kräftig rotbraunes Haar im Bürstenschnitt, Jettaugen, voll in den Backen, voll im Kinn. Im immer einzigen grünen Jägerkostüm, gelegentlich mit dem passenden Hut. Vorwerk nannten wir ihren Busen; den Ausdruck erkannte sie nicht, Flüchtling aus dem Schlesischen. Die war der Welt böse über ihren Anteil an den deutschen Verlusten, das saß hinter ihrer gleichmäßig verdrucksten Miene. Der war es egal. Wenn ein Kind ein Rechenproblem nach der zweiten Erläuterung nicht verstanden hat, fehlte ihm bei dieser Dame schlicht der mathematische Verstand, es war aufgegeben in diesem Fach, mochte es die nächste Klasse nun nicht schaffen wegen dieser Fünf Plus. (Gesine Cresspahl bekam bei ihr für einen Aufsatz über die Bodenverhältnisse und Wirtschaft Chinas eine Anerkennung für geographischen Verstand; der Irrtum hielt sich bis ins nächste Frühjahr.) Frau Pohl, Fräulein Pohl mochte früher ihren Beruf ausgeübt haben wie einen ausgesuchten; jetzt war er ein Job für sie, die Voraussetzung für Zuzugsgenehmigung und Lebensmittelkarte, da zwar sollte es an nichts fehlen, mehr als das Notwendige verweigerte sie. Die Schülerin Cresspahl glaubte immer noch an ein Entkommen durch Lernen, die Zeit lief ihr weg bei solchem Unterricht, oft hatte sie das Gefühl von Versäumnissen. Was hiervon sie Cresspahl einmal sagen wollte, kam aus der Erinnerung, daß er ihr 1944 schon einmal geholfen hatte mit der Schule. In der Schule. Gegen die Schule.
»Antif.« Das gehörte zu Jakobs schweren Abenden. Denn Cresspahls Tochter kam nicht mit Kleinigkeiten zu ihm gelaufen, schon gar nicht mit jeder, erst recht nicht gelaufen; mochte sie jünger sein als Gräfinnen namens Anne-Dörte, ein Kind war sie längst gewesen. Jakob mochte denken, sie nehme sich ihr Recht von ihm als dem Mann im Haus; sie hätte allerdings auch Niemanden gewußt für die Fragen, die sie in der Schule als Antworten lernte. Sie kam mit dem Wort Antifaschismus schwer zurecht. Faschismus sei doch etwas Italienisches gewesen. Jakob wurde das so wie ihr aufgegeben in seinem Umschulerkurs; er sah recht ergeben aus, wenn er das nun noch einmal hin und her bewegen mußte hinter seiner harten breiten Stirn. Sie saßen oft auf

den Stufen vor Cresspahls Tür, mit Blick auf die vernagelte Ortskommandantur; beide sahen wenig von dem marschierenden Posten, dem Bildnis Stalins im Triumphbogen. Wie Cresspahl konnte Jakob die Augen auf Fernsicht stellen. Ihr unterlief unfehlbar wieder, daß seine Schläfen so fest aussahen, die Stirn so ohne Kante eingebogen war in den Schädel. Warum mochte er sich das Haar so hoch hinauf scheren lassen, so kurz, und wenige Tage darauf sah es doch wieder aus wie ein Pelz. Wenn einem bei einem Pferd der Pelz gefällt, dann ... Auch wurde sie nicht fertig mit der kleinen Faltenverschiebung in seinen Augenwinkeln, die sah so straff aus, so lebendig, als wüßte er von sich jede Bewegung. Dann hatte sie unordentlich zugehört. Jakob war längst dabei, ihr zu erklären, daß die Nazis mit ihrem Nationalsozialismus den Sozialisten ein Wort weggenommen hatten, oder zwei, daß ein Ausdruck wie anti deswegen noch lange nicht in der Nähe von Sozialismus vorkommen durfte und daß ihr ja ein Antinazismus freistehe, solange sie sich verstanden glaube. – Ja ...: nein: sagte das Cresspahlsche Kind. Gespräche können so unheimlich rasch zu Ende gehen. Das finde sie ein häßliches Wort. – Ein Schietwort für eine Schietsache: sagte Jakob. Da konnte sie nicht weiter. Sie hatte die ganze Zeit gewußt, daß er doch bald aufstehen werde, sich angenehm recken über ihr und aus seiner ganzen Höhe sie verabschieden, lächelnd, fürsorglich, wie ein Erwachsener zu einem Kind. – Vegæt din Bett nich: sagte er, ziemlich mecklenburgisch schon, da war er schon unter den Walnußbäumen hindurch und auf dem Weg zur Stadt. Das nahm sie übel, das schrieb sie in ihr Tagebuch. Antif.?

»Einbeinig, Fahrrad«. Sie hatte einen Mann gesehen, der konnte mit einem Bein ein Fahrrad regieren.

»A. in Gneez«. Sie hatte dies Kind nicht aufgeben können, in Träumen kam Alexandra wieder und war am Leben (und ohne jede Ähnlichkeit mit einer Hanna Ohlerich, die doch einmal Wochen lang neben ihr geschlafen hatte im gemeinsamen Fieber). Alexandra in einem fremden Land, ein Kopftuch um die Haare, so daß zwei helle Bögen sich abhoben über der Stirn, sagte auf Ukrainisch: Gesine, nimm mal. Halt mal diesen Kerl, und richtig hatte Gesine dann Dick Eberhardt Paepcke im Arm, der war auch nicht tot, der schlief bloß und träumte, wie sie. (In Gneez war im März ein Güterzug durchgekommen, voll mit Leuten aus Pom-

mern, die die Polen abschoben. Gesine hatte den Aufenthalt für eine halbe Stunde erwischt, lief von Waggon zu Waggon und elendete die müden, angeschmutzten Menschen auf dem Stroh mit Fragen nach Paepckes aus Podejuch. Genau wie im Traum wußte sie, daß sie im April vor zwei Jahren gestorben waren, wie im Traum konnte sie sich nicht aufhalten und lief zur nächsten Schiebetür, wirr vor Scham, vor Hoffnung, fast weinend, sehr undeutlich im Sprechen.)
»Weißbrot«. Drei Zeichen des Ausrufs. Das war Dr. Schürenbergs aufrechter Widerstand gegen die kommunistische Besatzung. Da es öffentlich kein Weißbrot gab, verordnete er das auf manchen Rezepten.
»R. P.«. Ein Strich zwischen den beiden Buchstaben hatte daraus die Formel für Requiescat In Pace gemacht. Das half wenig, den Vorfall zur Ruhe zu bringen, auch war er eher gemacht von ihr als vorgekommen; die Erinnerung daran kam so scharf und schmerzlich wieder, sie zuckte zusammen wie unter einem Stich. Jakobs Mutter versuchte ihr jenen Abend auszureden, sie sprach so leise, so tröstend, bis ins Einschlafen. Am nächsten Morgen war es unvergessen. Wie kann etwas werden zu einer Furcht vor Schuld, das angefangen hat so klar und kalt und sauber wie ein nass geschliffenes Messer sich anfühlt?
R. P. hatte an einem Abend in Cresspahls Küche gesessen. Gesine kam von der verhaßten Tanzstunde, die für ihre feinere Bildung so unerläßlich war, und mit den höheren Sitten war sie mittlerweile so weit geraten, daß vor der Haustür ein sechzehnjähriger Kavalier stand, der Junge von der Apotheke, wartend auf weiteres Gespräch über Tangoschritte und den Abschlußball. In der Küche saß ein Fremder am Tisch. In dies Haus kamen seit Cresspahls Verschwinden so wenige Fremde, so selten Gäste; sie wünschte sich sehr, dies möge Cresspahl sein. Die Hoffnung zerrieb sich an ganz kleinen Blicken, schneller als etwas zu Worten werden kann im Kopf. Dieser war nicht von Alter rund in den ihr zugewandten Schultern, die hatte er von Trägheit. Er war am ganzen Leibe zu lang, noch von hinten erkannte sie, daß dieser rot und gesund im Gesicht sein würde. Auch wäre Cresspahl doch aufgestanden beim Geräusch ihrer Schritte, oder hätte sich umgewandt, gesagt: Kiek –.
Sie war nun wieder barfuß, keiner hatte ihre Schritte auf den Flie-

sen gehört. Mit dem Fremden am Tisch saßen Jakob und seine Mutter, nicht vertraulich, doch höflich genug, ein wenig unsicher, als hätten sie bei allem guten Recht auf ihre Plätze es doch zu rechtfertigen. Der Mann blickte bloß beiläufig auf, als sie sich an den Tisch stellte, sah da nichts als ein Kind. – Na, du? sagte er, herablassend, zudringlich vor Verwandtschaft, ganz behaglich.
– Raus: sagte Cresspahls Tochter, vierzehn Jahre.
Es war Wochen her, immer noch versuchte sie sich einzureden, es sei kein Haß gewesen. Sie hatte ihn lediglich angesehen. Sie hatte sich sein Gesicht gemerkt: einen mecklenburgischen, etwas feisten Rundschädel. Große Augen von jenem Blau, das für ehrlich gelten soll und so fix flattert. Voller, verwöhnter Mund. So wohlanständig, so wohlgenährt am Leibe. In einem Anzug aus umgefärbtem Wehrmachtsstoff, passend wie nach Maß geschneidert. Wenn die Gummistiefel nicht paßten zu der Pracht, hatte er wohl die ledernen Halbschuhe hier abholen wollen. Er stand noch immer nicht. – Raus! schrie sie. – Du sast rut hier!
Das du tat ihr leid, als er draußen war; sie hätte so intim nicht werden dürfen. Dann endlich begriff Jakob, daß sie ihren eigenen Onkel, einen Bruder ihrer Mutter, Louise Papenbrocks liebstes Kind nicht in Cresspahls Haus haben wollte. Ach, der hatte nicht einmal Schläge bekommen. Schief grinsend, mit einem Achselzucken wie ein Ertappter, hatte Robert Papenbrock sich aus der Küche gedrückt, ängstlich vor einem Jungen, der bloß kräftiger war. Er hatte wohl gedroht mit Hausanzünden. Das war das einzige Mal, da sorgte Jakob dafür, daß der Gast ein wenig hinfiel, mit dem Gesicht auf die scharfe Schwelle der hinteren Tür. Denn sie hatte ihn nicht einmal in der Kommandantur abgeben mögen, zu Gericht und Urteil, sie war obendrein zu feige gewesen; überdies stand auf der Seite des Hauses noch der Kavalier aus der Tanzstunde. Der Älteste aus dem Stamme Papenbrock war langsam quer über die Felder nach Südwesten gegangen, würdig spazierend, bis Jakob auf ihr dringendes Bitten ihm einen Stein hinterherwarf. So friedensmäßig die aufgeschossene grüne Saat, so friedlich das niedrige Sonnenlicht. Der Stein traf dann nicht mehr richtig, bloß auf die linke Niere.
Zu allem hatten die Absens ja gesagt, bis Mitternacht. Denn vorher war sie ja nicht zu Rande gekommen mit ihren Erzählungen aus dem Leben Robert Papenbrocks, von der Fahnenflucht im

ersten Weltkrieg über den ganzen Atlantik bis zu der Tatsache, daß er an diesem Küchentisch gesessen hatte. Sie kam reichlich durcheinander von der eigenen Heftigkeit: Cresspahl hatte ihm nicht gleich das Hinauswerfen versprochen, da standen da noch Holunder, da war aber Stacheldraht drin, vorher hatte er noch Lisbeth vor Gericht gebracht, dat wier min Varres Fru, dieser Parteiredner, in Amerika hatte er Nazis angeworben, ganze Dörfer verbrannt, der Sonderführer S.S. in der Ukraine, sogar Slata hatte er verschleppt und war schuld an ihrer Verhaftung, Voss in Rande mit Stahlruten totgepeitscht, nein, da muß ich Cresspahl fragen! – Ja: sagte Frau Abs. – Ick harr dat nich anners måkt: sagte Jakob. – Ja.

Einen Abend lang hatte es vorgehalten. Dann wachte sie auf mit dem eisigen Zweifel, gegen den kein Einfall verfing.

Angst brauchte sie keine zu behalten vor dieser Verwandtschaft. Das Haus zündete er nicht an. Er war zu eilig. Deswegen geriet er am Dassower See in eine Postenlinie der Roten Armee und mußte ein paar Stunden lang schwimmen mit einer beträchtlichen Fleischwunde in einem seiner fetten Beine. In seinem Brief von jenseits der Zonengrenze, aus Lübeck, nannte er sich »zum Krüppel geschossen«, und die feinbürgerliche Erziehung im Hause Papenbrock bewies er mit dem feierlichen Nachsatz: Somit enterbe ich dich denn.

Vielleicht war es richtig gewesen. Aber sie hatte verhindert, daß dieser Mensch seine Mutter noch einmal sah. Gewiß, er hatte nicht versucht, sie zu treffen, wollte Jerichow lieber durch eine Hintertür betreten. Gewiß. Sie war im Recht gewesen. Dagegen ließen sich andere Gründe wenden. Wie immer Cresspahl entscheiden würde, sie mußte die erste sein, von der er es hörte. R. P. R. I. P.

Aber Cresspahl schickte keine Nachricht, kam nicht, war in »Sibirien« oder tot. Seine Tochter war gut vorbereitet auf den Mann, der mit ihm im Gefängnis gewesen war, die Frau, der er Grüße für ein Haus in Jerichow zugerufen hatte. Für die trug sie im Mantel wie in Kleidertaschen Schreibpapier und einen Umschlag mit sich. Ihr würde dann schon einfallen, was sie ihm als erstes, als Wichtigstes ausrichten mußte.

Die Union der Sozialistischen Sowjetrepubliken hat den U.S.A. das Flugzeug zurückerstattet, das sie am Sonntag zum Landen auf den Kurilen zwang, samt Besatzung, samt Soldaten. Das Weiße Haus hat sich ein wenig entschuldigt für einen Fehler beim Navigieren. Die große friedliebende Sowjetunion hat den Soldaten des Imperialismus noch rote Blechdosen mit Zigaretten aus eigener Produktion geschenkt, bevor sie die Spezialisten in der Tötung weiterschickte zu den Vietnamesen. Nicht einmal drei Tage gingen verloren, da standen die 214 Killer schon an der Front gegen die Verbündeten, die Herzensfreunde eines sowjetischen Bürgers.

Ein gelernter, ein bereitwilliger Kommunist würde hier flugs sprechen können von Kunst der Diplomatie, von einer Rettung der Verhandlungen über wechselseitige Abrüstung; Kinder aus meiner Klasse nähmen das als Teil ihres Berufs. Da kann ich nicht mit. Mit Gewalt ja, auch mit Vernunft, nicht im Traum! Da bin ich ein Ehrenbürger von Sseidamono.

Cydamonoe, die Marie von heute will es kaum noch wahrhaben.

Gefunden hat es die andere, das Kind vom April und Sommer 1961, das unter seinem Kapotthut hervor sehr vorsichtig die Stadt New York betrachtete. Das war eine, deren Hand in meiner Hand wuchs in den Klammergriff, wenn eine knallende Reihe aus Eisenkästen auf uns zukam unter der Erde und war ein rollendes Gefängnis mit gefährlichen Rolltüren und wurde erst langsam die Subway und ein Eigentum. Dreieinhalb war Marie, vier im Juli, und setzte ihre Schritte im Bogen um die Abfälle wie die Leute auf dem Broadway. Sie bestand darauf, den Fremden sich zu zeigen in Kleidern, in Kostümen; Hosen, Jeans gar, galten ihr ein Anzug für die Wohnung und wurden schicklich wenigstens für den Riverside Park, als sie die Zumutung ansehen mochte von der Seite der Sparsamkeit. Und auch vor dem Wetter in dieser Stadt, der schweißpressenden Schwüle, die sogar die zurückhaltende Tante Times heute »unaussprechlich« nennt, und recht hat die Dame, und soll gewinnen an Würde durch die Andeutung des Fluchs! – vor dem Wetter New Yorks auch noch mag die Marie Angst gehabt haben, wenn sie abends auf dem Bett lag und sorgenvoll erwartete, was die unbegreifliche

Stadt ihr schicken würde in den Schlaf. Gerade Angst aber soll es nun nicht gewesen sein, wie das bei einer Marie, die ewig und endlich eins ist mit ihrem Lebenslehen New York City! 1961 lag sie hinter den spaltbreit offenen Türen ihres Zimmers, unvorstellbar kurz, zum Unglauben dicklich, starrte an die »sichere« Stelle der Decke und sprach vor sich hin. Wenn es um Wegdrängen von Angst nicht gehen soll, so war es doch Cydamonoe.

Sie sprach es angelsächsisch aus, mit scharfem S und dunkelbraun schaukelnden Vokalen; ein jeder Zuhörer hätte sie ästimieren müssen für eine Amerikanerin. (Das soll ihr heute dienen als ein Beweis des Gegenteils.)

Immerhin, die vierjährige Marie wußte kaum ein schlimmeres Risiko im Umgang mit Kollegen, als ihnen Cydamonoe zu offenbaren. – Du fliegst dahin? sagte David Williams in jenem unvordenklichen Herbst, recht baff. Er stand mit ihr in einer wenig belebten Ecke des Spielplatzes, die Hände auf dem Rücken, ganz steif im Gesicht von der Meinung, dies ausländische Kind wolle ihn hereinlegen, den Gartenweg hinaufführen und was sonst dergleichen dem nicht zustand, einem Mädchen obendrein. Sie nickte so schüchtern, er verwandelte sich augenblicks aus einem Opfer in einen Experten, überlegen vor Männlichkeit. – Durch das Fensterglas –? faßte er nach, noch bereit, sie mit Gelächter zum Krüppel zu machen. Marie vertraute damals darauf, er werde das Geheimnis nicht brechen; einmal muß ein Mensch sich aussprechen, übrigens war es die Wahrheit: Ich kann es: verriet sie ihm. David sah sie an mit aufgerissenen Augen, auch er kannte an sich Fähigkeiten, die waren Niemandem bewußt als ihm. Er nickte ernst und sagte: Ach so. Das war allerdings eine Sache, die unter Kumpanen ein Vertrauen wert war. David Williams wurde ein Freund des Hauses Cresspahl.

Mehr über Cydamonoe erfuhr vorerst nicht einmal die Mutter, bis zu einem Gewitterabend, an dem Marie die Abreise hinter ihre Vorhangtüren hinauszögern mußte so lange als möglich, als Mittel wußte sie nur das Erzählen. Die Worte traten ihr ganz rund aus dem Mund vor Dringlichkeit, deutsch, englisch, wie es kam. Sie sah mich nicht an, beschämt über ihren Verrat, und wäre mitten im Satz verstummt, hätte ich mein Gesicht gleiten lassen in den schwächlichsten Zweifel. Sie hielt ein Glas Saft in ihren fei-

sten Händen, ihr war nach Trinken zumute, sie durfte nun nicht anhalten.
Cydamonoe war ein Ort, nur durch die Luft zu erreichen. Die Reise begann in dem Moment, da es dunkel wird im Kopf und das Kind am ganzen Leibe sich schlafen weiß. Das Fluggerät war Kopf und Körper, selbstgesteuert, ohne »Stewardessens«. Die Flugdauer betrug soviel Zeit, als man braucht, um sich fliegen zu merken. Das Aufsetzen geschah in dem Moment, da die Sonne hinter der Erde hervorfährt in einem beflissenen Hochsprung, wie ein befreundetes Tier, und es ist hell.
Cydamonoe war eine Kolonie für Kinder, ein Kinder-Garten, was das Wort doch sagen will, war eine Zeit als Entschädigung für den falschen Tag vom Aufstehen bis zum Schlafengehen.
Sobald Marie angekommen war in jener rundum umflossenen Gegend, ging sie frühsten. Denn diese Auskunft geriet ihr englisch, »brokling« war was sie tat und ist in der Sprache Cydamonoes das Wort für Bediene dich selbst.
Die Kinder dort bedienten sich selbst, ob sie nun ein Frühstück nahmen oder ein Haus. Wer ein Haus brauchte, nahm sich eins, das leer stand. Es zu behalten war unnötig. Überdies galten alle Häuser für gleich angenehm.
In Cydamonoe waren die Straßen als Rasenbahnen angelegt, und sie zu mißbrauchen war verboten. Dafür standen Tretmobile, Dreiräder, Hüpfmaschinen bereit, in der selben Zahl wie Kinder Mitglied waren. Dennoch fehlte nie auch nur ein einziges. So war es bei den Häusern, bei den allgemeinen Spielsachen, den Eiswaffeln; nie ging ein Kind leer aus.
In Cydamonoe gab es Windmühlen noch und noch. In der Hauptmühle regierte Känga und ihr Mann Kongo und ihr Sohn Ruh. Außer diesem Ministerium für Landwirtschaft gab es kaum Verwaltung.
Wenn nicht die Wache auf dem Landeplatz so gerechnet werden soll. Die Wache ist Ehrendienst, wird umschichtig betreut, außer ein Kind hat Zahnschmerzen.
Die Wache läßt sich den Paß zeigen und rechnet aus, ob die Menge der Stempel beweist, daß der Ankömmling ein Bürger der Republik Cydamonoe ist.
Dann werden die Orte des Abflugs geprüft. Einer von diesen muß es sein: Rastelkin, Rye, Korkoda, Shremble, Stiple, Roke,

Kanover, Rochest, Kribble, Krabble, Idiotland, Ristel, Rastel, Kranedow, Scharry, Rinoty, Exremble, Rimble, Stevel, Stretcher, Sklov, Opay, Orow, Irokrashmonoe, Crestelmonoe und Wrestelmonoe. Denn von anderen Plätzen als diesen ist Cydamonoe überhaupt nicht zu erreichen.
Im Paß müssen dreizehn Schutzimpfungen eingetragen sein sowie eine Tablette jede Woche. Denn Cydamonoe ist das einzige Land in der Welt, in dem zu leben sich lohnt.
So lästig, auch unfreundlich diese Kontrollen sind, alle Kinder sehen sie ein. Denn Cydamonoe ist eine Republik der Kinder.
Damit wollen die Erwachsenen nicht sich abfinden. Immer aufs neue schicken sie Spione, in den albernsten Verkleidungen. Nein, keine Zwerge. Schlicht gewöhnliche Erwachsene, die denken, sie wüßten über alles Bescheid und Kinder merkten gar nichts. Dabei sind sie stracks erkannt, wenn sie morgens aus dem Fluß gestiegen sind und Sonnenbadschlaf im Grase mimen. Die Kinder sind auf der Stelle unsichtbar. Aber sie müssen ansehen, wie der Eindringling durch das ganze Land zieht und die Regenmaschine falsch anfaßt und auf dem Postamt die Stempel verbiegt. Oft und oft haben die Kinder beraten, ob sie das Gastrecht belassen sollen, wenn doch die ungebetenen Besucher es nur falsch zu gebrauchen wissen.
Kommen sie gar zu mehreren, möchte so manches Kind am liebsten sichtbar werden vor Wut. Unweigerlich verkleiden sich mehrere Erwachsene in gleiches Tuch und falten die Gewehre auseinander und schießen. Zwar sind sie damit erledigt, aber die Kinder bekommen schlimme Nächte. Wer mag denn gern aufstehen in der Traumkonferenz und bekennen: ›Im Schlaf war ich auch an der Wand von Berlin und habe mitgeschießt‹?
Sie sind so ungeschickt, die Erwachsenen, sie tun sich selber Schaden an, nicht bloß den Sachen. Einer hielt die Spielzeugfabrik für eine Bank und zerbrach die Tür und raubte Billionen von Billionen von Dollars und Mark. ($4000000000000,00.) Einer hat öffentlich geraucht, das Streichholz weggeworfen, die Zigarette im Schwimmbecken ausgedrückt. Und was Erwachsenen sonst so einfällt.
Dann aber sind sie überführt, dann sind sie strafbar, dann kommen sie ins Gefängnis! Im Gefängnis kriegen sie nichts als Brot und Butter und Milch! Die Strafe besteht darin, daß sie das

Schlupfloch suchen müssen. Kein Kind sagt ihnen wo das ist. Wenn sie es gefunden haben, sind sie zwar frei. Müssen bloß noch drei Stunden über den Ringfluß schwimmen.
Ihretwegen müssen die Kinder die vielen schmalen Gänge und Tunnel so oft falsch benutzen als Fluchtwege. Was das kostet, die dann wieder zu reparieren, bis sie zum Spielen taugen!
Das macht Mr. CoffeeCan. Ja, es lebt doch ein Erwachsener in Cydamonoe. Aber das ist der Mann vom Mond. Eines Morgens stand er dumm auf dem Landeplatz, dick und braun und rundlich wie die Dosen, in denen der Kaffee wohnt, und richtig konnte man ihm durch den Deckel in den Kopf sehen. Er hat dann die Prüfung nicht antreten müssen, bekam seinen Paß und die Impfungen und hat versprochen, die Tabletten einzunehmen. Er ist auch nicht immer dumm. Das weiß er schon, daß er jeden Tag eine neue Feuerklingel aufhängen muß. Zwar brennt es nie in Cydamonoe, aber es kommt manchmal gefährlicher Besuch.
Mr. CoffeeCan ist der Mann für alles. Zwar, an eine so knifflige Sache wie die Steuerschraube der Insel lassen die Kinder ihn nicht heran. Aber er versteht es, die vielen Swimming Pools auszupumpen Tag für Tag, und beim Frisieren der Vögel ist er recht brav. Stephen der Polizist hat ihm auch schon einmal erlaubt, unsichtbar zu werden.
Der Tag beginnt in Cydamonoe, indem der »Auftritt der Stewardessens« ausfällt. Dann kommt Spielen, Lesen, Schwimmen, Fütterung der Haustiere zu Lande und in den Bäumen, jeden Nachmittag um halb fünf der jedem Kind verhaßte Kursus im Abschiednehmen. Eines der Spiele heißt und ist:

Jumping up and down,
Kanga-Roo 's around the town!

Denn weil Känga arbeitet, darf sie auf Urlaub gehen, und weil Ruh bei seinen Erwachsenen leben muß, er auch. Kongo bekommt nie Urlaub. Wie würde einem auch ein Freudenspiel einfallen, wenn jemand zurückkäme, und es ist dann bloß Kongo! Kongos Mehl ist öfter bunt denn weiß.
Die Kinder sind in Cydamonoe allein, oder in Gesellschaft, wie sie es wünschen. Weggehen aus Traurigkeit allerdings ist nicht gestattet. Wenn ein Kind genug allein war und ist nun davon satt, braucht es sich bloß zu den anderen zu wünschen. Das geht in Gedanken, mit einem leisen Pfiff.

Ebenso kann man Kinder holen, die nicht der Republik angehören, auch indem man bloß an sie denkt. Wenn man, so zu sagen, eine Konstanze oder eine Manuela zurückgelassen hat in Europa, dürfen sie zu Besuch geladen werden. Die wissen dann aber nicht, daß sie in Cydamonoe sind, und haben es vergessen, wenn sie morgens aufwachen in Hannover oder Düsseldorf.
Wenn doch einmal etwas fehlt in Cydamonoe, geht man zum Haus Wunsch und Wille, Want and Will. Da ist es dann.
Wie die anderen Kinder es machen am Abend, wußte Marie nicht. Danach darf man übrigens keins fragen. Was sie selber angeht, so legt sie sich eine Sekundenminute vor Dunkelwerden zu Bett mit Tigger und seinem Vater, schläft eine lange Zeit und wacht morgens auf an einem Ort, den kennt sie gar nicht, lange muß sie sich besinnen. Das ist ... New York City.
Damals gab sie es noch zu. Und habe ich etwa keinen sieben Jahre alten Zettel bei mir, wo ich gehe und stehe, auf dem verschieden gestellte Striche mich ausdrücklich und namentlich zu einem Besuch in Cydamonoe berechtigen? – Aber komm lieber nur, wenn du nichts anderes weißt! bat sie mich damals, als das Gewitter zu Ende war und sie einwilligte, es noch einmal mit dem Bett zu versuchen. Wie kurz so ein vierjähriges Kind daliegen kann.
Nun soll es nicht wahr sein für die Marie von 1968, bloß weil sie bald elf Jahre alt ist. Bloß weil ihr nun New York gehört mit jeder Meile Ubahn, sämtlichen Inseln, allem Wetter, zu jeder Zeit, ohne eine Welt von Cydamonoe dagegen! Weil sie mich zum Spaziergang durch den Riverside Park abholt am Bahnhof 72. Straße in einem sorgfältig ausgewaschenen T-Hemd und in kunstvoll gealterten Jeans, weil sie nicht nur den Treppenaufgang im Auge hält sondern auch dem mächtig beleibten Polizisten neben ihr mit einem unbeweisbaren Seitenblick bedeuten kann, daß er sich denken soll, was sie denkt: Heißt ihr eigentlich Die Besten Jungs von New York, weil man euch immer wieder ertappt mit Schmiergeld an der Hand –? Früher wär sie einem solchen schweren Kerl in Uniform ängstlich aus dem Weg gegangen, schon wegen seines Knüppels aus Holz; dieser wendet sich ab von ihr, als hätte sie ihn gequält. Daß die einmal so dicke Kinderlippen gehabt hat, zwischen denen die Worte so pummelig herauskamen, wie überzogen mit einer struppigen Haut! Ihr Haar ist fast so weiß wie es im August sein wird. Kein Fremder wird bemerken,

daß sie die gewünschte Person nun erkannt hat; das braucht Niemand nicht zu wissen, auf wen sie hier wartet. Dies bleibt unter uns.
Ein Ehrenbürger von Cydamonoe allerdings hat das Vorrecht, gelegentlich zu reden in Wendungen wie »ausgenommen die Feuerklingel von Cydamonoe«, »nach dem Gesetz von C.«, aber nur verschlüsselt, nie unter Zeugen, und nicht mehr als zweimal im Jahr. Und warum heute, und warum heute ohne Verweis durch Runzeln der Stirn? weil heute der Third of July ist, und ein langes Wochenende beginnt, wozu wir einander nun Glück wünschen, eine der anderen.

4. Juli, 1968 Donnerstag

Im dritten Sommer nach dem Krieg war Mecklenburg sicherer als die Stadt, in der wir jetzt leben.
Gestern ging ein Mann, in seinen Vierzigern, stämmig, schwarzhaarig, weißes Unterhemd, schwarze Hose, dunkle Socken, in die weibliche Abteilung der Bedürfnisanstalt im Central Park an der 85. Straße und schoß da auf ein vierundzwanzigjähriges Mädchen, wonach die Kugel ihr durch den Hinterkopf in die Kehle in die Brust drang, so daß sie tot war. Danach zog er sich aufs Dach und schoß um sich, ziemlich ruhig, aber nach Belieben. Das war an der Seite der Fifth Avenue, wo Leute wie Jack Kennedys Witwe wohnen, und über hundert Polizisten stürmten das friedliche Gelände. Einer will den Mörder zehnmal getroffen haben. Er soll in der Sowjetunion, in Bulgarien, in Jugoslawien gelebt haben, kam hierher mit einem griechischen Paß; an den Wänden seiner Wohnung hingen Porträts von Hitler, Göring, Goebbels. Die Leute oben in der Fifth Avenue saßen Rang. »Die Polizei war absolut großartig« sagte Mrs. David Williams, Hausnummer 1035. »Es war so spannend wie nur irgend was im Fernsehen.«
Im Winkel um Jerichow wurde vornehmlich geklaut, und die Kettenhunde genossen ein ungeahntes Ansehen. Mundraub bis zu zehn Pfund Mehl galt als Steuer an den Hunger, eine verschwundene Flasche Schnaps reichte zu Racheschwüren gegen Unbekannt; von dem einen wie dem anderen erfuhren die Polizi-

sten kaum, wozu Rechtshüter einladen zum Besichtigen, die fingen einen Hasen nicht mit einem Sack voll Salz. (Bei Cresspahls, hinter dem Friedhof, so dicht an der Kommandantur, kam selten etwas weg.) Für einen Aufschwung in der Wirtschaft wurde genommen, daß auch Gerät gestohlen wurde, zum Arbeiten. Das Hauszeichen ließ sich einschnitzen in den Stiel der Sense, wie aber ins Blatt? Warum Duvenspeck das Aufenthaltsrecht in der Stadt Jerichow im Stich ließ, als Willi Köpcke Zuzug nahm von den sowjetischen Lagern, der Direktor des Gaswerks floh wohl nicht von ungefähr, und wenn Mine Köpcke eine ganze Weile nicht zu sehen war auf der Stadtstraße, danach gleich müde wie zahm, so war sie gewiß für ein anderes Vergehen verhauen worden.

Die Straßen waren fast sicher, sowjetische Feldpolizei und vielerlei Marodeure ausgenommen; ein Kind konnte unbesorgt auf Reisen gehen, zumal wenn es einen recht weiten Pullover anhatte, ausgebeulte Hosen, deren Muster diskret an eine großkarierte Übergardine gemahnte, und wenn es an der Hand ein Netz trug, in dem ein Reisegenosse Sämtliches sehen konnte und erkennen, es verlohne den Griff nicht. Gesine Cresspahl stieg auf dem Fischland am Kiel aus einem Bus und ging durch Fulge nach Norden, rasch weg von dem gelben Ätzgestank des Holzgenerators; ihr fiel auch nicht ein, worauf sie vor drei Tagen in Jerichow noch vertraut hatte. Sie ging schamlos vorbei an der Bürgermeisterei; eine zurückkehrende Einheimische wird doch keine Kurtaxe zahlen. Hinter dem Ostseehotel, an Malchen Saatmanns Ecke bog sie ganz richtig ins Norderende ein, als wolle sie sich bei Bauer Niemann für die Ernte vermieten, blieb dann aber stehen vor einem ganz roten Katen, der mitsamt dem Dach zugestellt war von Hecken und wilden Büschen und üppigen Bäumen. Das war in dieser Gemeinde ihr Haus, nun ging sie nicht hinein. Dazu war sie zwar gekommen.

Sie vergaß, daß Alexander Paepcke es ihrem Vater ins Eigentum geschrieben hatte; es gehörte ihr bloß, weil sie hier mit Paepckes Kindern eine Heimat gelernt hatte. Der Zettel am Pfahl verriet, daß nun ganz Fremde auf dieser Büdnerei lebten; wer sonst in Althagen braucht ein Namensschild. Bloß Fremde waren imstande, den Damm aus Rollsteinen um das Haus nicht frei zu puken von Unkraut. Das Rohrdach war struppig an der Süd-

westecke, da würde es durchregnen schon im Herbst. Die Erinnerung verweigerte.
Sie wäre wohl weitergegangen auf dem festen Sand zwischen den dichten Hecken zur Kaufmannsecke, zur Bushaltestelle an der ahrenshooper Post, sie hatte auf dem Fischland nichts mehr zu suchen; bloß verjährte Gewohnheit führte sie zu dem Katen, wo die Paepckes die Schlüssel für den Winter abgegeben hatten. Sie war da nicht allein, ihr war bloß so zumute; unfehlbar grüßte sie die frühabendlichen Spaziergänger, immer zuerst, nicht weil sie jünger war, streng der englischen Sitte zuliebe, so daß manche der Herren Verwunderung zeigten. Die entging ihr. Sie stand endlich vor Ille, und beide erschraken vor einander fürchterlich.
Ille hatte den oberen Flügel ihrer Tür an die Wand geklappt, so daß es eine Snackdœr war; unverhofft stand sie so still, eingerahmt war sie. Sie sah das Kind, das früher immer mit denen von Paepckes gekommen war, die aber wußte sie tot. Ille war leicht zu erkennen, unveränderlich besinnlich im Gesicht, ihre Sommersprossen schienen noch mehr eingewachsen, ihr sprödes rötliches Haar ließ an das von Männern denken. Ille trug, im Haus, ein weißes Kopftuch, wie Leute auf dem Fischland es tun aus Trauer um einen Toten; sie hatte ihren Kapitän doch noch geheiratet mit zweiundvierzig Jahren. Der Schreck dauerte einen Lidschlag lang. Dann war Ille die Ältere und sagte, kaum tadelnd, kaum besorgt: Gesine. Du bist utrætn.
Gesine Cresspahl war ausgerissen von zu Hause, und Ille brachte ihr bei, daß der Zettel auf dem Küchentisch in Jerichow nicht ausreichte für Jakobs Mutter. Am gleichen Tag noch mußte sie œwe den Pahl zur Post mit einem Brief, in dem stand, sie sehe hier nach Verwandten. Es war die Wahrheit, sie hatte so etwas vorgehabt. Weiterhin brachte Ille in Schick, daß das Kind bei ihr unterm Dach schlafen sollte, wenn es ihr denn zu zweit nicht genierlich war. Es war doch wohl eigentümlich, zu Bauer Niemann in Arbeit und Brot zu wollen, wenn sie einmal angefreundet gewesen war mit Inge Niemann. Was das anging, was zu tun hatte Ille selber zu vergeben. Das war verstanden und ausgemacht von Anfang an: Gesine gehörte nicht mehr zu den Herrschaftskindern. Willkommen war sie, für Bett und Tisch mußte sie nun arbeiten.

Was zu tun fing morgens an im Garten, da waren Wurzeln zu ziehen, Stachel- und Johannisbeeren zu pflücken, Beete umzugraben. Dreimal am Tag war Wasser in die Küche zu tragen, nur noch nach Eimern waren die Kartoffeln zu rechnen, die sie schälte, es gingen wohl acht Liter in die Milchkanne, die sie jeden Abend bei Grete Nagel füllen ließ. Es fehlte bloß, daß Ille sie an den Herd gelassen hätte. Eben aber um die gebührende Andacht zu bekommen fürs Kochen hatte sie Gesine angenommen. Gesine durfte einen Gurkensalat machen, Brote streichen. Auch sollte sie das Essen auf die Zimmer tragen.
Denn Ille hatte Gäste, zahlenden Besuch aus den Städten, wie in früheren Zeiten. Nur eine Familie Flüchtlinge war dabei, die schickte sie allerdings aufs Feld zu den Bauern, da die sich besonnen hatten auf die Arbeitspflichten einer Büdnerei; wenn diese Biedenkopfs aus Rostock bleiben wollten über den Winter, würden sie Ille nicht mit Miete zahlen müssen, sondern mit Hilfe. Von den zeitweiligen Leuten nahm sie Geld, unbedenklich. Gesine begriff es erst, als eines Morgens im Schuppen hinter dem Haus zwei Ferkel waren, die sie nun obendrein versorgen mußte, als eine Nähmaschine abgegeben wurde und einmal ein Wäschekessel mit fast gar nicht abgestoßener Emaille. Was Gesine auf dem Fischland zu denken gehofft hatte, kam ihr kaum ein Mal in den Kopf vor lauter Beschäftigung; die volkswirtschaftliche Belehrung begriff sie und wollte sie Jakob weitersagen: die Flucht in die Sachwerte bekam vielleicht einen Termin.
Auch von den Gästen hatte sie eine Meinung; freundlich war die selten. Es waren Leute aus dem britischen und dem sowjetischen Sektor von Berlin, aus Leipzig, aus der Landeshauptstadt. Einer nannte sich einen Maler, nur war er schon zehn Tage lang nicht beim Malen zu sehen. In alten Zeiten war so etwas der Gemeindeverwaltung gemeldet worden. Die anderen waren ein Arzt, ein ostpreußischer Landschaftsschriftsteller, der aus Schwerin verwaltete innere Angelegenheiten des Landes Mecklenburg und mochte es genauer nicht sagen. Die stritten sich oft und blieben doch auf dem Weg zum Strand wie am Wasser zusammen, als hielte sie noch etwas anderes zusammen denn die Unterkunft bei Ille. Die Künstler wehrten sich gegen etwas, was sie Produzieren nannten. Das verlangte der Funktionär von ihnen. – Nu laßt uns doch all das Leid erst mal verarbeiten! stöhnte der Maler, – Ihr

werdet dann schon sehen: kündigte sein Kollege in den Musen an, unbestimmt düster, aber um redliche Miene bemüht. Gesine sah sich die Herrschaften noch einmal an daraufhin. Gewiß, sie waren nicht eben gemästet am Leib. Aber ihre Anzüge, mochten sie um geringere Masse schlottern, sie waren doch aus begehrenswerten, geschonten Stoffen. Die Gesichter waren glatt, aufmerksam, beweglich. Denen nahm sie Verhärmtheit nicht ab. Sie sah, wie entschlossen die einhieben in Illes Räucherbraten, wie verschwenderisch sie einen Hühnerschenkel angingen mit einem einzigen, umfassenden Biß. Von trauernden Leuten wußte sie eine andere Art des Essens. Wenn die Herren hier in Luft und Sonne und Stille etwas verarbeiten wollten, warum brachten sie ihre Ehefrauen zum Streiten mit und lebten jeden Abend in drangvoller Enge zwischen den dichtgestellten Betten? (Ihren Kindern gönnte Gesine die Ferien, so erwachsen kam sie sich vor; mit denen des Schweriners sprach sie nicht mehr, seit die sie hatten anstellen wollen, ihnen die Betten zu richten.) Nein, da war sie lieber ungerecht. Wenn die sich kümmern wollten um ein Leid, es würde wohl das anderer Leute sein.
Die Gäste hatten gleich verstanden, bis wohin sie erwünscht waren, und hielten sich fern vom Garten, vom Stall, von der Küche, wo immer gearbeitet wurde. In ihre Kammern gesperrt, hörten sie nichts von dem Gespräch, das an vielen Abenden die Einheimischen unter sich führten. Ja, Ille bekam Besuch wie in Paepckes Zeiten, ob sie nun mit einer Kelle Wasser den Sand aus dem Mund spülen wollten oder ernsthaft sich hinsetzen zu etwas, das mochte nun nach Belieben ein Schnacken werden oder ein Klönen oder am Ende doch eine Geschichte. Nur daß nur wenige Männer dabei waren, und so manche von den Frauen nahm das weiße Kopftuch nicht ab. Niemals wurde Gesine begrüßt als die Kusine von Alexandra Paepcke; allmählich begriff sie, daß sie hier durch ihren Vater bekannt war und erinnert wurde. Gleichwohl kam es nicht vor, daß sie nach Cresspahl gefragt wurde. Besprochen wurde, was anlag; so lernte Gesine das Fischland kennen als eins, in dem ging es nicht zu wie im übrigen Mecklenburg. Wie in Illes Haus lebten in fast allen Häusern Sommergäste, die ihre Arbeit im Kopf vorbereiteten. Hier hatte der Kulturbund zur demokratischen Erneuerung Deutschlands mehr zu sagen, als sein Platz in den mecklenburgischen Wahlen sollte vermuten

lassen. Hier hatte die Regierung der sowjetischen Zone eine Spielwiese hergerichtet für die Intellektuellen, die sie für artig ansah, oder benutzbar. Im Hotel Bogeslav ging es zu wie in den alten Zeiten; nur daß Leute wie Bankier Siepmüller dort nicht mehr vorkamen. Ach doch, wenn sie aus dem englischen Sektor waren, oder noch besser aus England. – Engländer? fragte Gesine versehentlich. Die Rüge für vorlautes Betragen blieb aus, warum das nun wieder. Ja, Engländer. Bogeslav hieß Kurhaus jetzt. Die bekamen Sonderzuteilung »aus der Reserve«, was immer, wessen immer die war. Den Intellektuellen der Zone wurde das Fischland zugeteilt wie eine Medizin; nach vierzehn Tagen mußten sie Platz machen. Welche gab es, die badeten schon seit Juni hier. Einer hatte Baugenehmigung bekommen, gottlob in Ahrenshoop. Wenn die bloß nicht in Althagen anfingen mit ihren ausgedachten Häusern. Die wurden mit Pferdewagen durch den Darss gefahren. Ja, Gesine, in der Ernte. Wir kriegen das Unsere auch so vom Acker. Ja, was mit dem Jagdhaus des Reichsjägermeisters Hermann Göring war, Keiner weiß das, an die Stelle im Darss kam man nicht heran. Sonst kaum ein böses Wort über die Rote Armee. Offenbar hatte sie es mit diesem Landstrich anders angefangen. Doch, die waren bewaffnet auf Suche gezogen im Kleinen Darss, als Alfred Partikel verschütt gegangen war. Im Ernst, ihn retten wollten sie. Weißt, Gesine, der Maler. Ein Ahrenshooper zwar, wenigstens nicht Kultur-Bund. Was Gesine vom wirtschaftlichen Treiben der Einheimischen mitbekam, es klang nicht weniger exterritorial. Als gäbe es hier kein Finanzamt, als sähe die Wirtschaftskommission hier nicht her, als bekäme die Polizei keinen Zutritt. Auf dem Fischland schien die Kategorie »Selbstversorger« ziemlich genau das selbe zu bedeuten was das Wort meinte. Ach was, Lebensmittelkarten! Gelegentlich war die Rede von dem Haus mit der Sonnenuhr, so dicht am Hohen Ufer. Wann das wohl runterfallen werde. Mit türhohen Fenstern in Richtung Westen. Die mochten sie winters abdecken mit Holzplatten, da stand der Wind in der Stube und tanzte mit dem Sand. Des öfteren wurde gesagt: Nu tu das doch, Ille. Es sei nicht gefährlich. Tu das endlich, Ille.
Wenn Gesine Milch geholt hatte, war sie frei zu gehen, wohin sie wollte. Die Erinnerung blieb weg, es kam bloß der Anstoß an eine Minute Vergangenheit, der so sich nennt. Was aber sie mein-

te, war der Eintritt in die ganze Zeit der Vergangenheit, der Weg durch das stockende Herz in das Licht der Sonne von damals. Einmal hatten sie auf dem Hohen Ufer nebeneinander gestanden und unzweifelhaft die Umrisse von Falster und Möen gesehen; Alexandras Oberarm war mit einer leichten Körperdrehung an Gesines Schulter gerückt, ohne sie zu berühren; das Gefühl der Annäherung lag verkapselt im Gedächtnis, begraben gleichsam, wurde nicht lebendig. Einmal ging sie durch die Boddenwiesen, bis zum Knöchel im quatschenden Wasser, wollte Paepckes Katen heimlich von hinten ansehen, hoffte gar nicht mehr als auf den Anstoß. Sie sah die verwilderte Hecke, den Rundlauf, ein Stück Fenster vom Boddenzimmer. Die Stahltür mit dem Maschendraht war mit Kette und Vorhängeschloß gesichert. Sie hörte eine Frau sprechen, wie man es tut mit kleinen Kindern, die schon Worte annehmen. Alles das brachte die verlorene Zeit nur wieder als einen Gedanken: Als wir ...; die gedachten Worte kamen nicht zum Leben. Fast jeden Abend beim Milchholen geriet sie in die Nähe des Moments, in dem Grete Nagel Alexandra und ihr ein Glas Milch angeboten hatte, jedoch frisch aus dem Euter, und die Kuh wandte ihre Augen um zu ihr. Es fiel ihr jetzt ein wenig schwerer, Milch zu trinken. Mehr fand sie nicht; ohnehin lag es wohl bloß daran, daß die Milch von Emma Senkpiel in Jerichow gepantscht war. Abends, wenn die Zeesenboote in den althäger Hafen liefen, patschten die Katzen durchs Schilf und warteten auf ihre Quartiergeber, auf ihren Fischanteil am Fang; Katzen, im Wasser! Sie hörte Alexandras Stimme nicht. Sie versuchte, beschreibende Ausdrücke zu finden für Alexandras Stimme in jenem Augenblick; da entging ihr fast die Ahnung davon. Vor Bauer Niemanns Dreiständerhaus hingen drei Leinen Wäsche, vier malende Leute nebeneinander malten das ab. Es war wie damals. Es war fest und undurchdringlich über das Andenken Alexandras gedeckt; übrig blieb nur ein Wissen, daß sie darunter verborgen war. Abends saß das Licht von Malchen Saatmanns Hinterzimmer im Gebüsch. Sie konnte denken: Der Abend, als wir noch Brot von Malchen holen mußten, Alexander saß vornehm auf dem Sofa, angedüdelt wohl, sagte zu seiner Tochter: Nun, du braves Kind? als kennte er sie nicht wieder ... Gesine konnte es denken. Sie konnte es sich vorstellen als geschrieben. Es war nicht da. Sie war sich bewußt, daß in dieser Minute Still-

stehens vor Frau Saatmanns freundlich verstreutem, heimlichem Licht der Wind stillstand, als verhalte er den Schritt. Sie fragte sich, ob sie das dereinst auch werde vergessen haben und bloß noch in Worten aufbewahrt.
Ille tat es schließlich. Sie bat Gesine um einen »furchtbaren« Gefallen; dann war es bloß die Begleitung zu einer Gelegenheit, nach der Gesine nicht fragen sollte. Die ganze Zeit müsse sie schweigen. Die Stimme Illes war wacklig. Gesine hätte ihr mehr versprochen, wäre es zum Trösten gut gewesen. Die Gelegenheit war Besuch bei einer alten Frau in einem Katen von Niehagen. Ille stellte im Vorraum bei einer Gehilfin den Korb Eier ab, das Honorar. Innen, bei gegen das Sonnenlicht verdunkelten Fenstern und Kerzenschein, mußte sie vor die Besprecherin ein Foto des Kapitäns hinlegen, dazu ihren Ehering an einem seidenen Faden. Die Alte enthielt sich aller Fisimatenten; ihr Benehmen schien einem Arzt abgeguckt. Ihr Blick war der einer Geschäftsfrau, die etwas Bestelltes zum ausgemachten Preis liefert. Ein offener, heimlich verdeckter Blick. Sie stemmte die Ellenbogen auf und verschränkte Hand über Hand. Von einem vorher unsichtbaren Finger baumelte der Ring am Faden über dem Bildgesicht des Kapitäns. Er baumelte nicht, er hing von Anfang an still. Der Ring bewegte sich nicht, volle fünf Minuten lang. Wenn man in Gedanken bis Dreihundert zählt. Dann fing Ille an zu weinen. Draußen wurde ihr von der Gehilfin, offenbar der Schwester oder Partnerin in diesem Unternehmen, regelrecht wie einer Witwe Beileid ausgesprochen, sachlich, reell, in einer Manier, als sei ein solcher Ausgang unfehlbar zu erwarten gewesen.
– Du auch? fragte die Gehilfin. Gesine hatte bloß versprochen zu schweigen. Die Begleitung hatte sie hinter sich, nun durfte sie weglaufen.
Ille bestand zu Hause nicht darauf, darüber zu sprechen. Wir nahmen einander nicht übel. Wir konnten mit einander reden. Fünf Tage später oder so ging ich mit Lohn zurück nach Jerichow.
Das Fischland ist das schönste Land in der Welt. Das sage ich, die ich aufgewachsen bin an einer nördlichen Küste der Ostsee, wo anders. Wer ganz oben auf dem Fischland gestanden hat, kennt die Farbe des Boddens und die Farbe des Meeres, beide jeden Tag sich nicht gleich und untereinander nicht. Der Wind springt das

Hohe Ufer an und streift beständig über das Land. Der Wind bringt den Geruch des Meeres überallhin. Da habe ich die Sonne vor mir untergehen sehen, oft, und erinnere mich an drei Male, zwar unbeholfen an das letzte. Jetzt sackt das schmutzige Gold gleich ab in den Hudson.

Da wußtest du, daß ich nicht wiederkomme, Gesine.
Ja, Alexandra.
Da warst du fertig mit dem Wunsch, dich umzubringen.
Ja, Alexandra.
Du hast noch daran gedacht.
Ja, Alexandra.
Aber du wirst es nun nicht mehr tun.
Nein, Alexandra.
Ich hatte mich bloß versteckt, weißt du.
Ich weiß, Alexandra.

1947, im Sommer, war ich auf dem Fischland. Niemals mehr.

5. Juli, 1968 Freitag

Gestern in Bonn verhandelte ein Gericht wieder einmal gegen jenen Fritz Gebhardt von Hahn, bei den Nazis in der Jüdischen Abteilung des Außenministeriums, angeklagt der Mitschuld am Tod von mehr als dreißigtausend bulgarischen und griechischen Juden. Für die Verteidigung trat auf ein Zeuge, auch ehemals in leitender Funktion beschäftigt beim Außenministerium der Nazis, Abteilung Abhören.
Er nannte seine Vornamen, war als Kiesinger bekannt. Beruf: Bundeskanzler. Solche Silberhaarigen haben das Vertrauen der Westdeutschen. Mit solchem arbeitet die Sozialdemokratie in einer Regierung.
Wann ist er eingetreten in die Partei der Nazis? Gleich 1933. »Nicht aus Überzeugung, aber auch nicht aus Opportunismus.« Was für Gründe bleiben möglich? Das wurde er nicht gefragt. Er will mit der Partei nichts zu tun gehabt haben bis 1940, außer daß er seine Mitgliedsbeiträge zahlte. Dann war er vertrauenswürdig genug, die Auswertung ausländischer Rundfunkmeldungen zu

beaufsichtigen. Wenn die feindlichen Sender die Ausrottung von Juden erwähnten, verhielt Herr Kiesinger sich einfach ungläubig, ließ es aus dem Funkspiegel für seine Vorgesetzten, so daß den Nazis dunkel blieb, was sie taten. (So konnte Herr von Hahn nicht erfahren, was denn mit den Juden geschah, die er auf den Weg schickte.) Desgleichen war dem Kollegen von Hahn der Ausdruck »Endlösung« unbekannt, bis zum Ende des Krieges. Erst spät, langsam, ganz allmählich brachten das Verschwinden von Trägern des Gelben Sterns und Erzählungen von Fronturlaubern ihn auf den Gedanken, »daß da irgend was nicht richtig war«. Daß mit den Juden etwas »ganz Schlimmes im Gange« sei. Something very ugly. Dienstlich nahm er zur Kenntnis Nichts. Unter Eid. Verläßt den Gerichtssaal ohne Fesseln.

In Sowjetdeutschland, in Mecklenburg, befahl die S.M.A.D. am 26. Februar 1948 das Ende der Entnazifizierung zum 10. April. Von den Schuldigen hieß es, sie seien in Haft, oder die westlichen Besatzungsmächte böten ihnen Unterschlupf. Zuvörderst die Amerikaner seien dieserhalb im Besitze von Fittichen: lehrte Dr. Kramritz in der Klasse Acht A vierzehn-, auch fünfzehnjährige Kinder. Ehemalige Nationalsozialisten waren nun eigens zum »demokratischen und wirtschaftlichen Aufbau« eingeladen, wenn sie »durch ehrliche Arbeit sühnen«. Wer immer sich befand auf freiem Fuße, seine Unschuld war erwiesen.

Von der Sühne gab es wohl mancherlei Art; wie sollte ein Kind die alle gleich erkennen.

Die Aradowerke Gneez waren nun auch auf schriftlichem Wege enteignet worden, Heinz Röhl hatte seine Renaissance-Lichtspiele sogar auf gesetzlichem Wege eingebüßt, wegen Verzählung der Eintrittskarten, als die Sowjetmacht die Ufa-Beutefilme auf ihre hungernden Deutschen losließ, was ihm als Versuchung zum Gewinn verschärfende Umstände einbrachte statt mildernde, wie er das wohl aus den Zeiten der Republik gewohnt war. Aber einen König der Wirtschaft gab es doch in Gneez, der stand außerhalb der Gesetze im Stil von F. Zwo. Den hatten wir fast vergessen! Nach der Vorschrift war er ein ehemaliger Nationalsozialist, dieser Emil Knoop, der in der Stadt erschienen war mit stillem Glanz und sanftem Gloria, auf den wußten die Leute bald keine Vergleiche. Freude bringe ich euch. Anfangs tat er sich schwer mit dem Ansehen, das er hinterlassen hatte. Denn sein Vater hatte jeweils gegolten als ein renommierter, auch bürgerlich achtbarer Geschäftsmann, dieser Johannes (Jonathan) Knoop, dem waren so kleine Tics wie eine Karpfenzucht nachzusehen, auch die etwas herrschaftliche Jagd. Unter Kohlenhandel, Fuhrgeschäft, Import und Export firmierte er ab 1925 (1851). An die schicklichen Leute heranzukommen in Gneez, dabei stand ihm der Knabe Emil oft genug im Wege. So 1932, es war doch undeutlich, wem ein Geschäftsmann sich anzuschließen die sittliche Pflicht hat. Johannes hätte es am liebsten mit den Deutschnationalen gehalten. Aber der Knabe Emil lief weg zu den Schießübungen der Hitlerjugend mit Vaters ganzem Gewehrschrank. Das war ein banges Jahr. Ein teures, desgleichen, denn Johannes mußte nun nach beiden Seiten spenden. Und mochte Emils politische Weisheit im Jahr 1935 ganz erwiesen sein, er lernte doch von Vaters Betrieb am besten den Griff in die Kasse, und durch das Abitur mußten die Lehrer ihn vermutlich tragen. Dann sollte der Arbeitsdienst ihn bessern, er kam aber zurück von einem schwangeren Mädchen in Rostock. Ehe die einsah, daß ihr ein Leben als Frau Knoop in Gneez bloß eine Qual sein würde! Weiterhin lernte er von Vatern noch, wie Einer etwas darstellte in Gneez, mit einem Sportwagen und seidenen Schals um den Hals; das, zuzüglich Abfindung und Alimente, trug die Firma nicht, da mußte er sich so früh melden bei der Panzerabwehr in Magdeburg, daß er R.O.A. wurde, als Gefreiter in den polnischen Krieg ging und aus dem mit den Sowjets als Oberleutnant zurückkam. Nicht gleich nach Gneez. Die Briten ließen ihn Juni 1945 im Hafen von Kiel auf die Zivilbevölkerung los, da er ihnen nachweisen konnte, er habe mit der N.S.D.A.P. nie etwas zu tun gehabt, außer daß er seine Parteibeiträge vom Offiziersgehalt abbuchen ließ. Bei der Ausbildung als Schwarzhändler in Belgien, bei Emil Knoops Praxis in sämtlichen besetzten Ländern (außer Italien) war gewiß besser in der Partei sein. Was immer ihn noch ein wenig fernhielt von der liebenden Familie, in einem Hamburger Kontor, das richtig ausgesehen haben soll wie ein Kontor, er mochte da seinem amateurhaften Wirtschaftsverstand ein paar wissenschaftliche Gräten eingezogen haben. Anfang 1947 übernahm er Gneez. Es kamen eben doch Leute aus dem Westen hierher! Seinem Vater überließ er den Kohlenhandel. Seine Eignung für das Fuhrgeschäft lag auf Auge wie Hand, denn er brachte einen ziemlich fabrikneuen Amerikaner mit sich, eine Sorte Lastwagen, für die es in Mecklenburg genügend Ersatzteile gab. Er spedierte kaum je in Mecklenburg. Er sprach spärlich über seine Unternehmungen, es war ihm ja wohl kaum mehr aus der Nase zu ziehen, als daß er der S.M.A. behilflich war beim Abwickeln von Geschäften. Hatte er zwar eines Tages ziemlich laut gesagt im Café Borwin: Alles muß ich den Russen besorgen, vom Panzer bit to't Pierd, ich weiß gaa nich, woo mi de Kopp steiht! Er wußte es aber doch, denn als er einmal abends in Jerichows Lübecker Hof verhandelte, kam der Kellner schreckensbleich angelaufen und flüsterte: Herr Knoop, Karlshorst am Telefon! – Ja: sagte Emil in seiner behaglichen Art: Ohne mich können di nich. Manchmal konnten sie doch, dann saß er eine Weile unterm Gneezer Landgericht. Das reformierte er binnen Tagen, besorgte sich die Schlüssel für andere Zellen, ließ Essen aus der Stadt kommen (von Frau Panzenhagen; deren Küche er der seiner Mutter vorzog), beschaffte einen Plattenspieler mit Jazzscheiben der dreißiger Jahre, so daß er den Bewachern wohl etwas lästig wurde und sie ihn nach sechs Wochen wieder entließen (mit fiebrigen Entschuldigungen). Johannes Knoop wurde immer durchsichtiger vor Angst. Gneez bekam den Beweis, wie Emil dachte von Kindestreue: im Herbst 1947 lebten die Alten schon in Hamburg, nicht gerade in Pöseldorf, sogar recht weit von der Binnenalster, so zu sagen auf dem Lande. Schreiben taten sie ihm wohl selten. Gewiß verwaltete Vater inzwischen Emils altes Kontor, bloß Emil schien es vergessen zu haben. Jedem sein angestammtes, erlerntes Geschäftsgebaren. Emils Kontor stand in Brüssel. Warum denn nicht, hatte die Sowjetzone etwa kein Handelsabkommen mit Belgien? Emils Büro im sowjetischen Sektor von Berlin hieß Export und Import, das im britischen war ein Zimmer in einer Zahnarztpraxis und kam ganz ohne ein Schild aus. Da Emil des öfteren abwesend sein mußte von Gneez, wuchs ihm die Legende bequemer an. Ein ausländischer Lastwagen mit Anhänger, der vor Papenbrocks und der Roten Armee Speicher das Korn ratzekahl auflädt und abfährt in Richtung Lübeck, Grenzübergang, er beweist nicht wenig. Emil war bald geachtet, fast beliebt bei den ordentlichen Leuten von Gneez. Konnte er nicht leben wie Louis der Letzte bei den Belgiern, und schuftete doch sich ab für Mecklenburg und die S.M.A.? Gab

Emil denn an mit seinen wirtschaftlichen Erfolgen? Nein, immer den selben Hut trug er, schon recht speckig. Zeigte er nicht christliches Mitgefühl, immer von neuem? Da lebte in Gneez Frau Bell in einem Zimmer ihrer Villa im berliner Viertel von Gneez. 1916 vermöglich geschieden, immer eine reiche Frau, die Schwierigkeiten am Telefon erledigte. Nun ihr das Telefon entzogen war, konnte sie die Welt nicht mehr bewältigen. Emil ging hin und setzte sie an sein privates Telefon. Eine Hausdame hatte er ohnehin gebraucht. Trug Emil wohl Ringe von Gold am Finger? Nein, wenn er sich über etwas freuen konnte (»wie'n Kint«), war es doch eher, daß er zum weißen (oder »persönlichen«) Propusk, der Voraussetzung für Fernfahrbefehle der Hauptfahrbereitschaft, einschließlich Grenzverkehr, noch einen bekommen hatte, den roten, die Fahrgenehmigung für die ganze Sowjetzone, einschließlich Grenzverkehr! War doch uralte Erfahrung: wenn das Heer einem Tunichtgut erst einmal die Hammelbeine langgezogen hat, weiß er fürs Leben, wo's langgeht. Siehst auch an sein' kurzen Haarschnitt. So knapp schwarz und adrett. Und Emil hielt nie ganze Lokale frei; er bezahlte nur für die, die seiner Liebe wert waren. War gemütlich, ihn erzählen zu hören, nicht etwa vom Geschäftlichen, sondern aus seinem Leben: wie er im September 1939 bei Cuxhaven zwei Viscounts abschoß und die Beisetzung der Besatzung mit militärischen Ehren versah. Wie er im »Brückenkopf Weichselmündung« entdeckte, daß dort ein Konzentrationslager namens Stutthoff unterhalten worden war, weswegen auf seinen Lastwagen geschrieben stand: »Stutthoff bleibt deutsch!« Persönliche Erinnerungen eben. Und nun wußte man endlich, bei welchem Wetter er am 9. Mai 45 über die Ostsee nach Kiel geschippert war: ruhige See an jenem Tage. Wozu einen Hans im Glück beneiden? immer war sein Interzonenpaß in Ordnung, zuverlässig war er freigestellt durch lokale Fahrbereitschaften, die D.W.K. empfahl ihn nicht nur, sie wies ihm noch die legale Benzinbeschaffung nach. Niemand neidete ihm seinen Chauffeur, seine 250 Pfund Lebendgewicht. Er wirkte so beruhigend. (An seine schwarze kastenähnliche Aktentasche ging keiner; die war zu voll mit gefährlichem Geld.) Wenn er wirklich einmal hineinfiel beim Verschieben von Pferden nach Niedersachsen, die Bierfässer mit »Uran« wurden an der Grenze beschlagnahmt, er lachte sich ja krank beim Nacherzählen. Er galt als treue Seele. Einmal kam er aus der großen Welt des Stahlhandels zurück nach Gneez, da waren die Kartoffeln auf dem staatlichen Gut noch nicht raus. Er versprach für jeden am Wagen abgelieferten Korb fünfzig Mark. Am Abend waren die Wagen zum Rand gefüllt, und er gab den Arbeitern ein Fest. Die Kartoffeln konnte er recht gut brauchen, er nahm auch Kroppzeug mit. Und wie hat er geweint, als Dr. Schürenberg ihm von den Krankheiten der Schulkinder einen Begriff gab. Die chinesische Bettlerkrankheit hatten sie, vom Melde-Essen? das konnte Emil gar nicht vertragen, er benötigte gleich einen dreistöckigen Schnaps. Was –? an Scabies litten sie? das unter Emils Augen! Dr. Schürenberg enthüllte ihm nicht, daß der Ausdruck die gewöhnliche Krätze bezeichnete; er schilderte ihm den Vitaminmangel. Die Kinder schlugen sich mit den scharfen Kanten der Holzsandalen die Knöchel kaputt, immer von neuem, das gebe dann Entzündungen der Lymphbahnen, gräßliche Schmerzen in der Leistengegend. Er habe die Tochter von Cresspahl (– ook'n goden Minschen: röhrte Emil, in Tränen) am Bahnhof gesehen, die konnte bloß gehen wie steifbeinig, so weh tat ihr das. – Cresspahl? sagte das Dreifache J, der Stadtkommandant J. J. Jenudkidse. Denn sie weilten im Dom Offizeróv, Gäste des Dreifachen J. – Ich schwör! rief Emil, schluchzend. Es war kurz vor Weihnachten 1947. – Jedem Kind eine Apfelsine: sagte Dr. Schürenberg. Denn er war ein studierter Mann und wollte einmal dies unerhörte Renommee eines gewöhnlichen Handelsmenschen abschaffen. – Und jedem, der arbeitet, einen Salzhering! schluchzte Emil. Gneez hielt ein bißchen den Atem an für die nächsten Wochen. Emil konnte immer zurück mit der Wahrheit, daß er fett gewesen war wie zehn Schafe mit Schachtelhalm im Bauch. Es geschah, pünktlich. Die Salzheringe kamen. Die Apfelsinen wurden in den Schulen und Kinderheimen und Krankenhäusern verteilt. Die Lastwagen dazu lieh das Dreifache J, weil Emil diesmal keine »flüssig« hatte (bei so kurzem Termin!), und Emil brachte zuwege, daß die Sachen in passender Menge geklaut wurden im Hafen von Hamburg. Längst hatte Gneez gelernt, an Emil zu glauben.

So sühnte dieser.

Und war unschuldig, denn er lief auf freien Füßen rum; das sah doch ein Kind. Und hat ihn gesehen in Pracht über Pracht.

Für diesen bauten die Kommunisten im März 1948 die »National-Zeitung«, gewidmet den ehemaligen Mitgliedern der N.S.D.A.P. oder sonst Nationaldenkern, damit er warm werden könne in ihrem Deutschland, und wenn ihre Volkspolizei drei Wochen später alle westlich lizensierten Presse-Erzeugnisse beschlagnahmte und den Vertrieb lahm legte, so erlaubten sie einem Knoop ein diskretes Abonnement des westberliner »Tagesspiegel«, per Briefumschlag, um noch Anflüge von Kälte aufzufangen. Als er dann fiel, neun Jahre später, hatte er Abschied zu nehmen von einer Bootshauskolonie, einer Fasanenzucht und der ersten Hollywoodschaukel im ganzen Landkreis Gneez, aber für Cresspahls Tochter war es zu spät. Sie konnte da begreifen, daß die Kommunisten ihn hatten aushelfen lassen auf der Ebene der Warenzirkulation, solange sie noch lernen mußten von ihm und der Sowjetunion, und er wird ihr auch leidgetan haben, als er abgeführt wurde an erbleichenden Staatssekretären in seinem Wartezimmer vorbei, aber es war zu spät. Sie hatte zu lange sich schämen müssen für ihren Griff in den Sack mit den Apfelsinen.

6. Juli, 1968 Saturday Tag der South Ferry ist auch der Tag, an dem die Tante Times uns mitteilt, was ihr der Sonderkorrespondent Bernard Weintraub schon unter dem Datum des 27. Juni geschrieben hat aus Saigon, Süd-Vietnam:

»Die amerikanische Auswirkung auf die Wirtschaft, Politik und Kultur Viet Nams ist durchschlagend

Vor zehn Jahren waren weniger als eintausend amerikanische Dienstpflichtige in Viet Nam stationiert, und ihre Anwesenheit wurde kaum wahrgenommen.

Heute sind es 530000 amerikanische Truppenangehörige und zwölftausend Zivilisten, die dies geplagte Land durchschwärmen, und ihre Gegenwart hat das Leben Süd-Vietnams bis in die Wurzeln betroffen.

... Lambrettas und Autos. In dreißig- bis vierzigtausend Wohnstätten und auf Dorfplätzen quer durch das Land sehen süd-vietnamesische Familien im Fernsehen der Streitkräfte wie gebannt »The Addams Family« und »Perry Mason«. Studenten in Seminarräumen lesen John Updike und J. D. Salinger. Junge Männer, die für U.S.-Behörden arbeiten, und Mädchen in kurzen Röcken schlürfen in Cafés Coca-Cola und beklagen das Überhandnehmen amerikanischen Wesens.

Die Anwesenheit der Amerikaner hat auch beigetragen zu einem Gewirr schwerer wiegender Veränderungen, die sich – mit einem Krieg zu gleicher Zeit – als widersprüchlich und komplex erweisen. Studenten, Lehrer, Regierungsangestellte und Geschäftsleute beteuern beharrlich, der Zustrom von amerikanischen Soldaten, Zivilisten und Dollars reiße die Familien auseinander und richte soziale Verwüstung an.

... ›Eine unmögliche Situation ist herbeigeführt worden‹, sagte ein Rechtsanwalt, amerikanisch erzogen. ›Die armen Familien kommen vom Lande nach Saigon, weil sie arm sind. Der Vater verfügt über wenig Fertigkeiten, also wird er Tagelöhner oder Rikschafahrer. Vordem haben die Kinder ihn geachtet. Er kannte sich aus mit dem Hof. Er wußte Bescheid mit dem Land. Nun weiß er gar nichts.

Die Jungen waschen Autos für die Amerikaner oder putzen Schuhe oder verkaufen Zeitungen oder arbeiten als Taschendiebe‹, fuhr der Rechtsanwalt fort. ›Sie verdienen womöglich 500 oder 600 Piaster ($ 5 oder $ 6) pro Tag. Ihre Väter bringen 200 Piaster nach Hause. Hier haben wir einen zehnjährigen Jungen, der dreimal so viel verdient wie sein Vater. So was ist noch nie da gewesen.‹

Über dem Druck von Amerikanern und amerikanischen Dollars steht der allumfassende, zerschmetternde Druck des Krieges selbst, versteht sich. Tatsächlich ist jeder junge Mann oder Bauer gezwungen, den Regierungsstreitkräften beizutreten, oder dem Viet Cong; mehr als eine Million Leute sind zu Flüchtlingen geworden; die Zerreißung von Höfen oder Dörfern hat zusätzliche Millionen auf die Flucht in die Städte gebracht.

... weil die verbündeten Truppen Tausende von Familien im ländlichen Gebiet in ihrer Gänze aus ihren Höfen entfernen, um Feuerzonen zu gewinnen.

... ›Der Vietnamese hat niemals den Wunsch, sein Dorf zu verlassen‹, sagte ein Professor an der Universität Saigon. ›Dort möchten sie geboren werden und dort möchten sie sterben.

Das ist für Sie Amerikaner schwer zu verstehen, da Sie in Ihrem Land von Dorf zu Dorf ziehen können‹, fuhr er fort. ›Aber hier ist es sehr schmerzhaft für einen Vietnamesen, sein Dorf zu verlassen, und wenn man sie zum Wegzug zwingt, dann hassen sie Sie. So einfach ist das: sie hassen Sie.‹

... Ein anderer [Amerikaner] erklärte: ›Es ist leicht, den Amerikanern an allem die Schuld zu geben, was hier falsch läuft – die Vietnamesen genießen das. Aber sehen Sie mal, diese Gesellschaft war verflucht verfault, als wir herkamen, und was wir jetzt an den Hals kriegen, das sind die Fäulnis, die Verdorbenheit, die nationalen Neurosen in übersteigerter Gestalt.‹

... Ironischer Weise hat der amerikanische Kultur-Einfluß sich am stärksten ausgewirkt auf den Folk-Song, in den Antikriegsballaden des berühmtesten Studentensängers in Viet Nam, Trin Cong Son.

Der breiteste soziale Anprall der Amerikaner – und, in einer Verlängerung, ein kultureller –, hat die wohlmächtige Mittelklasse getroffen, die ausschließlich die Bürokratie der Regierung versah, in Grundschulen und Colleges Unterricht gab sowie als Rechtsanwalt, Arzt und Geschäftsmann zur Verfügung stand. Diese gesellschaftlich bewußte Klasse hatte, nach allen Anzeichen, wenig Verbindung oder Mitleid mit den Bauern, oder sogar mit der Armee.

Amerikanische Beamte bezeichnen im Privatgespräch die Zerrüttung innerhalb dieser festverschanzten Klasse als begrüßenswert. Die vietnamesische Mittelklasse ist natürlich verbittert. Insbesondere wegen ihres Verlustes an Ansehen.

›Ein Universitätsprofessor kann achtzehntausend Piaster ($ 150) in der Woche verdienen, wohingegen ein Barmädchen es auf hunderttausend Piaster ($ 850) bringen kann‹, sagte der achtundfünfzigjährige Ho Huu Tong, ein Abgeordneter im Unteren Hause, der in den vierziger Jahren ein prominenter Intellektueller war. ›Die Intelligenz, das sind die Enterbten, die Verlorenen, wegen des amerikanischen Aufpralls. Wir sind unserer Position verlustig gegangen.‹

›Geld ist das Idol geworden‹, sagte Mr. Thien, der Minister für Information. ›Geld, Geld, Geld.‹

Dieses Thema widerhallt bei den ärmeren Vietnamesen: den Rikschafahrern, den Dienstmädchen, den Köchinnen. Aber für sie ist das Problem des Ansehens unerheblich, und der Zufluß amerikanischer Dollars kaum unwillkommen. ›Wie kann ich die

Amerikaner hassen?‹ fragte eine grinsende Frau, die hinter einem Stand am Tu Do, im Herzen Saigons, Schwarzmarktzigaretten verkauft. ›Sie haben so viel Geld in ihren Taschen.‹

... Auf amtlicher Ebene ist es lediglich die amerikanische Unterstützung – sechshundert Millionen Dollar in diesem Rechnungsjahr –, die Viet Nam über Wasser hält. Dieser Betrag enthält noch nicht die amerikanischen Militärausgaben von mehr als zwei Millionen Dollar pro Monat.

... Nur 6 Prozent des letztjährigen Haushalts wurden durch direkte Steuern auf Einkommen und Geschäftsgewinne aufgebracht, im Vergleich zu etwa 80 Prozent in den Vereinigten Staaten.

In der Folge hilft sich die Regierung mit Abgaben auf Lebensmittel, Tabak, Alkohol, Streichhölzer und andere Waren, die schwer auf die Armen drücken. Und die Reichen, indem sie Bestechungen und die Bürokratie anwenden, zahlen oftmals überhaupt keine Steuern.

... Seit 1962 hat die Landverteilung in Süd-Vietnam faktisch stillgestanden, und die Masse des Landes ist in den Händen der auswärts lebenden Großgrundbesitzer verblieben.

... Nach allgemeiner Ansicht würden Mr. Thieu, Mr. Ky oder sonst ein Führer Vietnams in enorme politische Schwierigkeiten geraten, sogar wenn sie sich einverstanden erklärten mit jeglicher möglichen Reform, auf die die Amerikaner gedrängt haben.

Denn das Herz der Regierung oder des ›Systems‹ ist eine unhandliche, kafkaeske Bürokratie, die einen Fortschritt an allen Ecken und Enden behindert. Und in diesem Bereich ist der amerikanische Einfluß geringfügig geblieben.

Papierbetrieb, Dokumente, Stempel, gelangweilte Beamte überall. Die Beamten arbeiten vier Stunden am Tage.

›Wir werden mindestens eine Generation benötigen, um das System zu ändern‹, sagte einer der höchsten amerikanischen Vertreter in der Gesandtschaft der U.S.A. ›Vielleicht mehr als eine Generation.‹

... Ein süd-vietnamesischer Verleger sagte kürzlich zu einem Amerikaner: ›Sie sind Gäste in unserem Land, und die Vietnamesen sind sehr nett zu Ihnen gewesen. Überfordern Sie unsere Gastfreundschaft nicht.‹

... ›Eine Menge von denen sind so selbstgefällig, es kann einen

auf die Palme bringen‹, sagte ein jüngerer amerikanischer Beamter. ›Wenn wir keinen Krieg hätten, wär's irre.‹
Aber ein Student in La Pagode, einem Café am Tu Do, machte die Bemerkung: ›Die Amerikaner müssen wir für uns kämpfen lassen, damit wir im Frieden leben können.‹
Hatte der Student sich freiwillig zur Armee gemeldet? ›Nein, ich muß studieren, ich bin Student‹, erwiderte er.«

Und wessen Bekanntschaft möchte die Tante Times uns heute noch vermitteln? Die von Lynn Tinkel.
Lynn Tinkel, 22 Jahre alt, Lehrerin, aus der Bronx, war am 19. Juni zugange mit James Lunenfeld, ihrem Freunde, zwei Jahre älter als sie, auch Lehrer, und zwar tat sie das auf dem Bahnsteig der INDependent unter der 59. Straße. Es war spät geworden, schon halb drei Uhr morgens, und sie dachte sich: Ih –: dachte sie in ihrem Sinn: Werd ich meinen James mal fotografieren.
Das Aufnehmen von Abbildungen in New Yorks Subway aber ist verboten! von einer weisen Verwaltung der Verkehrsbehörde; es sei denn, sie hätte es einem schriftlich erlaubt, mit Siegel zum Vorzeigen. Nun hatte Lynn bloß ihren Einfall dabei, dazu ihren James. Dann kostet es 25 Dollars Strafe, ersatzweise zehn Tage Gefängnis!
Gestern stand Lynn vor einem Menschen im Talar, im Kriminalgericht an der Centre Street 100, wahrscheinlich vor dem Senat 5A (Verkehr), und kam um einen Freispruch ein. Es gehe ihr um das Grundsätzliche an der Sache. Wenn sie eben Lust habe, James in der U-Bahn zu fotografieren ... Der Richter sah es ein; entließ sie in Gnaden.
Nun will die Verkehrsbehörde etwas Genaueres sich einfallen lassen zu ihrem Verbot. So könnte sie ausdrücklich die Benutzung eines Stativs untersagen, darüber stolpern am Ende Leute; oder den Einsatz von Blitzlicht, das blendet den Führer des Zuges, oder Fahrgäste ... sie kommt schon noch darauf. Aber Lynn ist frei, und hingen weniger als 82 Grad Fahrenheit über dem Broadway, mit einer Luftfeuchtigkeit von 73 Prozent, stiegen wir wohl hinunter in die unterirdische Bahn und fotografierten einander Fragezeichen?

Etwas hat die New York *Times* übersehen.
Die Gehsteige an unserem Broadway sind eingefaßt mit Stahlbandagen, die machen die Straßenecken steil, mühsam zu bewältigen für Bürger mit Kinderwagen oder auch nur mit solchen Einkaufskarren, in denen die Familie einen wöchentlichen Bedarf auf einmal nach Hause fahren soll. Zum ersten Mal heute sticht uns in die Augen und sänftigt unsere Sohlen, daß die Stadt die Übergänge zwischen Fahrdamm und Bürgerweg mit bequemen Rundungen der Stahlkanten versenkt hat, den Steuerzahlern zur Erleichterung und der Pflicht zu Erkenntlichkeit; als eine Abschlagszahlung: wie Marie sagt, die ist böse geworden von der stickstillen Luft über dem Hafen, der fällt das Schwitzen schwer.
Sollte das vorkommen? Dem Blick der New York *Times* entgeht etwas, eine stilistische Änderung im Meublement des Broadways Ecke Achtundneunzigste, eine ästhetische Korrektur, ein soziographischer Vorgang? Leider müssen wir es vorsorglich erwägen.

7. Juli, 1968 Sonntag

Haben wir nicht fortwährend treu gesagt, die New York *Times* sei eine Tante? War nicht dieses unser einziges Wort?
Wir könnten es beweisen mit ihrem gestrigen Auftritt, ihrer Vorlesung über die durchschlagende Auswirkung des U.S.-amerikanischen Wesens auf die Wirtschaft, die Politik und Kultur in jenem Teil Viet Nams, den dies Land vor dem Kommunismus retten will. Alles hat sie berücksichtigt, durchgeprüft, mundfertig gemacht: Die Südvietnamesen in der Nähe von Armeesendern schlucken von den Fernsehschirmen »The Adams Family« genau so gierig wie »Perry Mason«, die Studenten lesen die zeitgenössischen Klassiker der Literatur von Neuengland und Pennsylvanien, Coca-Cola ist da zu Haus, das Zuhause ist auseinandergerissen, die Familie zerbricht an den verdrehten Einkommensstrukturen, an der gewaltsamen Trennung von Boden und Haus und Dorf, die Liedermacher singen gegen den Krieg im amerikanischen Stil, die Mittelklasse ist sauer über den Verlust ihres Einflusses in der Politik und Verwaltung, sauer auf das neue

Statussymbol des Geldes (Barmädchen erzielt fünffach das Gehalt eines Universitätsprofessors), nur sechs Prozent des Staatshaushalts werden von direkten Steuern gedeckt, ein einst unabhängiges Reisland muß Reis importieren, die Bodenreform ist versackt, die Durchdringung französischer mit amerikanischer Bürokratie verdirbt die einheimische: alle Folgen des amerikanischen Krieges kommen zumindest vor, nicht einmal die religiösen Querelen sind ausgelassen. Bloß eine Segnung westlicher Zivilisation, wiewohl auch ein amerikanisches Mitbringsel, die Geschlechtskrankheiten, hat die New York *Times* still übergangen. Eine Tante.

Wir könnten es beweisen mit ihrem Erscheinen von heute, den gut 800 Zeilen über die Brutalität der amerikanischen Polizei; streng und ärztlich beugt sie sich über die Sünder und fragt, woran es denn liegt: weil die Bürger anders nicht aussagen? weil die Bürger auch Polizisten anrühren? weil die Polizisten Freude haben an fremdem Schmerz? weil sie bis zum Hals voll Verachtung sind? weil sie Angst haben? weil sie sich ihrer geringen Schulbildung schämen? weil die Akademie der Polizei eine psychiatrische Untersuchung nicht vorsieht? Dem schickt sie, zur tieferen Ermahnung, den Schlag hinterher, daß es ein Polizist in New Jersey war, der den vierzigjährigen Revolver von Smith & Wesson ohne Beachtung der gesetzlichen Vorschriften erwarb, daß es ein zweiter Polizist war, dem er das Schießeisen auf genau so strafbare Art verkaufte, und erst dann kam es in die Hände jenes Menschen, der vor vier Tagen ein junges Mädchen in einer Frauentoilette des Central Park erschoß. Sie wird die Polizisten der Nation schon noch zu artigem Benehmen bringen, diese Tante.

Eine Person solcher Statur sollte gewiß sein können, es liefen über sie nur die angemessenen Meinungen um, gerade die (zwar die ungezogenen Definitionen aus Moskau und Vororten ausgenommen). Diese edle Einfalt, stille Größe bringt sie nicht auf. Sie riskiert Zweifel an ihrem Selbstbewußtsein, lieber geht sie auf Nummer Sicher und verbreitet selber, was von ihr zu denken ist. So haben wir auf einer bejahrten Emaille-Tafel am Friedhof Woodlawn gelesen: sie sei unentbehrlich für gebildete Konversation; in der Untergrundbahn: ohne sie seien wir nicht auf der Höhe der Zeit, desgleichen die lockende Tröstung: es sei ein so angenehmes Gefühl, es sei alles drin, selbst wenn man es nicht lese; in Erz und Marmor haben wir gelesen: sie sei das Tagebuch der Welt; heute aber: Einer der nettesten Züge an der New York Times – sie kann Ihnen zugestellt werden; dies mit einer Zeichnung, die sie darstellt beim Zustellen.

Wen haben wir denn da?

Eine ältere Person, nicht eben jüngferlich, jedoch keusch. Eine Tante.

Eine kurze Person. Was zwingt ihr den Kopf nach vorn, die Gicht, oder damit sie besser über ihren Klemmer blicken kann? Jettschwarze Punktaugen, viereckige Gläser. Der Mund ist in beiden Winkeln zu delikatem Halbrund hochgebogen; Leichtfertigkeit, vulgäres Grinsen liegen fern. Beherrschte Freundlichkeit. Im ganzen Gesicht nicht eine Falte.

Auf dem Kopf trägt sie einen Berg aus dicken Locken, die ihr bis über die Ohren fallen. Die Spuren der Wickelrollen sind deutlich zu erkennen.

Eine mollige Person, geht man nach den runden Schultern, über die ihr ein Umhang aus schwarzer Wolle mit aufgegangenen Maschen fällt, urteilt man nach dem mehr und mehr bauschenden Kleid, dessen untere Breite mit der oberen eine längliche schmale Glocke herstellt. (Wir hatten sie uns eher hager gedacht.)

Die Kleidung ist würdig, ein weißes Kleid mit geometrischen Mustern und breiter Schmuckbordüre in der Mitte wie am knöchelhohen Saum, wo aber einzelne Fäden locker heraushängen. (Wir waren sicher, sie gäbe sich adretter.)

Stramm steht sie da in ihrem gewichtigen Leib, auf ihren akkurat auswärts gestellten Füßchen in den Stiefeletten mit hohem Absatz. Die Gliedmaßen mögen altersmager scheinen, spillrig, bruchanfällig; mit festem Griff hält sie in ihrer linken Hand eine schwere Rolle Papier. Unter der Rechten aber, bei abgespreiztem Mittelfinger, ruht an geschnitzter Krücke ein Stock, auf den sie sich nicht stützen muß, denn sie hat ihn schräg vor sich hin auf den Boden gestellt, fast kokett, anders was wir meinten. So steht sie da.

So sieht sie aus, von ihr selbst gezeigt.

Guten Tag, Tante Times!

Seit einer Woche, heißt es, halten die Arbeiter in Tausenden von Fabriken und Gemeinschaftsgütern der Sowjetunion Kundgebungen ab, mitten in der Ernte, und verdammen, hört man, die »antisozialistischen und antisowjetischen Elemente« in der Č.S.S.R. Die Zeitung Junge Front in Prag bekennt sich verwirrt. Gerade dies, ruft die *Wahrheit* aus Moskau zurück, stufe die Journalisten der *Mladá Fronta* unter die »verantwortungslosen« ein. Auch hat der Erste Vorsitzende der tschechoslowakischen Nationalversammlung Briefe bekommen aus Moskau, Polen und Ostdeutschland. Josef Smrkovský hat den Wortlaut für sich behalten, er muß den erst noch besprechen mit dem Präsidium seiner Kommunistischen Partei; immerhin hat er den Empfang quittiert mit der Versicherung, die Č.S.S.R. werde nicht dulden, daß andere Staaten sich einmischten in ihre inneren Angelegenheiten. »Interferenz«. Mehr ist es nicht.

Im Mai 1948 lag Cresspahl, am ganzen Leibe nackt, in einem Wassertrog, der in Johnny Schlegels Blumengarten aufgestellt war. Johnny saß neben dem Trog auf der Bank so müßig, als sei schon Feierabend. Es war früher Morgen. Die Katzen waren vernünftig genug, den Ort dieses Schauspiels zu meiden, die dummen Hühner hielten den Kopf unterwärts verdreht und verwunderten sich, wie oft sie danebenhackten. Die Hühner waren meist die einzigen, die ein Gespräch unterhielten. Alle Stunde mal klopfte Johnny hinter sich auf die Bank des offenen Fensters, dann kam Inge Paap geb. Schlegel mit einem Eimer heißen Wassers und stellte ihn an der Hausecke ab, hielt den Rücken zu beiden, blickte sich kein Mal um. Johnny mit seinem einen Arm konnte einen schweren Eimer nicht nur herantragen, er konnte ihn auch so regieren, daß das Wasser in sanftem Schwung über Cresspahl auslief und ihn am Kopf nur mit Spritzern traf.

Da Johnny nicht weniger aufgeregt war als sein Gast, hatte er seine liebe Not mit dem Schweigen. Es ging ihm weniger um die Zeit, er hatte die Arbeit auf dem Hof verteilt und war da ganz entbehrlich. Er wurde wohl alt, daß ihm so der Mund juckte. Dieser Cresspahl wußte doch vorläufig bloß, daß seine Tochter mit den Absens noch in Jerichow war, auch im eigenen Haus. Konnte der nicht mal was fragen, nach all den Jahren Abwesenheit bei den Sowjets? Johnny warf die Würde von sich und sagte,

als rechne er etwas aus: Das sei ja nun wohl eine lange Reise für Cresspahl gewesen.
Dem ging das wohl zu dicht an Gefühlsseligkeit, der antwortete nach einer Weile zurechtweisend: Ja, von Jerichow tau'm Damshäger Krog. Das war eine Geschichte aus dem Winkel, aus der alten Zeit, als die Leute bloß reisten, wenn am Strand ein Schiff gescheitert war. Da sollten Schuster Fritz Mahler und Schmied Fritz Reink zu den Soldaten, zogen aber Freilose in Grems und ärgerten dort die Leute. Dann finden sie, sie hätten sich dumm benommen und sollten sich in der Welt bilden. Fritz reist nach rechts bis Damshagen, eine Meile von Jerichow, Fritze Mahler hält sich links, bis auch er nach Damshagen kommt. Im Krug treffen sie aufeinander mit dem Ausruf »Fritz, Fritz, treffen wir uns hier wieder in der weiten weiten Welt!« Tatsächlich war Schlegels Hof auch dicht bei Damshagen, Johnny gab das zu.
Cresspahl wollte ihn nicht geradezu vor den Kopf stoßen. Da die beiden Weltreisenden Klützer gewesen waren, gab er zu, daß er auf dem Fußmarsch von Wismar her gegen Mitternacht am Nordende der Wohlenberger Wiek gewesen sei und dort mit dem Westwind die Glocken von Klütz gehört habe. Wie das zugehe, die Klützer hätten ihre Glocken behalten?
– De seggn ümmer noch, wat se seggn: bestätigte Johnny, nun doch ungemütlich, seufzte auch wohl. Cresspahl nahm das stracks persönlich. Denn die Glocken von Klütz sagen:

Schår is, wåhr is,
dat de Lierjung dot is,
de in'n Fiekendiek liggt.
Hei hett nich lågen,
hei hett nich ståhlen, nich bedrågen!
Uns Herrgott næm em an in
Gnå-den, Gnå-den, Gnå-den!

und es mochte an dem sein, daß Cresspahl für die letzten zweieinhalb Jahre den Lehrjungen abgegeben hatte, unter falscher Anklage, nunmehr unten in einem Teich befindlich und ohne Aussicht auf Wiederherstellung durch einen Herrn Gott; aber Mitleid wollte er sich in der bescheidensten Äußerung verbeten haben. Deswegen sagte Cresspahl, ein wenig bösartig, bei Johnny auf dem Hof stinke es.
Johnny holte unverzüglich tief Luft und brüllte. Denn seit einer

Stunde schon war der Knabe Axel Ohr hinter der Scheune damit beschäftigt, mit Hilfe von altem Stroh eine Männerunterhose, eine Art Leibchen, sowie Filzstiefel und einen schwarzen Gummimantel zu verbrennen. Er hatte inzwischen nur Qualm zustandegebracht, statt ein Feuer, und Johnny stauchte ihn fürchterlich zusammen, mühelos über achtzig Meter hinweg. Nun mußte Axel Ohr den Brand auf der Forke um die Ecke tragen, wo der Wind den Rauch wegriß. Axel kam über den Hof geschlichen, trat schüchtern an die Hausecke und bat um die Vergünstigung, das Zeug doch lieber vergraben zu dürfen. Der nackte wie der bekleidete Mann betrachteten ihn verblüfft, fast verächtlich, so daß er sich umwandte mit hoffnunglos hängenden Schultern, beschämt, daß er an einem Befehl von Johnny habe deuteln wollen. War ja ein wüster Diktator, war Johnny. Axel Ohr durfte auch den ganzen Tag keine schwere Arbeit mehr anfassen. Nun kam Inge mit einem neuen Eimer.
Johnny war das Seufzen mehr wegen der Zeitumstände entfahren; er fühlte sich ein wenig ungerecht gestraft. So sagte er bloß: Er habe keinen Krug auf dem Hof, aber auf einen Schnaps solle es ihm nicht ankommen. Damit hatte er Cresspahl klein, der zog wahrhaftig den Nacken ein in der Erinnerung an den Schluck, den er vorhin wegen der ordentlichen Begrüßung hatte trinken müssen. – Orre vleich ne Ziehgar? faßte Johnny großzügig nach, ganz der Hausherr, der einen schlechten Gestank gutmacht mit einem guten Gestank. Cresspahl bewegte unschlüssig den Kopf, so daß Johnny sein edel gerolltes Kraut auf die äußerste Latte der Bank legte und mal wegging, in der Küche für Ordnung sorgen und Axel Ohr das Anmachholz bringen, auf das der Knabe ja von allein schwerlich verfallen würde. Als er zurückkam, lag die Zigarre ungefähr auf der selben Stelle, kaum naß, aber Cresspahl war noch bleicher im Gesicht als vorher, wenn das zu denken war. Was hatte der Mann bloß mit dem Magen, daß er nicht essen konnte!
Dann kippten sie die Brühe aus und trugen den Bottich der Sonne hinterher, die inzwischen von den Fenstern der Döns weggegangen war. Die Hühner regten sich ungeheuerlich auf. Jetzt standen an der Ecke drei Eimer frischen Wassers.
Johnny kam mit der Bank am Arm und erwähnte beiläufig seine Verpflichtungen gegen Cresspahl. Er sprach von seiner Gesine

und ihren beachtlichen Fähigkeiten als landwirtschaftliche Arbeiterin, sowohl im Weizen als auch in den Kartoffeln. Zwei Sack Weizen habe sie noch gut, aber er wolle ihr den teilweise in Räucherwaren ausliefern. Was Cresspahl, so als Erziehungsberechtigter, dazu sage? Cresspahl erkundigte sich nach dem Datum. Denn am Morgen zuvor im Gefängnis von Schwerin hatte es so fix abgehen müssen mit dem Unterschreiben, auch konnte er die kleingeschriebenen Sachen noch nicht gut lesen. Johnny ging und kam zurück mit seiner Schullehrerbrille auf der Nase. In der Hand hatte er Cresspahls Entlassungsschein, daraus las er erst das Datum vor, dann alles. Der nackte Mann wollte es nun noch einmal mit der Zigarre versuchen. Johnny Schlegel erzählte ihm vom Vorstand des Cresspahlschen Hauses, von Jakob. Der lerne auf dem Bahnhof von Gneez das Zusammenkuppeln von Güterwagen, dennoch wolle er seinen Fuchs nicht verkaufen. Ob Cresspahl da mal mit ihm reden könne von Mann zu Mann. Jakob sei doch sonst ein Mann von Welt, mit ausgewachsenen Liebesgeschichten, hier auf dem Hof zu Gange mit einer Anne-Dörte, bis sie ihre gräfliche Verwandtschaft in Schleswig-Holstein vorzog. Johnny wäre imstande gewesen, auch noch zu erzählen von Liebestragödien ganz anderer Art, die vor seinen Augen vorgefallen waren; Männer sind so. So sind Männer, ihm waren Gesines Leiden bei Jakobs Besuchen entgangen, und Cresspahl sollte ein paar Jahre lang bei Jakob eine etwas private Abneigung gegen adlige Personen vermuten. Nun log Johnny ihm etwas vor von einem Kanister Petroleum, den Gesine auch bei ihm stehen habe. Sie hatten in ihrem Leben anderthalb Meineide für einander geschworen, diese beiden, offenbar kam es auf einen mehr nun nicht an.

Axel Ohr postierte sich zehn Schritt entfernt und meldete erfolgreiche Verbrennung. Gewaschen hatte er sich auch, zu Johnnys ausführlicher Verwunderung, und Axel Ohr wünschte sich weg. Er war ja der Junge auf dem Hof. Allerdings zweifelte er manchmal, ob es denn wirklich Strafen waren, was Johnny jeweils über ihn verhängte in seinem drohenden Ton. Das weggelaufene Stadtkind hätte mit seinen sechzehn Jahren begreifen dürfen, daß er so gut wie adoptiert war bei den Schlegels und beiläufig fast alles gelernt hatte, was bei Friedrich Aereboe über allgemeine landwirtschaftliche Betriebslehre geschrieben stand, auch einiges mehr. Frag du Axel Ohr nach den Finessen bei der Errechnung des Solls! Nun stand er da und erwartete einen ausgefallen widerlichen Auftrag. Er sollte zum Mittagszug an den Bahnhof von Jerichow reiten. – Mit Jakob seinem Fuchs –? wiederholte er, errötend, besorgt, er könne sich verhört haben. Mit Jakob sin Voss. Johnny spülte ihm gründlich die Ohren aus, und Axel wartete auf den Haken. Kindting –! sagte Johnny, ernst, dräuend. Er konnte ja so elend hochdeutsch tun. Der Haken war, daß Axel da ein Mädchen abholen sollte, wenn auch bloß ein fünfzehnjähriges. Die würde sich ja wohl an ihm festhalten auf dem Pferd. Mit Mädchen nämlich verstand Axel es nicht so recht, selbst wenn er eins seit Jahren kannte als Cresspahls Tochter. So war Johnny, jede Freude verdarb er einem. Erbittert ging der Knabe ab zum Satteln.

Nun machte Johnny mit Cresspahl einen Schnellkurs in den Sachen, die der seit dem Herbst 1945 verpaßt hatte, von der Gründung der Sowjetischen Aktiengesellschaften in Deutschland bis zu den Landtagswahlen und jenem Gneezer Studienrat, der in diesem Mai auf zwei Jahre in den Kahn hatte gehen müssen, weil er früheren Schülern Ehrengutachten für Schulen in Westberlin schrieb: der Schüler Piepenkopp ist charakterlich gefestigt, dessen gleichen. Das war eine Verbindung zum Friedensfeind. Der hat dem Weltfriedensfeind junge Menschen in die Fänge getrieben! Johnny hatte sich für gutes Rapsöl bei Richard Maass ein Buch mit weißen Seiten anfertigen lassen, darin schrieb er fast täglich etwas. Vom Putsch der Kommunisten in Prag las er Cresspahl vor, die S.E.D. wünschte sich von den Deutschen, sie machten es ebenso. Leute wie du und ich. Jan Masaryk, der tschechoslowakische Außenminister, sei freiwillig aus dem Fenster gesprungen. Ob Cresspahl jemand wisse, der bei uns aus dem Fenster springen wolle, wenigstens in Mecklenburg, damit es hier so komme wie da? Dann erklärte er ihm, was »Freie Spitzen« waren. So hießen seit kurzem Ernteerträge, die nach Ablieferung des Solls zu einem besseren Preis frei an die Wirtschaftskommission verkauft werden durften. Cresspahl wollte daran die Neuigkeit erkennen, daß einem landwirtschaftlichen Betrieb wieder ein Arbeiten mit Gewinn erlaubt war. Ja. Im Prinzip: Wohl. Aber seit Johnny von solchen Förderern wie Oberst Golubinin hatte Abschied nehmen müssen, kam ihm oft die V.K.A. auf den Hof.

Die Leute von den Volkskontrollausschüssen. Die zeigten Zettel wegen der »Überwachung der Produktion und des Warenverbleibs«, setztem einem dann das Soll höher, wie sie es verstanden. Was verband einen Postmenschen wie Berthold Knewer mit Triticum vulgare, einmal abgesehen von Triticum aestivum? So daß manche Bauern zum Preis der Freien Spitzen würden zurückkaufen müssen, was sie gegen den Preis für das Soll abzuliefern hatten. Nee –; Johnny nicht, er wirtschaftete ja mit den anderen Leuten auf dem Hof in einer Kommune. Gerade diese fortschrittliche, moest du doch seggn, eben das Fortgeschrittene an Johnnys betrieblicher Organisation war dem Gneezer Staatsanwalt ein Dorn im Auge. De Minsch wart oeller as ne Kauh ... Cresspahl bewies, daß auch er inzwischen etwas gelernt hatte, was immer ihm entgangen war. – Liggt dat Bauk gaud? fragte er. Johnny nickte in seiner Hoffart, unbesorgt. Sein Buch lag fünf Jahre später zu schlecht versteckt, und da er es frecher Weise für einen Roman ausgab, kam er erst 1957 wieder frei. Vorläufig saß er bei einem nackten Freund auf der Bank und goß ihm behutsam frisches Wasser nach.

– Dor hest du din' Seehunt! sagte Johnny Schlegel, als er Cresspahls Tochter an den Bottich führte, der nun mit zwei Frühstücksbrettern abgedeckt war. Es war ganz falsch, denn Cresspahl hatte keinen Bart, sein Kopf war ein Turmschädel; auch heißt in Mecklenburg Einer Seehund, der mit gewagten Streichen lustig durchkommt. Cresspahl war nicht heil durchgekommen. Es paßte ein wenig, wegen des blanken Blicks aus einer Entfernung, die nicht abzuschätzen ist. – Hei bitt di nich: sagte Johnny und das Cresspahlsche Kind wünschte inständig, er werde sie nicht allein lassen mit diesem Menschen. Anfangs sah sie nur die Ohren, die so falsch auffielen neben dem mageren dünnen Gesicht. Sie hatten ihn kahl geschoren, die nachgewachsenen Stoppel sahen schmutzig aus. Der Kopf zwischen Bottichrand und Brett schien abgeschnitten, auch weil die Arme verborgen waren. Sie wußte nicht wo die Augen lassen, sie schämte sich in Grund und Boden, sie hätte fast geweint. Da war Johnny längst verschwunden aus seinem eigenen Garten.

– Ick hev di wat mitbröcht: sagte der Fremde mit der Stimme ihres Vaters.

Johnny vollführte auf der Diele einen heftigen Auftritt mit Axel

Ohr. Es ging darum, daß Axel den Fuchs auf die Wiese gelassen hatte in seiner gedankenlosen Art. Axel ging auf, daß er für die Überführung dieses Cresspahl nach Jerichow noch einmal den Fuchs bekommen sollte, und den Gummiwagen. Den kostbaren Gummiwagen, der einem Pferd so viel Spaß machte, es lief davor ganz von allein. Er würde fahren wie ein junger König. Na –: Vizekönig. Nicht auf der Hinfahrt. Jedermann mit Augen im Kopf, wenn auch kaum ein Mädchen wie Cresspahls Tochter, konnte im Dunklen erfassen, daß sie ihren Vater kaputt zurückbekommen hatte, reinweg krank; da gehörte sich Fahren im Schritt. Aber die sausende Rückkehr sah Axel Ohr schon vor sich, die Peitsche malerisch auf den linken Schenkel gestemmt, hinter ihm der staubende Weg zwischen dem bewegten Gewässer des grünen Weizens, rechts die See. Axel Ohr überwand sich dazu, für diesen Tag an sein Glück zu glauben.

Du hest nich rohrt, Cresspahl.
Wenn'ck man harr rohren künnt, Gesine.

9. Juli, 1968 Dienstag

Es ist eine gewöhnliche amerikanische Sache, Mrs. Cresspahl hätte von allein darauf kommen dürfen. Nie hätte sie für möglich gehalten, daß de Rosny ihr das zumuten würde, es sei denn mit Entschuldigungen. Die Hauptaktionäre mögen es durchgesetzt haben im Vorstand der Bank, dieses Mittelalter, dies Stück Zukunft. de Rosny hat es seiner Mrs. Cresspahl zugemutet, schlicht per Hausmitteilung, als sei sie ein Maschinenteil, dessen Mieter nach Belieben eine Änderung, eine Tiefenkontrolle verordnen darf. Nur im Westernfilm kündigen die anständigen Mörder an: Morgen wirst du nicht mehr gehen können; die Schurken schießen ohne Warnung aus dem Hinterhalt. Mrs. Cresspahl sitzt in einem tiefen weichen Lederitsessel mit dem Rücken zu einem ältlichen Techniker, von dem sie nur noch den bläulichen Kittel weiß, das Gesicht hat sie sofort vergessen in ihrer Wut. Sie ist in einem Raum, der in keiner Wand ein Fenster hat, so daß ihr die Luft knapp vorkommt. Gestrichen sind die Wände in vergilbtem Elfenbein, wie in einem Krankenhaus zu erwarten. Über ihrer

Brust ist eine Gummispule befestigt, am rechten Oberarm spannt eine mit Drähten durchwirkte Binde, an jedem Handgelenk ist eine Metallplatte festgebunden. Herzschlag, Atmung, Blutdruck, Hautfeuchtigkeit. Das ist der Polygraph, der Lügendetektor, an den niemand glaubt als die Polizei und die Geschäftswelt und das Militär. Die einfühlsame Stimme hinter ihr scheint Mundgeruch auszusenden. Sie hat schon eine ganze Weile geantwortet, achtlos, behindert von der Frage, ob sie lügen soll oder nicht. Die Wände sind so dick, vom ganzen Lärm New Yorks ist nur das Summen der Neonröhren zu hören, irgend wo über dem Kopf.

ANTWORT Mich weigern? Wenn ein Job daran hängt!

FRAGE Zu den Regeln dieses Spiels gehört, daß Sie von nun an nur die Worte Ja oder Nein benutzen.

ANTWORT Ja.

FRAGE Noch einmal Ihr Geburtsdatum. 3. März. 1933, das war's doch?

ANTWORT Ja.

FRAGE In Jerichow, Mecklenburg, Ostsee.

ANTWORT Ja.

FRAGE Sie sagten vorhin, was Sie gestern abend um halb sieben getan haben.

ANTWORT Ja.

FRAGE Sie sagten: »Ich stand auf der Promenade am Hudson. Da der Fluß so eben war, meinte meine Tochter, es sei Ebbe.«

ANTWORT Ja.

FRAGE »Ich habe mir die Uhrzeit gemerkt, weil ich in der New York Times nach einer Gezeitentafel suchen wollte.«

ANTWORT Ja.

FRAGE Haben Sie es getan?

ANTWORT Nein. Das hab ich über der Einladung in dies freundliche Zimmer vergessen.

FRAGE Mrs. ... Cress-pahl. Sie sind erregt.

ANTWORT Pardon. Nein. Ja.

FRAGE Mir sind die Fragen vorgeschrieben, zusammen mit denen des Auftragsgebers. Ich erfinde sie nicht. Dies ist mein Job. Da Sie mir als Person gleichgültig sein müssen, habe ich weder das Interesse, Sie zu kränken, noch Ihnen zu...

ANTWORT Ja.

FRAGE Es ist auch nicht so, daß ich aus Ihren Antworten persönliche Schlüsse ziehe. Das besorgen die Meßinstrumente, die vor mir ausschlagen oder Kurven auf die laufende Papiertrommel zeichnen.

ANTWORT Ja.

FRAGE Es ist ein Spiel, für uns beide.

ANTWORT Ja.

FRAGE Sie sind deutscher Nationalität.

ANTWORT Ja.

FRAGE Westdeutscher?

ANTWORT Ja.

FRAGE Ostdeutscher Nationalität?

ANTWORT Ja.

FRAGE Westdeutscher Nationalität?

ANTWORT Ja.

FRAGE Sie sagten vorhin »In meinem Portemonnaie habe ich etwa sieben Dollar.«

ANTWORT Ja.

FRAGE »Mit dem Kleingeld könnten es auch acht Dollar sein.«

ANTWORT Ja.

FRAGE Sie sind hier, weil Ihre Bank Ihnen einen Vertrauensauftrag übergeben möchte.

ANTWORT Ja.

FRAGE Sie verstehen, daß Ihre Bank sich gegen Risiken absichern muß.

ANTWORT Oh ja. Ja.

FRAGE Bringen Sie Ihrer Bank Loyalität entgegen?

ANTWORT Nein.

FRAGE Meinen Sie die Bank, bei der Sie ein Konto unterhalten?

ANTWORT Ja.

FRAGE Meinen Sie die Bank, bei der Sie angestellt sind?

ANTWORT Ja.

FRAGE Sie kamen in die U.S.A. am 29. April 1961.

ANTWORT Nein.
FRAGE Am 28. April 1961.
ANTWORT Ja.
FRAGE Mit Arbeitserlaubnis im Visum.
ANTWORT Ja.
FRAGE Ihr Name ist Gesine L. Cresspahl.
ANTWORT Ja.
FRAGE Benutzen Sie nur diesen Namen?
ANTWORT Ja.
FRAGE Haben Sie früher einmal einen anderen Namen geführt?
ANTWORT Ja.
FRAGE Diente der Name dazu, ein bestehendes Gesetz zu umgehen?
ANTWORT Ja.
FRAGE Auch mehrere Gesetze?
ANTWORT Ja.
FRAGE Glaubten Sie sich bei der Gesetzesverletzung im Recht?
ANTWORT Ja.
FRAGE Sie sind nicht verheiratet.
ANTWORT Nein.
FRAGE Sie waren nicht verheiratet.
ANTWORT Nein.
FRAGE Sie lehnen die Ehe als Institution ab.
ANTWORT Ja.
FRAGE Sie werden noch einmal heiraten?
ANTWORT Ja.
FRAGE Ihre Kindheit war unbeschwert.
ANTWORT Ja.
FRAGE Nicht immer unbeschwert.
ANTWORT Ja.
FRAGE Wenn Sie an Ihre biographische Vorgeschichte denken, halten Sie psychische Verletzungen für möglich?
ANTWORT Nein.
FRAGE Würden Sie sich als stabile Person bezeichnen?
ANTWORT Nein.
FRAGE Als eine unstabile Person?

ANTWORT Nein.
FRAGE Sie waren nicht verheiratet.
ANTWORT Nein.
FRAGE Empfinden Sie Schuld gegen lebende Personen?
ANTWORT Nein.
FRAGE Gegen verstorbene Personen?
ANTWORT Ja.
FRAGE Mehr als fünf?
ANTWORT Nein.
FRAGE Fünf.
ANTWORT Nein.
FRAGE Drei.
ANTWORT Ja.
FRAGE Sie haben eine Schweigepflicht, was Ihren Auftrag angeht.
ANTWORT Ja.
FRAGE Haben Sie diese Schweigepflicht verletzt?
ANTWORT Ja.
FRAGE Würden Sie die Durchführung Ihres Vertrauensauftrages in Gefahr bringen?
ANTWORT Nein.
FRAGE Ihre Tochter ist in New York geboren.
ANTWORT Nein.
FRAGE Sie ist in Düsseldorf geboren.
ANTWORT Ja.
FRAGE Sie bringen keine Loyalität auf für die Bank, bei der Sie angestellt sind?
ANTWORT Nein.
FRAGE Unterhalten Sie dort ein Konto?
ANTWORT Ja.
FRAGE Unterhalten Sie ein Konto auch bei einer anderen Bank?
ANTWORT Ja.
FRAGE Sie kommen aus einem kommunistischen Land.
ANTWORT Nein.
FRAGE Sie kommen aus einem Land, das jetzt jenseits des Eisernen Vorhangs liegt.
ANTWORT Ja.
FRAGE Sie haben auf der Flucht Verluste erlitten.

ANTWORT . . . Nein.
FRAGE Sie bedauern diese Verluste.
ANTWORT Nein.
FRAGE Würden Sie das Gastrecht der U.S.A. verletzen?
ANTWORT Ja.
FRAGE Haben Sie es je verletzt?
ANTWORT Nein.
FRAGE Sie sind niemals geschieden worden?
ANTWORT Nein.
FRAGE Sie mißtrauen dem Verfahren der Polygraphie?
ANTWORT Ja.
FRAGE Sie halten die Meßergebnisse des so genannten Lügendetektors für unzuverlässig?
ANTWORT Ja.
FRAGE Haben Sie für den Rest des Tages frei?
ANTWORT Ja.
FRAGE Das wär's.
ANTWORT Nein.
FRAGE Möchten Sie sich die Kontakte selber ablösen, oder soll die Kollegin . . .
ANTWORT Ja. Nein.
FRAGE Sie fragen ja gar nicht.
ANTWORT Nein.
FRAGE Sonst, die anderen, die fragen, wissen Sie.
ANTWORT Ja.
FRAGE Können's kaum erwarten. Aber das Resultat bleibt streng vertraulich.
ANTWORT Ja.
FRAGE In Ihrem Falle habe ich die Erlaubnis, Ihnen die Prozente Ihrer Wahrheitstreue mitzuteilen. Wenn Sie fragen sollten. Ein sehr gebildeter Herr, ein wirklicher Gentleman, so ein französischer Name, de Rosny . . .
ANTWORT Ja.
FRAGE Sie sind zu 90 Prozent wahrheitsgetreu. Vertraulich, versteht sich.
ANTWORT Nein.
FRAGE Ja. Sie sind jung, Mrs. Cresspahl, Sie haben noch Chancen!

Der Mann, der immer im Untergang des Ubahnhofs 96. Straße verlangt, die Juden sollten gefickt werden, hat einen Gegner, der zieht da einen Strich durch. Heute ist die Aufforderung kräftig erneuert.
Und, bitte, wer schreibt »YOPA!« auf die Wagen, Plakate, Stromzähler und Pfeiler der Subway? Und was bedeutet das?
Es ist erst viertel nach elf. Die Sonne macht die Garage an der 96. Straße zu einer behaglichen Höhle. Da steht ein Polizist und fragt zwei Angestellte aus, einen Weißen, einen Farbigen. Beide sitzen auf einer Bank, die zu kurz ist für zwei, unbequem Arsch an Arsch. Der Neger blickt nicht auf, läßt den Weißen antworten. Erst nach ausdrücklicher Aufforderung bestätigt er die Aussage, den Blick gegen den Boden: Ja, so war es wohl, kann man sagen, Mister, Sir.

10. Juli, 1968 Mittwoch

Nun haben noch die Kommunistischen Parteien von Bulgarien und Ungarn an die in Prag geschrieben. (Rumänien hält sich da heraus; begreift das Prinzip der Nichteinmischung genau so, wie die Sowjetunion es für sich in Anspruch nimmt.) Die Briefe lauten ziemlich ähnlich: in allen wird das Tschechoslowakische Zentralkomitee beschuldigt, es sei nicht scharf genug vorgegangen, weder gegen die »Revisionisten« in den eigenen Reihen noch gegen die »Konterrevolutionäre« außerhalb der Partei, welch alle die Presse, den Rundfunk, das Fernsehen mißbrauchen zur Verbreitung der Wahrheit von Vergangenheit wie Gegenwart. Aber Alexander Dubček wie Josef Smrkovsky mögen nicht auftreten vor einem Tribunal der Kollegen; gern bereit sind sie zu Gesprächen mit einzelnen Partnern. Inzwischen bleiben zwei sowjetische Regimenter in der Č.S.S.R., obwohl die Manöver seit dem 30. Juni abgeschlossen sind. Es fehle ihnen an Reparaturwerkstätten: erklären sie. Sie kriegen nicht genug Frachtraum auf der Eisenbahn: klagen sie.
Das blaue Maschinistenzeug, das Cresspahl von Johnny Schlegel geliehen hatte, war unzweifelhaft sauber, denn Inge hatte es gewaschen. Cresspahl zog es an für wenige Stunden am Tag. Als sei er in dem Halbtagesbad bei Johnny nicht rein genug geworden,

saß er noch oft in einer Wanne voll Wasser in der Küche, wenn wir aus dem Haus waren.

– Wenigstens hast du ihn nun zurückgeholt von den Russen, und ich danke dir: sagt Marie. – Beglückwünschen will ich dich auch, wie es sich gehört. Aber von dir war ja kaum zu erwarten, daß die Rote Armee ihn zurückbringen muß in einem Mercedes mit Motorrad-Eskorte. Unschuldig wie er war.
– Er hatte ein Urteil.
– Freispruch ist ein Urteil.
– Er wußte den Wortlaut nur ungenau; die Zahlen waren ihm bloß vorgelesen worden. Da es aus dreien bestand, müssen es die Absätze 6, 7 und 12 des Paragraphen 58 gewesen sein.
– Von sowjetischem Strafrecht?
– Von sowjetischem. Aus dem Jahre 1927, teilweise.
– Da war er in England, Gesine.
– Deswegen machten die Briten ihn zum Bürgermeister in Jerichow; den Briten konnte er etwas verraten haben über den Flugplatz von Jerichow, ehe der sowjetische Stadtkommandant K. A. Pontij einzog mit seiner Herrlichkeit. Nach Absatz 6, Spionage, Freiheitsentzug bis zu drei Jahren.
– Absatz 7.
– Diversionsakte gegen Wirtschaft, Verkehr, Geldumlauf; auch zu Gunsten früherer Eigentümer.
– Wenn jemand nach dem Krieg in Jerichow gelebt hat wie ein – Filmschauspieler, war es dein Pontij, Gesine.
– K. A. Pontij hatte seine Aussage nicht verbessert. Wir haben ihn so gesucht, der mochte inzwischen in Krassnogorsk einsitzen wegen des selben Absatzes.
– In die Wirtschaft von Jerichow hat er wahrhaftig eingegriffen.
– Cresspahl aber auch. Hat er nicht auf die Sperrkonten der geflohenen Gutsbesitzer zurückgebucht, was er da borgen mußte für städtische Löhne?
– Absatz zwölf bestraft die Tatsache, daß Einer von den Sowjets eingesperrt ist.
– Das tat Absatz 10. Mit dem wurde ihm gedroht für den Fall, daß er etwas aus seinem Leben bei ihnen erzählte; antisowjetische Propaganda und Agitation. Nein, unter der Nummer 12 wurde

ihm die Nichtanzeige von konterrevolutionären Verbrechen vorgeworfen. Nicht weniger als sechs Monate.
– Robert Papenbrock.
– Oder daß er die Besuche von Emil Plath nicht meldete. Die geheime S.P.D. Oder daß er nicht selber eine amtliche S.P.D. in Jerichow zusammenbekam, weil Alfred Bienmüller das für einen Unsinn ansah.
– Die Bildung von Parteien hat der sowjetische Stadtkommandant verboten!
– Pontij stand da nicht als Zeuge in Schwerin. Da war jemand von der sowjetischen Militärpolizei mit angelegter Maschinenpistole, dazu drei uniformierte Richter. Er konnte die übrigens ablehnen, wenn er die für befangen ansah.
– Dann ist er ja viel zu früh rausgekommen! Allein nach Absatz 6 und zwölf hätte er in Haft bleiben müssen bis Oktober 49.
– Bei Strafantritt am Tag der Urteilsverkündung bis August 1952.
– Ihr habt Glück gehabt, Gesine.
– Bloß Glück. Denn erst im Juni 1947 hatte Väterchen Stalin die Todesurteile abgeschafft, die »höchste Norm des sozialen Schutzes«. Ein S.M.T. in Deutschland gab in der Regel fünfundzwanzig Jahre Strafarbeitslager. Die Entlassungen aus den Lagern auf sowjetdeutschem Boden fingen erst im Juli 48 an. Im August verurteilte das Schweriner Tribunal einen Rostocker namens Gustav Cub und acht andere wegen Verbindung zu einem ausländischen Nachrichtendienst zu insgesamt 185 Jahren Arbeitslager.
– Warum bekam Cresspahl eine Ausnahme, Gesine?
– Das war sein Unglück. Es brachte ihn nun in Verdacht, er sei für das Anzeigen anderer Leute ein wenig belohnt worden.
– Die Leute in Jerichow kannten ihn seit 1932. Seit 1931!
– Er war nicht neugierig auf die Leute von Jerichow. Heute meinen wir, die Sowjets hätten doch etwas erfahren von Cresspahls Nachrichtensammelei für die Briten im Krieg und wollten ihn aufsparen.
– Wenn es einen Absatz 10 gab, wie konnte er euch aus Schwerin erzählen?
– Nichts hat er uns erzählt. Wohl acht Jahre später, als ich längst weggegangen war aus Mecklenburg, bekam Jakob ein Wort zu hören, oder zwei. Er hatte da Niemanden sonst.

– Nun war er ängstlich. Wär ich auch gewesen. Auf Ehre.
– Marie, er war krank. Seine Wasserkuren . . . Wir konnten ihn nur mit Mühe abhalten, noch am ersten Abend aufs Rathaus zu gehen und sich anzumelden mit der vertraulichen Bescheinigung über seine Abwesenheit. Der Cresspahl von früher hätte sich den Bürgermeister ins Haus bestellt. Denn zur Abwechslung war nun einmal Berthold Knewer im Amte, höher gestiegen als je Postamtsvorsteher Lichtwark, ganz zappelig und verdruckst geworden unter seinen ehrenvollen Bürden. Knewer wäre gekommen wie unter einem Befehl, unruhigen Gewissens. Dem war es eher recht, daß Jakob ihm den Schein hinhielt und eine Lebensmittelkarte für Cresspahl verlangte ohne jeden Augenschein. Knewer stand eine ganze Weile mit dem Rücken zu Jakob, seufzend; das war der erste, dem die Rückkehr seines ehemaligen Vorgesetzten peinlich kam. Jakob, weißt du, wenn er erzählte, konnte von einem Lachen in der Kehle überrascht werden, als täte er zu seiner Lustigkeit noch den Spaß dazu, den er dem Zuhörer machen wollte. An Jakob war sehr zu sehen, wenn er sich freute. Cresspahl blieb besorgt, er könne gegen die Vorschrift verstoßen haben, als sei die Obrigkeit im Recht, bloß weil sie ins Recht gesetzt war.
– Haftfolgen.
– Du sollst nicht an die Bücher in der obersten Reihe gehen, du!
– Ich weiß es aus der New York Times.
– Es war weniger schlimm, daß ich ihn immer sitzend antraf, wo immer im Haus er war. Saß stumm und höflich an Lisbeths Sekretär, am Küchentisch, auf der Milchbank. In seinem Gang war ein Zucken übrig geblieben, er hatte sich für den Schaden vor Johnny und Inge nicht geschämt, Axel Ohr durfte sehen, wie er vom Wagen stieg; mir wollte er so nicht unter die Augen kommen.
– Darauf wär ich stolz gewesen. Als Tochter.
– Seine Tochter war eher in Angst, bis das Humpeln sich verlor. Und schlimm war, daß er Axel Ohr nicht hatte über die Stadt-, die Stalinstraße fahren lassen, um es den Bürgern von Jerichow mal zu zeigen; daß wir hineinschlichen über den Friedhofsweg von Westen, so daß er eine Zeit lang ein Gerücht blieb. Daß er abwinkte, wenn Jakob ihn noch so beiläufig einlud in die Stadt. Daß ich manchmal bei den Schularbeiten seinen Blick fühlte, als

könne er sich nie daran gewöhnen, daß mein Profil in der und jener Linie weich wurde um die Augen, daß meine Haare ganz glatt fielen und dennoch über den Zöpfen eine winzige Welle setzten. So hatte mich noch nie ein Mensch angesehen.
– Mich schon, Gesine. Ich weiß auch wer. Dir aber tat er nicht mecklenburgisch genug.
– Nun habe ich es auch gelernt, den Beruf des Elternteils.
– Das meinte ich, Gesine. Aber in deiner Achtung hatte er verloren.
– Ach was! Verlegen war ich, ängstlich. Sprach nicht ohne Aufforderung mit ihm. Denn mir war schon bange, daß ich Tanzunterricht genommen hatte zu einer Zeit, da er im Lager war oder tot, vielleicht. Ganz zu schweigen von dem Empfang, den ich für Robert Papenbrock veranstaltet hatte.
– Was für ein Zeugnis gab er dir?
– Hanna Ohlerich war recht unverhofft weggebracht worden aus dem Haus. Cresspahl überging das. Ich erzählte ihm davon noch einmal, was ich über die Lippen brachte, hab auch gelogen in der Not. Er nickte. Der Atem ging mir so hoch, ich mußte den Kopf abwenden, weil er mich so unverwandt betrachtete in seiner neuen Art. Wegen Robert Papenbrock holte ich Jakob dazu, als Zeugen, aber Jakob erzählte es so, als sei Cresspahls Verwandter freiwillig aus dem Haus gegangen, nach ein paar Worten über das Wetter. Über die Wahrheit war Cresspahl fast erfreut. Für die Tanzstunde bedankte er sich bei Frau Abs. Mit Jakob ging er vorsichtig um; bei dem glaubte er sich in einer Schuld, die schwer zu entgelten war. Was aber mein zickiges Benehmen gegen Brüshaver oder die Olsch Papenbrock anging, so wurde es abgeschafft; Brüshaver blieb fast der Mund offen, als Cresspahls Tochter ihn als erste grüßte, und gehorsam. In meinem Streit mit Brüshaver wegen der Religion bekam ich recht; in die Konfirmation ging ich aus freien Stücken.
– Bestanden.
– Mit Ach, mit Krach. Mit Jakob konnte Cresspahl viel besser sprechen; Jakob war der geschicktere Arzt. Denn ich kam an mit Alexander Paepckes Tante Françoise, die als Angehörige des Mecklenburgischen Landtags das Haus in Althagen freibekommen hatte für sich, diese würdige Greisin; Cresspahls Tochter hatte ja Angst vor der Zukunft, die nun werden sollte; unweiger-

lich geriet sie beim Nachtragen der Vergangenheit an die Verluste. Jakob aber, siehst du wohl, hatte die Broschüre des Handbuchs für den Mecklenburgischen Landtag der 1. Wahlperiode auf seine Art geführt, da waren die Mitglieder ab Seite 64 ordentlich abgehakt, wenn sie noch tagen durften, bei manchem war doch ein Strich durch die Biographie gezogen, oder die Verhaftung durch die N.K.W.D. war verzeichnet, die Flucht nach Westberlin, Westdeutschland, ein Selbstmord. So lernte Cresspahl etwas über die Gegend, in die er freigelassen war.

– Du warst eifersüchtig auf Jakob.

– Stillzufrieden saß ich dabei. Wer so redete wie er, wollte nicht weg aus Jerichow nach Schleswig-Holstein.

– Warum seid ihr bloß geblieben! Cresspahl hatte Freunde in Hamburg, in England!

– Er hatte seine Angelegenheiten in Mecklenburg noch in keiner Ordnung. Zwar hatte er im Dienste der Sowjetmacht sein gesamtes festes oder bares Eigentum verloren; mir zuliebe wollte er abwarten, ob sie sich halten würden an die Eintragung meines Namens im Katasterblatt oder das Haus obendrein einziehen. Er war nicht gesund; er schloß sich halbe Tage lang ein, wenn wieder eine Frau zu Besuch gekommen war bei einem, der unglaublich ins Leben zurückgekommen war aus »Neubrandenburg« und Nachricht wissen mochte über den Sohn, den Mann. Von Freunden aus Hamburg hatte sich lediglich einer gemeldet, das war keiner, sondern der Alt-Parteigenosse Eduard Tamms, der benötigte von Cresspahl einen Persilbrief; in Hamburg waren sie noch nicht fertig mit der Entnazifizierung. Nach England traute er sich nie und nimmer. Da war Mr. Smith 1940 umgekommen in einem deutschen Luftangriff. Da lebte kein Arthur Salomon mehr, der für Cresspahl hätte ein Wort einlegen können; der hatte 1946 seinen Tod melden lassen durch die Kanzlei von Burse & Dunaway. Und wohin hätte er gehen wollen als nach Richmond. In Richmond war das Rathaus beschädigt von deutschen Bomben. Zwar im englischen Sektor von Berlin gab es einen Ingenieur für Wasserbau, dem hatte Cresspahl einmal einen Schäferhund mit vorzüglichen Papieren verkauft, den hatte Gesine im vorigen Sommer getroffen auf der Dorfstraße von Ahrenshoop, bei dem wäre er für eine Woche willkommen gewesen. Dafür war er zu beschädigt.

– Wann war Cresspahl gesund?
– Als er es an einem Tag fertig brachte, an Herrn Oskar Tannebaum, Pelzhandlung zu Stockholm, zu schreiben und ihm zu danken für ein Paket. In einem Zug geschrieben. Das war um die Mitte des Juni 1948.
– Nun konntet ihr gehen.
– Nun hatte die Sowjetische Militär-Administration in Deutschland den Verkehr zwischen ihrer Zone und den westlichen auf Eisenbahnen, auf Autos und zu Fuß gesperrt.

11. Juli, 1968 Donnerstag

Alexander Dubček hat die Zweitausend tschechoslowakischen Worte immerhin spalterisch genannt, als einen Grund zur Sorge hat er sie empfunden, weit ist er von ihnen abgerückt; nun belehrt ihn die *Literaturnaja Gazjeta*, Verlagsort Moskau, was wir in Wahrheit von ihnen zu halten haben: Wenn jemand öffentliche Kritik verlange, Demonstrationen, Entschließungen, Streiks und Boykott, alles zwecks Amtsentfernung von Personen, die ihre Macht mißbrauchten und dem allgemeinen Wohl Schaden zufügten, so sei das, offen gesprochen, ein provokatives, hetzerisches Aktionsprogramm. Es sei konterrevolutionär. Unzweifelhaft vernehmen wir die Aufforderung, die Literaturka als eine revolutionäre Erscheinung zu begreifen, zumindest im Umgang mit Machtmißbrauch.
Am Ende des Schuljahrs 1947/48 waren die Lehrerinnen der Gneezer Brückenschule einig, auf Cresspahl, Klasse Acht A Zwei, müsse ein Augenmerk gehalten werden. Nur Fräulein Riepschläger, in der verzeihlichen Unbedenklichkeit ihrer Jugend, schloß sich von Bedenken aus. – Sie hat ihren Vater wieder, von mir aus kann Gesine sich krumm freuen: sagte Bettina, in ihrer Einfalt. Das wollten die älteren, mehr erfahrenen Pädagoginnen dem Kind zugestehen für die ersten zwei Tage, für eine Woche allenfalls, aber verdächtig sei es, wenn solch Umschlag aus einem verdüsterten in ein offenes, ja zutrauliches Wesen so lange anhalte. Frau Dr. Beese und Frau Dr. Weidling hatten einander in der Wolle mit den psychologischen Theorien, die sie zu unterschiedlicher Zeit an unterschiedlichen Instituten erlernt hatten.

Die Weidlingsche dachte da an ein Diktat, das sie mit grammatikalischen Schnipseln abgehalten hatte, mit Titbits (Rückübersetzung nicht aus Eitelkeit, sondern zwecks Bildung). Sie war sich nicht bewußt, daß ihre Stimme im Eifer des eleganten Artikulierens ins Kugelige überging, ins Eulige geradezu, so geriet das Wort usually allen Schülern bis auf fünf zu Phantasien, die fünf jedoch saßen rund um Cresspahl, die zwar mit Flüstern nicht aufgefallen war. Wie konnte ein so ängstliches Kind mit einem Mal die Versetzung in die Oberschule riskieren! Mehr noch, in der Pause schrieben Gabriel Manfras und Gesine öffentlich (!) an die Tafel, was sie verstanden hatten, Gesine »usually«, nun ja, Gabriel ein »jugewelly«, strich dann Gesines Version durch. Die Gesine von früher hätte die Lippen zusammengepreßt, wäre auf dem Absatz umgekehrt, trotzig, kleinlaut. Diese aber kam Frau Weidling hinterhergelaufen, hielt den Schüler Manfras am Arm (!), und fragte fröhlich, kumpanenhaft nach der richtigen Schreibweise. Nu seggn Sei doch bloß eins an. Frau Dr. Beese fragte, ob Cresspahl denn eine Eintragung ins Klassenbuch bekommen habe. Es sei ja das Einsagen nicht zu beweisen gewesen: versetzte die Weidlingsche, noch einmal entgeistert in der Erinnerung, wie die Schülerin Cresspahl allein mit ihr weitergegangen war, vertraulich fragend, ob Frau Doktor solche titbits von der British Broadcasting beziehe? sie höre das auch wohl mal. War es denkbar, mit einem Kind einen Schweigevertrag zu schließen? Strenge sei nach wie vor: sagte die Beese verträumt.
Gesine fühlte sich bloß aufgewacht. Unverhofft war das Drucksen vor Entschlüssen weg, das Getane richtig von Anfang an. Sie fand nichts dabei, eines Tages einen hölzernen Aktenkoffer als Schultasche zu benutzen. Auf Verlangen erklärte sie jedem den Stabrolldeckel, die drei Schübe (ausgenommen das geheime Fach, den Ort der Anfertigung, die Herkunft aus der Effektenkammer eines Gefängnisses); sie war nun einmal die Tochter eines Vaters, der dergleichen mit seinen Händen machen konnte. Es war nur recht, daß sie Frau Weidling Vertrauen anbot, wenn die es denn vergelten wollte. (Sie bedauerte ziemlich lange, daß die titbits unverhofft wegfielen aus dem Unterricht.) Sogar bei Frl. Pohl war aus dem tapferen Lernen, dem sturen Fleiß eine Freiwilligkeit geworden, ein Mitdenken wie im Spaß, eine Freude am Begreifen; sie blieb gefaßt, als die Pohlsche abrutschte

in ihren früheren Begriff vom pädagogischen Eros und ihr mürrische Vorwürfe machte wie: Ja jetzt, Gesine! oder das mit dem nahenden Toresschluß; dabei bekam doch eher die ein Zucken um die Augen. Sie stand ja nicht nur in Mathematik auf zwei plus, in fast allen Fächern waren ihre Zensuren gut für das Recht auf die Oberschule; nun aber würde sie das Recht obendrein bekommen, denn für sie unterschreiben konnte ein Familienvorstand, der vor dem Gesetz galt. (Eigens wegen Frau Abs' angefochtener Unterschrift hatte Jakob ihr bei Dr. Jansen ein Vormundschaftsverfahren in Gang gebracht, das durfte sie nun in den Gneezer Stadtgraben werfen, wie es war.) Die Zukunft war eingetroffen, und sie war ihr zur rechten Zeit begegnet.
Sie hütete sich vor Übermut. Sie war eine der ersten aus ihrer Klasse, die in dem Büro erschienen, das Emil Knoop, in seinem unerschöpflichen Patriotismus, ausgeräumt hatte für das Volksbegehren. Als sie kam, war Frau Dr. Beese an der Reihe mit der Aufsicht, und da es in der Zeit vor dem Mittagszug war, standen sie einander allein gegenüber hinter den Fenstern, die Stück für Stück der Stalinstraße in Milchglas gekreuzte Hämmer wiesen. Unverhofft entschied sie, daß mit der Beese denn doch zu reden sei. Denn die Einrichtung Deutschlands als »unteilbare demokratische Republik«, es sollte ihr recht sein, insbesondere, wenn es »gerechten Frieden« dazu geben sollte; sie hatte in der Schule über Wahlen etwas anderes gelernt, als daß öffentliche Listen auslagen und Kinder ab vierzehn Jahren in solcher Sache befragt wurden. Sie fragte, ob es denn seine Richtigkeit auch habe. – Du bist mir von Person bekannt: sagte die Beese, grimmig, der entging an diesem Tag das Mittagessen. Gesine erwähnte ihr minderwertiges Alter. – Du unterschreib man: fauchte die Beese, abfällig, doch als rede sie zu, und das Kind verstand, es könne nützlich sein für die Erlaubnis in die Oberschule. So krakelte sie denn ihren Namen unter die Einheit Deutschlands, tröstete die Lehrerin mit einem Knicks und hüpfte vergnügt über die Riefelkacheln des großmächtigen Flurs auf die sengeheiße, weiße Straße Stalins.
Die Schülerin Cresspahl mochte ihren Vater zurückbekommen haben; entging ihr denn ganz, was für einen? Der war zum Arbeiten gar schlecht imstande, aus dessen Verdienst war kaum das Schulgeld zu erwarten; sie aber betrug sich aufgeweckt, fröhlich geradezu, als sei ihr das so recht.

Cresspahl war wahrhaftig mit noch anderen Auflagen entlassen worden als der Meldepflicht, so der, aus den ihm weggenommenen Maschinen einen Betrieb für Holzbearbeitung aufzubauen und ihn als Treuhänder zu verwalten. Sogar das Telefon, ehemals eingezogen als Instrument seines geschäftlichen Eigentums, wurde ihm von Technikern aus Gneez wieder montiert wegen der anderen Volkswirtschaft, obendrein mit der gewohnten Nummer 209. Nur waren die Maschinen, die er im April 1945 in einen Trockenschuppen der Ziegelei gefahren hatte, da nicht zu finden. Dicht an der Kommandantur, unter den Augen der sowjetischen Militärpolizei, hinter zweizölliger Tür und unentweihtem Schloß waren sie verschwunden, von der Hobelbank und Tellerschleifmaschine bis zu den winzigsten Sägen und Zwingen, besenrein geradezu war die Kammer zurückgeblieben. Da standen die noblen Zwillinge Wenndennych verdutzt, in der Hand die Verzeichnisse des S.M.T. Schwerin, blamiert vor dem enteigneten Deutschen, den ein Urteil ihrer eigenen Armeegerichtsbarkeit von dieser Straftat entlastete. Da sie, aus beruflichen Gründen, an Gespenster nicht glaubten, traten Ende Mai 1948 Fahnder der Wirtschaftskommission in viele Werkstätten nördlich der Linie Gneez-Bützow, fanden in einer Tischlerei von Kröpelin eine Zinkmaschine, auf dem Seegrenzschlachthof von Wismar, jetzt volkseigene Schiffsreparaturwerft, einen Rohölmotor und dazu Ankaufsverträge, deren Vorgeschichte immer kurz vor einem Major Pontij, einem Leutnant Vassarion dunkel wurde, also ein Geschäftsgebaren unter nächtlichen Umständen, per Handschlag und besiegelt durch unzulängliche Schriftlichkeiten. Cresspahl bekam wilde Briefe von Kollegen, die einmal mit Arbeit oder Sachwerten bezahlt hatten für die Apparate, die jetzt die Staatsanwaltschaft Gneez nach Jerichow abfahren ließ. Da wollte er es zufrieden sein, daß die aufgespürten Maschinen noch Mitte Juni nicht ausreichten zu einem Betrieb, und wehrte sich kein bißchen, als die Post ihm das Telefon wieder abschraubte, nachdem die halbe Ziegelei an einem feuchten Sonntagmorgen abgebrannt war. Mochte die Ehre der Roten Armee nun abermals in reinem Glanze erstrahlen; er war vor solcher Treuhänderschaft bewahrt. Die Gebrüder Wenndennych hatten die verspätete Feuerwehr von dem heller brennenden Haupttor wegbeordert auf Cresspahls Hof, so daß sie zwar das Haus seiner Tochter aus der

Gefahr hielten, nicht aber die künftige Werkstatt retten konnten. Die Staatsanwaltschaft fand in den Trümmern genügend ausgeglühtes Eisen zu ihrer Beruhigung und sah ab von einer Vernehmung Cresspahls, nachdem er sie auf die Zuständigkeit der Ortskommandanten verweisen mußte. Was auch hätte er sagen können? Die Herren Kommandanten, geschniegelt und duftend, waren mit untadeligen Entschuldigungen bei ihm eingetreten und hatten noch Kaffee angenommen, immer streng im Stehen, nachdem sie ihn auf den Rauch in der Luft hinwiesen. In der *Volkszeitung* wurde das Unglück berichtet als ein Anschlag gewissenloser, weltfriedensfeindlicher Elemente im Dienste des amerikanischen Imperialismus, in Jerichow war die Rede von Cresspahls Erfahrung im Umgang mit Feuer seit November 1938, und kein Mal wieder waren die Zwillinge zu vertraulichem Besuch bei Cresspahl, wie sie die Deutschen ja regelmäßig fernhielten von ihrer Residenz und Person.

Gesine war es recht. Einmal hatte ihr nichts geschehen können von dem Feuer, da sie für jene Nacht aus ihrem Zimmer in das von Frau Abs, auf der anderen Seite des Flurs, quartiert worden war. Zum anderen hoffte sie nicht ernstlich auf jene Zeiten, da Cresspahl einen Schreibtisch, Eichenplatte mit zwei Unterschränken, auf die Schultern gehoben hatte und mit dem ungefügen Trumm durch ganz Jerichow gegangen war und Treppen hinauf bis zu dem genauen Fleck in Dr. Kliefoths Arbeitszimmer, wo das Bestellte stehen sollte. Jetzt hätte Cresspahl kaum treuhänderisch Aufsicht führen können über eine Werkstatt. Sie sah ihn auf dem Hof beim Häufeln der Kartoffeln, die Jerichows wendige Feuerwehr nicht plattgefahren, weggetrampelt hatte; er hielt die Hacke steif, bewegte sich langsam, mit hängendem Kopf. Aber einmal hatte er mit dem Beil eine Stubentür bauen können. Jetzt war er hier. Sie brauchte nicht alles auf einmal.

Sie saßen morgens auf der Milchbank hinter dem Haus. Nicht nur war es ein schulfreier Tag, sie konnte auch sitzen neben Cresspahl, solange sie Lust hatte. Mochte ihm dabei entgehen, daß die Stangen der Bank angefault waren und bessere Befestigung brauchten. Vor ihnen im wilden Gras, schattig, taunaß, stand die älteste Katze auf steifen Beinen und betrachtete ein Amselküken, aus dem Nest gefallen, nicht flügge. Die Katze setzte zwei Beine vor die hinteren zwei, sie machte sich nicht einmal die Mühe zu schleichen. Die schreiende Amselmutter hatte es so eilig, sie fiel aus dem Baum wie ein Stein, im federnden Aufprall schon riß sie den Kopf hoch gegen die Feindin, bot sich an als Opfer, zum Selbstmord bereit. Die Katze wandte ihr einen Seitenblick zu, grau und gleichmütig, schritt auf das Küken zu, unbeirrt von dem Jammergeschrei der Amsel. Sie würde eins nach dem anderen erledigen. Gesine war im Zweifel, ob sie auch zu früheren Zeiten aufgestanden wäre und die verblüffte Katze weggenommen hätte von ihrer Nahrung; jetzt kam sie zurück mit dem Raubtier unterm Arm und nahm in Kauf, daß das Biest sie für verblödet erachtete. Sie setzte sich zurück neben Cresspahl, immer die Katze im Griff, die allmählich Streicheln begriff, ihren Verdacht aber bewahrte. Was waren das für neue Sitten. Dann sah Gesine, daß Cresspahl den Stein weglegte, der der Katze zugedacht gewesen war.

Das sind von den Künsten die brotlosen, die bringen weder Umsatz noch Verdienst. In der letzten Juniwoche sah Cresspahls Tochter, was für Umstände Leute haben konnten mit zurückgelegtem Geld. Gehorsam, eifrig sagte sie in der Schule Herrn Dr. Kramritz über die westdeutsche Währungsreform auf, was der nicht glaubte und was ihr nur mit Sorge vom Mund ging: den überlebenden Trägern der faschistischen Kriegswirtschaft gehe es darum, die verfaulende und krisenhafte kapitalistische Wirtschaft zu retten, wobei die Führung der bürgerlichen Parteien und der Sozialdemokratie aktive Hilfsdienste leisten; wie grundsätzlich anders die Währungsreform in der sowjetischen Besatzungszone. Aber von dem wüsten Getobe, das die Leute in Jerichow und Gneez vom 24. Juni an aufführten, war sie ausgenommen, Cresspahl auch, Frau Abs auch, Jakob auch. Sie behielten auf ihren vier Sparbüchern nach der Abwertung zusammen zweihundertvierundzwanzig Mark; nur bei Jakob und seiner Mutter reichte es für die Kopfquote von siebzig Mark, die im Postamt gegen Scheine mit aufgeklebten Coupons eingetauscht wurden. Viele aber besaßen Summen darüber hinaus, die bis zum 28. noch ein Zehntel wert waren und ab fünftausend Mark sogar gefährlich, weil verdächtig als Gewinn aus Rüstungslieferung oder Schwarzmarktgeschäften. Fräulein Pohl wurde beobachtet bei Sturmmärschen die Gneezer Stalinstraße rauf wie runter, entlang an weggeräumten Auslagen; am Sonnabend hatte sie ein echt antiquarisches Porzellanmöbel, aus dem in heilem Zustand Punsch zu reichen gewesen wäre, und eine nicht reparierbare Heizsonne (wegen der Stromsperre ließen die Handelsbürger gelegentlich elektrische Geräte ab). Viel bedauert wurde Leslie Danzmann, die in diesen Tagen an Frau Landgerichtspräsidentin Lindstetter jene zweihundert Mark zurückzahlen wollte, die sie sich eine Woche zuvor für den Aufkauf von einem Pfund Butter geliehen hatte; die würdige Patriarchin wies die Summe von sich, wollte auch auf zweitausend Mark Papier nicht hinuntergehen. Auf ihre Menschlichkeit angesprochen, revanchierte sich Frau Lindsetter mit dem rätselhaften Entschluß: Ja, denn hilft mich das allens nüch, denn müssen wir woll vor Gericht, mein Liebing! Gabriel Manfras bekam für Weihnachten eine garantiert und seit Jahrzehnten unverkäufliche Geige aus dem Musikhaus Johannes Schmidt Erben, das ahnte er nur noch nicht. Mine Köpcke, seit der häßlichen Auseinandersetzung mit ihrem Mann über Gaswerksdirektoren namens Duwenspeck dem innerlichen Wesen und der Religionsausübung bedenklich zugeneigt, weitete ihr Gefühl aus auf die Künste und erwarb für gut dreitausend Mark zwei echt gemalte Bilder (Öl), eine Birkenlandschaft im Vorfrühling mit in der Diagonale abknickendem Überschwemmungsbach sowie einem Hirsch mit verlegener Kopfhaltung. Pfennige, Fünfer, Groschen waren schlechterdings unerhältlich, denn die Scheidemünzen behielten fürs erste ihren Nennwert; von der alten Frau Papenbrock wird ernstlich behauptet, sie habe ihre Brotpreise nach unten abgerundet. Wahr ist vielmehr, daß sie in diesen Tagen weniger als das Mindestsoll backen ließ und daß Fräulein Senkpiel die Abrundung anbot, nach oben. Frau Papenbrock überwand einmal die Verachtung gegen ihren Schwiegersohn und wollte von Cresspahl einen Rat, da von ihren Konten sämtliche Guthaben schon einen Tag vor Verkündigung des Befehls Nr. 111 der S.M.A.D. abgebucht worden waren, das mochten die verlegenen Herren auf der Stadtbank ihr nicht erklären. Cresspahl versicherte ihr wider bessere Vermutung, daß die Sowjetmacht nur von lebenden Angeklagten das Guthaben einziehe und verschonte sie mit der Aussicht, daß sie an Alberts Freilassung nicht im Traum denken durfte. Deswegen vergaß sie doch das Angebot, ihm den an seiner Kopfquote fehlenden Betrag vorzustrecken; mit zierlich angehobenem Doppelkinn drehte sie sich um, fast genau auf der Stelle, gab ihm nicht die Hand, befriedigt über ihre vorausgesehene Enttäuschung, für die allerdings beschreibende Worte gefehlt hätten. (Sie war zum ersten Mal seit 1943 im Haus.) Noch über Sonntag war das Geld nicht ausgehungert, jagte die Leute umher mit seinen nutzlosen Angeboten, ließ sie zappeln gleich Fischen auf dem Trockenen. Wegen Jakobs Mutter waren alle im Haus besorgt, denn solchen Siedlungen, wie Jakob sie ausgeschlagen hatte nach dem Krieg, wurden die Kredite nun im Verhältnis Eins zu Fünf abgewertet, die Absens hätten nur noch bis 1955 abzahlen müssen statt bis 1966 für jenen Besitz, den Frau Abs bloß wünschte, um ihren Mann mit etwas empfangen zu können. Sie war sich bewußt, sie würde solche Wirtschaft kaum haben regieren können; es war die Erinnerung an das ungewisse Leben jenes Wilhelm Abs auf oder unter der Erde eines sowjetischen Lagers, die ertrug sie nur allein in ihrem Zimmer, blicklos betend, ohne daß Tränen ihr halfen. Cresspahl bekam am Montag zwei Postpäckchen mit Geldscheinen, Ausgleich für Rechnungen aus den Jahren 1943 und 1944, er durfte aber die dreißig Mark nicht nachreichen, die ihm seine Kopfquote voll gemacht hätten; Berthold Knewer, nun doch noch einmal hinter dem Paketschalter der Post, vergingen die Tage mit dieser Aktion etwas rascher, so daß er gelegentlich wegdenken konnte von seinen Sorgen und an Cresspahl ein wenig Herrschaft ausübte, in schnippischem Ton, nicht mehr ein schwärzlich, ein grau gestäubter Vogel. Dann kam Jakob und bereitete ihm Sorgen; Jakob schrie ja nicht, er brauchte den Bürgermeister bloß anzusehen, grübligen, verwunderten Blicks, sogleich bekam er Cresspahls Scheine mit den Coupons in die Hand, ohne Quittung. Emil Knoop, dringlicherer Sorgen unbewußt, machte abermals den Schnitt, den er sich zumaß, obwohl es vieler privater Besuche im Sowjetviertel von Gneez bedurfte; überwältigend rechnete er sich aus, daß die Soldaten und Sergeanten um diese Zeit ihren monatlichen Lohn fast ausgegeben haben mußten, wie die Offiziere und Angestellten der Militärverwaltung ihr vierzehntägiges Gehalt, da wollte er sich an ihrer uneingeschränkten Umtauschquote wohltätig beteiligen, sei es für fünf, für vier, für dreieinhalb Prozent. Das Vorsprechen bei den Gebrüdern Kommandanten in Jerichow bedauerte er als einen

Fehltritt, denn als die Herren ihn auf die Straße setzen ließen, mußte er eine Anzeige gewärtigen, künftigen Verlust, wenn auch bloß an Zeit. Verschwitzt, mittlerweile doch etwas dicklich stand er in der Sonne vor Cresspahls Haus, unterließ abermals einen Besuch bei seinem »väterlichen Vorbild«. Was hatte er für Bedenken? Nie aber und nirgends in Jerichow oder Gneez waren jene westlichen Friedensfeinde mit ihren Koffern voll Altgeld anzutreffen, deren bösen Machenschaften das ganze Kopfüber und Koppheister recht eigentlich seine Rechtfertigung verdankte. Cresspahls Tochter war es erspart. In diesem Trubel war ihr Mitmachen erspart. Sie hatten nichts. Sie hatten nichts! Das kann sich im Kopf anfühlen wie ein rascher, fröhlicher Wind.
Inzwischen saß nicht nur den Damen Weidling und Beese ihr Kopf dick voll mit den westlichen Sektoren von Berlin, die die S.M.A.D. gerade abschnitt von der Eisenbahn wie von den Wasserstraßen, deren Leuten sie weder Kartoffeln noch Milch noch Strom noch Medizinen liefern wollte; es war viel Rede vom Dritten Weltkrieg, ein wenig auch von der Aussicht, die Sowjets wollten endlich den Briten, zumindest, Westberlin zurücktauschen gegen deren mecklenburgische Anteile von dunnemals; das Kind Cresspahl wurde gesehen, als es in diesen Tagen zweimal die Renaissance-Lichtspiele besuchte zum Preise von je acht Mark und fünfzig, kaum aber wurde es angetroffen in jenem verschüchterten, kleinlauten Zustand, der einem Lehrerauge so kenntlich und – wer sagt es denn! – tröstlich gewesen war. Die biß sich ja nicht einmal mehr auf die Lippen, wenn ihr die Antwort fehlte auf eine pädagogisch gegründete Frage. Die Versetzung zur Oberschule wurde ihr erteilt; dennoch, welch bedauerlicher Wankelmut war bei dieser Schülerin zu erinnern!

– Das war gefälligst die Teilung Deutschlands, Gesine! sagt Marie. Sie wird doch nicht etwa Heimweh haben nach einem Deutschland. Nein, mitten auf der West End Avenue, vor dem Eingang zum Mittelmeerischen Schwimmclub, geht es ihr um die verschrieenen Kommunisten in Deutschland. – Jetzt konntest du den Sowjets nichts mehr übel nehmen! sagt sie.
– Es waren die westlichen Alliierten, die angefangen hatten mit einer Umstellung der Währung, du.
– Ein Krieg war in der Nähe!

– Anfang Juli befahl dann die Sowjetmacht die Aufstellung deutscher Truppen unter dem Namen Kaserniert.
– Du aber hattest die Zulassung zur Oberschule.
– Marie, vom Krieg dachte ich, ich könnte ihn schon. Mir war Mecklenburg nicht weggenommen. Ich hatte etwas dazubekommen.
– Hielt es an, Gesine? Hielt es an?
– Bis September. Als ich zurückkam aus Johnny Schlegels Weizen.
– Siehst du, Gesine.
– Daß es nicht dauerte?
– Ja. Oder soll ich das von dir lernen: Die Beständigkeit des Glücks?

12. Juli, 1968 Freitag

Friday. Noch neununddreißig Tage. Nicht einmal sechs Wochen.
Lies den Wirtschaftsteil, Gesine! Es ist drei Minuten nach neun, Arbeitszeit. Kümmere dich um das Pfund Sterling. Träum von der alten Dame an der Threadneedle Street, statt über der New York *Times!*
Da ist auch Statistik. Die jährliche Rate der schweren Verbrechen ist gestiegen am Ort, und es sind nur die gemeldeten. Autodiebstahl notiert plus 64.3 Prozent, Raubüberfall steht auf plus 59.7 Prozent, Mord wird mit 20.3 Prozent gemeldet, Vergewaltigung abgesackt um sechs Prozent. Gestern trat ein Mann in schwarzem Hut und dunklen Gläsern, eine Phiole mit Säure in der Hand, in die Filiale Woodbury der Chemical Bank an der Jericho Turnpike . . .
Die Kommunistische Partei der Sowjetunion antwortet mit der Stimme ihrer *Wahrheit* immer noch einmal auf die tschechoslowakischen Zweitausend Worte, als wär sie gefragt. Gegen die wirklichen Ziele der neuen Leute in Prag will sie kaum etwas gesagt haben, Novotný mag ihretwegen gefehlt und versagt haben, aber so, mit »subversiven Aktivitäten rechtsgerichteter und antisozialistischer Kräfte«, es mißfällt ihr. Die wünschen, so sieht sie es, die Kommunistische Bruderpartei »anzuschwärzen und in

Mißkredit zu bringen«. So sei es schon einmal gewesen, vor zwölf Jahren, in Ungarn. Ist es nicht so, daß die Partei Manches verspielt hat von ihrem Kredit? Ist es so, daß die Partei sauber geblieben ist von 1948 an, all die Jahre blütenweiß in Unschuld?
Was immer die Angestellte Cresspahl tut, es wird den 20. August geben. Sie mag noch einmal an den Atlantik fahren, noch dreißigmal die Fenster hochschieben, mit Marie die Sachen für den Herbst und Winter kaufen, in das Bett D. E.s gehen wann immer es ihr beliebt, sie wird noch zwei Tonbänder verbrauchen, »für wenn du tot bist«, Marie soll ihre Krebssuppe bekommen, vielleicht bleibt ihr noch ein Traum bis ins Aufwachen hinein, überhaupt und durchaus wird sie befangen sein in einer Einbildung von Leben. In Wahrheit rutscht sie auf dem glatten Eis der Zeit dem Termin entgegen, den de Rosny ihr mit der Obchodný Banka verabredet hat. Wenn ihr das Schiff erlaubt wird, geht sie um den 12. August aus New York weg, mit dem Flugzeug am 19. August. Am Mittwoch muß sie anfangen in Prag. Es wird jemand am Flugplatz sein. Die *Pravda* erwähnt Ungarn. Das kann sich anhören wie Panzer. Und wenn sie aus der Luft kommen?
Es ist fast still im Büro Cresspahl. Das Telefon hat seit Beginn der Arbeit geschlafen. Durch die Tür schwappt manchmal das Rauschen von Henri Gellistons Rechenmaschine. Von unermeßlich unten dringt das fliegendünn gewordene Jaulen eines Lastwagens. Alarmanlage beschädigt. Die Passanten werden gespannt auf die Quelle des Lärms zugehen, sie gleichgültig hinter sich lassen. Hier schreibt jemand einen privaten Brief, das wird dich noch gereuen.
Sehr geehrter Herr Professor, so heißt es, und wollen Sie verzeihen, eine Freundin hat mich hingewiesen, und weil ich der new yorker analytischen Praxis mißtraue, schon wegen der Sprichwörtlichkeit der Schädelschrumpfer, und mir der Ferndiagnose als einer Fehldiagnose bewußt bin, dann laß es doch, so wüßte sie doch gern, ob sie sich für psychisch gestört halten soll, da ihr aus beruflichen Gründen eine Veränderung ihrer Lebenssituation bevorsteht, eingreifend genug für die Abfassung eines Testamentes und Vorkehrungen für den Fall, daß ihre psychische Verfassung gefährlich werde, Lebenslauf beigefügt, was gibst du da alles aus der Hand!
Schon die Schrift. Du führst da große ungebrochen runde scharf

unten ausfahrende Züge, was einer mal eine Tulpenschrift genannt hat. Wenn du genauer hinsiehst, so sind die Buchstaben im mittleren Teil wohl flüssig, aber oft nicht in der vorschriftsmäßigen Rundung ausgezogen, also offen; die Ober- wie die Unterlängen sind verarmt (vereinfacht), insbesondere die letzteren kommen über senkrechte Striche nicht hinaus. Jedoch, wenn man Tulpen denken kann, es sind solche an kurzem Stil, aufrecht stehend. Eine ausgeschriebene Schrift. Was aber wird ein anderer da erkennen und was wird er daraus machen, daß du schwarze Tinte benutzt?

». . . weiß ich an absurden Akten aus meinem Leben nur die üblichen, eingeschlossen die Reaktion auf den Tod des Mannes, der der Vater meiner Tochter gewesen ist. Grundsätzlich möchte ich mich oft für normal halten. Die Ausnahme: ich höre Stimmen.

. . . vergesse ich den Anfang. Ich nehme an: seit meinem zweiunddreißigsten Lebensjahr, erinnere aber keinen Anlaß. Ich will es nicht. Dennoch gelange ich (manchmal fast vollständig) zurück in vergangene Situationen und spreche mit den Personen von damals wie damals. Das ereignet sich in meinem Kopf, ohne daß ich steuere. Auch verstorbene Personen sprechen mit mir wie in meiner Gegenwart. Etwa machen sie mir Vorhaltungen wegen der Erziehung meiner Tochter (geb. 1957). Die Toten verfolgen mich nicht, meistens kann ich mich mit ihnen einigen in solchen eingebildeten Gesprächen. Nur, ist das eingebildet? Ich spreche auch mit Verstorbenen, die ich nur vom Sehen kenne, die mir als Kind nur so viele Worte gegeben haben, wie es für eine Begrüßung oder das Überreichen eines Bonbons nötig war. Jetzt werde ich von denen in Situationen hineingezogen, in denen ich nicht anwesend war, die ich auch keines Weges habe auffassen können, sei es mit einem acht-, einem vierzehnjährigen Verstand. Ich höre mich also nicht nur sprechen von der subjektiv realen (vergangenen) Stelle aus, auch von der Stelle des heute fünfunddreißigjährigen Subjekts aus. Gelegentlich wechselt beim Hören die eigene Situation von damals, des vierzehnjährigen Kindes, in die des Partners von heute, die ich aber doch kaum habe einnehmen können. Viele solcher imaginären Gespräche (die mir wirklich vorkommen) erschaffen sich selbst aus geringfügigen Ansätzen, aus einem Stimmton, aus einer charakteristischen Betonung, aus Heiserkeit, aus gleichen Wordtwurzeln des Englischen und

Mecklenburgischen. Diese Fetzen genügen, in meinem Bewußtsein die Anwesenheit einer vergangenen Person zu erzeugen, ihr Sprechen und damit einen Zustand weit vor meiner Geburt, so den März 1920 auf dem Pachtgut meines Großvaters, als meine Mutter ein Kind war. Ich höre meine Mutter, die anderen Leute im Zimmer, nicht jedoch bloß als Zuhörende, sondern im Wissen, dies sei an mich selber gerichtet, was sich gegen Ende der Imagination (?) erweist als Zuwendung der Personen von damals an mich, die von heute.
Bei lebenden Personen, abwesend oder vorhanden, läßt sich diese Neigung (?) meines Bewußtseins auch mißbrauchen, nämlich als Fähigkeit. So bin ich imstande, selbst wenn meine Tochter schweigt, aus mimischen Einzelheiten deren Gedanken nachzuvollziehen und denen zu antworten (in Gedanken), selbst noch im schlimmsten Streit, allerdings ohne daß ich beweisen könnte, daß die »Sendung« auch bei ihr ankommt. Das Kind ist also selten sicher vor mir, fast gänzlich ausspioniert. Meine einzige Entschuldigung ist, daß ich dies unwillkürlich tue.
Nicht nur bei dem Kind, auch bei aktuellen Unterhaltungen von heute, im Büro, in der subway, mit Kollegen oder Fremden, läuft neben dem tatsächlich Gesagten eine zweite Strähne mit, worin das Ungesagte sich bemerklich macht, das nämlich, was das Gegenüber verschweigt oder bloß denkt. Die Lautstärke dieser zweiten, eingebildeten Strähne verdrängt manchmal das tatsächlich im Moment Gehörte an den Rand der Aufmerksamkeit, allerdings nie vollständig. Abermals bin ich mißtrauisch gegen die Funktion des Wortes »Einbildung« hier, denn zwar verlasse ich mich durchaus nicht auf die Authentizität des bloß mental Gehörten, es stellt sich aber oft genug als richtig heraus als etwas, das ich gewußt habe. Es ist möglich, daß ich dem sprechenden Gegenüber die andere akustische Strähne bloß unterschiebe, um der eigenen Meinung einen Vorteil zu verschaffen, um mich selbst zu bekräftigen; dies ist weniger wahrscheinlich insofern, als ich von Mal zu Mal schlimmste Sachen »höre« von Personen, an deren Zuneigung mir doch dringlich gelegen ist. Ich gebe allgemein zu, daß solche Zuneigung immer auch ihre Verneinung enthalten kann; nur vermag ich es nicht, diese Möglichkeit auf Freunde oder auch nur Bekannte anzuwenden.
Beschwerden: Keine. Das zweite akustische Band bringt das erste

nicht zum Stillstand, insbesondere nicht in Unterhaltungen mit Personen, denen eine Blöße zu zeigen Folgen haben muß für den beruflichen Leumund. Wenn ich versuche, meiner Tochter zu erzählen von den Großvätern in Mecklenburg oder Pommern, kommen mir gelegentlich vom Zwischenreden der Toten Pausen bei, aber nicht länger, als ein Dorn in ein Kleid einen Triangel reißt. (Oder aber das Kind, fürsorglich für seine noch nicht elf Jahre, verbirgt mittlerweile seinen Schrecken und verbietet sich gestische Reaktion.) Solche automatischen Gesprächsvermittlungen stellen einen geringfügig benommenen Zustand her, aus dem ich willentlich herausfinden kann, erheblich schneller durch einen Anruf des Kindes (nicht durch Autohupen vor dem Fenster oder dergleichen), dann aber wie im Sprung, unverzüglich.
Ist dies eine Krankheit? Sollte ich meine beruflichen Verpflichtungen darauf umstellen? Müßte das Kind vor mir geschützt werden?«

»Sie sprechen mit mir.« Du hast gepetzt.
Ihr. Wo siet ji afblewn?
Hast gewartet?
Ihr Toten seid doch sonst . . .
Mit dem Maul voraus.
Zur Stelle.
Wir hatten zu tun.
Sagt ihr es mir.
Wir haben nichts.
Kein Mal habt ihr gesagt: Wi sünt all dår. Nun will keiner mit mir sprechen.
Was haben wir mit der Zukunft zu tun.
Was ist . . . es soll nicht für mich sein, Marie hat es gefragt: Was ist . . . beständig?
Wir.

13. Juli, 1968 Saturday Tag der South Ferry

Liebe Anita Rodet Stütz –
Gruß zuvor. Da du es wünschest, schreibe ich dir wiederholentlich von unserem Umgang mit dem Menschen, den wir anreden

als D. E., der vorgestern dir seine Aufwartung gemacht hat als ein Herr Erichson, mit Bartastern in der Hand, ganz wie wir ihm auftrugen.

Wenn es ein Zusammenleben ist, so eines mit Abständen, er jenseits des Hudson auf dem flacheren Lande, wir am Riverside Drive in New York City; eines mit Entfernungen, jeweils zu Besuch, auf anderthalb Tage. Zu Gaste kommen aber macht die Abschiede reichlich, die Begrüßungen unterhaltlich. Dabei ist er vorsichtig, vermeidet die Überraschung; noch mit uns verabredet ruft er an vom Flughafen: ob er uns denn recht komme nach all der Zeit von zehn Tagen. Da melden wir Vorfreude; auch auf Neuigkeiten. Denn wenn dieser eine Reise tut, so hat er was gefunden.

Du denkst: Geschenke. Die auch; nahezu jedes hat uns gefallen, was D. E. mitbringt von seinen Ausflügen. So Marie die geschickte Drehkugel, deren Skalen die Temperatur in Fahrenheit wie Celsius anzeigen, den Luftdruck in Millibar wie in Millimetern, obendrein die relative Luftfeuchtigkeit; seit Juni verzeichnet sie ihre Messungen und benötigt für ihr Wetter keine New York *Times.* Nur im ersten Jahr mit ihm haben wir ihn verdächtigt mit dem Ansinnen, sich beliebt zu machen mit Geldes Wert; inzwischen kennen und mögen wir, eine wie die andere, den beiläufigen, den besorgten Blick, mit dem er sich vergewissert, ob er denn genau genug an uns gedacht hat in der Abwesenheit. (Da doch die eine von uns die Luft bewertet nach der amerikanischen Manier, die andere hängen bleibt in der europäischen Gewohnheit.) Mitbringsel.

Begieriger sind wir auf andere. So auf den Moment des Vergnügens, wenn das auf zivil getrimmte Auto der hiesigen Luftwaffe ihn absetzt vor unserem kurzen gelben Stummel von Haus, auf fünf Minuten genau wie angesagt. (Er verficht da so ein Axiom, wonach ein Mensch Pünktlichkeit verfertigen könne. Er macht uns zweierlei Spaß: weil es ihm gelingt; und lustig machen dürfen wir uns über ihn.) Worauf wir gewartet haben, ist eine Zeit gleich nach Handschlag und Umarmung, die fange ich an mit der Einladung, der Bitte geradezu: Vertell, vertell! Und Marie hat schon in die Hände geklatscht und mecklenburgisch gesprochen und gerufen: Du lüchst so schön!

Nachrichten. Wo er war. Was er gesehen hat, was ihm zustieß. So

in London jener Ire, den die Stadtverwaltung in die Erde gesteckt hat, an die Kurbel eines Fahrstuhls von der Underground, der singt in seinem ewig nächtlichen Sinn von einem Johnny, I hardly knew ye, zu langsam aber glaubwürdig betrübt, mit Pausen, in denen er seine bürgerliche Fracht vor den gleitenden Gittern warnt. Der kommt mit in D. E.s Bericht, mit krausem Schnurrbart und kleinwüchsigem Baß, den hören wir und möchten ihn besuchen. Oder die wütende Olsch in Berlin, die mit ihrem Gekreische ihn aufforderte zur Auswanderung an die Berghöhen des Urals, weil er bei euch und bei Rotlicht über einen gänzlich unbefahrenen Damm schritt, nach der amerikanischen Art, und doch ein wenig aussieht wie ein Student, der fliegenden Haare wegen. (Ist das so in Westberlin, Anita?) Auch glauben wir ihm die Unersättlichkeit, mit der er uns ausfragt nach der Schule, der Stadt. Haben wir Schwester Magdalena hereingelegt mit Kenntnissen im imparfait von connaître, so daß sie wider Gunst und Willen den Buchstaben anschreiben mußte, der für Ausgezeichnet steht? Was wissen wir Neues von Mrs. Agnolo, wie spricht Eileen O'Brady mit uns, hat James Shuldiner uns abermals verfolgt mit einer Aussprache auf den schmalen Bänken bei Gustafsson? Und wiederum: was du für ein Kleid anhattest, was bei Anita für Gemüse wächst auf dem Balkon, ob du uns noch erblickst neben dem Topf, in dem eine Anita Unwillen kocht gegen die Südostasienpolitik der U.S.A.? So von neuem, so vom Ende nach vorn, querbeet und ohne Verdacht. Als hätten wir, jeder an seinem Platz, ein Stück für den anderen gelebt, aufbewahrt und mitgebracht, dem gegenseitigen Wohlgefallen zuliebe.
Du wirst sagen, so gehe es zu nur unter Leuten, die ...
Ja. (Da ist eine Ausnahme. Wir sparen etwas aus. Wie ich wünschte, er arbeitete wo anders, so hielte er gern mich ab von einem Auftrag, der steht mir arg bevor. [Fassung für die Postzensur.] Da hilft wenig, daß ihm ein Eid auferlegt ist und auch bei mir die Pflicht von außen kommt, statt aus einem Entwurf von mir, wie es doch sein soll in den Märchen vom unfremden Leben. Das müssen wir abmachen, indem wir einander anhören, jeweils bis kurz vor die Grenze, an der aus einem Rat eine Weisung würde. Wir bringen es zustande. Muß ich noch aussprechen, daß die zivile Luftfahrt aus dem europäischen Übersee abends ankommt statt morgens? Er weiß daß ich weiß. Sollte er aufsagen, was an

solchen Reisen mich stört, auf der Stelle müßte ich zustimmen mit Ja. Und meinen Namen drunterschreiben.)
Vorbehalte, ich gebe sie zu. Und wüßte kaum einen, der mir Bange machte für Unbefangenheit.
In London war er (neben dem anderen), um im Moorfields Eye Hospital zu klagen über die fransigen Schleier, in denen Laternenlicht seinen Augen neuerdings erscheint. An unserem Frühstückstisch verwandelte er sich, Serviette als weißer Kittel über der Schulter, in einen britischen Spezialisten und Edelmann, der trägt uns lispelnd vor mit greisenhaftem Frohlocken sowie dem bezahlten Mitgefühl: Das ist, so steht zu befürchten, Mr. Erichson, Sir, es ist das Alter...
Dich hör ich sagen: Wenn einer und er bekennt sich zu einem Trumpf gegen ihn, einem körperlichen Gebrechen doch, statt sich zu belassen bei seinen Vorzügen...
So ist es, Anita. Der fürchtet kein Vertrauen. Gelacht haben wir.
Hier haben wir jemand, der sieht davon ab, uns zu verändern. Zwar würde er gern abschaffen für unseren Fall, daß hierzulande den Angestellten bloß vierzehn Tage Urlaub gegönnt sind im ganzen Jahr und kein einziger für den Haushalt; D. E. böte mir Maschinerie, die reinigt die Wäsche und trocknet sie und legt alles gebügelt auf den Tisch. Da aber dieser Haushalt auskommt mit dem gemeinschaftlichen Apparat im Souterrain von Nummer 243 und obendrein in Augenschein wünscht, was an Fisch und Obst er eintauscht für sein Geld, kann D. E. an diesem Sonnabend nur eine von uns haben. Wenn dann die andere ihm vorschlägt, noch einmal auf der Fähre all das Wasser zu vermessen zwischen den Inseln Manhattan und jener der Generalstaaten, sie darf sein sorgfältiges Nicken hinnehmen als ein bedachtes Einverständnis, jenseits einer Gefälligkeit.
Du siehst, Anita: ich lasse ihm das Kind. (Mit einer Einschränkung: fliegen haben sie nur einmal dürfen ohne mich als Passagier; ein Aberglaube. Ein respektierter.) Das Kind geht mit ihm. Wenn Marie ihn einlädt, sie mag auch wohl einmal mit einem Mann besprechen wollen, was ihr unbegreiflich und ungescheit erscheint an der Mutter; das denke ich mit, keiner Furcht teilhaftig. Sie haben als neueste Verabredung einen Schnack, da muß jeweils der eine sagen (selbstbewußt, mutlos, bittend): God

knows. Der andere (schadenfreudig, beschwichtigend, im Ton der Auskunft, bitte der Nächste): But he won't tell. Auch mit dem Zusatz (augurenhaft zu sprechen) »nicht wahr?«.
Mit ihm, da würdest auch du dies spielen, nach einer Weile. (Den Schabernack hat Marie eingeschleppt, von ihrer strikt religiösen Schule.) Über dich hat er verlauten lassen: Mit der stehl ich noch das eine Pferd, oder das andere.
Marie vergißt schon einmal die Auflage, alle zwei Stunden anzurufen von sei es wo immer im Größeren New York. Ist sie da mit D. E., kommt das Klingeln aufs Tüpfelchen angeträufelt, siehe unter Axiom. (Ja was dachtest denn du, Anita? sie hätten keinen Münzfernsprecher auf der Hafenfähre?)
Im Souterrain bestand Mr. Shaks (ergebensten Dank für deine Postwertzeichen) auf einer Hilfe bei der altmodischen Maschine und einem Gespräch. Da waren wir prächtig versorgt mit allerhand Luftfeuchtigkeit und vor allem Mrs. Bouton. Was, du hörst zum ersten Mal von Thelma Bouton? Arbeitet in einem Juwelierladen, 42. Straße Ecke Fünfte Avenue. Kommt gestern früh ein Mann mitm Schuhkarton, verschließt die Tür hinter sich. Fragt sie was er wünscht. Zeigt er ihr ein Brotmesser. Betteln vermittels Waffe. Haut sie ihm mit ihrem Besen übern Kopf. Mann, ist der Kerl gelaufen! Die ganze Zeit war ich unruhig, besorgt. Als ich in die Wohnung zurückkam, sah ich furtsens worüm. Es ist ja kein Wetter für Jacketts mit Taschen drin, ist D. E. in Hemd und Hose abgezogen. Auf dem Tisch saßen verlassen zwei Pfeifen, ein Tabaksbeutel, das Stocherbesteck. Oh was tat er mir leid.
Du findest nun, Anita: So ergehe es einem nur mit einem Menschen, den ...
Ja. Und als ich über den Broadway gezogen war mit unserer Einkaufskarre (»Omawagen« heißt das hier), fehlte er mir. Denn am Ende der Tour geriet ich in Charlies Gutes EßGeschäft, mich mit Eistee zu belohnen, und las bei ihm, was die New York *Times* heute mitzuteilen hat über den Unterschied zwischen koscherem Kaviar (von Fischen mit Schuppen) und solchem von Seehasen (die bloß eine stachlige Haut besitzen). 3. Buch Mose XI, 9, 10. Damit ich doch keineswegs vergesse, in was für einer Stadt wir versuchen durchzukommen. Damit ich es mir hinfürder einpräge, rutschte mein Blick vom Rand der Zeitung auf den Nachbarn, vom Sehen wohlbekannt. Ein alter Mann, ein Augenwegwender,

ein Beiseitetreter, den Nacken hält er immer wie eben geschlagen. Einer von denen, die sie . . . dachte ich: A victim. Leider gibt es auch das Wort to victimize. Der schnitt mich halb an mit seiner aus den Winkeln starrenden Aufmerksamkeit für meine Hand, die *Times* oder meine Nase, was weiß ich, gleich ging ich hoch vom Hocker und tat für Charlie, seiner Gastlichkeit zuliebe, als habe unverhofft ein Übelbefinden mich überkommen. So verhielt es sich, und wie dringend wünschte ich mir jemanden an die Seite den steilen Abhang der Straße hinab. Die 96. bei uns, weißt du, an einem heißen Mittag kann sie aussehen wie leergestorben, da scheint bloß noch das Fernsehgerät lebendig, das aus einem Keller die Bewegungen von Tennisspielern überträgt.
Zu Hause erwischte ich den ersten Anruf. Marie hatte einen Punktsieg zu berichten. Die South Ferry kriegt in Richtung Süden Governors Island backbord, und Marie belehrte D. E. über die verbumfeite U.S.-Kriegsmarine dortselbst.
ERICHSON (verdutzt): Und ich dachte, da ist bloß die Küstenwache untergebracht.
CRESSPAHL, sokratisch: Und wem untersteht diese Bande hinwiederum?
ERICHSON, zuversichtlich: Der Marine, und dem Präsidenten. Aber doch erst im Kriegszustand.
CRESSPAHL, milde, eine Niederlage schmälernd: Denk mal. Viet Nam. U.S.-Navy. Schiffe. Schiffsgeschütze.
ERICHSON, geniert: Die Runde geht an Sie, meine Dame.
Zweiter Anruf: Marie hat diesen doch bejahrten Herrn, an die vierzig, insgeheim behaftet mit dem Zeitunterschied zwischen Berlin und dieser östlichen Seeküste, einen Erschöpften hat sie mitgenommen auf einen Fußweg über den Fährbahnhof hinaus, die Bay Street hinunter. Der Riverside Drive im Halbschatten, er hält 75 Grad Fahrenheit; dort müssen es fast neunzig sein. Der Antrag ist eine Ehre, mir tut Marie sie selten; wird er ihn zu würdigen wissen? Die Bay Street ist ein drei Stunden langes Band aus Staub, überweht mit dem brackigen Geruch des Wassers zwischen den Piers und Lagerhäusern, eingefaßt mit verwitterter Holzarchitektur, Schuppen, Tankstellen, verreckter Industrie und jenen Hüttchen, in denen blaue oder rote Neonschlangen Bier versprechen. Wenn du mich fragst: sie sucht da ein Amerika aus meines Vaters Jugendzeit. Aber es ist wahr, wenn da Wind

kommt, hat er einen langen Anlauf über die Bucht, und in der dunstigen Ferne verspricht sich der Aufbau der Brücke über die Verrazano-Enge, eine Aufhängung von fast 1300 Metern, im Anblick wachsend.

Mit euch, Herr Doktor, zu spazieren ...: nahezu aufgeregt hört Marie sich an in ihrer neuesten Positionsmeldung. Es ist bloß, in der Gegend von Stapleton hat D. E. sich bei seiner Führerin einen Umweg erbeten, bloß einmal die Chestnut Street hinauf, und sie gewährte ihm die Gunst, da er Gründe seiner beruflichen Vorbildung vorschützte. Dort aber, an einer Ecke mit der Tompkins Avenue, fanden sie nunmehr das Haus aufgestellt, in dem Giuseppe Garibaldi zwischen 1851 und 1853 seine Rückkehr zur italienischen Revolution abwartete, ein Kerzenmacher einstweilen und vorläufig nur berühmt wegen seines Wohngefährten Antonio Meucci, weil der nämlich das Telefon früher erfunden haben wollte als Alexander Graham Bell, so eines, vermittels dessen Marie eine Leine aus Worten auf die Insel Manhattan wirft. Bisher hat sie nur den Garibaldi gekannt, der auf dem Washington Square verharrt in seinem verdigris ... seinem Grünspan, den Säbel fest in der Scheide; Marie ist sogar vorenthalten, daß er ihn zieht und hebt ein jedes Mal, wenn eine Jungfrau zu seinen Füßen schreitet; nun rechne mal aus wie oft am Tag, Anita.

(In einer Stadt wie dieser, Anita, ich hab dem Kind im Alter von Zehn erklären müssen, was Männer von den Frauen auch sich erwünschen, nämlich zur Vorsorge für den Fall, es will einer dazu Marie zwingen. Sie blickte finster, ungläubig; enthielt sich des Fragens, bis zum Ende, als sie mit einer Art Empörung bestätigt wünschte: Du und D. E., ihr ... ihr auch? Ihr fehlte das Wort für die Tätigkeit; ich gedenke es ihr noch acht Jahre zu ersparen. Wie das machen in New York City.) Schrieb bis hier und

Die Erde hatte sich schon so gegen die Sonne gedreht, sie bekam die falschen, giftig strahlenden Flecke und Farben und Schlieren, damit das Ende des Planetens uns angezeigt werde den täglichen Tag; um halb sieben bekam ich eine Einladung zum Abendessen. Ob du wohl rätst, mit welcher Gegenfrage ich angenommen habe? So ist es. Welches Kleid ich anziehen soll.

Du sagst, Anita: Das tut man für jemanden, den willst du ...

Ganz recht. Es sollte dann das »Gelb-und-Blau-Roh-Seidene« sein, und ich hatte sie zu suchen so tief im alten Brooklyn, ich mußte im Stadtplan forschen, obendrein im Linienplan der Subway. Tiefes B.M.T.-Gebiet, sage ich dir. Dort fand ich die beiden bei Chinesen, eher wie in einer privaten Gaststube als einem Lokal, die kennt D. E. auch länger als seit vorgestern. (Da ich meine Geheimnisse behalte, wie darf ich ihm die seinen verwehren.) Und wie immer, wenn er der Geber ist der Gastlichkeit, betaten die Wirtsleute sich mit »che bella signorina«, »carina«, alles mit Ausrufezeichen, nur eben auf chinesisch versteht sich, wenn du dir das übersetzen möchtest. Und ich bekam eine Hand auf die meine gelegt, und eine auf die Wange. Denn was trug ich über dem »Gelb-und-Blau-Roh-Seidenen«? Eine Herrenjacke aus Dublin, mit einem Schlips in der Brusttasche gefaltet, und was ich in meinem Portefeuille mitführte an verlorenen Gegenständen, du wirst es dir denken, geneigte Anita und Freundin des Hauses.

Du sagst: Wenn einer und sieht dergleichen...

Und hört, Anita. Das ging so:

– Wir haben uns feige betragen. Von South Beach haben wir den Bus genommen, nach Bay Ridge.

– Was für ein Wetter zum Bügeln.

– Du treibst dich eben lieber umher in der verödenden Wildnis von Staten Island.

– Weißt du, was ein Feigenbaum auf Staten Island anzeigt? Sicher denkst du: die Jahreszeit.

– An der 96. Straße und Broadway? Bei Charlie? Der wohnt doch in den hunderter Straßen.

– Stäbchen für mich. Traut ihr euch, mit Stäbchen zu essen?

– Haben die Deutschen den... fertig gemacht?

– Das war eine Deutsche.

– Daß da Leute leben, die erinnern sich an Großeltern in Italien!

– Lebt bloß noch so. Ehemals Deutscher.

– God knows why.

– But he won't tell, will he?

– de Catt mit Namen.

– Vertell, vertell.

– Du lüchst so schön.

Derweilen saßen die Wirtsleute am Nebentisch und taten wie wir. Wer da wem eine Schüssel, ein Besteck reichte, wir oder sie,

das war gleich. Es war ein Zuhause. Bewacht wurden wir durch den Spalt der Küchentüre, von einem zehnjährigen Jungen, der wollte mit einer militärischen Strenge sehen, ob wir denn seine Eltern behandelten mit schuldiger Achtung. Marie war begierig auf ein Gespräch mit ihm, und leider ließ er sich von seiner Würde gebieten, sie gänzlich zu übersehen. D. E. wäre mit Vorliebe bei den Chinesen geblieben bis in die Nacht (und sei es, um den Jungen an unseren Tisch zu gewinnen), aber wir brachten die Frau Erichson in gefällige Erinnerung, damit ihm mit seiner Sohnespflicht die Post einfällt, die in New Jersey an seiner Zeit frißt. Um für ihn zu sorgen. Und als wir Abschied nahmen vor den drei Garagen unterhalb unseres Hauses am Riverside Drive, hat einer der Mechaniker, der Mittlere, Ron das Schwatzmaul hat D. E. verraten, er könne seinen Wagen nunmehr unbesorgt bewegen, der fahre nun noch einmal bis San Francisco und in einem Aufwaschen nach Tokio, denn es sei doch am Nachmittag eine Dame aufgetreten und habe eigens erinnert an den Auftrag zur Wartung. Ja. Wenn ihm recht sei, so sei es eben diese Dame gewesen, die in der Begleitung des Herrn, wie er sie nun abermals erkenne.
Wer zuletzt lachte, das war D. E., allein nach Westen unterwegs in seinem hochnäsigen Bentley. Still lachend allein in der Nacht. Denn er weiß wohl, zu welcher Zeit ich mein Bett aufschlage, und was ich unterm Laken gefunden habe. Es ist Králs Reiseführer durch die Čechoslowakische Republik von 1928. Damit ich dort heutzutage meine Wege finde, sollte mir je der Sinn danach stehen, wohlaufgemerkt nun denn also, Anita. Dann käme ich zurecht mit der Hilfe von J. Král, Privatdozent der Geographie an der Karls-Universität in Prag, denn D. E. hat mir seinen Beistand verschafft.
Liebe Anita. So verhält es sich mit uns. Unter über neben zwischen dem, was ich mir gewünscht habe mit fünfzehn Jahren und unbelehrt. Bin aber fünfunddreißig.

14. Juli, 1968 Sonntag

Tante Times bringt einen Leitartikel für jene, denen ein Ausflug aufs Land unerschwinglich ist. Gedenkt der Bedürftigen!

»Der blumenreiche Juli.
Mai, das sind die Stiefmütterchen, und Juni, das sind die Rosen, aber den Juli betrachten wir auf Anhieb überhaupt nicht als einen Monat der Blumen. Aber er ist einer, und vielleicht übersehen wir das gern, weil die Blüten so zahlreich am Wege stehen.
Die Minzen kommen nun in Blüte, vom unaufdringlichen Wolfstrapp bis zur königsroten Gartenmelisse, die die Kolibris und Hummeln so sehr anlockt. Das Springkraut öffnet seine beutligen gelben Blumen und seine gefleckte Art ist das bevorzugte Nektarium für die Kolibris, die vorübergehend an den Bergamotten übersättigt sind. Das Habichtskraut gedeiht üppig auf ungepflegten Weiden, in tiefem Orange und blassem Gelb, und dunkeläugige Susannen setzen jedem Fleck von Gänseblümchen lebhafte Akzente auf.
Hohe Wipfel großer Königskerzen öffnen sich nach und nach in kleine blasse Blüten, bedächtig im Flor wie sie es im Wachstum sind. Das kleine wilde Löwenmaul zeigt dunkles Orange und klares Gelb, und ihre großen Cousinen, die Schildblumen, öffnen groteske Münder, weiß und rötlich und gelb in cremebleichem Ton. Das tiefe Blau der rundblättrigen Glockenblumen und großen Lobelien verschießt zu Blaßlila in der kleinen dornigen Lobelie und im Indian Tobacco.
Der Juli ist so voll von Blüten, die Tage können sie nicht alle fassen. Die Abendprimeln müssen auf den späten Nachmittag warten, bis sie ihre strahlend gelben Blumen öffnen dürfen.«

Der Juli 1948, der Sommer, in der Erinnerung sind das die letzten Ferien der Schülerin Cresspahl, obwohl sie doch arbeiten gegangen war auf Johnny Schlegels Feldern, die zu großen Stuben gefaßt waren mit Hecken aus Hasel und Hainbuche, Schlehdorn und Weißdorn, Heckenrosen, Holunder und Brombeeren. Wenn wir in der Höhe von achtzig Metern pflügten, stiegen die Blütenreihen des Dorns wie Wasserfälle hinunter zur Ostsee, und später kam das eindeutige Schwarz der Holunderbeere hinzu, das Rot der Hagebutten, das Blauschwarz von Schlehe und Brombeeren. Es waren betrübte Ferien, denn sie sollte weg von hier, von Cresspahl und Jakob und Jerichow und Mecklenburg; sie aber sollte einverstanden sein. Ob sie allein leben konnte, darüber sinnierte sie, wenn sie oben auf einem Fuder lag und auf die gleißende Lübecker Bucht hinunterblickte, über die Knicks hinweg auf die Türme und Schornsteine der Stadt hinter dem Abgasdunst des Hochofenwerks Schlutup, auf die würfeligen weißen Hauskästchen Travemündes, die Umrisse der holsteinischen Küste im Norden, den geringelten Leuchtturm auf der Ecke Dahmeshöved, auf die britische Zone, den Westen, das Andere. Sie war wohl ängstlich und ließ sich gern ablenken von Johnny, dessen Stimme aus der Tiefe empordrang mit der Belehrung, die Lobelia inflata am Hofteich gedeihe auch am Mississippi, sei offizinell und trage in Wahrheit den Namen Indian Tobacco. Er wollte mir Appetit machen, damit ich sagte: Ja, schickt mich weg von euch.

Johnny war auch verlegen mit mir, wie fast alle Erwachsenen auf dem Hof. Seine Genossenschaft hielt nun einen Zuchthengst, und Ende Juli war eine Stute zum Decken gebracht worden, dabei hatte Cresspahls Tochter zugesehen, unbemerkt von Johnny, den die Aufmerksamkeit für den Vorgang wohl abgelenkt hatte. Am Abend, als er mich im Kinderheim glaubte, hörte ich ihn toben, und er hätte Axel Ohr am liebsten die Nase aus dem Gesicht gerissen; bloß daß gerade der ein Alibi im Kinderheim hatte. »Das Kind! Wie könnt ihr zulassen, daß das Kind!« Es war mir aber gar nichts geschehen. Zwar fand ich es schade, daß die Menschen die beiden Pferde so ganz als Tiere behandelten. Bevor der Stute unter dem Sprung des Hengstes die Hinterbeine wankten, wandte sie einen Moment lang den Kopf als bäte sie uns, wegzugehen. Und es wäre mir lieber gewesen, man hätte die beiden dann noch bei einander gelassen, statt die verstörte, befangene Stute gleich wegzuführen. Der Anblick sollte mir nun verboten sein. Noch vor einem Jahr hatte es kein Aufsehen gemacht, wenn ich meldete: eine von den Schwarzbunten bullt. Jetzt war ich ein Kind, aber entscheiden sollte ich wie eine Erwachsene.

– Du bist doch nun ein großes Mädchen: sagten sie, zuredend. Und ich war es! und lachte bloß über Hannas Päckchen aus Neustadt, in dem sie neben Tee und Tabak kein einziges Kleidungsstück für ein Mädchen unterbrachte, wohl aber ein Hemd, das Jakob saß wie nach Maß. Denn ich glaubte nun besser als sie zu wissen, wie es ist mit der Liebe, seit die Verlobungsanzeige Anne-Dörtes aus Holstein auf dem Radio stand, richtig mit einer

Grafenkrone und auf Bütten. Das Herz schlug mir im Halse, als ich Inge Schlegel fragte, warum denn diese Karte nicht an Jakob weitergeschickt werde. – Ihm muß sie doch schreiben mit der Hand: sagte sie, wobei sie sich abkehrte, und das war gut, denn mir war viel Blut ins Gesicht geschossen. Deswegen also kam Jakob in diesem Sommer kein Mal dahin, wo Anne-Dörte gewesen war. Mit der Liebe war es demnach ein Unglück. Wen man sich wünscht, dem genügt man nicht, wer mitkommen soll, will zurückbleiben, und wer das angesehen hat, spricht davon als einem Trauerfall. Und was mich anging, so sollte ich also auf Jakob ganz verzichten. Und obendrein war mir verwehrt, mein Geheimnis auszusprechen.

Es war wegen der Kriegsgefahr. Da war ich nun wieder kein Kind, wenn sie mir kamen mit der sowjetischen Blockade gegen die berliner Westsektoren und der Versicherung, die entzweiten Alliierten seien auch anderwärts im Streit um die endgültige Verteilung der Kriegsbeute, denk doch mal an den griechischen Bürgerkrieg, Gesine! Das ging nur so mit bulgarischen und albanischen Eingriffen, mit Truman-Doktrin und Containment, das müßtest doch eigentlich du uns auseinanderklamüsern, Gesine. Und daß die Sowjetunion keine Atombomben hat, begreif es doch, Gesine. Aber die wehrte sich einzusehen, warum gerade sie weggebracht werden sollte, bloß weil es mit ihr zu machen ging. Und so oft hörte sie im Ton der Erwachsenen, unausgesprochen: Das kann ein Kind doch kaum verstehen; dann sperrte sie sich.

Es gab Augenblicke, da war ich überzeugt. An einem Julimorgen hatten wir auf dem Berg hinter dem Gräfinnenwald gestanden, Johnny mit der Uhr in der Hand, denn um sechs Uhr null Minuten sollte es losgehen. Die Rote Armee hatte auf ihren Anschlägen die Jerichower gebeten, alle Fenster aufzumachen, auch die nach Süden gehenden, das ging noch die Leute in Rande an; Johnnys Hof saß hinter einer hohen Bodenfalte, geschützt vor der Druckwelle. Wir waren an die achtzig Meter über dem Meer, wir sahen die Wohlenberger Wiek, hinter der der tiefe Vorstoß der Wismarbucht ins Festland am Turm der Marienkirche zu ahnen war, der Kirchturm am Ende des Kirchsees in der Insel Poel ließ sich deutlich ausmachen, dahinter stieg das Land wieder an in Bögen aus bewaldeten Kuppeln und Hügeln im reinen frischen Sonnenlicht. Das alles sollte ich aufgeben. Da uns die Sicht auf

Jerichow verlegt war, glaubte ich einen Herzschlag nach sechs, es werde ausbleiben, und der erste Knall ging los. Die Gewalt der folgenden Explosionen mag mich getäuscht haben, aber ich war sicher, daß sich die Erde geschüttelt hatte und uns beim nächsten Stoß abwerfen werde. Es meinten aber alle das Beben gespürt zu haben. In der langen Stille erschien die erste Rauchwolke, ein Blumenkohl, der im Aufsteigen einen Stiel nach sich zog. Als der weißliche Pilz seine Ränder umzustülpen begann, stieg neben ihm der nächste auf, und als der erste schon eingedellt war vom Seewind, waren es vier. Es war mitten in der Ernte, aber Johnny nahm mich am Nachmittag mit zu dem, was einst der Fliegerhorst Mariengabe gewesen war. Das Gebiet war auf hundert Meter Abstand abgesperrt, aber auch aus der Entfernung war zu erkennen, daß die ganze Anlage hin war, die Bauten flach, die Rollbahnen Ketten von Löchern. Das war schwerlich wieder aufzubauen.
Es wurde auch nicht wieder aufgebaut, das wurde von deutschen Strafarbeitern handlich gehackt und aufgelesen und abgefahren, und Johnny bewies es mir: der Flughafen hatte zu dicht gelegen an der »künftigen Front«, der Grenze zwischen der sowjetischen und den westlichen Zonen; er wäre ja schon in Reichweite von Artillerie gewesen. Und wenn nun auch noch die Briten anfingen mit der Versorgung Westberlins durch die Luft, warum sollten die Sowjets ihnen einen so prächtigen Landeplatz liegen lassen für Notfälle? Dann war wieder ich klug und hielt dagegen, wie beliebt die Sowjets sich hätten machen können bei den Flüchtlingen, wenn sie denen die Kasernen gelassen hätten als Wohnräume. Damit hatte er leichtes Spiel: wenn sie Ärger riskierten bei den Deutschen, wie unausweichlich mußten denn ihre militärischen Gründe sein! Nein, du: der Russe wird in taktischer Hinsicht erheblich unterschätzt, und nun erst in strategischer. Einmal versuchte ich es mit der Hauptabteilung Grenzpolizei, die die Sowjets seit Juni aufstellten. Das war für Johnny ein Beweis mehr. »Der Russe« richtete sich ein auf einen Krieg: er stellte deutsche Verbände unter Waffen. Da sollte ich weg.
Und es würde anders sein als in »der Villa«. Das war das Ferienhaus, das ein hamburgischer Makler noch zu kaiserlichen Zeiten auf das Hochufer hinter Schlegels Wäldchen gestellt hatte, die zusammengeschnurrte Miniatur eines Schlößchens, mit zu vielen

Fenstern und einem wahrhaftigen Turm. Das war der evangelischen Inneren Mission zugewiesen als ein Kinderheim, da ging Cresspahls Tochter zu Besuch, Axel Ohr zuliebe, denn so konnte er mitkommen, ohne daß es aussah, er sei verliebt in eine Elisabeth aus Güstrow, er, Axel Ohr! Die Kinder hatten es streng. Was die kirchlichen Pflegerinnen da an Ordnung verlangten bei Tisch und in der Freizeit, da konnte einem der Appetit vergehen wie der Spaß. Wer allerdings krank war, konnte sich einiger Zärtlichkeit versehen. Fast jeden Tag aßen diese Kinder Suppe aus Melde, mit Nudeln als Einlage; aber es bekam ihnen, am Ende dieser vier Wochen hatten sie zugenommen. Johnny hatte da früher zugebessert mit Schrot und Fleisch, was eben seine Geschäfte und das Soll zuließen; die neue Leiterin des Heims hatte Anstoß genommen an einer »gottesfeindlichen« Bemerkung Johnnys, da war er selber böse. So war Johnny auch; wenn Einer ihn dumm anredete, vergaß er den, und mochte das Kindern schaden. (Außerdem konnte er guten Gewissens an die Care-Pakete denken.) Viele von denen waren noch nie an der See gewesen, und am letzten Tag des Durchgangs sammelten sie Strandsand für die Mütter, die endlich wieder einmal scheuern wollten. Und diese Beterei, diese Andachtstunden in einem fort! Johnny gab es zu. Religion und Übungen darin würde es in England wohl in einem Übermaß geben. Aber wenn ich die Zähne zusammenbiß, mich zusammenriß, ein großes Mädchen war ...

Manchmal sah ich mich in einem englischen Internat. Es war auf dem Lande, und weit von einem Bahnhof, damit ich rechtzeitig geschnappt wurde bei einem Fluchtversuch. Der ganze Tag unverrückbar eingeteilt, mit einer Stunde Freizeit. Die Lehrer konnte ich mir nur als unnachsichtige Damen denken, deren Lob oder Anerkennung würde so sparsam ausfallen, in Blick und Sprache, es würde mir entgehen. Nie würde ich allein sein, in den Schlafsälen, in der riesigen Speisehalle, in der Freizeit, und immer allein. Auch in England waren die Lebensmittel rationiert, aber wenn die Briten ihrem Cresspahl sein Konto bei der Richmond Bank of Surrey aufschlossen, erlaubten sie eine ration card für seine Tochter dazu. Zu einem Taschengeld würde es reichen. Das Warten auf die Post. Die Schul-Uniform. Die Ausgeh-Erlaubnis. Stunde und halbe Stunde punktiert durch den Schlag der Uhr im Kirchenturm, die läutende Fremde, noch in der schlaflosen Nacht. Immer noch das th vor dem Spiegel üben, die Zunge zwischen die Zähne! und dann die Zunge zwischen den Zähnen verlernen. Cricketgewimmel auf einem leuchtenden Rasenfeld, und ich dazwischen als das deutsche Kind, das faschistische, der geschieht es ganz recht, daß sie nie Besuch bekommen hat, nun schon im dritten Jahr.

– Hat Cresspahl deine Gründe gelten lassen?
– Zu Gründen ließ er mich nicht kommen, nach einem ganzen Sommer. Er sah mich an, er nickte, so daß ich erschrak. Nun hätte ich gern noch einen Tag Bedenkzeit gehabt.
– Es wäre zu deinem Besten gewesen: sagt Marie, dieses unerschütterliche Kind, das schon am ersten Abend in einem Ferienlager heult vor Heimweh. Sieh dir das an, wie kühl sie auf dem Rasen liegt in diesem heißen feuchten Garten, wie sie ihre Angst versteckt in einem Zukneifen der Augen.
– Es wäre zu Cresspahls Bestem gewesen. Das war ich ihm schuldig, und war feige.
– Gesine, ich bin ja auch feige. Ich will ja auch nicht ohne dich sein; bloß weil ich denke, du machst dir was aus mir.

15. Juli, 1968 Montag

Die Sowjetunion läßt uns durch die *Pravda* in Wahrheit sagen, wie sehr sie sich verwundert über das »krankhafte Interesse« des Westens an ihrem Kriegspiel im Nordatlantik. Sie beklagt sich über Beobachtungsflugzeuge des Nordatlantischen Vertrages im Gebiet der Übung, über die Anwesenheit eines britischen Zerstörers. Wen das kalt läßt, was die sowjetischen Kriegsschiffe da anstellen mit ihren polnischen und ostdeutschen Bundesbrüdern, der ist demnach gesund.
Den Abzug ihrer Truppen aus der Tschechoslowakei haben die Sowjets gestoppt. Seit gestern beraten sie in Warschau mit ihren polnischen, ostdeutschen, ungarischen, bulgarischen Freunden über die Č.S.S.R., ohne sie, und wenn die offizielle Presse einen »entschiedenen Gegenschlag gegen die reaktionären und imperialistischen Manöver« in jenem Land für lebenswichtig erklärt, so dürfte de Rosny allmählich aufgeben. Im Gegenteil, da hält er

sich an Tito, nach dessen Meinung kein Mensch in der Sowjetunion so »kurzsichtig« sein kann, daß er Gewalt gegen die Tschechen und Slowaken anwendet. de Rosny ist ein Titoist.
Auf Tito haben wir ungemein böse sein müssen. Es wurde uns gleich bei der feierlichen Aufnahme in die Fritz Reuter-Oberschule hingestellt als eine unserer Hauptbeschäftigungen, und oft sind wir in jenem Herbst in der Kolonne von vierhundert Oberschülern durch Gneez vors Rathaus gezogen mit Spruchbändern, auf denen wir den Sturz Titos verlangten, wozu wir etwas sangen von Spaniens Himmel, der seine Sterne über unsere Schützengräben ausbreite. Von der Kälte war keine Rede in jenem Lied, mir wird kalt bei dem Wort Spanien. Wir mußten lange stehen im Kalten, bis der Markt mit den Demonstrationszügen voll bestanden war (die vom Sägewerk Panzenhagen kamen regelmäßig zu spät) und die drei Leute auf dem Rathausbalkon anfangen konnten mit ihren Ansprachen. Immer wenn einer fertig war, riefen wir im Sprechchor unsere Beschwerden gegen Tito, und ich wäre gern so begeistert gewesen wie Lise Wollenberg, die mir noch am Morgen im Fach Gegenwartskunde zugezwinkert hatte, als sie die fünf Ärgernisse des Genossen Stalin mit Tito aufsagte, wobei ich ihr das falsche Primat der Landwirtschaft einflüstern mußte. Denn sie war meine Freundin.
Sie sprach so von mir. Wenn zwei Mädchen jahrelang jeden Schultag eine Stunde im Zug verbracht haben und noch Zeit auf dem Weg dahin, fahren sie nach einer Weile entweder im guten gemeinsam in einem Abteil oder im bösen getrennt. Zu einer erklärten Feindschaft fehlte der Cresspahlschen vorläufig der Mut. Sie hatte sich fast allein mit der Wollenbergschen wiedergefunden in dem Wartesaal, als der die neunte Klasse sich erwies, und Lise war bei vielen Lehrern ein Liebling, blond wie sie war, befangen-mädchenhaft wie sie blicken konnte in Augenblicken der Gefahr, scherzhaft-vertraulich, wenn es ans Einschmeicheln gehen sollte. Die Cresspahl hätte schwer in Worte bringen können, was sie denn störte an der Wollenberg. Schließlich dachte sie selber insgeheim, jener Jugoslawe möge die Wirtschaft des eigenen Landes genauer kennen denn der weise Führer der Völker im fernen Kreml, und nannte ihn auf Verlangen den Marschall der Verräter; lügen taten wir alle, unseren Eltern zu Gefallen. Lise übertrieb vielleicht in der Art, wie sie dabei um sich blickte, nachsich-

tig lächelnd mit ihren sanften Lippen, als wolle sie uns sagen, einladend: Der Benotung wird es nicht schaden ... es ist doch ein Spaß ... wir legen den Kramritz eben rein ... es ist doch egal ...
Der Fehler war einmal begangen, als man in der Neun A Zwei wieder einen gemeinsamen Tisch genommen hatte. Das hält zusammen fest auch in der Zeit, da man Nebendinge betreibt. Sie blieb an meiner Seite, während die Schüler der oberen Klassen uns Mädchen aus den Neunten musterten auf Tauglichkeit, Willigkeit voraussetzend. Das war wie auf einem Markt in den Pausen. Aber einmal war ich es allein, die beiseite gebeten wurde von den Herren Sieboldt und Gollantz, Elfte Klasse, die trugen schon lange Hosen. Die Herren wollten wissen, was die Leute in Jerichow dachten über die Sprengung von Kasernen und Unterkunft für Flüchtlinge. Kaum hatte ich Luft geholt, errötet ob der widerfahrenen Ehre, da sprudelte Lise schon los: die Explosionswolken seien gewesen wie Fallschirme, die vom Boden aufsteigen, jetzt habe sie etwas mehr von der Atombombe begriffen ... es war wortwörtlich, was ich ihr erzählt hatte. Sieboldt und Gollantz entfernten sich umgehend. Auf meine Vorhaltung sagte Lise, es sei doch sie die Angesprochene gewesen, und was komme schon an auf ein Wort. Gollantz hielt mich noch einmal an, allein, dem ging es um die Wahl eines Sprechers für unsere Klasse, damit sie vertreten war in der Schülerselbstverwaltung, der Sieboldt vorstand. Leider erzählte ich das Lise. Sie war nur beunruhigt, weil die Herren nicht an sie herangetreten waren und tröstete sich in der erwachsenen Art, die sie an sich haben konnte: Die gehen ja doch zwei Jahre früher ab, dann hätten wir dagesessen. (Wir.)
Ihr war wohl bewußt, wie hübsch das aussah, wenn sie ihre langen blonden Locken schwenkte neben einer, die ihre dunklen Zöpfe ruhig halten will; also war die Wollenberg in der Nähe der Cresspahl, wenn sie Einladungen bekam zum Spazierengehen, ins Kino, und nahm für uns an. Da kam Gabriel Manfras, der in der Neun A Eins gestrandet war, da kam Pius Pagenkopf, Dieter Lockenvitz ... und schon hatte sie geschworen, wir seien unzertrennlich, so daß ich mitgehen mußte wie eine Anstandsdame. Manchmal sah ich sie an von der Seite, wenn auf die Leinwand eine helle Szene projiziert war, Reiterhorden über eine Steppe stürmend, dem guten Tachir seine dumme Suchra zu holen oder

zu bringen; im Chor mit den anderen rings um uns, aus vollem Halse feuerte sie die Komparsen an wie jene, die in Kolberg April 1945 den Endsieg vorspielten. Sie konnte sich so vergessen. Sie war ganz im Augenblick. Bei der Aufführung von Barlachs »Sündflut« spürte ich viele Blicke auf uns und Lises schmerzlich-versonnene Innigkeit; in der Pause wußte sie sich nicht zu fassen vor Kichern über Frau Landgerichtsrat Lindsetter, die eingeschlafen war, deren sanftes Röcheln Lise während der Vorstellung kalt gelassen hatte.

Mit den Jungen betrug sie sich schnippisch bis zur Rätselhaftigkeit. Die mußten ernstlich das Wort an mich richten, sogar dem maulfaulen Manfras fiel eine Menge ein zur Inneren Endmoräne am Beispiel des gneezer Stadtsees; bei fast jedem habe ich es fertig gebracht, mich zu verdrücken unter einem haltbaren Vorwand. Am Tage danach war Gabriel Manfras noch mehr in sich gekehrt als wir gewöhnt waren von ihm. Pius Pagenkopf, ein Langer, Dunkler, der Älteste der Klasse, dieser Pagenkopf ließ nach dem Alleinsein mit Lise für Tage den Kopf hängen über seinen Heften, damit er zuverlässig ihren Anblick vermied. Lockenvitz, ein schüchterner, spillriger Brillenträger, ein Primus, sackte in vielen Fächern ab auf Drei, nachdem er sich Lise erklärt hatte. Und alle drei paßten mich ab, jeweils in Heimlichkeit, als Anfang November die neuen Personalausweise ausgestellt wurden für jeden über fünfzehn, und baten mich zu schummeln, wenn ich mit Lise zu Stellmann ging. Ich sagte es ihr. Sie lachte, ganz tief in der Kehle belustigt; sie kicherte, während sie sich zurechtmachte für die Gelegenheit. Es kam viel ermunternde Sanftmut auf das Paßbild. Sie schenkte mir eins, das ließ ich Pius ab. Aber einmal fiel Lockenvitz etwas aus der Brieftasche, das war ein Paßbild von Lise Wollenberg, das steckte er vor ihren Augen in sein Jackett dahin, wo das Herz sitzt und arbeitet; sie lachte los, den Kopf hochreißend wie ein Fohlen. Von Manfras hieß es, er habe zu Hause auf dem Vertiko die Wollenbergsche zu stehen im Format 18 mal 24, und das Bild sollte gar nicht nach dem Ausweisfoto sein. Eines Tages zog Pius Pagenkopf, an der vordersten Reihe vorbeigehend, Lises Paßbild aus der Hemdtasche, zerriß es und warf ihr die Schnitzel auf ihren Tisch. Sie lächelte ganz befriedigt und fragte hinterher, ob er noch eins wolle. Was sollte ich antworten, wenn sie mir ihr Betragen erklärte mit der »Albernheit« der Jungen. Weder Pagenkopf noch Lockenvitz waren albern; keiner konnte das von Gabriel sagen.

Wir alle wollten Pius zum Klassensprecher, und er wäre es geworden, hätte bloß Lise den Mund gehalten über eine Art ernsthafter Jungen, die werden uns verteidigen bei Wind und Wetter; Pius zog seine schwärzlichen Augenbrauen zusammen, wie jemand mit Zahnschmerzen, und strich den Namen Pagenkopf aus der Liste. Lise verschlug es keineswegs die Sprache, sie setzte Lockenvitz zu. Der sträubte sich lange, er war Flüchtling und würde es bitter haben mit den Einheimischen; ihr zuliebe ließ er sich aufstellen, im dritten Wahlgang kam er durch. Er büßte daran lange, denn als im Dezember die Schülerselbstverwaltungen verboten wurden, wählten die Mitglieder der Freien Deutschen Jugend (F.D.J.) ihn zum Vorsitzenden unserer Klassengruppe, er war nun einmal Sprecher gewesen. Wir hatten frei, er mußte zu Sitzungen mit der Zentralen Schulgruppenleitung (Z.S.G.L.), wo er denn Sieboldt wie Gollantz wiederfand. Wir falteten die Zettel nicht auf, die er Lise schickte während des Unterrichts, er war uns empfindlich genug; er sah sie auflachen wie in heller Freude, daß er sich schämte, und wir eine Wut auf ihn bekamen. Einmal ließ sie ihm einen Zettel zukommen, der war unbeschrieben. Lockenvitz war albern, der ließ eine Zeitlang seine schwermütigen Blicke ausruhen auf mir (und besaß ein Paßfoto von mir. Ein einziges hatte ich verschenkt, an Lise). Sie brachte zuwege, daß ein Passus in der Zeitung unseres Klassenfestes 1949 dem Jugendfreund Lockenvitz bekräftigte, er liebe alle Fraun, ob blond, ob braun.

»Wir«. Mit ihr sollte ich mich eintragen lassen bei der Gesellschaft zum Studium der Kultur der Sowjetunion, die nachmals die Gesellschaft für die Freundschaft wurde. Dr. Kramritz hatte den Nutz und Frommen »gesellschaftlicher Betätigung« erwähnt; dies war eine von den minderen. Kein Zweifel, das hatte der alte Wollenberg seiner Tochter angeraten, der wollte sich noch anderswo absichern als in der L.D.P.D.; Cresspahl aber winkte ab, der noch diesen Schutz hätte brauchen können. Beinahe ein englisches Schulkind, war ich ohnehin auf seiten der Briten und beschimpfte sie ausgiebig, wenn sie in unserer Gegend zu Bruch gingen mit einem Luftbrückenflugzeug und im schönberger Krankenhaus lagen. Lise ganz allein vor einen Schreibtisch

treten zu lassen, vor einen Fremden dahinter, ich gönnte es ihr; an die Tür hatte ich sie gebracht, sie ja bei Laune zu halten.
Denn Jakob hatte es unklug gefunden, daß diese Lise nun wußte von meiner Abneigung gegen sowjetische Kultur, einer ausgesprochenen; er wandte den Kopf langsam hin und her, sein grundsätzliches Kopfschütteln. Ich begriff den Schaden erst in seinem Rat: Die zieh dir bloß.
Jakobs wegen überwand ich mich zu Dank, als Lise mir ein Kleid schenkte; da sie aus den neuen Staatsläden moderne bekam. Jakobs Mutter war es ja zufrieden, wenn ich sauber angezogen war unter meinem schwarzen Mantel; Cresspahl wie Jakob sahen mir ins Gesicht oder merkten die kleinste Schramme an der Hand, ein Blick für angescheuerte Kragen ging denen ab. Daß Lise mich verschönern wollte wie einen schäbigen Hintergrund, es war das Ende; vor einem Bruch wurde ich bewahrt. Denn nach den Weihnachtsferien fand Heinz Wollenberg es doch unter der Würde eines Geschäftsmannes, seine einzige Tochter morgens wie mittags auf dem schmutzigen, kalten Zug zu wissen; für Leute vom Schlage der Wollenbergs fand das Wohnungsamt in Gneez ein Zimmer für Lise, bei einer »Verwandten«. Außerdem galten die Lebensmittelkarten inzwischen nur an dem Ort, an dem sie ausgestellt wurden; in Gneez gab es oft Zucker oder Kohleanzünder, wenn sie in Jerichow fehlten, davon konnte Lise am Wochenende mitbringen.
Wenn wir verschiedene Wege hatten zur Schule, mußte ich in der Klasse wo anders sitzen. Wenn wir einander bloß in der Schulzeit begegneten, konnte ich bei unseren Aufzügen ein paar Reihen hinter ihr marschieren und ihr zusehen von fern. Da schwang sie die Beine und schmetterte hingegeben: »Du HAST ja ein Ziel vor den Augen / daMIT du in der Welt dich nicht irrst . . .«; da hüpfte sie und rief fröhlich die Losung gegen die griechische Regierung, die Jubelsprüche über Maos Sieg bei Sütschou, die Haßgesänge gegen den Renegaten Tito. Wir waren auseinander.
Sie hatte ein Ziel vor den Augen; sie ist heute eine Steuerberaterin im Sauerland, Bundesrepublik. Ihr Kleid, grünes Organza mit eingewebten dicken Punkten, es hätte mir gestanden auf jenem Klassenfest, bei Geburtstagen; ich habe es nur anprobiert.

Das Niederträchtige ist, die Geschäftsleitung tut es ohne Warnung. Dann steht man ausgestellt auf dem Podium in der Angestelltenkantine, unter den Blicken von vierhundert Leuten, womöglich in einem Kostüm, das sich beißt mit dem gelblichen Wandanstrich, soll aber stille halten und tun, als gehe man gänzlich auf im würdigen Anspruch des Momentes. Die Zeremonie ist verlacht, macht im Augenblick doch den Atem flattern; alle betragen sich andächtig nach dem Muster des Vorstandsvorsitzers, der einem dann stramm gegenübersteht in seinem Bemühen, am Leibe etwas größer zu erscheinen, und die Lobrede so verkrampft auswirft, das Opfer fühlt sich angespuckt. Es ist eine der Gelegenheiten, die de Rosny dem Titularpräsidenten eigens hergerichtet hat, damit der sich auftreten fühlt. Wer Pech hat, trägt an einem solchen Tag ein Kleid in den Farben der amerikanischen Fahnen, die für den Anlaß kreuzweise hinter dem Präsidenten aufgereiht sind, und auch mit Sandalen ist manche schon böse hereingefallen.
Die es trifft, sie wären doch gern in der Mittagspause noch einmal zum Friseur gegangen; es erwischt sie aber von einer Minute zur anderen. Es kann an jedem Arbeitstag im Jahr passieren, so wird es halb vergessen; ist aber der Grund, aus dem Urlaubstermine sechs Wochen im voraus beantragt werden sollen. Und wer nachdenkt über die Innigkeit seiner Arbeit für die Bank, wie soll er solche Auszeichnung denn fürchten. Obendrein gilt die Teilnahme an der Veranstaltung als freiwillig; so manches Opfer geht dahin und möchte bloß zeigen, wie ergeben es der Firma ist. Die Angestellten sind gehalten, diesen morgendlichen Umlauf säuberlich zu paraphieren; wer es wagt, darf schon um vier auf die Straße. Die Angestellte Cresspahl ahnt, was draußen auf sie wartet, unten auf der Dritten Avenue stehen Autos mit hochgeklappten Motorhauben, denen kocht das Kühlwasser; wie gern würde sie die flüssige Hitze dieses Nachmittags in einem weniger besetzten Ubahnwagen überstehen, vor der Stoßzeit. Jedoch hat sie Besuch.
– Geben Sie's auf, de Rosny, Sir: sagt sie. Das ist ein Spiel geworden zwischen ihr und dem Chef, seit er neuerdings »zum Tee« sie und ihr Büro benutzt. Er beweist ihr das Wachstum der tschechoslowakischen Anleihe; sie hat ihn heute widerlegt mit dem

warschauer Communiqué, das der Č.S.S.R.-Führung einen strengen Brief von den Kampfgenossen ankündigt. Und wohin sollten die »aggressiven imperialistischen Kräfte« mit ihren »subversiven Aktionen« denn gehen als in den Bach, wenn das Zentralkomitee in Prag einen Mut vor Bruderthronen zeigen will, statt in Demut sich zu verbeugen? Nun wünschen sie auch noch den Warschauer Vertrag umzubauen, so daß jedes Mitgliedsland einmal herankommt an das Oberkommando und einem politischen Mißbrauch des Bündnisses der Riegel vorgeschoben wird. Das ist das Ende von der Leine, es muß den Sowjets über die Hutschnur gehen. Dazu hält de Rosny den Kopf schräg und verengt die Augen in einer zweifelnden Art, als wüßte er etwas verläßlicher, wobei ihm aber seine Armbanduhr auffällt. – Wollen wir doch runterfahren? sagt er, drängend wie ein Schuljunge, als käme nun das große Schwänzen. – Uns das Theater wieder einmal betrachten?

So darf er es nennen; er hat es erfunden. Die Angestellte Cresspahl ärgert sich gehörig über den Verlust von einer ganzen Stunde Zeit, sie mag ihm keine Handhabe bieten mit Unhöflichkeit; schon ist sie an allen Fluchtwegen (Treppen, Toilettentüren) vorbeigeführt und sitzt in der zweiten Reihe vor dem Podium, vom Gang abgeschnitten durch de Rosny, der ein Bein übers andere so spitz verkantet hält wie ein Storch. Umgeben von seinen jungen Herren Carmody und Gelliston, darf er auf das unbefangenste ein vertrauliches Gespräch mit seiner »jungen Schülerin« vorführen. Sie fühlt auf sich die versammelten Blicke der Belegschaft und erinnert sich an die anderen Namen, die sie im Haus führt; in plötzlicher Wut beschließt sie, de Rosnys weiße Doppelmähne sei eine Perücke, oder doch zumindest blaustichig eingefärbt, im Ton seiner Augen. de Rosny doziert. »Wir« sind nicht aggressiv, »wir« sind nicht subversiv, »unseren« westdeutschen Freunden werden »wir« ein stilles Auftreten noch eigens einschärfen, damit »wir« und »unsere« Freunde in England, in Dänemark nicht böse werden über ein verpatztes Geschäft. Und was denkt Mrs. Cresspahl über die Kommunisten in Rumänien? die haben sich doch gegen eine Einmischung in Sachen der Č.S.S.R. festgelegt, ähnlich wie Tito? Sie ist fast dankbar, als das Verstummen der Rieselmusik ihn zum Schweigen bringt. Der Präsident steht schon auf seiner Erhöhung, hat sich mehrmals ge-

räuspert, de Rosny muß seiner »jungen Freundin« noch zuflüstern: Das nächste Mal benutzen wir einen Vorhang für dies Theater!
Die Aufführung beginnt mit einer Ansprache des Titularpräsidenten. Wie oft hat Mrs. Cresspahl ihn gesehen seit der Feierstunde, als die arme Gwendolyn Bates für ihren Übereifer einen silbernen Backenstreich empfing, immer noch kann sie sich zu wenig merken von R. W. T. Wutheridge, als daß sie ihn erinnern könnte, sei es als stilles Bild. »Bäuerlich« sagen sie gern von ihm. Aber er muß einer von den gottergebenen Bauern sein, den ahnentreuen, den ungeschickten, so ängstlich kommt er ihr vor; an diesem kleinen alten Körper sehen die Maßanzüge zu kurz aus; diesem blauwangigen Haarverlierer haben die siebzig Jahre eine Würde vorenthalten. Das Programm geht so: zunächst hält er eine Ansprache nach eigenem Gusto, damals über das Ethos der Arbeitsgemeinschaft und was Amerika von uns will. So heute, und er wünscht demnach unser Glück. Darauf werden die Kandidaten aufgerufen, besteigen die mit Teppich belegte Kiste und sollen Auge in Auge mit dem Obersten Schausprecher eine Darstellung ihrer Verdienste anhören. Diese Preisreden aber stammen aus dem Sekretariat de Rosnys, weswegen die Anfänge nur so wimmeln von Unterschieden:
Es ist wahrhaftig schwer, die angemessenen Worte zu finden ...
Die Überreichung dieser Prämie schafft in jeder Hinsicht einen Präzedenzfall ...
Meines Wissens hat kein einziger Mitarbeiter der Firma ...
Es ist wohl an die fünfundzwanzig Jahre her ...
Es ist eben einer sehr jung, oder die Dame hat schon Arizona erobern helfen, »den Schild auf dem Rücken, ohne ihn abzulegen«, oder die Familie arbeitet in der dritten Generation für das Bankgeschäft. So wird Mr. Kennicott II. verarztet, auch einer von den Vergeßbaren, jetzt führt er in einem kleine rundliche Verbeugungen durch, »er wird immer zu den Siegern gehören«, und das in der Personalabteilung, wobei der letzte Satz ihm vermittelt, »er wird uns im nächsten Jahr verlassen«; da soll der schräge Blick de Rosnys seine »junge Assistentin« an etwas erinnern, waren das nicht weiße Pumps in einer Schreibtischschublade? soll dies eine Wiedergutmachung sein? So kommt eine junge Negerin an die Reihe, die ist uns in den Fahrstühlen des öfteren aufgefal-

len mit ihren großen Augen, voll von Verzweiflung und Verzeihung, ihrem mütterlichen Wesen gegen die rosahäutigen Herren, die wird nun kenntlich gemacht als Blandine Roy und belobigt für ihre Leistungen in der Postzentrale; dabei ist uns erinnerlich, was für schwere Pannen es gegeben hat allein in der Hauspost, hier wird keine Person geehrt sondern eine Negerin als ein Alibi des Unternehmens; alle sind wir mit ihr erleichtert, als sie heruntersteigt und im Sitzen verschwinden darf. Nach ihr wird Amanda Williams aufgerufen, zu ihrem schlimmen Schreck, mit zornigem Blick auf Naomi neben ihr. Denn die Anwärter sollen ohne Ahnung bleiben, da steckt die Geschäftsführung sich hinter einen Zimmernachbarn oder die Freundin, die bleiben dem Opfer den Tag über auf den Fersen und schleppen es an zu dieser Feierstunde. Jetzt muß Amanda unter unser aller Augen anhören, sie sei blitzgescheit, aber bescheiden, und Aufrichtigkeit lasse die Firma auf ihre Hingabe vertrauen. Mit einem Mal sieht Amanda plump aus in ihrem dünnen Waschkleid, gelbes Blumenmuster im Ton der Wände, in ihrer Verlegenheit streckt sie dem Präsidenten den Arm in ganzer Länge entgegen, so daß der ihr entgegentreten muß zum Händedruck, aber zum ersten Mal klatscht der Saal einmütig, ihr ist es gegönnt, und als Amanda an Naomis Seite zurückkehrt, lächelt sie schon versöhnlich im Begreifen, wozu ihr die fünfhundert Dollar Beigabe helfen werden in der Schwangerschaft. Der nächste Name ist unbekannt, so noch nie ausgesprochen in diesem Haus, wie von einem Norddeutschen artikuliert: Mrs. Ge'sine Cress'pahl.

– Trick 18! sagt Mrs. Cresspahl zu ihrer Tochter im Foyer eines der alten Prachtkinos am Broadway, wohin sie sich aus den schwülen Hitzeböen der Straße gerettet haben. Ohnehin war es ihnen zu tun um die kalte Kunstluft, weniger um einen der beiden Filme; jetzt weiß Mrs. Cresspahl an wenig anderes zu denken als an ihre öffentliche Ausstellung, und fast ist sie unzufrieden über Maries gleichmütige Antworten. Leider ist Marie weit entfernt davon, erbittert zu sein.
– Was willst du bloß von de Rosny: sagt sie.
– Er hat mich hineingelegt!
– Von einem de Rosny in leibhaftiger Gestalt angeschleppt zu

werden, es ist doch wie am englischen Hof. Ritterschlag, oder so.
– Und als ich da oben stand, hat er seinen elenden Pappbecher mit seinem elenden Tee hochgehoben wie zu einem Toast!
– Er gönnt es dir, Gesine.
– Bisher wußten die meinen Namen, die ihn wissen mußten, oder denen ich ihn sagte. Jetzt kennt ihn die gesamte Belegschaft. Und am Freitag liegt auf jedem Schreibtisch der Text aus der Hausdruckerei!
– Gesine, ich krieg auch nicht gern Preise in der Schule, aber ich brauch sie. Dann steh ich am Katheder ganz allein und möchte weglaufen.
– Bist aber eingesperrt von Leuten und Klappstühlen und bist ängstlich vor Gefangenschaft.
– Ja. Weil man doch ganz gut werfen kann mit Klappstühlen, Gesine.
– Und schlagen.
– Da mußt du bloß eine Weile sehr gerade stehen und den Bauch einziehen –
– Ja.
– Und tief durchatmen und einfach wegdenken von dem Haar, das vielleicht lose ist und einen Atemzug später aufgeht –
– Ich hab die Hand nicht hochgebracht zum Nachfühlen!
– Dann haben wir die Medaille des Präsidenten und einen Scheck über achthundert Dollar.
– Aber sie haben lauter Lügen über mich gesagt!
– Da versteck dich drin.
– »Ihre Studien an europäischen und amerikanischen Universitäten.« Zwei Semester in Sachsen und das bißchen Nationalökonomie an der Columbia!
– de Rosny braucht eben für seine Sachen eine studierte Assistentin.
– »Ihre Herkunft aus dem kommunistischen Bereich hat entscheidend dazu beigetragen –«
– Da war ich dabei, Gesine. Das hat es.
– »daß wir im osteuropäischen Kreditgeschäft unsere passive Haltung verlassen können.«
– Das war die Ansage. Es geht los. Wir sind unterwegs nach Prag.

– Du, dann hätte ich nicht weglaufen dürfen von dem kalten Buffet hinterher. Sekt und Sakuska.
– Von mir hättest du eine Entschuldigung verlangt.
– Versógelieke, Marie.
– An deinem Kostüm sieht doch jeder, daß es aus Rom ist. Es wird dir auch da gestanden haben.
– Thank you very much.
– Ist das Ding aus echtem Silber?
– Ja. Das geben wir der alten Frau, die draußen in der 97. Straße bettelt, auf den Kinostufen die mein ich.
– Die Medaille kriegt D. E.
– Dem gefällt solch Fünfstrichsymbol so wenig wie mir.
– Du bist doch eine Braut, Gesine.
– Wieso bin ich eine Braut.
– Du bist mit ihm verabredet zum Heiraten. Du mußt ihm was schenken.
– Ja.
– Silber kann man einschmelzen lassen.
– Ja.
– Dann kriegt D. E. einen silbernen Ring von dir.
– Ja.

17. Juli, 1968 Mittwoch

Weil Cresspahls dumme Gesine sich sträubte gegen ein Leben in England, mußte er sich darauf einrichten, sie durchzubringen in jenem Mecklenburg vor zwanzig Jahren; nach Sitte und Anstand ließ er beim Innungsmeister anfragen um eine Unterredung. Willi Böttcher sagte mir so hastig, so bereitwillig seinen Besuch in Jerichow zu, wir mußten doch denken, er wollte den ehemaligen Häftling aus seinem eigenen Haus halten, und aus den Augen der Leute von Gneez. Er kam an einem Sonntag, im schwarzen Anzug, ohne zu schwitzen in der Septemberhitze, setzte sich zögernd, wollte lange lieber vom Wetter reden, er sah zerknautscht aus in seinem gutmütigen verschlagenen Gesicht. Als ich mit dem Kaffee kam und er mich demütig anging ums Dableiben, ein Schulmädchen von fünfzehn Jahren, wurde mir gewiß: der will beichten, und dazu braucht er jemand, vor dessen Ohr gebraucht Cresspahl keine groben Worte.

– Heinrich: sagte er nachdrücklich, und seufzte. Was half das noch, um gut Wetter bitten.
Cresspahl hatte zwar nach den Aussichten für das Handwerk gefragt, aber wenn Willi Sorgen bei sich trug, konnten sie ja darüber zuerst reden.
Es war dann Cresspahls Gesine, an die Böttcher sich wandte, die er anführte als Zeugin, deren Besuche in seiner Werkstatt schon gesagt machen sollten, was ihm so schwer über die Lippen ging. Aber Gesine hatte ihm bei der Arbeit zugesehen, weil sie ihren Vater entbehrte; gesehen hatte sie nur viel Betrieb. Umsatz.
– Ach Umsatz! schimpfte Böttcher mit einem Mal, als sei das ein Unglück, und Ärger obendrein. Es war an dem, damals –
er sah mich an, ich schickte den Blick weiter an Cresspahl, der gab Böttcher ein Nicken zurück, damit dem erspart blieb auszusprechen: als sie Cresspahl geketscht hatten –
hatte die Firma Böttcher sich über Wasser halten müssen mit einem Anteil an den beschlagnahmten Möbeln, die die Rote Armee als Reparationsgut bei ihr lagerte und dann doch lieber an die Einheimischen zurückverhandeln ließ (gegen Sachwerte), und die maschinelle Herstellung von Holzwürfeln für Auto-Gasgeneratoren war die Seele vom Buttergeschäft gewesen. Butter, eben. Es durfte ihm kaum mehr ankommen auf den Namen, den er sich erworben hatte mit seinen Serienmöbeln bis ins Märkische hinein; bei der Typenfertigung war er geblieben. Das waren bis ins frühe 1947 hinein die Wachttürme, die die Sowjets für ihre neuen Haftlager bestellten; er hatte bis an die polnische Grenze geliefert. Ptitschniki. Das war bequemes Arbeiten, denn die Sowjets verlangten keine Zeichnungen, beide Parteien waren in einer deutlichen Anschauung von solchen Türmen einig. Nur die Höhe war jeweils vorgeschrieben. Da es redliche mecklenburgische Arbeit war, hatte sie ihren Preis; so wurde jedes Dach in Stulpschalung ausgeführt, wie für eine kleinere Ewigkeit. Das Stück wäre neunhundert Mark wert gewesen, berechnet wurden 2400, das Geld mußte in so viele Teile gehen. Dabei hielten die Sowjets für selbstverständlich, daß Böttcher angemessen am Ertrag beteiligt war, setzten das durch bei der Preisbehörde, dem Finanzamt, dem Kommandanten von Gneez. Gesine hatte das doch gesehen.
Sein Blick war so flehentlich. Einen Augenblick lang, wie in ei-

nem Traum, war ich sicher, ich hätte in Böttchers Hof einen Wachtturm gesehen, mit Posten und Kalaschnikow. Wie erlöst aus einem Albtraum fiel mir jener Turm ein, unter dem ich im Gräfinnenwald durchgekrochen war, und es hatte mir nichts geschehen können, denn Jakob war bei mir. Cresspahl war es, der unter solchen Türmen gelebt hatte.

Harrst du de Dinger nich bugt för de Russen, Cresspahl? Ihrlich?

Nich, wenn du dor twischen inspunnt wierst, Böttcher. Ihrlich.

Auf diesen Artikel aus Böttchers Produktion tranken die beiden einen Schnaps, einen einzigen. Die Flasche blieb zwischen ihnen stehen, Denkmal für Böttchers Anteil an Cresspahls Gefangenschaft. Aber es war ausgetragen, er nahm nun etwas mehr zum Sitzen als die Kante vom Stuhl, lehnte sich endlich an. Es war an dem, zu seinem Leidwesen flutschte es nur so im Betrieb. Seine Arbeiter waren froh über die Aufträge; auch gab er ihnen Abfälle für Feuerung, bevor sie die stahlen, schlug weiterhin für sie die Nachtarbeiterzuschläge heraus, auch die Lebensmittelkarten für Schwerarbeiter. Dann kamen die Lattenzäune für Heringsdorf und anderer Kleinkram, 1947 übernahm er den Innenausbau russischer Schiffe in den Werften von Wismar und Rostock. Die fahren noch heute tüchtig zur See, seine Kajüten und Kojen, – Pfusch steht nich in Willi sein Gesangbuch!; aber er hatte eben mit 100 Prozent Verschnitt gearbeitet. (30 bis 50 wären vertretbar gewesen.) Ein vollständiges Kinderzimmer für den abzeichnenden Direktor kam unter solchen Umständen in einen Händedruck statt auf eine Rechnung. Als er dann die Gebäude für die Schiffsversorgung auszubauen hatte, vor allem die »Basars«, geriet er für eine Weile in Verlegenheit, denn auf das Verschieben von Lebensmitteln verstand er sich schlechter. Da kehrte Emil Knoop zurück nach Gneez und half ihm aus seinen Nöten.

Folgte die Arie auf die Luftgewinne von Emil Knoop, wie Cresspahls Kind sie auch singen konnte. Zwar war sie böse im Andenken an den Hungerwinter von 1946/47, als auf Böttchers Tisch Milch und Honig geflossen waren. Nur, was hatte Böttcher denn davon, daß er einen Mercedes fahren durfte, daß die sowjetischen Posten am Freihafen Stralsund den Schlagbaum hochzogen, weil sein fransiges trauriges Gesicht als Ausweis genügte, was nützte all das gute Leben mit Konserven aus Dänemark? Einmal stand er immer mit einem Bein im Gefängnis (– Dormit hev'ck mi avfunn': sagte Willi, trübselig, doch mit einer Art Vorfreude). Zum anderen, die Sitzungen mit den sowjetischen Herren gerieten so elend feucht. In Stralsund fühlte ein Kellner sich ein in ihn und servierte ihm zuverlässig jedes Mal Wasser statt Richtenberger (– Das Geld könn' Sie sich vedien': sagte Willi Böttcher, traurig, würdiger Herr, hat bittere religiöse Enttäuschungen hinter sich). Alle Kellner an der mecklenburgischen Küste vermochte er nicht zu bestechen, so daß er einmal bei einer nächtlichen Pinkelpause zwischen Rostock und Gneez eine steile Böschung hinunterfiel und seine sowjetischen Geschäftspartner vergeßlich weiterfuhren ohne ihn, in seinem Mercedes. Die ganze Nacht im Nassen gelegen. Nè. Das wußte ganz Gneez so gut wie Cresspahl: auf das Trinken verstand Willi Böttcher sich schlecht. War er nicht begabt für. Lag immer eine halbe Woche danach zu Bett. Dann die Frau! De Olsch! Dat Wief!

Alles was wahr sei. Demnach habe ja auch Böttcher sein Päckchen zu tragen gehabt: sagte Cresspahl, freundlich. Seine Tochter war in Rage auf Böttcher wegen seiner Gemütlichkeit, aber Erwachsene waren eben unbegreiflich. Wir haben uns nu was erzählt, denn wollen wir uns vertragen. Als ob Cresspahl vom Lager Fünfeichen erzählt hätte!

Einen Zipfel von Böttchers Geschäften aber hatte immer Emil Knoop in der Hand; sperrte der sich, ging etwas schief. Willi hatte der gneezer Kommandantur ein Wandpaneel angefertigt. Die Rechnung wurde genehmigt bei der Preisbehörde, auf dem Finanzamt, das Dreifache J hätte sie wohl bis Pfingsten 1948 beglichen. Auf seinem Stuhl saß ein Stellvertreter, hinter sich den Goethe im Format 100 mal 100 aus dem gneezer Gymnasium, und verweigerte die Zahlung überhaupt. Willi ging so früh in das Sprechzimmer vor Emil Knoops Büro, daß er als Zweiter an der Reihe war. Da war Emil auf dem Sprung zu einer Reise nach Oostende; eben zu einer Auskunft war Zeit zwischen Tür und Angel: Der Kommandantenstellvertreter hatte bei einer Möbelverteilung nur eine Nähmaschine mit beschädigter Platte er-

wischt, begehrte aber eine junge Frau in der Rosengartenstraße und wollte ihr Gefühle beweisen. Willi Böttcher besann sich auf die Technik des Mittelalters und arbeitete ihm eine neue Nähmaschinenplatte, sorgfältig wie ein Gesellenstück, mit Zentimetermaß und Intarsienbändern. Nunmehr bezahlte der Stellvertreter für die achtzehn Quadratmeter Täfelung, ließ Böttcher unterschreiben, griff das Geld vom Tisch, tat es zurück in die Kassette, verschloß sie sehr offensichtlich, zog eine neue Quittung aus der Schublade, verlangte eine zweite Unterschrift, händigte das Geld aus ... Am Abend waren die Verhandlungen in Böttchers Werkstatt gewandert, da saß der Stellvertreter bei ihm auf der Dickten, nur leicht angetrunken, und klopfte Sprüche: Ihr Deutschen, ihr denken wir alle sein dumm. (Oh doch gewiß nich, Herr Vize!) Wir schummeln aber mehr als wie ihr.
Cresspahl betrachtete seinen Innungsmeister, dessen Wort einmal Gesetz gewesen war in Handwerk und Buchführung ihres Gewerbes rund um Gneez, der jetzt eine Einnahme zweifach verbuchen mußte, wollte er nicht von der Steuerfahndung ins Zuchthaus geleitet werden. Er suchte lieber einen anderen Reim. Er fragte, wo denn Emils Macht und Herrlichkeit einmal aufhöre. – Nirgnss nich! erklärte Willi, mürrisch. Denn zwar ging das Gespräch der peinlichen Abwesenheit Cresspahls so noch einmal aus dem Wege, aber es hörte sich doch reinweg an, als beklage er sich bei dem jüngeren Kollegen. Das Neueste von Emil Knoop war, daß er mit einem sowjetischen Posten vor dem Grünen Zaun um die gneezer Barbarastraße Übungen im Grüßen veranstaltet hatte, in offener Sicht deutscher Passanten, sowjetischen Militärpersonals, ja sogar des Kommandanten J. J. Jenudkidse, der aus dem oberen Stock seiner privaten Villa bequem und fachmännisch zusah. Emil (Emile) berichtigte dem willigen Rotarmisten die Handhaltung, er drückte an dessen Füßen umher, immer zakkiger wurde er gegrüßt von dem Sowjetmenschen, fast nach der Vorschrift großdeutsch, lebhaft krähend merzte er Schönheitsfehler aus: So mussu das machn! Kuck eins: Zack! zackzack! Zack! bis der Präsentiergriff saß und Emil seinerseits grüßend vorbeischritt zu seiner Konferenz mit dem Dreifachen J. Ohne Knoop, da laufe nichts. Die Leute mochten ja recht haben, wenn sie auch ihm einen Zwilling nachsagten. Denn wie konnte er in Hannover vor Gericht stehen wegen einer verschobenen Ladung

Blaubasalt und zur gleichen Zeit in Jerichow verhandeln um den Abbruch der Ziegelei zu Lasten der Gemeinde? Doch, du. Den kriegssu nich zu fassn. Der fährt gleich nach Moskau, nich mit Delegation, alleine! Als Ehrengast!

Den'n wul ick woll to fåtn kriegn.

De hett nauch duvvelte Quittungen bi't Fenansamt, min sünt Schåpsköttel för em!

Willi, wenn hei di nu helpn müßt?

Nimm mi dat nich œwel, Cresspahl. Du büst man lang wech wæst.

Hei hett doch'n Frünt.

Frünn' hett hei.

Ein Frünt: Klaas. Din Klaas.

Jå Klaas. We denkn den ganssen Dach an em. Wat de Olsch barmt! Wenn hei noch bi de Russn is, is hei dor dot? Is hei lewig? Wenn hei nich wier, wür'ck hensmietn.

Denn denk doch eins an em!

Cresspahl, du . . .

Hei hett'n Frünt in Gneez, de is good to Wæg mit de Russn, nu führt hei tau Besäuk . . .

Emil. Emil Knoop!

Wenn hei sin' Frünt nich mitbringen kann ut Moskau –

Cresspahl, dat vergæt ick di nich. Kumm du bi Dach, kumm bi Nacht, du sasst hebbn, wat du seggst. Wat du seggst, Hinrich!

Wenn hei dat nich to Pott bringt, dœcht hei nicks. Denn is hei afmeldt in Gneez.

Vedeint hev ick dat nich üm di. Vegætn war'ck di dat nich.

I'd rather you forgot it right now.

Wat?

Du weitst von nicks. Du höllst din Muul, Willi.

Zu dergleichen war Cresspahl inzwischen imstande. Seine Tochter nahm es für ein Zeichen von Gesundung, es war ihr recht. Beiläufig legte er sich an mit dem Wirtschaftskapitän im Landkreis, da wollte sie das Ihre tun mit Bemerkungen über einen Emil Knoop, dem fehlte die Macht und Herrlichkeit, seinen Freund Klaus von den Russen wegzuholen, bis Frau Präsident Lindsetter

davon redete und Frau Dr. Schürenberg und Frau Bell in all ihrer Damenhaftigkeit. Die Firma Knoop lieferte an Herrn Heinrich Cresspahl einen Posten finnischer Bretter, daraus baute der hinter seinem Haus eine Werkstatt, eine große Stube auf Stelzen im rechten Winkel zu Lisbeths Schlafzimmer, und wenn das Landesmuseum Schwerin bei ihm anfragte, ob er wohl Restaurationsarbeiten übernehme, so hatte Knoop denen in aller Unschuld einen Brief geschrieben. Dann kamen die Leute von den Antiquitätengeschäften. Cresspahl hatte verstanden, wohin es gehen sollte in Mecklenburg mit dem Handwerk, für seine Lebenszeit dachte er durchzukommen. Es war sein letzter Rückzug. Von da an hat er nur noch allein gearbeitet.
Emil Knoop hat nie erfahren, wer ihn da herausforderte; in Schwerin für Cresspahl hatte er vermittelt in seiner Gutmütigkeit. Die Suche nach Klaus Böttcher betrieb er in dem sportlichen Geiste, an den wir gewöhnt waren. Zwar kam er noch allein zurück aus Moskau. Es war zu Weihnachten, da sah ich einen abgerissenen jungen Mann in der Bahnhofstraße, der starrte benommen auf die Leute, die sich in Dreierreihen zu Schlangen drängten, zitternd in der Kälte, denn in den Renaissance-Lichtspielen wurde aus sowjetischem Beutegut »Die Fledermaus« vorgeführt mit Schauspielern, von denen er mittlerweile wohl wie wir gelernt hatte, sie seien Helfershelfer des Faschismus gewesen. Das ihm zu erklären verstand ich schlecht, als ich ihn zu seinen Eltern brachte, und ich mußte erst einen Mann von fast dreißig Jahren weinen sehen, um zu begreifen, warum Böttcher so aus gewesen war auf einen guten Leumund bei den Sowjets, auch zum Schaden eines Innungskollegen, und was Cresspahl bewogen hatte zu seiner Versöhnlichkeit, und bat meinem Vater sehr ab, wie man so sagt: von Herzen, weil man sich schämt.
Immer noch bloß Andeutungen aus »verläßlichen Quellen«, kein Wortlaut des alliierten Briefes an die Tschechoslowakei.

18. Juli, 1968 Donnerstag

Die New York *Times* hat den Brief der warschauer Genossen an die Tschechoslowaken gelesen und teilt daraus an Forderungen mit:

»Entscheidendes Vorgehen gegen rechtsgesinnte und andere dem Sozialismus feindliche Kräfte.« Is ja jut. Einverstanden.
»Kontrolle der Presse, des Rundfunks, des Fernsehens durch die Partei.« Weil die »grundlos« behauptet hätten, sowjetische Truppen in der Č.S.S.R. bedeuteten eine Bedrohung der nationalen Souveränität. Wenn es denn keine sein soll, einverstanden. Aber laßt die unter die Leute bringen, was sie sehen.
»Wir treten vor euch nicht auf als Fürsprecher des Gestern, die euch gern behindern möchten bei der Wiedergutmachung eurer Fehler und Schwächen, eingeschlossen die Verletzungen der sozialistischen Gesetzlichkeit.« Wenn das bleiben soll, einverstanden.
Die Neue Schule brachte uns bei, einander anzusehen nach unseren Vätern. Wie die Schülerin Cresspahl die Tochter eines Handwerkers war, so hing Pius Pagenkopf ein Vater an mit leitender Funktion in der Sozialistischen Einheitspartei Deutschlands und hohem Amt in der mecklenburgischen Landesregierung. Rückständiger Mittelstand und Fortschrittliche Intelligenz, wie konnten die an einem Tisch sitzen, vom Januar 1949 bis zum Abitur?
Pius ... bei der Deklination dieses Adjektivs war er einmal stekken geblieben; ihm mußte das als Übername lieber sein als eine hochdeutsche Übersetzung seines Nachnamens (Pferdehaupt). Zudem war er in unserer Klasse der einzige Katholik. Pius ... wenn doch das Gedächtnis unsere Bitten bedienen wollte! Von Jakob habe ich das Bewußtsein seiner Nähe, seine Stimme, seine gelassenen Bewegungen; von Pius habe ich nur die Erinnerung an ein Foto. Da waren wir neunzehn und achtzehn, zu sehen vor kahlem Aprilschilf am gneezer Stadtsee. Da steht ein schmaler langer Junge mit hartem Kopf, der nimmt die Schultern zurück, ärgerlich über die Kamera, in der Haltung der Gegenwehr. Er hält eine brennende Zigarette wie ein Erwachsener. Und das Foto will mir einreden, Pius sei immer so fertig gewesen im Gesicht. Von der Kleinen neben ihm, der mit den Zöpfen, weiß ich aus jenem Moment bloß, daß der Vater ihr das Rauchen untersagen möchte, denn die versteckt ihre brennende Rauchware in der hohlen Hand. Dabei sehen wir aus wie ein eingespieltes Ehepaar, und kannten einander weit gründlicher als unsere Väter wahrnehmen wollten.

Zu Anfang der neunten Klasse war Pius für mich fast bloß der Sohn von Herrn Pagenkopf. Leiter des Finanzamtes Gneez (S.P.D.), war er im April 1933 aus dem Amt gewiesen worden und hatte die drei Viertel seines Ruhegeldes in der Frachtgutabteilung des Bahnhofs aufbessern müssen (Schutzhaft anläßlich des Mussolini-Besuchs in Mecklenburg). 1945 wollten denn die Leute von Gneez es ansehen für einen Ausgleich, wenn die Briten ihn zum Dolmetscher des Stadtkommandanten machten, aber sie nahmen ihm übel, daß er auf den Posten des Bürgermeisters ging unter den Sowjets, und besonders die Sozialdemokraten verdachten ihm seine Reden für die Vereinigung mit den Kommunisten, nun vollends, daß er auch noch in der Landeshauptstadt den Sowjets beim Verwalten half. Die Pagenkopfs, auf dem Papier eine Familie von drei Personen, bewohnten seit 1945 von neuem eine Etage von vier Zimmern, das machte böses Blut in einer gedrängt besetzten Stadt, und obendrein ließ Pius' Vater sich so selten blicken in Gneez, daß selbst die Freundin seines Sohnes ihn bloß kennt aus Fotos von Tribünen und Zeitungsartikeln über die Partei Neuen Typus' oder die jugoslawische Verschwörung. Von seinem nächtlichen Lebenswandel in Schwerin hieß es für gewiß, daß er da die Wahl hatte zwischen aparten Damen, jünger, auch wendiger im Gespräch als Frau Pagenkopf, eine Bauerntochter mit Grundschulabschluß, weswegen er ihr die IN-Karte zugeschoben hatte, die Lebensmittelkarte für die Intelligenz. Bei einem solchen Vater verstand es sich von selbst, daß Pius in der Gründungsversammlung der Freien Deutschen Jugend die Hand gleich hob, und mit einem solchen Vater im Rücken konnte Pius die Wahl in Funktionen der F.D.J. einfach von sich abschieben wie manch andere »gesellschaftliche Betätigung«, das besorgte schon Genosse Pagenkopf für seinen Sohn. Wen wollte es nun noch wundern, daß Pius seit der Eröffnung der neuen Staatsläden H.O. alle drei Tage ein frisches Sporthemd trug, das Stück zu hundert Mark, und Lederschuhe, das Paar zu zweihundert Mark und zehn; er hielt sich ja adrett wie ein Bürgerlicher. Der Sohn eines solchen Vaters mochte sich Spaziergänge mit der Tochter eines Einzelhändlers (bürgerlich) leisten können, aber daß er zu Besuchen kam bei der Tochter eines Cresspahl, das grenzte doch wohl an Hochmut, und sie war ja auch nicht schlecht erschrocken, als sie ihn im Dezember 48 an der Tür fand, sonn-

täglich zur Kaffeezeit. Dann glaubte sie die Ausrede erkannt zu haben.
Es war eine Klassenarbeit in Mathematik angedroht. Wenn einer sich schwach auf der Brust fühlt in Mathe, darf er wohl eine Mitschülerin aufsuchen, und sollte sie wohnen im entfernten Jerichow. Nun steht er vor ihr, ein glaubwürdiges Lächeln des Wiedererkennens in den Mundwinkeln, Befangenheit in den Augen, denn es könnte ja jemand auf den Gedanken geraten, er sei auf dem jerichower Marktplatz bloß umhergeirrt, um etwa Lise Wollenberg über den Weg zu laufen, statt weil ihm die Lage des Ziegeleiweges unerfindlich war (geradeaus, an der Petrikirche rechts). – Dobri djen, Gjesine: sagt er vorsichtig, fast bittend. Die kann auch russisch, die fragt: Kak djela, gospodin; sie holt ihn in Cresspahls Zimmer, ssaditjes; dann heißt es: na raswod, an die Arbeit! damit er endlich glaubt, daß ihm geglaubt wird. Das Gefühl dabei war kaum mitleidig, sondern dringend, so wie der Anblick einer fremden Wunde nach einer Binde verlangt. Bangigkeit war aber auch gegenwärtig, mit ihr der Gedanke: Ach du meine weite Heimat! was aus dem Russischen übersetzt bei uns genau hieß, dies sei einmal eine heikle Bescherung, und dies könne ja gut werden, nämlich unbequem.
Aber Pius machte keine halben Sachen. Am Ende der Geometrie blieb mir die Frage im Halse stecken, und Pius beantwortete sie. Wir verständigten uns über unsere Väter, den jüngeren, der den Sowjets seine Dienste lieh, und den älteren, den die Sowjets in der Mache gehabt hatten, das hatten die beiden uns erlaubt, jeder für sich. Cresspahl merkte bloß an, Pagenkopf senior halte denen hoffentlich nur den eigenen Kopf hin. Nun fehlten nur noch ein paar Papierschnitzel und das Gemeinschaftsgefühl von Frau Habelschwerdt.
Die Habelschwerdt (»der Hobel«) hatte vor einundzwanzig Jahren in Breslau ihr Abitur gemacht und richtig einen Oberlehrer für die Ehe erwischt; nun er »im Osten« vermißt war und sie ansaß mit halbwüchsigen Kindern, hatte sie sich unter ganz jungen Dingern zur Neulehrerin schulen lassen und gab uns Mathematik, Chemie, Physik. Die Jungen in der Klasse hielten sie ernstlich für »annehmbar« (»ausreichend für einen neuen Mann«), ihre Beine galten als »Eins-Minus« für ihre vierzig Jahre; ihren Spitznamen hatte sie sich zugezogen mit überscharfen Tadeln,

von denen ihre enge Stimme überfordert war. Als Angehörige und noch als Hinterbliebene eines Belasteten (N.S.D.A.P.) strebte sie vielleicht zu ängstlich, wenigstens die Aufnahme eines Sohnes (»bürgerlich«) in die Neue Oberschule ins Trockene zu bringen, auch wünschte sie ihren Geldverdienst zu halten; sie hatte die Worte der Fortschrittlichen Pädagogik übereifrig gelernt und mochte manche bloß ungefähr verstehen. So hieb sie mit dem Stahllineal auf den Tisch (mehrmals, wie auf einen bösen Hund), als von Pius' Platz Papierschnitzel in den Gang stoben, eine Woche vor Weihnachten; so rief sie ihm zu über alle neununddreißig Köpfe hinweg: Gerade du solltest hier Gemeinschaftsgefühl beweisen!
Gerade du ... in einer angelsächsischen Schule wäre wohl dies ihr Spitzname geworden. Eva Matschinsky wurde so ermahnt: Man legt nicht seine Fülle auf den Tisch, Eva Maria! Gerade du ... Die Habelschwerdt war verblüfft von unserem Gelächter, sie hatte die jugendliche Fülle ihres eigenen Busens vergessen; sie hatte uns wie Eva erinnert daran, daß die Friseurstochter (rückständiger Mittelstand) ihre soziale Herkunft mit mindestens musterhaftem Betragen abzugelten hatte. Und gerade Pius sollte nur angenehm auffallen, wie es sich gehörte für seinen Vater (fortschrittliche Intelligenz). Und wegen des Funktionärs Pagenkopf ergab sie sich seufzend drein, daß Pius ihr, der Klassenlehrerin! eine Entschuldigung verweigerte. Nur ich wußte: es war Saitschik gewesen.
Mit dem, Dagobert Haase, hatte Pius zu Beginn der Neun A Zwei einen Tisch genommen, wegen des gleichen Schulwegs von der ersten Klasse an. Kein Freund, eine Gewohnheit. Quirlig, zudringlich, anstellig, brauchbar. Aber Saitschik ließ das mit den Zetteln nicht. Das Spiel Schiffeversenken unter den Augen von Frau Habelschwerdt, Pius hatte ihm das ausgetrieben. Aber wenn ein Zettel von rechts gereicht wird, gilt es als Verstoß gegen die Kameradschaft, den Kopf zu schütteln, und leider war dieser an Pius selbst adressiert gewesen (Eva trägt schon einen ...; Eva sündigte in einem Ford); Pius hatte die Botschaft kleingerissen und die Schnipsel liegen lassen auf den aufgeschlagenen Seiten. Die Lehrkraft nahte, das Buch wurde zugeschlagen, die berühmte Wolke zwischen den Tischbeinen bewies Pius' Mangel an Gemeinschaftsgefühl. Nun mochte es sein, daß solch Gefühl Pius

abging für die Unterrichtsgemeinschaft; wenn aber diese Empfindung eine Tugend bedeutete, eine öffentliche Tugend obendrein, so war es eine Schädigung, ihm die wegen Fremdverschuldens abzusprechen. Am schlimmsten aber, Haase Saitschik machte keinen Gebrauch von den Ehrbegriffen, zu denen ein Mitglied der Freien Deutschen Jugend sich bekennt, er drückte sich vor einer Aufklärung der Sache. Pius hatte dem die Tischgemeinschaft gekündigt, er stand allein. Die, der er das auseinandersetzte in mehrstöckiger Bedenklichkeit, die stand auch im Freien.

So begann die erste Arbeitsgemeinschaft in der Fritz Reuter-Oberschule zu Gneez, zwei Jahre vor der amtlichen Einführung, und es war ein Skandal. Erstens, Plätze in der Klasse wurden getauscht zu Beginn des Schuljahres, nie mitten drin, es sei denn auf Verfügung einer Lehrperson. Zweitens, übrig gebliebene Schülerinnen oder Schüler haben für sich zu sitzen, oder allenfalls im vorderen Feld des Klassenraums können ein Mädchen, ein Junge neben einander geduldet werden. Und überhaupt... Cresspahls Tochter ging erst auf die Sechzehn, und Pius war eben siebzehn Jahre alt! Überdies stand der Tisch, an den Pius mit mir gezogen war, in der hintersten Ecke des Raums, schwer einzusehen vom Platz des Lehrers aus, und da Pius mir den Stuhl am Fenster eingeräumt hatte, deckte er mich noch zum Gang hin ab. Die Schule mochte neu sein, bis auf eben die meisten Lehrer und das Mobiliar und das Gebäude, dies blieb ein Verstoß gegen die guten Sitten, so junge Leute verschiedenen Geschlechts an einem Schultisch. Unerhört war es.

»Angelina, du mußt warten...« wurde gesungen auf uns vor jener ersten Schulstunde nach den Weihnachtsferien, viel vorfreudiges Gekicher war um uns, denn erwartet wurde Herr Direktor Dr. Kliefoth, der galt für altmodisch, und richtig zuckte ihm bei unserem Anblick ein Augenwinkel, als hätte ihn da eine Fliege angegriffen. Er prüfte uns auf seine Art. Er begann mit Matschinsky, sprang nach C, als W dran gewesen wäre, nahm P dazu und lag dann entspannt gegen die Stuhllehne, die Hände im Schoß, anfangs mit strengem Schrägblick unter seinen steifen Brauen hervor. Die weiße starre Haarbürste auf seinem Schädel hielt ganz still, obwohl recht spärlich vorgeheizt war. Zu übersetzen hatten Pagenkopf und Cresspahl, abwechselnd, jenen

Brief aus E. A. Poe's »Goldkäfer«, der leider beginnt mit »My Dear« und Wendungen enthält, wie sie auch für einen Liebesbrief passen. Wir hatten zu tun mit dem nebligen Licht der Milchglaslampen, uns fehlte die Versuchung zum Kichern. Lise Wollenberg, unvorsichtig ob ihrer Kränkung, zwang sich einen Lachanfall ab; für Störung des Unterrichts bekam sie einen Eintrag ins Klassenbuch (heikel für eine Bürgerliche). Uns schrieb er jedem eine Eins an. Kliefoth war undurchsichtig, bürgerlich und militaristisch, als Direktor hingegen war er auch Fortschrittliche Intelligenz; nach seiner stillschweigenden Erlaubnis, was sollte die Habelschwerdt uns tun? Zu ihrem Glück fand sie die Änderung im Klassenspiegel noch verzeichnet in der Handschrift des Herrn Direktors; hochfahren sahen wir sie. Nie wieder konnte sie Pius eines Mangels an Gemeinschaftsgefühl überführen, und im nächsten Jahr lud sie uns schon ein zum Nachmittagskaffee: zusammen.

Als das Gesinge und Gejohle losgegangen war um unseren neuen Tisch, hatte Pius die Augenbrauen zusammengezogen wie unter einem Schmerz und seine Lippen festgemacht wie in den Augenblicken, wenn er unterm Reck stand und von sich den Sprung erwartete. Dieser Mensch hat jeden Entschluß in seinem Leben durchgestanden. Weil er so hochmütig vor sich hin starrte, als genüge unsere bloße Absicht für Erfolg, verlor ich meine Beklemmung und wußte zuversichtlich, daß dies eine verläßliche Bescherung war, die gut ausgehen würde. Und weil wir uns nach Frau Habelschwerdts Seufzen zugenickt haben sollen wie zwei Pferde, die einander lange kennen im Geschirr, galten wir fortan als ein Liebespaar.

Unbegreiflich, wegen unserer Väter, blieb es noch lange, daß die Cresspahl von der Schule mit einem Pagenkopf nach Hause ging und mit dem ihre Schularbeiten machte, oder Pius auf eine halbe Stunde Schlaf verzichtete, um Gesine zum jerichower Milchholerzug abzupassen. Wir banden Niemandem unseren Vertrag auf die Nase, selbst einander nicht. Die Cresspahl hatte es hinter sich gebracht mit dem Brauch, daß man mit Einem doch gehen muß; wie es stand mit ihr und Jakob, fürchtete sie inzwischen doch einzusehen. Und Pius hatte nun immer jemand, mit dem er an Lise Wollenberg vorbeigehen konnte, als habe es mit ihrem Paßbild erst seine Richtigkeit bekommen, als er es zerriß.

– Heute kommt alles runter. (Robinson Adlerauge)
– Heute kommt alles runter, Gesine. Und rauch nicht so viel! (Mrs. Eileen Bradley)
– Heute dürfte alles runterkommen, mein Gärtner hat gegen mich gewettet. (de Rosny)
Wenn doch alles runterkäme heute, was über der Stadt hängt an Hitze, was die Morgen bleich macht, die Tage dunstig, so daß die hohen Fassadenkanten flirren, das Stillstehen in der Sonne unerträglich wird, weil aus den Steinen Glut durch die Schuhsohlen schlägt. Gestern abend hat der Schmutz in der Luft der Sonne nur ein kleines, schmorendes Loch gelassen. Wenn man acht Blocks lang durch die heiße flüssige Luft geschwommen ist, trifft das Kunstklima der Bank wie ein Stoß gegen das Herz. Wenn heute doch alles runterkäme.
Was also liegt vor gegen die tschechoslowakischen Kommunisten von seiten ihrer Kollegen in Ostdeutschland, Ungarn, Polen und der Sowjetunion, und was hat das Präsidium des Zentralkomitees der K.P. der Č.S.S.R. ihnen geantwortet?
Wir haben es gelesen, sagen die, und Gruß zuvor. Aber die Sorgen, die ihr euch macht um uns, mit denen haben wir uns doch in unserem Maiplenum beschäftigt.
Wie können wir denn plötzlich und mit einem Mal aufräumen mit den Sachen, die in den zwanzig Jahren vor unseren Januarbeschlüssen verbockt wurden. Wenn wir jetzt anfangen mit gesunden sozialistischen Handlungen, ist es unausbleiblich, daß da welche übers Ziel schießen wollen, ob das nun antisozialistische Häuflein sind oder die Fronde der alten Dogmatiker. Wenn wir uns auf unsere neue Linie einigen wollen, kann nicht einmal in der Partei jedes Auge trocken bleiben. Viele von uns sind so an das Regieren von oben gewöhnt, daß die Wünsche von unten immer mal wieder zu kurz kommen. Wir wollen diese Tatsachen nun einmal eingestehen, vor uns selbst und vor unserem Volk.
Ihr wißt das.
Ihr habt doch Augen im Kopf. Wie könnt ihr dann behaupten, unsere Lage sei konterrevolutionär, wir wollten den Sozialismus aufgeben, unsere Außenpolitik ändern, wir wollten unser Land von euch losbrechen. Nach allem was ihr im Krieg und in den Jahren danach für uns getan habt, solltet ihr nicht zweifeln an uns. Es kränkt uns.

Wir sind Freunde im Sozialismus. Und es soll doch besser werden mit der Achtung vor einander, der Unabhängigkeit und der internationalen Solidarität. Wir werden uns mehr Mühe geben. Verlaßt euch auf uns.

Ihr redet von unseren Beziehungen zur Bundesrepublik Deutschland. Sie ist nun einmal unser unmittelbarer Nachbar. Und wir sind die letzten gewesen, die sich endgültig entschlossen zu einer teilweisen Regelung, besonders im wirtschaftlichen Gebiet. Es gibt andere sozialistische Länder, die haben das früher und in größerem Umfang getan, da war keinem angst.

Hand in Hand damit achten und verteidigen wir die Interessen der Deutschen Demokratischen Republik. Sie ist unser sozialistischer Verbündeter. Wir helfen ihr nach Kräften bei ihrem Ansehen und Stand in der Welt. Das haben wir im Januar gesagt, das haben wir in allen Monaten seitdem getan.

Was wir euch versprochen haben im Vertrag, werden wir einhalten. Was uns liegt an der gegenseitigen Zusammenarbeit, an Frieden und unserer gemeinsamen Sicherheit, ihr könnt es sehen an unseren neuen Freundschaftsverträgen mit Bulgarien und Ungarn, und an dem Vertrag, den wir mit Rumänien vorhaben. (Ihr wißt schon, warum wir hier China ausklammern. Oder Polen.) Nichts für ungut.

Daß wir uns halten an unsere Bündnisverpflichtungen, wir haben es bei euren Stabsmanövern in unserem Land bewiesen. Wir haben euch begrüßt, wir waren zur Stelle, wo ihr uns brauchtet. Daß die Leute unruhig wurden und zweifelten, kam doch bloß daher, daß ihr immer neue Termine genannt habt für eure Rückfahrt. Haben wir euch je ins Gesicht gesagt: Geht?

Das wissen wir: Wenn wir die Führung aus der Hand geben, ist es aus mit der sozialistischen Gesellschaft. Gerade deswegen sollten wir uns verständigen über das, was für die Führung unerläßlich ist. Wir brauchen die freiwillige Unterstützung von seiten der Bevölkerung. Die Führung bekommen wir schwerlich durch Herrschaft von oben, sondern indem wir richtig, fortschrittlich, sozialistisch handeln.

Wenn wir zu den alten Methoden des Befehls zurückkehrten, hätten wir beim ersten Anzeichen die Mehrheit gegen uns, in der Partei, bei den Arbeitern, den Kollektivbauern und der Intelligenz. Gerade so verlören wir die Führung, gerade so würde das

Volk die Vorteile des Sozialismus verlieren, gerade so würde unsere gemeinsame Front gegen den Imperialismus aufgeweicht. Es kann nicht euer Wunsch sein.
Wir haben unseren Plan. Wir haben ihn euch erklärt.
Erstens. Die Leute, die die Partei in diesen schlimmen Zustand gebracht haben, die werden wir uns vorknöpfen. Wenn es vertretbar ist.
Zweitens. Auf dem vierzehnten außerordentlichen Parteitag werden wir uns ansehen, was wir seit dem Januar gemacht haben. Wir werden die Parteilinie festlegen, uns mit der Föderation von Tschechen und Slowaken beschäftigen, ein neues Statut aufsetzen und ein neues Zentralkomitee wählen, das Vollmacht und Vertrauen der ganzen Partei wie der gesamten Gesellschaft besitzt.
Drittens. Dann werden wir uns an unsere inneren Angelegenheiten machen: die Verbesserung der sozialistischen Nationalen Front, die Selbstverwaltung, die Verwirklichung der Föderation, die Neuwahlen und die Ausarbeitung einer neuen Verfassung.
Gerade jetzt ist es bannig schwierig. Wir kommen voran, wenn wir auch gelegentlich zurückstecken müssen. Aber wir haben die Lage im Griff. Die zum Kongreß gewählten Delegierten sind eine Sicherheit dafür, daß die Zukunft unserer Partei nicht bestimmt wird von Leuten, denen der Sinn für Maß und Verstand fehlt.
Jene »Zweitausend Worte« haben wir zurückgewiesen. Gefährlich waren sie nie. Aber da ihr so böse wart darüber, sagen wir dies öffentlich zu euch, mit lauter Stimme, damit alle Tschechen und Slowaken hören und verstehen: Das darf nicht wiederholt werden, denn es könnte den Zorn unserer sowjetischen Freunde erregen, von denen wir aber keinen bösen Willen brauchen, sondern Geduld. Nichts dieser Art wird noch einmal vorkommen.
Aber glaubt uns, wir können leichter arbeiten, seit wir die Zensur aufgehoben haben und die Freiheit der Meinung wie der Presse wieder hergestellt ist. Die Leute flüstern nicht mehr hinter unserem Rücken, sie reden offen. Zum ersten Mal wissen wir, was sie denken über uns.
Wenn wir nun von einer peinlichen Sache vor aller Leute Ohren zu euch reden, obwohl ihr sie in den Akten eurer Geheimpolizei habt, so geschieht dies aus Höflichkeit und soll eine Auskunft sein von Amts wegen. Das Gesetz über die Rehabilitation unschuldiger Leute, die in den vergangenen Jahren mit Hilfe des

Gesetzes ungesetzlich verfolgt worden sind, war ein Erfolg. Seit das durch ist, sehen die Leute kaum noch in diese Richtung.
Im September, gleich nach dem Parteikongreß, werden wir die Parteien der Nationalen Front auf Dauer bestätigen und ein Gesetz erlassen, das die Bildung und Betätigung freiwilliger Organisationen, Vereine, Clubs und all solchen Krams zu einem Recht erklärt. Die Feinde des Sozialismus werden sich zeigen, und wir können gegen sie angehen.
Liebe Freunde, wollt ihr uns blamieren vor unseren eigenen Leuten? Wir können schlecht zurück in die Zeiten, in denen wir ihnen einreden konnten, ihr redet uns nicht dazwischen, wenn ihr uns dazwischenredet. Laßt uns unser Gesicht wahren. Wir können unsere eigenen Angelegenheiten an keinem Ort regeln als auf unserem eigenen Kongreß.
Um was bitten wir euch denn. Um Zeit. Um zwei Monate.
Wir sind bereit, mit euch zu reden. Das ist ja wohl ein Mißverständnis gewesen wegen eines Datums, das kommt eben vor. Aber laßt uns ein wenig in Ruhe, denn wir stehen auf der Kippe. Reden haben wir doch immer können. Das Händchen werden wir euch küssen, umarmen werden wir euch, Wange an Wange, wenn ihr uns nur noch eine kleine Weile lang machen laßt, liebe Freunde, bloß zwei Monate.
Im Namen unseres gemeinsamen Kampfes gegen den Imperialismus, des Friedens, der Sicherheit der Völker, der Demokratie des Sozialismus.

Warum sagt ihr nichts! Immer noch behandelt ihr mich wie ein Kind, dem man nicht den Spaß verderben darf!

Vielleicht wird es ja einer.

Nicht wahr!

Gesine, du vergißt etwas: in der Zukunft können wir nichts.

Und doch habt ihr mir Ratschläge gegeben zu euren Lebzeiten, und für die Zukunft!

Da konnten wir dich zurückholen, zur Not.

Hin ist der Spaß.

Gesine, du willst ja auch nicht, daß wir sind zu dir wie zu einem Kind.

Heute ist alles runtergekommen, vier Stunden ist es her, und immer noch erzählen wir einander, wo es uns erwischt hat. D. E. will nach dem Mittagessen mit dem Gartenschlauch in der Hand vor dem Rasen seiner Mutter gestanden haben, die Nase witternd erhoben, worauf er das Gerät versorgte, denn über ihm zog kühle, trockene Luft nach New York; nicht wenig bildet er sich ein auf seine Nase, und in dieser selbstzufriedenen Haltung, mit dem übermütig geschwenkten Rotweinglas, werden wir ihn erinnern. Die Angestellte Cresspahl hat den Anfang beobachtet, in Vernachlässigung ihrer dienstlichen Pflichten: das Licht zwischen den gläsernen Häuten der Bürokästen war düster geworden und übermäßig klar. Alle Kanten waren geschärft bis zur Deutlichkeit. Dann, ein Viertel nach vier, war der erste Donnerschlag zu hören. Marie ist sicher, den Blitz dazu gesehen zu haben, in der breit abfallenden Schneise der 96. Straße, die im düsteren Fenster des Flusses endete. Als die ersten dicken Tropfen vor ihren Füßen zerplatzten, war sie am Guten EßGeschäft, und Charlie winkte sie herein, die Stammkundin, aber an die Broadwayseite seines Schaufensters stand ein Herr gedrückt, dem fehlte das Kleingeld für eine Tasse Kaffee, der ergab sich mit hängenden Schultern dem strähnig überschütteten Bürgersteig. Da lief der Regen auch am Palast der Bank in dichtem Fluß herunter, und auf der dreizehnten Etage war zu hören, wie nun die Wagenreifen rauschten auf dem nassen Straßendamm. Da hielt D. E. an einer Ampel in New Jersey neben einem Fußgänger, der schritt dahin wie auf Parade, ein Stück Pappe über dem halb kahlen Kopf; den Anzug durfte der Regen ihm getrost schwarz machen. Da sah Marie einen Neger über den Broadway tanzen, einen großen Karton auf den Schultern, den stemmte er alle fünf Schritt mit Schwung nach oben, und hat Niemanden angestoßen. Dann begannen auf der Dritten Avenue die Feuerwehrwagen zu heulen. D. E. klatschten nun Sturzbäche auf die Wagenscheiben, aber wenn er seine Ankunft für sechs versprochen hat, so ist er vorhanden um achtzehn Uhr, und bedankt soll er sein. Auf der Lexington Avenue hingegen taten die Pendler, als sei das Weitergehen wichtiger als das Trockenbleiben; Regen erzeugt offenbar weniger Solidarität als Schneefall oder Hitze; hier bei uns zulande. Es war nun zwanzig Minuten seit Beginn des Runterkommens, und ein Herrenausstatter hatte das Schild fertig fürs Schaufenster: Regenschirme, billig. Aber Mrs. Cresspahl schritt würdig fürbaß unter der zum Dach gefalteten New York Times. Der Bettler von dieser Seite des Bahnhofs Grand Central, der im Dienst die Leute erschreckt mit seinen unbedeckten doppelten Beinprothesen, hatte sich frei gegeben und lehnte nun an einer Wand im Inneren des Gray Bar-Hauses, die Hosenbeine nach unten gekrempelt. Als Marie ins Freie trat, hat sie ein neues Atmen gelernt, das kann ihr D. E. nun erklären mit dem Abrutschen der Luftfeuchtigkeit um mindestens zehn Punkte. In der Ubahn war es noch stickig, jeweils nur die Hälfte der Ventilatoren lief, mürrisch standen die Leute aneinander gedrängt, obwohl sie doch auch diese Woche New Yorks wieder einmal überstanden hatten. Um dreiviertel sieben war der Regen so schwach, nur tröpfeln konnte er noch, aber immerhin hatte er den Nebelklumpen vor New Jersey weggewischt, so daß wir die Uferfront einmal erkennen können in ihrer Düsternis. Dann trampelte der Donner hin und her über dem Hudson und konnte sein Wasser nicht lassen. Jetzt ist es still, der asphaltene Spiegel des Riverside Drive zeigt uns die Baumspitzen in der Freundschaft, die sie mit dem Himmel unterhalten. Aus dem Park kommt ein quietschender Vogelschrei, wie der eines verletzten Jungtiers. Eine Möwe? Ja, Marie hat die Möwe gesehen über den Wipfeln unserer Bäume, da sägt sie den Wind an, und der Wind steht aufs Haus.

20. Juli, 1968 Saturday South Ferry Day

Am ausführlich gedeckten Tisch des Frühstücks (für D. E. die amerikanische Fassung), gegenüber dem festtäglich beschienenen Park, ist uns die New York *Times* in die Quere gekommen; fast wären wir abgerutscht in einen Streit. Es sind unter einer Brücke zwischen Cheb und Karlovy Vary zwanzig Maschinenpistolen amerikanischer Fertigung ausgegraben worden. In fünf Tornistern (oder Rucksäcken) mit dem Datum 1968. Dazu dreißig Pistolen passend mit der passenden Munition. In der Nähe der westdeutschen Grenze. Und die *Pravda*, Moskau, hat das gestern morgen senden können, bevor das tschechoslowakische Innenministerium den Fund überhaupt ansagen konnte. Für einen Professor Erichson ist dann gleich möglich, daß solche Waffenlager im ganzen Lande zum Finden bereitliegen und die Sowjetunion jeden militärischen Eingriff rechtfertigen könnte mit sudetendeutschen Aufständen; fragt man also diesen Fachmann, so würde er am ehesten Luftlandetruppen erwarten. Es saß aber eine am Tisch, die soll in vier Wochen reisen in jene Gegend, die will sie etwas weniger dunkel gemalen haben. Dann kam Maries Blick, schräg von unten, verblüfft über die neue Mode, bei uns würde Einem das Aussprechen seines Gedachten verwiesen; beide haben sie mich angesehen wie eine, die ist überarbeitet, die braucht einen Ausflug. Den sollen sie haben, aber unterwegs auch die Pagenkopfgeschichte hören, als Warnung, als Versprechen, wie sie es denn nehmen wollen.

»Kann denn Liebe Sünde sein?« Auch dies Lied, verräucherten Basses zelebriert von einer Schauspielerin der Nazis und wiederum eingesetzt zur Ablenkung der Deutschen vom Hunger, diesmal durch die Firma Sovexport, auf wen wurde das wohl gesungen in der gneezer Fritz-Reuter-Oberschule vom Januar 1949 an? Das wurde getrommelt und gepfiffen auf die Tochter Cresspahls und Pius Pagenkopf. Wir waren Das Paar.

Auch Lise Wollenberg glaubte daran. Sie holte die Nichte von Frau Landgerichtspräsident Lindsetter an ihren Tisch, eine zierliche Blonde, die trotz ihres sanften Fleisches Peter genannt wurde, weil sie seit den Anfängen der sowjetischen Besetzung immer noch ihre Haare kurz schnitt. Das nahm sich apart aus neben Lises langen Locken. Von mir sagte die Wollenbergsche: bei so einem Vater sei die Cresspahl ja klug beraten, sich an die neue Herrschaft zu hängen.

Aber Frau Pagenkopf war keine vornehme Frau, elegant an Frisur und Kostüm, Aktivistensprüche auf den Lippen; krumm, dicklich, abgearbeitet sah sie mir aus, so sparsam angezogen wie Jakobs Mutter. Sie zog die Schultern zusammen, als sei viel Angst übrig aus den zwölf Hakenkreuzjahren und neue Sorgen lebendig wegen ihres Mannes schweriner »Lebenswandel«, wie die guten Leute von Gneez die politischen Betätigungen des Herrn Pagenkopf ja begreifen mußten. Die war zu schüchtern, als daß sie sich in den Renaissance-Lichtspielen, am Schluß der Vorführung, zu einer Ansprache hätte auf die Bühne stellen lassen (geschweige denn später am Anfang des Films, weil die Leute beim Anblick des Wortes »Ende« aus den Seitentüren drängten). Dabei las sie

von der Schweriner *Volkszeitung* auch die erste Seite und hätte ihren Genossen gut buchstabieren können, was aus der S.E.D. nach der ersten Parteikonferenz vom Januar 1949 geworden war. (Tatsächlich beriet sie uns bei Aufsätzen für Ge-Wi.) Die Nachbarn legten ihr das wortkarge Wesen aus als Rache für jene Zeiten, in denen die Pagenkopfs Leute gewesen waren, mit denen redet man besser nicht. Von mir sprach sie als »din Gesin«, im Ton zärtlichen Beklagens; zu mir sprach sie selten. Da aber Pius nun einmal mich ausgesucht hatte, fand sie alsbald einen Reim: Röbbertin sin Gesin. Auch hätte ich schreien müssen. Da ihre Harthörigkeit unheilbar geblieben war, wandte sie allen anderen als Pius das rechte Ohr zu statt die Augen; wer weiß, ob sie mir je ins Gesicht gesehen hat. Es war, als ob sie in der Küche wohnte; sichtbar war Pius' Mutter am deutlichsten an den unentwegt geputzten Fenstern, den gebohnerten Dielen, den sorgfältig hergerichteten Wurstbroten, die Pius aus der Küche holte mit dem Tee. Ja, es gab Tee. Und auf den Scheiben war Butter, da die Pagenkopfs drei Karten hatten, und an den fünfundfünfzig Mark für das Pfund Margarine aus der H.O. hätte es in diesem Haushalt nie gefehlt. Der Belag war reichlich, ich habe im Osten seit 1949 nie wieder gehungert. Da hatte Lise recht, ich war angeschlossen an eine von den Wonnen der herrschenden Klasse.
Jakob gedachte ich diesen Pius fernzuhalten (wurde ich ihm doch untreu, auch wenn er es nun einmal mit anderen Mädchen hielt). Es vergingen wenig Wochen, da sah ich Pius im Gespräch mit ihm, den vornehmen langen Jungen in höflicher Haltung vor dem untersetzten Kerl im speckigen Päckchen der Eisenbahner. Jakob hat in allen Stücken die Hand über mich gehalten.
Pius und ich waren ein Paar, denn vom gemeinsamen Schultisch gingen wir zusammen in die Straße der D.S.F. zu Pagenkopfs und machten unsere Schularbeiten im »Salon«. (Denn das Dienstmädchen, das Helene Pagenkopf einmal gewesen war, hatte das Wohnzimmer vollgestellt mit Blumenständern, Etageren, Miniaturtischchen, Clubsesseln, da war nur knapp ein klarer Raum gelassen um einen Flügel, den Beitrag von Pagenkopf senior.) Da wir gemeinsam wieder aus dem Haus kamen, waren wir ein Paar.
Die Lehrer gewöhnten sich daran. Hatte der Lulatsch für Sport mich vergebens gesucht, ließ er mir den Termin fürs Training

ausrichten durch den Schüler Pagenkopf. Es versteht sich, daß der die Schülerin Cresspahl zur Badeanstalt begleitete, ihr Schwimmzeug auf seinem Gepäckträger mit sich führend. Wie sie wurde er Mitglied des S.V. Forelle, denn sein Vater hatte etwas ›gesellschaftliche‹ Betätigung von ihm erbeten. Da in einem Paar einer für den anderen sorgen muß, fand Pius heraus, daß übermäßig für einen Sport begabte Kinder ausgezeichnet werden mit einer Versetzung auf Sonderschulen, wo sie von ihrer Sache mehr lernen als in den brauchbaren Fächern, so daß sie nach ihren Turniersiegen recht früh und später als andere einen Beruf suchen müssen. Die Leistungen des kraulenden Asses Cresspahl sackten ab auf fast schon normale Zeiten. Zu beweisen war wenig, da die übrigen Lehrer gleichmäßiges Arbeiten dieser Schülerin meldeten, und der Sportlulatsch traf die Stoppuhr auf die Krone mit seiner Anklage, Cresspahl beschäftige sich zu oft mit Pagenkopf. Jedoch befreite er mich von seinen Übungen, denn Paare mochte er nicht verbieten. Wir müssen ihm gefallen haben, als ein Paar.
KLIEFOTH: Was soll diese Anstellerei, Frau Habelschwerdt! Gerade am Tisch sind die sicher vor der Richtung Ihrer . . . geschätzten Befürchtungen!
Die Welt findet es hübsch, wenn in einem Paar beide Ähnliches aufweisen, und ich wurde Pius etwas mehr gleich, indem ich Mitglied der F.D.J. wurde, ganz wie er. Denn sein Vater hatte sich nun auch von »der Freundin meines Sohnes« etwas gesellschaftliche Betätigung ausbitten müssen. Er mag etwas knapp bei solcher Kasse gewesen sein, denn mein Buch mit der aufgehenden Sonne war bald unzureichend, ich mußte auch das schmale längliche Heftchen erwerben, auf dem eine schwarz/rot/goldene Fahne vor einer sowjetischen schräg in einen Kreis gesteckt ist. Da hieß das schon Gesellschaft für Deutsch-Sowjetische Freundschaft, und nachdem Cresspahl das Stalin-Telegramm hinter meinem Namen ganz durchgelesen hatte, erhöhte er mir das Taschengeld gleich um fünfzig Pfennig, »für die nächsten«. Da lag es nahe, daß zu Beginn der zehnten Klasse Pius zum Ersten Vorsitzenden unserer F.D.J.-Klassengruppe gewählt wurde, ich zu seinem Stellvertreter; das sind wir bis zum Ende geblieben und haben es beide ins Zeugnis bekommen.
Als ein Paar fuhren wir zur wilden Badestelle am Südufer des gneezer Stadtsees, ohne die anderen schwammen wir schräg

querüber zu den Bootshäusern, die Wille Böttcher nun für die Fortschrittliche Intelligenz ins Wasser stellte, gemeinsam kamen wir zu dem Rest der Klasse zurückgeschwommen, und offensichtlich hatten wir die ganze Zeit miteinander geredet. War ich da einmal ohne ihn, sangen sie noch manchmal die Frage, ob denn Liebe Sünde sei, aber das mit der Verlegenheit hatte Pius mir ausgetrieben, und sie lernten, sich bei mir nach ihm erkundigen. Waren wir doch die, die trockneten sich an einem Handtuch ab, das Paar.

Wenn zwei längst ein Paar sind, gehen sie ins Kino je nach dem Vorrat an Geld und ob ihnen der Film gefällt; wenn zwei noch lange kein Paar sind, muß einer dem anderen den Eintritt spendieren und innerhalb von neunzig Minuten mühsam ausprobieren, ob sie denn eins werden könnten. Ist von einem Paar nur einer anwesend, hält man dem anderen den Platz frei, hier neben Pius, laß das frei für Gesine, und sie rufen einem entgegen: hier ist dein Mann! In der F.D.J.-Versammlung, auf der Theaterfahrt nach Schwerin, beim Kartoffelackern im Ernte-Einsatz. Wenn in einem Paar einer Kartendienst hat, nimmt eben Gesine auch die Schüssel von Pius und bringt ihm die Schulspeisung. Ein Paar hat mehr Zeit als andere Leute; diese zwei können sich den Bummel schenken, mindestens zwei Nachmittagsstunden die Stalinstraße rauf und runter mit der zitternden Ausschau nach dem Gegenstand der Sehnsucht; ein Paar hat sich schon.

Das will ich euch mal sagen: Pius ist so wenig katholisch wie sie evangelisch ist.

Im Frühjahr 1950 meldeten wir uns gemeinsam zu Aufräumearbeiten bei der Deutschen Reichsbahn, denn diesmal hatte der alte Pagenkopf eine gesellschaftliche Betätigung erbeten, die mit Augen zu greifen war. Das Paar stocherte drei Wochen in dem verschlampten Gleisschotter des Bahnhofs Gneez umher, mit Schaufel und Picke, auf dem Foto ist »die Freundin meines Sohnes« beim Schippen zu sehen, während Pius, freundlich auf einen Stiel gestützt, in Jakobs Kamera blickt, ein Strickkäppchen hat er auf dem Hinterkopf. Der Lohn (der materielle Anreiz) war ein Freifahrschein zu einem beliebigen Ziel, aber einer Reise zu zweit waren wir enthoben, weil Cresspahl meinen Gutschein benötigte für eine Reise nach »Berlin«, so daß Pius allein nach Dresden fuhr, dem Ansehen seines Vaters zuliebe über Wittenberg und

mir zuliebe zurück über Westberlin. Denn wenn einer reist in einem Paar, bringt er dem anderen etwas mit: Gesine Cresspahl, Zehn A Zwei, hat einen Kugelschreiber.
Das Vorspiel war man mau, aber jetzt kommt Fritz Reuter gegen Grevesmühlen, Pius macht doch wieder Mittelsturm. Siehst du, zwei Minuten bis zum Anpfiff, da kommt Gesine. Da drüben, in dem leeren Fleck auf den Bänken, die mit den Zöpfen, die sich jetzt den langen Rock um die Beine zurechtstreicht. Die sich jetzt stramm aufrichtet, damit Pius sie sieht. Warum sollten die wohl winken! er hat sie längst gesehen. Du, und Beifall klatscht sie ihm auch nicht. Er weiß doch. Die sind doch ein Paar.
Ja, aber kann denn Liebe Sünde sein?
In Winterzeiten störten uns die Stromsperren bei der Aufzeichnung der Benzolreihen oder der gesellschaftlichen Motivierung der Lady Macbeth, oft war dann eine Stunde abzuwarten bis zum Jerichower Abendzug. Da konnte es vorkommen, daß Pius sich an den Flügel setzte und für mich spielte, was ihm in acht Jahren beigebracht war (er hatte sich die »Träumerei« von Schumann gründlich eingeübt, damit hab ich ihn einmal von der Straße her gehört, an einem staubigen, müden Sommernachmittag; Träume mit Lise behielt er für sich). Aber oft war es ganz still hinter unseren dunklen Fenstern. Am Anfang überfiel uns Saitschik mit seiner Eva Matschinsky unter dem Vorwand, sie wollten uns Kerzen bringen. Dann sahen sie Pius zurückgehen zum Flügel, die Cresspahlsche ohne Aufregung weiterrauchen, so daß sie uns für ungemein geschickt halten mußten, Obendrein war ihnen der Anlaß für ihren Besuch verloren gegangen. Er hatte mir vom Typhustod seiner älteren Schwester erzählt, ich ihm von Alexandra Paepcke. Wir haben gewiß sagen dürfen: Wir wissen etwas von einander.
Einmal, ich war sechzehn, fiel der Eisenbahnbetrieb nach Jerichow aus, ich habe übernachtet bei den Pagenkopfs, in einem Zimmer allein. Ich habe nicht gewartet auf Pius.
Pius hätte mir jede Auskunft verweigert über die abgewandelte zweite Zeile des Liedes von jener Angelina, die noch warten muß.
Wir haben darauf geachtet, einander nie die Hände zu geben.
Im Sommer 1951 waren wir mit den Rädern unterwegs. Am Cramoner See, schräg gegenüber dem Dorf Drieberg, machten

wir Halt für eine halbe Stunde Schwimmens. Beim Umziehen war ich, war er ungeschickt, einen Atemzug lang kamen wir mit den Füßen an einander.

Aus Spaß, Gesine, das wär mir zu wenig.
Wo keine Liebe wächst, gedeiht die Sünde schlecht.
Sag ihren Namen nicht, Gesine.
Frag mich nicht nach Jakob.
Aber wir haben doch kein Wort gesprochen damals!
Nein, Pius. Quer über den See sind wir geschwommen.

Pagenkopf und Cresspahl haben die Ferien zusammen verbracht. Nach Schönberg sind sie gefahren, nach Rehna. Pius hat ja zwei Wochen gewohnt bei den Cresspahls, sind sie jeden Morgen von Jerichow an den Strand gegangen. Das ist doch Jacke wie Hose, was die tun, wenn sie allein sind! Das ist unser Paar.

»MARIE H. CRESSPAHL New York, N.Y. July 21, 1968

Liebe Anita Rotes Haar,

obwohl noch immer mein Geburtstag ist, will ich dir noch heute den Bedankmichbrief schreiben, weil du dir die Mühe von ganzen zwei Seiten gemacht hast. Sonst hab ich nur Karten, eine aus Dänemark, eine aus der Schweiz, zwei aus London, der Rest aus den U.S.A., meist New York. Zweiunddreißig Stück im ganzen.

An deinem Geschenk hat mich gefreut, daß man es in seinem blauen Lederetui an einem Band um den Hals tragen kann wie ein Medaillon, und keine von den schlauen Schwestern, nicht einmal Sister Magdalena, wird darin eine Uhr vermuten. Denn das Tragen von Uhren ist uns im Unterricht ›verboten‹. Das sagen die Leute hier auf deutsch, wenn eine Vorschrift genau gegen das Vernünftige geht. Schmuck ist auch ›verbotten‹, (so nämlich), aber diesen werden sie unter der Uniformbluse nicht sehen. Ich danke dir und werde mich erinnern an dich, jedes Mal.

Der in diese Uhr eingebaute Wecker ist hoffentlich nicht gemeint, mich zu erziehen. Denn ich stehe immer gleichzeitig mit Gesine auf, damit ich sie einmal am Tage wach sehe. Am Dienstag ist sie von der Tür zu ihrem Bett gegangen und blieb so liegen bis zum nächsten Morgen. Auf der anderen Hand bin ich immer pünktlich in der Schule und habe noch nie den Fünferbus nehmen müssen dahin. ›Nehmen Sie keinen Bus, sondern bezahlen Sie den Fahrpreis wie jeder andere anständige Mensch.‹

Die Wahrheit zu sagen, schreibe ich dir auch, weil ich zum ersten Mal Briefpapier habe mit meinem gedruckten Namen. Das ist ein Geschenk von D. E. ›Weil es sich gehört für jemanden über zehn.‹ Elf Jahre bin ich geworden heute morgen um halb acht.

Von D. E., du kennst ihn wohl als Erichson, soll ich dir etwas sagen. Gesine will ihn heiraten. Im Herbst, wenn wir Prag hinter uns haben. Es soll en petit comité sein, mit dir als unserer besten Freundin (und eben einer Schwiegermutter). Damit wird Gesine Bürgerin der U.S.A., ich bin dann von einer ganz anderen Nation.

Es war mein erster Geburtstag ohne eine Gesellschaft. Zehn Gäste hätt ich leicht haben können. Aber es sollte mit Francine sein, dem schwarzen Mädchen, das eine Weile bei uns gelebt hat, bis die Fürsorge sie holte. Wir haben sie gesucht auf der ganzen Oberen Westseite der Stadt, und selbst D. E. hat keine Spur. Francine hätte ich einladen mögen als erste. Vielleicht ist sie tot. Ein Grab würde D. E. finden.

Überhaupt müssen wir es ja lernen zu dritt, und so ist dies der erste Geburtstag, den D. E. für mich gemacht hat. Als ich aus meinem Zimmer gehen mußte, habe ich mir die Augen verbunden und bin auch so auswendig zurückgegangen. Denn ich wollte den Tisch erst sehen, wenn beide dabei sind. Sie sollten mich rufen, und vor allem das Lied singen, mit dem in Mecklenburg die Geburtstagskinder geweckt werden: Ich freue mich, daß du geboren bist. D. E. hat es für mich gesungen. Dann bin ich gekommen.

Der Tisch war gedeckt mit dem Damasttuch, das von Gesines Mutter auf uns gekommen ist. Das wird sonst nur zu Silvester ausgelegt. Wie sie wohl die Blumen in die Wohnung geschmuggelt haben! aber wenn du D. E. kenntest, würdest du dir das Wundern abgewöhnen. Elf Kerzen in allen vier Farben, die für 1962 geringelt angemalt, ›weil doch die Jahre unterschiedlich sind‹.

Ehe ich das nun wieder geknackt habe. Denn 1962 hat er uns ken-

nen gelernt. Er zeigt einem wohl was zum Denken, aber dann sollst du es selber tun.
Da war dein Päckchen. Du, ich habe erst eben die Gravur HMC gesehen. Es gehört wohl zu deinem Beruf, daß du so genau nachdenkst über andere Leute. Von Gesine habe ich ein Modell des englischen Vorkriegsdaimler, der hat mir schon lange gefehlt. (Findest du es albern, wenn man so etwas sammelt?) Von Jason, Shakespeare und Robinson Adlerauge einen Luxuskarton Kaugummi, was ich ihnen hoch anrechne, aber nun haben sie mich gegenüber Gesine bloßgestellt. Die hält Kauen für schädlich. Von Mrs. Erichson zwei Yards Shawl in den mecklenburgischen Farben (die wird dann meine Stief-Großmutter). Von de Rosny, das ist Gesines oberster Häuptling, ein Sparbuch. (Fünfundsiebzig Dollar.) Von D. E. dieses bedruckte Papier und ein Gesicht, als würde Butter nicht schmelzen in seinem Mund. Traue Niemandem über Vierzig.
Weil er aber gelauert hat wie ein Schießhund, habe ich getan, als sei dies das Ende, und ließ mich harmlos mitnehmen auf einen Spaziergang im Riverside Park. Gesine hatte die kopenhagener Bluse an, weil er in so einem blauen Leinenanzug gekommen ist. (Er hat noch immer keinen Kleiderschrank bei uns.) Du siehst also, daß die sich in allem verabreden.
Anfangs hab ich dem Frieden getraut, denn es war Sonntag, dann geht eine Familie spazieren. (Wenn ich auch an einem Sonntag geboren bin.) Die beiden haben, wie zwei Leute im Fernsehen, sich unterhalten darüber, ob es Immergrüne gibt im Park. ›Die Augen muß man offen halten‹, sagte D. E., und ich durfte gut denken, daß dies wieder einmal hinauslief auf getarnte Erziehung. Richtig, von der kleinen Weißbuche am Abhang der Stützmauer, gegenüber der 98. Straße, mußte ich noch lernen, daß die benutzt wurde für die Baumwände in den Gärten von Versailles. Wer nun die Augen offen hat, sieht neben dem Stamm ein Päckchen liegen, in Buntpapier mit Schleifen, das hätte der anständigste Mensch geklaut, so appetitlich sah das aus. Gib es auf. Wir werden ewig im Dustern tappen, wie er das dahin geschmuggelt hat. Ich hab mich hinter ihm gehalten, ein Wurf scheidet aus. Gib es auf. Es war dann so ein identification bracelet, ein Armband aus silberner Kette mit Schild, darauf steht mein Name und:

A_2

cde cD^{u}E.

Für wenn ich fremdes Blut brauche, weißt du. Bei einem Unfall. Das kann auch ein tschechoslowakischer Arzt lesen.

Es ist dir klar, daß D. E. in eine Arztpraxis an der Park Avenue eingebrochen ist. Mindestens.

Das dritte der guten Dinge war ein elektronischer Taschenrechner an der 100. Straße, an der Memorial Fountain (›Den heldenhaften Toten der Feuerwehr‹). Der glänzte von weit unterhalb der Tafel zum Ruhm der Pferde, die gestorben sind ›in the line of duty‹ (»im Dienst«). Und du kennst doch Gesine, was die sich alles ausgedacht hat über Erziehung und Lernen, gerade die erlaubt mir dies Ding für die Schularbeiten, alle vier Grundrechenarten plus Prozent. (›Bei Radix hättest du mir was versprechen müssen.‹) Nur für zu Hause.

Dieser Erichson hat da Alexander Paepcke nachgemacht. Das ist ein Onkel von Gesine (tot), der hat sich mal auf solche Künste verstanden. So viel wie ein Vater will D. E. nicht sein. Deswegen bin ich einverstanden.

Dann kam noch ein Ding, aber es war das vierte, es zählt nicht mit. Das war eine Wohnung.

Du denkst: eine Wohnung für das künftige Ehepaar Cresspahl-Erichson. Das auch. Auf der Höhe der Columbia-Universität, wo es so nach Paris aussieht, ein vierzehnter Stock am Riverside Drive, fünf Zimmer, darin gingen sie umher wie Leute, die im Busbahnhof noch Zeit haben bis zum Einsteigen. Für eines davon nehmen sie das Wort »berliner«. Selbstverständlich sind sie vorher heimlich da gewesen. Mehr weiß ich nicht.

Denn in der Wohnung gibt es eine Tür, daran hing ein Papierbogen wie dieser, da ging es zu mir. Es ist eine Wohnung für mich, mit Schlössern, mit Riegel, mit eigenem Badezimmer, Wandschrankgang, mit Klimamaschine, Telefon, vierzig Meter über dem Riverside Drive, mit Blick über den Hudson, die Washington Bridge, den Palisades Amusement Park, das Ufer von New Jersey den ganzen Tag. Mir war, als fiele ich aus dem Fenster, so hat der offene Park mich angezogen. Unten das dichte Gewusel der Baumkronen entlang den Fahrbahnen, nicht so schütter wie in Westdeutschland ein Wald beim Anflug auf Rhein/Main Air Base. Dazwischen kam wie ein langes tapferes Tier der

Bus Fünf herangekrochen, der hatte ein ganz sauberes Dach.
Ich werde da eben ein bißchen mehr allein leben. Vorher waren wir zwei plus eins. In der neuen Wohnung gehört er zu Zwei, ich bin die Eins. Neue Mathematik. Mengenlehre.
Abends, wenn er bei uns hin läuft und her mit seinen Reden, läuft sie ihm hinterher, bloß um keines seiner *statements* zu verpassen.
Es ist aber auch so, daß sie ihm Zunder gibt. Die sowjetische Armee hat den Brief an die Tschechen und Slowaken nun auch noch unterschrieben. D. E. spricht dann von Luftlandetruppen, das verbittet sie sich. Das geht ganz rasch, oft verlieren sie mich: ›Nicht nach Ungarn!‹ Erichson: ›Für einen großen Teil der Amerikaner war der letzte Kriegsschauplatz der Pazifik . . .‹ Jetzt sollst du denken an Viet Nam. Sie aber bestreitet längst ›objektiv vergleichbare Funktionen der Macht‹, er ist ihr schon hinterher mit dem Begriff Masse.
Offenbar gibt es in jener Wohnung noch ein Zimmer mit drei Fenstern auf den Fluß hinaus. Jetzt höre ich sie verhandeln, wer von ihnen das kriegt, keiner will es für sich. Nach ihren sechs Jahren Training, warum soll es anders ausgehen als gut?
Liebe Anita, kommst du uns besuchen in Prag, oder habt ihr euch auch in der Č.S.S.R. unmöglich gemacht mit eurem Reisebüro? Wenn sie euch jetzt das Postamt Friedenau umbauen und ihr euer Schließfach verliert, müßt ihr doch zumachen. In einem Postfach seid ihr schwer zu finden, aber in einer Vierzimmerwohnung mit Telefon sieht man euch schon am Licht. (Es tut mir leid, daß euch das Atelier genommen ist.)
In Friedenau haben bis 1943 Verwandte gewohnt, die Niebuhrs, auch tot. Von denen haben wir neulich ein Briefalbum mit Fotos gekriegt, die wollte Gesine dann alleine ansehen. Beim Zurückkommen war mir, als hätte sie geweint. Aber läßt sie sich etwas anmerken?
Von Friedenau träume ich am liebsten den Markt, weil man da Fische kaufen kann und Rhabarber und Butter lose statt bloß Pullover und Anzüge wie bei uns manchmal auf der Vierzehnten. Aber wieso fragt die Fischfrau noch nach mir?
Wenn du nach New York kommst, fahre ich mit dir zur Park Avenue, wo sie arm geworden ist (nach Harlem darf ich nur mit einem Erwachsenen), da zeige ich dir La Marqueta mit den kari-

bischen Früchten, von habichuela blanca bis aji dulce. Diesen Markt haben die Puertorikaner sich mitgebracht, und ihre Gegend heißt Spanish Harlem.
Wenn du zur Hochzeit kommst, brauchen wir bloß schwimmen gehen im Hotel Marseille. Wohnen kannst du bei mir. Be my guest.

M.

P.S.
Aber wie ich heißen werde, siehst du an der oberen linken Ecke dieses Bogens und an den Buchstaben auf der Uhr von dir.«

22. Juli, 1968 Montag

Was ist es denn, das bedroht das gesittete Leben der Menschen auf der Erde? Es ist vor allem jene Bombe, die durch Kernreaktionen Wärme erzeugt: sagt einer ihrer Erfinder und möchte nunmehr, daß die Sowjetunion sich vertrage mit diesem Lande, auf diesem Felde wie auch in anderer Hygiene. So tätig, die wissenschaftliche Reue.
Ein anderer, ausgewiesen in Mathematik und Philosophie, hört sich ungeduldig an. Der sowjetische Ministerpräsident soll Lord Bertrand Russell und der Welt öffentlich versichern, daß die Rote Armee in der Č.S.S.R. Gewalttätigkeiten unterlassen wird. Damit man doch Bescheid hat wegen der Zukunft. Diese Ungewißheiten immer.
Tatsächlich sind die Sowjets seit drei Wochen fertig mit ihren Kriegsspielen in der Tschechoslowakei, und noch immer haben sie Truppen im Lande. Ihre Armeezeitung berichtet aus Moskau, was sie so tun da. Sie suchen nach Säcken mit amerikanischen Waffen, und schon wieder haben sie drei gefunden.
Der Witwer, der Hagestolz Cresspahl hatte vom späten Sommer 1948 an gleich drei Frauen um sich. Die eine, die weißt du, eine Fünfzehnjährige rätst du, die dritte wird dich verwundern. Die eine trug, leider und vorweg geleisteter Trauer wegen, jeweils ein Stück Schwarzes, sei es Kragen oder Kopftuch, die andere wurde immerhin hinter ihrem Rücken ein Weibsstück genannt, dazu kam wie ehedem zu Besuch die Brüshaversche, die Frau Pastor. Unentwegt beherzten Mundes, Gläser in einem ungefügen Ge-

stell um den oberen Kopf, mit einem achtlosen Scheitel in den stumpf gewordenen aschblonden Haaren, so trat sie her; auf der Hut, sich umzusehen wie eine Fremde. Bloß der Fußweg von ehedem, zwischen Creutzens Gartenbauanstalt und der Herrschaftsvilla, der war als sowjetisches Sperrgebiet auch ihr verwehrt; so mußte sie öffentlich kommen, von der Stadtstraße den Ziegeleiweg entlang, einen Mantel über der Schürze, der guten Sitte zuliebe, und tat unbefangen gleich beim ersten Mal. Aber Cresspahl war es zufrieden, daß sie ihn mit seiner Tochter und Frau Abs in der Küche zugange sah, wie von einer Familie behütet, und gab sich abweisend mit der Frage, was denn zu Diensten sei.

Sie fing es an wie nur eine Frau das vermag, sie griff sich etwas aus der Luft, wahllos erwischte sie da den Einfall, Männer ergingen sich in einem Getu und stellten sich an und hätten sich überhaupt. Dem war schlecht widersprechen, und gleichsam vernünftig fügte sie dazu eine Einladung an Cresspahl, im Pastorhause nach einem Fenster zu sehen, das Regen durchließ, Rinnsale auf Aggies gebohnerte Dielen. So erinnerte sie uns daran, daß wir sie einst gekannt hatten als Agathe, und Cresspahl an seinen Beruf, feine und grobe Arbeiten in Holz. Den Anfang hatte sie. Nun war auf Anstand zu achten, und weil Gesine Cresspahl ihn vergaß in ihrem Stolz, bot Frau Abs dem Besuch einen Stuhl an und einen Blechbecher mit Kaffee aus gebranntem Roggen. Den lobte sie gleich. Denn wenn ein Mann, sogar der ihre, einem weiblichen Ratschlag sein Ohr versagt hätte, so müßte sie jetzt den ungesunden Einfuhrkaffee trinken aus Porzellan von einem weiß gedeckten Tisch in Schwerin, nämlich als Gattin eines Staatssekretärs für Kirchenfragen in der Landeshauptstadt von Mecklenburg(-Vorpommern). Kurz, Aggie hatte sich, sie stellte sich an, als wär sie vorgestern zum letzten Mal gekommen, statt vor zehn Jahren. Cresspahl hatte die Augen auf dem Herd, in dem er Holz nachlegte, daß sie es wärmer habe womöglich, und ließ dennoch sich verlocken zu einer Frage. – Nich –? sagte sie; wie das nur eine kann, die ist zwischen Grabow und Wismar aufgewachsen. Der Posten im Ministerium, den hätten die Kommunisten in der Regierung sich gedacht als eine Belohnung für Brüshaver, weil sie ihn als Genossen zu führen meinten in Sachsenhausen und Dachau. Aber sie selbst hätten sich ein P davor geschrieben, indem sie den Kampfgefährten Brüshaver zu geläufig abwiesen bei ihrem Kommissariat 5, wenn er wieder und abermals vorsprach in der Sache von Gemeindegliedern, die verschwunden waren und wegblieben nach dem Belieben der sowjetischen Freunde. (Hier bekam jemand in Cresspahls Küche rote Ohren, vor Scham. Sie hatte dem Pastor den Gruß verweigert, weil sie ihren Vater verraten glaubte von ihm.) Und wie mit der weltlichen Behörde, habe Brüshaver in seinem Eigensinn es verschüttet mit der geistlichen, nämlich seit er dem Kriminaloberobermeister Herbert Vick eine Beisetzung nach kirchlichem Ritus habe verweigern müssen. – Vick? fragte Cresspahl entgeistert, aber nicht wegen des Todesfalls. – Vick! rief Aggie, und zitierte: »Weil ich ein aufrichtiger Nationalsozialist bin!« Jetzt waren die zehn Jahre zwischen ihnen vergangen und verfallen; wie unter sich sprachen sie nun. Die demokratische Zivilverwaltung von Mecklenburg habe von Herbert Vicks Künsten wenigstens die kriminalistischen nützen wollen, auch zu Lehrzwecken, beim K 5 im Raum Neubrandenburg, und ihn für seine Dienste belohnen mit einer christlichen Aussegnung, als wär das Drum und Dran und Schaufenstergestaltung. Brüshaver nach seiner Pflicht habe sich besinnen müssen darauf, wie jener verdiente Ordnungshüter sein Lebtag sich enthalten habe von Gottesdienst und Abendmahl, als Deutscher wie als Antifaschistischer Christ; Jerichow als Ort der Taufe hin und her. So habe die Volkspolizei einen Pastor in Gneez finden müssen für Vicks letzte Ehren, und Brüshaver sei vorgeladen worden bei der Landessuperintendentur, zwecks leichter Verwarnung. Die Mecklenburgische Landeskirche wünsche einen Kollisionskurs zu vermeiden, das hatte sie ihm schriftlich gegeben, das konnte Brüshaver sich rahmen lassen wie seinen feierlichen Ausweis als »Kämpfer gegen den Faschismus« (Richtlinie 4), wenn es denn Rahmen gäbe, und wegen eines Fensterrahmens übrigens spreche sie vor... Kein Wort von der Abwesenheit der Cresspahls, der Abs' bei ihres Mannes Predigten, kein Wort von Gesines Hochfahrenheit, und bedankt sollen Sie sein, Fru Paster.

Denn am nächsten Morgen putzte Cresspahl einen von seinen Zollstöcken, ölte die Gelenke, steckte ihn ein und ging wahrhaftig ein Stück in die Stadt, unter Leute, zum ersten Mal seit dem Oktober vor drei Jahren, seit dem Mai von diesem. Ging zu einer Arbeit.

Es war eine Fensterbrüstung (window breast) im Oberstock des Pastorats. Aggie machte Cresspahl vor, wie sie beim Putzen der Scheiben sich abgestützt habe und mit dem Handballen durch den makellos anmutenden Lack fast drei Zentimeter tief abgestürzt sei in verrottetes Holz, keineswegs mutwillig. Es erwies sich, daß die Brüstung mit bloßen Fingern zu zwei Dritteln abzuräumen war. Aggie wollte es erklärt haben, da das Fenster erst 1944 erneuert worden war. Ein Handwerksmeister hält auf sich und verkneift sich die Bewertung fremder Arbeit. 1944 war hier Wallschläger an der Macht gewesen, der leuchtende Pastor, der Verkünder des nordischen Führertums. Wenn einer dem übel wollte, brauchte er bloß vom weichsten Holz zu nehmen, von einer Schwarzpappel wie es aussah, ein oder zwei Kanäle anlegen mit einem Dorn oder Schraubenzieher, alles verstecken unter Farbe und rechtzeitig wegziehen aus Jerichow. Denn der Regen, angetrieben von den westlichen Winden wie denen der See, trennt schon im ersten Jahr die Brüstung von der Bank (window sill), spült klammheimlich im Mörtel und wird im Mauernest bald nur noch gehalten von der Tapete im Inneren. Dann ist es für eine Reparatur zu spät, hier haben wir es zu tun mit einem Totalschaden, für den braucht es mehr als fünf Kilo Tabak auf dem Schwarzen Markt. – I'll have to make a botch of it: sagte Cresspahl tröstend, indem er an seinen Beruf sich erst gewöhnen mußte, und übersetzte es ungern, weil es zweierlei bedeutete: Pfusch machen und flicken. – Einen Notverband für den Winter: versprach er, und Aggie war beruhigt, weil er das Fenster vermaß, als sei es zu retten. Daß er ihr die Sabotage vorenthielt, ich rechne es als zweiten Schritt bei Cresspahls Rückkehr ins Leben mit den Leuten, statt wie vorgeschrieben gegen sie.
Nun finde du für das reformierte Geld von Ostdeutschland und billige Worte Zement in Jerichow oder Gneez, um das Mauerwerk zu verschmieren und den Rest der Brüstung zu bandagieren, eine Spitztüte voll! eher läuft dir ein Sack Mehl über den Weg. Dann fehlt es noch an einem Trumm Buche oder Traubeneiche, einsfünfzig mal fünfzehn mal acht, von Wasserglaslösung oder Kunstharz zum Imprägnieren zu schweigen. Wer danach sucht, er hat wieder Wege, mindestens Gespräche muß er anbieten, und wenn er kommt, die notdürftig geschützte Wunde im Bau anzusehen, er sieht Pastor Brüshaver im Garten stehen, zwar

beim Umgraben seiner Blumenbeete gebückt, aber mit einem Aufblick, als kennte er einen. Dann läßt sich reden über die Zeiten, als der Herr Pastor auf dem Rathaus vorzusprechen hatte bei Bürgermeister Cresspahl, zwecks Genehmigung einer Versammlung (Gottesdienst). Oder, wir haben nunmehr Mai wie auch eine neue Staatsverfassung, deren Artikel 44 den Religionsunterricht in weltlichen Schulklassen gewährleistet, außer vielleicht in Jerichow, wo Brüshaver seine Mündel wartend findet vor einer verschlossenen Tür in der Schulstraße und der Kreisschulrat benimmt sich in seinen Schriftsätzen, als sei die evangelische Kirche für einen aufrechten Kommunisten eine entbehrliche unter den gesellschaftlichen Gruppierungen und ihr Pastor in Jerichow eher ein lästiger Bittsteller denn ein Genosse im Antifaschismus. Kartoffeln brauchen lockeren Boden, Herr Pastor. Einmal hakken, bevor die Triebe rauskommen. Bei zehn Zentimetern Höhe hacken und häufeln, noch einmal häufeln, wenn die Pflanzen lang sind so wie Ihre Hand, it'll do your waistline lots of good. Dann durfte Brüshaver, mit all seinem Griechisch und Latein, sich erkundigen, und Cresspahl belehrte ihn: Dat sünt so Sprück. Nachbarschaft. Neckerei. Aggie Brüshaver brachte die Lebensmittelkarten nun ins Haus, Straßenvertrauensfrau für Jerichow-Süd die sie war (»weil einer es doch machen muß, und weil sie von mir bloß die Abrechnung kriegen, keine Leumundszeugnisse«). Wenn Cresspahl sich wehrte gegen Palmin oder Schinkenspeck, die sie für ihn aus der Schwedenspeisung abzweigte, bekam er zu hören, es gehe bei ihr nach der medizinischen Bedürftigkeit, statt nach Mildtätigkeit, und einer staatl. gepr. Krankenschwester hat gerade ein Patient von einundsechzig Jahren sich zu fügen. Ihr war aufgefallen, wie mein Vater den Kopf hielt, und bald betraf ich sie, wie sie ihm die Muskeln von Schultern und Nacken durchknetete, und war eifersüchtig, weil er nie die Tochter darum bat. – Da bin ich doch die Nächste zu: sagte Aggie, wenn er sich bedankte, und gab ihm einen Klaps, damit er das Hemd wieder anzog. Einmal war Jakob bei uns zum Wochenende, da kam sie und tat sie und hatte sich, als lese sie ihm die Leviten. Jakob war zu Ostern 1949 in die Petrikirche gegangen, zur Predigt in Sachen Auferstehung, und sie hielt ihm vor, daß er, wenn auch in einer hinteren Bank, bis zum Ende mit verschränkten Armen dagesessen habe. – Als ob Sie sich ein Angebot machen lassen! rief sie, worauf Jakob nach einer Weile nickte, als habe es so sich verhalten. Und weil ich sie höre, kann ich ihn noch einmal sehen. Brüshaver war nun drei Jahre lang aufgetreten ohne Zähne, die waren ihm ausgeschlagen zu Sachsenhausen; endlich redete ihm Aggie sein Mißtrauen gegen »deutsche Ärzte« aus, er erschien mit gelblichen Kunststoffgebilden im Munde und kaute lange leer wie ein Mensch, dem schmeckt etwas schlecht. – Say »sixpence«: verlangte mein Vater von ihm, und sie übten das Kunstsprechen mit einander, wie die kleinen Jungs. Einmal sah ich Jakobs Mutter die Lippen verziehen angesichts der beiden, das sah mühsam aus und als täte es weh; da hatte sie sich an einem Lächeln versucht, heimlich. Wenn sie streng tun wollte mit Aggie, redete Jakobs Mutter sie an als »jung Fru!« Die hatten im Krankenhaus Vertraulichkeiten erworben. Und mögen die einen mir verziehen haben aus einer christlichen Nötigung, so konnten die anderen das bloß aufbringen, weil ich dazu gehörte, sagen wir durch Aufenthalt.

Denn die Gesine Cresspahl von 1948 wollte bloß die Nachbarschaft ertragen. Zum einen war sie nun eine »Oberschülerin« von Berufs wegen und hatte die Sache mit Gott für sich erledigt auf eine Art, die sie für ureigen hielt; zum anderen konnte sie ihren Unglauben schlicht beruhigen mit der Erinnerung an das Gebet, mit dem ein lutherischer Feldgeistlicher der U.S.-Luftwaffe den Beistand Gottes erfleht hatte für die Besatzung des Flugzeuges, das die erste Atombombe über einem bewohnten Land abwarf; sie unterstellte der evangelischen Theologie ausreichend taktischen wie strategischen Verstand, um eine gewöhnliche Beschädigung der Stadt Hiroshima für ausreichend zu erkennen, die Kriegslage vom 6. August 1945 um 9:15 Uhr (Washington-Zeit) einmal als gegeben vorausgesetzt. Der Schülerin Cresspahl war bewußt, warum der Neue Staat mit seiner Neuen Zeit die Aufmärsche, Versammlungen, Arbeitseinsätze mit Vorliebe ansetzte auf die Termine der kirchlichen Feiern; sie glaubte sich entbehrlich in solchem Zweikampf und fühlte sich unparteiisch, wenn sie verschwieg, wie der Zigarrenstummel in den Schulraum gelangt war, der Anlaß und Vorwand für die Aussperrung der Kirche: der Knabe Ludwig Methfessel war streng angehalten, seinen neuen Lehrern aufs Wort zu folgen. Und anders wäre es ja Petzerei gewesen. Was ging sie die Kirche noch an!

Es kann die Heidin schlecht im Frieden leben, wenn anderen Heiden das mißfällt. Seht diesen Jakob an, der eine eingeregnete Katze mitbringt ins Haus und das triefende Bündel am Nacken vor sich hält, bis er es endlich fallen läßt mit dem Befund: Naß wie ein Jonas! und erst dann merkt er Cresspahls Gesine warten und überblickt sie obenhin, müßig, als ginge ihr die Kenntnis von biblischen Walfischen ab. Hört die Sprüche von Heinrich Cresspahl in diesem Sommer, englisch und evangelisch fallen sie aus: Don't preach to the converted! Don't mock the afflicted! und Gesine soll ihm das übersetzen ins gegenwärtige Deutsch, als sei sie zu ungebildet für das von Luther. Jakobs Mutter läßt von ihm sich necken mit der altlutherischen Extrawurst, kommen geistliche Gegenstände so doch wenigstens zur Sprache; sie geht aber in diesem Herbst zum ersten Mal in Brüshavers Kirche, sie nimmt von ihm das Abendmahl. Im Oktober erscheint im Pastorat der Petrikirche von Jerichow die Tochter von Johann Heinrich Cresspahl, geb. 1933, dem Amte wohl bekannt, und wird vorstellig um eine zweite Zulassung für den Unterricht zur Konfirmation. Auf daß sie des Einverständnisses ihrer Älteren abermals teilhaftig werde. Das gefallsüchtige Kind.

In der warmen Jahreszeit war Pastor Brüshaver mit seinen Mündeln spazieren gegangen, zu Unterweisungen auf einer Wiese im Gräfinnenwald; im unmäßigen Gewölbe der Kirche waren sie zu wenig, sich an einander zu wärmen. Er versuchte, für die eine Stunde am Sonnabendnachmittag Wohnzimmer in Jerichow auszuleihen, von Quades bis zu Maassens (das Haus von Cresspahl strikte ausgenommen); die Bürger klagten über den Schmutz, den fünfzehnjährige Kinder an ihren Sohlen auf die heiligen Dielen tragen. Frau Methfessel hatte gleich nach dem Krieg sich gefallen in Reden von der »Schicksalsgemeinschaft«, in der ihr Mann und Brüshaver einander begegnet seien; nun kam sie ungeschickt auf gegen den störrischen Sprößling Lurwig, der gerade bei des Pastors Stunden an einem Fußball übte vor der Tür zur guten Stube. Frau Albert Papenbrock hatte den größten Saal von Jerichow (und den steilsten Glauben an die evangelische Landeskirche, hörte man sie); mit Anwärtern auf die Kirche in ihrem Haus fürchtete sie den Unwillen von Alberts Gefängniswärtern aufzurühren. Sie rang die Hände vor ihren Bedenken, sie barmte, leise jaulend: immer werde es von ihr verlangt, immer mehr als von den anderen ... Brüshaver bestellte das Hinterzimmer des Lübecker Hofs, der nun in einen Ratskeller umbenannt war. Pächter Lindemann ließ ausrichten, Versammlungen müßten angemeldet und genehmigt werden, gerade die eines Vereins. Die Bürgermeisterei von Jerichow untersagte die Nutzung weltlicher Räume für religiöse Propaganda. (Das war der nach Bienmüller, Schettlicht, der blankäugige Agnostiker aus Sachsen.) Brüshaver vermutete da eine Willenserklärung der Roten Armee; er genierte sich, die auszuprobieren in der Kommandatura von Jerichow; wie konnte er ahnen, daß die Zwillinge Wendennych dem Genossen Schettlicht über den Mund gefahren wären! Endlich riß Jakob die Geduld, und die Deutsche Reichsbahn schob einen Werkstattwagen auf Papenbrocks nunmehr staatlichen Gleisanschluß, mit Bänken wie zu einer Beratung aufgestellt, auch einem Ofen, für den das Gaswerk eine Schubkarre Kohlen stiftete; denn wo immer Jakob mit Leuten zusammen arbeitete, sie waren ihm willig zu Dienst wie er ihnen, wie üblich unter Freunden. In diesem Waggon, unter dem Licht von Stall-Laternen, hielt Cresspahls Tochter sich bis zur Weihnachtszeit.

Sie versuchte, das bescheidene Kind darzustellen, das bereuen will mit Fleiß; sie wollte überdies hinnehmen als Gerechtigkeit, daß sie kaum belobigt wurde für das geläufige Aufsagen der Hauptstücke zur Taufe. Wasser allein tut's freilich nicht. Allerdings, zum Stillsitzen mußte sie sich zureden, und vor ausführlichen Blicken auf Brüshaver hütete sie sich. Denn Brüshaver schien in einem fort zu lächeln. Es waren bloß verrenkte Muskeln, gezerrte Sehnen, die zogen ihm die Mundwinkel nach unten, hielten ihm die Falten neben den Augen starr in einer Grimasse unwissentlichen Grienens. Auch tat er, als sei ihm der vierte Finger der Rechten immer so piel von der Handfläche weggestanden, steifer Haken eines Bogens aus Schmerz, der ihm die Schulter nach unten zwang. Wenn er das Buch anhob mit Zeige- und Ringfinger, bis er den Daumen darüber schob wie von ungefähr, schien die Hand künstlich, schlimm. Er stöhnte achtlos, wenn er den Unterarm bemühte; da kann einem das Zusehen weh tun. Religionsunterricht wird katechetisch gehalten; da war keine Zuflucht vor Brüshavers behinderter Stimme, die etwas ungemein Körniges in seiner Kehle um und um wendete, als sei jeder Laut ein Schaden für das innere Gewebe. Gesine hielt sich

besessen vor, daß dies seine Mitbringsel waren aus sechs Jahren in Oranienburg und bei Weimar, aufzuwiegen gegen einen amtlichen Ausweis, vor dem seine Genossen auf dem Rathaus, beim Kreisschulamt Gneez, bei der Behörde des Landrats mittlerweile die Hände hoben, als scheuchten sie etwas weg. Nur, immer konnte sie nicht aufpassen auf sich, und es war gewiß gegen ihren Entwurf, daß sie sich sagen hörte, mit Dröhnen in den Ohren, als spreche sie unter Wasser: das mit der Ubiquität, sie könne es auswendig, sie werde es auf Verlangen vortragen, aber daran zu glauben, es mißlinge ihr.
Sprach's und lief so blindlings zur Tür auf die Bühne des Waggons, sie wäre fast gestürzt von der hohen Treppe, lief durch die naßkalte Bahnhofsstraße in den finsteren Abgrund des Marktplatzes, versteckte sich in der zerschlagenen, lichtlosen Telefonzelle, geschüttelt von keuchendem Weinen, mit Furcht vor der Dämmerung, in der alle sie sehen würden.
Cresspahl erinnerte sich an den Winter 1944, als sie in eben dieser Kabine Schutz gesucht hatte vor Schule und Behörde, er kam sie schon zur Abendbrotzeit retten. Er führte sie ab wie ein Kind, einen Arm um ihre Schulter, und der Weg ersparte ihr das Licht im Haus und den Blick von Jakobs Mutter, die dunklen vom Brillenglas vergrößerten Augen; ins Bruch ging die Reise, wo nur Hasen und Füchse unbesorgt hören durften, daß ihr die leibliche Gegenwart Christi im Abendmahl kannibalisch vorkomme. Es war das letzte Mal, daß er sie hielt und führte wie ein Vater; von seinen Tröstungen hat sie die behalten, die sie freisprach: You gave him a chance. Versucht hast du's, Gesine.
Am nächsten Nachmittag sah sie Frau Pastor Brüshaver auf den Hof kommen; pfeilgeschwind verzog sie sich in die Franzosenstube, die Jakobs Mutter uns hatte einräumen lassen als ein Zimmer zum Essen, in ihrer Schicklichkeit. Im Versteck, so rasch sie denken konnte, dachte Gesine sich Vorwürfe zusammen gegen die Abgesandte der Kirche, Waffen für den Fall der Entdeckung: Aggie hatte schon 1937 aufgehört, Kinder zu unterweisen in der christlichen Lehre. Zweifelte sie an dem, was ihr Mann als Glauben verkündete? Cresspahl redete sie zu, sich umgekehrt aufhängen zu lassen vor einem Röntgenschirm, damit seinen Nackenschmerzen auf die Sprünge gekommen werde; ihren Mann ließ sie hantieren mit einer Dupuytrenschen Kontraktur, strangartige

Verhärtungen in der Hohlhand, ein Chirurg weiß da zu schneiden. Krankenschwester war sie, von ihres Mannes Sorgen mit noch dieser Staatsmacht ging sie weg in Jerichows Klinik, auch mit dem Schreibkram der Gemeinde ließ sie ihn allein; ist das die Vorschrift für eine christliche Ehe, Aggie?
Aggie antwortete ihr durch die geschlossene Tür, unbelauscht glaubte sie sich mit meinem Vater im Flur, mutlos fragte sie ihn, als bäte sie um Vergebung für sich selber: Und wenn das Kind nun recht hätte, Cresspahl?
Die Sonne hing im westlichen Nebel, viertels schon weggedreht von der Erde; ihr niedriger Schein füllte die Stube mit dickem blutfarbenen Licht. In einem so roten, drohenden Dunst war ich zum ersten Mal.
Im März setzte Cresspahl dem Pastorat eine neue Fensterbrüstung ein, von Hand aus einer Eisenbahnschwelle gefertigt, so innig mit Karbolineum getränkt, da standen Tautropfen fest ohne zu zerfließen. Inzwischen hatten die Brüshavers einen meterbreiten Streifen mürber Wand gefunden, vom Dachboden bis ins Erdgeschoß entlang des Schornsteins, von Gegnern der mecklenburgischen Landeskirche im Jahr 1944 mit ein paar Meißelschlägen in den Kupferflansch gestiftet. Das gehörte zu Brüshavers Erbe. Der Pastor von Jerichow wohnte in einem kaputten Haus.
Am Sonntag nach Palmarum 1949 war bei Brüshavers Taufe. Aggie (»bei mir wächst alles so«) hatte noch einmal ein Kind, einen Jungen, Alex.
Personen, die die Allgegenwart Christi bestreiten, sind weder einer Konfirmation würdig noch den Pflichten aus einer Patenschaft ebenbürtig, das versteht sich, und Cresspahls Tochter erfuhr ohne Neid, es sei neben Jakobs Mutter ein anderes Kind aus der Konfirmationsklasse bestimmt worden, über Alexander Brüshavers christliche Lebensführung zu wachen, ein ehemals ostpreußisches Mädchen, das die Sache mit der Ubiquität sowohl aufsagen als auch auf sie vertrauen konnte. Gantliks Tochter war sie, Anita hieß sie.

– Bißchen viel Kirche, Marie?
– Hatte dein Pastor auch seine Haare verloren?
– Brüshaver ohne Barett, es war ein Anblick zum Fürchten. Weil

man in der Schläfe das Überbleibsel einer Wunde sah, eine rötliche Höhlung, walnußgroß.
– Was war das Altlutherische?
– Eigenheiten im Punkte der Rechtfertigung, der Versöhnung, der Trinität. Wenn du mich fragst, ein vereinsrechtlicher Streit.
– Das gab Jakobs Mutter auf für dich?
– So denken bloß Kinder, die sich in der Mitte der Welt glauben. Nein, zu den Altlutheranern in Gneez oder Wismar schaffte sie es einmal im Monat. Sie wollte lieber jeden Sonntag in die Kirche gehen können.
– Warst du aufrichtig, als du von der Beistelltreppe am Waggon gestürzt bist?
– Vielleicht war ich eingebildet auf meinen Einfall. Allerdings tut er mir Dienste bis auf diesen Tag.
– Weil ihr überall lügen mußtet, hast du deine Wahrheit an Brüshaver ausgelassen. Gib es zu.
– Geb ich zu, Marie. Und es sollte endlich zu Ende sein.
– Du warst eben viel zu klein, Gesine. Wie soll ein Kind entscheiden, ob es glaubt. Ich laß mich konfirmieren, wenn ich Bescheid weiß, so mit achtzehn, vielleicht.

23. Juli, 1968 Dienstag

Auftritt Anita.
Keine »kleine Anna«; ein groß gewachsenes Mädchen, kräftig in den Schultern wie ein Junge, athletisch nahezu von der Feldarbeit, die ihr im Dorf Wehrlich abverlangt worden war für bloß das Essen und eine Strohsackpritsche unter einem tröpfelnden Reetdach, weil sie kein einheimisches Kind war sondern ein vertriebenes, von fast keinem Besitz gedeckt, ohne eine Mutter, mit einem Vater, der sie zurückließ in der bäuerlichen Knechtschaft und seinen Sold von der Polizei in Jerichow für sich behielt, als wünsche er dieser Tochter ein Verkommen und Verrecken. So sah es aus, und wenn das Kind in die Stadt kam zu Gottesdienst und Konfirmationsstunde, anderthalb Stunden Fußweg auf barften Beinen, sie ging an ihrem Vater vorbei, gleichmütig blickend, ohne Zorn. Wie kommt ein solches Kind, ohne Vormund, ohne Beistand, weg aus der Tagelöhnerei in die Landstadt Gneez, in

eine fortbildende Schule, in eine Wohnung in der begehrten Gegend, am Stadtgraben, in ein dreistöckiges Haus mit fließendem Wasser aus Wand und Licht aus Decke?
Als sie eintrat in die Neunte Klasse, war das Gerücht schon da und begrüßte sie böse: es hätten »die Russen« ihr dazu geholfen. Daran ist wahr, daß die Herren Kommandanten von Jerichow, die Zwillinge Wendennych den Abstecher über Wehrlich einrichteten, wenn sie über Land fahren wollten als herrscherliche Reussen, und diese Anita, ein fünfzehnjähriges Kind, bei sich sitzen ließen, damit es ihnen übersetze, was diese Deutschen in Mecklenburg zu sprechen versuchten. Davon trifft zu, daß die Genossen Wendennych ihr eine Vergütung stifteten für ihre Dienste, als wär sie ihresgleichen, einen Bezugschein nämlich für ein Fahrrad, schwedische Importware, das Prunkstück im staatlichen Laden auf der Stalinstraße von Gneez; die Bürger nannten es das erste Fahrrad in Mecklenburg, für das »die Russen« bar Geld entrichtet hätten; von ihr als dem »Russenliebchen« sprachen sie obendrein. So konnte Anita pünktlich zum 1. September 1948 mit dem Fahrrad zur Fritz Reuter-Oberschule reisen, anderthalb Stunden morgens, anderthalb Stunden zurück nach Wehrlich, über unbefestigte Landwege gegen Regen und Westwind in diesem naßkalten Herbst. Das Rad brauchte sie bloß abzuschließen; gegen Beschädigungen war es gefeit, denn »die Russen« als Umgang mochten schlechte Empfehlung sein, als Rächer waren sie gefürchtet. Ein Rad mit weißen Reifen, TRELLEBORG war den Schlauchmänteln seitlich aufgeprägt. Es stimmt, die Herren Wendennych fragten sie auch nach ihrem eigenen Ergehen und nahmen Anstoß an ihrer Gewohnheit, die Schularbeiten in der ehemaligen Stadtbibliothek zu erledigen, unter dem Patronat des Kulturbundes (z.D.E. Deutschlands), weil ihr ein Zuhause abging und ihr Schinder von einem Gastgeber, wir verzichten auf den Namen, sie von den Büchern zum Ausmisten seines Schweinestalls schicken konnte; die Kommandantur von Jerichow erwirkte bei der von Gneez eine Erlaubnis zum Zuzug und eine Einweisung in Frau Dr. Weidlings Wohnzimmer, außer der Reihe, eine Ausnahme, eine Gunst. Eine gefährliche, noch ein übler Leumund; obwohl Frau Dr. Weidling im November von der Kontrassjedka geholt wurde wegen ihrer unbeschwerten Reisen mit einem Mann in schwarzer Uniform in den deutsch be-

setzten Ausländern, keines Weges damit Anita Gantlik eine ganze Wohnung für sich allein bekam. Aber so hieß es. Und wir waren dabei, als Anita zum ersten Mal drankam bei der Freifrau von Mikolaitis, die ihre baltische Herkunft bei uns als Unterricht im Russischen verkaufen durfte, Gnaden halber; Anita erhob sich demütig, deutete einen Knicks an und gab der fahrigen alten Dame eine längere Antwort. Das war alles, was wir verstanden, nach unseren doch drei Jahren Unterweisung im Russischen; es hörte sich an wie: Das russische Wort für Bahnhof, gnädige Frau, woksal, es verdankt sich dem Vergnügungspark nahe dem Bahnhof London-Vauxhall, wie auch der Zar Alexander der Zweite Nikolajewitsch einen errichten ließ in seiner Stadt Pawlowsk, Rayon Woronesh; das Wort woksal ist gewißlich gefallen. So geläufiges, druckloses, unangestrengtes Sprechen war der Freifrau ungewohnt von uns, das ging auch über ihre Fertigkeiten; schlicht aus Notwehr bemängelte sie, wie Anita das o benutzte. Bei Anita klang es trocken, anders als in unseren mecklenburgischen Dehnungen; sie dankte für die Belehrung auf russisch. In der Woche danach meldete sie sich bei der Mikolaitis. Sie habe bei den native speakers (auf russisch!) ihr o vorgesprochen; es sei abgesegnet worden als die moskauer Üblichkeit. Wenn sie hilflos klang, bittend, war das unverstellt; sie bat die Lehrperson um eine Entscheidung. Das Ende von diesem Lied war: die Mikolaitis lud Anita zu Privatstunden ein, aber um von Anita den Fluß des Sprechens zu lernen. Die tat salomonisch; feige war sie; wir haben an den Erwachsenen weniges zum Nachmachen gefunden. Unbestreitbar, drei vier Mal in der Woche knackt es im Lautsprecher über der Wandtafel, dann sagt Elise Bock durch, Schulsekretärin wie ehedem: Gantlik ins Rektorat. Anita verabschiedete sich von der Fachkraft für Deutsch oder Biologie, seufzte ein wenig, knickste nach der Vorschrift und packte ihre Hefte zusammen wie für einen Abschied auf immer. Zwei Schulstunden später, mitunter nach drei, war sie zurück an ihrem Platz, hatte im Rathaus für Herrn Jenudkidse die Dolmetscherin gemacht; indem Slata abgegangen war. Ein bescheidenes Mädchen, kam in einem abgewetzten schwarzen Kostüm in die Schule wie zu einer Festlichkeit. Sprach leise, mit niedergeschlagenen Augen. Daß sie ihr langes schwarzbraunes Haar in geflochtenen Windungen um den Kopf trug, sie wird es für eine städtische Mode gehalten haben. Eine breite, gedrungene Stirn, hinter der es ängstlich zuging in diesem Herbst. Ungeschickt war sie überdies; lieh sich die Aufzeichnungen der versäumten Stunde von keinem anderen als Dieter Lockenvitz, dem Primus; Lockenvitz standen die weißen Haare zu Berge vor Zerstreutheit, vor drängender Nachdenkerei übersah er, daß dies Mädchen gern für eine Minute an seinem Tisch hätte sitzen mögen, damit er zwischen seinen Zeilen und Formeln umherdeute, eigens für sie, damit er sie einmal wahrnehme. Wenn Lockenvitz an der Tafel stand und algebraische Erfolge zu erzwingen versuchte, denn in Mathematik blühte sein Weizen nur mit Quecken durchwachsen, so waren ihre Augen weit offen auf ihn gerichtet, sichtbarlich hoffte sie etwas für ihn, sehnte sich, helfen zu dürfen; ich bebte ein wenig für sie, sie wäre ein Fressen für Lise Wollenbergs Mundwerk gewesen. Aber nur Pius und ich sahen, was da verloren ging an Wünschenswert. Wenn sie einmal glücklich gewesen ist in diesem Winter, dann als sie ihren Vater hatte zwingen können, sie amtlich anzumelden in Gneez und sich zu verdrücken mit wendender Eisenbahn, so daß sie zum ersten Mal allein war in einem Zimmer, hinter dem eiskalten Glas, mit Blick auf Nebel und frierende Lindenkronen, in der Fremde, aber für sich.

Denn weißt du, Gesine, ich hieß ganz anders als Gantlik.

War er dein Stiefvater?

O daß doch, Gesine. Utinam! Daß er ein Fremder gewesen wäre, ohne ein Recht auf mich.

»Anita« ist auch ein falscher Name?

Da hat meine Mutter einen Film mit spanischer Szene gesehen, einen Schlager gehört 1933. »Juanita«; ich vergeb's ihr.

Und deinem Vater nie.

Wenn er mal stirbt.

Unsere sanfte, rachsüchtige Anita.

Wir saßen an der Memel, aber wo sie auch Njemen heißt, mit gutem polnischem Namen, davon ist Gantlik der Stummel. Kommen die Deutschen und bieten uns den blauen Ausweis an, Deutsche Volksliste Gruppe 1, wegen aktiver Tätigkeit im Volkstumskampf »bewährte« Personen deutscher Staatsangehörigkeit, wegen eines Großvaters aus Westfalen. In die deutsche Haken-

kreuzpartei geht er, Schwachkopf von einem Vater, weil ihm das gefällt, wie deutsche Panzer ein polnisches Dorf flach legen. Beifall für die Deutschen, und wir alle mit, Mutter, Geschwister. Gantlik.

Ohne einen deutschen Paß hätten die Deutschen ihn leicht zur Arbeit gepreßt im Altreich, Anita. Ohne die Familie. So bekamt ihr Lebensmittelkarten, durftest du eine Schule besuchen.

Eine deutsche Schule.

Eine Schule. Und du durftest ins Kino gehen.

»Die Stadtmaus und die Feldmaus.« »Hitlerjunge Quex.«

Und deine Mutter konnte mit euch in ein Café gehen, in Restaurants, und durfte einkaufen in den Geschäften.

Und mein Vater, als Reichsbürger unter deutschem Pseudonym, er wurde für den Hof entschädigt, bekam einen neuen bei Elbing. Als die Rote Armee uns einholte im Januar 1945, konnten wir schriftlich vorzeigen, daß wir Deutsche waren. Meine Mutter, meine Geschwister, auf freiem Feld haben wir sie beerdigt. Mein Vater, der Deutsche, er konnte für kein elfjähriges Kind einstehen.

Du betest, Anita. Da gibt es eine Bitte, die mit dem Vergeben.

Das tu ich. Den drei Russen, die mich zwischen genommen haben, allen Russen in Bausch und Bogen.

Nie deinem Vater.

Dem Gantlik, ehedem er stirbt. Das war sein Krieg. Der hat es gemacht.

Dann warst du neugierig auf die Russen. Weil sie ihre Rache gehabt haben an einem elfjährigen Kind.

War ich, Gesine. Bin ich noch heute.

Weißt du, was wir gesagt haben, wenn das Dreifache J dich aus der Stunde holen ließ? »Anita geht Blut spenden.« Weil immer du es sein mußtest. Weil du so erschöpft zurück kamst.

Das war Pius.

Pius wier 'n gauden Minschn.

Das wollen wir sagen. Damals habe ich das mit dem Njemen, mit der Memel versteckt, weil mir bange war, ihr nennt mich »Volksdeutsche« hinter meinem Rücken. Oder »Beutegermanin«.

Ihres Vaters entledigte sich die Schülerin Gantlik, indem sie über das Rote Kreuz eine Schwester ihrer Mutter aufspüren ließ, eine Witwe mit zwei Kindern, die hungerte im Ruhrgebiet, der klangen die Namen Gneez und Mecklenburg nach Fleischtöpfen. Die wurde auf dem Papier der Vorstand von Anitas Haushalt am Stadtgraben, deren Lohn wurde der Grundstock des Wirtschaftens; gleich nach der Abtrennung der westlichen Zonen von der sowjetischen fing sie an, in einer jammernden Tonart sich zu rühmen wegen des Opfers, das sie für ihre Nichte Anita bringe in einer Gegend, für deren Geld weniger zu erwerben war, von der Butter bis zur Armbanduhr. Sie vergaß bequem, daß Anita ihr ein Dach über dem Kopf verschafft hatte, daß Anita in die gemeinsame Kasse zusteuerte aus ihren Honoraren, daß Anita es war, die ihre zwei Jungen, um die elf Jahre alt, annahm zu einer Erziehung. Der Vater kam noch vor, wenn wir der Schule unsere Genealogie vorzutragen hatten behufs einer Würdigkeit für die Erziehungsbeihilfe (zweiundzwanzig bis zweiunddreißig Mark). – Mein Vater ist Arbeiter: sagte Anita, so ostpreußisch sie es vermochte, schrieb sie hin. Dann wurden die Fragebögen spitzfindiger und verbaten sich allgemeine Auskünfte. – Mein Vater klopft Rost auf der Warnow-Werft in Rostock: gab Anita zu Protokoll.
Haben wir einander bekannt, als Freundinnen bestimmt zu sein? Wir haben uns gehütet. Von der Arbeitsgemeinschaft Cresspahl/Pagenkopf borgte Anita weder Blatt noch Stift; auch hatte sie einen Verdacht gegen solche Vorführung von Ehe unter Schülern, oder wollte ihr einen Respekt bezeugen durch zurückhaltendes Wesen. Es war Pius, der ihr im Vorbeigehen sein ausführliches Zirkelbesteck auf den Tisch legte, weil sie für eine geometrische Hausarbeit bloß ausgerüstet war mit einem selbstgemachten Halbkreislinieal ohne Gradeinteilung; Pius wollte Lise Wollenberg wieder einmal etwas unter die Nase reiben; auch konnte er schlecht ansehen, wie ein Mensch sich plagt. Als Anita es zurückbrachte anderntags, bedankte sie sich hoch aufseufzend; übersah die Schülerin Cresspahl, die saß neben ihm. Wo ich fürchtete, sie werde mir ein Wort anrechnen als Herablassung, wollte sie bescheiden erscheinen. Denn sie kam sich fremd vor, unerwünscht, ein Eindringling, ein Flüchtling. Auf einem Schulausflug traf die Neun A Zwei einen Köhler beim Aufbau eines

Meilers, der Geisteswissenschaftler Kramritz übersetzte die böhmakelnden Auskünfte des rußhäutigen Wanderers in ein Obenhin von Wissenschaft; Anita fing an zu erklären in vor Aufregung gequetschten Tönen, was in ihrer Kindheit eine Arbeit gewesen war. Die Schülerin Cresspahl war begierig zu wissen, wie denn die Holzkohle für die Bügeleisen gemacht wird; Anita sprach leiser, geriet ins Stocken, verstummte.
Anita, die Ortsfremde, fand ein Stück Wiese mit einem Pfad durch Schilf, am Südufer des gneezer Stadtsees, und glaubte sich aufgehoben vor den Einheimischen; wie erschrak sie, als aus allen vier Neunten Klassen Leute auftraten an ihrem gewohnten Badeplatz, im April noch wenig ausgetreten. Gleich nahm sie ihr Handtuch über, geniert, weil sie in der Ausbildung eines Busens voran war; sichtbar blieben lange, schmale Oberschenkel, feste Waden. – Schöne Beine: sagte Pius, als wir über den See zu den Bootshäusern schwammen; – Lebendige Beine: versetzte ich; gelernt ist gelernt. Bei unserer Rückkehr fanden wir sie umlagert von jungen Männern aus der Zehnten, die begehrten ihr Handtuch zu leihen, rühmten ihr breitbahniges, welliges Haar, boten ihr Zigaretten an; wie Männchen eben balzen. In ihrer Verlegenheit sagte Anita, verächtlich und bebend, etwas über die Dummheit von Leuten, die in der Schule die Struktur der menschlichen Lunge auswendig lernen und hinterher sie versauen mit dem Einatmen von Tabakrauch. Wir sahen uns um (Pius und ich) nach Lockenvitz, obwohl wir ihn abwesend wußten in einer Sitzung der Z.S.G.L.; wer hingegen am Rande der Badegruppe sichtbar auffiel mit einer Zigarette zwischen den Fingern, war die Kresse, die Kresse am Pfahl, Röbbertin sin Gesin. Was bleibt einem da, als hochmütig gegen die Maisonne zu blinzeln und sorgfältig zu ziehen an der Zigarette aus Dresden, das Stück immerhin zu zwölf Pfennigen und nachgemachte »Lucky Strike«?

Das war vorlaut von mir, Gesine; gegen meinen Willen.

Und wie konnte ich dir sagen, vor versammelter Mannschaft, daß Pius einmal dein Patenkind zur Brust zu nehmen gehalten war, den halbjährigen Alex, und mir erzählte von dem erfrischenden Duft, den Kinder ausatmen?

Wie frischer, ungebrochener Kreppstoff.

Ein Atem, wie ich ihn auch mir noch zutraute. Wollte ich Pius bewahren vor einem Appetit darauf, mußte ich anfangen zu rauchen.

Wenn ich gewußt hätte, Gesine, daß ich dir weh tu!

Das war eine Annäherung; die ging in die Binsen am Stadtsee; an was sollte Anita glauben als an noch einmal Geringschätzigkeit? Dabei bedauerten wir einander innig. Sie mich, weil ich dem Pastor von Jerichow beschwerlich gefallen war mit einer Schau von Aufrichtigkeit; ihren betroffenen, für mich leidenden Blick von der Seite, bloß fühlbar im Licht des Konfirmationswaggons, ich habe ihn zuverlässig aufbewahrt. Ich sie, weil sie insgesamt verstand, was sie ablieferte in den naturwissenschaftlichen Fächern (Mathematik: 1; Chemie: 2; Biologie: 1) und dennoch unterm Strich unbeirrt einen Gott herausbekam, der anwesend ist im Molekül, im Atom und in den Sperlingen, die er vermittels Kernwaffen vom Dache schießt. Anita, zuständig nach Gneez, nahm an jedem Sonntag die Reise zur Petrikirche von Jerichow auf sich; bloß weil der Dompfarrer von Gneez es mit dem Landespastor Schwartze (Ludwigslust) hielt und seinen ureigenen Bischof Dibelius (West-Berlin) als einen Kriegshetzer, auch ein »Instrument der amerikanischen Aggression« verteufelte, als »Atom-Dibelius«; Dibelius hatte von der Verwaltung der sowjetischen Besatzungszone und ihrer K 5 gesprochen als einem »Staatsgebilde«, auch von

Gewalt,
die über alles Recht hinweggeht,
innerer Unwahrhaftigkeit und
Feindschaft gegen das christliche Evangelium;

Brüshaver wollte es noch einmal versuchen mit seinem Martin Niemöller, im Rat der E.K.i.D., Unterzeichner der Schulderklärung von Stuttgart und Verfasser der Meinung, sämtliche Besatzungsmächte sollten abziehen aus Restdeutschland und es durch die Vereinten Nationen am Frieden halten. Deswegen fehlte Anita, wenn wir an Sonntagmorgenden im blauen Hemd die städtischen Anlagen durchharkten oder ein Drittel Schulhof umgruben für einen Mitschurin-Garten; im kleinen Schwarzen trat sie vor Brüshaver, wird auch wohl in der Kommandantur bei den Wendennychs vorgesprochen haben; denn anders als wir wurde sie kein Mal verwarnt wegen eigenmächtiger Abwesenheit. Und hieß mittlerweile Anita die Rote, weil das Schwimmen unter der Sonne des Frühlings von 1949 ihr Haar ausgebleicht hatte und einen Stich ins Rötliche durchscheinen ließ.

Und in Jerichow hatt ich ein Patenkind, Gesine.
Und in Jerichow gingst du zum Abendmahl.
Einmal im halben Jahr. Meist wär es doch unverdient gewesen.
Böser Gedanken wegen? Sag an, Anita.
Neidischer Gedanken halber, Gesine.

Anita hätte Kind im Hause sein können bei den Brüshavers; sie fürchtete den Anschein, sie drängte sich auf, vor allem Mitleid. Überdies war Aggie bloß Krankenschwester, wie immer diplomiert; Anita benötigte jemand, der hatte auf ein ärztliches Geheimnis geschworen. Hätte sie mir getraut, auf der Stelle wär ich angekommen mit Jakobs Mutter. Jene Tante aus der britischen Besatzungszone, sie ließ sich von Anita die Hauswirtschaft besorgen, mit hin die Wäsche, ein Badezimmer teilten sie; ihr fehlte der Verstand, eine Sechzehnjährige zu befragen wegen ihrer Regel. Sonst sah Anita in der Welt nur Männer. Anita begab sich in die Poliklinik von Gneez, Eisenbahnstraße Ecke Stadtgraben, in der Hoffnung, sie werde dort durch eine Maschine passieren und namenlos herauskommen. Das mit der Maschine war so. Hinter jenen Milchglasfenstern, friedensmäßig von Weinranken eingefaßt, erfuhr sie von der gonorrhœ cervicis, die die Rote Armee ihr gestiftet hatte, als sie elf gewesen war. Sie hatte den Rache-Akt fast »vajassn«, insofern sie ihn mit Ausdauer beiseite zu denken versuchte.
Die Baracke in Schwerin, in die Anita spornstreichs überführt wurde mit Seuchenschein, sie beschrieb die später als ein Lager. Da lag sie zusammengesperrt mit jugendlichen wie ältlicheren Damen, die solche inneren Beschwerden freiwillig in sich gezogen hatten, auch gegen Vergütung. Die Leitende Ärztin erinnert Anita als scharf, zickig, »eine Nazisse«; die konnte sie leicht sich vorstellen mit einem Hakenkreuz am Kittel. Denn Anita wurde angefahren, als sei sie schuld; weil eine andere Schuld zu Tage getreten war. Jene ärztliche Erfahrung warf ihr Trödelei vor, Anita

war in Polen festgehalten, als die Kinder um Jerichow von Amts wegen befohlen wurden zur Untersuchung auf Geschlechtskrankheiten (gez. H. Cresspahl, Bürgermeister); sichtlich war der Verlauf fast symptomlos, bis auf mäßigen Fluor. Der Befund lautete auf Übergriff der Ansteckung auf das cavum uteri, mit endometritis specifica als vorläufigem Ergebnis. Anita wurde beglückwünscht, weil sie davongekommen war ohne Schmerzen; – stellen Sie sich nicht so an!
Die Anrede mit Sie stand ihr zu, weil sie in die Zehnte Klasse versetzt war; die Behandlung mit Kurzwellen-Bestrahlungen und einem Sulfonamid, das den Urin rot färbte, kam ihr gefährlich vor. Aus dieser Bewahranstalt entwich sie, durch Wälder und auf Feldwegen bei Nacht ostwärts. Einer aber, das Dreifache J von Gneez, hatte sie inzwischen entbehrt; vom Gräfinnenwald bis hinunter in die griese Gegend warteten uniformierte Leute in seinem Dienst und Sold gerade auf solch ein Mädchen, das allein schlich, unbewaffnet, und sich ausgab für eine Russin. Allein im Jeep mit einem Kind, das weder in seiner Sprache noch in einer anderen zu Auskunft imstande war, besann er sich auf einen Saufkumpan, den Dr. Schürenberg, und versetzte ihm Schrecken mit Klopfen nach Mitternacht. Schürenberg verfügte damals noch über das Recht, vorgezogene Patienten im Städtischen Krankenhaus unter eigener Aufsicht unterzubringen; der endlich gab dem Rektorat der Oberschule eine Nachricht. Und wer war der Dritte, mit dem diese Beiden gebechert und gesungen hatten im Dom Offizerov? Emil Knoop war's, der Mann mit dem Goldenen Herzen (»nach Gewicht, Jurij, nach Gewicht!«), der brachte das Antibiotikum Penicillin an aus Brüssel und Bremerhaven. Hier handelte einer nach der Pflicht, die ihm ohnehin Hilfe und Schweigen gebot; einer diplomatisch, denn der Genosse Jenudkidse hörte unter Stalins außenpolitischem Gras einen ostdeutschen Staat heranwachsen, und wenn die sowjetische Militäradministration sich Schritt für Schritt aus dem Rathaus von Gneez verdrücken mußte, kam ihm ein großherziger Abschied eher recht. Der Dritte, Emil, für bloß ein Flüchtlingsmädchen machte er sich kein Gewissen aus den Gesetzen und Vorschriften, die solche Importe beschrieben als eine Verseuchung der antifaschistischen deutschen Volksbewegung durch die Drogen des angloamerikanischen Imperialismus (wenngleich das Pe-

nicillin im Süden der Sowjetzone in einer VolksEigenen Pharmafirma nachgebaut wurde für den Gebrauch höherer Kader von Partei und Kaderschutz). Von Knoop war etwas zu lernen; leider Strafbares.

Die ganzen Sommerferien 1949 lag Anita zu Bett, anfangs wegen der vier Injektionen an bloß vier Tagen hinter einander, dann nach Belieben des einweisenden Arztes wegen Unterernährung; wir reisten auf dem Wasser, reisten im Schwarzwald, kamen vorbei unter Anitas Fenstern und vergaßen sie. Vor Anitas Liegestatt zur Besuchszeit erschienen die Zwillinge von Jerichow, die Kommandanten Wendennych, Konfekt zu überreichen und einen Band Gedichte von Alexandr Blok. Mit Gefolge trat auf das dreifache J, brachte rote Nelken und glaubte die Beschriftung »Zystitis« auf Anitas Fiebertafel ähnlich taktvoll zu verstehen wie die Schüler Pagenkopf/Cresspahl, die von ihrer F.D.J.-Grundeinheit zu Beginn des neuen Schuljahrs zu einem Vorsprechen bei Anita veranlaßt waren – nein, das hieß delegiert. Sie sah uns ungläubig an, mit großen Augen ohne uns stracks zu erkennen; so unausweichlich war sie vorbereitet, allein zu sein und zu bleiben.

Hat dir Beten geholfen, Anita?

Es hat geholfen, moshno.

Worüber hast du nachgedacht, Anita?

Gerätselt hab ich an drei Jungen in der Montur der Roten Armee, von denen einer Gonokokken trug. Brennen beim Wasserlassen, eitriger Ausfluß aus der Harnröhre, das merkt ein Mann auch im Krieg. Daß er gewußt hat, was er mir hat gestiftet.

Und was hast du gelesen, Anita?

Was man so studiert mit sechzehn Jahren, wenn dir eröffnet ist eine Pyosalpinx, heilbar, und Sterilität, auf ewig. Daß du in deinem Leben keine Kinder kriegen kannst. Nado
wirrwatj
radostj
u grjaduščich dnej.
B etoi shisn
pomeretj
ne trudno.

Allein blieb Anita, als sie sich abgefunden hatte mit der Aussicht, in östlicher Richtung werde sie allenfalls den Fluß Havel erreichen, nie den Njemen. Ein Schuljahr lang blieb sie für sich im Klassenraum der Zehn A Zwei, wenn wir in sportlichen Übungen unterwiesen wurden. Wenn sie doch Aggie Brüshaver getraut hätte. Aber die sah sie an für jemand, die ist von christlicher Ehe wegen gehalten, ihrem Mann, einem Mann, alles zu sagen.

»Anita die Rote«, das blieb ihr. Denn nach wie vor ging sie dem Obersten Jenudkidse helfen mit der deutschen Sprache, nunmehr im Barbaraviertel, hinter dem übermannshohen grünen Zaun. Was sollten wir denken als sie halte es mit der Roten Armee? Die Zweite Vorsitzende der F.D.J.-Gruppe Zehn A Zwei hatte ihre liebe Not, wenigstens drei Nummern der *Jungen Welt* an den Mitschüler zu bringen; Anita benutzte für den Unterricht in Gegenwartskunde die *Krasnaja Swesda*, zwar aus einem geteilten Abonnement mit dem Dreifachen J. Ihre geschwätzige Tante beklagte sich über Anita, weil sie neuerdings ein Zimmer in der Weidlingschen Wohnung hinter sich abschließe, beim Weggehen wie beim Zuhausesein, bloß weil sie von den gesund tobenden Knaben Gernot und Otfried einen Schaden für ihre Musikmaschine befürchte, und was hörte Anita angeblich ohne jede Gesellschaft hinter verriegelter Tür? Schallplatten von Tschaikowskij, allemal. Und den Sender der Roten Armee, Radio Wolga, schwach aus der Gegend von Potsdam vernehmbar. Unersättlich war sie neugierig auf die Rote Armee der Russischen Arbeiter und Bauern.

Was sie sagen würde zu der neuesten Nachricht aus der Č.S.S.R., es müßte mir einleuchten. Die Führung der tschechoslowakischen Partei der Kommunisten hat ein Treffen mit den sowjetischen Genossen samt Anhang auf deren Gebiet verweigert, auf eigenem angenommen. Als ob es da kein Freundschaftsspiel würde.

Daß die K.P.Č. ihnen den Fahrplan umschreibt, es ist doch wie in ihre Suppe gespuckt. Warum sollen sie das je vergeben?

Und Truppen wollen sie schicken an die böhmische Grenze mit Westdeutschland.

Hörst du? Truppen wollen sie schicken.

In Polen, drei Meilen nördlich der Tschechoslowakei, haben sie ein halbes Dutzend Armeelastwagen aufgefahren, mit überhohen Antennen, gesichert von zwei Regimentern Kampftruppen.

Gesine, in das Tal der Olza würde ich mich auch stellen als Rote Armee. Es ist die weichste Stelle, ringsum liegen Berge. Und was braucht eine Armee, wenn sie verreist?

Eine Funkleitstelle.

Du lernst es noch, Gesine.

»Die Rote Anita«; auch aus einem Vorurteil und Irrtum der Volkskunde. Denn Anita tat zwar immer noch mehr als ihren Anteil in die Wirtschaftskasse ihrer Tante (um sie im Haushalt, sich selbst im Wohnrecht zu erhalten); sie behielt etwas ein für Zwecke ... sollen wir sie privat nennen? ja, wenn es bedeutet: heimliche. Vorerst hatte sie bei Emil Knoop die Kosten für die Medikation abzuzahlen, bei einem Kurs von sechs bis acht Ostmark für eine einzige des »Westens« (– umsonst ist der Tod: sprach Emil in seiner gemütlichen Art; dem entging ihr Zusammenzucken bei dem Wort). Schließlich, als Geschäftsmann sich gebarend, gab er ihr Arbeit in seinem Schriftverkehr mit der Gruppe der Sowjetischen Streitkräfte in Deutschland, wo Jenudkidses Beihilfe versagte. Ihr Guthaben bei Knoop ließ sie stehen, und wenn sie sich den Hunger wegtäuschen mußte mit Haferflocken und Zucker, zusammengeröstet ohne Fett. Dann verblüffte sie Helene Rawehn, vornehme Schneiderwerkstatt, Markt Gneez, mit Stoffen aus reiner Wolle und Rohseide, und erschreckte die männliche Jugend an Fritz Reuters Oberschule mit erwachsenen Kostümen, tailliert, mit engen Röcken eine Handbreit bis übers Knie und Pullovern, wie sie in diesem Jahr in Frankreich oder Dänemark getragen wurden, für Mecklenburg vielleicht um 1955 zu erwarten. Neben Anita erschien die Habelschwerdt abgeschabt, schäbig gekleidet; wie aber untersagt man einer Schülerin ein Auftreten, das ist zwar elegant, jedoch comme il faut? Zur Belebung und Erweckung von Dieter Lockenvitz: dachten wir anfangs; gerade dem ging sie aus dem Wege. Aber zu Klassenfesten erschien sie, nahm auch Einladungen von der Zwölften und Elften an; Tanzen verweigerte sie. Wenn ein Herr diese Dame nach Hause begleitete, zog er zwar bedankt jedoch

ohne Händedruck nach Hause. Anita bekam Anträge, die gingen weit übers Handtuch; auf einen Spaziergang um den nächtlichen Stadtsee gebeten, fragte sie so unverblümt nach den Absichten der jungen Herren, daß die unfreiwillig als Zumutung erkannten, was doch als holder Traum hatte schweben sollen über der Lustwandelei. – Wozu? fragte Anita unbewegt, geschäftsmäßig, und hob den Kopf mit leichtem Ruck, die Lippen geschürzt, offensichtlich wohlbewußt eines Wohin und Wozu. Sie trug ihre Blusen hochgeschlossen, mit einem schmalen Samtband in Doppelschleife; ihr wurde doch gelegentlich »Bitterer Reis« nachgerufen, wegen eines ganz anders berüchtigten Films aus Italien. Die Anita von früher hatte Kniestrümpfe getragen, die kurierte Anita benutzte solche aus Nylon, ohne Naht.
»De rode Stütz«. Die Haare hatte sie sich schon im Krankenhaus schneiden lassen. Von den Zöpfen war ein kurzes, dicht anliegendes Gefieder übrig, das saß ihr in wohl überlegtem Kreuz und Quer in der Stirn. Im Nacken hatte Fiete Semmelweis jr. zwei winzige gegenläufige Strähnen so belassen, die kamen verblüffend rötlich hervor unter dem äußeren Braun und verschoben sich gegen wie über einander, wenn Anita den Kopf nur ein wenig wandte.

24. Juli, 1968 Mittwoch

Am Sonntag sahen wir an, wie ein alter Mann von der Busbank gegenüber unseren Fenstern abgeführt wurde in eine Knickerbocker-Ambulanz, ein Stadtstreicher in Fetzen und im Barte, kenntlich an den beiden Tragetüten, die sein irdisch Gut enthalten. Er schien sich zu sträuben; so ließen die beiden Jungen in Polizistenuniform ihn Luftsprünge machen. Seit gestern ist er zurückgekehrt auf die Bank; er möchte da wohnen. Gegen Entgelt an die Gesellschaft, versteht sich; so unterhält er die wartenden Fahrgäste: Ih, meine Dame: sagt er: ich war man bloß in eine Injektionsnadel gelaufen (zeigt auf sein Unterbein). Da hab ich mir von der Polizei einen Krankenwagen rufen lassen.
Sein nächster Satz verrät uns, daß er sich in Alabama wähnt, und eine glückselige Reise auf dem Fluß wünscht er uns mit dem Bus der Manhattan and Bronx Transit Authority. Ein wenig haben sie

ihn rasiert, mit Gewalt scheint es; ein wenig ist er gewaschen. Der brauchte einen anderen Hüter und Hirten als die Polizei.
Anita, als Patin.
Dem Kind Alexander Brüshaver stiftete Jakobs Mutter einen silbernen Breischieber; – von Cresspahl un sine Dochter: sagte sie, der Vollständigkeit halber. Anita hätte viel gegeben um den Löffel dazu; sie stand vor der Wiege mit leeren Händen, verkantete die Zähne gegeneinander, zornig sah sie aus. Brüshaver dankte beiden für lediglich ihre Gebete; Anita fehlte noch der Mut, eines von ihren Gebeten für ergiebig anzusehen.
Ostern 1950 drohte und ein erster Geburtstag; Anita bot ein skandinavisches Fahrrad an zum Verkauf, 600 Kilometer auf den Reifen, durch Pflege neuwertig erhalten. Pius bot achthundert Mark, bar auf die Hand; am nächsten Tag bat sie ihn um eine Unterredung, unter vier Augen, als gehe es um eine Mitteilung von Gefahr fürs Leben. Lockenvitz habe den Preis gesteigert: erzählte Pius, und wir sahen einander ungläubig an, schräg von unten, mit gerunzelten Stirnen. Lockenvitz mochte eine Eins haben in Latein und eine in Englisch; doch kein Geld. Anita legte bei Brüshavers wie nebenbei einen silbernen Serviettenring auf den Tisch, darin war eingraviert 5Mo4.40 – A.B.
1951. Anita war so aufgewachsen, daß sie das Stricken noch lernen mußte, für dieses Kind. Zwei Meter Shawl.
1952 war für uns Abitur; Anita knüpfte für Alex einen Wandteppich, blind, denn nebenher hatte sie sich einzuprägen, daß eine Kraft die Ursache der zeitlichen Änderung ist für den Impuls p eines Körpers und dieser Änderung gleich: $f=dp/dt$ (nach Isaac Newton). Alex schlief bis in sein zehntes Lebensjahr neben der farbigen Darstellung von IL FAUT *travailler* – TOUJOURS TRAVAILLER. Zu der Zeit das einzige Rezept, auf das sie vertraute.
In Westberlin wohnte Anita in einem schmutzigen Haus zwei Blocks von der Karl Marx-Straße in Neukölln, an einem Hinterhof bei Frau Machate. Sieh an, Anita hatte das Umarmen gelernt. Das Zimmer war so schmal, zwischen Bett und Schrank war eben noch Raum zum Aufbocken eines Bügelbrettes, der Liegestatt für den Gast. Zunächst gestanden wir einander, daß die eine der anderen gut bekommen war, seit vier Jahren schon. Als mir einfiel, die Brüshavers hätten in ihres letzten Kindes Namen wo-

möglich eines Nachbarn von ehedem gedacht, mußte ich bis in den Morgen erzählen von Alexander Paepcke, zum Trösten gut noch im Verstorbensein. (Weil Anita wechseln wollte auf das Bügelbrett, ich aber daran festhielt, wachten wir vormittags auf und lagen in dem einen Bett.)

Auf Anitas Brett in Frau Machates Speisekammer hatte ich Kunsthonig gesehen und Margarine; gute Butter, teuren Räucherfisch gab sie mir mit für Alex. Sie fuhr mit mir in der Stadtbahn nach Baumschulenweg, als hätte sie noch Papiere für den Osten; Freundschaft war eines, zudringliches Fragen ein anderes. Einer ihrer Zwecke im »demokratischen« Sektor war sicherlich, die Botin durch die Taschenkontrollen des demokratischen Zolls zu schleusen. Damit Alex seine Notdurft doch erhalte.

Anita war unerbittlich gegen das Kind. Bis er elf war, bekam er von ihr eine Apfelsine für jeden vierten Tag; nie Bonbons oder Schokolade. Wohl aber eine elektrische Zahnputzmaschine, mit sechs Jahren.

1955 mögen andere Kinder in Jerichow eine Schultüte gehabt haben; Alex Brüshaver war für das bildende Institut gerüstet mit einer deftigen Füllfeder. – Uns allen hat der Kugelschreiber die Handschrift versaut: sagte Anita in ihrer deutlichen Art.

Im Herbst, Vadding Brüshaver is dot, begann Anita ihre Briefe an Alex. Darin mußte sie Anstoß vermeiden mit jenen Amtspersonen, die sie öffneten und lasen und meldeten an Ämter; dennoch wünschte ich, sie wären aufgehoben.

Anita hatte sich eine Grunddiät ausgedacht für Alex' monatliches Päckchen; immer noch einmal fiel ihr etwas Versäumtes ein, Heftpflaster etwa. – So ein Junge läuft und tobt, der stößt sich doch! sagte sie entrüstet, böse auf die eigene Vergeßlichkeit.

Und, wie bei Anita unausbleiblich, eine Bibel mit Illustrationen für Kinder. Weil Alex den Umgang mit Gedrucktem lernte an Texten aus dem Volk und Wissen V.E.V.:

> Heute sind die Jungen Pioniere alle auf der Wiese.
> Alle tragen das blaue Tuch.
> »Seid bereit!« rufen die einen.
> »Immer bereit!« rufen die anderen.

Für die photographischen Abbildungen von Alex besaß sie einen gediegenen Wechselrahmen. 1956 ging es ihr weiterhin beengt, gerade daß ihr Geld reichte für einen Wechsel in die Nähe der

Universität; aufwendiges Vergrößern der jerichower Schnappschüsse, es mußte doch sein. Einmal vermißte ich ein neueres Bild. Anita wand sich. Es zeigte Alex, wie er den Gruß der Jungen Pioniere erstattet, mit dem bekannten Dreieckstuch um den Hals, Hand an der Stirn, Fläche nach oben, Finger himmelwärts gekrallt, die Unterdrückten in fünf Erdteilen seines Beistandes versichernd. Was mußte ich bitten, das sehen zu dürfen!
Als Jakob zu Tode gekommen und begraben war, betrug Anita sich harsch zu mir, die Patin. Sie meinte, eine Anwesenheit auf dem Friedhof wäre mir nützlich gewesen. Da sie von Westberlin nach Düsseldorf über eine offene Telefonleitung sprach, gab sie sich ungefähr zu verstehen. Als ob eine Doktorandin der Slawistik Schleichwege wüßte nach Mecklenburg.
– Auch in der Roten Armee gibt es Faktionen: sagte sie.
Anita mit Anhang in einer sowjetischen Militärmission? In einer Botschaft? Sie lud keine Fragen ein.
1956, Anita hatte da schon einen Paß der französischen Republik, besann sie sich endlich: Ein Junge benötigt ein Taschenmesser mit zweiunddreißig Instrumenten.
Was ein Junge von acht Jahren weiterhin gebrauchen kann, ist ein Fahrrad. Da traf es sich gut, daß 1957 die Geschenkdienst G.m.b.H. erfunden war, die Genex mit Sitz in der Schweiz. Zahlung in westlichen Währungen, Lieferung in ostdeutscher Ware, aber pünktlich, nach einem Monat allbereits. Sogar durfte Anita bestimmen, ob Alex auf blau oder silbern lackiertem Gestell an die Ostsee fuhr, ob mit oder ohne Gangschaltung. (Sie vermied es, ihn zu versorgen mit eindeutig westlichen Geräten. Alex sollte auskommen ohne den Neid anderer Kinder, ohne Vermahnung durch Lehrerpersönlichkeiten.)
Missionarische Anwandlungen versagte sie sich. Mühsam verzieh sie ihrer Mitschülerin Cresspahl den Austritt aus der evangelischen Kirche, kaum daß sie eine Lohnarbeit gefunden hatte »im Westen«; noch das Argument, die Kirche im Kapitalismus lebe ohne Anfechtung, einer Steuer unbedürftig. Anita erwartete zuverlässig, das Kind Marie werde christlich getauft; wenn sie enttäuscht war und betrübt, so unseretwegen.
1959 war Alex Brüshaver schulsicher. Als Prämie in einem Aufsatzwettbewerb gewann er ein Spielzeug, einen mit Batterie betriebenen Panzer, in Kampffarbe oliv, der konnte gleichzeitig

rollen auf seinen Raupenbändern und die Kanone schwenken auf den Klassenfeind. Auf daß Alex' Wehrwille gehärtet werde. Man sollte denken, ein Kind hängt an solcher Kunstmaschine. Anita erkundigte sich, in ihrem Unglauben. Zunächst sandte er ihr eine Postkarte, auf deren einer Seite der ostdeutsche Sachwalter abgebildet war. Auf der anderen Seite hatte er ihr etwas gewidmet.

Vom Frieden träumen bringt nichts ein,
Wer schützt den jungen Staat?
Die Taube muß gepanzert sein,
Darum bin ich Soldat.

In der nächsten Sendung kam das Ding selber, bewickelt mit Geschenkpapier und olivenen Bändern. Noch Jahre stand Alex schultags am Morgen zur Fahnenhissung und Spruchverlesung samt Aufbaulied.

1960 wurde Frau Brüshaver aus dem Pastorat von Jerichow gekündigt, bekam aber zwei Zimmer am Rosengarten von Gneez. Anita nahm sich zwei Wochen, mit Farben nach Mecklenburg zu reisen, beim Einrichten der Witwenwohnung zu helfen, um vierzehn Tage mit Alex zu verbringen. (Findet Anita eine gesetzliche Vorschrift ohne Vernunft, benutzt sie ihre Umwege bedenkenlos. Anarchismus? Eigensinn? Mutwille?)

Vor unserem Umzug nach New York war ein Urlaub, zu dem lud Anita uns nach Westberlin. Aus eigennützigen Gründen, darauf bestand sie. Denn nachdem sie nun im dritten Jahr zugange war mit einem Emigranten aus karelischen Landen, wünschte der schriftlich, daß sie zu einander gehörten, und eine andere Frau sollte ihn prüfen. Manchmal braucht die Patin selber eine. Doppelt mußte ich schwören, bevor sie auch mir noch anvertraute, warum sie im Leben kein Kind kriegen würde als das von Frau Brüshaver in Mecklenburg. Sie hatte es dem Freund, er will lediglich »der Alte« heißen, im ersten Jahr gesagt; noch war sie unsicher, ob er ernstlich verzichten wollte auf Reproduktion. Der Alte und ich, er bestand, wir kamen zurück von einem tagelangen Spaziergang in den berliner Wäldern bei Schulzendorf, da saß Anita mit Marie im Garten des Alten Krugs von Dahlem. Marie war erschreckt, der Wind oder sie hatte ein volles Glas umgestoßen. Anita führte ihr den Hergang vor. – Le vent: sagte sie: vous comprenez? – Le vent: sagte Marie: vous …

Die andere Trauzeugin war Frau Pastor Brüshaver, – weil ich

doch die Neegste dazu bin: vermeinte die beherzte Matrone. Aber der Nächste dazu, das war Alex, zwölf Jahre, in seinem Konfirmandenanzug, mit Schlips. So hatte Anita zwei Kinder bei ihrer Hochzeit. Evangelisch, was sonst.
Anita sah den Kindern zu, denen die festliche Tafel langweilig war, wie sie einander mit Schreibspielen unterhielten. Anita rang ein Vorurteil nieder, sie rief aus: Es sind beides gute Kinder!
Marie dachte an Berlin noch lange als eine von windigem Sonnenlicht durchflutete Stadt, dahin fährt man zum Heiraten.
Nachdem die Ämter in Ostberlin mit einer Mauer durch Berlin ihre Bürger gehindert hatten, weiterhin mit den Füßen abzustimmen, soll Anita am Henriettenplatz eine Kneipe benutzt haben als ein Büro, das half Leuten über die Grenzen jenes fremden Deutschland. Sie streitet es ab. Die Wirtin am Henriettenplatz habe anders geheißen, sei erst vierundzwanzig gewesen, mit Verwandtschaft geplagt ... wenn Anita will, kann sie leicht vier Jahre jünger aussehen, noch heute. Und mit Namen geht sie achtlos um, wenn sie auf Wertpapier gedruckt sind, das wissen wir.
Wie dem sei, ich reiste für Anita, als ich die Arbeit in New York verloren hatte, Pässe auszuprobieren auf dem Weg von Prag nach Warnemünde, von Trelleborg nach Wien. Da hieß ich oft wie die Leute, denen ein Stück solchen Transits noch bevorstand, und schützte fremde Lebensalter vor, ganz wie Anita das erbat.
1962 hatten die Philosophen von Ostberlin sich überwunden, in der Kybernetik eine Wissenschaft und ein Werkzeug zu erkennen, statt ein Instrument kapitalistischer Ausbeutung; Alex nannte eine faßliche kybernetische Fibel längst sein eigen. Desgleichen Bücher, die verzeichnen, wer das Telefon in der Tat erfunden hat. Zum Nachschlagen.
Mit vierzehn war Alex eitel. Kam an keinem Schaufenster in Gneez vorbei, ohne sein Spiegelbild zu überprüfen. Sah nach, ob ihm die schwärzliche Tolle im rechten Winkel in die Stirn hing. Anita war besorgt. – Von wem er das nur hat? fragte sie (in Briefen nach New York).
Sie schickte ihm die amerikanischen Goldgräberhosen mit den aufgenieteten Taschen, da er darum einkam. Da sie einmal seine Maße besaß, ließ sie ihm danach einen Anzug aus khakifarbenem Leinen arbeiten. Anita gewann.
Mit sechzehn fing Alex an zu rauchen. Seit 1962 konnte ein Bür-

ger der D.D.R. westliche Tabakwaren im Heimatlande erwerben, in den Intershops, vorausgesetzt er vermochte Mark der Bundesrepublik oder Dollars auf den Tisch solcher Häuser zu legen. Bargeld schickte Anita ihrem Patenkind keines. Siehe Stadtsee Gneez, »Lucky Strikes« aus Bulgarien, oder war es doch Dresden?
1966 war Alex siebzehn und unterschrieb sich Alexander. Von Ferien in Polen schickte er eine Fotografie, da blickt uns ein mecklenburgischer Rundkopf entgegen, weichlippig aber finster unter dem lockig wuselnden Haarschopf. Die ausladenden, vom Schwimmen nassen Schultern, waren nach dem Sinn Anitas. Jedoch ist für sie bedenklich, diese Aufnahme sei von einem Mädchen gemacht worden. – Er ist doch noch ein Kind! rief sie.
Im nächsten Jahr war er achtzehn, nach ostdeutschem Recht volljährig, und bekam zum Geburtstag zwei Bescheide. Der eine verweigerte ihm, Sohn eines Pfarrers, die Zulassung zum Studium (Mathematik). Der zweite lud den Betroffenen ein, seinen Wehrdienst abzuleisten zu Schutz und Verteidigung seines sozialistischen Vaterlandes. Anita hatte das eine vorausgesehen; für das andere war sie gerüstet.
Wäre Anita missionarisches Betragen nachzusagen, sie hätte ihn doch zu besserem Fleiß im Fach Russisch überredet. Sie nahm seine bloß befriedigenden Zensuren in dieser Sprache hin, seufzend zwar. Auch das Wandern in Polen, es war ihm eingefallen ohne sie. Sie mag gewartet haben auf seinen Wunsch, noch einmal dahin zu reisen, »wo du geheiratest hast«; sie hat sich versagt, ihn dazu zu überreden.
Wie hätte denn Alex verfallen sollen auf das aberwitzige Vertrauen, Anita könne ihn bei der Hand nehmen und aus dem Lande führen, wohin er wünscht? Selbst ist der Mann, und läßt sich im Hafen von Stettin betreffen bei erwiesenem Versuch, ein sozialistisches Vaterland hinter sich zu lassen nach eigenem Gutdünken. Alex ist verurteilt zu drei Jahren in einem Gefängnis in Sachsen, von daher darf er schreiben nach Gneez; Anita geht leer aus.
Was schreibt uns Anita, als fehlten ihr Sorgen? Sie lädt Marie ein, in Westberlin zu leben für die Zeit der tschechoslowakischen Arbeit. Sie lockt mit einer amerikanischen Schule in Westberlin; sie verspricht, einen Haushalt zu führen zu ganz regelmäßigen Zei-

ten, ohne Reisen. Anita ohne Reisen. Sie bittet um den Besuch Maries, ihrem Englisch zuliebe.
Als sei auch sie verabredet, mir die Č.S.S.R. darzustellen als ein Land, dahin nimmt man kein Kind mit; das gibt man einer Patin.

25. Juli, 1968 Donnerstag

Damit die sowjetischen Truppen ja davon abstehen, anzurücken zum Schutz der tschechoslowakischen Grenze, zeigt ihnen das prager Fernsehen, was da schon bereit steht an heimischen Panzern, Hunden und Stacheldraht. Die westdeutsche Regierung will die Manöver, die sie für Mitte September nahe dieser Grenze geplant hatte, bei Grafenwöhr und Hohenfels, verlegen in die Gegend von Münsingen und des Heuberges, um 200 bis 250 Kilometer. Damit die Rote Armee sorglos abrücken kann in ihre Heimatquartiere, in östlicher Richtung.
Vor Ende des Schuljahres 1949/1950 wurde Herr Dr. Julius Kliefoth seines Amtes als Rektor der Fritz Reuter-Oberschule enthoben. Seine Schüler mußten auskommen ohne eine amtliche Begründung; sollten sie bei Kliefoth ein ungenügendes Lernverhalten annehmen?
Störrisch war Kliefoth. 1947 ins gneezer Schulamt gebeten zur Entgegennahme eines Lebensmittelpaketes, damit wenigstens ein Dienststellenleiter versorgt sei inmitten heißhungriger Kinder, verbat er sich Bevorzugung; er soll das Wort Bestechung verwendet haben, verblüfft wie er war. Ein Jahr später, im März 1949, kam die Deutsche Verwaltung für Volksbildung ihm amtlich, im Auftrag der Sowjetischen Militäradministration verordnete sie ihm eine Erhöhung seines Gehalts und Bezugscheine über die Lebensmittelkarte hinaus, auch Vorzugskredite für den Fall, er wolle sich ein Eigenheim bauen. Dies sollte Leute wie ihn abhalten, eine Hütte in den westlichen Besatzungszonen zu errichten. Kliefoth wäre gern auf zehn Tage nach England gefahren. Hingewiesen auf seinen Rang in der Verwaltung des Schulwesens und seine unpassende Unterkunft in einem Untermietzimmer an der Feldstraße von Jerichow, verweigerte er einen Umzug in eine Wohnung ganz für ihn allein am Domhof von

Gneez; kam mit dem Milchholerzug zur Arbeit, fuhr oft erst abends zurück auf dem blanken Holz der unbeheizten Abteile und konnte von Glück sagen, wenn er Öl hatte erstehen können für seine Lampe. Nun entbehrte das mecklenburgische Ministerium für Volksbildung einer Handhabe, ihn zu erinnern an empfangene Gunst. Kliefoth wier 'n ollen Murrjahn, an 't Enn müßt hei sick doch gewen.
Auch das Innenministerium von Mecklenburg war enttäuscht von Kliefoth. Am 15. und 16. Mai 1949 war er beordert ins Rathaus Gneez, als da abgestimmt werden sollte über den dritten Deutschen Volkskongreß. Es war eine historische Veranstaltung, da sie das Wort Wahl beispielhaft verfehlte und hinauslief auf eine Alternative. Denn die Frage lautete schlicht, ob ein Wahlberechtigter für den Frieden sei oder dagegen, bitte wie beliebt; ein Ja jedoch setzte eine Einheitsliste ein, einen Block der vorhandenen Parteien, so daß ein Unmut gegen die Kommunisten, sei es wegen der Abschnürung Westberlins, gleich auch die Mandate der Freien Deutschen Jugend schädigen würde, oder eine Vorliebe für die Partei der Sowjetunion, etwa weil sie seit drei Tagen wieder Lebensmittel und Arbeitsmaterial in jene Stadt ließ, ebenso unbesehen dem Kulturbund nützen. Kliefoth war Beamter; in seiner Unschuld entging ihm, daß die Behörden einen Vorteil wünschten von dem bürgerlichen Vertrauen, es werde doch reinlich zugehen, wo unsn Julius die Aufsicht führte, disse studierte Respektsperson. Gewiß legte Kliefoth die Ohren steif an; gebunden fühlte er sich von einer förmlichen Dienstverpflichtung. Am ersten Tage ging es in seinem Wahllokal wie in einer Schulstube. Er sah den Leuten entgegen wie Prüflingen, begrüßte Ungeschickte, mit ermunternden Lippenbewegungen, sprach gefällig Platt. Bei ihm sollte es so zugehen, daß die Wähler von Gneez vor die Urne traten aus freien Stücken, ihm von Person bekannt oder mit gültigem Ausweis, und die Stadtpolizei hatte kein anderes Recht, als ortsfremde Personen auf die Straße zu setzen. Kliefoth legte den Kopf in den Nacken für jeden, der vor seinen Tisch trat, statt bloß die Augen zu erheben; eine Anstrengung, die gegen Abend immer langsamer wurde. Wenn er streng aussah, so weil er das Rauchen entbehrte; der Würde des Vorgangs zuliebe. Er stellte einen Beamten dar, der verwaltet einen Auftrag, den hat die Regierung ihm auferlegt.

Am 16. vormittags kam aus Schwerin die Belehrung, als »Blitzfernschreiben – sofort auf den Tisch«, gezeichnet Warnke, Innenminister. Danach hatte Kliefoth auch solche Stimmzettel als gültig zu bestimmen, die leer in der Urne aufgefunden wurden; genügen sollte das groß vorgedruckte JA. War ein Zettel beschrieben, reichte er aus als eine von den gewünschten Stimmen, ausgenommen der Text gab eine »demokratisch-feindliche« Gesinnung zu erkennen; was immer das war. Mit solchen Zählkünsten kam der Frieden samt der Einheitsliste in Mecklenburg auf so viel Einverständnis wie 68,4 vom Hundert sind, 888 395 Leute, aber 410838 Leute hatten sich mit ihren Zetteln so angestellt, ihr NEIN vertrug keine Verwandlung. Im Bericht der Wahlkommission von Gneez fehlte die Signatur des Vorstands; Kliefoth hatte sich beurlaubt, aus »philologischen Gründen«. Für die historischen Akten mußte er die umschreiben zu einer »Anwandlung von gesundheitlicher Schwäche«; wie konnte dem kämpferischen und parteiischen Minister W. ein Beamter gefallen, der nimmt sich fast einen ganzen Montag frei, aus eigenem Gutdünken und Ungehorsam?
Entlassen wegen seiner Art von Vergangenheit: meinte Lise Wollenberg, in ihrer auffälligen Sucht nach Schadenfreude. Aber als die Sowjets in ihrem Befehl Nr. 35 die »Entnazifizierung« für abgeschlossen erklärten, mit Wirkung zum 10. April 1948 in der S.B.Z., hatte Kliefoth kein Mal vor einer Spruchkammer seinen Lebenslauf ausdeuten müssen (anders als Heinz Wollenberg); Kliefoth war der Hitlerpartei von Berlin schon 1932 ausgewichen in die ländlichen Gefilde von Jerichow, hatte seit Anfang des Krieges vor ihr sich verborgen gehalten in der Wehrmacht. Freilich, die Rote Armee wollte von ihm schriftlich haben, was angerichtet worden war unter seiner Verantwortung und Hitlers Oberbefehl, als Hauptmann im Stab des II. Armeekorps im Kessel von Demjansk bis zu seinem letzten Rang als Oberstleutnant; es muß der sowjetischen Militärverwaltung eingeleuchtet haben. Denn 1945 beließen sie ihn auf freiem Fuß in allen Ehren, 1948 im Mai empfahlen sie ihn ihrer Deutschen Verwaltung des Inneren als Taktiklehrer für die Fachschulen der Deutschen Volkspolizei, einer Neugründung. Mit zwei Gehältern, dem zivilen und einem militärischen, mit doppelter Pension winkte ihm die D.V.I.; Kliefoth entschuldigte sich mit ärztlichem Attest, den acht Zäh-

nen, deren er ermangele zu den zweiunddreißig, wie sie nun einmal auf den Tisch eines Heeres gehören. Dabei hatten sie ihm obendrein eine Nachzahlung des Wehrmachtsoldes geboten rückwirkend ab Mai 1945. Wer so reichlichem Großmut sich versagt, dem darf man ein wenig böse sein.
Auch hieß es, er habe die Zügel schleifen lassen; wir wissen, wer ihm die aus den Händen nahm. Denn dieser Herbst 1949 war eine Jahreszeit der Versammlungen in der Fritz Reuter-Oberschule. Aus dem Dritten Volkskongreß (mit dem Kliefoth in der Tat angeeckt war) hatte sich ein Deutscher Volksrat bestimmt, aus diesem eine Volkskammer, die erklärte am 7. Oktober das Gebiet der sowjetischen Besatzungszone zu einer Deutschen Demokratischen Republik und die darin wohnhaften Leute zu Angehörigen dieses Staates, mit Verfassung, Regierung und vorläufig dem herkömmlichen Adler auf Schwarz/Rot/Gold; was alles zu begehen war mit Festakten in der Aula, zwei Unterrichtsstunden lang oder einen Vormittag. Kliefoth bat jeweils einen »der jüngeren Herren« um die Gefälligkeit, dem jugendlichen Auditorium vor Augen zu führen, wie diese Vorgänge zwischen Mecklenburg und Sachsen sich ausnähmen inmitten anderer Zustände auf der Welt, dieselben förderten oder behinderten, vorzüglich mit Augenmerk auf China; Kliefoth schien zu schlafen hinter dem rot behängten Tisch auf dem Podium, den schmalen Schädel mit der weißen Bürste von Haar vorgeneigt, die Hand am Kinn; jedoch rechnete er sich aus, was an Unterrichtspensum verloren ging in der Zeit solcher Aufführungen, und sah den Nachmittag schwinden in Lehrerkonferenzen über Reparaturen am Schulplan, für den er der mecklenburgischen Verwaltung von Volksbildung einzustehen hatte in Person. Wenn er dann aufstand, die Zusammenkunft abzukündigen, hielt er sich krumm in den Schultern, die Krallen der hinter ihm aufgemalten Picasso-Taube im Genick, und schien belastet von Sorgen im Amt; und hatte doch einmal sprechen können im Ton zuversichtlichen Befehlens, mit Vorfreude auf die Rückkehr zur Arbeit. – In diesem Sinne: sagte Kliefoth ergeben; gewiß klang er ermüdet.
Kliefoth sei über die neue Nationalhymne gefallen: verkünden solche wie Frau Lindsetter, bloß damit sie eines musikalischen Verstandes sich berühmen dürfen. Denn wessen ein Staat außerdem bedarf, das wurde im November in den Stunden-Plan der

Fritz Reuter-Oberschule eingebunden, das Lied. Im Zweivierteltakt, schlicht symmetrischer Dreiteiligkeit, begleitete es den gereimten Vorsatz eines mehrfachen Subjektes, eines Wir, aus Ruinen auferstanden zu sein, der Zukunft sich zuzuwenden und einem einzelnen Subjekte, »dir«, »Deutschland einig Vaterland«, zum Guten zu dienen, »daß« (final) die Sonne über diesem Lande scheine »schön wie nie«. Das gutmütig pompöse Stück wurde den Klassen einzeln eingeübt von Joachim Buck (Julie Westphal war auswärts, in Güstrow für den Beruf eines Neuen Lehrers zu lernen). Der »schöne Joachim«, glänzende Tonsur, wallender Haarwulst, beschwörenden Lippenspiels, war erfahren in der Herrichtung von staatlichen Anlässen, bedankt für die Umrahmung amtlicher Kundgebungen in der Weimarer Republik wie unter dem Reichsstatthalter Hildebrandt (siehe Mecklenburgische Monatshefte, 1926–1938); er gab auch dieser Obrigkeit sein jeweils Letztes, warf unsichtbare Gewichte in den Handflächen von tief unten gegen die Kassettendecke der Aula, beschwor seine minderjährigen Singscharen mit ältlich rudernden Armen, in denen er manchmal einen Medizinball zu pressen schien, und knickte pünktlich im Nacken ein, wenn die letzte Note verklang; dies die Vorführung für die unteren Klassen. Den Zwölften, den Abiturienten glaubte er wissenschaftliche Untermaurung schuldig zu sein, »musikalische Ideengeschichte«, und begann die Unterweisung in der staatlichen Melodie mit einem Übungswalzer aus der »Theoretisch-praktischen Klavierschule« des Musikpädagogen Karl Zuschneid (1854–1926), einem Ding im Dreivierteltakt, das sich anhörte wie eine Vorlage zu der allerdings weniger hopsigen Hymne. Umfänglich glänzende Augen wandte Joachim auf seine Schüler, daß sie wohl seiner blind gleitenden Finger an langem Arm inne würden. Mit einer Variation von Zuschneids Takt glitt er in eine flapsige Tonfolge, nach wie vor dem Lehrstoff verwandt, in Abstammung wie Familienähnlichkeit, und machte sie kenntlich als Song in einem Film von 1936, »Wasser für Canitoga«, da sangen Hans Albers und René Deltgen nach Noten von Peter Kreuder (1905):

Good-bye, Johnny	(Auferstanden)
Good-bye, Johnny,	(aus Ruinen)
schön war's mit uns zwein.	(Und der Zukunft zugewandt.)
Aber leider,	(Laß uns dir)

aber leider (zum Guten dienen)
kann es nun nicht mehr sein(etc.);

der schöne Joachim in seiner Unschuld, der eine Zusammenstellung von Tönen bewahrt und erkennt, mag er sie beim Studium beherzigt oder vor dreizehn Jahren in den Renaissance-Lichtspielen von Gneez vernommen haben. Jedoch die Kriminalpolizei/Dezernat D (Nachfolger von K 5) hielt ihm schon im Februar vor, er habe den Komponisten der neuesten Fassung einer Anleihe, eines Plagiats, eines Diebstahls bezichtigt; jedoch bot die Untersuchungshaft einen Briefwechsel weder mit Peter Kreuder (Argentinien) noch mit Hanns Eisler (Berlin/D.D.R.). Da der schöne Joachim eine passive Kenntnis der Verfassung, aus der Lektüre von Zeugnissen, eingestehen wollte, redete er sich unter den Artikel 6, »Boykotthetze« und Verwandtes, so daß Buck erst wieder 1952 auf die Beine kam, in Lüneburg, zwar enttäuscht von der dortigen Musikwissenschaft, die die Herkunft der ostdeutschen Hymne abtat als eine Bagatelle denn als eine Nachricht, jedoch bald aufs Neue umgeben von einer anhänglichen Gemeinde, wegen seiner weltlichen Aufführungen von »Oh Ewigkeit, du Donnerwort« oder »Die Himmel rühmen«; ein Verlust für Gneez, hört man auf Frau Lindsetter. Und Kliefoth? Rektor Kliefoth bekam einen dienstlichen Verweis. Musikalischer Bildung fast bar, hatte er in förmlicher Lehrerkonferenz als ein Kuriosum beschmunzelt, was durch den neu gegründeten Staatssicherheitsdienst entlarvt war als ein Anschlag auf eine demokratische Einrichtung. – Wat för dumm Tüch: erwiderte Kliefoth in seiner gemäßigten Art auf die Anklage des Kreisschulrats, er hätte den schönen Joachim auf der Stelle zur Anzeige bringen müssen. Die Herren waren dereinst, 1944, verbündet gewesen, sie hatten akademische Semester gemeinsam; es wurde da eichnes Gestühl heftig bewegt und ausgerufen: Principiis obsta! Kliefoth hatte es mehr mit Juvenal und schrie: Maxima debetur puero reverentia! worunter er außer der Zwölften Klasse alle Schüler begriff, denen er Aufsicht schuldig war. Sein Widersacher wurde noch früher abgesetzt als Kliefoth; für den Vermerk in Kliefoths Akte war er gut gewesen.

Sein berufliches Genick brach Kliefoth sich an dem schulischen Gegenstand Jossif W. Stalin (geb. 1879): heißt es des weiteren; andere meinen für gewiß: an Weihnachten 1949.

1949 minus 79 ergab das biblische, das magische Alter von siebzig Jahren für den fernen Generalissimus Stalin, und wie das junge Staatsvolk der ostdeutschen Republik dem »genialen Steuermann der Sowjetunion«, »dem besten Freunde des deutschen Volkes« an die dreißig Güterwagen voll Geschenke auf die verbliebenen Schienen brachte (zwar beschämt über die Verspätung des Planetariums für Stalins eigene Stadt), so verrichteten auch die Schüler der Reuter-Oberschule von Gneez/Meckl. ihre Opfer unter dem Loerbrocks-Porträt des Jubilars (im Festkomitee: Sieboldt und Gollantz; verantwortlich für den Beitrag der Zehn A Zwei: Lokkenvitz). Julie Westphal, von starrer Innigkeit beengt in den Augenhöhlen, die Stirn mit steinernen Fransen verhängt, bebenden Busens in männlich geschnittenem Jackett, die Olsch auf der schlimmen Seite der Fünfzig hatte in Güstrow sich verjüngen lassen in künstlerischer Leitung; unter ihrer Stabführung trug ein weiblicher Chor aus Angehörigen der Neunten und Zehnten das Lieblingslied des Geburtstagskindes vor, welches sehnsüchtige Verlangen nach einer verlorenen Suliko, von sechzehnjährigen Mädchenstimmen intoniert, betrübende Stimmung zu verbreiten geeignet war; nach Julies Choreographie traten Schüler der Elften, nach Vorschrift in blauen Hemden und Blusen, gemessen vor und zurück, Fahnen erhebend und schwenkend; in von Julie vorgesprochnem Tempo und Akzent rezitierten die künftigen Abiturienten im Chor, was das mehr jugendliche Auditorium respondierte als Gelöbnis an den Baumeister des Sozialismus, den Lenin unserer Tage, den Lehrer der Wachsamkeit gegenüber den Agenten der Volksfeinde und was für Personalbeschreibungen noch Dicken Sieboldt der Tagespresse von Stalins Partei in Deutschland entnommen hatte; als Gast Herr Domkantor J. Buck am Flügel, eine Empfindung P. Tschaikowskijs übermittelnd. Streng beschwingt der schöne Joachim, weder mit Ahnung noch Warnung versehen. Zum Schluß die Neue Hymne. Herr Direktor Kliefoth war anwesend als Patron der Veranstaltung, mit der graugrünen Fliegenschleife im abgeschabten Kragen wie gewohnt, in seinem werktäglichen, weitläufiger hängenden Knickerbocker-Anzug; seine sparsamen Lippen bildeten trockenes Kauen ab und die Bedrängnis eines Menschen, der versagt sich von Respekt wegen das Rauchen. Auftrag ausgeführt.

Das war der 21. Dezember, und für den 24. war der Zehn A Zwei

von Kliefoth ein anderes Festprogramm genehmigt. Das verdankten wir Anita. Dies fremde Kind, aus »Ostpreußen«, es war unzufrieden gewesen mit unseren Auskünften über den Menschen, nach dem die Schule benamst war; es hatte sich von dessen Schriften beraten lassen in den Redensarten, mit denen Kinder einander abfertigen in Mecklenburg; auf Anitas schüchterne Erkundigung hin übten wir die Beschreibung des Weihnachtsfestes im siebenten Kapitel von Fritz Reuters »Ut mine Stromtid« und führten es unseren Eltern auf als szenische Erzählung und Darstellung. Was an Eltern zu haben war. Nach der Üblichkeit hätte Anita für ihren Vorschlag büßen müssen und in Person auf die Bühne steigen; wir waren geniert genug und bestimmten leider die Schülerin Cresspahl für die Rolle der Fru Pastor Behrendsen. Die Vorschrift des Dichters sagt: allens was rund an ehr, de Arm un de Hänn und de Fingern, de Kopp un de Back un de Lippen; die Cresspahl wand sich allerhand Tuch um die Hüften, machte sich klein und hielt sich vierzigjährig; auch packte sie sich die Haare im Nacken zusammen in einen Dutt; zur anfänglichen Besorgnis von Anita. Denn die hatte die Brüshavers eingeladen und vermeinte, Aggie werde Anstoß nehmen an einer Verkörperung, wie sie um den Tannenbaum wuselte as Quicksülwer und in einem fort beteuerte, sie sei doch die Neegste dortau. Aber Aggie lachte wie die übrige Gesellschaft, und klatschte Beifall; 'n goden Minschn was se. Dicken Sieboldt war Gast als Herr Pastor Behrens, und Lise gab Lowise, und Rike mit ehre lude Stimm wurde gespielt von Schäning Drittfeld, die uns pünktlich nach dem letzten Julklapp in Ohnmacht sank. An Dorfjugend war kein Mangel; Fru Pastor hatte echte Pfeffernüsse und Äpfel zu verteilen. Den wehmütigen Franz hatten wir gestrichen zu Gunsten von Kutscher Jürn; Pius war Jürn und Berichterstatter und hatte das Schlußwort mit seiner Fahrt durch das Dorf, dem Gesang ut de lütten, armen Daglöhnerkathen, un baben hadd uns' Herrgott sinen groten Dannenbaum mit de dusend Lichter anstickt, un de Welt lag darunner as en Wihnachtsdisch, den de Winter mit sin wittes Sneilaken sauber deckt hadd, dat Frühjohr, Sommer un Harwst ehre Bescherung dorup stellen künnen.
Daß Herr Dr. Kliefoth den Beteiligten dankte und ihnen wie den Gästen frohe »Weihnachtsferien« wünschte, es war der Strohhalm, der dem Kamel den Rücken bricht. Denn er hätte uns hin-

dern können. Wenigstens eine Woche zuvor hatte er die Verfügung auf den Tisch, die winterliche Schulfeste nur für den Generalissimus zuließ, allenfalls noch für das Soli-Männchen, was immer das war. Auch war ihm als amtliche Bezeichnung für diese Pause im Schulbetrieb nunmehr der Ausdruck »Winterferien« auferlegt; haben auch immer seitdem so geheißen in Gneez und Mecklenburg.

»Solidaritäts-Männchen« hieß das, Fru Cresspahl.

So eines mit Hemd in der Nacht und brennendem Talglicht in der Hand?

Oder so wie Kohlenklau. Aber das mit dem Kamel, es ist ein Anglizismus, Fru Cresspahl.

An welchem Tropfen zuviel also haben wir Sie verloren?

Das war zum Aussuchen. Da fehlte ja wohl ein Feuerwehrmann auf der Bühne.

Herr Kliefoth, einen Eimer mit Wasser und einen mit Sand, daran hatten wir gedacht.

Und hatte da einer einen Helm auf und ein Beil in der Hand?

Eine Sanitätskompanie hat auch gefehlt.

So wier dat! Was war bloß mit Christiane Drittfeld? Die erinner ich drall, rotbäckig geradezu. Ne, stämmig.

Die sollte über Neujahr mit den Eltern in den Westen. Das Verschweigen, der heimliche Abschied mag sie überkommen haben.

Und nu hatten Sie noch den falschen Autor.

Fritz Reuter war der Namenspatron der Schule. Diss sag ich in würdigem Ton.

Den falschen Text.

1862 geschrieben in Nigen Bramborg!

In dem gegen Ende auch Bücher verteilt werden an die Kinder.

Schriwböker un Tafeln und Fibeln un . . .

Un Katekismen, jung Fru! Die Benutzung einer demokratisch-schulischen Örtlichkeit zu christlichen Zwecken, so heit' dat! Propaganda wier dat!

»Quosque tandem!«

»Videant consules«: hew ick seggt.

Aber Sie sind doch erst abgesetzt worden im April danach.

Dunn kem dat dicke Enn rut. Œwerall in Mecklenburg müßt ein Upsatz schrewn warn, und von mine Schaul kem kein. »Was mir mein Lehrer von Stalin erzählt hat.«

So eine pädagogische Volksbefragung.

Nich in min Schaul.

Und am besten hätten Sie wohl weniger Briefe bekommen von der Freundschaft an englischen Universitäten.

Oder in die nationaldemokratische Partei gehen, wo sie die anerkannten Nazis sammelten, und den Schurrmurr aus der Wehrmacht. Es hätte wohl eine Weile geholfen.

Wer hat nun recht: die Lindsetter, oder die Stalin anführen? Oder Weihnachten?

Söken Se sick dat ut. Es konnte auch das Alter benutzt werden.

1950 war Herr Dr. Kliefoth ein volles Jahr vor der Pensionsgrenze.

Und wer Murrjahn hieß, und einer war, dat weiten Se woll.

In der Schule sah Gesine Cresspahl ihren Rektor zum letzten Mal, als er für einen seiner »jüngeren Herren« einsprang und Dienst tat im Kartenzimmer. Er hantierte mühsam mit den langen, schwer bewickelten Stangen. Auf den Lippen stand ihm ein dünner Strich Schaum, nach einer Stunde Latein mit den Abiturienten. Er erkannte sie gleich, als sie an der Reihe war mit ihrer Bitte um die physikalische Aufnahme von Süd-China; sah sie aber an, als sei ihr beflissener Gruß eine Überraschung. Aufgeweckte, heitere Augen in steil aufsteigenden Innenhöhlen, dick mit Falten umlegt; ein euliger Blick. Und weil Kliefoth verschwand mitten im Schuljahr, ohne Auftritt in der Aula mit Danksagung und Verabschiedung, war es einmal zu spät für einen Fackelzug, ein ander Mal galt solch Unternehmen für inopportun, eine Übersetzung für ein mehr einfaches Wort. Weil es doch neunzehn Kilometer gewesen wären für seine Schüler, von Gneez bis Jerichow, wo Kliefoth sein vorzeitiges Altenteil verbrachte, allein mit den Herren Juvenal und Cicero und Seneca. Auch was erzählt wurde von seinen ausgiebigen Pensionsbezügen, es beruhigt ein sechzehnjähriges Gewissen. Aber die Schülerin Cresspahl nahm sich in acht in Jerichow, ihrer eigenen Stadt! und hütete sich vor dem Steg zu den Kleingärten, wo Kliefoth dreißig Ruten Land bebaute mit Kartoffeln und Tomaten und Zwiebeln und Mohrrüben, wie er das gelernt hatte als Kind in Malchow am See. Als ob sie zweifelte, er werde ihr die Hände mit Johannisbeeren füllen.

Friday July 26, 1968

Wenn ein tschechischer General anregt, es möge der Oberbefehl über die Truppen des Warschauer Paktes auch einmal an einen anderen Staat gehen als den sowjetischen, schnaubt sich Moskau und verklagt ihn wegen Verrats militärischer Geheimnisse. Das Präsidium der K.P. in der Č.S.S.R., Prag kriegt den Schnupfen, löst das Parteiamt des Generalleutnants Vaclav Prchlik auf und schickt ihn zurück zur Armee. Das sowjetische Kommando Luft kündigt »Übungen« an, Unternehmen »Himmelsschild«, ausgedehnt auf Gebiete nahe der tschechoslowakischen Grenze, und nun getrauen sich auch die polnischen Kommunisten, die tschechoslowakischen Brüder zu beschimpfen wegen eines Mangels an Kampfeswillen gegen die »Kräfte der Reaktion«, von denen sie bedroht seien. Dazu von Associated Press ein Foto, ein getarntes Fahrzeug der Sowjets auf ostdeutschem Boden, 90 Meter von der Grenze entfernt, bei Cinovec; ein halb erkennbares Rad scheint etwa so hoch wie die beiden Rotarmisten daneben.
Ein Staatsanwalt in Frankfurt am Main hat Lebenslänglich beantragt für jenen Fritz von Hahn, wegen der 11 343 Juden aus dem bulgarisch besetzten Griechenland, die der nach Treblinka, wegen der zwanzigtausend Juden aus Saloniki, die er nach Auschwitz ins Gas schicken ließ. Nächsten Monat kriegt er das Urteil, vielleicht.
Die Angestellte Cresspahl will heute einen Brief verfassen. Fünf Minuten vor neun tritt sie auf vor dem Bollwerksmöbel von Mrs. Lazar und probt das Lächeln mit ihr; sie möchte bis zum Abend durch sein mit der selbst auferlegten Pflicht. Bei offener Tür tut sie das, ohne die Vorsicht, das Farbband wegzuschalten und auf weißes Papier zu tippen, auf ein Kopierblatt darunter. With company equipment tut sie das, on company time. Mit einem Gerät der Firma, in der an die Firma vorverkauften Zeit; so unbedenklich ist sie nun. Denn wer immer zu Besuch kommt,

Henri Gelliston oder sonst einer von den jungen Herren des Vizepräsidenten, er wird auf dem Blatt fremdsprachigen Text sehen, ohne Anschrift eines verbündeten Geschäftes, das mutet privat an.
Anrede.
Entfällt. Könnte Empfänger gefährden. Wegen des Namens, auch Spitznamens. Der gefälligen Adjektive hat er sich selber enterbt; obwohl wir gern weiterhin begännen mit: Dear –. Leider wäre es ziemlich verlogen.
(Lieber) (J.B; streichen); das ist uns verwehrt. Es hieße ja auf deutsch, daß wir dich gern mögen und achten; auch ein Gleiches erwarten von dir. Und wer hat uns das unterschlagen? Du, indem du uns verleugnest. Eine Anrede bleibt uns im Halse stecken. Die Zunge im Hals, du erinnerst dich. Mit verhehlter Stimme sprechen wir zu dir. Nein, bloß in deine Richtung. Wir geben keine Adresse, weder Röver Tannen noch Christinenfeld noch Markkleeberg Ost (alle Ortsnamen vertauschen!). Wir werden uns hüten, deine bei der Volkspolizei notorische Meldekarte suchen zu helfen mit einer Nummer in einer Straße des Friedens / der D.S.F. oder einer eben solchen à la Stalin nachmals Dr. Frankfurter oder MarxundEngels. Anonyme aller Länder vereinigt euch!
Wir sagen du zu dir, damit offen stehe, welche Anrede früher zwischen uns gewohnt war; wir reden mit dir wie mit einer unbekannten Katze, ganz gleich ob sie uns schimmernden Pelzes erscheint oder struppig vorkommt und der Pflege bedürftig, gegebenen Falls der Verachtung, weil sie so hat sich verfallen lassen.
Wir reden mit dir als wir, damit du dich hinauszureden vermöchtest auf die Unergründlichkeit von vielen; andererseits, auf Vorbehalt, vermuten und zu Protokoll geben dürftest, hier spräche jemand für die anderen, bei denen er / sie sich eingesetzt hat, damit dir vertraut werde und bereits dein Name respektiert. Such dir aus, du wirst wohl wissen; auch was du entwertet hast.
Deinen Ängstlichkeiten zuliebe magst du dies finden in deinem Briefkasten, aber kaum herangetragen und vorher durchgesehen / fotokopiert / kartiert / indiziert von der Deutschen Post deines Staates, der wir doch bloß Beförderung und Zustellung vergüten, nie und nimmer Technik wie Personalkosten der »Stelle 12«.

Deswegen mag dich dies antreffen zwischen den Laken, die ein V.E.B. »Blütenweiß« oder eine P.G.H. »Fortschritt-Wäsche« dir zurückgibt. In dem aufklappenden Buch, das du bei einer Ausleihe bestellt hast. In deiner Jackentasche knisternd, unversehens. Immer so, daß es dir in die Hand fällt sogleich, und nur dir.
Damit ja und gründlich verdeckt werde, daß und ob du einmal verschwägert / befreundet / in Untermiete warst mit und bei einer Gesine Cresspahl (zu streichen), einer Person, die noch jenseits deiner Grenzen deiner gedenkt. Damit du eine Nenntante von uns gewesen sein könntest. Eine Seminarleiterin. Ein Sportskamerad, den wir stets zu grüßen hatten mit geballter Faust oder dem Rufe »Freundschaft!« Irgend eines von jenen unzähligen Mitgliedern der sozialistischen Menschengemeinschaft; wir zitieren bloß. Eine Figur in grauem Flanell (streichen).
Du sollst immer auszusagen in der Lage sein, das müsse ein anderer sein als du, und nie im Leben ein Kupferstecher. Ob du weiblich bist oder männlich, bebartet oder ohne Behang, wir verschweigen es, desgleichen in welchem Betrieb / Labor / Institut der Deutschen Demokratischen Republik du einer Wissenschaft / Fertigkeit / Gewohnheit so rühmenswert obliegst, wenngleich ohne Glanz und Gloria von seiten deiner Staatsverwaltung, so daß einige deiner Förderer / Kollegen / Briefbekannten erachteten, es sei ein runder oder irgend einer von deinen Geburtstagen einer gemeinsamen Erinnerung / eines Tributes / einer Festschrift wert und würdig.
Eines ist kein Geheimnis, wie das so geht bei Festschriften deutscher Art: zugegebener Maßen nie und vertraulich jeden Falles wird der Jubilar befragt, wer ihm angenehm sei und wer peinlich, wer unerreichbare Ehre bedeute und welcher ihm zur Schande gereichen werde; in deinem Falle: ob du dich abfinden würdest mit einem Verlag und Druckort im Auswärtigen, wo deine Verehrer sich zu erkennen geben dürfen ohne Schaden und Ungemach für deine werte Person. Fern sei es von uns zu verraten, ob die Redaktion einen Verlag fand in Finnland oder Frankreich, in Schweden oder der Schweiz; vom Druckort sagen wir nur, er hätte sein sollen in einem Land an großem Wasser, zwischen zwei Meeren. Oder drei. Lichtsatz wäre wohl anzunehmen. Aber gefertigt in einer britischen Kronkolonie? Gibraltar? Hongkong?

Our lips are sealed. Und ein Privatspaß solle es sein, unter Gleichgesinnten, dir zuliebe.
So daß wir auf einem Ohr schlecht hörten, auf dem andern gut und gerne, wem die Herausgeber antrugen, die Perlenkette der fachlichen Zueignungen und Verbeugungen zu eröffnen mit einer biographischen Schließe, dazu befähigt aus langjährigem Umgang und einiger Zuneigung desgleichen; und zwar auf wessen Wunsch und Verlangen: auf deinen, deins. For your comfort and safety, damitte bequem und ungefährlich sitzt, zweimal und schriftlich habe ich mich vergewissert: du hast gebeten, mich zu bitten. Es war ersichtlich, meine Anschrift und Wohnung, bis auf die Nummer des Telefons, von wem konnten sie die haben als von dir. Ich mußte es nehmen als einen Auftrag von dir. (= wir). Es ist uns schwarz auf weiß bestätigt und bescheinigt. Hier hätten wir einen Anfang, scheint es.
Wir sind, dir erinnerlich, an fünf Tagen einer Arbeit von acht Stunden unterworfen; im Vertrauen sage ich dir: es sind mehr. Blieben die Wochenenden. Zwar hätten wir es abwälzen können auf einen Genossen Schriftsteller, den haben wir an der Hand, sogar in der selben; da du mich vorgeschlagen hattest, mußte es verbleiben bei mir, unter uns. Mein Englisch, dir vorstellbar, die vereinbarte Sprache flutscht annehmbar im geschäftlichen Verkehr, bei Verhandlungen über assets and liabilities und den Kreditrahmen, der aus solchen aufzubauen sei; nie in meinem Leben habe ich damit mich versucht an einer belletristischen Prosa. Das sollte es doch sein, wenn man vom Leben eines Menschen auf Papier zusammenträgt, was zu wissen ist und anzunehmen und gesehen und gehört, oder? wenn auch andere es lesen sollen und darin dich erkennen zu ihrem Spaß und ihrer Belehrung? Zwei Wörterbücher, zu meiner Blamage gesteh ich's, brauchte ich auf dem Tisch. Als ob mir das Englische mit eins vergeht, soll ich einmal damit sagen, wie Einer in der Schule gewesen ist (wäre), wie er sich anstellt beim Anbeißen einer thüringischen Rostbratwurst (eines kalten Eies), wie er sich hält auf stürmischem Meere (bei einer Vorladung zur Geheimen Staatspolizei / dem ostdeutschen Staatssicherheitsdienst), ob man seinetwegen ruhig schlafen darf oder rennen was das Zeug hält. Anfangs bin ich um dich herum gegegangen wie ein Schneider (weiblich oder männlich) und versuchte zu finden, was unter dem Stoff ist und wie meiner sit-

zen könnte auf deinen Gliedern und Schultern. Auch habe ich versucht, dich anzusehen wie ein Mädchen / ein Junge, die finden gerade an dir begehrenswert, wie du die Lippen schürzt, die Muskeln um die Augen bewegst, die Beine setzt. Wie du dich räusperst, wie du ... Deiner Eltern, du weißt es, habe ich gedacht. Eine Sache habe ich ganz und gar verschwiegen. Gelobt habe ich, was mir gefiel. Was mich gestört hat, ich verwandte es zu Stickerei aus Neckerei. Die ganze Zeit saßen mir Schmerzen im Denken, der Arbeit wegen; am Ende manchmal war mir, als hätte ich dich anwesend, als wärst du nun da. Vierzehn Seiten und eine halbe zu je zweitausend Anschlägen, und nachts um elf zum Hauptpostamt, damit es an die Herausgeber abgeht mit nächster und fliegender Fracht.

Dann Schweigen, und das Datum des Anlasses verstrich. Endlich die Erklärung, du hättest dir mein Geschriebenes über die Grenze schmuggeln lassen, in Hosentaschen, in Streichholzschachteln, was weiß ich, um gerade von mir über dich zu lesen. Was ne Ehre; siehe aber auch unter Festschrift und J wie Jubilar. Nach noch ner Weile die Auskunft, du habest dich, eigentlich uns beide, gern erkannt und wollest, Befangenheit eingestanden, das Porträt als rundum zutreffend mit Vorliebe akzeptieren; mit dem Wissen, was da aus Freundschaft ausgespart sei.

Na, denn. Wenn's dir gefällt. Na bitte. Wartete ich auf die Ersuchen um Änderungen. Wie ein Schneider auch.

Kamen aber keine. Statt dessen der Bescheid: wir stehen mit dem Unseren außer Frage, von vornherein, weil von uns bekannt ist, daß wir die und die sind.

Dis haste nu jewußt, als du den Auftrag erteiltest.

Es versteht sich, wir treten zurück. Zwar, wir haben einen Druckvertrag (ohne Honorar); wir verzichten. Warum sollten wir dir im Wege stehen wollen, wenn es dich juckt Betriebsleiter / Verdienter Arzt der Republik / Nationaltrainer / NichtVorbestraft zu werden? in Sachen deiner Kunst / Technik / körperlichen Fähigkeiten ins NichtSozialistischeWirtschaftsgebiet, in den Westen reisen zu dürfen? Im Gegenteil, wir möchten deine Erkenntnisse oder Geschicklichkeiten von Niemandem als dir vorgetragen wissen in Helsinki wie Leningrad, in Pasadena wie in Mexiko City.

Ohne daß wir zugegen sein müßten, allerdings.
Du hast dir nun einmal ausbedungen eine Festschrift in Sachen Endikrinologie / Forstwissenschaft / Molekularbiologie / Mathematik / Kunstgeschichte / Heizungstechnik; gesäubert von dem Stück Lebens, das du mit uns gemeinsam hattest.
Wobei uns vorkommt, daß du hier wie dort Bedürfnisse deines Staates in deine eigene Person verlegst, Notdürfte von einer Art, die du der D.D.R. bloß anempfindest, in einer allzu bereitwilligen und weitläufigen Auslegung.
Denn wenn wir den heutigen Sendboten und Beschützern deiner Landesverwaltung gegenüber treten, so mögen sie uns noch übel verdenken, daß wir einmal gegangen sind ohne groß zu fragen nach dem Gesetze, dessen Antwort auf solche Erkundigung bekannt war als ein Nein und das den Versuch mit Gefängnis bestrafte. Dennoch bleibt vor uns die Maschinenpistole gesenkt, sagt die D.D.R. uns Guten Tag und wünscht Gute Reise; sie gibt uns zu essen und ein Bett, wir müssen nur zahlungswillig sein in unserem NichtSozialistischen Geld; und das ihre bewahrt sie uns auf in einer höchsteigenen Staatlichen Bank. Und AufWiedersehen sagt sie.
Womöglich die dienlichen Dienste bedenkend, die wir ihr noch nach dem Abschied erwiesen, indem wir sie erwähnten als einen ausländischen (outlandish) Staat, ganz wie sie dessen bedarf zwecks Anerkennung (Näheres unter drei Buchstaben; Zuschriften an die Redaktion). Und das wäre nur eine von dankenswerten Leistungen.
Du hast unsere Zeit benutzt. In Ordnung; ich hab in meinem Leben viel Leute gern gehabt. Nur, du hast sie schlecht benutzt, da du wußtest es war umsonst und vergeblich; du hast unsere Zeit vergeudet.
Wir sehen die Beschränkungen ein, in denen du dich fühlst; sind aber sicher, du hättest dir ein gut Teil selbst gezogen. Dennoch, da du es sagst, ist dir lediglich möglich, über eine private Postanschrift von uns jene Tausend Kleinen Dinge anzunehmen, die euer Sachwalter wie seine Nachfolger deinem Alltag vorenthalten, vom Fachbuch bis zum Klopapier. Du vermagst recht wohl umhergehen in deinem Lande mit einem Jäckchen, den Stoff dazu hast du dir bei uns erbeten, mit einem Kleinstradio am Ohr, das haben wir geliefert auf deine Bestellung. Unmöglich aber ist

dir, öffentlich und dienstlich wie auch im amtlichen Schriftverkehr zu einem Umgang mit uns dich zu bekennen, da allein die Nähe unseres Namens zu deinem deiner Laufbahn / Kaderakte / Biographie / deinem Leumund schade. Das sehen wir ein. Da wollen wir keines Weges dich hindern beim Wahrnehmen deiner Menschenrechte.
Seit gestern nacht ist uns unverbrüchlich zugetragen als Anblick und Geräusch: du gehst da umher in deinem Lande mit unseren Erinnerungen an dich, dem Nachruf, den du dir erschwindelt hast, damit du schon zu Lebzeiten erfährst, was wir aufbewahrt haben und wert gehalten an dir. Wir hören: du liest das vor, in jeweils vertrautem Kreise, als Bitte um Mitleid für deine schlimme Lage, in der so nette Dinge über dich zu drucken von Staats wegen untersagt ist.
Seit gestern nacht gehen wir inwendig krumm, so genieren wir uns. So schämen wir uns.
Und möchten zurücknehmen, was wir aufgeschrieben haben in einem Vertrauen auf dich.
Elli Wagenführ. (Namen auswechseln. Wie aber könnte Irgend Jemand Elli Wagenführ ersetzen.)
Daß wir dir von ihr erzählt haben, es war fehlerhaft. Wie sie aus Peter Wulffs Küche witschte, beide Hände voller Teller, – Heiß: rief sie, und: Fettich! und die Markttagskundschaft beteuerte genüßlich, heiß käme ihnen gerade zupaß, auch mitten im Sommer; bemerkte auch über das Fett. Zog ihr die Schürzenbänder auf. Freute sich auf die Ohrfeigen. Es tut mir leid. Ich nehme es zurück. (Namen ändern. Wirtschaft in Jena.)
Und den Ginster. Wir kamen an Ginster vorbei, der stand gut im Saft; ich mußte mein Vergnügen doch sagen an seinem Blau und Gelb. – Ginster? fragtest du: So wie der, der das Buch geschrieben hat, von ihm selbst? Den Ginster hast du von uns; wir bestreiten dir das Eigentum.
Und daß wir jemals gedacht haben, es käme auf keine Vorsichten mehr an, und dir den Schnack auslieferten, ein Heimatstück, einen Blick Ostsee: blue as blue can be. Wir ziehen das ein.
Und daß ich dich meinem Vater zugemutet habe, der mir trauen mußte. Wenn ich ihm einen Fremden anbrachte, ich bürgte doch für dessen Zuverlässigkeit. So daß er dich betrachtete, als ver-

dientest du seine Höflichkeit, und dir womöglich die Hand gegeben hat als einem Gast. Wie das ungeschehen machen. Dafür schäme ich mich

If I have to choose between betraying my friend and betraying my country, I hope I shall have the guts to betray my country.
– E.M. FORSTER

Det mista dialektisch sehn, wa? Na, denn sei froh.

Und beruhigt. Wir leugnen, dich zu kennen. Nie haben wir dich gekannt. Ist es so zu deinem Nutzen? Nein, du hast mit uns nichts zu schaffen. Wir haben mit dir nichts am Hut. Wird diese Versicherung dich befördern / promovieren / in das Nutzungsrecht an einer Wohnung setzen? Ist deine nationale Spielart des Selbstverständnisses, deine identity nunmehr der Kränkung enthoben? Wir sind Fremde. Sind wir immer gewesen. Wie können wir dich zum Ende grüßen, wenn wir eine Bekanntschaft / Zusammenarbeit / Wohngemeinschaft mit dir von uns zu weisen haben. Anderen Leuten sagen wir Tschüß oder Take care oder Mind where you go, auf Verlangen À Dieu. Dir sagen wir Schluß und Niemals und Aus.

(Reinschrift zur Weiterleitung als Fotokopie verschicken. An dieser Stelle Abdeckung einer Unterschrift vortäuschen.)

Der New York *Times* ist heute gelegen an unserem Mitgefühl für eine Hausfrau (welch selbe bittet, ihren Namen zu verschweigen). Kommt sie von Long Island nach Manhattan, zum Einkaufen. Plötzlich, sieh an, fällt ihr ein, sich mit ihrem Mann zum Mittagessen zu verabreden. Versucht die Telefonzelle an der Südwestecke der 62. und Madison Avenue. Ihr Zehner kommt zurück, kein Amtszeichen. Marschiert sie auf der Madison zwölf Blocks nach Norden, bemüht sich an sieben öffentlichen Sprechstellen, der achten fehlt sogar die Wählscheibe. Um drei Zehner ärmer ist sie.

Aber das Haustelefon der Bank gehorcht einmal. Prompt auf Verlangen schickte Sam aus seinem Keller ein warmes Schinkenbrot mit Tee durch einen Boten, der die Tüte wie erbeten schweigend abstellte auf dem Stuhl neben der Tür. Der verstand den da bereit liegenden Zehner auch so.

Und auch im internationalen Verkehr steht es leidlich. Gegen Ende der Reinschrift meldet sich das Stafford Hotel, London, und ob wir wohl so gut wären? Versteht sich, und am anderen

Ende zur englischen Schlafenszeit meldet sich de Rosny, ein Vizepräsident, will selber nachsehen.

– Immer fleißig, meine gute Frau Cresspahl? spricht de Rosny. Der macht einen Briten nach. Nein, der macht einem Geschäftsfreund vor: KönnSe ma sehn, wie ick meine Leute anner Strippe habe!
– Aber gewiß doch: erwidert die Angestellte Cresspahl in New York, einer Scham bar.
– Tisch voll? de Rosny übertreibt es mit der Intonation der Public Schools.
– Nahezu klar. Bin beim Aufräumen. Sir.
– So vor der großen Reise, nicha?

Was wir auch hatten vergessen wollen.

– Kenne ich diese... Person? will Marie wissen am Riverside Drive. Wäre sie älter als ihre stolzen elf, ihr Blick müßte fürsorglich genannt werden. Schneidet die Mutter sich am Ende ins eigene Fleisch? Zwar sitzt sie da und macht den mecklenburgischen Ossenkopp, beide Fäuste gegen die Schläfen. Reißt die Mutter sich etwas aus, das sie ärgert, und am Ende ist es ein Stück vom Auge?
– Das Jahr vergeß ich. Du warst achteinhalb. Da waren wir zu Besuch in... einem sozialistischen Land, hatten Anita treffen wollen, stießen statt ihrer auf diese Person und feierten, daß... ihr nun wenigstens Reisen in Richtung... Osten erlaubt waren.
– Und es war diese Person, mit der du da an einem öffentlichen Platz gesungen hast?
– Der Wein war stark, Marie.
– »Marmor, Stein und Eisen bricht«?
– Du hast dich erbärmlich geschämt für deine Mutter.
– Das war Neid. Einfach lossingen, bloß weil einem so zumute ist, dazu braucht es doch Mut.
– Which you did solely to keep New York clean.
– »Aber unsere Lie-hie-be nicht«?
– Da hatte er mal so eine Einbildung, 1955.
– Ist es dennoch diese Person, mit der du –

– Ja sei vorsichtig!
– auch anderswo gereist bist, vor meiner Zeit?
– Wir erklären uns für unschuldig, Euer Ehren.
– Und warum ist der Sozialismus böse auf Privatdrucke in einem N.S.W.?
– Weil seine Verwalter eine unglückliche Liebe haben zum Prinzip des Archivs.
– Wer besorgt dir solche Post? Anita? Günter Niebuhr?
– Da sind wir überfragt, Euer Ehren.
– So entläßt du Leute aus deinem Leben?
– So schicke ich sie raus, und Glück auf die Reise.
– Damit ich das lerne.
– Damit du Bescheid weißt. Seit wann riecht es bei uns am frühen Abend, bei offenen Fenstern nach gebackenem Blumenkohl? Hast du gekocht? Die Semmelbrösel sind dabei, Parmesan hängt in der Luft.
– Das ... Gesine, das ist ein Geheimnis. Ich sag's dir morgen.
– Ich bin viel zu müde zum Essen. Ist es dir recht, wenn ich mich gleich hinlege? Wenn du mich erst um zehn Uhr morgen weckst?
– Du schläfst wie du Lust hast, Gesine.

27. Juli, 1968 Sonnabend

Aufgewacht von der Stille, die war geräumig, sie enthielt Vogelgesang. Der Schlaf hat die Nacht hindurch gewußt, dem Wecker ist das Maul gestopft, und bestimmte die Zeit als jene, da ist der Aufmarsch der Autos auf dem Riverside Drive passiert, da werden die ersten Kinder in den Park geleitet. Der Traum führte eine Walddrossel vor, zeigte eine Wanderdrossel, verstieg sich zu einer Prachtmeise; alle verworfen. Denn die sind inzwischen beschäftigt mit dem Ausbessern des Nests, dem Aufziehen der Nachkommenschaft. Der da sang war ein Zaunkönig. Ein fröhlicher König auf den Gittern des Parks jenseits der heißen stillen Fahrbahn, im angewärmten Schatten der stattlichen hickories ... der Walnußbäume, im Traum anwesend wie ein Öldruck in Pagenkopfs Flur. Freiwillig aufgewacht.
Ein viertel vor Zehn, und begrüßt vom Gerüst eines Frühstücks:

der Tee wartet auf dem Stövchen, zwei Gedecke sind gelegt, zwei Eier warten unter ihren Mützen, nur die Servietten sind noch leer. Die New York Times ist da, und wer fehlt, ist Marie, selbst eine Nachricht von ihr. Die junge Dame ist aus zu einem heimlichen Gang.

Edward G. Ash junior aus Willingboro in New Jersey, von der Armee, und David A. Pearson aus Tonawanda im Staat New York, Feuerwehrmann bei der Marine, werden gemeldet als getötet in Viet Nam.

Die britischen Kommunisten drücken sich um einen Tadel am großen sowjetischen Bruder, aber sie stellen sich hin und finden es dufte, wie die tschechoslowakische Partei aufräumt mit dem »Unrecht der Vergangenheit«, wie sie besteht auf sozialistischer Demokratie, und was reichen sie nach? »Nur das tschechische Volk und seine kommunistische Partei können bestimmen, wie sie ihre inneren Schwierigkeiten angehen.« Das sind schon einmal (abgerechnet die Enthaltungen) 32 562 Leute in Großbritannien.

Antonio (Tony Duckdich) Corallo von der Mafia, es hat ihn erwischt im Bundesgerichtshof am Foley Square. Für versuchte Bestechung eines Menschen bei den Wasserwerken: drei Jahre Gefängnis. Aber die Höchststrafe wäre gewesen fünf Jahre, samt einer Geldbuße von $10000. Nun, bei guter Führung ...

Ein vierunddreißigjähriger Mann aus Astoria (fast hätten wir da mal gewohnt), Wladimir Vorlicek betrat gestern die Waffenabteilung von Abercrombie und Fitch, kaufte für $5.50 Schrotpatronen, lud heimlich eine Flinte, offenbar liegt dergleichen da ungesichert rum, und schoß sich in den Kopf. Er war binnen letzten Jahres als Flüchtling angekommen, aus der Tschechoslowakei. Das wäre schon einmal einer.

– Guten Morgen, Marie! Was haben wir für ein schönes Kind! Bist du zu Besuch? was für einen vornehmen Hänger du anhast, blau und weiße Streifen, zu blonden Zöpfen, Seidenbänder auf den nackten Schultern! Gindegant!

– Guten Morgen, Gesine.

– Du bist bedrückt, junge Frau.

– Siehst du doch.

– Hier soll aber keiner bedrückt sein! Es ist ein Tag ohne Arbeit,

die Sonne ist draußen, wir können gleich auf die South Ferry! Sag an, Marie.
– Es ist... du nimmst manchmal gern hartgekochte Eier zum Frühstück, Gesine. Wenn sie eine Nacht kaltgestellt waren.
– Meinetwegen. Heut kann ich sie entbehren.
– Ich wollte gestern welche vorbereiten für dich, und als sie eine Weile auf dem Feuer waren, fing ich an zu lesen, und mit dem Buch vorm Kopf ging ich weg in mein Zimmer. Dann gab es einen Knall, und ich dachte an den kaputten Auspuff von Robinson Adlerauges Klapperkiste. Als ich endlich den Gestank spürte, war die Saucenpfanne verschmort auf dem Gas und die Eier rundherum explodiert. Bis an die Decke.
– Hast du aber gut hingekriegt mit dem Saubermachen.
– Danke.
– Soll demnach Deutsch die Sprache des Tages sein?
– O.K.
– Dann mußt du sagen: Stielkasserolle, selbst wenn das hiesige Volk von einer Pfanne phantasiert. Oh, entschuldige! Vesógelieke.
– Hier. Die ähnlichste... Kasserolle, die ich finden konnte auf dem Broadway. Auch Aluminium. Von meinem Gelde.
– Die alte war längst verbraucht. Nach vier Jahren abzuschreiben. Sag mal, Kommilitonin, möchtest du gern eine Vorlesung über Abschreibungsrecht? Die Haushaltskasse erwägt, billigt und stiftet.
– Die Hälfte.
– Die Hälfte. So lach doch! Die Blamierte bin doch ich, mit meinem Geruchssinn! Gebackener Blumenkohl!
– Das ist, ich fürchte, Madame, Mrs. Cresspahl, ein Zeichen bevorstehenden Alters.
– Wird es ein Tag der South Ferry, Marie?
– Ich zöge einen brunch vor. Das Tonband ist gesattelt, Toast kommt gleich, auch Zitrone zum Tee.
– Gesetzt, posito, wir hätten einen Gast aus der unwissenden Wildernis, sagen wir aus Düsseldorf: wie übersetzten wir ihm das?
– Breakfast und lunch in einem. Ausgiebiges... Mittagsfrühstück. Gabelfrühstück!
– Statt Fisch mit dem Löffel und Rührei mit der Zange.

– Und was nimmst du so für eine Stunde Unterricht in Deutsch?
– In »Gegenwartskunde«. Ich nehme eine insalata di pomodori e cipolle. Puoi condirla?
– Coming up! Coming up!
– Gegenwartskunde, das war ein Neues Fach, insofern es bei den Nazis geheißen hätte »Weltanschauliche Erziehung«, und geboten wurde es der Zehn A Zwei des Jahrgangs 1949/50 von einem neuen Vorstand der Fritz Reuter-Oberschule, einer Frau Selbich, kaum über die Zwanzig wie wir gehört hatten, kommissarische Leiterin. Wenn sie aus war auf Bestätigung im Amt, konnte solcher Unterricht ausfallen als günstige Bewährung.
– Selbich. Selbich.
– Früher hatte Herr Dr. Kliefoth das mit uns veranstaltet.
– Au Backe. Eine Fremde. Eine Junge. Eine Nachfolgerin. Schwerer Stand.
– Deswegen können doch Siebzehnjährige sich einen guten Willen vornehmen und der neuen Frau Direktor nachsehen, daß die Würde ihres Amtes sie verhindert, die Tür des Klassenraums selber hinter sich zu schließen, und die Schwächste nickte sie sich heran zu diesem Dienst, Frau Lindsetters Nichte, Monika (»Peter«). Wir waren bereit zu Nachsicht, weil sie staksig ging, als hätte sie Schmerzen in den Füßen (– wie überhaupt keine Frau: flüsterte Pius), weil sie sich aufrecht hielt wie ein Befehlshaber vor der Front, und was konnte sie denn dafür, daß ihr das nachgewachsene Blond strähnig hing, außer daß sie es hätte bürsten können eine halbe Stunde am Morgen. Zehn A Zwei erhebt sich und blickt der Fachkraft Gegenwartskunde aufs Hemd. Denn sie trug zu einem braunen Rock das Blauhemd der F.D.J., komplett mit Achselklappen und Schild am Ärmel. Hier hätte Kliefoth eine entlassende Handbewegung vollführt, gewiß daß alle auf ihn achteten; diese besichtigte uns ziemlich lange, ehe sie sagte: Setzen! Und seit wann mag ich Quittenmarmelade?
– Seit D.E. sie uns schicken läßt aus Lenzburg in der Schweiz, Gesine.
– Ich will das durchgehen lassen. Weniger erbaut (als von dieser Konfitüre) war Zehn A Zwei von der ersten Frage der Lehrperson, in scharfem Ton gestellt, wieso wir denn ohne Ausnahme zivil bekleidet seien statt angetan mit dem stolzen Blauhemd der Freien Deutschen Jugend. Pius sah mich an, als wünsche er eine

Auskunft, einen Rat. Ich ruckte mit dem Kopf, das hieß: Man los! Solche Verständigung gelang uns mittlerweile genau und rasch, die entging einem Pädagogenauge, oder war unnachweisbar. Denn ich wußte, Pius werde sie necken, und da ich sie erkannt hatte, hoffte ich auf sie als Partner in einem Spiel. Pius meldete sich, bekam ein strenges Nicken, stand auf und sprach, übertrieben mecklenburgisch: Das Blauhemd, das is unse Ehrnkleit. Das ziehn wir man bloß zu fesslichn Anlässn an. Und ähnlich falsch machte es die Wollenbergsche, würde es auch unterlassen haben, wär Frau Selbich ihr unbekannt vorgekommen. Lise faßte ungefragt nach, und ohne aufzustehen, vertraulich zitierte sie aus der Kleiderordnung: Unt denn hat Ein' ja seltn ein' schwaazn Rock füe alle Tage (mit Blick auf die braun gewandeten Hüften von Frau Direktor). Aber Bettina hatte mehr gewechselt als den Namen, die verstand auch keinen Spaß mehr, die sprach auch anders! mit einer harten Stimme, als wollte sie uns drohen, als wären wir Dreck –

– Die Riepschlägersche?

– Die Riepschlägersche, verheiratete und geschiedene Selbich, verlangte so gebieterisch wie ungeschickt nach »Ruhe!« sowie auch nach dem Ersten Vorsitzenden der F.D.J. in der Zehn A Zwei. Das war nun wieder Pius, und während sie uns einzuschüchtern bestrebt war mit dem Befinden, in unserer Klasse seien ja blamable Zustände eingerissen, ganze Haltung überprüfenswert –

– Sauhaufen?

– verwickelte Pius sie in eine umständliche Erörterung des enormen Geldes, das wir bezahlt hatten auf der Kreisleitung für jeder bloß ein Hemd, das trugen wir wohl zu Aufzügen, Umzügen und Jahresschlußversammlungen, aber schon für Einsätze in der Kartoffelernte sei es zu schade,

Unsere blauen Hemden sind schwarz vom Schweiß

und was die Mädchen in der Klasse angehe, so hätten die sämtlich Beschwerden mit dem ungefügen Schuhzeug, das zur Uniform gehöre. – Ich behalte mir vor, darauf zurückzukommen: kündigte die verwandelte Bettina an, als vermöge sie zu strafen. Die frühere Bettina hätte sich auf Land gerettet mit dem lächelnden

Befehl, es habe uns eine jede Stunde mit ihr ein festlicher Anlaß zu sein. Alles hätte noch gut werden können.

– Was doch so ein Lehrgang ausmacht.

– Und eine gescheiterte Ehe. Und eine Kandidatur in der Partei. Und was weiß ich.

– Hatte sie versch–

– Hingeschmissen. Die Fuhre umgekippt. Und zum ersten Mal schüttelte Pius den Kopf, wenn ich ihm was erzählte: die sei auf der Grundschule eine Lustige, eine Kameradschaftliche gewesen, eine Vertrauensperson, bei der man gelernt habe bloß um ihrer Freundschaft willen; Pius machte ein Gesicht, als müsse er mich auswendig lernen ganz von vorn, und Sorgenfalten hatte er in der Stirn.

– Lise Wollenberg aber kam zum nächsten Tag mit Gegenwartskunde bei Selbich in einem blauen F.D.J.-Hemd.

– Mit schwarzem Rock, wenn auch in privaten Schuhen. Lise ging es bald leicht vom Mund, daß die Unternehmer im kapitalistischen Westdeutschland zittern beim Anblick der Freiheiten, die die Arbeiter sich erworben haben in der Deutschen Demokratischen Republik und dereinst mitbringen werden in westlicher Richtung.

– Kliefoth hat dergleichen auch voraussagen müssen.

– Ein Julius Kliefoth spricht, wie ihm der Schnabel steht. Der hatte sich solche Erkenntnistherapie übersetzt, als müsse der Lehrer den Kindern an die Hand geben, was denn vorhanden ist in der Gegenwart. Wenn Österreich seinen Friedensvertrag bekommen sollte ganz für sich allein, oder Indonesien eine Unabhängigkeit, hielt er uns in dem einen Fall an zu Versuchen in Wirtschaftsgeographie und erwartete im anderen mindestens Angaben zur Kopfzahl der Bevölkerung. Daß der bulgarische Politiker Traicho Kostoff sich bekannte zu dem Vorhaben, Dimitrow zu ermorden und sein Land mit Jugoslawien zu verschwistern, dann beides abstritt und dennoch hingerichtet wurde im Dezember 1949, bei Kliefoth kam das als Meldung. Er veranstaltete Pressekonferenzen mit uns; bei ihm durften wir fragen wie die Korrespondenten: Trifft es zu, daß ...? (England China staatsrechtlich anerkannt hat? Unzählige Male hätten wir ihn reinlegen können; wir hätten uns schon gefürchtet vor seinem Erstaunen, den abschmeckend verzogenen Lippen. Mit dem hatten

wir einen Vertrag.) Vom Prinzip der Zeitung kam er auf jene, die er sich hatte halten dürfen bis Anfang des Krieges, jeweils eine ein Vierteljahr lang aus den französischen Départements und den englischen Counties nacheinander. Wie nahrhaft solche Übung sei für die Beweglichkeit in der Fremdsprache, für ein Bewußtsein von der Gegenwart. (Vor ihm saßen Kinder und ahnten, was er entbehrte, und hatten erfahren, daß auf den Besitz einer westdeutschen Zeitung Verweis von der Schule stand, auf Vorzeigen Gefängnis.) Und wenn Saitschik darauf bestand, ein ausländisches Wort für den Düsenjäger zu erfahren, so schrieb Dr. Kliefoth an seine akademischen Freunde in St. Andrews oder Birmingham; jet erläuterte er uns nach Vermögen als Düse und technisch, fighter lernten wir bei ihm verstehen als Kampfflugzeug, als eine Waffe, die bereit stand. Wir hörten den Stabsoffizier, der an der Ostfront mit Flugzeugen bekannt geworden war, wenn er hinzusetzte: Scheußliches Ding das.
– Glaubte Bettina, was sie aufgesagt haben wollte in Gegenwartskunde?
– Das will ich ihr wünschen. Denn wenn sie auch noch gezweifelt hat, in was für Schuhen ist sie gelaufen! Wenn ihr das auferlegt war, hat sie in unserem Schweigen das spöttische Bedauern gespürt für Dieter Lockenvitz, wenn der vorn in der Ecke stand am Kartenständer und Erfreuliches vortragen sollte zum Niedergang des westdeutschen Wirtschaftssystems an mehr als zwei Millionen Arbeitslosen. Er wand sich, er versetzte die Füße, er versuchte sich am Kartenständer festzuhalten, und Bettina rezensierte: Der Gedanke ist an sich richtig, bloß du bleibst an ihm hängen, wendest ihn hin und her, als ob du einen Ball von allen Seiten betrachten wolltest!
– Sieh an. Sie wirbt.
– Das war noch mal ein Restchen Ansicht von der früheren Bettina, die einen nahezu gleichaltrigen Jungen überreden will: Wir passen doch zu einander, wir zwei beide werden uns doch einigen ... Nur war Bettina ein bißchen blind geworden. Hatte keine Augen dafür, daß der Schüler womöglich sich abquälte mit der Nachricht vom 1. Januar, in dem untergehenden Gelände seien die Lebensmittelkarten abgeschafft worden, auch weil seine Blicke jene zwei in der Südostecke des Klassenraums vermieden, denn mit denen hatte er erst neulich verhandelt, ob der viel-

gerühmte Betriebskollektivvertrag vom Mai 1950 mit seinen Verpflichtungen auf eine Planung von oben her ein Arbeitsrecht recht eigentlich verfehle und eine Fischausnehmerin beim V.E.B. »Frischkonserve« wohl ein individuelles Eigentum an der Fabrik zu begreifen imstande sei, oder doch wenigstens an der Arbeit. Bettina hätte auffallen dürfen, daß der Schüler Lockenvitz im Sprechen stolperte über das, was er beim Denken bewegte.
– Und daß ihr alle gelogen habt wie ein amerikanischer Präsident, das war eine Kleinigkeit.
– Seit wann ist die Schule ein Institut, dem wir mehr anvertrauen als den vorgeschriebenen Lehrstoff? Auch bei deiner Sister Magdalena dürfte vorher bestimmt sein, wer siegt.
– Ich möchte ja bloß, du hättest mal gesiegt.
– Hab ich. Mit so viel Längen wie ein Badeanzug aufweist.
– Vertell. Du lüchst so schön!
– »Jetzt kommt die Zeit der Erfolge«: hatte der Sachwalter im vorigen April gesagt, aber manchmal kamen keine Kohlen für den abendlichen Eisenbahnbetrieb nach Jerichow, wo mein Badeanzug für die Ostsee wartete. Wachte ich morgens auf bei Pagenkopfs, ging ich los mit meinem Badeanzug für den gneezer Stadtsee und schwamm da ein paar Hundertmeter, meist zusammen mit Pius, der hätte lieber länger geschlafen, der verlangte von sich die Tugenden des Chaperone. Wenn uns die Zeit zu knapp wurde für den Umweg zu Helene Pagenkopfs Wäscheleine, nahmen wir das nasse Zeug mit in die Schule. Es war Mai, die Fenster standen offen, auf dem Sims in der Sonne wurden die Sachen bis zur vierten Stunde trocken. Mit dem Gesicht zur Lehrkraft, da faßte ich manchmal nach draußen, betastete das nach frischem Wasser duftende Gewebe.
– Und die Selbich hatte dich auf dem Kieker.
– Vielleicht, weil mein Anblick sie erinnerte an eine Zeit und Gelegenheit, da war es ihr besser gegangen. Als sie mich erwischte, mit dem Unterarm auf der Fensterkante, rief sie mich auf und sagte allerhand Furioses über Leute, die Badezeug begrapschen, verwickelte sich auch in den Umstand, daß man beim Umziehen zum Schwimmen einen Augenblick lang nackt ist... während man euch von der Persönlichkeit des Genossen Stalin spricht, dem weisen Führer und Garanten des Weltfriedenslagers!

– Euch.
– Das meinte Pius und mich; obwohl die gneezer Badeanstalt getrennte Kabinen bereit hielt und verschrieb. Pius war gleich halb hoch vom Stuhl.
– Was für ein Anblick. Großer kräftiger Junge schlägt hilflose Neulehrerin ins Gesicht.
– Es hätte ihn arg gereut. Ich hielt ihn mit der rechten Hand fest an der Jacke und tat mit den Lippen, als sagte ich ihm was. Wenn er es verstanden hat, war es »Kliefoth«. Denn Kliefoth hatte den Schuldienst quittiert, weil er 1939 einen Obersekundaner von zu dünnem Eis hatte holen wollen, der war aber in Uniform und brachte ein Verfahren in Gang: Sie haben das Ehrenkleid des Führers beleidigt, Herr Oberstudien. Bettina trug auch an diesem Tag ihr heraldisches Blaues, das zu attackieren hätte Pius am Ende das Abitur gekostet. Statt seiner stand die Schülerin Cresspahl auf, ließ den in seiner Männlichkeit verhinderten Pius hinter sich, ging ganz ebenmäßig auf Bettina Selbich zu, ohne jede Erlaubnis. Die bekam es mit der Angst, die rief: Setzen! und schließlich: Gesine, laß das!
– Als ob sie dich wieder erkennte mit einem Mal.
– Wenn aber die Zehnte Klasse Vorzüge hat, so daß die Schüler angeredet werden sollen mit Sie; ich konnte das überhören. Das andere war, das Anfassen eines Schülers ist untersagt.
– Wenn ich doch erst in der Zehnten wäre.
– Stellte mich dich vor ihr auf, ein Mädchen vor dem anderen, blickte sie an so verbindlich ich konnte, sieh –
– So freundlich du kannst, Gesine.
– schürzte die Lippen ein wenig und zeigte ihr ein klitzekleines Stück von meiner Zungenspitze.
– Von andern ungesehen.
– Unbeweisbar. Sie allein hatte begriffen, was ich ihr da mitgeteilt hatte, so von Frau zu Frau, sie bebte im Blauhemd, als ich zur Tür ging und raus. Was Bettina war, die kreischte.
– Das darf eine Schülerin der Zehnten überhören.
– Und begibt sich, gänzlich von Würde umhüllt, ins Sekretariat der Schulleitung, wo sie sich von Elise Bock ein Blatt Papier erbittet samt Umschlag, auch von Elise eine Einladung zu Kaffee annimmt. Daraus machte das Gerücht später: Das F.D.J.-Mitglied Gesine Cresspahl hat bei der Z.S.G.L. der F.D.J.

– Was für ein Tier?
– bei der Zentralen SchulgruppenLeitung der F.D.J. eine Beschwerde eingereicht gegen das F.D.J.-Mitglied Bettina Selbich, die Frau Direktor (komm.). In Wahrheit versteckte ich mich im Kartenzimmer, damit Bettina nun auch noch fürchten mußte, ich sei auf die Straße gelaufen; pünktlich zu Beginn der nächsten Unterrichtsstunde stand ich hinter unserem Tisch. Pius lächelte wie Jakob das konnte: erleichtert, leise in den Augenwinkeln, von unten her blickend.
– Bedankte sich.
– Vergab mir, daß ich ihm das mannhafte Beschützen vermasselt hatte. Bange war uns. Denn bei der Frau Direktor stand ein Schrank voll Rundfunktechnik samt Mikrofon, die konnte mich über den Lautsprecher in unserem Klassenzimmer zur Vorführung befehlen. Wäre schlecht ausgegangen.
– Keinen Mucks tat sie.
– Was hingegen sich rührte, war das Gerücht, das vorerwähnte. Das wollte, Frau Selbich habe der Tochter von Cresspahl eine Ohrfeige geknallt, und Gesine habe den Zahnarzt bemühen müssen. Das bestand darauf, nach dem Abzug der Schülerin Cresspahl sei es unruhig geworden in der Zehn A Zwei, die habe ja wohl Anhang, so daß Frau Selbich sich veranlaßt gesehen habe, ihren Stuhl auf den Lehrertisch zu stellen und dies Gebilde vermittels eines zweiten Stuhles zu erklimmen, zwecks Erlangung eines Überblicks; eine Ausstellung der Riepschlägerschen Waden und Oberschenkel. (Zu Bettinas Schaden sagte die Erzählung ihr hier nur nach, was sie getan hatte; Pius beschwor es.) Die vermeintliche Beschwerde verwandelte sich wundersam in eine Anzeige bei der Staatsanwaltschaft, wegen Schülermißhandlung. Es hieß, Frau Selbich habe versucht, Cresspahls Tochter auszuziehen; keinen Ton gaben Pius und ich Auskunft. Aber oft und inständig wurde ich gegrüßt in der Stadt, wie ich mir das vorstelle für eine nette Fürstin in der Vorzeit, und in Jerichow hatte die Kunde vom Schülermut vor Rektorsthronen mich schon überholt. Bei Emma Senkpiel ging ich Milch holen, die trat mit der Kanne ins Hinterzimmer und gab sie mir schwerer zurück als gewöhnlich. (Zwölf Leute sahen zu, wie ich das geschenkte Gewicht an der Hand wog; alle wie lustige Verschworene.) Das kostete dann ein paar Mark mehr. Zu Hause fand Jakobs Mutter ein

Dutzend Eier in der Milch; die Abschnitte für Eier wurden in den Maidekaden beliefert mit Margarine.
– Gesine, du lüchst. Das sind meine explodierten Eier!
– Sollst bedankt sein; sonst hätt ich sie ja vergessen.
– Nun die Beschwerde.
– Dicken Sieboldt paßte uns ab anderntags an der wilden Badestelle; früher war er öffentlich auf mich zugegangen auf dem Schulhof. Er hatte etwas Heimliches an sich, etwas Umsichtiges. Sprach mit allen, bis er mich allein hatte und auf die Seite nehmen konnte. Lobte mich ungemein, der Org.-Sekretär der Z.S.G.L.-F.D.J., weil ich Elise Bocks Bogen unbeschrieben in der Brusttasche trug und den Umschlag ohne Adresse; – dat's ne Såk för min Mudder ehrn Sœhn: sagte er, ganz zuständig und vorbedacht; verschwieg mir, was anzustellen er gewillt war. Tat, als habe er mitten in seine säuberlichen Pläne eine unverhoffte Aufgabe bekommen, »unmöglich aber dankbar«. Dicken hieß er, weil er etwas Bulliges an sich hatte, bedrohlich für den Fremden, der unversehens sich in seiner Koppel sieht; für ihn war ich Cresspahl sin Gesin. Nahm es gern ungenau: wußte sein Leumund.
– Gesine, wird es eine Wassertonnengeschichte?
– Sei unbesorgt. Es war man bloß, Oma Rehse, die Bettina Selbich sich zugelegt hatte in ihrer neuen Herrlichkeit, die sagte ihre Zugehdienste auf; Bettina mußte selber saubermachen in ihrer Wohnung am Domhof. Die wurde ihr gekündigt; zwar gewann Bettina die Klage; aber es war nunmehr der Ton im Treppenhaus recht anders. Indem da ein Mülleimer so im Dunkeln aufgestellt war, daß Bettina ein bißchen hinfiel.
– Ihr seid gemein.
– Finde ich auch. Und Jakob, zwei Eisenbahnstunden entfernt in der Lokführerschule von Güstrow, der hatte damals längst seinen Jöche; Jöche machte ihm den Leutnant mit Vergnügen. Bettina hatte wenig Glück mit dem Verreisen auf der Eisenbahn. Die Schaffner sahen ihre Fahrkarte jeweils mißtrauischer an als die der anderen Reisenden, so daß die von ihr abrückten. Die Bahnpolizei ging achtlos durch einen ganzen Zug und griff sich Bettina heraus und prüfte ihren Personalausweis, ihren allein, mit offen gezeigtem Verdacht; wie sollten sie jemand von Angesicht kennen, der war zugezogen aus dem fernen Ludwiglust! Bettina

wurde unachtsam; zwischen Schwerin und Gneez kam ihr das Billet abhanden. Das gab ein Protokoll im Hauptbahnhof Gneez: Welchen Eindruck macht die Reisende? einen fahrigen. Ist ihr die Tat (Erschleichung von Beförderungsleistungen) hinreichend zuzutrauen? die Reisende ist der Absicht verdächtig.
– Hauptbahnhof.
– Jawohl. Nebenstrecke nach Jerichow.
– Wie sollte sie wissen, daß bei Cresspahls in Jerichow jemand gemeldet war von der Eisenbahn!
– Den Faden der Ariadne spulte ihr ein anderer ab. Jemand, der etwas Wuchtiges an sich hatte.
– Ach du meine weite Heimat.
– Der Org.-Sekretär an der Fritz Reuter-Oberschule hatte Fragen der F.D.J.-Verwaltung zu besprechen mit der Frau Direktor, auch einem Mitglied. Überlastet wie er war, durch seine Funktion, durch Vorbereitung aufs Abitur, konnte er solche Besprechungen nur in den späten Abendstunden erschwingen. Wurde mehrmals im Domhof beobachtet, zu nächtlicher Zeit.
– Ach du meine weite Heimat.
– In der Lehrerkonferenz hatten wir einen Verbündeten, den Lulatsch für Sport. Der zuverlässig zwinkerte, wenn er sein ehemaliges As mit ihrem Pius beim Schwimmen betraf (wir waren Das Paar). So kam uns zu Ohren, daß der Kollegin Selbich bei der Zeugnisberatung vorgeschlagen wurde, die für die Schülerin Cresspahl übliche Note (»gut«) im Betragen anzuheben in diesem Jahr. Sie soll etwas starr dagesessen haben. Tatsächlich hatte diese Schülerin im ganzen Schuljahr sich erwischen lassen bei keinem Verstoß gegen die Schulordnung und schloß die Zehnte Klasse ab mit der Note für Betragen: sehr gut.
– Und ein gebranntes Kind scheut das Feuer?
– Frau Selbich überging den hintersten Tisch in der rechten Ecke der Zehn A Zwei, wo sie konnte. Sie saß ja drei Wochen ab vor dem Blatt im Klassenbuch, das sie mit eigener Hand hatte ergänzen müssen an Stelle des ursprünglichen, in dem sie etwas Verwegenes eingetragen hatte, bevor ihr der Verstand kam, es vor den Augen der Klasse zu zerreißen.
– Ich hätte nun Mitleid mit ihr.
– Ich auch. Denn sie fing an, sich zu kämmen während des Unterrichts, sicherlich gegen ihren Willen, die Riepschlägers hatten

ihre Bettina anders erzogen; sie hatte das vor zwei Jahren weder bei uns noch bei sich geduldet. Sie merkte den Griff zu ihrem breitzinkigen Kamm meistens erst, wenn sie ihn schon durch die Haare führte; ohne daß es denen sonderlich bekommen wäre.
– Du und dein Badeanzug und der Genosse Stalin.
– Der (der Badeanzug) hing nun bei Maler Loerbrocks, der unser Hausmeister geworden war. Sichtbarlich am Rande des Schulhofs. Die Cresspahl-Gedenkstätte. Bettina mag gewünscht haben, er läge auf dem Sims vor einem Fenster der Zehn A Zwei.
– Tröste sie!
– Gehorsam waren wir. Sie erklärte uns den Niedergang des Kapitalismus im allgemeinen (Bergarbeiterstreik in den U.S.A.) und im besonderen (jeder westdeutsche Berufstätige arbeitet ungefähr einen Monat lang für die Kosten der Militärbesatzung); auf Verlangen wiederholten wir es und verkniffen uns eine Erkundigung nach dem Verhältnis der sowjetischen Besatzungsabzüge pro Kopf der Berufstätigen in Ostdeutschland. Wohingegen der Aufstieg des Sozialismus, der Pakt zwischen Stalin und Mao, ein Entwicklungskredit von 330 Millionen Dollar. Wenn einer gern erfahren hätte, warum dergleichen in Dollar berechnet wird, er verbarg solch Begehren. Und Bettina kämmte sich. Saitschik sagte dem britischen Empire einen Verfall nach aus der Befreiung Indiens; im Ohr hatten wir noch das Geräusch der britischen Flugzeuge, die das belagerte Westberlin entsetzen halfen. Gabriel Manfras verbreitete sich über das sowjetische Geschenk der Arbeitsnormen, Menge der Arbeitseinheiten oder Zeitnorm; in einer still begeisterten Art schien es. Bettina Selbich pries die Wachsamkeit der sozialistischen Bataillone, Prozeß gegen zehn Priester in der Tschechoslowakei wegen Hochverrat und Spionage, April 1950, Strafen bis zu Lebenslänglich; Anita gedachte der Anstände, die Pastor Brüshaver erwuchsen aus Herbert Vicks Vermächtnis, gehorchte Bettinas Aufruf und leierte ihr das Gewünschte hin; die kämmte sich, den Kopf schräg, mit reißenden Bewegungen. Triumph der Weltfriedensbewegung! die Briten haben die Bombardierung von Helgoland unterbrechen müssen. Wir saßen vor ihr im heißen Junilicht, angeweht von den Düften der Lindenblüte; leicht unachtsam, weil in dieser Stunde bloß ein Benehmen zu erlernen war. Bei Bettina bekam der jüngere Seneca noch einmal recht: Non vitae, sed scholae discimus. Von einer

Schülerin ist gewiß, daß sie nachsann über eine Zeit, in der wieder Reisen erlaubt wären in die Nähe von Helgoland. Immerhin, uns fragen nach unserem Gehorsam, unserer Geduld, das hatte diese Neulehrerin sich verbockt. Wir ihr was sagen, so doof. Wir betrugen uns höflich über die Hutschnur in ihren Stunden, mucksmäuschenstill war es bei ihr, und schläfrig. Da habe ich mir zum ersten Mal gewünscht, ich müßte nie Lehrerin werden wo sie ausgebildet und umgewandelt werden von einer Bettina Riepschläger zu einer B. Selbich. Denn ich wäre schon nach drei solchen Stunden ohne Widerspruch und Gespräch heulend aus der Klasse geschlichen. Allerdings, sie hielt durch. Nun wünsch dir was, Marie.
– Daß du jede Nacht so lange schlafen dürftest wie du brauchst, und wünschest. Yours, truly.

28. Juli, 1968 Sonntag Tag der South Ferry, obwohl dies der vorletzte Tag ist für das Redigieren an Karschs Buch. Ob wir wohl naseweis genug sind, die Druckfahnen ins Büro zu schmuggeln, getarnt als Arbeit? Es nimmt das Geschriebene überhand. Seit Juni J. B., seit bald einem Jahr die Tage, die der andere Jugendfreund und Genosse Schriftsteller aufschreiben will. Wie werden wir froh sein, wenn es ein Ende hat mit dem Unveröffentlichten.
Die N. Y. *Times* bringt meinen Traum von gestern morgen.
Und daß nunmehr die ostdeutschen Kommunisten verbreiten als einen Befund, es »mag ja das Leben in den Straßen von Prag ruhig und wie immer erscheinen in diesen Tagen«. Das nennen sie eine Fassade, als kennten sie sich aus hinter Fassaden, da wissen sie »eine schleichende Gegenrevolution«. »Die konterrevolutionären Taktiken, die in der Tschechoslowakei angewandt werden, sind raffinierter als sie es in Ungarn waren.« Und die Schläge gegen die Berichtigung des Landes, wie verfeinert werden sie ausfallen?
Stürzt Bettina! so will es Marie. Aber die Leiterin und Lehrerin ist im Sommer 1950 lediglich gestolpert, wenn auch mehrmals; hätte fallen dürfen.
Bemüht haben wir uns. Bettina als Klassenlehrerin der Zehn A

Zwei, sie ließ Pius zwar unsere Kandidaten anmelden für die Fahrt zum Pfingsttreffen der F.D.J. in Berlin, sie bestand darauf, sie zu examinieren; vornehmlich wegen der nachgereichten Bedingung, sie müßten den westlichen Sektoren der Stadt sich fern halten. Pius ließ sie kurzerhand durch, dafür war er unser Erster Vorsitzender, auch Sohn des verdienten Genossen Pagenkopf in der Landeshauptstadt, wo er über die Abteilung Volksbildung einer schutzlosen Neulehrerin beliebig in die Suppe spucken konnte. Die zweite Vorsitzende, Cresspahl, ist es denn zu glauben, die schützte Schularbeiten vor. Eine väterliche Mahnung verschwieg sie. Denn zu Anfang Mai hatte es noch geheißen: »Die Freie Deutsche Jugend stürmt Berlin!« Heinrich Cresspahl besann sich auf die Belehrungen über die Welt, wie Gesine sie ihm mitbrachte aus der Neuen Schule. Danach hatte der Westen unbedenklich angefangen, wo die Republik von Weimar zu Bruch gegangen war; er erinnerte sich da an Tschakopolizisten, die mit Knüppeln herfielen über demonstrierende Leute, auch schossen auf sie. Er wünschte kein stürmendes Kind auf der Reise zu wissen, er mochte keine verprügelte Tochter zurückbekommen; er bat geradezu und bot ihr einen Ausflug nach »Berlin« auf eigene Faust für die Sommerferien. Auf den zu verzichten, Gesine behielt es sich vor; sie tat zuverlässig, als ergebe sie sich einer väterlichen Fürsorge; das gefallsüchtige Kind. (Und weil es Cresspahl noch immer tröstete, wenn jemand eigens auf ihn achtete und hörte.) Die Wahrheit verschwieg sie ihm, versteht sich: Es mochte doch sein, daß Jakob zu Pfingsten sich besann auf Sohnespflicht und einen Besuch abstattete in Cresspahls Haus. Darauf gedachte diese Gesine zu warten in einem Liegestuhl an der Milchbank hinterm Haus, und für Jakob zu tun, als lese sie für die Schule.
Die Schülerin Cresspahl fiel aus. Gabriel Manfras erklärte in einer verhaltenen Art: Wir müssen überall zeigen, wie wir für den Frieden einstehen; ihm glaubte Bettina das (so wie wir). Lise wollte die Gelegenheit benutzen für Einkäufe in Westberlin, daraus machte sie eine Mördergrube weder vor uns noch vor Gabriel; befangen hörte der sich an, wie sie ihm das Seine nachsprach, ungefähr und munter. Anita war klug; sie redete sich heraus mit Dolmetscherpflichten beim Dreifachen J und Emil Knoop; tatsächlich wünschte sie sich Geld zu verdienen an Emils

Rechenmaschine. Die Schülerin Matschinsky durfte sich hereingefallen glauben. Die wollte fahren, um auch über Pfingsten in der Nähe von Saitschik zu sein (Dagobert Haase träumte sich unter die Besucher der westberliner Autoausstellung, gab aber an mit einer Neugier auf die Neubauten im »demokratischen« Sektor); nun druckste Eva ungeschickt. Dieter Lockenvitz setzte einen feinen Keil auf Saitschiks groben und sprach von der relativen Eigenständigkeit des Überbaus, also dem Ausdruck nationaler Formen in der neuberliner Architektur. Da er Ernst aufbrachte, überdies zitierte aus dem Werke J. W. Stalins über die marxistische Sprachwissenschaft, was konnte die Selbich ihm tun? (Nie in Berlin gewesen: dachten wir.) Eva bekam die Erlaubnis, womöglich verlangte es die Selbich danach, sich einzuschmeicheln bei der Zehn A Zwei. Wo die frühere Bettina gelächelt hätte und Evas Vorfreude erfrischt, sagte die von heute wegwerfend, verächtlich: Na ja. Du hast eben kein Bewußtsein!
(Solche Sprüche, bewußtlose Schüler in der Zehn A Zwei, wurden uns inzwischen fast neidisch abgefragt von jenen, die eines pädagogischen Umgangs mit der Selbich entbehrten. Sogar Julie Westphal, eine gesetzte Person doch, wollte immer gern noch einmal erzählt haben, wie die junge Kollegin und Leiterin präsidiert hat auf unserem nach oben verlängerten Lehrertisch.)
Pius fuhr mit mehr als der vorgeschriebenen Ausrüstung (Blauhemd, Waschzeug, Kampfesmut). (Er fuhr auf Beschluß der Arbeitsgemeinschaft Pagenkopf/Cresspahl.) Dazu sprach Gesine vor bei Horst Stellmann in der Stalinstraße von Jerichow, den ersuchte sie um eine »fixe« Kamera. – Holzauge: sagte Stellmann, und zog mit dem Zeigefinger die Haut unter seinem linken Auge etwas herunter. – Sei wachsam: entgegnete Gesine; nachsichtig gegen das Spielbedürfnis einer erwachsenen Person. Stellmann grub aus seiner hintersten Lade eine Leica, recht bewegt davon, wie gefällig er Cresspahls Tochter sich zu erweisen bereit war. Die aber wünschte ein weniger auffälliges Stück, das sollte die neu eingeführten Gepäckkontrollen bei Nauen oder Oranienburg passieren dürfen ohne Verdacht auf Schwarzhandel mit Westberlin. Endlich rückte Horst einen Balgapparat heraus, der ließ sich bescheiden an, dreihundert Mark Kaution statt zweitausend, war rasch ans Auge zu führen und weggesteckt im Nu.

Was hat er sich verwundert, als er Cresspahls Tochter über Pfingsten auf der Stadtstraße erblickte, weit ab von wachsamer Aufführung in Berlin.
Pius kam zurück am Dienstag nach Pfingsten und berichtete von Zugverspätungen, die nahmen sich aus wie eine Gleichgültigkeit der Eisenbahner gegenüber der Bewegung junger Menschenfracht zu Gunsten des Friedens. Unterbringung in einer Betriebsschule von Berlin-Heinersdorf auf Stroh, Schlägerei mit sächsischen Schülern wegen nächtlichen Diebstahls; fünf Stunden latschenden Marsches bis zu der Tribüne mit dem Sachwalter und dem Ersten von der F.D.J.. Honecker hieß der, damals fast achtunddreißig Jahre alt, und hatte eine Übernahme Westberlins durch seinen Verein einst abgewogen gegen blutig geschlagene Köpfe seiner Jugendfreunde. Zum Ausgleich gab er etwas Unerhörtes bekannt, Kartoffelkäfer betreffend. Ärgerliches Betragen von seiten der Einwohner Berlins, so weil die Gäste im Blauhemd Freifahrt genossen auf städtischen Verkehrsmitteln. Saitschik und Eva hatten es geschafft zu den Messehallen am Funkturm. Dieter Lockenvitz machte sich auf zum »Kongreß junger Friedenskämpfer« am Ringbahnhof Landsberger Allee, Eröffnung durch den Dichter Stephan Hermlin; wollte danach sich verlaufen haben, blieb abwesend, unauffindbar. Pius wußte, worauf Gesine wartete, nölend erzählte er voran; das ging mitunter zu wie in einer necklustigen Ehe bei uns. Endlich gab sie ihre Würde billiger und fragte: Hast du sie?
Pius hatte sie, im Kasten. Die jugendliche und dennoch selbstbewußte Frau Direktor, die die Abordnung der Fritz Reuter-Oberschule aus Gneez anführt, wie wird er denn und sie aus den Augen verlieren! Das machte sie ihm leicht, weil sie wehrlos in Schreck verfiel angesichts des scheuen Ernstes, mit dem Dicken Sieboldt ihr auch in Berlin an die blaue Bluse rückte, als wolle er ihr und einer Öffentlichkeit zugleich seine Verehrung bekannt geben. Davon war sie benommen, wie unter einer Tarnkappe konnte Pius ihr nachgehen, bis er sie endlich betraf in der Schloßstraße, Berlin Steglitz, amerikanischer Sektor, Westberlin. Vor einem Schuhgeschäft; war man noch ein junges Ding, war Bettina. Als sie Pius wahrnahm und die Kamera an seinem Auge, muß ihr aufgegangen sein mit Pein und Schmerzen: keinen einzigen Schüler aus Gneez konnte sie eines friedensverräterischen Abste-

chers nach Westberlin bezichtigen, solange einer von ihnen ein Foto besaß, das überführte die Jugendfreundin und Frau Direktor als Opfer der kapitalistischen Verführung auf der Zirkulationsebene. Weswegen sie unternahm, ihm die Knipsmaschine wegzunehmen. Aber Pius hatte harte Hände vom Turnen am Reck; auch befragte er sie vertraulich, ob sie das Ding verscheuern wolle gegen Westmark. Würd ich kaum raten zu, Genossin. Wo die Westmark doch fällt. (Damit sie wenigstens bei ihm etwas haften sehe von dem, was sie in ihrem Unterricht anpries als ein Gesetz der wirtschaftlichen Natur.)

To be safe is better than sorry; Vorsichts halber ließ Pius eine Entschuldigung ausrichten an die Leiterin der gneezer Jugenddelegation (wegen Sonnenstiches; und durch Axel Ohr, damit Bettinchen eine Mitwirkung der Schülerin Cresspahl vermuten durfte); reiste nach Hause auf einer Stecke abseits derer, über die die Eisenbahner den Transport der Schule zurückschubsten. Horst Stellmann freute sich schlicht an der Heimlichkeit, unter der er den Film entwickeln sollte; Erwachsene sind so; ließ sich ablenken auf das westliche Firmenschild, ohne die Person darunter zu erkennen. Dabei beließ die Arbeitsgemeinschaft Pagenkopf/Cresspahl den Stand der Kampagne gegen Bettina Selbich; der jedoch war das unerfindlich. Sie hielt unseren blanken Mienen stand mit einem Hochmut, durch den schien für uns eine bebende Furcht. (Ihre grauen Augenbrauen waren ein wenig unegal; wie gern hatte ich das früher gesehen.) Hätten wir mit ihr verhandelt? vielleicht. Bis zum Ende der ersten Woche nach Pfingsten, *may* be, Marie.

Marie begehrt zu wissen, ob Bettina denn ihren Schick noch hatte. Statt sich aus dem Staube von Gneez zu machen. Sich zu verziehen an einen Ort, da ist ihr täglicher Umgang erspart mit Schülern, die haben sie in der Hand und Tasche. Schon der Scham wegen. Das zu ergründen Marie, angesichts des westlichen Tors der Verrazano-Brücke im düster beschwerten Dunst von Staten Island, es ginge über den Verstand. Nach bloßem Trotz, und der dazu erforderlichen Kraft, sah die Selbich kaum aus. Es sei denn, sie hätte sich ausgerechnet in ihrem unegalen Blondkopf, das lichtbildnerische Beweisstück dürfte sie noch in Zwickau erwischen. Ob wir so gemein gewesen wären? In einem Notfall, gewiß.

Jahreszensur für Pagenkopf in Gegenwartskunde: Zwei. Für Cresspahl: ebenso »Gut«.

– Ihr Blick in Steglitz: erzählte Pius von jener Szene mit ertapptem Gendarm und hochherzigem Räuber am Bild, Schloßstraße Ecke Muthesius: als ob sie mich am liebsten gebissen hätte! Wie eine Schlange. (Manchmal war Pius jünger als ich.)

Wir waren unter uns, gedeckt von der Steilküste westlich von Rande, umhüllt vom Brüllen der Ostsee. Es trifft zu, einer von uns hat die Beschreibung ausgebaut zu einem Schlangengift; unter uns. Es muß schon durch Osmose geschehen sein, daß Bettina S. zunächst in unserer Klasse, dann bei aller Schülerschaft besprochen wurde unter dem Spitznamen Das Blonde Gift, D.B.G., noch im Andenken so wohnt. Nach den großen Ferien 1950 brachte Julie Westphal ihr das Anhängsel bei; unter einem Anschein von Mitleid. Wir können von Glück sagen, daß die Urheber ihr durch die Lappen gingen; sie hätte doch immer an einen bösartigen Fund geglaubt, nie an einen unwillkürlichen, unser Blondes Gift.

Was immer Übernamen auszusagen vermögen, über eines Menschen Umgang, Pius war beschützt von dem seinen und der Meinung, er hätte Bettina ihr Gewünschtes aufsagen dürfen in weniger gläubigem Ton. Die Schülerin Cresspahl hatte keinen; Marie nur einen für das erste Kindergartenjahr 1961/62 (our lil' Kraut). Es ist diese junge Dame, das am meisten unbeirrte von den Kindern in Cresspahls Hause, keineswegs das mutigste, das kommt um einen Gefallen ein jenseits der Verrazano-Brücke. Die tschechoslowakische Reise stehe ihr der Maßen bevor. Ob wir noch einmal eine Probe machen könnten in dem Restaurant auf der Ostseite, wo die Leute tschechisch sprechen und sich benehmen.

– Deswegen ein Kleid statt der Hosen! Deswegen hab ich ein Scheckbuch in der Tasche! In dein viel gehaßtes Svatého Václava wollen wir gehen!

– Am Riverside Drive dacht ich noch, es ging ohne. Jetzt, glaub ich, brauch ich es.

Auf den schuldigen Besuch bei seiner Mutter (in Cresspahls Haus) hatte Jakob sich besonnen. Eine fotografische Ansicht schickte er, privat gefertigt, im Format einer Postkarte. Ein langer Badesteg war da zu sehen, mit Turmstuhl für Lebensretter vor dem Inselsee von Güstrow, Booten im Wasser. Grüße von einem erweiterten Lehrgang übersandte Jakob. Wenn er log, so doch lediglich zu anderer Leute Bequemlichkeit. Ein Lehrgang hat Pausen. In Pausen kann man mit einem Mädchen Boot fahren. Dafür hatte Gesine Cresspahl nun die Pfingstsonne von Jerichow ausgehalten, in ihrem Westenkleid, bloß für Feiertage, und gewonnen hatte sie lediglich Sonnenbrand an den Knien.

29. Juli, 1968 Monday dirty Monday

Gerecht betrachtet, unparteiisch besehen, wir lassen unsere Wohnung im Stich, wenn die eine morgens zu jener Ecke der West End Avenue zieht, an der ihr der orangene Bus des Ferienlagers versprochen ist, wenn die andere in der subway sich wegreißen läßt von der Oberen Westseite zur Stadtmitte, der Wildnis der Arbeit; meilenweit entfernt und unbehütet lassen wir fünfundsiebzig Kubikmeter bewohnbaren Raumes hängen im wüsten Bauvolumen Manhattans; in einer Stadt, da versuchte ein würdiger Penner Marie zu berauben um die Einkaufskarre, die sie neben ihm durch ein Schaufenster im Auge behielt. Wo wir noch auf einer Bank an der Uferpromenade, im Gespräch mit Mrs. Ferwalter, eine argwöhnische Hand stützen auf ein Päckchen in braunem Papier, darin ist bloß Wäsche; der Verständigung im Gespräch abträglich. Wo zwar durchreisende Philanthropen ihr Bargeld nachzählen unter offenem Himmel, in Reichweite begehrlicher Zuschauer, und eine Mrs. Cresspahl riß dem vertrauensvollen Weltmanne Anselm Kristlein seine Börse erst einmal auf ihre Seite, ehe sie ihn um Entschuldigung ersuchte für vertrauliches Benehmen. Es trifft zu, wir haben eine Strafe verdient.

Und erwartet. Der statistische Durchschnitt von täglich zwei Morden in den fünf Bezirken New Yorks, er läßt ein tägliches Mittel zusätzlicher Straftaten vermuten. Seit unsere Mrs. Seydlitz vertraute auf den Scharfblick des Portiers, der die Fahrstuhltüren ihres Hauses bewacht, und dennoch im achtzehnten Stock sich dem Messer eines Siebzehnjährigen gegenübersah, bedroht mehr von der Angst des Kindes als seiner Waffe, wir waren enttäuscht, gelinde schaudernd, daß diese Straßenbahn des wahrscheinlichen Alltags ohne Halt an uns vorüber fuhr. Denn nach sieben Jahren Anwesenheit hier, wir waren dran. Wir wollten hinter uns haben, was die Kriminalistik der Stadtverwaltung uns ansagt nach dem Maß für den Grad, in dem unverwirklichte Ereignisse möglich sind. Damit wir Ruhe haben, bis zum nächsten Durchlauf dessen, was fällig ist.

Der Wonnen der Gewöhnlichkeit sind wir teilhaftig, seit Marie heute nach Hause kam zu einer Tür, darin wackelte das Sicherheitsschloß ohne Halt, so daß sie einmal gehorchte und sich zurückzog an den Fluchtweg über die Treppe; seit Mrs. Cresspahl das lahm hängende Stück Tischlerei mit einem (behandschuhten) Finger anstubste und gleich gegenüber in einem Sturmfenster zwei krumme Sprünge bemerkte. Marie kann inzwischen lachen über die verlangsamte Gebärde, mit der die Mutter sich ins Haar faßte, und tatsächlich war die Frisur noch fast so viel wert wie beim Verlassen des Schönheitssalons von Mr. Boccaletti. Die Wohnung sah aus, als sei sie hin.

Wir kennen die Vorschriften, wie behielten die Abdrücke unserer Fingerspitzen vorläufig für uns, zum Telefonieren gingen wir in den Keller zu einem betretenen Jason. Aber ob New Yorks Polizei-Departement seine Vorschriften kennt?

N.Y.P.D.: Woher wollen Sie denn das wissen, durchs Fenster.

Bürgerin Cresspahl: Weil es beschädigt ist.

N.Y.P.D.: Haben Sie Kinder.

B.C.: Eins.

N.Y.P.D.: Na sehen Sie.

B.C.: Schicken Sie nun jemand, oder wollen wir uns ein bißchen unterhalten?

N.Y.P.D.: Wann sind Sie da eingezogen?

B.C.: Mai 61.

N.Y.P.D.: Und wann ziehen Sie da wieder aus?

B.C.: Wünscht nun die strafverfolgende Exekutive den Schauplatz einer Straftat in Augenschein zu nehmen?

N.Y.P.D.: Das Fenster können Sie doch selber wieder sauber machen.

B.C.: Dann mach ich auf der Stelle kehrt und bitte eine private Agentur.

N.Y.P.D.: Sie! Hören Sie mal, jetzt beruhigen Sie sich aber.

Bis jemand auftrat von den Prächtigsten Jungen New Yorks in

Blau, im Türrahmen gestrandet, konnten wir uns zusammenbauen, was hier gelaufen ist vor unserer Zeit. Die Zeit fehlt, die Weckeruhr ist abhanden. In irgend einer Minute seit 8 : 25 Uhr hat ein Mensch ein leeres Foyer am Riverside Drive betreten. In der Nummer 243, wo immer einer aufpassen soll für unser Geld, ob Robinson Adlerauge oder Esmeralda. Mit Blick zur offenen Treppentür links des Fahrstuhls, die laut feuerpolizeilicher Vorschrift geschlossen zu halten ist zu jeglicher Zeit. Wie oft ist uns schon die Rasierklinge in den Wachtraum gelaufen, die Bindfäden zu kappen, mit dem das Ding an die Röhren der Heizung gefesselt ist! Wer es eilig hat, wer hier fremd ist, der begnügt sich mit dem nächsten Stockwerk, mit der Wohnung 204. Da gerade vor der die Kabine des Aufzugs sich bewegt, muß er auskommen mit wenigen Stichschlägen um das kluge dumme Schloß, mit einem wuchtigen Hieb, der die Verankerung der Kette vom Rahmen reißt (vier zweizöllige Schrauben). An dem Schlüsselloch sieht er, die Leute können hier von außen dicht machen; wenn allerdings jetzt was sich rührt, sind sie zu Hause. Stille. Rein. Den Messingzylinder notdürftig einsetzen, gefälligem Aussehen zuliebe. Was sieht er?
Möbel von der Heilsarmee, aufgestellt auf Stabparkett (ohne Teppich), in lockerer Art, als sollte hier keiner dem anderen den Rücken zuwenden müssen. Luxus? ja, zwei Fenster gegen den lichten Westen des Riverside Drive, den waldlich anmutenden Park, das Geglitzer des Flusses in der Ferne. Rausgeschmissene Mühe. Hau ab, Mensch.
Aber nein, vielleicht hat er Durst, für den steht links im Eingang ein gutmütiger Kühlschrank. Wenn einer wütend wird, weil's darin fehlt, das kalte Bier, zieht er einen Gitterboden nach dem anderen heraus, da knallt es sanft auf den Fliesen, da vermischen sich Tomatenmark und Senf und Milch und Leberwurst. Von nun an hinterläßt er Spuren, unser Gast.
Entlang der Rückwand des Mittelzimmers steht ein Gebäu aus Holz und Glas, kann einer sich erschrecken über die grünen Vorhänge. Ein Schlüssel steckt, aber wie kann man wissen, ein paar Hiebe kreuz und quer tun's auch. Bücher. Und Bücher. In Büchern jedoch, zwischen den Seiten bewahren die Leute Geldscheine auf, den Tip hat er. Leere Bücher verärgern ihn, schmeißt er sie reihenweise von den Borden, auch solche, die sind zu alt für

Stürze. Uebersicht der Mecklenburgischen Geschichte, von Paschen Heinrich Hane, zweitem Prediger zu Gadebusch, gedruckt im Jahre 1804, unbekannt bei ADB, NDB, Brunet, Kraesse, Kat. Schl. Holst. Landesbib., das bricht sich nun den mürben Lederrücken, desgleichen Die Geschichte von Meklenburg für Jedermann, in einer Folge von Briefen, Gedrukt in Neubrandenburg von C. G. Korb, Herzoglichen Hofbuchdrukker, 1791, Motto: Moribus et hospitalitate nulla gens honestior aut benignior potuit inveniri. Ja, denkste! Mit dem Absatz drauf.
Der Sekretär, den uns die Dänin hinterlassen hat, blickt herüber mit Schubladen, alle mit Schlüsseln, die bricht man besser auf, desgleichen den verglasten Aufsatz. Ha, eine Beute! ein Ordner mit einer Aufschrift, die verweist auf Steuer, Steuer aber legt Gelder nahe. Vergrämt von bloß Bescheiden, wird man sie durch den Raum wirbeln, hinein in die schmierige Soße aus Eßwaren und Glassplittern.
Zur Rechten sieht er verhängte Kristalltüren, die geben nach unter leichtem Fußtritt und zeigen ein Zimmer mit Flauschteppich, Kindermalerei auf der weißen Wand al fresco, ein Tisch mit einer Schreibmaschine. Ab trumeau, die nehmen wir!
Die Mieterin hat ihr Kind ins Foyer geschickt, unter den Schutz der Hausleute, die Abgesandten des N.Y.P.D. zu erwarten. Die Mieterin wartet nun innerhalb, möglichst in der Mitte des Zimmers. Vor ihren gelassenen Augen geht die Außentür auf, rauschend im Gegenwind, ein Finger schiebt sich herein. Sie sagt zu der Hand: Marie, je t'en prie! aber der Körperteil gehört zu einem fremden Herrn, der zeigt ein halbes höflich verwirrtes Gesicht und stottert. Muß er doch sich versehen haben, so was Dummes, wird er gleich mal die Tür seitwärts der Treppe versuchen. Alles in schrittweisem Zurückweichen vor der Frauensperson. Sie betrachtet ihn beim Anklopfen nebenan, bis ein zweiter Herr hervortritt hinter der Wand des Treppengehäuses und seinen Freund, als seien sie unter sich, berät: Klug ist, wer den Hausmeister bemüht. Beide wanken sie gemächlich und verlegen abwärts vor dem unbewaffneten Weib, fangen zu laufen an erst im Stockwerk der Hausmeisterei, und platzen aus der letzten Tür auf die Sechsundneunzigste auf einen Streifenwagen zu, der klemmt sie in die Ecke des Bürgersteigs mit dem Brückenunterbau, weil die Bürgerin Cresspahl etwas

aufgeregt ruft, nämlich auf italienisch: Al ladro! Al ladro! Fermateli!
Dann ist Marie endlich über alle Treppen hinterher gekommen und sieht zum ersten Mal die Anwendung von Handschellen im Alltag. (Insgemein scheint es wie für sie gemacht, ein Märchen; ohne Fehler im Ablauf.)
Zugegeben haben die beiden Herrn kein Stück, und die Polizisten wollten bloß einer (offensichtlich hysterischen) Dame den Gefallen tun, aber nachdem sie mit den Gentlemen alle angegebenen Adressen abgeklappert hatten und nirgends einen Wohnsitz fanden, als der eine noch versuchte ihnen wegzuwitschen in einen vom Stoßverkehr zugedickten Subwaykeller, rief das Gespann der Streifenleute, einer nach dem anderen, an bei der Bürgerin Cresspahl mit der Bitte um Verzeihung und einem Dank, hatten sie doch mit ihrer Hilfe Pluspunkte gesammelt für die Führungsliste im Revier; rauschgiftsüchtig seien die Verdächtigen obendrein. – Sie haben richtig gehandelt, ma'am! Zügiges Anrufen bei uns, dann zischt es!
Mittlerweile war der Mann mit dem Puder da und bepinselte die Fensterscheibe am Fußboden; weil Marie ihn beobachtete bei seinen Tätigkeiten, hätte er am liebsten das Fenster vollständig mitgenommen. Sein Begleiter hatte die Hebelspuren am unteren Rahmen gefunden und an dem Haken in der Außenwand, den die Fensterputzer für ihre Gurte benutzen, einen Gurt für Fensterputzer wie auch, auf dem Bürgersteig unterhalb des Fensters, einen umgefallenen Eimer mit Waschlappen drin.
Bestehen wir auf einer Anklage, die dem N.Y.P.D. nur Mühe bereitet? Wir bitten um ein Protokoll.
Es fehlen: ein Kofferschreibgerät mit europäischer Tastatur. Ein Kurzwellenradio, das wir allabendlich die Wasserstände der Č.S.S.R. aufsagen lassen. Ein Tonaufnahmegerät mitsamt dem Band von Sonnabend (abgängig: ein blondes Gift); überhaupt sämtliche Tonkassetten, die eben erst übermorgen angestanden hätten zum Versand an den Tresor eines Bankhauses in Düsseldorf. Eine Sammelmappe mit privatem Briefwechsel, und nur das Kleingeld, und gar kein Auslandsreisepaß. So in der Hetze, wa? (Außer daß der Besucher Muße gefunden hatte, die Toilettenschüssel fast bis an den Rand zu füllen mit seinem Unverdaulichen.) Und? eine Ledertasche aus der Schweiz, ein geräu-

miges Ding, mit eingeprägten Initialen. So zum Wegtragen fürs erste, bis zum Umpacken, klar? Ihre Anfangsbuchstaben mal fix, wenn's beliebt.
Als wir das Telefon von neuem berühren durften, wünschte das Fräulein vom Amt sich zu zieren wegen der Verleugnung aller Ferngespräche, die seit heute morgen gelaufen sein mögen von diesem Anschluß aus, ob nun nach Eugene, Oregon, oder Yokohama, Japan. Wie, Sie wünschen einen dienstlichen Nachweis? Bleiben Sie am Apparat. Ne quittez pas! Ich gebe Ihnen einen Vertreter des Reviers 23.
Der Abend war noch hell, wir hatten das Zerbrochene und den splittrigen Schlamm beiseite, die mißhandelten Bücher auf gespannten Netzen ausgebreitet wie verwundete Vögel; auftrat Jason, Düsternis im Gesicht. Er hatte sich aufgerafft aus der Scham, daß uns dies betroffen hatte unter seiner Aufsicht, über seinem Kopf! denn er war tagsüber im Hause gewesen. Mit ihm kam Robinson Adlerauge, der tastete befangen in seinen harten Haarrillen, der hätte Wachdienst versehen sollen. Gemeinsam vermaßen sie die zertrümmerte Tür und fertigten bis Mitternacht eine ähnliche, wenn auch mit der Nummer 1201, aber frisch beschlagen mit Stahlblech, versehen mit unversehrtem Schloß und durch Nieten befestigter Kettenverriegelung. Weil solche Installation Lärm macht (damit den benachbarten Mietern verborgen bleibe, wie wir behandelt werden als begünstigte Kinder), baten sie uns zu Gast in die Hausmeisterei, zu Fernsehen, Eistee für die jüngere von den Damen.
Beide zogen wir einen Spaziergang vor. Liefen hin und her zwischen dem verschatteten Hudson, durch die Katakombentunnel unter Henry Hudsons Autobahn zu den achtziger Straßen am Riverside Drive. Vielleich suchten wir Marjorie. (Wenn jemals, Mrs. Cresspahl, die Stadt New York Ihnen Schaden oder Leides getan hat...) Es war zu spät am Abend. Nirgends war sie zu sehen.

30. Juli, 1968 Dienstag

Das sowjetische Politbüro, zum Großteil unauffindbar seit Sonnabend, ist gestern morgen neun Mann hoch ans Licht des

Tages getreten, in fünfzehn grün angestrichenen Schlafwagen, die aus ihrer Grenzstadt Chop von einer rot/gelb/grünen Dieselmaschine auf das Gelände der Tschechoslowakei geschleppt wurden, in ein Anbaugebiet für Zuckerrüben und Weizen, nach Cierna, Leonid I. Breschnew an der Spitze, der an dem backsteinernen Bahnhofsgebäude begrüßt wurde von Alexander Dubcek und fünfzehn seiner Berater. Küsse? Umarmungen? keine. Dreieinhalb Stunden Beratung, dann ißt jede Abordnung hübsch für sich allein in ihrem Eisenbahnzug.
Kein Communiqué, außer wir fischen uns eines aus der *Pravda*, die den Gastgebern mitteilt auf Ehre und Gewissen: ihr Land beziehe von der Sowjetunion das Petroleum fast zur Gänze, vier Fünftel seiner Importe an Roheisen (Grenzübergang Chop/Cierna), 63 Prozent der synthetischen Gummis und 42 Prozent der Buntmetalle. Auch seien die sowjetischen Bedingungen für die Bezahlung günstiger als die der westlichen Wirtschaft, wo es ja abgehe nach Gunst und mit Unterschieden.
Außer wir gönnen der N.Y. *Times* unser geneigtes Ohr. Diese forsche Dame meint in ihrem hypnotischen Drang zur Forschung: für die französischen Kommunisten würde eine sowjetische Invasion der Tschechoslowakei zur Katastrophe. Sie beweist aber auch aus dem Reiseverbot, das die sowjetische Regierung ihren Journalisten für die Tschechoslowakei gestiftet hat, deren eigener Presserummel sei als Fälschung erwiesen. Und was, wenn die Sowjets ihre Reporter, wertvolle Kader doch, bewahren wollte vor einer Zukunft, da wird Besuchern in Prag das eine oder andere Haar gekrümmt?
Am ersten Schultag nach dem Pfingstausflug bekamen die Rückkehrer ihre Begrüßung; auch die zu Hause geblieben waren, um ein Liebesgedicht zu verfassen an den Genossen Stalin, an dBG oder ein Mädchen, das war ihnen beim Blick durch den löchrigen Zaun einer Stachelbeerhecke beim Sonnenbaden aufgefallen. Vielen entging das Willkommen zunächst. Gneez wie Jerichow waren so verklebt mit Plakaten, was sollte denn auffallen an Zetteln im Format DIN A 5, mit denen das Glas im Hauptportal der Fritz Reuter-Oberschule bepflastert war, auch Streifen davon an der Hauswand, in Blickhöhe. Abgebildet waren da Angehörige der Freien Deutschen Jugend in Formation, die Farbe Blau wurde bis zur Sättigung bekannt empfunden, dazu die Erkundi-

gung an die F.D.J.-ler, wofür denn sie marschieren? Die erwünschte Auskunft war so unausweichlich vertraut, Pius hatte auf das Weiterlesen verzichtet, die Anschläge bequem vergessen bis zum Anfang der zweiten Stunde; Gesine desgleichen. Eine Gleichung mit zwei Unbekannten, mit drei, es ist eine Herausforderung ans jugendliche freie deutsche Gehirn und kann es zerstreut machen.

Mitten hinein in die mathematischen Übungen unter der Beratung von Frau Dr. Gollnow platzte Bettinas Stimme im Lautsprecher, heiser, verzagt, verzweifelt, in brüchiger Härte. Sämtliche Schüler haben ungeachtet aller Klingelzeichen in ihren Klassenräumen zu verbleiben. Für eine Aufsicht verantwortlich: die jeweils anwesende Lehrkraft.

Es wurde Abend, Dämmerung gegen Ende des Mai, ehe die letzten Schüler auf die Straße gelassen wurden. Die Kriminalpolizei (Dezernat D) begann die Vernehmungen in den Abiturklassen, so kam die Zehn A Zwei erst nach sechs Stunden an die Reihe. Anfangs hatte Frau Gollnow ordentlich ihren Unterricht zum Tagesziel geführt, danach mündliche Nachhilfe angeboten und schließlich erzählt, was sie Schnäcke nannte aus ihrem Leben. Wie es zuging an der Universität von Leipzig. Ihr Briefwechsel mit dem Schriftsteller Joachim de Catt, Hinterhand benutzte der als Pseudonym. Die Fenster standen weit offen; Luft war vorhanden in Fülle; gegen Mittag fühlte das Klassenzimmer der Zehn A Zwei sich an wie ein Gefängnis. Ein fideles, für kurze Weile. Denn Frau Dr. Gollnow, die zu aller Dankbarkeit die Abkürzung ihres Vornamens in eine Erdmuthe auflöste, sie wollte uns lieber als patente Person gelten denn noch länger ihre Entbehrungen einem Stolz opfern; eine Raucherin war sie und gestand es ein. Abstimmung über Raucherlaubnis innerhalb eines Raums für schulische Zwecke. Inventur der vorhandenen Tabakwaren, kommunistische Verteilung: jedermann nach seinen Bedürfnissen, statt nach Verdienst. Aber gegen zwei Uhr waren die Zigaretten Turf

Tausende Unter Russischer Führung.
Tausende,
sag ich dir

wie auch die nachgemachten Glückszufälle à la U.S.A. verbraucht, die heimliche Angst gestiegen bis an den Hals; da die Gollnow Mutmaßungen über die Quarantäne sich verbeten hatte ein für alle Mal. Draußen mußte etwas vor sich gehen, das betraf die Schülerschaft insgesamt; war etwa die Stadt Gneez am Brennen?

Gegen drei Uhr nachmittags wurden Brötchen aus der Schulspeisung verteilt, von einem verbissen wortkargen Loerbrocks, der bewacht war von einem schulfremden Zivilisten; trocken Brot ohne Wasser oder Suppe, das Schlucken tat mittlerweile weh. Das stumme Raten, die verwirrten (auch spöttischen) Frageblikke, hilflos hochgezogene Schultern; bald war es schwer, zuversichtlich zu bleiben. Wer die Toiletten benutzen wollte, wurde hinaus gelassen auf zwei Schläge gegen die Klassentür, aber begleitet von einer weiblichen oder männlichen Dienstperson; die verweigerten das Sprechen. In der Zehn A Zwei fingen sie an nach der Sitzordnung (besaß das Sekretatiat einen zweiten Klassenspiegel?) statt nach dem Alphabet. So war Gantlik an der Reihe vor Cresspahl, Wollenberg vor Pagenkopf, und keiner kam zurück. Cresspahl wartete als letzte in der Gesellschaft der Gollnow, der waren die Schwänke ausgegangen, die flüsterte etwas von Viel Glück! als werde gerade diese Schülerin es benötigen. Brennende, verhungerte Augen hatte Frau Dr. Gollnow bekommen.

Gesine hatte Glück, im Korridor fiel ihr der einzige Regenmantel in die Augen, verlassen zwischen unzählig leeren Haken, den nahm sie an sich, als wärs der ihre. In einer Tasche spürte sie Papier; konnte beim Warten im Vorzimmer des Rektorats auch einiges lesen von den Druckbuchstaben. Elise Bock sollte Eskorte machen, Wachposten spielen; sie sah der Schülerin begütigend zu und hatte den Fetzen schon weggegrapscht, als der Ruf in ihrem Telefon die Klingel erst antippte. Baumschatten hinter Elises Rücken.

Das war geschickt, Anita. Sollst bedankt sein abermalen.

Die Kriminaler nahmen zuerst die Zehn A Zwei als Ganzes durch, D-B-G immer mitten mang. Aber es geht gegen dich.

Von dem Nachdenken über die Ursache war ich allmählich betäubt.

Ob du wohl böse wärst auf den Staat. Weil die Staatsgründer ein Scheißspiel angerichtet haben mit deinem Vater. Fünfeichen un all den Meß.

Deftig und deutlich, unsere Anita.

Wo doch Eile ist gewesen. Ob du dich vom Deutschlandtreffen ausgeschlossen hast, damit du heimlich fahren kannst nach Westberlin –

Wo ich bloß einen Schäferhund kannte.

– und Druckzettel holen, darauf kann man deutsche freie junge Menschen marschieren sehen hinter und unter Stacheldraht.

Das ist es nun wert, mein Amt in der F.D.J.

Keinen Pfifferling geben die drauf, das ist ihnen eher verdächtig, Gesine.

Weswegen du dich versteckt hast hinter Druckbuchstaben.

Du rat man, aber später. Die wollen dir an den Kragen. Die wollen wissen, ob du jemanden hast bei der Eisenbahn.

In das Direktorzimmer, in die Verhörstube trat eine Schülerin mit gesenktem Kopf, die Zöpfe fühlten sich schwer an; kaum daß sie den Kopf hob zu der Jugendfreundin Selbich, die starrte ihr hinterm Schreibtisch entgegen über geballten Fäusten, ruckte den Kopf hinüber zur Besucherecke. Polstergarnitur, Sequestriergut aus dem Bruchmüllerschen Haushalt; darauf ein mecklenburgischer Mensch mit dem Abzeichen der Einheitspartei im Revers, fast zu müde für eine tückische Mühe; neben ihm ein Mann im Alter Bettinas, ein Junge, um dessentwillen Lise Wollenberg einer Eifersucht verfallen wäre, hätte er sie bei Damenwahl übergangen; ein Herr. Schmuck geschnittener Stoff um die Brust, über den Knien Bügelfalten wie frisch unterm Eisen weg. Strenger, spöttischer Blick, der sagte: Dich kriegen wir auch noch. Die Schülerin sagte: Mein Name ist Gesine Cresspahl, Zehn A Zwei, geboren . . .
– Es sünt ädenste Dingge, sehr ädenste Dingge, über die wir mit dir sprechen . . .: begann der Biedermann, der gute Onkel, der ungern straft, es sei denn angebracht oder von Nöten. Den hielt eine erhobene Flachhand auf, als sei er dressiert. – . . . die wir mit Ihnen zu besprechen haben. Dassie man gleich klå sehn, wir gehn hie voe mit ein Re-spekkt. Zehnte Klasse, all dissn Schåp-

schiet. Wissn Sie auch wohl, wo die Straße ist von Geschwiste Scholl in Schweri-en?
Wenn es nur das ist, Herr... (keine Auskunft). Da treten Sie vom Schweriner Hauptbahnhof auf die Wismarsche Straße nach rechts, also in Richtung Süden auf die Stalinstraße, schreiten fort bis zum Marienplatz, heute Leninplatz, wo das Dom Offizerov ist und in Richtung Osten die landesweit beschwärmte Passage zum Schloß. Hinter der geht rechts, noch mal südlich, die Kaiser Wilhelm-Straße ab, heutzutage die Straße der Nationalen Einheit, die führt zur Graf Schack-Straße, rechts wie links. Das ist der kürzeste Weg, glaub ich. Graf Schack-Straße, die kennt ein mecklenburger Kind. Dort geht man tanzen im »Tivoli«! Die Straße weist bloß zwölf Nummern auf, da stand die Ortskrankenkasse, ein Stück von der Landesversicherung, und unter der 5c wohnte der Pastor Niklot Beste, Oberkirchenrat nach dem Krieg, seit 1947 Landesbischof der Evangelisch-Lutherischen Landeskirche von Mecklenburg. Zur Schweriner Vorstadt gehört die Graf Schack-Straße. Adolf Friedrich von Schack, geboren in Brüsewitz bei Schwerin 1815, seit 1855 Mitglied der Münchener Dichterschule, vom Kaiser gegraft 1876, verstorben zu Rom (Italien) 1894. Seine Dichtung »Lothar«...

Wie glücklich ich! O sel'ge Kindheit,
Der Lebensfrühe goldne Zeit!
Ein Licht, das wir nicht schaun in unsrer Blindheit,
Ein Schimmer noch aus der Unendlichkeit
Umleuchtet dich!

Wer sie kennt, weiß Bescheid in seiner Straße, welchen Namen immer sie trägt. In der linken, östlichen Hälfte kann man zum Burgsee runter kucken. Ist im Neuen Mecklenburg benannt nach den Geschwistern Scholl.
– Sei endlich still, Gesine! Die nimmt euch auf den Arm Genossen, diese Göre, dieses... Biest! kreischte Bettina Selbich, die brachte ihr blaues Hemd fast gänzlich ins Flattern mit einer einzigen Faust, diese erhoben. Der Partner des einheimischen Vernehmers war mit einem Satz hoch, da flog ein Obstduft hinüber zur angeschuldigten Person, die saß so kleinlaut und schuldbewußt sie es vermochte. Der Fremde bemühte sich um die Genos-

sin. Ihre Nerven, gnädige Frau, ein harter Tag, Schlag gegen unsere Weltfriedensbewegung, beruhigen Sie sich, wenn Sie wollten im Vorzimmer...

Fortan ging es zu, als stünde Tee auf dem niedrigen Tisch mit dem Filetdeckchen, als würde der einbehaltenen Dame unablässig Gebäck angeboten, auch ein Glas Sherry wenns beliebt. Von den Geschwistern Scholl wußte die Schülerin? daß es Studenten zur Zeit der Nazis waren, Hans und Sophie, wegen des Verteilens von Flugblättern in der münchner Universität im Alter von 23 und 22 Jahren hingerichtet, Februar 1943 zu Berlin-Plötzensee.

– Vorzüglich! zensierte der Sowjetnik, auf seinen deutschen Lehrling blickend, als wolle er ihn ermuntern zum Erlernen dieser Daten, wenngleich ohne Zuversicht. – Und wir: sagte er: ein wenig entzückt, eindeutig amüsiert: Wir sind vom M.f.S. aus der Geschwister Scholl-Straße in Schwerin; wir kümmern uns um jene Flugblätter, die heute nacht im Bahnhof Gneez ankamen und ausgehändigt wurden an insgesamt vier Verteiler. Einer von denen hat Ihre Oberschule verarztet, und möchten Sie gerne diejenige gewesen sein, Fräulein Cresspahl?

Folgte ein Schlagabtausch, heute würde ich sagen: Squash; aber mit dem Einsatz der heilen Haut. (– Haut ist immer außen: sagt ein Freund.) Die einzige Bequemlichkeit war das gleich bleibende, wenn auch jagende Tempo, das den mecklenburgischen Diener überholte wie Achill die Schildkröte, demnach mehrfach, weil eine unendliche Reihe eben doch zuläuft auf einen endlichen Grenzwert, auch außerhalb der Mathematik; vorsorglich stand auf der herausgezogenen Lade des Schranks vom V.E.B. Rundfunktechnik das Mikrofon:

Und was, bitte, stellte das M.f.S. dar? Das Ministerium für Staatssicherheit. Vielen Dank. Keine Ursache, gern geschehen. Die Gründung des M.f.S. übergangen im Fach Gegenwartskunde? Soweit erinnerlich, ja. Das historische Datum des Gesetzes vom 8. Februar 1950? Vielleicht wegen der Aufregung über die Friedensfahrt nach Berlin. Verantwortlich für das Versäumnis, Name der Lehrkraft? Das bl– das ist Bettina Selbich. Übrigens wissen wir alles, wir benötigen nur noch eine Bestätigung von Ihnen, Jugendfreundin Cresspahl. / Ein Alibi will sie haben aus der Ankunft mit dem Milchholerzug, als die Schule schon verpackt war in staatsfeindliches Papier? Da der Freilauf ihres Fahrrads kaputt ist, und Ersatz gibt es weder für Geld noch auf Marken. So eine Vorrichtung zur Trennung einer angetriebenen Welle von der treibenden, Marke Torpedo für das Fräulein Cresspahl, man ersteht sie in einem beliebigen Fachgeschäft von Westberlin. Einkaufsfahrten nach Westberlin werden bestritten. Aber der Jugendfreund Pagenkopf, der nähere sich dieser verrufenen Stätte ohne Schaudern. Pagenkopf ist sich bewußt, was er der Funktion seines Vaters in der mecklenburgischen Landesleitung der Einheitspartei schuldig ist. Und sich selbst? Der erste Vorsitzende der Klassengruppe F.D.J. hat ein Bewußtsein. / Gelegentliche Übernachtung bei den Pagenkopfs in Gneez wegen Streit mit dem Vater? Keineswegs, im Einverständnis. Auch im politischen Einverständnis? Mein Vater bemüht sich, die Kunde von der Gegenwart zu begreifen. Fräulein Cresspahl in belehrender Funktion? Mein Vater ist von schweigsamer Natur, auch zu geschwächt für ausführliche Gespräche. Die Großmutter in der L.D.P.D.? Eine zugelassene Partei. Der Großvater im Gewahrsam der sowjetischen Freunde? Ein schwebendes Verfahren. Ein Schwager Cresspahls im Westen bei der Ministerialbürokratie? Im Unfrieden mit der Familie. Cresspahl selber in Haft, zuletzt in Fünfeichen? Mein Vater spricht davon als einer Überprüfung; Vertrauen ist gut, Kontrolle ist besser; ein LENIN-Wort. Vorzüglich, und nun ein STALIN-Wort! »Niemals in der Welt hat es eine so mächtige Partei wie unsere kommunistische Partei gegeben – und es wird sie auch nicht geben.« Ihre Zensur im Fach Gegenwartskunde, Fräulein Cressphal? Eine Zwei. Mit der Kollegin Selbich werden wir diskutieren. / Bitte, den ersten Gedanken beim Anblick der Flugblätter! Sichtwerbung, wenn sie den Betrachter verärgert, ist auch schädlich. Eine Kritik an dem Gebrauch der Sichtwerbung, etwa weil für sie glattes Papier vorhanden ist, für Schulhefte nur holziges? Stoff reichlicher vorkommt für Spruchbänder als für Gebrauchstextilien? Ach wo; weil doch die Flugblätter das Licht auf der Eingangstreppe verdunkelten. Wieso Flugblätter, statt geklebte? wegen des Formats. Ihr zweiter Gedanke, ich darf Sie ersuchen. Die Anrede. »Jugendfreunde!« Nein, »F.D.J.-ler«. Wie Rad-ler, Sport-ler, immerhin. Es klinge für mecklenburgische Ohren vielleicht kindlich, oder süddeutsch. Die roten Radler von München? Nein; es seien doch Arten der Fortbewegung oder Leibesübungen zu unterscheiden von dem anspruchsvollen Namen einer Jugendorganisation, die ... Bedenkenswert, höheren Ortes vorzutragen. Mal schnell der Geburtstag des Genossen J. W. Stalin? 21. Dezember 1879 neuen Stils; in Gori bei Tiflis, Georgien. Und wieso Rom, Italien? Weil es ein Rom gibt bei Parchim, an die vierhundert Seelen, Herr Revisor. / Die fortschreitende Dunkelheit gebietet, der Form zu genügen; zwei Herren und eine Dame allein beim Verhör. (– Hähä: meckerte der Mecklenburger.) Wenn eine Lampe eingeschaltet werden dürfte. Immer zu Diensten. Danke. Bitte recht freundlich; eine Zeugin werden wir beiziehen. Die Frau Direktor? Ach was, die kann das Telefon bedienen. Meine erste Vernehmung im Leben; wie anders der Traum als das Leben. Wir begrüßen nunmehr Frau Elise Bock; und Sie bringen uns Kaffee, Kollegin Selbich, aber fix. / Die Schülerin Gantlik. Mitglied der Klassengruppe F.D.J.; Mitarbeiterin beim Ortskommandanten der Roten Armee. Der Schüler Lockenvitz will sich verirrt haben in Berlin. In einer fremden Stadt. Soziale Herkunft des Schülers Lockenvitz. Irgend etwas Landwirtschaftliches in Preußisch Pommern. Die Einstellung dieses Jugendfreundes zur Politik der Regierung, seine Heimat an die Polen zu übergeben? An Volkspolen: ist die Redeweise von Lokkenvitz. Jakob Abs, polizeilich gemeldet bei Cresspahl im Ziegeleiweg Jerichow, als Kurier mit Flugblättern aus Westberlin. Geklebten Anschlägen. Unterwegs auf der Eisenbahn mit Freifahrschein. Nach vorzüglichem Abschluß der Lokomotivführerschule Güstrow Meldung zu einem Lehrgang in Grundlagen der materialistischen Dialektik. Der dritte Grundsatz dieser Lehre? Der Umschlag. Das Privatleben des Eisenbahners Abs? Handball. Seine Pläne für die Zukunft? Das ist ein erwachsener Mensch; wie wird der sich bereden mit einem siebzehnjährigen Mädchen! / Die Schülerin Cresspahl erscheint zum Unterricht in weißer Bluse. Blauhemd nur zu festlichen Anlässen. Erscheint in der Schule mit Petticoat, schleppt Moden des verfallenden Empire ein. Ganz falsch, ein Petticoat ist ein Frauenunterrock. Hiermit wird die Unterstellung bedauert, die Jugendfreundin erscheine zum Unterricht im Unterrock. Aus Eitelkeit in einem weiten, leicht gesteiften Rock; geschneidert nach Abbildungen in der demokratischen Presse. Die Schülerin Gantlik ist evangelischer Neigungen überführt. Da habe sie es mit Max Planck; der

Schülerin Cresspahl sei das physikalisch zu hoch gelegen. Planck; der auf die Rückseite des westdeutschen Zweimarkstükkes geprägt ist? Nie westliches Geld in der Hand gehabt; nie gesehen; kein Stein; kein Bein. Eine Neigung von der Kollegin Selbich zu dem Abiturienten Sieboldt? Nur vom Hörensagen bekannt; bloß ein Anschein von Verliebtheit. Auf beiden Seiten? Die Frau Direktor sei zu jung, um Prüfungsnoten im Abitur zu beeinflussen. Die Frau Direktor scheint einen Piek zu haben auf irgend wen. Wenn ich nur wüßte warum. Hypothetisch, im Vertrauen? Auf sich selbst. Psychologie, wie? und nunmehr mal eben rasch den dritten Gedanken beim Blick auf die verbrecherischen Anschläge auf der Schulwand, auf Jugendfreunde der F.D.J. hinter Stacheldraht. Stacheldraht? nie gesehen.

Hier fiel die Schülerin Cresspahl in die einzige Pause. Hier sagte sie einmal wahrheitsgemäß aus, und war unsicher. Was entsteht, was geht vor sich, wenn das Bewußtsein unverhofft eine Wahrnehmung entwickelt, die es vor neun Stunden hat abgleiten lassen? ein Nachbild? In dem namenlosen Warnzettel war Stacheldraht bloß ein Wort gewesen; nunmehr waren die gezwirnten Windungen mit den eingeflochtenen Haken ein Bild im Denken, unterlegt mit Sprechton aus der abendlichen Sendung der British Broadcasting: barbed wire. Wie konnte aus dem ärmlichen Gefühl des Überdrusses angesichts noch einer Welle von Plakaten am Abend der Vorsatz entstehen, den Stacheldraht zu bezeugen, so lebhaft, als sei er am Morgen gefaßt worden?

– Nach eindringlicher Selbstprüfung: begann die Schülerin Cresspahl zu bekennen, und stockte.

Sie dachte an Kurt Müller. »Kutschi«, Vorsitzender des Kommunistischen Jugendverbandes in Deutschland 1931. 1934 wegen »Vorbereitung zum Hochverrat« zu sechs Jahren Zuchthaus verurteilt, danach im Konzentrationslager Sachsenhausen. Nach der Abschaffung von Hitlers Bataillonen Landesvorsitzender der K.P. in Niedersachsen, 1948 Zweiter Vorsitzender der K.P.D., 1949 Mitglied des Deutschen Bundestages. Geschützt durch parlamentarische Immunität, am 22. März 1950 nach einer Dienstfahrt in die Republik des Sowjetniks als »verschollen« gemeldet. Zwei Monate später hatte das M.f.S. für das selbe Datum die Verhaftung Kutschi Müllers bekannt und zugegeben. Der saß

auch an diesem Abend hinter Mauer und Draht; wenn die Angehörigen der F.D.J. für etwas marschierten, dann auch für diesen bewehrten Draht.
Sie dachte an einen Jungen aus der Zehn A Eins, festgenommen wegen eines Schlagers. Angesäuselt bei einem Klassenfest hatte der in der ersten Zeile eines Schmachtfetzens eine träumerische Vorstellung abgewandelt: »Wenn bei Capri die rote Sonne im Meer versinkt.« Statt »Sonne« hatte er »Flotte« gesungen; aus Leichtsinn, auch wohl in der Einbildung, er sei kugelfest umgeben von seiner Funktion als Erster Vorsitzender seiner Klassengruppe. Paulchen Möllendorff war das gewesen, dem hatte seine gewandte Mundstellung vor Gericht eher geschadet. Vier Jahre Zuchthaus.
Sie dachte an Axel Ohr. Axel, immerhin achtzehn, auch er hatte mitfahren wollen zum Deutschlandtreffen der freien Jugend, mit einem Paket als Gepäck, das sah nach gebündelten Zeitungen aus, darin hatte er drei Kilo Elektrolytkupfer, das gedachte er in der verbotenen Hälfte von Berlin zu verkaufen, Bindegarn für Johnny Schlegels ländliche Arbeitsgemeinschaft zu erwerben. Johnny war noch einmal davongekommen, da Axel sich diesen Beitrag zur Arbeit hatte einfallen lassen im stillen Kämmerchen seines Gehirns; Axel war die volle Strafe angedroht, fünf Jahre Zuchthaus. Gewiß, es gab ein Gesetz gegen die Ausfuhr von Buntmetallen; aber es war unfähig, bei der Kornernte behilflich zu sein. Axel saß im Keller der Untersuchungshaft, um das Verlies war ein Draht gezogen mit Stacheln; wenn die Neue freie Jugend in blauen Hemden marschierte, auch dafür.
Die Jugendfreundin Cresspahl wiederholte nach ausführlichem Besinnen: ihr sei kein Stacheldraht aufgefallen. Nach den Marschzielen der F.D.J. befragt, gab sie die gewünschte Antwort. Sie wurde ermahnt, jederlei Sichtwerbung in Zukunft zu betrachten mit einer Aufmerksamkeit (sie hatte morgendliche Verschlafenheit vorgeschützt), einer dialektischen Benutzung der von ihr selbst zitierten Schädlichkeit zuliebe. Und immer mal die Ohren offen halten, wie? – Was slushaju, ich gehorche: sagte die Schülerin Cresspahl, was dem Leiter des Verhörs angenehm einging und auch wieder sauer, weil er stolz war auf seine nationale Zugehörigkeit wie auf sein Geschick, sie verbergen zu kön-

nen. Auflachend wie ein Mensch, der ist ärgerlich auf sich selbst, unverhofft unhöflich erwiderte er: Do swidanie. Er versprach ihr ein Wiedersehen.

Vor dem Portal der pädagogischen Anstalt warteten fast alle Schüler, mit denen die Cresspahl ein Wort gewechselt, ein Lächeln getauscht hatte. An die siebzig hatten abwarten und zusehen wollen, daß sie dies Kind zurück bekamen in ihre Mitte. Es wurde Hurra gerufen wie in der Vorzeit beim Geburtstag einer tüchtigen jungen Fürstin. Es wurde gesungen.

Lise Wollenberg war nach Hause gegangen.

Und die Schülerin Gantlik, eben noch zu sehen an der Brücke über den Stadtgraben, sie absentierte sich eilends, als sie genug gesehen hatte. Sie hielt es weiterhin und vorläufig für unklug, daß von einem Zusammenhang, einem Bündnis zwischen ihr und der Schülerin Cresspahl sollte auch nur ein Fetzchen zu sehen sein. Doch, so sprichst du, Anita.

Wir einigten uns fast einmütig auf die Empfindung, Bettina habe den Fahndern aus Schwerin sich an den Hals geworfen, die ihr unterstellten Schüler jedoch angesprochen und bedroht, als seien wir gefährliches Ungeziefer, Aussätzige, ansteckend, drei Schritt vom Leibe (und wiederum, als wolle sie uns beißen). Wir mögen ihr zu bereitwillig Platz gemacht haben, als sie angeschritten kam mit den beiden Herren in Ledermänteln. Schlaffer war sie nun, wir hörten sie barmen beim Abschied: Und das gerade an meiner Schule, Herr Kommissar!

Zu uns fuhr sie heftig herum mit dem Befehl, wir sollten aus der Hausmeisterei Wasser und Schrubber holen und die Reste der Klebezettel von der Hauswand entfernen. (Die Tür der Schule, zwei Trumms von eichenen Flügeln, Vorkriegsware Jahrgang 1910, hatte die Kriminalpolizei Gneez aus den Angeln gehoben und abgefahren.) So mußte der junge Elegant aus der Geschwister Scholl-Straße in Schwerin noch einmal sich zwängen aus seinem spiegelblanken kirschenschwarzen Auto (V.E.B. Eisenacher statt Bayerische Motorenwerke A.G.), die Genossin Selbich zu verwarnen und die Menge der mutmaßlichen Täter davor zu bewahren, bei der Kratzarbeit auch das übrig gebliebene Kleingedruckte noch zu studieren.

Und abermals suchte er sich die Schülerin Cresspahl aus für ein letztes Wort. Er stellte sich kameradschaftlich auf vor der jünge-

ren Person in seinem pflegeleichten Maßanzug und ließ vernehmen: Lehmann sei sein Name. (Noch heut würde ich ihn erkennen an einer zu hastig reparierten Hasenscharte. Er mag sich langweilen in Leningrad oder Prag; was soll ich ihn stören.) – Ein bemerkenswerter Nachname: fügte er hinzu und gab sich zu erkennen als jemand, der ist einer von den Kaisern im Neuen Mecklenburg.
Ob Bettinchen nun den Sprung noch schaffte von einer kommissarischen Leitung der Schule zu einer bestätigten?
Wem das Sorgen macht, der freilich fährt beschwerten Gemütes in die Großen Sommerferien von 1950, unruhig geradezu, mit einem Kopf voll Ameisengekribbel beim Einschlafen.

– Dreimal hättest du sie reinlegen können beim Verhör: sagt Marie; die beschwert sich.
– Bettina hatte etwas geklebt gekriegt fürs erste. Und wir hatten einander versprochen: nur in einem Notfall.
– Wenn das keiner war, erzähl mir einen!
– Coming up! Coming up!

31. Juli, 1968 Mittwoch

Die New York *Times* will uns einen Helikopter zeigen, an dem baumeln vier Kästen mit Nachschub für vorgeschobene Stellungen der Marine-Infanterie nahe der Entmilitarisierten Zone in Viet Nam. Ein Foto im Stil der Propaganda-Kompanie, eines Nachrichtenwertes entbehrend.
Die Herren des Kreml und des Hradschin in Kosice halten geheim was sie so besprechen im Klubhaus von Cierna. Die aus Moskau sollen gestern abend um halb elf etwas verärgert abgehauen sein zu ihrem grünen Zug. Um aber doch etwas zu berichten, beschreibt uns die Tante Times die Salonwagen der Tschechoslowaken als, im Unterschied zu denen der Sowjets, blau lackiert.
Die *Pravda*, das Organ der sowjetischen Wahrheit, druckt die ostdeutsche Auffassung vom stillen, alltäglichen Leben auf den Straßen von Prag, mitsamt den Vermutungen über Vorgänge hinter der Fassade; als Beweis. Auch bringt sie, in einem Faksimile

einen Brief von 98 Arbeitern bei Auto-Praha, die bitten die Sowjettruppen um einen Verweilen im Lande.
Und ein Stadtrat von New York hat eine Woche lang in Harlem Ost gewohnt, als Schriftsteller verstellt; nun bekennt er zu wissen wie dort zu leben ist. Ratten hat er keine gesehen, aber er zweifelt eben, ob Ratten so ein Haus an der 119. Straße zwischen Park und Lexington aushalten.
Personalnachrichten aus der ersten Hälfte des Oberschuljahrs 1950/51 in Gneez, Mecklenburg:
Zur Eröffnung der Unterrichtsperiode stieg als erster ein steifbeiniger Mann auf das Podium zum Pult vor den versammelten Schülern (blaues Hemd) und stellte sich vor als neuer Rektor, mit allen Vollmachten und der emaillierten Darstellung verschlungener Hände im Revers: Dr. Eduard Kramritz. Drückte sich das nunmehr vergoldete Brillengestell in die Nasenwunden und verkündete: Einige von euch kennen mich bereits. Beifall. Die übrigen werden mich kennen lernen. Beifall.
Zuverlässig war Bettina Selbich unschuldig an der geklebten Erkundigung bei den Mitgliedern der F.D.J., wofür sie denn marschieren. Aber an einem wachsam geführten Lehrinstitut unterbleiben solche Zwischenfragen von vornherein, ist das nachvollziehbar, Genossin? Und es hatten im Kreisschulamt des weiteren Briefe vorgelegen, aus der Schreibmaschine des versetzten Rats wie von der Hand eines Dr. Julius Kliefoth, beide lateinisch fundiert, mit Anmerkungen zu der sittlichen Reife, wie sie erforderlich sei zu einer fürsorglichen Aufsicht über den Bildungsgang junger Schülerseelen (damit meinten sie uns; Kramritz als Rektor muß für sie als genierliche Überraschung aufgetreten sein). Zwar zeigte die Einheitspartei sich großmütig, da sie sich hätte trennen können von Bettina; dennoch, den Wartestand als Kandidatin verlängerte sie ihr um ein volles Jahr.
Veränderungen im Lehrkörper: Frau Dr. Gollnow begibt sich in den Ruhestand, zwei Jahre über den Turnus; an ihre Stelle rückt Eberhard Martens: soldatische Haltung, blonde Haare im Rekrutenschnitt, »Das Böse Auge«. Ein Praktikum in Deutsch absolviert in Zusammenarbeit mit den Angehörigen der neuen Elf A Zwei der Diplomphilologe Mathias Weserich von der Universität Leipzig: noch ein Humpelmann, etwas beweglicher im Knie, dessen Gruß fiel aus als ein Diener vom Nacken her, mit einem

fast viereckig aufgerissenen Mund voller knallweißer Zähne. Die neue Verwendung für die Kollegin Selbich: Fachkraft für Deutsch, auch Gegenwartskunde. Beifall.
Bei Erdmuthe Gollnow hatten die Schüler Gantlik allein, Pagenkopf und Cresspahl gemeinsam einen Besuch abgestattet zu Beginn der Ferien. Straffer Dutt, gütiger Blick in die Tassen mit Apfelblütentee, Perpendikeluhr, Vertiko, Sofa mit geschwungenen Holzrändern. Anita war stecken geblieben in den Manieren eines schicklichen Vorsprechens; von ihren beiden Mitschülern erfuhr Frau Dr. Gollnow später, daß auch sie wohl hatte bitten wollen, Frau Doktor möge still stehen und die Hand ausstrecken, wenn man die Schüssel mit dem Amt des Rektorats an ihr vorbeitrage. Die alte Dame seufzte viel, bedankte sich für das Vertrauen, erklärte sich für zu schwächlich. (Sie war mit ihrer Gesundheit besser zu Wege als Alma Witte.) – Ja! krächzte die, in hüpfenden Tönen: wenn ich noch einmal Sechzig wär!
Während die Lehrerschaft bescheiden hinübertrat zur rechten Seite des Podiums, erklomm die Zentrale Schulgruppenleitung der freien jungen Deutschen das Podium, nahm Platz hinter den rot verhängten Tischen, einem Wall von Tuch. (Damit keine unwürdigen Beinbewegungen den Jugendfreunden auf dem Boden des Saals die Andacht verkleinern, Marie.) Unter den Krallen von Picassos gesträubter Taube übergaben Lockenvitz und Gollantz ihre Ämter; Übergang in Semestergruppen der Universität Rostock. Die Funktionäre fürs Protokoll und Kassieren dankten ab; Überlastung durchs kommende Abitur. Zum neuen Sekretär für Organisation der Schulgruppe wird gewählt mit 288 gegen 34 Stimmen: Dieter Lockenvitz, Elf A Zwei. Zum Ersten Vorsitzenden mit 220 Stimmen und einer Menge Enthaltungen: Gabriel Manfras, Elf A Zwei. Jugendfreund Manfras nach vorn!
Nie hätten wir gedacht, Gabriel könnte auftreten als ein Redner! Und doch, was für eine tragende Stimme holte dies wortkarge Kind unversehens aus dem Hals. Womöglich machte er das Schweigen wett, das er bewahrte von der ersten Schulstunde bis zur letzten, vom Theaterausflug bis zum Klassenfest; sogleich war vergessen, daß wir ihn für einen Schüchternen angesehen hatten. Die Versammlung geht über zur Wahl des Präsidiums. Bitte um Vorschläge. Dr. Kramritz, als Freund und Partner der F.D.J.-Schulgruppe. Akklamation. Der Lulatsch für Sport, weil

er uns auch politisch die Hammelbeine lang zieht. Humorvolles Lachen. Die Mitglieder der Z.S.G.L., unvermeidlich. Als erstes Mitglied des Ehrenpräsidiums schlage ich vor den Genossen Jossif Wissarionowitsch Stalin, uns ein leuchtendes Vorbild wegen seiner kraftvollen Arbeit für den Frieden: die tagtägliche Sorge für die Ausgestaltung der proletarischen Hauptstadt, die Erschließung des Großen Nördlichen Seeweges, die Trockenlegung der Sümpfe der Kolchis; auch als Dank und Prämie für die Vollendung des genialen Werkes über den Marxismus und Fragen der Sprachwissenschaft. Frenetischer, abbrechender Beifall. Den Präsidenten der Volksrepublik Polen, Boleslaw Bierut, für die friedliche Begegnung unserer Völker an der Oder und Neiße. Den Genossen Mao, den Befreier der Volksrepublik China, den Partner des Genossen Stalin. Den Schriftsteller Thomas Mann, zum Andenken an seinen verstorbenen Bruder, den Träger des Goethe-Nationalpreises, der durch seine Reise nach Weimar den Realismus an den Tag gelegt hat, wie er seinen Schriften aus den Knopflöchern scheint! Den Verfasser des Werkes »Ein Sechstel der Erde ist Rot«, den in seiner Heimat geächteten Theologen, Hewlett Johnson, den »Roten Dekan« von Canterbury! Das stehend applaudierende Publikum wird gebeten, das Gebänk zu schonen. Das Wort hat Jugendfreund Manfras zwecks einer Einschätzung der Weltfriedenslage sowie auch in Gneez.
Gabriel sah uns fremd an, umfaßte das vordere Ende des Pults mit der Rechten, stemmte die Knöchel der Linken gegen die hintere Unterkante, blickte nieder in sein Manuskript, vermochte eine Rede zu halten. (Da stand ein Kind, das hatte Bescheid bekommen, es würde aufgestellt zur Wahl und angenommen; das besaß ein vorbereitetes Referat.) Jugendfreund Manfras begann ordentlich mit dem Datum, der erste September der Tag des Friedens, so geloben auch wir. Der verbrecherische Einmarsch der nordamerikanischen Truppen und ihrer südkoreanischen Söldlinge in die nördliche Republik, deren Führer wir alle. Mögen die unter dem Joch des Kapitalismus ächzenden Westdeutschen sich fürchten vor dem Krieg, die kaufen sich ja haufenweise Segelboote zur Flucht, hamstern Benzin und stehen Schlange vor den Konsulaten Südamerikas; hingegen wir in Sicherheit unter dem neugewählten Generalsekretär des neu gegründeten Zentralkomitees der Einheitspartei W. Ulbricht; und fällt der ehrlose Ge-

brauch des Übernamens Sachwalter erbärmlich zurück auf jeden der ein deutsches Wörterbuch. Die Wachsamkeit der Partei, wie sie aufgetreten ist bei der Entlarvung der führenden Genossen Kreikemeyer und Konsorten, Verschworene des amerikanischen Provokateurs Noel. H. Field und seiner widerlichen Dreiecksehe, diese Wachsamkeit wird auch uns. Der Verfall des britischen Empire an der Seite der U.S.A. kann nur. Das menschenverachtende Interview des westdeutschen Kanzlers mit dem Organ des Großkapitals, der New York *Times*, sein Vorschlag zur raschen Aufstellung einer neuen deutschen Truppe, er wird unweigerlich. Wir beschließen die Versammlung mit dem Lied: Wir sind die Junge Garde / des Pro-le-ta-ri-ats.
In Gabriel Manfras' Weltenpanorama hatte er des öfteren das Wort Diversion mitgedreht, und die des Lateinischen kundigen Schüler unter uns dachten anfangs: Was für ein altmodischer Mensch. Als er die Leute mit dem Leimtopf, die mit ihrer Neugier auf die Marschrichtung der F.D.J., einrührte als amerikanische Diversanten, brach zumindest die grammatische Bindung im Zuhören, und wir konnten erst nach dem Gesang von Anita erfahren: da gebe es allerdings so ein sowjetisches Wort, diversija, aber es bedeute keineswegs Ablenkung, es sei eine Attacke gemeint, ein Angriff. Von der Seite? Nein, frontal, im Grunde rundherum: sagte die verlegene Anita. Wenn sie doch endlich gewußt hätte, daß ihre Arbeit für das Dreifache J uns längst vorkam als eine Arbeit!
Von Gabriel Manfras ahnten wir nunmehr, wie er seinen Sommer verbracht hatte.
Auch Herrn Dr. Kramritz war auf einem Lehrgang der polierende Schliff verabreicht worden; unterdessen kam ihm seine Familie ein wenig abhanden. Verlor er seine Frau aus den Augen. So daß er der Kollegin Bettina Selbich, die mittlerweile schon mal eine eng anliegende Bluse aus unblauem Stoff und ein vor Demut anmutiges Wesen zur Schau trug, einen Vorschlag machte. Damit er für den Fall einer Scheidung doch wisse wohin und eine Zuflucht. Das Gerücht wünschte sich eine Ohrfeige; der Augenschein von Klaus Böttcher hatte ein verheultes Paar wahrgenommen auf dem Waldweg, der sich um den Smoekbarg quält. Nun aber gewann der Hauswirt Bettinas seine Klage auf Kündigung gegen sie, nur noch im Dänschenhagen fand sie ein einzel-

nes Zimmer; wurde von ihrer Parteigruppe belobt für Annäherung zur Arbeiterschaft und hatte Angst vor Wieme Wohl. In die komplette Wohnung am Domhof, drei Zimmer mit Küche Keller Bad, zog die versöhnte Familie Kramritz, mit Blick über die Pfarrwiesen bis zu den Pappelreihen vorm Stadtsee. Kaderschutz. Wer seine Kader schützen will, muß sich aussuchen. Die Nachricht von Thomas Manns Unterschrift unter den Stockholmer Appell, die Deklaration zur Ächtung der Atombombe ohne Ansehen eines Besitzers, die hatte uns getröstet über unsere eigenen. Ein Jahr später hatten wir uns zu schämen.

> *Dies ›Dokument‹ war mir nicht neu . . . als Teil einer* Photomontage, *die mich selber zeigt, wie ich, angeblich, im Frühling 1950 und zu Paris, den Stockholmer Aufruf unterschreibe. Ich trage bei dieser Gelegenheit einen Anzug, den ich zwar im Sommer 1949, nicht aber im Jahre 1950 mit nach Europa genommen. Auch die schwarze Trauer-Krawatte, die im Mai 1949 mir zuzulegen ich tragischen Anlaß hatte, sieht man im Bilde. Wie dieses zustande kam, ist mir weder erfindlich noch interessant. Was ich aber weiß, und was ich der Wahrheit gemäß gesagt habe, ist, daß ich meinen Namen nicht unter den Stockholmer Aufruf gesetzt.* © Katja Mann

Kreikemeyer und Konsorten, das waren deutsche Kommunisten im französischen Exil, interniert, Kreikemeyer nach einer von dem amerikanischen Unitarier Field geförderten Flucht im Jahre 1942 Leiter der illegalen D.K.P. in Marseille. Willi Kreikemeyer wurde sieben Jahre später eingesetzt als Oberster der Deutschen Reichsbahn, Jakobs Generaldirektor war das. Im Mai 1949 hatte er für seine Partei das Gesicht hingehalten, als die Eisenbahner in Westberlin streikten um eine Entlohnung in der Währung der Stadt, in der sie arbeiteten und ihr Brot kauften. Am 5. Mai versprach Willi K. ihnen eine Bezahlung in West, dann zog er seine Zusage zurück. Ein Toter bei den Zusammenstößen mit der Polizei, einige Verletzte gingen auf seine Kappe, die trug er für die Partei. Am 28. Mai versprach er eine Entlohnung in Westmark bis zu sechzig vom Hundert, auch: jegliche Rache zu unterlassen. Ende Juni brach er sein Wort abermals, auf daß seine Partei die Stirn bewahre, und verfügte für 380 Eisenbahnarbeiter die fristlose Entlassung oder Versetzung an Orte in der ostdeutschen Republik, deren Geld schon sie verschmäht hatten. Willi Kreikemeyer, Mitglied einer Partei und deren Verfassung, die ein Bekenntnis religiösen Glaubens zu achten vorgab, er versprach den Zeugen Jehovas zwölf Sonderzüge zu einem Treffen nach Berlin, Juli 1949, er nahm Geld für die Bestellung, dann setzte er die Fahrten ab; alles für seine Partei. Nun beschuldigte sie ihn seit Ende August, er habe dem amerikanischen Geheimdienst O.S.S. Adressen geliefert. Jakob lief bedripst umher im Sommer 1949; ein loyales Mitglied der F.D.J. wird dergleichen aufsagen an den Abenden für die Schulung; hätte ich interpelliert, er wär mir gekommen mit der Frage: Und in was für eine Schule gehst du, Gesine?

Als der Club der Carola Neher durch war mit ihr, habe ich bei D. E. einen Lebenslauf in Auftrag gegeben für Willi Kreikemeyer; all die drei Gelehrten mit ihrer Gewitztheit in Registern und Quellen und Querverweisen fanden keine Lebenserwartung für ihn seit dem August 1950.

Was den westdeutschen Bundeskanzler anging, so wies uns Bettina Selbich hin auf die erhellende Ähnlichkeit seines Namens mit dem des Präsidenten der Columbia-Universität, Oberbefehlshaber der Streitkräfte im nordatlantischen Vertrag seit 1950. Eisenhower – Adenower. Gegenwartskunde.

Was den Präsidenten der Nordamerikaner anging, so sollten wir an Harry S. Truman belächeln, daß er mit seiner mittleren Initiale einen Anspruch auf amerikanische Dignität betrügerisch vortäusche, weil das S für sich allein stehe statt für einen Namen; auch die frühere Tätigkeit Trumans als Verkäufer von Schlipsen und sonstigem Herrenbedarf, wir sollten es anführen als einen Beweis für seine Minderwertigkeit. Gegenwartskunde.

Am 13. Oktober 1950 wurde in der ostdeutschen Republik zu einem ersten Mal der »Tag der Aktivisten« begangen, da bekam Elise Bock den Titel »Verdiente Aktivistin«, auch eine hübsche Zuwendung an Geld. Ein letzter Gruß vom Dreifachen J, der durfte nun nach Hause. Die Verwaltung von Gneez war der Einheitspartei übergeben; sein Nachfolger war ein Militärkommandant, der zog aus der Stadt in die Wälder am Smoekbarg.

Am 15. August bestellte die Regierung der ostdeutschen Republik (auch eine Person) sich einen Umgang mit Stimmzetteln we-

gen der Volkskammer, der Verwaltung von Land und Kreis und Gemeinde. 99 Prozent zählte sie an Ja-Stimmen, und 0,7 vom Hundert noch dazu.
Im Sommer 1950 begannen die Prozesse in Waldheim, am 4. November waren die Hinrichtungen dran. Cresspahl trug keinen Trauerflor wegen des Menschen, den er erinnern mochte als seinen Schwiegervater. Das Kind Cresspahl wußte noch Bedauern für Albert Papenbrock, weil ihr einst das Annehmen von Süßigkeiten untersagt war; betrübt saß er unter den Sommerschirmen vorm Lübecker Hof in Jerichow, mußte ein großes Eis gänzlich aus eigenen Kräften verschlingen. Gesine Cresspahl wäre zu feige gewesen, mit einem Trauerflor um den Jackenärmel unter Frau Selbichs Augen zu treten; die war mittlerweile fix bei der Hand mit dem Beantragen von Verweisen bei Direktor Kramritz. Thomas Manns Familie hat seinen Brief an den Sachverwalter unterdrückt in der Sammlung für den vorläufigen Gebrauch; tatsächlich schrieb er dem Sachwalter im Juli.

> *Zehn Verhandlungen etwa fanden in einer Stunde statt. Kein Verteidiger wurde zugelassen, kein Entlastungszeuge gehört. Gefesselt, obgleich den wenigsten eigentlich kriminelle Taten zur Last gelegt waren, wurden die Angeklagten, die im voraus Verurteilten dem Gericht vorgeführt, das nach Vorschrift Zuchthausstrafen von 15, 18, 25 Jahren, auch lebenslängliche über sie aussprach.* [...] *Herr Ministerpräsident! Sie wissen vielleicht nicht, welches Grauen und welche Empörung, geheuchelt oft, aber oft tief aufrichtig, jene Prozesse mit ihren Todesurteilen – denn es sind lauter Todesurteile – auf dieser Weltseite hervorgerufen haben, wie nutzbar sie sind dem bösen Willen und wie abträglich dem guten. Ein Gnadenakt, großzügig und summarisch, wie die Massenaburteilungen von Waldheim es in nur zu hohem Grade waren, das wäre eine solche gesegnete, der Hoffnung auf Entspannung und Versöhnung dienende Geste, eine Friedenstat. / Nutzen Sie Ihre Macht...!* © by Katja Mann

Aber der Sachwalter benötigte seine Macht für die Vorbereitung solcher Vorführungen von Gerichtsbarkeit, die sein weiser Führer und Lehrer Stalin ihm gezeigt hatte in Bulgarien, Ungarn und

der Tschechoslowakei. Wozu sollte er ein paar nützlichen Toten die Ehre zurückgeben, da von den Lebenden in seinem Lande nur an die einundfünfzig Tausend den Mut aufbrachten, seine Stimmzettel mit einem Nein zu versehen, bloß so viel Leute wie sie lebten in Gneez zusammen mit Jerichow.
Klaus Böttcher saß bei Vadding in der Küche und kühlte seine Füße in Seifenwasser. Kommt seine Frau, Britte kommt und meldet: Du, da sind drei Herrn, alle in schwaazn Anzügn, die wolln was von dir. Klaus raus aus dem Fenster, hängt am Sims hoch über dem Werkstatthof, läßt sich fallen, rennt barfuß los über den Zaun, den Stadtgraben, den Wall, immer Richtung Westberlin. In Krakow mußte er unterkriechen bei einem Kollegen Tischler, die nackten Füße bluteten so wild. Britte denkt was ihr Mann denkt, sie bedient eine Telefonleitung nach Krakow. – Kannst kommn, Klaus, die waren alle vonne Universität, die wollten bei dir gemeinschaftlich ein Bootshaus bestellen, du Dœmelklaas! sagte die zärtliche Brigitte. Nach dem Schuldbewußten an seinem Verhalten befragt, äußerte Klaus wiederholentlich, immer von neuem verlegen: Woans sall de Haas bewiesn, dat he kein Voss is?
Im Dezember 1950 beantragte Jakobs Mutter einen Interzonenpaß. Das war ein Stück Papier, das sollte ihr von Amts wegen eine Reise von Jerichow nach Bochum gestatten. Wenn sie recht berichtet war, so wohnte da ein Rest Familie von Wilhelm Abs. Bei Absens schrieb man sich allerhöchstens zu Todesfällen, bei Geburten dergleichen, zwei Wochen danach; zwar war sie alt, an die gefürchtete Nachricht wollte sie so nahe wie sie vermochte. Jakob nahm sich Zeit für die Gänge zu den Ämtern, Cresspahls Tochter fehlte dazu die Verwandtschaft; so dauerte es bis in den Januar, ehe sie beisammen hatte:

eine polizeiliche Meldebescheinigung,
ein polizeiliches Führungszeugnis,
einen handgeschriebenen Lebenslauf (den vierten Entwurf),
einen Nachweis über den politischen oder wirtschaftlichen Grund der Reise (da erfanden Cresspahl und Jakob ihr eine Erbschaft im Ruhrgebiet, und Dr. Werner Jansen, seines Zeichens Rechtsanwalt zu Gneez, zauberte, als sein Personal aus der Kanzlei war, auf der Schreibma-

schine eine amtsgerichtliche Zustellungsurkunde mit einem westdeutschen Datum),

eine Befürwortung der Reise durch die Einheitspartei (das schob Frau Pastor Brüshaver hin über die O.d.F. bei der C.D.U. von Schwerin),

eine Bescheinigung des Finanzamtes Gneez, die Abwesenheit von Steuerrückständen betreffend;

danach mußte sie die Dokumente nur noch ins Russische übersetzen lassen. Achtundzwanzig Mark nahm Lotte Pagels dafür, ihre krijgerstamschen Fehler eingerechnet. Anita, du hättest es gemacht aus Gefälligkeit, gib's zu! Aber da Anita vorbeisah an der Schülerin Cresspahl, wie konnte der Name Abs ihr eine Nachricht sein? Und wie nützlich hätte sie sein können als Dolmetsch bei dem Sowjetnik im gneezer Rathaus, der in der souveränen Republik die Stadtverwaltung beriet. Wohl war von Gesine zu verlangen, daß sie sich einen Ruck gab und als erste auf Anita zuging mit einem Ansinnen; Gesine war gegen eine solche Reise, die schien ihr sorgfältig genug ausgestattet, manchmal fahren Leute ab und bleiben weg; auch auf Scheu redete sie sich heraus. Kam der Antrag abgelehnt zurück, war's ihre Schuld.

Bis Dezember hatte Aggie betrieben, was eine staatl. gepr. dipl. Krankenschwester bloß ansieht für eine Schuldigkeit. Sie steckte sich hinter Schürenberg, Kreismedizinalrat; Schürenberg lud Cresspahl vor, untersuchte ihn glaubwürdig, schrieb ihn arbeitsunfähig, in die Rente.

Im Jahre 1950 wurde zum ersten Mal seit 1937 in Cresspahls Haus das Silvester begangen. Es gab keine Karpfen, aber Jakob brachte Krebse. Zwar sei der Krebs in den Monaten, die kein R aufweisen, am schmackhaftesten: meint Hedwig Dorn zur Stütze der Hausfrau; auch Frieda Ihlefeld hängt dieser Auffassung an; jedoch nehme man es damit beliebig ungenau, die Ihlefeld tut sogar, als wär's ein Gerücht. Zum ersten Mal waren wir, in ungenauer Art, eine Familie in Cresspahls Haus. Gesine sah von weitem zu, als Jakobs Mutter die lebendigen Biester mit einem Reisbesen abbürstete in kaltem Wasser, sie dem Tode zuführte in kochendem; während die Kirchgängerin der Familie zum Gottesdienst aus war, stand Gesine am Topf, die Augen auf der Uhr, dem Rezeptzettel, nahm das schwimmende Fett ab, legte Holz nach, ließ abkühlen, kellte die rote Butter heraus; abgelenkt.

Denn am Fenster führte Jakob ihr eine halbe Stunde lang vor, wie ein junger Mann von zweiundzwanzig Jahren sich rasiert zur Feier eines Abends. Mochte der Karpfen mangeln zum Silvester; der Scherz war da. Cresspahl zog Striche in seinen letzten berufstätigen Büchern. Vier Leute bekannten ihre Vorsätze für das kommende Jahr, viermal schenkte Jakob Richtenberger nach für Gesine.

Jesu, laß mich fröhlich enden / dieses angefangne Jahr. / Trage stets mich auf den Händen, / halte bei mir in Gefahr. / Freudig will ich dich umfassen, / wenn ich soll die Welt verlassen.

Bliwen Se man bi uns, Fru Abs.

Ick smit dat hen. Disse Loks, disse utleierten Strecken, dissn Signålsalat, dor führ de Düvel. Godet Niejår, Gesine!

Godet Niejår ji all.

1. August, 1968 Donnerstag

Wer viel fragt –

Über was hier anders ist in New York im Staat New York, wissen Sie: es ist eine von jenen Städten, in die die westberliner Zeitungsverleger kleine Klingeln aus Porzellan schicken an Familien, denen ein Angehöriger umgebracht wurde bei dem Versuch, Angehörige anderer Familien umzubringen, in Viet Nam, das ist noch hinter der Türkei; über einen Unterschied.

Gelb, zum Beispiel. Gelb ist hier anders wo. Ich meine die ganze Farbenfamilie, was noch gelb ist oder so nahe an Gelb oder Ocker oder Kanarienvögel oder einfach alles im Bereich zwischen Rot und Grün, nicht nur any of the colors normally seen when the portion of the physical spectrum of wave lengths 571.5 to 578.5 millimicrons specif. 574.5 millimicrons is employed as a stimulus: wie Webster sagt, sondern auch, was mal gelb war. Gelb ist hier anders wo.

Auch außerhalb des Eis, der Mongolen, der Gelbsucht, der Schwämme, Schmetterlinge, Butterblumen.

Nie so viel Gelb gesehen wie hier.

Als ein Gelber gilt hier ein Eifersüchtiger, ein Neidhammel, ein

Melancholiker, ein Verräter, ein Abtrünniger, einer wie Brutus, weil er eines Ehrenwerts ermangelte. Gelbe Leute sind hier welche zum Verachten, gelb heißen die Boulevardblätter wo wie die gelbe Bildzeitung, und Gelbeichen gibt es und Gelbe Barsche.
Die Gelben, das sind die, die unterbieten einen, die gehen gelbe Verträge ein; die treten keiner Gewerkschaft bei als einer gelben.
Wenn einer hier gelbt, so gibt er an, er markiert den starken Mann.
Hier glaubt die Sprache, daß manche Eingeborene im Südwesten des Landes gelbe Bäuche haben, gelb wie Schwefel.
Gelb sehen Sie auf den Einwegavenuen Striche eine Wagenbreite reservieren, mit gelber Schrift.
Gelb in zwei Strichen teilt die Avenuen mit zwei Fahrtrichtungen.
Gelb in einem Strich auf zweibahnigen Straßen zweiter Ordnung.
Gelb grenzt die Fußgängerbereiche ein in den Kreuzungen, breit hingeschmierte Striche.
Gelb sind die Gehäuse von Verkehrsampeln, die des Sprechens unkundig sind und nur zu runden Farbzeichen imstande.
Auf gelben Quadraten sagt die Polizei den Autofahrern Kurven oder Kinder voraus und rät ihnen zu Geschwindigkeiten.
Gelbe Schilder umgeben Arbeiten des Straßenbaus, sie sagen: Gefahr.
Gelb sind die Sperren, Bretter auf vier schrägen Beinen, mit denen die Polizei ausgebrannte Häuser umstellt oder Neugierige fern hält von festlichen Premieren oder Paraden; mit einem Stich Orange gelegentlich, aber Gelb bleibt unbesiegt.
Gelb sind die Bahnsteigkanten der Fernbahnen angestrichen.
Gelb ist etwas Nationales; denken Sie an die einzige gelbe Bahnsteigkante ganz Westberlins auf dem amerikanischen Militärbahnhof in Lichterfelde.
Gelb sind die Bahnsteigkanten in der Untergrundbahn, gelb sind da Handgeländer gestrichen, auf Gelb sagt der Bahnsteig Vorsicht unter dem Fuß des Reisenden.
Mit Gelb beschmiert sind in der subway die unteren Ansätze der Treppen und Stufen vor Absätzen, noch die Senkrechte der obersten Stufe, mitunter die Absätze ganz und gar.

Gelb sind die Rinnsteinkanten vor Feuerhydranten und Bushaltestellen, Parkverbot; gelb die Torrahmen von Garagen, gelb die Prellsteine.
Die Stufen zu Postämtern sind markiert mit gelben Punkten.
Zwar golden aber gelb, weil nicht ganz so rot wie Gold, sind die aufs Türenglas gemalten Nummern und Namen und Eigentumsvermerke von Häusern und Läden und Trinkanstalten.
Auch amtliche Aufforderungen wie: Es wird abgeraten hier näher zu treten, oder: Von Rauchen in den öffentlichen Verkehrsmitteln kann keine Rede sein, oder: Beachten Sie, daß dieser Wagen 7493 heißt.
In amtlichen Drehtüren finden Sie kleine Pfeile auf gelben Klebezetteln. Mehr und mehr gelbe Straßenschilder werden an die Stelle der hergebrachten geschraubt.
Ernst blicken die Köpfe berühmter Damen Sie an von der Oberkante eines Bauwerks, das gelb und golden verkündet: Ich bin das Metropolitan Museum; bei mir ist es frei; ich bin ganz selten zu.
Gelb, wohin Sie blicken.
Gelb sind die Leuchtkörper in den Fenstern der Telegraphengesellschaft Western Union.
Western Union ist eine Telegraphengesellschaft. Was Präsident Johnson immer sagt ist: Great Society.
Gelb: sagte Johnson vor zwei Jahren zum Kleid der Frau eines Staatsbesuchers von den Philippinen: Gelb ist auch meine liebste Farbe. Tatsächlich: sagte sie später im Vertrauen: Ist meine liebste Farbe Rosa.
Gelb sind die Regenhäute der Arbeiter, die unter die Straße kriechen und die Löcher in den Gasleitungen suchen.
Gelb ist hier die Luft, wenn sie erstickt.
Gelbe Zirkulare werden umhergetragen, auf gelbem Konzeptpapier überreiche ich Ihnen: viele als Bleistifte verkleidete Kugelschreiber sind gelb. Manchmal ist es sogar Orangensaft.
Anlaufen wie die Natur es wünscht, das möchte das Messing wohl an den Außentüren aufwendiger Hotels, Appartementhäuser, Banken; gelbgeputzt sind da die Fußbleche, die Drehknöpfe, die Spione, die Handgriffe, die Oberfläche der edlen Schlösser; gelb sind da die meist doppelhälsigen Hydranten gewienert. Gelb sind die massiven Schilder der unerschwinglichen Ärzte poliert,

zu einer Zeile aus schierem Gold, nur noch die Vernunft hält das für Messing.
Und güldne Dreiecke auf den Glastüren vornehmer Häuser sollen Sie hindern, gegenan zu rennen.
Gelb sind Briefumschläge, die Manila heißen. Gelbe Seiten heißt hier, was Sie kennen als Branchenfernsprechbuch.
Die Butter ist verdächtig gelb.
Gelb sind die Schilder, die hinweisen auf Räume für Schutz gegen radioaktive Strahlung: in Erwägung daß es mal hier ernst wird so wie da hinter der Türkei. Prophetisch stehen darin die drei Dreiecke über dem kleinen Kreis, darin auf Gelb die Zahl der hier rettbaren Personen angegeben sein sollte, jedoch regelmäßig fehlt, wie etwas Unbekanntes.
Gelb sind die Wagen zur Pflege des Broadway, die die Straßen waschen und fegen, die den Müll abschleppen, darunter auch Autos. Gelb sind die Wagen vieler Taxiflotten. Gelb sind die Symbole, Produkte, Verpackungen, Lieferungen von reichlich Unternehmen und Instituten.
Aber warum, das ist ihnen unerfindlich.
Gelb ist eine Farbe, die Aufmerksamkeit erregt: heißt es. Warum sie das tut, keiner weiß es.
Vielleicht weil ein Neffe des ersten Präsidenten eine Ockerfabrik sein eigen nannte?
Gelb ist gelb: lautet die Antwort.
Und es sind Autoritäten, die Bescheid geben. Zwar ist es wahr und würde ich zugeben: sagt die Autorität: Auch wenn meine Lieblingstochter mich einen Gelben nennte, eine kleben würd ich ihr. Aber ich finde, und meine die ganze Nation wenn ich sage: Wir alle können von Glück reden, daß wir diese Bauernbande in Viet Nam oder wie das da genannt wird wenigstens aus anderen Gründen umbringen als wegen ihrer gelben Hautfarbe. Die versteht nur, wer dazu gehört und weiß: Was Gelb Bedeutet. Ende des Zitats.
Schließlich werden Sie zugeben, daß in New York oder in einer beliebigen anderen Stadt des Landes niemand umgebracht wird, weil er eine gelbe Haut am Leibe hat. Erstens geht es da um dunklere Schattierungen. Zum anderen ist dies ein freies Land. Sie müssen die Sache mehr gelb sehen.
– kriegt viel Antwort.

Die *Times* würde so gern berichten, die sowjetische und die tschechoslowakische Delegation hätten einmal gegessen mit einander, das Brot gebrochen. Aber auch ihr geben sie nur das Communiqué, darin steht was von einer Atmosphäre vollständiger Offenheit, Aufrichtigkeit und gegenseitigen Verstehens. Die wollen morgen in Bratislava noch einmal tagen, diesmal aber mit den Führern aus Polen, Ostdeutschland, Ungarn und Bulgarien. Ob die wohl umstoßen, was die Sowjetunion an der Gleiskreuzung von Cierna hat unterzeichnen mögen?

Und wie war das Wetter im Juli? die New York *Times* hat es in Erfahrung gebracht und sagt Bescheid: Für die Jahreszeit zu heiß. Ungefähr um den 16. Juli muß es uns ein wenig erbärmlich gegangen sein. Jenen Dienstag, wir könnten ihn zur Hälfte entbehren. Don't wish your life away.

Ein jedes Kind, das sich erinnert an die Deutschstunden der Elf A Zwei 1950/51 in Gneez, unausweichlich wird es rufen: Schach! Schach!

Mit dem thüringischen Praktikanten, dem Herrn Weserich, war die Arbeitsgemeinschaft Cresspahl/Pagenkopf schon gegen Ende der Ferien ein wenig bekannt geworden. Sie betrafen ihn auf einer Bank vor den Badehütten am Stadtsee zu einer frühen Zeit, da glaubte er sich allein und schraubte ein alumines Gestell zurecht an seinem linken Knie, unterhalb dessen das Bein fehlte. Wieder hielt er den Mund viereckig, nach Schmerzen sah er aus; wie sind wir erschrocken.

Jedoch war er es, der anfing mit einer Entschuldigung. – Das wäre das: sagte er gelassen, als er sich von der Bank ins Stehen drückte. – Für Führer und Reich; geglaubt hab ich's auch: fügte er hinzu, anheim stellend, voll Vertrauen auf unsere diplomatischen Künste. So war er schon ausgestattet mit einem Leumund, als die abgesetzte Frau Direktor Selbich ihn einführte bei uns, in ihrer versäuerten Art. – Wir lesen »Schach von Wuthenow«: kündigte er an; hatte uns klipp und klar seine Absichten dargelegt. Wie beängstigt wären wir gewesen, hätten wir sie begriffen.

Deutsch hatten wir vier Stunden in der Woche; Weserich erzählte uns vom 5. Mai 1789 an das Lebensjahrhundert Theodor Fontanes. Er begann mit dem Grafen Mirabeau, dem Abgeordneten

des Dritten Standes, er stellte seine Fallen öffentlich aus; wir übersahen sie. Er erzählte uns aus Fontanes Kinderjahren, seinen Zeiten in England und Frankreich, las vor aus Briefen an die Familie, car tel est notre plaisir. Sauberes Hochdeutsch, bei abwesendem Blick aus dem Gedächtnis zusammengesucht. Am 11. September leistete er sich die Stirn, uns zu ersuchen um unsere ersten Eindrücke von der Lektüre des erwähnten Werkes von Th. Fontane. Aus dem Blauen heraus, von einer Woche auf die andere, blanken vorfreudigen Blicks!
Anita meldete sich, die wollte sich opfern; er übersah sie, lächelte ihr aber zu, ihr allein. Wir anderen, an die dreißig Mann hoch, durften ihm vorhalten, einen Abdruck davon gebe es nur einmal in der Bibliothek des Kulturbunds, in den häuslichen Bücherschränken seien bloß Sachen wie »Effie Briest« zu finden; versuchten ihm sein Vorhaben auszureden. Das Ende von diesem Lied war, er machte uns Komplimente, pries unsere Findigkeit; versprach einen wiederholten Auftritt seiner Erkundigung für den 18. September. – Wir werden uns ja des öfteren sehen: versprach er.
Den uns geneigt zu halten, sammelten wir in dreißig Anteilen, was eine Abschrift von einhundertdreißig Druckseiten eben kostete bei Elise Bock; die Matrizen besorgte Pius bei einem Besuch in der Jugendkreisleitung. (– Du sollst dem Ochsen, der da drischt . . .: gestand er, aber nur innerhalb seiner Arbeitsgemeinschaft.) Bevor aber sie abgezogen werden durften, mußte Anita für uns auf dem Rathaus eine Ermächtigung und Bescheinigung von Unbedenklichkeit erwirken, zwecks Vervielfältigung eines Textes. Am 18. saßen wir da mit unseren Stößen rauhen fleckigen Papiers, und Saitschik der Haase genoß seinen Auftritt im voraus.
– Das' man ne olle Kamelle: sagte Saitschik: Wer schwängert, der soll auch schwören!
Der Gast bedankte sich für die Unterweisung in mecklenburgischer Volksweisheit. So war es, aus Saitschik sprach der Geist der Ackerbürgerei von Gneez (und des vertriebenen Adels); ohne daß er sich bewußt war, was er damit an Mutmaßungen herausgefordert hatte über die Ehe seiner Eltern oder seinen Umgang mit Eva Matschinsky. Die duckte sich, die war errötet.
Dagobert Haase stand da in seinem leicht dicklichen und treuher-

zigen Wuchs, nölig und in einem Trotz benahm er sich wie jemand, der bloß gehorcht; könnte zwar anders. Und sprach: Das is so ungefähr hunnertfünfzig Jåhr her. Da hat ein Rittmeister eine Freundin, die will er vleich heirådn. Mit eins verkuckt er sich in ihre Tochter, zwanzig Jåhr jünger, aber weil die Leute Witze machen über die Blatternarben in ihr Gesicht, will er sich vor den Folgen drücken. Der König befiehlt ihm die Heirat, macht er denn auch; aber erschießt sich nach dem Mittagessen. Den Namen und das Kind, das läßt er ihr.
Saitschik machte eine gefällige Halbwendung, so daß wir ihn ansehen könnten, was er meinte: Ist doch wahr, oder?
Herr Weserich dankte ihm für die Zusammenfassung der Handlung. Ob der Schüler Haase noch bereit sei für eine zusätzliche Frage?
Saitschik ließ den Kopf nach vorn fallen, machte den stillen Dulder; nannte auf Verlangen: die Hauptperson wie die Überschrift, die Tochter jemand namens Victoire, die Mutter eine Geborene... Familienname unbekannt.
Die Wohnanschrift der Familie von Carayon? fragte dieser Deutschlehrer an Saitschik vorbei, ausdrücklich um ihn zu schonen, und als die Schülerin Cresspahl bloß die Stadt Berlin zu nennen wußte, durften wir die Geschichte noch einmal von vorn beginnen:
»In dem Salon der in der Behrenstraße wohnenden Frau von Carayon waren an ihrem gewöhnlichen Empfangsabend einige Freunde versammelt...«
Wir wurden belehrt, daß Personen von Stande zu jener Zeit... aber es sei wohl wenig ergiebig, nach dem Jahr zu fragen?
– 1806: meinte Anita, und sollte gestehen, wieso. – Weil die Leute da die Dreikaiserschlacht von Austerlitz besprechen wie ganz was Neues, die war im vorigen Dezember am 2.
... zu jener Zeit ihre Anschriften aussuchten, mit der Lage ihrer Wohnung auf sich hielten, auf sich wiesen. So sei es, leider! unumgänglich, uns mit der Auskunft zu versehen, daß die Behrenstraße einen Block südwärts von Unter den Linden sich erstrecke, die Carayons mit der Ecklage an der Charlottenstraße sich eines Glücksfalles erfreuten, wenige Zeit Fußwegs von der Oper, dem Lustgarten, dem Schloß. Behrenstraße benannt nach dem berliner Bären, diese Meinung sei verbreitet; in Wahrheit

dem Ingenieur Johann Heinrich Beer zu Ehren, dem Berlin die Französische Straße verdankt, 1701 die Jerusalemer und die Leipziger. Jedem verbrieften Berliner wohlvertraut, der Lebenserfahrung nach auch den Angehörigen einer Elf A Zwei, die erst am 11. September davon hätten läuten hören, wenn auch von einer anderen Glocke. Und wenn man einmal erwägen wolle, daß der Verfasser jener Erzählung einem bloßen Zufall aus dem Wege gehe, warum habe er den Namen eines Baumeisters aus dem siebzehnten/achtzehnten Jahrhundert gleich in die erste Zeile gezogen? vielleicht um der Vergangenheit der Geschichte einen Hauch von einer noch älteren anzuziehen. Faßlich? Und seien wir geneigt, uns vernehmen zu lassen über den Untertitel? »Erzählung aus der Zeit des Regiments Gensdarmes«? Dafür, für ein so entschlossenes Schweigen habe ein junger Praktikant sich Schulstunden lang verbreitet über die namentliche Abkunft dieses Kürassierregimentes, an Stelle der Lanze den geraden Degen führend, von der Reitertruppe Karls IV. von Frankreich. Angedenk der Herkunft des Verfassers aus dem Französischen? Gens d'armes, au Mayon Âge, soldats, cavaliers du roi? Da die Stunde, für deren faszinierenden Elemente er uns verpflichtet sei, ihrem Ende entgegensehe, dürfe er uns nunmehr bitten, bis zum Mittwoch die ersten zwei Seiten wenigstens versuchen zu *lesen*.
Die Elf A Zwei benötigte für die ersten sechs Seiten der Erzählung an die drei Wochen; sah man Herrn Weserich an wegen der Verschwendung von Zeit, so ließ der sich keine grauen Haare wachsen. Wir begannen uns zu freuen auf seine Ausbrüche heiterer Verzweiflung, wenn wir es denn tatsächlich unterlassen hatten, uns unter den klaren Worten »in England und den Unionsstaaten« auch die Vereinigten Staaten von Amerika vorzustellen, damit wir über die Herkunft des Herrn Bülow, Adam Heinrich Dietrich v. B., noch mehr wußten als seine Verhaftung wegen Schriftstellerei. War es denn denkbar, daß es in der ganzen Stadt Gneez nur ein einziges Konversationslexikon aufzutreiben gebe, und das sei auf Jahre hinaus verliehen?
Kleinlichkeit konnte ihm keiner vorwerfen, dem Weserich. Guten Willen zeigten wir ihm; für die lateinischen Zitate waren wir durch Kliefoth gerüstet und übersetzten auch einmal eines selber (hic haeret). Nach einer Weile sah Weserich ein, daß die Kenntnis von Latein zwar behilflich sein kann beim Erlernen des Französi-

schen, eines Unterrichts in der Sprache jedoch keines Weges zu entbehren vermöge. Es verwunderte ihn, er ergab sich ungern; sollte er deswegen sich anlegen mit den geistigen Vätern der Schulreform, die das Französische ersetzt hatten durch das Russische? Fortan ließ er sich Aussprüche in Fontanes zweiter Sprache zwecks Verdeutschung vorlegen; immer mindestens drei, darauf bestand er. – Uns läuft die Zeit davon! rief er aus, und es war später Oktober, und wir standen im zweiten Kapitel. Dafür sahen wir schon einmal im Lexikon nach, was das ist: ein Embonpoint und eine Nonchalance, worin ein Gourmand excelliert und worin ein Gourmet; fragten bei alten Leuten, ob sie noch so eine Sinumbralampe gesehen hatten, so eine kranzförmige Öllampe mit nur geringem Schatten. Wenn dann den Mathias Weserich unsere Kenntnis erfreute, so daß er überrascht tat und ungläubig, das sollte uns Spaß machen, den Gefallen taten wir ihm.
Zwei Wochenstunden über das Rätsel: Warum setzt Fontane hier Kapitel-Überschriften, anders als in »Unterm Birnbaum« nur drei Jahre früher, als im »Graf Petöfy« ein Jahr nach »Schach«? Was ist eine Überschrift. Sie steht oben (aber warum tragen Gemälde ihre Namen unten oder seitwärts?); sie verweist auf das, was folgt. Sie ist eine Höflichkeit gegenüber dem Leser; am Ende eines Kapitels soll er Luft holen und dann vorher wissen, wohin die Reise geht, zu Sala Tarone, nach Tempelhof oder Wuthenow. Ja, und soll sie uns den Mund wäßrig machen? solche Schriftsteller gibt's auch; wir haben es mit Fontane zu tun. Eine Überschrift ist ein Meilenstein am Wege: Wanderer, nach neunzehn Kilometern kommst du nach Jerichow. Eine Ortstafel; der Fremde liest da »Gneez i.M.« und ist anfangs wenig beraten; betritt er die Stadt, weiß er wo er ist. Eine Überschrift als Warnung. Als ein Ornament, die alten Moden im Berlin von 1806 zu begleiten. Das mag sein; was jedoch ist das: eine Überschrift?
Bei der »Italiener Wein- und Delikatessenhandlung von Sala Tarone« in der Charlottenstraße bekamen wir ein Malheur. Denn die Herren müssen durch eine Reihe eng stehender Fässer sich wenden, und der Küfer mahnt zu Vorsicht. – Is hier allens voll Pinnen und Nägel: sagt er. In unserer Klasse war ein Kind, das hieß Nagel. Wir hätten erwachsen tun können; am nächsten Tag hieß er Pinne Nagel. Hat es tapfer hingenommen. War im

Grunde froh, daß er nun auch so etwas Eigenes hatte, einen Spitznamen. Seine künftige Redensart bei kniffligen Rechengängen, unbequemen Unterkünften: Is hier allens voll Pinnen und Nägel. Hat es überlebt, Pinne Nagel, lebt heute als Kieferchirurg in Flensburg.
Was aber eine Pinne ist, darüber wollte unser Herr Weserich belehrt werden. Den Unterschied zum Nagel begriff er erst, als wir ihm die Geschichte von Klein Erna im Sarg und der Pinne in der Baskenmütze verkasematuckelt hatten, wegen Pietät und Takt. Ebenso, bei dem Besuch Schachs in seiner Heimat, mit dem Platt. Er tat wahrhaftig, als sei ihm das böhmisch. Wir übersetzten ihm, warum de oll Zick immer Mudding Krepsch dahin stößt, wo sie ihre Wehdage hat; schriftlich, da er darum bat. Eines Tages kam er mit Vorwürfen. Wir hätten ihm ein Wort unterschlagen, gleich zu Anfang, im vierten Kapitel schon. Wir waren zerknirscht, wir versprachen Buße. Da war es wegen der Tante Marguerite in der Erzählung, »die das damalige, sich fast ausschließlich im Dative bewegende Berlinisch mit gepruntem Munde sprach«, ohne daß das anstößige Verb mit einem Anführungszeichen gekennzeichnet sei. Wir hätten getan, als sei das ein jedermann verständliches Wort! das war es, und er bat, es vorgemacht zu bekommen, stellte sich vor eine Schülerin nach der anderen (wir hatten ihm weis gemacht, daß nur Mädchen prünen) und sah ihr auf die vorgewölbt bewegten Lippen; bedankte sich. Wir knicksten, seitlich die Röcke raffend, die damals übers Knie gingen. We curtseyed.
Wir waren schon in Wuthenow, Seite 122 unserer Abschrift, Kapitel 14, wir hatten genug von Schach (der Person, weil er uns mit seiner larmoyanten Drückebergerei die Bootsfahrt auf dem See verdarb), da waren wir eingeladen von Weserich zu einem Vortrag, wie wir denn mit ihm bekannt geworden waren (auswendig!). Eine Beratung von fünfundvierzig Minuten, bis zur Klingel. Dann erwiesen sich die auf den Anfang vertanen Wochen als lohnende Anlage: wir fanden die letzte Zeile im ersten Absatz, in dem er abwesend vorkommt, auch namenlos. Die Herren Bülow, sein Verleger Sander, von Alvensleben unterhalten sich mit ihren Gastgebern, den Damen Carayon. Bülow möchte streiten. Er zitiert seinen Mirabeau mit dem Wort von dem Staate Friedrichs des Großen als einer Frucht, die schon faul sei, bevor sie noch reif

geworden. In seinem Sermon spreizt er sich, wie von ungefähr mit dem Leitsatze: nomen et omen. Nicht das est, das uns die Schule beigebracht hatte, sondern das et, das den Namen und seine Bedeutung in dichtere und schwangere Bedeutung, Nachbarschaft bringe. Nach Bülows emphatischer Bekundung, »Europa hätt' ein bißchen mehr von Serail- oder Haremswirtschaft ohne großen Schaden ertragen ...«, wer läßt sich melden mitten in seinem Satz? der Rittmeister von Schach, der Schah zwischen zwei Frauen; sein Widersacher ist schon da, der wird ein letztes Wort haben bis zum Ende. Fontane und die Wissenschaft von den Namen. Fontane und die Kunst, jemanden einzuführen.
Eine Personenliste: Josephine, Victoire, Schach, Tante Marguerite, der König, seine viel beseufzte Luise, Prinz Louis, General Köckritz, der Wirt in Tempelhof ...
Eine Liste der Orte, der Schauplätze: Der Salon der Carayons, der Keller mit den Pinnen, die Kutschenfahrt, die (erfundene) Kirche in Tempelhof, die Villa an der moabiter Spree, gegenüber der Westlisière des Tiergartens (wir sollten mit dem Nachschlagen mittlerweile angelangt sein, wo ein Grund für die Wahl solchen Wortes zu suchen war), die Parade in Tempelhof, die Bettszene, Wuthenow am See, Schloß und Park Paretz, Tod in der Wilhelmstraße. Faßlich? Schriftliche, anonyme Abstimmung über die Vorzüge der Orte. Der See kam an die erste Stelle; wir waren zumeist wieder aus Mecklenburg, die Kinder vom Njemen oder aus Schlesien, sie nahmen vorlieb. Pius zeigte mir, daß er Paretz angekreuzt hatte. Der Schülerin Cresspahl war das liebste Bild das der Schwäne, die in langer Front vom Charlottenburger Park her angeschwommen kamen.
Wiederum ein häßlicher Zwischenfall: Schach läßt sich aus über den Prinzen, seinen gnädigen Herrn, den liebt er de tout mon cœur: teilt er Victoire mit. Aber Louis sei mit all seinen Abenteuern in Krieg und Liebe doch ein »Licht, das mit einem Räuber brennt«. Wir hatten unserem Lehrer für Deutsch ein Wort unterschoben! Nun stand er da ganz unbewußt, was denn ein Räuber sei am Licht in diesem Norddeutschland! Wir sehen ein, wie wir eine Strafe verdient haben, und bitten um eine gehörige solche. Es ist ein Licht mit einem stark rußenden Docht, der stiehlt das Kerzenwachs. Als die Kerzen noch aus Wachs gewesen sind ...

Anita hatte sich den Knicks erspart, mit dem wir alle den Mathias Weserich hatten necken wollen. Sie war versehen; sie hatte sich versehen. Es war in der Klasse allmählich Gewohnheit, sich zur linken hinteren Ecke umzuwenden, wenn Dieter Lockenvitz an der Reihe war; auch Anita wollte gern sehen, wie er redete. Aufständisch; ihre Brauen hoben sich in Besorgnis. Dem Schüler Lockenvitz mißfielen Einzelheiten an einer Erzählung aus der Zeit des Regiments Gensdarmes. Im vierten Kapitel und auf dem Kirchhof Tempelhof stehen Haselnuß- und Hagenbuttensträucher so reichlich, daß sie eine dichte Hecke bilden, »trotzdem sie noch kahl waren«. Für dieses »trotzdem« bekäme ein Schüler einen Rotstrich. Im Kapitel »Le choix du Schach« heiße es »nach Festsetzungen wie diese trennte man sich«; sei da ein Druckfehler oder etwas Mangelhaftes in der Grammatik vorgefallen? Am meisten ärgerte (aigrierte: konnten wir inzwischen denken) diesen Schüler die Gewohnheit Fontanes, Äußerungen direkter Rede sowohl im Konjunktiv als auch zwischen Anführungsstrichen zu bringen; Weserich hielt den Knaben mit Zwischenfragen bei Laune, obwohl er ihm regelmäßig recht gab. Aber in ihre Arbeitsgemeinschaft, wie auch Anita nun eine haben mußte von Amtes wegen, wo sie diesen Lockenvitz über Stunden hätte betrachten können und von dichte bei, nahm sie statt seiner solche Mädchen wie Peter (Monika), die sich schwer taten in Chemie und Mathe.

Stand Weserich einmal still vor Lise Wollenbergs Tisch, statt seine zerstreuten Wanderungen zwischen uns zu betreiben, bekamen wir einen Anblick von dem Wort: sie hängt an seinen Lippen. Das tat sie, und wär wenig verblüfft gewesen, hätte er sie förmlich aus der Klasse gebeten und ihr angetragen sein Herz und seine Hand. Aber Weserich hatte wohl zu tun bekommen mit solchen Mädchen, die reißen den Kopf beim Lachen wiehernd hoch wie ein Fohlen; der hielt ihr erst im siebenten Monat unserer Kooperation über jemand aus dem Regimente Gensdarmes eine Rede, für sie allein.

– Sehr geehrtes Fräulein Wollenberg! sagte er.

– Sie blicken mir auf den Mund, als fehlte mir da etwas. Sie erwähnen die Farbe meiner Zähne in einer Lautstärke, die mich erreichen muß. Ich habe die Ehre Ihnen anzuvertrauen, daß mir um den Mund kein Haar wächst, weil das transplantierte Haut ist.

Meine Zähne haben ein unnatürliches Aussehen, weil sie aus einer Fabrik sind. Sind das alle Ihre Fragen? Möchten Sie mir mitteilen, wo Sie in dieser Erzählung über einen Rittmeister von Schach (Sie erinnern sich) denjenigen vermuten, der sie vorträgt?

– Nö: sagte Lise, bemüht patzig. Sie tat uns leid, das große blonde Kind, ertappt bei der Versuchung, mit einem Erwachsenen leichtfertig umzugehen (und treibet mit Entsetzen Scherz). Aber die Gegenwehr, wir gestanden sie dem Weserich zu nach den Verlegenheiten, die Lise dem Kollegen Hg. Knick angerichtet hatte.

Mal ganz was Neues. Wer ist der Erzähler? Wie benimmt er sich in seiner Tätigkeit? Ist er bei allen Vorgängen zugegen gewesen? Hätten die Beteiligten das gewünscht, oder auch nur geduldet? Wann einmal sind sie außer Beobachtung? wenn sie Briefe schreiben. Sind diese fertig, teilt der Erzähler sie mit. Was unterläßt er mitzuteilen? Warum erfahren wir von der geklauten Liebesstunde nur durch zweimalige Verwendung des Pronomens der zweiten Person? Geschmack oder Takt; oder Lebenstüchtigkeit? Lockenvitz, für Ihre Sammlung stiften wir Ihnen ein apartes Wort, das wird Sie auf Flügeln tragen bis hinaus übers Abitur: der auktoriale Erzähler.

Glatteis erkannte er, unser Herr Weserich; da stand er beiseite. Bülow, Stabskapitän aber auch politischer Schriftsteller, bekennt sich zu einem Abscheu gegen Lokale, im zitierenden Konjunktiv dem Schüler Lockenvitz zum Verdruß: darin ihm »Aufpasser und Kellner die Kehle zuschnürten«. Solche Lokale gab es in Gneez; längst wurden kaum noch Geburtstagsfeiern außerhalb gerichtet. Da konnte Mathias Weserich unbefangen tun; er kam aus Thüringen. In seinem ersten Auftritt mit Schach spricht Bülow von der unausweichlichen Ehe zwischen dem Staat und der Kirche; Weserich durfte uns leichthin auffordern, stets im zeitlichen Rahmen der Erzählung zu verbleiben. Wenn Victoire ihrer Lisette einen Brief stiftet, darin ist »Deine neue masurische Heimat« erwähnt; so wußte er zwar vor sich ein Kind, das hatte in jener Gegend eine Heimat verloren; besprochen wurde Victoires Anspruch an ihren Lebenslauf, wie er sich aus dem Brief ergibt; wie konnte der Lehrer ahnen, daß auch Anita sich vorkam als »auf ein bloßes Pflichtteil des Glücks gesetzte« Person. Das

Schweigen bei dem Auftreten eines Infanterieregimentes namens »Möllendorf«, es darf ihm überhaupt entgangen sein.
Wenn wir als einen Antrieb des Erzählens die Vielfalt und Energie der Beziehungen zwischen den handelnden Personen annehmen, was beginnen wir, nachdem wir Tante Marguerite in einen Mittelpunkt gesetzt haben?
Auf das Sozialkritische, wie der Lehrplan der Neuen Schule es von unserem Herrn Weserich verlangte, hatte er ein Augenmerk. Zwei Stunden Aussprache über den Begriff der Ehre, die Haltung dazu; unehrenhafte Handlungen. Faßlich? Ein ideologischer Revisor auf Durchreise hätte gut und gern bei uns hospitieren dürfen, oder uns vernehmen in Weserichs Abwesenheit; seine Laufbahn wäre davon gekommen ohne Schaden. Fontane hatte der Erzählung Salz geliefert, auf dem das Regiment Gensdarmes eine Schlittenfahrt Unter den Linden veranstaltet, mitten im Sommer, dazu was die Herrschaften hernach anzufangen gedenken mit dem beschmutzten, dem kostbaren Gewürz, der Adel im Bewußtsein seiner Vollmacht: Erstens darf es nicht regnen. Nachher ist es noch gut genug pour les domestiques.
– Et pour la canaille: sagt einer; für das Volk, genannt der Pöbel. Weserich prägte uns ein, daß dieser Einfall vom jüngsten Kornett kam; mit Siebzehnjährigen dachten wir uns auszukennen.
Inzwischen gingen die Israeliten ins Land; Marlene Timm, unausweichlich »Tiny Tim« benamst trotz durchschnittlichen Wuchses, bekam eine amtliche Erlaubnis für die Ausreise zu Tantenverwandtschaft in Dänemark, viel bestaunt, und saß bei uns wie ein Gast nur; Axel Ohr wurde versorgt mit seinen fünf Jahren Zet; Jakob hatte in der Tat nur noch ein paar Lokomotiven bewegt, war strafversetzt gewesen auf Blockstellen zwischen Gneez und Ludwigslust, diente sich inzwischen hoch auf Lehrgängen in Dresden, an der Verkehrstechnischen Hochschule, die hätten ihn gut und gern annehmen dürfen als Vollstudenten; Jakobs Mutter bekam im März die westdeutsche Reise verweigert; Heinrich Cresspahl, Ziegeleiweg in Jerichow, wurde die Rente beschnitten, wegen treulich angemeldeter Einkünfte aus der Heilung von Truhen und sideboards; seine Tochter fuhr wahrhaftig nach Westberlin, ihm Schnitzmesser zu besorgen, solche mit ausfahrbarer Klinge; Oskar Tannebaum sandte einen »Petticoat« aus Paddington, was Cresspahl zufolge ein Bahnhof in London

war; im Rathaus Richmond, in Cresspahls zugedachter Stadt war im November 1950 Picassos Friedenstaube in zweiter Fassung zu besichtigen; die Amerikaner wurden in Korea auf die Nase geschlagen; die Jahreszeiten gingen ihren Gang; immer noch lasen wir »Schach«. Schach!

Wir hatten herausgefunden, daß er unsichtbar blieb über einhundertdreißig Seiten hinweg; mit Absicht, wie wir zu Fontanes Gunsten annehmen wollten. »Schön« nennen ihn fast alle; deswegen eitel: befindet Josephine de Carayon. Bülow verhöhnt ihn als seine Majestät den Rittmeister von Schach. Victoire sieht an ihm etwas »konsistorialrätlich Feierliches«. In Haltungen wird er gelegentlich kenntlich: wenn er sich aufspielt als Mentor seines Regimentes und es abstreitet, wenn er beim Prinzen eine unnötig häßliche Auskunft gibt über Victoire, sich feige verkriecht im Treppenhaus vor der Mama, in Wuthenow vor der Pflicht; überhaupt sich beträgt, daß Josephine de Carayon die eigene Familie gegen seinen eingebildeten Obotritenadel zu halten versucht ist. Uns allen war sein Kneifen einsichtig und unerfindlich; Anita hatte das letzte Wort. Sie stotterte anfangs, über ein Wort stolperte sie; wir glaubten da Befangenheit zu hören, wie sie unter Siebzehnjährigen geläufig war. – Das mit dem Sch-schwängern: sagte Anita: das wolle sie sich gefallen lassen. An was sollten wir glauben als ein sprachliches Mißgeschick? Anita konnte beim Sprechen so allein vor sich hin denken wie sie war. – Aber daß er sich so wenig Mühe gibt (und muß sich von seinem König befehlen lassen, und von der Königin), daß er ein guter Mensch soll sein!

Es war ihr unterlaufen gegen ihren Willen und Wunsch; sie machte sich gefaßt auf unser Gelächter über das altmodische Wort. Wir genierten uns für sie; wir waren stolz auf sie. Wer weiß, bei Eva Matschinsky hätten wir gelacht; wegen Anita sahen wir vor uns hin, einverstandenes Nicken hab ich gesehen; und nie hat jemand außerhalb der Klasse erfahren, was Anitas Auffassung war von der Ehre eines Menschen.

– Es is das Regiment Gensdarmes bei der Heeresreform zwei Jahre später auch aufgelöst worden: sagte Saitschik, um das Schweigen zu kürzen. Der hatte bereuen gelernt, unser Dagobert mit seinen ollen Kamellen.

Eine Stunde Beratung über die beauté diable, coquette, triviale, céleste und endlich fünftens die beauté, qui inspire seul du vrai sentiment. (Das einzig verlegene Mädchen hierbei: Lise.) Nach wem der Alexanderplatz in Berlin heißt, und wie ein Adelsmensch etwas anfängt mit einem blatternarbigen Mädchen, nachdem sein Prinz und hoher Herr sie ihm verklärt hat, so daß er eine beauté diable erblicken kann in ihr.

Und spricht jener von Bülow am Ende das Urteil des Autors? Das ist doch bloß ein Knallkopp. (Bitte, möchte die Klasse ihren Lehrer aufklären über Knallköppe?) Um des Raisonnierens willen. Das hatten wir schon: der Erzähler Allwissend. Hier fand Lise Wollenberg, wieso Bülow abgetrennt von seinem Erfinder zu bewerten sei: wegen der feinsten weißen Wäsche, »worin Bülow keineswegs exzellierte«.

Wir kommen zum Ende. Wir sahen es daran, daß Weserich uns wieder an den Anfang führte, mit festlicher Miene: zum Titel. Grundsätzlich war uns untersagt, die Briefe Fontanes zu konsultieren (– Erklärungen einer Absicht sind keine Auskunft über das Werk); einen zitierte er uns, den vom 5. November 1882, der Erwägungen über den Titel der Erzählung anstellt: »1806; Vor Jena; Et dissipati sunt; Gezählt, gewogen und hinweggetan; Vor dem Niedergang (Fall, Sturz).« Was hatte die Elf A Zwei im April 1951 dem Herrn Weserich für die Wahl des endgültigen Titels anzuführen?

– Weil ein Personenname immer die ehrlichste Ankündigung ist: Lockenvitz (hatte er von Th. Mann).

– Weil die anderen fast alle ein Urteil enthalten, dem Leser sein eigenes vorwegnehmen. Fontane wünschte seine Leser unabhängig! unterrichtete uns Weserich, und nun sollte es anfangen mit dem Genuß und der Freude, eine Erzählung von Th. Fontane aus dem Jahre 1806 noch einmal und wieder zu lesen.

Das verdarben wir uns. Lockenvitz, der vermasselte es. Wir waren mitschuldig. Lockenvitz, nunmehr Mitglied der Arbeitsgemeinschaft Pagenkopf/Cresspahl, fragte uns nebenbei, ob Herr Weserich wohl selber eine Prüfung aushalte. Es ist wahr, wir gaben ihm die Erlaubnis; sahen aber lediglich voraus, dieser Schüler werde noch einmal sich über Fontane beschweren, den ersten Satz zum Beispiel, den Schluckauf, den man da bekommen konnte von einem Partizip des Präsens.

Was Lockenvitz anbrachte, gleich nach den Osterlämmern, war

eine Zeitschrift aus der halben Hauptstadt, mit farbiger Bauchbinde, Form hieß sie, oder Sinn, die Botschaft der ostdeutschen Staatskultur an den Rest der Welt, darin schrieb der amtierende Fachmann für sozialistische Theorie in der Literatur, Heft 2, Seite 44–93 über Fontanes »Schach von Wuthenow«: die Erzählung sei ein »Geschenk des Zufalls«. Die darin geübte Kritik am preußischen Wert sei »absichtslos«, sei »unbewußt«.
Lockenvitz hatte die Genehmigung zur Verlesung gegen Ende der Deutschstunde erbeten, seinem Herrn Weserich ja eine Verlegenheit vor der Klasse zu ersparen. Der hörte zu, den Mund viereckig geöffnet, als horche er einem Schmerz nach. Bedankte sich, lieh das kostbar gedruckte Heft aus, stakte aus dem Raum auf seinem einen Bein. (Wenn der Rest des anderen ihn aigrierte, hatte er schon mal jenen Vers ausgesprochen von einem Knie, das geht einsam durch die Welt, es ist ein Knie, sonst nichts.)
Eine Woche war er auswärts. Praktikanten dürfen dienstlich verreisen wie andere Lehrer auch: dachte die Elf A Zwei. Der zurückkam, dem waren wir widerlich.
»Schach« wurde abgesetzt. Den Rest des Mai, den Juni, raste er mit dieser Klasse durch den Roman »Frau Jenny Treibel«, wir hatten zwei Wochen übrig am Ende des Schuljahrs. Der hörte uns noch an, wenn wir ihm zwischen die Rede kamen mit unserer; der nickte wie über Erwartetes. Verbat sich, was er »Scherze« nannte. Der Ofen war aus; das Ei kaputt; das Gericht gegessen.
Lockenvitz war kleinlaut, geknickt. Ob er in der Tat auf ein Duell gehofft hatte zwischen einer Schulklasse in Mecklenburg und einem Großdialektiker; es war ihm schief geraten. Er gab sich Mühe, er bat etwas nachzutragen über den Grafen Mirabeau, nach dem Victoire de Carayon sich Mirabelle nannte: nach dem Tode dieses Revolutionärs seien die Belege gefunden worden von Zahlungen aus der Kasse des französichen Königs; das Verbringen der besudelten Asche aus dem Panthéon müsse doch 1806 bekannt gewesen sein? – Dein Herwegh ist auch so einer: sagte Weserich trocken. (Herwegh wird an Treibels gastlicher Tafel ein wenig ohne Erbarmen behandelt.) – Stellt sich groß an die Spitze der badischen Arbeiteraufstände von 1849; als es aber schief ging, floh er als Tagelöhner verkleidet über die französische Grenze!
An dem du, das in dem »dein« steckte, würgte Lockenvitz eher, als daß es ihn hätte erfreuen können. Dies Widerspruchskind, wir

sahen ihn schlucken. Schlug die Augen nieder, setzte sich wortlos.
Lockenvitz schrieb zwanzig Seiten Aufsatz über »Schach von Wuthenow«, unberaten, unbefohlen, und schickte sie dem Deutschlehrer Weserich nach in die Ferien; erst nach Jahren konnte er von neuem stolz sein auf die Entdeckung, daß Fontane dem Schach an keiner Stelle einen Vornamen gibt, gewiß nach adliger Sitte, dennoch Anmerkung zur Person. Unser Weserich studierte noch ein wenig an der Universität von Leipzig, dem ging die Zeit ab für Briefwechsel mit einem Schüler in Mecklenburg. Die Dissertation von Mathias Weserich über »Schach von Wuthenow« wurde in Göttingen gedruckt, jenseits der Grenze.
Daß er uns benutzte wie Biologen ihre Versuchskaninchen, wir hatten es gewußt, ohne Empörung. Wir waren auch mit ihm um die Wette geschwommen, Hundertmeter nach der Stoppuhr; ohne ihn durch mäßiges Tempo zu beschummeln. An seinen Hemden war zu sehen gewesen, daß keine Frau um die sich kümmerte. Und vielleicht waren Erwachsene so: hat einmal ein Schuß sie in den Mund getroffen, gehen sie einem zweiten aus dem Wege. Einen einzigen Anzug (grauen Sommerstoff) hatte er besessen, den trug er mit Tuch in der Brusttasche und täglicher Krawatte; als sei er uns den achtbaren Aufzug schuldig. Und wir hatten bei ihm das Deutsche lesen gelernt.

3. August, 1968 Sonnabend

Immer noch kann die N.Y. *Times* kein gemeinsames Mittagessen nachweisen für Leonid Breshnev und Alexander Dubček, aber das wenigstens kann sie uns von ihnen berichten, wegen des atlantischen Unterschiedes in der Zeit: Die beiden haben einander heute morgen im Bahnhof von Bratislava umarmt. Wie die Tante hört, ist Breshnev freundlich gestimmt durch schriftliches Zureden von seiten der Führer dreier kommunistischer Parteien: der jugoslawischen, der italienischen, der französischen.
Wie aber die ostdeutschen Führer die Tschechen und Slowaken bedrohen mit Speichelleckerei wegen der überwältigenden Militärmacht der Sowjets, es ist ein Anblick zum Wegsehen.

Die Hubschrauber dürfen wieder fliegen vom Turm über dem Bahnhof Grand Central zu den Flughäfen der Stadt. Bei Mailand ist ein Douglas-Clipper vom Typ acht abgestürzt; fünfzehn Tote. Wir fliegen auch bald.
Charlie in seinem Guten EßGeschäft; er sieht doch kaum aus nach teurem Freizeitsport, wenn er zwei Stunden lang gebraten hat und gekocht. Kommt man mit so unebenmäßig geschnittenen gelben Haarstrubbeln in einen Club? Seine Kunden, die tragen das Hemd über der Hose, in einem Holzfällerbunt sind sie bedruckt und auch ein wenig angeschmutzt. Heute morgen haben die Herren einander in allem Ernste gefrotzelt mit ihren Handicaps im Golf.
Das ist das Amerikanisch, das uns abgehen wird: Marie bestellte sich einen Klops in der Jacke mit einer Zwiebelscheibe dazu. Was ruft Charlie zum heißen Blech hinüber? – Burger takes slice! Do it special for my special lady, mind! und Marie blickt vor sich hin so verlegen wie es ihr ansteht. Und stolz, weil sie dazugehört.
Eine Botschaft am Niedergang zur subway:

$\sqrt{\text{RADICAL}}$
is a state of mind.

Und als ob ein Einbruch unschicklich wäre bei Leuten, die sind zwei Autostunden aus der Stadt, haben wir die Zeit vom Morgen bis zum frühen Nachmittag auf der Jones Beach verbracht; dank der Familie Blumenroth; da dieser Staatspark nur Leuten mit Autos zugänglich ist. Mr. Blumenroth, rot verfärbt unter seinen dünnen krülligen Haaren, mag dem Haushalte Cresspahl eine neue Redensart gestiftet haben: There is a reason for everything!
Daß es für alles einen Grund gebe, diese aberwitzige Wissenschaft hat er ausgesprochen, nachdem er seine Aufsicht als ausreichend erachtete für Pamelas Spiele über und unter der Luftmatratze. Als sie zwanzig Meter nach draußen getrieben war, ging Mrs. Cresspahl mit ihm retten. (Die ist einmal in der Ostsee drei Stunden lang einem Ball nachgeschwommen, aus Eigensinn. Welle nach Welle brachte der zwischen sich und sie, bis er abtrieb nach Dänemark.) Pamela hatte es lange schwer, mit der Beschlagnahme des Spielzeugs sich abzufinden als etwas Erwachsenem; ihr Vater sah noch lange dumm aus vor Vernünftigkeit, solche Angst hatte er ausgestanden. Erst nach einer Weile begann er

von neuem mit den Seitenblicken, die uns erinnern sollten an unsere Sitzungen vor der Bar des Hotels Marseille; Mrs. Blumenroth hatte ihre liebe Not, die Darbietungen ihres Mannes zu übersehen. Und damit es ihm zu sagen verwehrt sei, sprach sie selber aus: Auf den Busen können Sie sich was einbilden, Mrs. Cresspahl.

– Danke auch vielmals: erwiderte die, in der amerikanischen Art, und fand sie zur Abwechslung einmal beschwerlich.

Was wissen wir von Mrs. Blumenroth?

Jahrgang 1929. »Ich komme aus den Karpaten.« Ja sie ist geholt worden von den Deutschen. Ohne etwas mitnehmen zu dürfen. Die Kleider, schon.

Ankunft in New York 1947, Heirat 1948. Die Angst, unfruchtbar gemacht zu sein. Pamela, 1957.

Harter ungarischer Akzent in der blechernen Stimme. Sie weiß, als Kind hat sie sanfter gesprochen; daher die Vorliebe zu flüstern.

Sie gibt einen Defekt zu: Unfähigkeit zu lügen; es sei denn ein Vorsatz ihr bewußt. Dazu muß es erst noch kommen.

Ihr schwarzes Haar ist vielleicht gefärbt. Sehr kurz, in Locken herzförmig geschnitten; eine Spitze geht in die Stirn. Ein Gesicht mit wenig Falten; eher ängstlich im Ausdruck als aufgeschlossen. Wenn sie lachen möchte, wird daraus unweigerlich: Ha!

»I am fussy, nervous.« In jüngerem Alter hätte man die Geduld gehabt für Kinder.

Einmal hat sie fast gelacht. Ihr Mann brachte ein neues Bett an, nun sollte die Besucherin es prüfen, darauf sich setzen. Mrs. Cresspahls Urteil: Gute Ware. Mrs. Blumenroth: HaHa!

Im Haushalt ungemein ordentlich. Immer alles gleich wegstellen.

An der Zeit des Nachkriegs fand sie schwierig, wie man als Frau aus guten Verhältnissen, mit einem Sinn fürs Richtige, in eine falsche, unsichere Lage geraten konnte.

Hartnäckig bemüht um ein gepflegtes Aussehen; stets mit der Angst, das Dach überm Kopf stürzt ein.

»In meinem Alter muß mein Rücken weh tun.«

Die würde ein deutsches Kind annehmen als Tochter zum Pflegen.

Nun Pamela, eine Gefährtin für Marie zum Weiterleben.

Sie steht mit vorgedrücktem Brustkorb, hält auf kurzem Hals den Kopf nach hinten. Zieht den Mund breit, alles wird nach hinten und unten gedrängt, als wäre der Kopf am Brustkorb angewachsen. Das ganze Gesicht lacht. Marie strahlt beim Anblick der Freundin.
Marie verfolgt Pläne und Gegenstände; regt sich auf. Pamela benimmt sich, als wär sie eine Zweitgeborene. Ein »Mädchen« im europäischen Verständnis.
Das wird eine praktische, nette Frau. An Klugheit fehlt es; unverrückbar richtig ist sie. Das wollen wir alles sehen. Auf Pamelas Hochzeit wollen wir gehen.
Öfter am Strand taten Kopfformen und Physiognomien Leuten in Deutschland ähnlich, wie öfter auf den Straßen New Yorks, besonders Doppelgänger des Dichters Günter Eich sitzen vielfach auf Bänken und an Theken; auf eine Ingeborg Bachmann stößt man nie. Aber es sind auch Leute zu sehen, die entbehrt die genasführte Erwartung gerne, stattliche Blondinen darunter; dann wartet die Erinnerung auf die erleichternde Ähnlichkeit von einem Mathias Weserich und dem Wm. Brewster (in jüngeren Jahren).
Am Nachmittag auf dem Spielplatz im Riverside Park erholte sich vielerlei Publikum; wer da Herrn Anselm Kristlein erkannte, will lange sich getäuscht haben, bis sie ihn erkennen muß. Vielleicht wegen des Wissens, er ist in der Stadt. Geheim, inkognito; das möchte er wohl, sollte dafür jedoch einen Anruf bei Ginny Carpenter unterlassen. Sie rief zurück am Abend in sein Hotel am Central Park South, Kristlein bedient sich mit dem Aufwendigsten, den sind Billigkäufe schon teuer zu stehen gekommen. Ginny erzählte kichernd vor Entzücken über die Vorsicht in seiner Frage am Telefon: – Ja –? Immer vorsichtig am Apparat. Man kennt so viele Damen in der Stadt, da könnte ja eine mal kommen und was wollen von ihm. Besser fürs erste keine Namen nennen. Das Tête-à-tête, das Souper à deux mit der Frau des Reserveoffiziers Carpenter, es war wie immer mit Anselm. Ginnys Worte. In der Mayo-Klinik hat er sich durchnehmen lassen: sagt er. Goldene Worte. Zum Sammeln von Spenden für europäische Auftritte gegen den Krieg in Viet Nam, dazu ist er nach New York gekommen; Ginny ist von diesem behenden Herrn eingeladen, ihn zu beraten bei Einkäufen an der Fünften und Ma-

dison. Nach frischen Schwangerschaften rings um Ginny erkundigt er sich umständlich, beiläufig; nennt man ihm eine, schnickt er mit den Fingern einer Hand, als habe er sich verbrannt. Mrs. Carpenter hat ihm einen Scheck von der Hand ihres Mannes versprochen; da er eines Bankkontos entbehrt, auf das man dergleichen Zuwendungen nachweisbar überführen könnte. Was sucht ein Anselm Kristlein an der Westseite Manhattans, in der von Ginny so arg beklagten Schäbigkeit dieser Gegend? Sie selber?
Anselm Kristlein in unserem Park war zu erkennen an nachdrücklichen Blicken über den Immobilienteil der londoner Times hinweg auf eine junge Frau, die zwei Bänke weiter saß und die Routen eines dreijährigen Mädchens vom Sandkasten zu den Fontänen verfolgte; er bekam den Blick kaum los von der hellen roten Bluse aus rauhem Stoff, von den rötlichen Haaren, die ihr im Nacken lagen, ganz unüberlegt aber geschickt geknotet, von der trockenen aber faltenlosen Stirn mit den sanften Sommersprossen, von den Lippen, von der ungetümen bläulich verglasten Sonnenbrille, die ihm dies Gesicht aber verdeckte. Das mag er? da muß er was tun.
Über der Anstrengung, mit Blicken in die Zeitung die Blicke zur Seite zu leugnen, hatte er das Kind entlaufen lassen, das er mit sich führte, das könnte Drea sein. Auf der Suche nach diesem Kind sahen wir ihn fast hilflos zwischen den Spielmöbeln des Platzes irren, quer und rundherum, und er war schon halb die Stufen zum Riverside Drive hoch, als ihm gelang, was versucht zu haben er bestreiten würde: die Frau winkte ihm.
Sie hob ihre Hand und schlenkerte sie an steifem Arm, bis er sie sah und sie ihm sein Kind in einer Drahtecke beim Wassertrinken zeigen konnte, sie war auch schon da gewesen und hat dem Kind etwas gesagt und war auf ihren Platz zurück gelangt, ehe er an der Fontäne stand.
Mit seinem Kind an der Hand ging er auf die Frau zu und erklärte ihr: She did not understand you. She doesn't understand English.
Sie nickte. Ihr eigenes Kind saß ihr unter dem Arm, sie bewegte den Arm leicht. Sie war zur Not beschäftigt. In der anderen Hand hielt sie, wartend, ihre Zeitschrift, beide betrachteten ihn und sein Kind geduldig.
Wir haben ihn schon gewitzter gesehen. Er stand wie mit den Sohlen auf den Betonboden geklebt. Er hatte ein Gespräch ange-

fangen, er wollte es länger machen. – Thank you: sagte er; statt von ihr eine Zeitschrift zu borgen. Die Frau machte Hm zweimal so endgültig, daß er endlich sich wegziehen ließ vom eigenen Kind.

Später sah ich ihn von seiner Bank wehrlos der Frau entgegenblicken, die an ihm vorbei zum Eismann ging, der eben seine Karre draußen auf dem Parkweg angehalten hatte; ich lief ihm genau in den Blick, der ihrem kräftigen und zierlichen Gesäß galt.

Später betat er sich an den Schaukeln mit seinem Kind, zwei Plätze von ihm entfernt die Frau mit dem ihren, und verpaßte gelegentlich den Abstoß seiner Schaukel über dem Bemühen, sich für ein paar Wochen als Vorrat einzuprägen, wie sie den Kasten mit ihrem Kind in ihre erhobenen Hände schlagen ließ und mit einem festen kleinen Druck wieder in die Luft schickte, der bildete sich nur geringfügig ab in ihren schönen nackten Füßen.

Er war noch da, als alle Welt zum Abendbrot ging; als ich mich gegen neun ans Fenster setzte, konnte ich durch einen freien Raum im Laub den jungen Herrn stehen sehen in seinem ausgesuchten Wollhemd und suchen mit hochgerecktem Kinn; und hätte er mich ein paar Stunden vorher erkannt –

(aber Mrs. Cresspahl trägt ihre Sonnenbrille vor den Augen, in der Kleidtasche, nie in die Haare geschoben. Da ölige Stoffe im Haar entstehen und sich abbilden können auf dem Glas, was dann gleich jeder ansehen muß als offenbare Schmutzigkeit, er muß bloß hinter einem stehen)

– wäre ich in der Lage, vielleicht auch bereit gewesen, ihm zu sagen, daß er sie vor nächstem Sonnabend vergeblich erwartet, und wird er das wohl herausbringen in seinem dringenden Verlangen, auch dieser Dame nur ein einziges Mal die Sonnenbrille abzunehmen und ihr zu sagen, was ihm unverhofft einfallen wird?

Da war die Versuchung, auf die Straße hinunterzutreten, sich zu erkennen zu geben, Mr. Kristlein einzuladen auf eine nächtliche Tasse, ein Glas auf den Weg. Rechtzeitig fiel Mrs. Cresspahl ein, daß eine andere gemeint ist, daß er einen anderen Vorhang aufheben möchte. Den dürfen wir laufen lassen, denn das wird er zuverlässig versuchen.

Und mit den Fingern schnicken, so in einem Jahr.

– Gesine! du hast dir die Platte mit Variationen für den Schüler Goldberg angehört bis nach Mitternacht. Das Quodlibet zweimal!
– Vesógelieke. Über uns im Haus war eine Party im Gang, da wollt ich meinen eigenen Krach.
– Reingefallen! Du dachtest, ich wollt streiten mit dir! Gut geträumt hab ich von der Musik.
– Marie, ich möcht mit dir wetten: erst von Ende Oktober an streiten wir mit einander.
– Wetten, daß ich gewinne?

Das Communiqué der Sowjetunion mit ihren Schützlingen aus Bratislava, man kann es wenden und drehen, es steht doch nur drin was sie seit je aufsagen, von den sozialistischen Errungenschaften bis zur westdeutschen Sucht nach Revanche. Am Schluß ein mildes Bekenntnis aller zur nationalen Selbstbestimmung, ohne die Tschechoslowakei zu erwähnen. Die Sowjets versprechen, ihre letzten 16000 Soldaten abzuziehen. Die Zensur bleibt abgeschafft. Die Freiheit sich zu versammeln und verbünden, sie bleibt. Ein einziges Zugeständnis: die Führung in Prag hat die Zeitungen gebeten, zu verzichten auf Artikel mit Meinungen, die könnten die Verbündeten betrüben. Artikel mit Tatsachen scheinen erlaubt.

Am vorletzten Tag des Oktobers wurde ein Teil der Verhandlung gegen Sieboldt/Gollantz abgehalten in der Aula der Fritz Reuter-Oberschule zu Gneez. Herr Direktor Kramritz war angewiesen, bei Elise Bock eine Liste auszulegen; da hatte sich namentlich anzugeben, wer Zeuge zu sein wünschte bei solchem Prozeß, mit Unterschrift. Zwar bekamen sie sämtlich portofreie Postkarten ausgehändigt, maschinell numeriert, mit Druckvermerk, ohne Text: die Einladung. Aber wer am Montagnachmittag bloß mit dem Mitgliedsbuch der F.D.J. ankam vor der Aula, den schickten die beiden uniformierten Weiber am Kontrolltisch gleich weg. Die wollten den »P.A.« sehen, den Personalausweis; vielleicht aus einem Mißtrauen gegen die Verwaltung, wie sie in der Kreisjugendleitung im Schwange war (abhanden geratene Matrizen, Vervielfältigungsmaterial!). Auch lassen sich polizeilich ausgestellte Dokumente schwer fälschen, und leichter ist ihnen auf die Spur zu kommen. Wer im Lumberjack auftrat statt im Blauhemd, den ließ weiterhin die Bettina Selbich umkehren; wegen »mangelnden Bewußtseins«. So war der Saal schließlich besetzt von wenig Schülern, viel ortsfremden Aufpassern.

– Ein Hemd im Oktober.
– Die Schülerin Cresspahl hatte noch solch ein Stück in Blau erworben, zwei Nummern weiter als ihre Größe; um einen Pullover darunter zu tragen. Pius sah ihr das ab; Lockenvitz fror.
– Wenn ich bloß wüßte, was du denkst über den!
– Denk doch selber.
– Ein lumber jack.
– Siehste! Kannst kein Canadisch!
– Holzschläger. Every man jack.
– Das war im Herbst 1950 angekommen als Mode, Jacken aus zart geripptem Krepp, mit breiten Kragen, einem Reißverschluß von unten bis oben, offen einzuführen, Taschen außen und innen mit Reißverschlüssen. Wie das angeblich die Holzarbeiter in Canada tragen.
– Lumber jacket heißt das!
– Wir konnten eben auch kein Canadisch.
– Wie bei uns die indianischen Stirnbänder?
– Solche Jacke bedeutete über ihren Träger: er kommt an Leute mit Westgeld heran; ihm gefällt Canada.
– Aber Pius hatte doch einen.
– Elementary, my dear Watson.
– So wie Blue Jeans heutzutage in Budapest? Und in Ostdeutschland?
– Was geht mich das an! Wo die Leute einen Sachwalter über sich dulden, der wird auf dem Markthausplatz von Bratislava verspottet und ausgepfiffen!
– Gesine, du sagtest: Erst ab Ende Oktober.

Die Aula stand im Gedächtnis als ein eichendunkler Raum, bis Mannshöhe eingefaßt von Paneelen, mit Bänken so kräftig wie in einer Kirche, bedeckt von einer Platte aus hölzernen Kassetten. Nun war es eine Halle zur Ausstellung von Fahnenfarben. Dabei kam die F.D.J. schlecht weg, zweimal mehr hing da das Rot der

Einheitspartei, manchmal mit den verschränkten Händen, auch die Staatsflagge SchwarzRotGold, nunmehr versehen mit dem Symbol für die Bauern, einem oben offen geflochtenen Ährenkranz, mit dem für die Arbeiter, einem Hammer. (Gegenwartskunde bei Selbich: den Adler, diesen Pleitegeier, den überlassen wir voller Stolz den reaktionären Kräften in Westdeutschland!) In der Stirnwand, oberhalb des rot verhängten Richtertisches, Picassos Friedenstaube in der zweiten Fassung. Die Ausstattung machte die Veranstaltung kenntlich als eine der Behörden, statt irgend eines Vereins. Manfras und Lockenvitz, die ranghöchsten Funktionäre, saßen für dies Mal gefälligst auf der Bank der Elf A Zwei. Schweigen wie in einer Aussegnungshalle, mit Blick auf einen Sarg. Als das Schulgebäude gänzlich umstellt war von der blauen Volkspolizei, fuhr der gepanzerte Transporter aus Rostock auf vor dem Portal. Eine bewaffnete Kompanie eskortierte die Angeklagten die sechs Treppenwendungen hinauf zur Aula. In der offenen Tür hörten wir das Klicken und wußten: in diesem Augenblick werden ihnen die Handschellen abgenommen. Sieboldt und Gollantz zeigten uns aufrechte, geradezu steife Rükken, einen absichtlich lässigen Gang, während sie auf das Podium geleitet wurden und Platz nahmen zwischen vier Wachtmeistern. Zwei Jungen im Alter von Neunzehn und Zwanzig, verkleidet in den Sonntagsanzügen ihrer verstorbenen Väter. Gleichmütige Mienen, die die geringsten Grußgrimassen unterließen, selbst die, die sie unauffällig hätten hinkriegen können mit Wimpern oder Augenwinkeln. Aber sie sahen recht genau hin, wer gekommen war zu ihrer Verabschiedung. Dann merkte der Vorsitzende des Gerichts seinen Fehler und befahl ihnen, den Blick seitwärts zu richten. Das war ein geschwätziger Mann, betulich wie eine Tante, hilflos: Wie konnten Sie nur, das ist ja schrecklich, solche Verderbnis in jugendlichem Alter. So redete der. Der Staatsanwalt auch behindert von bürgerlicher Erziehung, mit einer Vorliebe für abgefeimte Unterstellungen, die er ausgab als feine Ironie. Über den Verteidiger kein Wort; außer daß auch er den Knopf der Staatspartei im Revers trug. Die hatten sich ihren eigenen Diener mitgebracht, der sprach zu uns von ihnen als dem Hohen Gericht. Kalt war das in der Aula. Von den langen Fenstern das bleich leuchtende Licht, das es nur im Oktober gibt.

– Da wird Dicken Sieboldt euch gerade erzählen dürfen, was auf den Flugblättern stand!
– Die Schülerin Cresspahl war gekommen, um ihn und Gollantz noch einmal zu sehen. Wie man zu jemand geht, den siehst du nie wieder.
– Die letzte Ehre erweisen?
– Wenn du siebzehn bist, kann dir so zumute sein. Aber wir kannten ja das Urteil. Zwar hatte Väterchen Stalin die Todesstrafe wieder eingeführt am 13. Januar, das Höchstmaß des sozialen Schutzes; für diese beiden würde es bloß die Fünfundzwanzig Jahre geben. Das Übliche.
– Für ein paar Flugblätter.
– Und Pius bewies mir endgültig, daß wir Freunde waren. Seines Vaters wegen galten die Pagenkopfs als einverstanden mit der Regierung des Sachwalters; gerade denen wurde etwas durch den Briefschlitz gesteckt. Und Pius wartete einmal im Juni, bis ich ihn um die Logarithmentafel bat. Was ich darin fand, konnte versehentlich eingelegt sein. So durfte er der Abteilung D unbedenklich beschwören, er habe das Bild mit Stacheldraht und Aufdruck keinem Menschen gezeigt, als er sie ablieferte, den Pflichten eines wachsamen Friedensfreundes gemäß. Nachdem ich zu Ende gelesen hatte, hing zwischen uns ein Blick, solchen kriegst du im Leben, wenn es hoch kommt und gut gegangen ist, vielleicht drei Mal.
– An einem Handtuch trocknet ihr euch ab! Wand an Wand schlaft ihr! Aber vertrauen tut ihr einander erst, wenn du ihn ins Zuchthaus bringen könntest.
– Seit dem Augenblick hatt ich noch einen Bruder.

Die ehemaligen Studenten Sieboldt und Gollantz waren angeklagt wegen privater und verschwörerischer Besuche in Westberlin. Dort stand das Ostbüro der S.P.D., dort residierte der Untersuchungsausschuß Freiheitlicher Juristen, dort operierte die Kampfgruppe Gegen Unmenschlichkeit. Vor ostdeutschen Gerichten war erwiesen, diese Leute hätten eine Brücke in die Luft sprengen, eine Scheune anzünden lassen. Hingegen glaubte ich Jakob, wenn er erzählte von einem in Rostock aufgefundenen Waggon, der war mit gefälschten Laufpapieren umgeleitet worden aus Sachsen, und die Butter darin fehlte nun den Leuten der

Stadt Leipzig; wäre sie denn noch eßbar gewesen. Allerdings hatten Sieboldt und Gollantz von sich gewiesen, den Antikommunismus anderer Leute auf den Knochen ihrer eigenen Verwandten und Nachbarn auszutoben, indem sie die Verteilung von Lebensmitteln in noch mehr Unordnung brachten als die ostdeutschen Behörden das ohnedies taten; sie waren nach Westberlin gegangen mit etwas, das hatten sie sich ausgedacht. Um so schlimmer: befand das Gericht. Sie hatten bei einem jener Vereine, die alle bei Amtsgerichten Westberlins eingetragen waren, wohl ein Bild von jugendlicher Marschkolonne hinter bewehrtem Draht angenommen, aber unter der Bedingung, daß es versehen werde mit ihren eigenen Sätzen. Um so schlimmer: befand das Hohe Gericht. Während die Angeklagten lediglich bedrängt wurden, sich zu bekennen zur Schändlichkeit dieser Sätze, wußten zumindest zwei Schüler sie ungefähr auswendig: Die Parolen vom Frieden und Friedenskampf, sie seien eine Umschreibung für die Sicherung des sowjetischen Besitzstandes im mittleren und östlichen Europa; seit die Sowjetunion auch verfüge über eine Atombombe, und nämlich durch Diebstahl, habe eine Vorbereitung zur Offensive begonnen, durch Personalverstärkung und zusätzliche Ausrüstung der Volkspolizei, durch Werbung unter Mitgliedern der F.D.J. zum Eintritt in die getarnte Armee, Berufung eines ihrer führenden Funktionäre in die Hauptverwaltung Volkspolizei; wofür marschiert ihr, Angehörige der F.D.J.? So hatten die Schüler Sieboldt und Gollantz sich das ausgedacht. Strafverschärfend: Verächtlichmachung der Weltfriedensbewegung im Gespräch. Durch die Behauptung, in französischen Zeitungen sei Picassos Friedenstaube dargestellt als bewaffnet mit Hammer und Sichel. Die Engländer sprechen angeblich von ihr als »the dove that goes with a bang«, wollen Sie uns diese ungeheuerliche Beleidigung des Weltfriedenswillens übersetzen, die Taube kommt mitm Knall, mal etwas weniger salopp; wo haben Sie solche Dinger bloß zu hören bekommen, um Gottes willen?

– Gesine, du leichtsinniges Kind!

– Bißchen bange war mir. Aber Dicken Sieboldt sagte in gemütlichem Ton: Es liegt in der Luft; blickte in die Luft über dem Haupt der Schülerin Cresspahl, aber da wo der für diesen

Tag gesperrte Balkon der Aula hing, bestanden mit Bewaffneten.
– Wenn der dich verdächtigt hätte. Ein Gedanke, du hättest ihn verraten, und er haut dich mit in die Pfanne!
– Dafür waren die Verhältnisse in jenem deutschen demokratischen Lande vorsorglich eingerichtet. Wenn Cresspahls Tochter ihrem Mitschüler Sieboldt eine Sendung der British Broadcasting erzählt, ist er verpflichtet sie anzuzeigen. Wenn Sieboldt sich erfreut gibt über das Wissenswerte aus dem Mund der Mitschülerin, ist sie verpflichtet ihn anzuzeigen. Denunziation war bei Sieboldts etwas, dafür hätte die Familie ihn ausgestoßen. War das. Cresspahl hätte seine Tochter keines Blickes, keines Wortes mehr gewürdigt, wenn sie belobigt worden wäre für Dingfestmachung eines Nachbarkindes. Kannst du aber ab.
– Wenn man dich hört, ist es ganz leicht. Aber es hat jemand die beiden verraten.
– Gollantz galt öffentlich für verlobt mit einer Lisette von Probandt, einem Mädchen in seiner Abiturklasse. Die waren für ihren Jahrgang Das Paar, das sahen die Kinder aus der Neunten an ... wie die Kinder aus der nachgewachsenen Neunten Pius und mich betrachteten. Wenn man ein Mädchen in Haft nimmt, es peinlich befragt –
– So hatte Sieboldt seinem Gollantz etwas zu verzeihen.
– Und Gollantz wurde vom Hohen Gericht ersucht, sich doch als verführt zu bekennen durch Sieboldt. Gollantz bestand auf seinem eigenen Kopf, damit er genau so viele Jahre bekam wie der Freund.
– Diese vermaledeite Freiheitsstatue, siehst du, wie ihr der Arm sinkt? Die sperren sie noch mal für den Besucherverkehr, wegen Baufälligkeit!
– Elementary, my dear Mary.

Die Angeklagten wurden wiederholentlich beauftragt, sich bußfertiger zu geben. Denn wenn sie angebrüllt wurden, bedroht, beschimpft, gaben sie sich zufrieden. Als wären sie doch enttäuscht gewesen, hätte das gefehlt. Als hätten sie das erwartet. Und die Kinder in den blauen Hemden vor ihnen ahnten, was ihnen ausreichte als Gründe zur Freude, zu der schmalen Heiterkeit, die ihnen den Rücken steifte angesichts der fünfundzwanzig Jahre Zwangsarbeit für Sabotage:

Versuch der Erhaltung
der reaktionären Schülerselbstverwaltung
eines Überbleibsels
des scheindemokratischen Erbes
der weimarer Republik
vermittels
einer Erschleichung
hoher
und höchster
Funktionen
der Zentralen Schulgruppenleitung
der Freien Deutschen Jugend;

für Spionage:

Erkundung
der gefährdeten Flanke
der Friedensbewegung
der Republik;

für Terror: denn sie hatten ja tatsächlich unternommen, in der Stadt Gneez und ihrer Oberschule eine andere Meinung zu verbreiten als das Innenministerium (das sie beharrlich das Wehrministerium nannten) sich erwartete; für Gruppenbildung (Sieboldt mit Gollantz). Da stellte ein Herr Kramritz sich hin und wetterte über »das erschlichene Abitur«; sie hatten sich die Zulassung zum Studium verschafft mit Arbeit in den Fächern der Prüfung. Da trat eine Bettina Selbich auf, in der Erinnerung die nächtlichen Besuche des F.D.J.-Amtsträgers Sieboldt, und stammelte; hätte ihr Opfer sprechen wollen, ihm wäre für gewiß über die Lippen gekommen: Der Kavalier genießt; und schweigt. Er schonte sie, und wenn ihm das schwer fiel, so war es doch wie er später von sich zu denken wünschte. Auch Manfras meldete sich zu den »Stellungnahmen«, die die junge Tradition der demokratischen Rechtsprechung erforderte; dessen Erbitterung, seine vor Wut zitternde Stimme, sie war den Angeklagten begreiflich; uns auch. Denn als die Schulgruppe F.D.J. ihren Protest gegen das mörderische Eindringen der U.S.A.-Truppen in das friedliche Korea abschicken wollte, hatten sie ihn hereingelegt. Blamiert. In seinem politischen Gewissen gekränkt.

– Von den zirka acht Millionen Menschen, die rings um diese Fähre »John F. Kennedy« ihr Auskommen suchen, erinnern sich bestimmt ein paar, als wär das umgekehrt gewesen.
– Wir auch. Denn als wir gegen Mittag des 26. Juni in eine Vollversammlung der Schule befohlen wurden, war Bettinas Bemühen am Rednerpult um die einseitige Schuld der Imperialisten ein Stück Erbauung gewesen. Von uns die Lüge per Akklamation zu verlangen, das bejahende Abstimmen zu fordern über die Unwahrheit, es war Hohn und Spaß für Kinder, die ein Rundfunkgerät zu bedienen wußten. Und wer war gewählt worden, vor der Tür der Aula einen Wortlaut zu beraten? Wer kam zurück mit einem Mosaik, makellos zusammengefügt aus den Versatzstücken der Sprache in den Zeitungen? Sieboldt und Gollantz. Und wem dankten sie für die beherzte Mithilfe bei der Redaktion, wessen Geschick mit Worten priesen sie an für die Nachfolge in der Führung der jungen freien Deutschen in der Oberschule von Gneez? Gabriel Manfras. Den hatten sie bestimmt, am Nachmittag auf dem Balkon des Rathauses den davor aufmarschierten Leuten mit leidenschaftlicher Betonung einen Text zu verlesen, der ihm einwandfrei erschien; jetzt stand er da als Mitwirkender bei einer Fälschung, mit einer Empfehlung von Friedenszweiflern für seine politische Arbeit. Da darf man böse sein; das wußten die Angeklagten zu würdigen.
– Ein Schlußwort.
– Sieboldt und Gollantz dankten dem Gericht für seine Bemühung, stritten abermals das Bewußtsein einer Rechtswidrigkeit ab jeder für seine Person, hatten ein abschließendes Bedenken: womöglich wäre es den Umständen mehr angemessen gewesen, wenn sie den Vorgängen des Nachmittages hätten beiwohnen dürfen im Ehrenkleid der Freien Deutschen Jugend.
– Könnte ich nie.
– Kannst du, Marie. So wird Mancher, wenn er alles hinter sich hat, vor sich fünfundzwanzig Jahre Bau. Nie auf einer Fähre durch den Hafen von New York fahren dürfen. Ein Mädchen verloren haben. Kein Mal aufwachen dürfen, außer von dem Schlag gegen ein Stück Eisenschiene. Wissen, daß das einzige Gepäck die Erinnerung sein wird von bloß neunzehn und zwanzig Jahren.

– Wenn ich Lisette von Probandt wäre und hätt ein Gedächtnis, das Leben wär mir entgegen.
– Aus den fünfundzwanzig Jahren wurden bloß fünf, dann kam ein westdeutscher Kanzler zu Besuch in der Sowjetunion. Mit den restlichen Kriegsgefangenen wurden Sieboldt und Gollantz ausgeliefert, die studierten gemeinsam in Bonn und Heidelberg das Rechtswesen, die sind seit 1962 übernommen vom Auswärtigen Amt, und bald wird es eine Botschaft geben, da gehen wir sie besuchen.
– So haben die Sowjets den Westdeutschen zwei Staatsbeamte erzogen.
– Kaderentwicklung heißt das! Und die Lisette, die hat gewartet ihre sieben Jahr. Die hat ihren Gollantz geheiratet, bei denen geht Sieboldt zu Besuch als Pate.
– So verzeihen, könnte ich nie.
– Kannst du. Lernst du.

(Auch Sonntag ist der Tag der South Ferry, wenn Marie ihn dazu erklärt.)

5. August, 1968 Montag

Im Fernsehen der Č.S.S.R. hat Alexander Dubček als Chef der Kommunisten angesagt: die Konferenz in Bratislava habe dem Lande weiteren Raum für seine Liberalisierung gebracht, sie erfülle »unsere Erwartungen« (statt: sämtliche). Er soll sich Mühe gegeben haben, die Genugtuung seiner Partei zu verbergen.
Gestern in Florida, passend zum Sonntag, mietete ein Mensch, begleitet von einem etwa zweijährigen Kind, eine Cessna 182, zum Besichtigen der Gegend: wie er sagte. Dann zog er einen Revolver; die Maschine mußte nach Cuba.
Gestern über dem südöstlichen Wisconsin stieß eine Convair 580 mit einem kleinen Privatflugzeug zusammen, nahm das unterlegene Wrack und drei Tote darin eingekeilt mit bis zur Landung.
Wir fliegen auch bald.
Der Schüler Lockenvitz.
(Weil du es wünschest, Marie, Nur was ich *weiß*.)

Im Frühjahr 1950 luden wir ihn in die Arbeitsgemeinschaft der Jugendfreunde Pagenkopf und Cresspahl.
Aus Eigennutz. Von diesem lang aufgeschossenen, verhungerten Knaben wollten wir lernen wie er lateinisch denken konnte. – Eundem Germaniae sinum proximi Oceano Cimbri tenent, parva nunc civitas, sed gloria ingens: sagte der beiläufig, wenn vom Obotritenadel die Rede war.
Soziale Herkunft, Beruf des Vaters: Landwirt. Im Fragebogen von 1949: Diplomwirt. 1950: Direktor der städtischen Gärten, Parks und Friedhofsbepflanzung von *(sei unbesorgt. Ich verschweige den Namen der Stadt. Überdies hast du ihn ja regelmäßig ausgesprochen, wie er nun auf polnisch lautet. Besten Falls Anita hat ihn verstanden)* eines größeren Gemeinwesens im heutigen Volkspolen. Bürgerlich.
Politische Herkunft, Parteizugehörigkeit der Eltern vor 1945: Keine. Vor 1933: D.N.V.P. Imperialistisch. Daß sein Vater sich den Nazis fern gehalten habe, darauf bestand er. Wie aber wollte er entschuldigen, daß er das fünfte Schuljahr verbracht hatte in einer NaPolA? Sein Vater sei 1944 vor die Wahl gestellt worden: Einziehung zur Wehrmacht, oder ein anderes Bekenntnis zum Hitlerstaat. Schwere finanzielle Belastung, die Gebühren für die National-Politische Erziehungsanstalt. Von den Ordensburgen der Hitlerjugend unterschieden durch geringere Ansprüche an körperliche Tüchtigkeit. Siehe die Brille. Ein Blechgestell, das ihm bei heißem Wetter rostige Rinnsale entlang der Nase schickte.
Warum aber nahmen die Sowjets seinen Vater mit, weder Wehrmacht noch Partei, so daß er im Februar 1947 »zuletzt gesehen wurde, als er tot auf seinem Lager lag«? (Eine Zeugen-Aussage; die Mutter hoffte auf eine Rente. Die Rente wurde ihr, siehe gesellschaftliche Vergangenheit des Ehemannes, 1947 vorläufig, 1949 endgültig abgesprochen. Anspruch auf Erziehungsbeihilfe für den Schüler Lockenvitz: Bewilligt.) Im Fragebogen, in Gegenwartskunde sagte Lockenvitz: Mein Vater hatte einen Mietstreit mit dem Besitzer unseres Hauses; er wurde fälschlich denunziert. Als er uns vertrauen mochte, mit der Bitte um Stillschweigen: In unsere Villa kam dann die sowjetische Kommandantur.
Ankunft in Gneez: Mit elf Jahren. Jene Stadt im Osten hatte ver-

teidigt werden sollen, der Vater schickte die Familie mit umziehender Wehrmacht in Richtung Westfront; die Stadt liegt in Trümmern. Beruf der Mutter seit 1945: Gartenarbeiterin. Stand des Sohnes: proletarisch? Nein: Gruppe der Angestellten.
Erste Wohnung in Gneez: gegenüber dem Friedhof, bei Herrn Totengräber Budniak, in einem einzigen Zimmer. Seit 1949 zwei Zimmer an der Molkerei. Von März 1951 an: eine aus Mannschaftsstuben hergerichtete Wohnung im Barbara-Viertel, das die Sowjets geräumt hatten (und zu einem Drittel sprengten). Im Putz der Kasernenstirn die Umrisse des Reichsadlers mitsamt dem Kreis für das Hakenkreuz, auf dem er gesessen hatte.
Ein einzelnes Kind. Bäuerliche Verwandtschaft im Geburtsort des Vaters, Dassow am See, da verbrachte er Ferien, für Erntearbeit entlohnt in Naturalien. 1948 bis 1949: jeweils zwanzig Wochenstunden in einer Fahrradwerkstatt an der Straße der D.S.F.; das Geld benötigte er für Bücher. (Die Stadtbibliothek schloß um halb sechs; aber lesen kann man bis Mitternacht.) Von 1950 an Eilzusteller der Deutschen Post für den Landkreis Gneez, dafür hatte Anita ihm das schwedische Fahrrad aufgedrängt; (ohne daß ihm in seiner Zerstreutheit aufgegangen wäre: ein Geschenk war's, bei ihrem Preis). Zwanzig Pfennige für einen Tarifkilometer, Zuschlag bei Regen: fünfzehn Pfennige. Ob es geregnet hatte, hing ab von Berthold Knewer. Einmal hatte eine Frau in Alt Demwies so arg gewartet auf den Brief mit dem roten Zettel, der rot überkreuzten Adresse; sie gab ihm ein Ei. Oft aber verbrachte er die Nachmittage in der Sortierkammer bloß mit Warten auf Eilsendungen; mit Schularbeiten.
Ein empfindliches Kind. Wenn man so heißt. Ein Spitzname: Dietchen (gestiftet von Lise Wollenberg). Wenn man in der Tat Locken um den Kopf trägt, blonde ungebärdige Wellen. Hintendran ein Vitz, ein Fitz, ein Fetzchen. Lockenvitz senkte den Kopf und drückte die Lippen, als nehme er sich etwas vor; siehe aber auch GOETHE:

> Denn der Eigenname eines Menschen ist nicht etwa wie ein Mantel, der bloß um ihn hängt und an dem man allenfalls noch zupfen und zerren kann, sondern ein vollkommen passendes Kleid, ja wie die Haut selbst ihm über und über angewachsen, an der man nicht schaben und schinden darf, ohne ihn selbst zu verletzen.

Dergleichen Buch hat solch Kind lieber im Haus, griffbereit alle Zeit.
Ein beeinträchtigtes Kind. Wichtiger noch als Möbel bei all den Umzügen war eine gerahmte Fotografie des Vaters, ein vergrößertes Führerscheinbild; die Nietösen deutlich sichtbar. Frau Lockenvitz aber war erst fünfunddreißig alt, als ihr Mann zum Letzten Mal »gesehen wurde«; sie nahm aus seinem Nachlaß nur den Auftrag, den Jungen bis vor die Tür einer Universität zu bringen. (Der Vater hatte Agrarbiologie studiert.) Deswegen war nach dem Fasching 1949 im Schaufenster der Drogerie Mallenbrandt ein erzählendes Foto zu sehen von der Festlichkeit: eine junge Frau, die Brüste zusammengequetscht im Décolleté. Ein Kind, das sich schämt. Ein Sechzehnjähriger, der von seiner Mutter geschlagen wird, weil er nach nächtlichem Herrenbesuch das Bild des Vaters von der Wand nimmt und versteckt; weil sie sich schämt vor dem Kind. Lockenvitz hatte, in einer Zeit knapp an Elektrozubehör, über einem Fenster der Wohnung eine Klingel aufgehängt von jenem Schlitten, der im Osten verblieben war, sie erreichbar gemacht mit eingepichtem Sacksband, so war er aus auf Besuch; nun schraubte er sie ab; überhörte Klopfen an der Tür.
Ein junger Mann, der sich auskennt in der Art, wie man ein Zimmer mit Dame darin betritt. Dem geläufig ist, wie man Gabel und Messer handhabt, wenn nun ein dritter Teller für ihn hereingetragen wird aus der Küche von Frau Pagenkopf. Der aus guter Manier darauf besteht, bei ihr für jeden Imbiß sich zu bedanken, mit Dienergeste aus dem Nacken; der ein Angebot von noch einem Wurstbrot verneint. Bloß weil's sich gehört; hungrig war er noch lange. Bis wir den glauben machten, bei uns steht kein Horcher an der Wand, der hört seine eigene Schand! Das dauerte.
Denn es tat ihm weh zu lügen. Wenn's die Schule verlangte, so schien ihm das eher ein Schaden für die Anstalt; auch gab er sich Mühe, es die ausführenden Pädagogen fühlen zu lassen. Bettina Selbich betrachtete ihn unruhig, wenn er ihr die sieben Gebote des »Stockholmer Appells« deklamierte:

> Ich gelobe,
> Eisenbahnzüge aufzuhalten,
> keine Waffenladungen zu löschen,
> den Fahrzeugen Treibstoff vorzuenthalten,

den Söldnern die Waffen zu entwenden,
meinen Kindern und Ehegatten das Kämpfen mit den Streitkräften des Landes zu verbieten,
meiner Regierung die Lieferung von Lebensmitteln zu verweigern,
mich einer Arbeit in Telefonzentralen oder beim Verkehrswesen zu entziehen –
um einen neuen Krieg zu verhindern.

Bettina war zumute, als sei an seinem Vortrag etwas auszusetzen. Er hatte ihr Reinfälle genug bereitet; sie versuchte es abermals und fragte nach der Herkunft des Textes. Anita sprach vor sich hin in die Luft, ergebenen Tons: In der *Pravda*, erste Juliwoche.

(Wir dachten sie will dich vor Schaden bewahren. Oder ging es etwa so zu, daß sie dir solche Zettel mit Abschriften aus ihrer russischen Lektüre ins Schulheft schmuggelte?)

Mit uns ging er es vorsichtig an. Da kamen Saitschik mit Eva zu Besuch, denen war es langweilig geworden beim Memorieren von Nitraten und Nitriten, die blickten fragend nach Pius' Musikschrank vom V.E.B. R.F.T., und wenn er als Hausherr genickt hatte, schlossen sie zwar die Fenster, unbedenklich stellten sie den Rundfunk Im Amerikanischen Sektor ein. Da lief freitags eine Schlagerparade, da sang Bully Buhlan zu Saitschiks Genuß und Spaß

Jupp-di-du –
du kommst ja doch nicht mit dem Kopf durch die Wand!
Jupp-di-du –

Nun hätte Lockenvitz beruhigt sein dürfen. Denn uns war das Abhörverbot für westliche Sender in Gegenwartskunde von Bettina mit einer Erläuterung mitgeteilt: Musiker, die aus opportunistischen Gründen den Kriegskurs von Mr. Adenower mit ihren Darbietungen ummalen, entbehren ein für alle Male des Humanismus, der sie zum Interpretieren der unsterblichen Symphonien von Mozart und Beethoven befähigte!

Lockenvitz wartete ab, bis wir unter sechs Augen waren; bemerkte: Aus einem solchen Text aus Berlin-Schöneberg folgt immerhin ein soziologischer Kommentar: Die da drüben müssen

ihre Leute beschwichtigen, sie von ihren Forderungen abbringen. So sprach Lockenvitz für die beiden, wie er sie in der Schule hatte reden hören. Pius sah mich an, die Stirn in unebenen Falten, ich hob wie ratlos die Schultern. Wir gingen miteinander um wie die Diplomaten! Pius versuchte es noch einmal. Was für eine Vorliebe denn Lockenvitz habe in der Musik?
Lockenvitz gefalle manchmal »schräge Musik«.
Das war der amerikanische Jazz der Frühzeit, gerade per Regierungsdekret von einer Musik der Dekadenz befördert zu insofern fortschrittlich, als entwickelt aus den Arbeitsgesängen zur Zeit der offen betriebenen Sklaverei. Gespräch nach Vorschrift betrieb dieser Junge.
Dann machte die ostdeutsche Regierung wahr, was sie ihrer Jugend angekündigt hatte beim Deutschlandtreffen. Am 23. Juni übermittelte sie mit ihr befreundeten Regierungen die Warnung: Amerikanische Terrorflugzeuge hätten über dem von ihr verwalteten Gebiet große Mengen Kartoffelkäfer abgeworfen, um die sozialistische Landwirtschaft zu schädigen. Ende September begannen die Schüler der Elf A Zwei die Furchen der Kartoffeläcker um Gneez abzuschreiten, den Kopf suchend gesenkt, doryphora decemlineata zu entdecken; Butter auf dem Kopf, weil sie sich genierten für eine Staatsmacht, die ihnen zumutete, an solche Agrarattacke zu glauben, und es zu bezeugen durch die freudige Tat. Ein ganzes Buch müßtest du schreiben, Genosse Schriftsteller, diese Nachmittage angehend, so unendlich lang waren die, so infinitesimal drehte die Erde sich gegen die Sonne in eine östliche Kurve.
Und Lockenvitz wurde uns kenntlich zumindest als Sohn eines Biologen, mit dem ging ein Andenken durch, als er sagte: Ha! diese schlauen Imperialisten! Der Kartoffelkäfer überwintert in zwei Handbreit Bodentiefe und erscheint, sobald die Temperatur über zehn Grad anzeigt. Also Anfang Mai. Wann ist das Deutschlandtreffen? Ende Mai. Pünktlich kommen sie an, gehorsam legen die Weibchen ihre Eier in Platten von 20 bis 80 ab, jedes insgesamt bis zu 800, nach sieben Tagen sind die Larven geschlüpft, nach der Verpuppung brauchen die Käfer noch fünfzig Tage, dann sind sie bereit. Im Juli! statt am 23. Juni. Statt zu Pfingsten. Kinnings! wenn wir hier in Mecklenburg Kartoffelkäfer haben, dann sind das die Nachkömmlinge von denen, die 1937

zum ersten Mal im Südwestdeutschen gesichtet wurden! Wenn sie hier gedeihen, dann weil die Bodenreform die Knicks abgeschlagen hat, in diesen Hecken saßen nämlich Vogelnester, darin hinwiederum die Vertilger dieses Quarantäneschädlings! Weil mit den Gütern des Adels auch die Fasanenzuchten eingegangen sind!
– Wir: sagte der Junge. Wir hatten es geschafft.
Nun tat er es auch zu unserem Vergnügen, wenn er für Bettina S. sorgfältig übertrieben dozierte, wie unwissend abirrte in Labyrinthe des Denkens: Diese sechsbeinigen Botschafter der U.S.-amerikanischen Invasion. Aber unser Land ist gerüstet. Verfügen wir doch über den Fasan. Ein Niederwild, welches in gebuschtem Gelände lebt, auch in Kohlfeldern. Frißt Raupen und Würmer und Käfer, Schädlinge überhaupt! Ein Tier, welches leicht zu wildern ist, denn es fliegt schlecht. Aber man jagt den schlimmeren Feind, den Fuchs. Daher die große Vermehrung. Die wirtschaftliche Brutalität der amerikanischen Aggressoren führt die historische Forschung zurück auf das Lend-lease, das Pacht- und Leih-Abkommen von 1941. Unter dem Vorwand, der heldenhaft kämpfenden Sowjetunion mit Waffen und Verpflegung behilflich zu sein, schmuggelten sie in der Verpackung 117 verschiedene Arten von Insektenbrut und Unkrautsamen ein!
Bettina, in ihrer Verwirrung, wollte ihm eine neue Eins eintragen, Vorsichts halber fragte sie nach. Diese Fakten aus der Kriegszeit, sie seien ihr durchaus unbekannt, und da sie die zu verwenden plane bei einem Agitationstreffen in der Landeshauptstadt... ob sie den Schüler Lockenvitz fragen dürfe, wo er das her habe?
– Allemal: sagte der: Aus der *Literaturnaja Gasjeta.*

(Wußtest du: Bettina ging hin und fragte die Fachkraft für Russisch: ob das am Ende eine Emigrantenzeitschrift sei.)

Siebzehn abgetriebene Kartoffelkäfer fand die Belegung der Fritz Reuter-Oberschule, vierhundert Köpfe stark; davon waren neun Marienkäfer. Lockenvitz wollte tun was ein Freund schuldig ist und fragte: ob wir auch wüßten, daß am Verteilerschrank der Deutschen Post eine Fangliste hängt, daß fast jeden Tag paar Briefe übernachten gehen bei der Stasi (Staatssicherheit).

Diesen Lockenvitz konnten wir nun befragen nach der Zusammenkunft mit dem Dichter Hermlin an der Landsberger Allee. Lockenvitz hatte sich gedrückt um eine Lüge: in einer Straßenbahn nach Grünau verirrt bis nach Schmöckwitz, dort eingeladen, in ein Haus zu Gesprächen über Kunst in Mecklenburg, den Bildhauer Barlach; Tee und Rotwein. Lockenvitz lieh sich ein Paar Schuhe von Pius, seine eigenen warteten schon seit vier Wochen auf eine Reparatur; unbefangen sagte er uns, was er dachte: Unsere sozialistischen Errungenschaften, sie setzen immer einen voraus, dem man sie abgenommen hat, der steht nun gekränkt in der Ecke. Wo sind unsere amerikanischen Schuhbesohlanstalten geblieben?
Diesen unseren Lockenvitz suchten wir aus, als die Elf A Zwei plötzlich jemanden abstellen sollte für einen Lehrgang der F.D.J. in Dobbertin bei Goldberg. Anfangs behielten wir die Hand unten, als wir Manfras stimmen sahen gegen seine eigene Abwesenheit von Zuhause und Lehrplan der Schule, als Lise Wollenberg mit ihrem Votum sich rächen wollte für Vernachlässigung und ihn übrigens bestrafen wollte für landfremde Herkunft. Dann fragte Pius, wie es ihm zustand als Leiter der Klassengruppensitzung: was denn der Kandidat über so einen Ausflug denke. – Als Organisationssekretär der Z.S.G.L. muß man in einem fort die Erweiterung der Kenntnisse in der Theorie im Auge haben: antwortete der wie jemand, der will uns ein Opfer bringen. Zweite Abstimmung: einstimmig, wie es für schick galt.
Im November 1950 reiste er, im Januar hatten wir ihn wieder; das ging schlecht aus. Zu Anfang, zu Ende: ein Fehlschlag.
Wörtlich. Im November nahm das Ministerium für Staatssicherheit einen Bruder der Frau Lockenvitz in der Werft von Wismar hoch; Anklage auf Sabotage, Spionage. Frau Lockenvitz versuchte den Sohn zu schlagen, der sich üben ging in der Gedankenwelt solchen Ministeriums. Zwar hielt er ihr die Hände fest und sagte in einer ärztlich abwägenden Art, sie komme ihm hysterisch vor; abgelenkt von Neugier erkundigte sie sich nach den Symptomen dieser Krankheit, unzufrieden mit seinen Bescheiden. Nun saß er in der Fremde und mußte sich auch noch den Wunsch zu einer Rückkehr nach Gneez zur Wohnung im Barbara-Viertel verkneifen.

Das Ende in Dobbertin, er hat es für sich behalten. Es wird so gewesen sein, daß einer der Instruktoren besser Bescheid wissen wollte über das dritte Grundgesetz der Dialektik; das kann einem eine ungünstige Schlußnote einbringen und statt eines »Abzeichens für Gutes Wissen« in Gold eines ins Bronze.
Denn seine erste Frage an Bettinchen war: wenn die Quantität beim unvermeidlichen Wachsen einmal doch ihr Wesen ändern muß und umschlagen in eine Qualität, wie verhalte es sich demnach bei einem Vergleich zwischen dem Gehirn Turgeniews und dem eines Elefanten?
(LOCKENVITZ, in den Zeiten vor der Ausbildung in Dobbertin: Kindern müßte es erspart bleiben. Als ich 1946 auf Klingeln in Budniaks Haus an die Tür ging, standen da zwei Leute, die fragten nach Frau Scharrel. Frau Scharrel wohnte im ersten Stock und war eine Schieberin; von Beruf. Frau Scharrel: Sag man ich bin na de Wißmer! schwer ist es mir gefallen. Erwachsenen gehorcht man, stimmt's? Beim ersten Mal, das vergißt sich; wenn man Glück hat. 1948 hat die Katechetin uns befragt: wer denn in seinem Leben noch nie gelogen habe. Da meldete ich mich, weil sonst keiner mochte; Trick Sieben! So hatte ich mir zu der ersten Lüge eine zweite eingehandelt. Jetzt läuft's ja, technisch gesehen. Aber Kindern sollte es erspart bleiben.
Das Kind Lockenvitz, als es 1949 das Alte Testament zum zweiten Mal studiert hatte, es bat um eine Audienz beim Domprediger von Gneez und erklärte dem Genossen Pastor säuberlich, aus welchen Gründen es fürderhin den Zusammenkünften der Jungen Gemeinde fern sich halten werde. Damit ja kein Zweifel bestehe über diesen Fünfzehnjährigen.)
Verbissen war er. In sich gekehrt. Verlor den Spaß, Bettinchen zu necken. Fiel ab in Latein. Fiel vom Fleische; sitzt in der Erinnerung, besessen von Nachdenken hinter der ärmlichen Brille, in einem Blauhemd, das schlägt Falten. Dann kam der 12. Januar 1951, da wurde in Dresden ein achtzehnjähriger Oberschüler zum Tode verurteilt, wegen »Boykotthetze« und Mordversuch an einem Volkspolizisten (mit einem Taschenmesser); in Gneez ging die Kripo ungetarnt in die Renaissance-Lichtspiele, um einmal herauszufinden, wer da murmelt oder lacht, sobald in Bild und Ton der südlich artikulierende Sachwalter erschien, der das Urteil für angemessen hielt; auch nachdem die Strafe ermäßigt

war auf fünfzehn Jahre Gefängnis. Das brachte die weibliche Kommanditistin der Arbeitsgemeinschaft bei Pagenkopfs auf die achtlose Erwägung: Wenn es denn wahr sein sollte, daß dieser Staatsmann den Amerikanern so lästig falle, warum versäumen sie denn nun im dritten Jahre, ihn umzubringen.
Zu unser aller Glück tat sie das unter freiem Himmel, abends auf dem Eislaufplatz von Gneez. Denn Lockenvitz lief nur ein paar Minuten schweigend ein paar Achten für sich allein, dann schwenkte er innen ein auf unsere Runde und gab uns an, was er nun zu denken gelernt hatte. Das Eis war grau in der Dunkelheit, da muß man die Augen fix auf der Bahn halten. Manchmal knirschte eine Kufe; in einem fort wurde die Nacht weiter um uns und die verhärtete, fast erwachsene, gleichmütige Stimme von Lockenvitz:
– Früher, wenn der anführende Fürst fiel in offener Feldschlacht, war das ungünstig für die Moral der Truppe. Heute würde das bloß führen zu dem Bedürfnis, die Reihen zu schließen. Unsicher ist das Ergebnis allemal; der Nachfolger kann sich noch aggressiver benehmen. Was der an Strategie im Sinn hat, man muß es raten; vorher wußte man, was man hat an ihm. Entbehrlich ist so eine Einzelperson gewiß, auch wenn sie die Macht verwaltet; außer sie besitzt ein Charisma, mit den Fähigkeiten dazu; was selten ist. Werte Lieben in Moskau immer ausgeschlossen. Ableitung: die Maschine ist im Gang, die läuft weiter. Zweitens. Auch der Krieg ist noch heute kein unnormiertes free-for-all, wo jeder mal darf wie er kann. Auf solche Normen beruft man sich in den höheren Regionen, grade weil man sie gelegentlich (heimlich) verletzt. So eine stillschweigende Norm verbietet auch das Ermorden der gegnerischen Führer außerhalb der offenen Schlacht. Werden Normen solcher Güte dreist und bewußt verletzt, verkümmert das Vertrauen in die Geltung aller begrenzenden Übereinkünfte. Die Folge kann ein Gegenschlag mit Nervengas auf die überführte Hauptstadt sein. Ableitung: Furcht vor den negativen Auswirkungen einer zentralen Normverletzung auf den Täter selber. Und darum bleibt alles wie es ist.
– Grammatiker: hatte er gesagt, als die Elf A Zwei ein Jahr vorher ihre Berufswünsche aufsagen sollte. – Und was willst du jetzt werden, Jugendfreund? Historiker?
– Lateinlehrer: sagte Lockenvitz, grimmig.

Das war der Januar, da traten im Westen Deutschlands die Hohen Kommissare der Alliierten auf dem Petersberg zusammen mit dem Bundeskanzler, seinem Gehilfen und zwei Generalen, zwecks Beratung über neuerdings eine Bewaffnung von Deutschen.
Das war der Januar, da schickte die ostdeutsche Volkspolizei Werber in die Oberschulen, die kamen mit dem Blauhemd unter der Uniformjacke und sprachen mit den Jungen der Elf A Zwei wie ein Jugendfreund zu anderen. Sie versprachen Ausbildung am fahrenden, schwimmenden, fliegenden Gerät. Lockenvitz machte bei Dr. Schürenberg einen Termin aus auf die Minuten genau, vollführte im Flur der Villa am Kurpfuscherdamm von Gneez zwölf Kniebeugen, wiederholte die Übung vor dem ärztlichen Schreibtisch; bekam einen Zettel, der bescheinigte vegetative Dystonie.
Damit die Schulleitung es auch glaubte, beantragte er Befreiung vom Unterricht in Sport. Ging fortan aus der Schule, wenn der Lulatsch uns über die Pferde jagte, ums Reck drehte; spazierte allein. Hockte bei Spielen mit Hand- oder Fußball hinter dem Tor, die Ellbogen auf die Knie gestützt, das Kinn auf über einander gelegte Hände, sah zu und fiel aus den Wolken, wenn ein Mädchen ihn nach dem Torstand fragte.
Zu Beginn des Schuljahrs 1951/52, aufgestellt zu einem zweiten Turnus als Org.-Leiter, schlug er die Kandidatur aus; Begründung: Förderung seiner schulischen Leistungen. (Was hatte er groß zu tun, als uns zusammenzurufen zu Aufzügen, Aktionen gegen Kartoffelkäferbanditen, Versammlungen; als einmal im Monat auf den vorgedruckten Fragebögen an den Zentralrat der Jugend zu melden: daß wir diese Anstalten in Sachen des Friedens getan hätten, und wie viele Angehörige der Schulgruppe die Zeitung des Verbandes gegen Geld bezögen, die *Junge Welt.*) Er stand auf Eins in Latein, Englisch, Deutsch, Gegenwartskunde, auf Zwei in den übrigen Fächern, bis auf die Drei in Chemie, ihm lästig wie eine Zecke.
Fand zu Weihnachten 1951 einen Beutel an der Tür seiner Mutter hängen, angefüllt mit Pfeffernüssen, Walnüssen, einem Schreibblock aus tintenfestem Leinenpapier und einem Paar Handschuhen, die hatte keine Maschine gestrickt. Ein frisch gewaschener Turnbeutel war das, mit einer Zugschnur, wie Mädchen ihn be-

nutzten. Lockenvitz kam und wollte sich bedanken bei Gesine Cresspahl.
Die war unzufrieden mit sich, sie wäre gern selber auf den Einfall geraten; mußte ihm ihre Unschuld versichern.

(Wenn du doch gewußt hättest, es kam von der Annette Dühr aus der Zehn A Zwei. Die war so hübsch, so ansehnlich mit ihren Haselnußaugen, ihren schwarzbraunen Zöpfen, einem Gesicht, das lud Zutrauen ein. Die war später Stewardess bei der ostdeutschen Lufthansa, dafür durfte sie bei der PanAmerican lernen, wurde nach der Rückkehr abgebildet auf dem Titelbild der Berliner Neuen Illustrierten. *Die mochte dich, die wollte dir gefallen. Du hättest sie leicht gefunden, auf einem Gang über den Schulhof hin und zurück, ihren Turnbeutel sichtbarlich an der Hand. Wenn Annette dir eine Hand hinstreckt, wie immer heimlich, sie darf dich für hochnäsig halten, wenn nun du anderes im Kopf hast als Mädchen. Aber es wäre dir zum Besseren ausgefallen, hättest du sie finden wollen.)*

In unsere Arbeitsgemeinschaft kam Lockenvitz nun zur ausgemachten Stunde, ging sofort nach Lösung der Aufgaben in Mathematik oder Chemie. Pius bat mich ein einziges Mal, ihn zu befragen, wie er sich das vorstellte unter den Begabungen einer Frau; ich wehrte das ab, ich hatte Angst vor Lockenvitz' Mutter; um keinen Preis hätt ich hören wollen, er sei vergeblich verliebt in wen. Lockenvitz meinte es wohl als Entschuldigung für sein verschlossenes Betragen, als Geschenk, wenn er einen Zettel mitbrachte mit Auskunft über was ihn fern hielt von uns:

> Zwischen die Begebenheiten und das freie Auffassen derselben stellen sie eine Menge von Begriffen und Zwecken hinein und verlangen, daß das, was geschieht, diesen gemäß sein soll.

Wir drangen in ihn, dies der Selbich anzudrehen als einen Befund über das Fach Gegenwartskunde (in einem imperialistischen Staat), zumal sie nie darauf kommen würde, wer das geschrieben hatte (G. W. F. Hegel, 1802). Er schüttelte die Locken aus der Stirn, lachte ärgerlich; als sei er über Spiele mit Bettinchen hinaus.
Strikte hielten Pius und ich den Mund, als wir ihn eines Novem-

bernachmittags aus dem Haus kommen sahen, in dem Bettina S. für treues Ausharren mit einer Wohnung belehnt war.
Mit Saitschik waren wir böse ein halbes Jahr. Der wollte einen Briefwechsel mit Mädchen aus sozialistischem englischen Hause gern mit einem Kumpan zusammen treiben. Lockenvitz tat ihm den Gefallen, schrieb auch etwas nach Wolverhampton für den Frieden und die Postzensur. Dann fand er heraus, daß Saitschik in seinen Umschlag, zwecks Vorstellung, eine Fotografie von Pius geschmuggelt hatte, weil dieser Knabe ihm mehr anziehend erschien für ein junges Mädchenauge (unter den Mädchen der Elf A Zwei galt Pius bloß als »apart«, Lockenvitz als »unser schöner junger Mann«). Hoffentlich tat es ihm wohl, daß wir zu ihm hielten in so erheblicher Sache.
Lockenvitz war der erste an unserer Schule, der trug eine Brille mit Rahmen aus Plexiglas, nachweislich in der Stalinstraße erworben. (Die Optiker waren Schonwild in ganz Mecklenburg, gefeit gegen Tiefenprüfungen von seiten der Steuerfahndung, leisteten sich fast großstädtische Auslagen: kaum je ein Optiker in Mecklenburg vor Gericht.)
Hatte kein Jackett nach canadischem Vorbild.
In die Ferien fuhren wir jeder hübsch allein, Pius wie Cresspahls Tochter, so auch Lockenvitz.
Einen Posten in seiner Rechnung, wenn's denn eine war, hatte er unachtsam kalkuliert. Vegetative Dystonie und ausdauerndes Radfahren, es geht schlecht zusammen.
Denn er fuhr wie ein gesunder Mensch, vierzig Kilometer in der Stunde, das war ein Klacks für ihn. Eine halbe Stunde hätte der gebraucht bis Jerichow! aber er reiste auf zwei Rädern auswärts an den Wochenenden. Wir konnten nur hoffen, daß es keinem auffiel.
Matthäus XVI. 26. Ja, Schiet!
Liebe Marie, dies ist alles, was ich von Dieter Lockenvitz zu wissen *glaube*.

6. August, 1968 Tuesday

Wollen wir durch diesen Tag kommen in einem Zug, wir werden Nummern brauchen müssen.

I.
Wenn einer in New York, und bei ihm ist eingebrochen, so kann er sich blau und gelb warten, bis Ersatz kommt von der Versicherung. Hat jemand jedoch seine Prämien gezahlt unter einem Plan, der von de Rosny ausgedacht ist, so darf man am Dienstag ein Verzeichnis der verlorenen Gegenstände einrichten, beglaubigt durch das Revier 23, und kriegt ausgerechnet eine Woche danach mit der Hauspost einen Bankscheck, gutes Geld, zahlbar von Manhattan bis Leningrad.
So wie de Rosnys Bank an den Versicherungsträgern auch derer verdienen will, die er »meine Mitarbeiter« nennt, so soll ein hauseigenes Reisebüro Gewinn ziehen aus den Kosten, die sie auf Ferienreisen wenden können. Wer dies Zimmer im achtzehnten Stock betritt ohne das Fünfstrichsymbol des Geldinstituts über dem Herzen, ohne Namensschild, in einem weißen Leinenkostüm wie eine Passantin vom Bürgersteig her, wird erst einmal darauf hingewiesen, daß dies kein öffentlicher Betrieb sei.
– Das ist mir bekannt: erwidert Mrs. Cresspahl, zufrieden. Hier ist sie einmal unbekannt als »unsere« Deutsche, »unsere« Dänin. Das Mädchen hinter der Theke, einen Bienenkorb von blonden Haaren auf dem Kopf, sie hält die Lippen stramm, der ist etwas schief gegangen an diesem Morgen. Der würden wir gerne die Karikatur zeigen, die im neuesten *New Yorker* abgebildet ist, die wir aufgehoben haben für D. E.s Ergötzung: Unter einem Schild »Service with a Smile«, hier werden Sie mit 1 Lächeln bedient, steht ein Fleischer in der Schürze, überreicht einer Kundin die Tüte mit ihren Einkäufen, blickt ein bißchen begriffsstutzig, fragend, ernst. Die Dame vor ihm reißt die Nase hoch vor Ärger, die hat Falten um den Mund vor Indignation. Darunter steht was sie wissen will: »Well?« Na? Wie wär's mit einem Lächeln?
Ganz anders als sonst bei Verkaufsvorgängen wird hier gefragt, knapp, schnippisch: Hausausweis? Nummer der Sozialversicherung? Abteilung? Telefon des Abteilungsleiters?
Angestellte gegen Angestellte. Die bringen wir mal auf Zack, uns fällt die Grimasse der vorgetäuschten Freundlichkeit auch schwer an so manchem Morgen, von Leuten wie diesen aber haben wir sie auf ausdrückliches Verlangen gelernt. Der werden wir mal zeigen, wo es lang geht, nämlich einen Weg zum Telefon des angeblich verehrten Herrn de Rosny, ohne ihr seinen Namen zu

verraten. Hier, einmalig in der Welt, bitte treten Sie vor, Eintritt frei: ist zu beobachten, wie die Miene einer Angestellten über Betretenheit, Furcht, Gesten der Demut und Unterwerfung sich verwandelt ins Herzliche. – I am ever so sorry, madam! My apologies –!
Dann haben wir uns beide ein wenig geschämt und ganz ordentlich beraten, wie man das streicht, einen Flug nach Frankfurt am Main am 19. August abends für zwei Personen, auch ein gemietetes Kabriolett, mit dem wir losfahren wollten zum Grenzübergang Waidhaus im Oberpfälzer Wald, guten Tag ihr Tschechen und Soldaten! Das Datum, die Zeit, kann so bleiben. Nur möchten wir nunmehr auf die Reise gehen mit der Scandinavian, es darf auch die PanAmerican sein, wenn sie nur morgens in København ankommt. Unsere Freundin Anita will das so, die werden Sie kaum kennen. In der Nähe des Platzes Kastrup wird es doch ein Hotel geben, am Strand, das nimmt Leute schon frühmorgens auf, so bis zum frühen Nachmittag. Zum Ausschlafen, fragen Sie. Das haben wir uns tatsächlich so gedacht; wir verstehen uns jetzt, oder? Wenn der Speisesaal des Hotels in der Regel überlaufen ist, wünschten wir eine Reservierung für einen Tisch mit vier Gedekken. Obwohl wir nur zwei sind? wir danken für Ihre Aufmerksamkeit. Das ist so: wir bleiben gern unter uns beim Essen. Für sechzehn Uhr, so in der Drehe, eine Reservierung für einen Flug nach Ruzyně. Das sollte man schlechterdings auch in einem amerikanischen Reisebüro wissen, Flughäfen in einem kommunistischen Lande! bei Prague. Prag. Praha. Da wäre eine Zwischenlandung in Schönefeld bei Berlin? Wir haben keine sonderliche Furcht vor einem Transit in Ostberlin. Und was soll aus dem Leihwagen werden, haben wir den vergessen? Es verhält sich anders, wir halten es für unmachbar. Unmöglich, aber dankbar: as the actress said to the bishop. Wie, Sie wollen ein Fernschreiben senden in ein kommunistisches Land, damit da am 20. um 20 Uhr ein Auto reserviert steht von jenen Leuten, who try harder? Die sich mehr Mühe geben, genau wie Sie? Wissen Sie was? Ihnen schreiben wir ne Ansichtenpostkarte. Visum? haben wir. Internationaler Führerschein? vorhanden. Die Rechnung geht an die Bank? das tut sie. Leinen zu heiß für 75 Grad Fahrenheit? Sie würden sich wundern, wie das kühlt. Versuchen Sie's mal bei Bloomingdale. *Wir* haben zu danken!

II.
Eine gute Stunde bevor die Kaufhäuser an der Fünften Avenue überlaufen sind vom Personal der Mittagspause, steht Mrs. Cresspahl als Kundin in einer Kofferabteilung. Es hätte Abercrombie & Fitch sein sollen, aber da hat ein Mensch aus der Tschechoslowakei sich erschossen am Freitag der vorvorigen Woche. Wir wüßten die Tür, die der Lift passieren würde. Von diesem Kaufhaus würden wir sagen: es kommt vielleicht um drei vom Hundert billiger.
Ist es das Kostüm, die Börse aus Krokodilleder, das Schuhwerk aus der Schweiz? Oder es ist der Frisur der Kundin anzusehen, daß ein Herr Boccaletti sich darum bemüht hat? denn es naht die Directrice in eigener Person, die möchte diese Person bedienen. Nun entgehen den jüngeren Verkäuferinnen die Prozente aus dem Verkaufsvorgang. Einen guten Morgen wünscht sie, ein Wetterchen nennt sie den strahlenden Schmutz vor den Fenstern, was kann sie bloß für uns tun?
Tag auch. Wir möchten zwei große Koffer, hier haben Sie die Maße. Die sollen so schäbig aussehen wie es geht. Bitte.
Wie? Sie erwarten in einem Hause wie diesem minderwertige Ware?
Als ob sie gemacht wären aus einem abgetretenen Teppich. Aber stichfest, mit je zwei durchgehenden Riemen und Verschlüssen, die auf den ersten Blick zu erkennen geben, daß sie zu öffnen sind mit unbewehrten Fingern.
I *think* I am beginning to see what you mean.
Die wären schon recht. Leider kommen sie nur in Frage, wenn dieser erlesene Basar des weiteren zwei Gehäuse aus Aluminium aufweist, die so ungefähr mit Haaresbreite hineinpassen.
I see I see!
Das tun Sie nur. Wir haben uns angesehen, wie ein Herr namens Professor Erichson verreist, das hat uns gefallen. Wir nehmen uns was an von diesem D. E.
Weil die Kundin ersucht um eine Lieferung an den Riverside Drive, eine weniger honette Adresse, verrät die füllige Dame ein Zögern, als sie das aufgeschlagene Scheckbuch sieht. Man zu, gute Frau. Der sehen wir gerade in die Augen, die hat die Wahl zwischen einer Einnahme von über zweihundert Dollars oder keinem Vertrauen. Die Bank, auf die der Scheck gezogen werden

kann, steht zwei Blocks weiter. Wenn die Dame mit dem Institut telefonieren will, wir müßten's ertragen. Sie dürfte verlangen: Anschrift der Arbeitsstelle; Mrs. Lazar befragen wegen unserer Kreditwürdigkeit; bis zu den Knien stünden wir im Verdacht des Betrugs. Sie entschließt sich, zu lächeln, ausgesucht an diesem Punkt der Verkaufsverhandlungen. Ist das dramaturgisch berechtigt? Offenbar, denn was kriegen wir gesagt: Ihnen sehe ich es an am Gesicht. Sie brechen sich eher ein Bein, als daß Sie eine alte Dame reinlegen! Glauben Sie mir, meine Menschenkenntnis ...
Und weil's wahr ist, blicken wir sie eigens an, als sie ins Restaurant des Hauses geschritten kommt; ganz die Frau Aufseherin, die darf ihre Tischzeiten wählen nach Belieben, und wird zu einer gutherzigen, etwas gehetzten Frau, die von ihrer Schlaflosigkeit erzählt, da helfen keine Pillen. Eine Mrs. Collins ist sie, wohnt in Astoria, Queens. Wie sich das trifft! Was sie noch sagen wollte: es ist auf den Tag eine Woche her, da kam ein Herr, mit so einem südamerikanischen Hut, der hat Koffer gekauft wie auch Sie, Mrs. Cresspahl. Wissen Sie, vier Jahrzehnte die Erwerber von Koffern beraten, es kann einem ... Das kann es. So für sechshundert Dollar, in bar bezahlt. Und am nächsten Tag kam er zu mir, weil ihm die Bedienung gefallen hat ... Mir erst recht, Mrs. Collins. Und stellte sich vor als der Impresario eines weiblichen Balletts; gibt es doch! Und ob es die gibt. Da wollte er für jede Tänzerin ein Geschenk, eine Belohnung, eine Prämie, was weiß ich; das machte zusammen zweitausend Dollar. Wie gern verkauft man dafür! wie bereitwillig nimmt man da eine Kreditkarte! Auch wir gehen bloß mit drei Zehnern auf die Straßen New Yorks, Mrs. Collins. Und am Tag danach war sie geplatzt. Geklaut. Ein Verlust von zweitausend! Auch wir gehen ungern zur Geschäftsführung. Sehen Sie, Mrs. Cresspahl, das wollte ich nachtragen, weil wir einander so angekuckt haben vorhin, und können Sie mir verzeihen?

III.
Die N.Y. *Times*, sie hat den Leuten aufs Portemonnaie gesehen in New York und im nordöstlichen New Jersey. Wenn man für einen Fabrikarbeiter in dieser Gegend einen durchschnittlichen Lohn von $3.02 annimmt, dann hat er im Juni eine Stunde

und 44 Minuten schuften müssen für ein Rippenstück im Restaurant.
Die Beratung in Bratislava hat sämtlich aus der moskauer Presse geweht, was da tägliche Kost war an Verdacht auf Konterrevolution, antikommunstischer Verschwörung etcetera. Was gibt die *Pravda* zu verstehen? nur den imperialistischen »Feinden des Sozialismus« ist es anzulasten, daß es überhaupt gekommen ist zu so einer Aussprache.
Auf dem Flugplatz La Guardia ist eine Bahn für STOL eröffnet worden, Short Take-Off and Landing. Wetten, daß D. E. mit uns das Ding ansehen geht am nächsten Sonnabend?

IV.

Als Mrs. Collins zurückgelaufen kam in den Speisesaal, hatte sie eine Nachricht. Ob wir wohl so gut wären und anriefen in New York bei der und der Nummer? Sie sollen bedankt sein.
Aber böse war die Angestellte Cresspahl doch. Sie hat niemandem in der Bank mitgeteilt, wohin sie an diesem Dienstagvormittag Koffer kaufen geht; unerträglich für einen Augenblick war die Vorstellung, daß ihr jemand nachginge. That a watch might be kept on her!
Dagegen gibt es ein Mittel. Was alles bedeutet im Tschechischen das Wort hrozný? furchtbar, schrecklich, gräßlich, entsetzlich, schauerlich, grauenhaft, grauenvoll. Und nach welchem Personennamen klingt hrozný? Hrozná doba, die Schreckenszeit. Hrozná bída, namenloses Elend. Hrozná zima, furchtbare Kälte. Hrozné počasí, schauderhaftes Wetter.
Sobald sie angelangt ist bei »to jsou plané hrozby«, »das sind nur Schreckschüsse«, kann sie ohne Wut denken und anlangen bei der Vermutung, es könne jemand ihr Zimmer Büro betreten haben und im Tageskalender nachgesehen. Da steht es: die Uhrzeit, der Name des Bazars. In was für einer Zeit war sie unterwegs? in der, die sie an die Bank vermietet hat. Was hat sie getan in selbiger Zeit? Koffer gekauft für eine Reise im Auftrag der Bank, für die sie obendrein wird entschädigt werden, so spricht Anita. Anita, so gefügig wird als Angestellter der Mensch.

V.

Die Nummer war »gut«, erfreulich, untergebracht an der Park Avenue in den dreißiger Straßen, in einer Anwaltspraxis. Wir kennen Mr. Josephberg von den Gesellschaften, die die Gräfin Albert Seydlitz gibt; ein Mensch, mit dem man weggehen kann in eine Ecke und Deutsch sprechen, über den Herrn Tucholsky, den er in Berlin beraten hat, über Tilla Durieux, die leider immer andere Leute heiratete als Herrn Josephberg. Den Mimen, die Nachwelt flechtet ihnen Kränze. Dann hörte D. E. den Namen und machte uns noch anders bekannt: dieser Mensch, von Adel durch Emigration in der ersten Stunde, Februar 1933, er ist D. E.s Rechtsanwalt. Seitdem ist er der unsere auch. Wo D. E. traut, dem trauen wir.

– Ist es fertig: fragt Mrs. Cresspahl in einer Telefonzelle des Postamtes Grand Central, is it ready now, und soll sie etwa gleich kommen? – Mr. Josephberg requests your presence urgently: bestätigt seine Sekretärin förmlich, als seien ihr meine Auftritte mit Marie in ihrem Vorzimmer entfallen. Oder sollte es Ironie sein? weil man doch zugegen sein muß beim Unterschreiben? Das ist ein Klacks mit der Bahn unter der Lexington Avenue. Auch die Sache ist gut. Seit Anita mir erzählt hat von einer amerikanischen Schule im Süden Westberlins, haben wir einen Zusatz gebaut zu dem Testament Cresspahl.

Wer eine Reise unternimmt, er soll einen Letzten Willen hinterlassen. Hiermit übertrage ich das Eigentum an meinem gesamten Besitz meiner Tochter Marie Cresspahl, geboren am 21. Juli 1957 in Düsseldorf als Tochter des Eisenbahninspektors Jakob Wilhelm Joachim Abs. Die Nummer meiner Sterbeversicherungspolice lautet. Marie ist gebeten, von den mecklenburgischen Büchern jene mit einem Druckvermerk vor 1952 aufzuheben bis zu ihrem fünfundzwanzigsten Geburtstag. Das Erziehungsrecht übertrage ich auf Mrs. Efraim Blumenroth.

Das war ganz richtig, und falsch. Frau Blumenroth wohnt am Riverside Drive, Marie hätte die Schule behalten dürfen, die Heimat; Kinder überleben bei dem Ehepaar Blumenroth, auch wenn sie einer Mutter jüdischer Herkunft ermangeln. Wie konnte ich ahnen, daß Anita bereit ist, für Marie zu verzichten auf Reisen! Nun haben wir es so gedreht: Zur Erziehung berechtigt ist eine Dame in Berlin-Friedenau, seit zwanzig Jahren gewogen und für gut befunden. Der Vormund des Kindes jedoch ist D. E., der muß viermal im Jahr hinfahren und nachsehen, ob es dem Kinde bekömmlich ergeht. Das wollte ich unterschreiben gehen und freute mich, daß es fertig war.

VI.

– Geht es Ihnen gut, Frau Cresspahl?
– Vielen Dank, Herr Josephberg.
– Herz, Kreislauf?
– Daß Sie sich nun auch noch aufs Medizinische werfen, Herr Doktor. Ja. Arbeitsmüde, vielleicht.
– Ich bitte Sie zu verzeihen, daß ich heute zu Ihnen in einem anderen Tone zu sprechen habe als dem, der mir in unseren Tischgesprächen lieb geworden ist.
– Bringen wir es hinter uns, Herr Doktor. Werde ich von jemandem verklagt?
– Es ist eine schlimmere Nachricht, Frau Cresspahl. Verzeihen Sie einem alten Manne, wenn er über Ihr Leben ausspricht, was er meint gesehen zu haben.
– Ich bitte.
– Es ist die schlimmste Nachricht seit dem Ableben Ihres Herrn Vaters.
– Ich bitte!
– Laut letztwilliger Verfügung von Herrn Dr. Dietrich Erichson ist Ihnen als erster Person Mitteilung zu machen für den Fall, daß er sterben sollte.
– Er ist tot.
– Verstorben bei einem Absturz in der Nähe des Platzes Vantaa in Finnland. Samstag. Acht Uhr morgens.
– Was war das für eine Maschine.
– Eine Cessna.
– Für die hat er einen Flugschein!
– Die finnische wie die amerikanische Polizei haben seine Identität zweifelsfrei festgestellt.
– Bei so etwas verbrennt man.
– Ja. Nach einem medizinischen Gutachten kann Herr Erichson noch fünf Minuten nach dem Aufprall gelebt haben. Ohne sich seiner Lage bewußt zu sein.
– Mit vollem Bewußtsein zerbrochen und brennend!

– Ja. Verzeihen Sie, Frau Cresspahl.
– So etwas hätte in der New York *Times* gestanden.
– Die Regierung, bei der der Tote angestellt war, drückte ein Verlangen aus, die Nachricht zu unterdrücken.
– Wie identifiziert man einen verbrannten Menschen.
– An den Zähnen.
– Warum denn keine Kugel in die Brust? Eine Injektion? Ein Stich mit dem Messer!
– Offenbar war dem Verstorbenen aufgegeben, seinen dentalen Zustand greifbar zu hinterlegen.
– Warum erfahre ich das erst heute.
– Weil die amerikanische Untersuchungskommission von Washington nach Helsinki fliegen mußte.
– Zehn Stunden!
– Weil es den Herren beliebt hat, den Todesfall erst heute frei zu geben.
– Ein Foto!
– Es gibt keine Aufnahmen vom Ort des Unglücks.
– Es gibt offizielle Aufnahmen, gemacht von einer Kommission.
– Wenn Sie mich formell beauftragen, werde ich das zuständige Amt...
– Ich glaube es jetzt.
– Sie sind die Erbin von Herrn Erichson, Frau Cresspahl. Seine Mutter hat ein Wohnrecht bis zu ihrem Ableben. Außer Grundbesitz und Barvermögen sind einige Copyrights –
– Nein.
– Wenn Sie es wünschen, werde ich die Verständigung von Frau Erichson übernehmen.
– Nein.
– Ich drücke Ihnen mein Beileid aus, Frau Cresspahl. Seien Sie versichert, daß ich in den kommenden Wochen an Ihrer Seite –
– Könnten Sie Frau Gottlieb bitten, mich an mein Büro zu begleiten? Ohne ihr zu sagen, was... Sie mir mitgeteilt haben?

VII.

Das Büro, der einzige Ort in New York zum Alleinsein, hinter geschlossener Tür. Was immer man tut, wenn einer stirbt, es wird zum Vorwurf; Spiel mit Wasser und Flirt am Jones Beach.

Bei Gewitter setzte Jakobs Mutter eine brennende Kerze auf den Tisch und betete. Wir waren so eilig beim Durchsuchen von Minneapolis, wir ließen die vom weiten Mittagslicht zerfaserte Mauerkante und die Lichtfläche dahinter liegen im Glauben, es sei der berühmte Fluß, ohne ihn anzusehen. Es ist ganz richtig, kein Zweifel, im nächsten Jahr wollten wir Ferien machen in Finnland. Über die Alpen wollte er mit uns fliegen, wir waren verabredet in Rom. Nach protestantischem Glauben kann Gott sehen, was auf den Flugzeugen geschrieben steht. Das streitsüchtige Getön der Autohupen auf den Straßen Manhattans; wie hat man nur einst Heimweh haben können nach Geräuschen, die doch nur schlechte Manieren verraten. Außerdem beleidigen die diagonal aufsteigenden Flugzeuge das an Ordnung und Lotrecht gewöhnte Auge. Ein Kind sitzt bequem auf dem Boden, mit dem halben Rücken gegen die Wand, und hebt etwas, das senkt es mit zwei verbundenen, fast tonähnlichen Lauten. Ein Rhythmus, in dem ein müder Körper sich empfindet, unwillentlich, nur als Nervenschaltung im Gehirn, mit dem Gefühl völliger Verzweiflung, sinnlos klagend mit den beiden Lauten, die einander hinterher ziehen. Ein im Schwingen gehindertes schweres Pendel, kurz vor dem Zerbrechen, die Pausen verlängern sich unbeweisbar. Zu meiner Zeit flog man acht Stunden bis New York. Manchmal, wenn ich ankam in Hamburg, an sommerlichen Nachmittagen aus Kopenhagen, war das verbaute Licht im Paßraum mir wie eine Heimat. Wenn mir etwas gefällt, D. E. hœgt sich. Gesine! sagen Leute, mit beschwörendem Ton auf der zweiten Silbe, als wollten sie mich fangen mit dem Namen; D. E. macht das anders, das hör ich gern. Grot Marie is dot, Lütt Marie wartet auf D. E. »Min Döchting«; einmal. – Noch ein, Herr Apteiker sä de. Hets em ein smetn. Und die weiße Kugel, Knallkirschen ähnlich, die gefährlich auf das geschlossene Auge zufährt, den Blick schwindeln, das Gehirn mitschwingen läßt, manchmal auch angenehm so wie Vögel fliegen, weiße mittelgroße, Möwen vielleicht. Es gibt Leute, denen das Fliegen nur deshalb gleichgültig ist, weil die Situation den unverhofften Absturz ja paß auf und Ende des Lebens enthält, also in diesem Moment wie möglichst jedem die Forderung nach endgültiger Ordnung der persönlichen Verhältnisse, einschließlich des Todes. Die Träger einer solchen Haltung geben philosophische Beweggründe. D. E. flog nach

Athen, tief unter sich eine klitzekleine Fläche vorbereiteten Bodens inmitten einer unumgrenzten Wasserfläche, – Ob wir das wohl treffen werden? Ich sehe das mit den Helikoptern ein; dann wollen wir wenigstens unseren eigenen Krach hören. Kommt von einer Reise und weiß mit einem Mal auch noch etwas über den gotischen Ursprung der unter dem Jesuitenbarock begrabenen Kirchen von Prag. Gewiß war er da. Hat nachgesehen für mich. »Jan Hus und die Symbolfunktion des Kelchs für die Utraquisten.« Die Vorstellung: auf einem Flug über J.F.K. zu sein und den Flughafen nicht zu verlassen; das Kind das ich war. I expect to die very soon; would you permit me arrangements that would keep you cared for? At least on behalf of the child? Sah im Liegen den weißen Himmel zurückbleiben, gefegt von angedörrten Baumkronenspitzen. Du kannst schlecht leiden, D. E.! alles rechnest du um in Anlaß und Verantwortung, nach dieser Liste bezahlst du; dann vergißt du die Leute. – Warum soll ich leiden, Gesine? Ein Bus hat einen langen Atem. Flugzeuge mahlen Luft, stimmt's? Heut bin ich die Katze, die wartet auf den verschwundenen Gastgeber, eines Tages wie ich verschorft, von Eiter angebohrt, hinkend und blind auf einem Auge. MACHT DIE LUFT MANHATTANS SIE UNGLÜCKLICH? UNS DOPPELT. Seit einem Jahr hat der alte Amtston im Telefon aufgegeben, seit April 1967 erklingt nach der 9 ein glockiger, schnurrender fülliger Ton. Die Variationen für den Schüler Goldberg am Abend des Sonnabend, das war schon die Totenmusik für D. E.

VIII.

– Würden Sie aus der Leitung gehen, Mrs. Cresspahl? Wir haben eine internationale Anmeldung für Sie.
– Dies ist eine Probe. Dies ist eine Probe.
– Anita. Du, du rufst in der Bank an.
– Ich muß etwas mit dir besprechen, das wär mir zu gefährlich für die Ohren Maries.
– Indikativ, Anita.
– Flughafen Helsinki im Indikativ?
– Ich bekomme es gesagt.
– Ist es der deinige?
– Wenn ich es glaube, ist es der meinige.

– Möchtest du, daß ich hingehe nach Helsinki?
– Es gibt keine Überreste.
– Aber einen Todesfall.
– Anita, der reiste mit einem Zettel, auf dem stand in den vier Weltsprachen: zu verbrennen am Ort des Todes ohne Gesang Ansprache Predigt Musik whatsoever. Weißt du, damit er mir keine unnötige Mühe macht mit seinem Tod.
– Sag was ich tun kann.
– Komm nach Prag in zwei Wochen, da sind meine Ferien.
– Ty snajesh.
– Gib mir einen Rat.
– Weiß es Marie?
– Wenn ich's ihr sage, schmeißt sie um.
– Ich werde nachdenken bis morgen früh. Schaffst du es bis dahin?

IX.
– Well, Mrs. Ericksen!
– Evening, Wes.
– How's Mr. Ericksen?
– He is fine. Away, I'm afraid. But fine.
– What can I do for you, Mrs. Ericksen?
– A drink.
– Most certainly. But what kind of drink, that is the question.
– Something to pick me up, Wes.
– Mrs. Ericksen, with all due respect: could it be that you need something different to pick you up?
– Anything.
– I'll get you a taxi, Mrs. Ericksen.

X.
Am Riverside Drive, wie anders, ist Luftpost aus Finnland. Eine Karte vom Meklenburg Ducatus, Auctore Ioanne Blaeuw excudit, wo es unschuldig hergehen darf in der Geographie und der Muritz Lacus gleich vereinigt ist mit dem Calpin Lacus, der Fleesensee aber noch seiner Entdeckung harrt, wo dem Lande ein freundlicher gelber Greif ins Wappen gesetzt ist statt des Ossenkopp. Aber das Mare Balticum, an dem ist kein Zweifel, zwei Koggen befahren es voller Mut, und neben der golden eingefaß-

ten bunten Windrose über der Wißmerbucht steht zu lesen, wie sie heißen muß in Wahrheit: Oost Zee. Rechts oben im Norden ist Finnland zu denken.
Wenn man sich schminkt bis zur Ankunft von Marie und dann mit Blick aus dem Fenster sitzen bleibt; vielleicht läßt es sich überstehen.
Die Zeit ist noch eben richtig. Auf WRVR, 106.7 Kilohertz, beginnt *Just Jazz*. D. E. hat uns gebeten, das für ihn auf Band zu nehmen, wie werden wir denn das vergessen.

7. August, 1968 Wednesday

Es ist gelungen, Marie zu betrügen.
Denn das Kind schläft des Nachts, während die Mutter gegen zwei Uhr morgens einkaufen geht am Broadway, wo es alles gab: Haschisch, Heroin und Hiebe, aber keine Schlaftabletten. Auch das ist schon einmal vorgekommen: statt beim Frühstück zu helfen, bleibt die Mutter unsichtbar hinter verschlossener Tür, Marie verabschiedend in fröhlicher Tonart: Walk, do not run! A fall is no fun!
Aus dem Fahrstuhl tritt Robinson Adlerauge, in der Hand einen Brief, Luftpost, Eilboten, Marken aus Suomi. Der Text beginnt mit: Liebe Ilona! Danach ist »Ilona« durchgestrichen und ersetzt durch: Gesine. Deine Scherze, D. E.
In der Bank ist der Saal für die jungen Götter Wendell, Milo, Gelliston ausgeräumt, bis auf den Fußboden. Im Büro Cresspahl ist das Mobiliar zu einem Turm gebaut, unter einer Malerplane verdeckt. Das Telefon ist samt Anschlußkapsel verschwunden.
– Wir haben Ihnen telegrafiert: behaupten die Mädchen in de Rosnys Vorzimmer. – Hier ist der Durchschlag!
Dear Mrs. Cresspahl wegen Kabelschäden ist die Ihnen zugewiesene Sektion des Stockwerks gesperrt stop wir benachrichtigen Sie sobald Sie Arbeit wieder aufnehmen können stop keine Anrechnung auf Urlaubsanspruch stop have a good time
Die Angestellte Cresspahl ersucht um einen Termin bei Herrn de Rosny. Auf der Stelle. Gleich!
Selber schuld. Sie hätte daran denken sollen, daß die Fernsprech-

zentrale die internationalen Gespräche aufzeichnet. Aufzeichnen muß. Jetzt hat einer Anita und mich gehört, ein zweiter hat uns übersetzt, ein dritter hat uns in eine Aktennotiz getan, ein vierter hat uns drei anderen in Sitzung erläutert. Hrozebný, hrozivý, hrozící! Drohend, bedrohlich! Hrozím se toho, es graut mir davor! Hrozba trestem, Androhung von Strafe!
de Rosny läßt sich ausgeben als dringend beschäftigt. In den zwei Stunden trotzigen Wartens geht der Angestellten Cresspahl auf, daß ihr aus der Indiskretion immerhin eine pflegliche Geste erwachsen ist. de Rosny hat investiert in diese Angestellte. Für ihn wäre es tatsächlich ein kleiner Verlust, wenn sie kaputt ginge. Eine überlastete Maschine schaltet er für eine Weile ab. Dům hrozí sesutím, das wünschen wir ihm! Das Haus droht einzustürzen!
de Rosny gibt vor der Mittagspause einen Termin her: Montag, den 19. August, neun Uhr morgens.
Hroznýš, die Riesenschlange! Hrozitánský, ungeheuer!
– Meine Empfehlungen an den Herrn Vizepräsidenten: sagt die Angestellte Cresspahl. Sie sieht ein, er hat sich Mühe gegeben. Da haben mindestens sechs Packer an Schreibtischen schleppen müssen vor Tau und Tag. Wenn das ein Spiel ist, sie macht mit. Keinen Schritt werden wir hierher tun vor dem 19. August! Hrozná doba.
Bei Wes müssen wir uns entschuldigen. Wes verkauft Alkoholisches. Alkoholisierte sind ihm ein Ekel. Vielleicht hat Mrs. Cresspahl so ausgesehen gestern abend.

– Wes, auf ein Wort. Wegen –
– My dear Mrs. Erickssen! Keine Rede! Ein Barman ist ein Medizinmann! Sie brauchten ein Taxi, Sie gehörten ins Bett. So was seh ich mit bloßem Auge!
– Schicken Sie mir gelegentlich eine Rechnung, Herr Doktor.
– Die geht an den Professor, Erickssen kriegt die. A sweet man. Ein Ehemann, wie man sich einen nur wünschen kann.
– Attjé, Wes. Thank you kindly.
– Tun Sie mir die Ehre, Mrs. Erickssen.
– Am Mittag? Ohne Herrenbegleitung?
– Ihre männliche Eskorte, Mrs. Erickssen, das bin ich.

Hier hat D. E. Stücke seines Lebens verbracht, die er mochte. Hier waren wir zusammen. Hier ist der beste Platz, den Brief aus Finnland noch einmal zu lesen.
Auch auf den zweiten Blick sind es Nachrichten von einer Reise. Die finnische Neutralität. Der Hafen von Helsinki. Was hat D. E. da beruflich zu suchen!
Bis einem die »Ilona« noch einmal ins Auge sticht, keine Dame sondern eine Abkürzung, der Hinweis auf einen Kode. Bloß mit einem Stift von Wes und auf der Rückseite eines irischen Wettformulars, es ist knifflige Arbeit. Eine Maschine täte es in fünf Minuten, Mrs. Cresspahl ist für zwei Stunden aufgehoben in der Entschlüsselung von D. E.s ILoNa.
D. E. war abermals in Prag. (Aber doch mit keinem Paß, in dem mein Name stünde, Gesine.) Bei den Paßkontrollen im Flughafen Ruzyně tun wir also am besten, als hätten wir alle Zeit der Welt, da die jungen Männer hinter dem schußsicheren Glas unsere Dokumente lesen werden wie andere Leute Lyrik. D. E. empfiehlt uns das Halten eines Autos, denn mit der 22 zum Czernin-Palast, dem Außenministerium, es sei eine arge Tour, insbesondere wenn die Bahn in der Innenstadt gegen die lockeren Schienen haut oder bei Talfahrten auf eine südländische Weise gesteuert wird.
– Schreibt er immer so verzwickte Briefe? sagt Wes, als er nach einer halben Stunde der Frau seines Freundes Erickssen das Glas von neuem füllt. Und will die Frau Erickssens Flugticket für Irland gleich mitnehmen? das liegt nämlich bereit für ihn.
Am Czernin-Palast empfiehlt D. E. uns eine Weinstube u Loretu, mit Tischen im Freien. Schräg gegenüber eine Imbißstube, in der ein Onkel uns befragen wird, in einer ärztlichen Manier, nach dem Zustand unseres Schuhwerks, worauf er Marie Pantoffeln anpaßt und einen allenfalls gerissenen Sandalenriemen vernäht. Wein wird der uns anbieten, als wären wir in Italien.
Am besten also finden wir eine Wohnung in der Pariser Straße von Prag. Seit der Öffnung des Landes Č.S.S.R. für den kapitalistischen Tourismus 1963, unser Geld wird uns nett machen und liebenswert. Hüten sollen wir uns vor jungen Männern, die werden uns ansprechen ohne uns anzusehen, die meinen bloß unsere Devisen.

So würden wir vielleicht auf Handwerker bestechend wirken, aber wo du Farbe herkriegst, Gesine, einen Wasserhahn, ein Stück Fensterglas – da helf dir Gott. Wirst du wohl öfter nach Frankfurt reisen, in einer Luft-Stadtbahn, die selten verkehrt. Wenn du mal Zwiebeln brauchst. Aber wie wir dich kennen, hast du nach vier Wochen Freunde in einem Dorf, Gesine. Und damit ich dich besser fressen kann am Main, Gesine. À dieu, yours, truly –
– Eine Empfehlung an meinen Professor Erickssen! wünscht sich Wes zum Abschied, und begleitet Mrs. Cresspahl hinter seiner fünfzehn Meter langen Bar, bis sie den Ausgang gewinnt, im Rücken die ehrfurchtsvollen Blicke der übrigen Herren. War ein Ehrengast, war die Dame. Hat gegessen und getrunken auf Kosten des Hauses. Frau von einem Flugzeugkonstrukteur oder so.
Mrs. Cresspahl geht spazieren, den ganzen Weg bis zur Oberen Westseite. In der 42. Straße kommt sie vorbei an einem Laden, da gibt es den SPIEGEL zu kaufen; sie möchte dem alten Mann in der 96. Straße treu bleiben. – Hab ich längst für dich beiseite gebracht, Schwester! sagt der. Daß wie in deinen Lebenstagen/die Uhren gehn, die Glocken schlagen –
Am Riverside Drive ist de Rosnys Telegramm, unterzeichnet von Kennicott II; Radio WKCR bringt ab siebzehn Uhr *Jazz und die Avantgarde*, Kompositionen von Eaton, Monk, Tristana, Taylor, das überspielen wir auf Band für D. E. Es gibt Krankheiten, bei denen ist Musik lebensgefährlich.

– Mrs. Cresspahl, wir geben Ihnen Berlin.
– Gesine! Sprich! Laß mich deine Stimme hören!
– Hier spricht deine Schulfreundin Cresspahl.
– Sag das Datum, den Wochentag!
– Anita, was weinst du.
– Deine Stimme!
– Mittwoch. Siebenter August.
– Du bist es wirklich.
– Leider ja.
– Seit heute früh ruf ich an, alle Stunde, und immer sagt das Fernamt: der Anschluß ist abgeschaltet.
– Bauarbeiten in der Bank.

– Gezittert hab ich vor Angst!
– Anita, ich mach das anders als meine Mutter. Solange ich für ein Kind sorgen muß, versuch ich zu leben. Hab auch keinen Mann, dem ich ein Kind überlassen könnte.
– Du versprichst es.
– Ja. Bitte, deinen Ratschlag.
– Bleibt es bei Prag, mit Marie?
– Wenn es nach mir geht.
– Sie schmeißt um, wenn du ihr das sagst. Anfangs war ich dafür. Aber es fehlt der Sarg, den sie sehen kann.
– Und zehn Jahre lang wird sie gegen mich halten, daß sie es einen Tag zu spät erfuhr.
– Versuch es. In Prag, ab 20., da helf ich dir. Erlaubst du, daß ich nach Helsinki gehe?
– Wenn ich wüßte wozu. Da ist alles weg.
– Eben das will ich mir ansehen.
– Aber erst davon erzählen, wenn ich es verlange. Erst in Prag.
– Ty snajesh, Gesine. Was tust du heute noch?
– Was tut eine doppelte Witwe, die von ihren Beerdigungen beide verpaßt? Ich hör Musik.
– Das ist Gift, Gesine!

Wer da an der Tür kratzt, ist unser Robinson Adlerauge, der bringt zwei kostbar verschnürte Pakete, mit der Visitenkarte, den herzlichen Grüßen, der Wohnanschrift von Mrs. Collins aus Astoria, Queens. Gestern vormittag hab ich noch gelebt. Hinter Mr. Robinson erscheint Marie, begeistert und vorfreudig auf das Auspacken der Koffer. Nun geht das Lügen an.

– Warum trägst du indoors eine Sonnenbrille, Gesine? Indoors . . .
– Im Hause. In der Bank sind Handwerker. Hab ich mich am Auge gestoßen.
– Warst du bei Dr. Rydz?
– Bei einem anderen Arzt. Ich soll die Augen schonen so für drei Tage.
– Hast du Schmerzen.
– Ja. Und Tabletten.
– Ich habe mich gefragt –. Aber du bist müde?

– Frag du nur. Langsam, das bin ich.
– Wird es ein Abend wie sonst auch?
– Wollen wir etwas anders machen?
– Indem ich koche, obwohl du an der Reihe bist. Mir schwant, das war noch anders mit dem August 1951, als Cresspahl dich aus dem Weg haben wollte nach Wendisch Burg.
– Im Juli machte die Staatssicherheit Haussuchung bei Cresspahl. Der Vorwand war, daß er inzwischen viel Geld bekam für seine Arbeit, mehr als die Rente. In Wahrheit ging es dem Staat über den Verstand, daß er einem Menschen Unrecht zufügen kann ein zweites und ein drittes Mal, und immer noch hütet dieser Cresspahl sich vor dem Gesetz. Das andere, das fing früher an.
– Ist es etwas mit Jakob?
– Auch mit Jakob. Weil etwas umgekehrt galt: wie ich viele Leute, so haben ein paar mich gern gehabt.
– Da weiß ich einen, der reist in der Scandinavian –
– In der Finnair.
– und freut sich auf dich.
– Und auf dich. Weil du noch hübscher bist als ich.
– Gesine! Das Papenbrocksche Haar!
– Die Witwe Papenbrock, die war mucksch gegen das Haus Cresspahl. Denn als die Staatsmacht nach Alberts Tod seinen Stadtpalast samt Speicher einzog, wartete die Olsch auf die Einladung zu uns zu ziehen. Dafür riskierte Cresspahl keinen Finger. Wir hätten ja kirchliche Herrschaft ins Haus bekommen. Fuhr sie ab nach Lüneburg, da war noch übrig von Alberts Grundbesitz. Weil wir nun hofften auf einen letzten Abschied, brachten wir sie an die hamburger Eisenbahn. Die wollte mir wenig wohl, dennoch sagte sie wider Willen: Wenigstens hast du unser Haar.
– Und dein Busen, schön hoch angewachsen.
– Sieh an, Marie. Na, warte! Mein Busen, das war mehr eine Vermutung unter den jungen Herren von 1950, nackt hat den keiner gesehen.
– Das wünschten sie sich.
– Da war ich ungefällig, das hat meinem Leumund geschadet. Denn wenn einer vergeblich sich eine Geschichte träumte mit mir, so erfand er sich eine und erzählte sie umher.

– Das ist wie Unkraut.
– Das wächst nach. Einer war literarisch beschlagen, der steckte mir einen Zettel in die Tasche mit einem Zitat, das ging etwa so: »Nicht, daß Gesine mit einem Male ein zartbesaiteter, ein sensibler Mensch geworden wäre. Sie blieb, die sie war. Selbstbewußt und kleinmütig, gierig und feige, sehnsüchtig nach allen Dingen des ›großen und feinen Lebens‹, wie es nun auch noch in den Kinematographentheatern zu sehen war.« Bis ich das heraus hatte! Es war eine Gesine in einem Roman.
– Finde ich schade.
– Sieh einmal bei unseren Kochbüchern nach. Da ist eins aus dem Jahre 1901, verlegt zu New York bei Appleton and Company, »European and American Cuisine« heißt es, verfaßt von der Haupteigentümerin und Vorsteherin des Brooklyn Cooking College, was für einen Namen hatte die?
– »Gesine Lemcke«. Finde ich ärgerlich.
– Wie du heißen noch andere Kinder.
– Ich wünschte, du hättest deinen Namen für dich allein.
– Ich bekam ihn, weil Cresspahl einmal weggehen wollte über Land und Meer mit der Gesine Redebrecht aus Malchow. Du deinen von Jakobs Mutter.
– Eines stimmt ja. Selbstbewußt warst du. Bist du.
– Das ist leicht, wenn Jakob einen hütet wie seine Schwester.
– Keine Küsse nach der Tanzstunde?
– Auch damit hab ich gewartet.
– Soll ich was lernen?
– Du willst was erzählt. Auch gab es Verehrer, denen genügte es, wenn ich ungefähr von ihnen wußte. Einer saß fast vier Jahre in meiner Klasse. 1951 schrieb der an die Tafel: »›Effi Briest‹, für mein Gefühl sehr hübsch, weil viel e und i darin ist; das sind die beiden feinen Vokale.« Fontane.
– Du wußtest, wer.
– Und weil ich ihm nun einmal das Gewünschte vorenthalten mußte, gedenke ich wenigstens, seinen Namen zu verschweigen. Überhaupt ist mir, als würd ich nun ungenau sein mit Namen. Denn wenn Cresspahl an Knoop ein dänisches Geschäft gescho – vermittelt hatte, wird auch Gesine zum Begießen eingeladen auf ein Boot, eine Jacht im Hafen von Wismar. Wir wollen dem Menschen keinen Ärger machen wegen seiner unpatriotischen Händel

mit dem kommunistischen Deutschland; aber bedanken kann ich mich für eine Reise zu Schiff nach Dänemark.
– Vorbei an der ostdeutschen Seekriegspolizei.
– Die hatte 1950 noch keine Mauer schwimmen im Meer. Ein dänischer Segler kann alles, macht alles, der schmuggelt auch ein Mädchen an Bord. Solange Cresspahl das wußte, solange es abging im ordentlichen Ton zwischen junger Dame und älterem Herrn, (um die dreißig), ohne Kuß auf Wange, wollt ich recht gern navigieren lernen.
– Gesine, du warst mit Siebzehn auf Ferien in Dänemark! Deswegen hast du mir Bornholm gezeigt!
– Da hieß es den Mund halten. Was aber ein mecklenburgischer Segler ist, der redet mal gern über den Durst; der Teufel soll den holen. So hing noch eine Geschichte an mir, und es war bloß Glück, daß die Kripo außen vor blieb.
– Da wohnte ein Junge über der Apotheke.
– Kein Name. Aber daß es mich Mühe gekostet hat, dem weis zu machen: wenn er sich verkuckt in eine, die denkt sich längst vergeben, so ist das allein seine Geschichte. Benahmen sich ja gelegentlich, als hätten sie ein Recht auf einen, die jungen Herren.
– Selbstbewußt.
– Und mag es übertrieben haben. Ich ging gern tanzen, wegen der Bewegung –
– Und weil man gern tut was man gut kann.
– statt wegen der Hände an meinem Rücken. Wenn da zwei sich in die Haare kriegten über mich, so ließ ich die beiden das austragen unter sich; ohne daß ich zugesehen hätte. Ich war doch kein Besitz und Stückgut! Noch eine Geschichte über die Tochter von Cresspahl. Es verwechselt ja auch Mancher seine Sehnsüchte mit denen von anderen Leuten. Die Wahrheit ist: Hoffnungen hab ich keinem gemacht. Solche beklommenen Blicke, die waren mir zuwider.
– Und die Übernachtungen bei Pagenkopfs.
– Und daß Lockenvitz nach Jerichow kam, als er Freundlichkeit noch zeigen konnte, bis zum Morgen blieb. Es kam ja vor, daß ich zu nächtlicher Zeit mit drei Männern unter einem Dach war.
– Pagenkopf, Lockenvitz, Cresspahl –
– Und Jakob. So ist es richtig; den halten wir uns beiseite. Aber

Jakob war es, der meinen guten Namen verteidigen wollte auf der Stadt-, der Stalinstraße von Jerichow. Ich weiß nur, daß er blutig nach Hause kam; am nächsten Morgen war ich auf die Bahn gesetzt in den fernen Südosten Mecklenburgs, zu Besuch bei den Niebuhrs. Was war Klaus verblüfft, daß ich mit einer H-Jolle umgehen konnte wie ein Mann! Der aber, zu meinem Glück, hatte sich schon zusammengetan mit der Tochter von den Lehrer-Babendererdes, Ingrid ist das. Die andere Ingrid; du denkst Bøtersen. Vier Wochen mit den beiden auf dem Oberen und dem Stadtsee von Wendisch Burg; dann schickte Cresspahl Wort. Gleich hatte ich heraus, was sie alle vor mir verstecken wollten in Cresspahls Haus: Jakob saß achtzehn Tage im Keller unterm Landgericht Gneez, wegen Körperverletzung.

– Für mich hat auch schon mal ein Junge sich geschlagen.

– Ist es ein erfreuliches Gefühl?

– Wenn mich einer beleidigt, möcht ich das lieber selbst hinbiegen.

– Siehst du. Und Jakob war nun ein paar Jahre lang vorbestraft.

– Hat er das noch oft gemacht, eine Schlägerei?

– Sei unbesorgt, Marie. Aus dem einen Mal haben wir beide was gelernt. Tanzen ging ich bloß noch zu Klassenfesten. Ich möchte mein Benehmen mit den Herren seit 1951 geradezu makellos nennen.

– Ist das das »Prünen«, das du vorführst?

– Das ist prünen. Mir ist mal ein Salonwagen angeboten worden! Von der Bundesbahn einer!

– Wie Hitler einen hatte, was. Du lüchst, Gesine!

– Hitler war ja unvermögend. Klaute vom Staat. Kannst schon glauben, ein leibhaftiger Millionär führte mich auf den Berg, zeigte mir die Reichtümer der Welt und sprach: Dies alles ist dein. Der Berg war der Bahnsteig Drei auf dem Hauptbahnhof von Düsseldorf, und DiesAllesDein war ein Ding, in dem mochte Hitler mal seine Anfälle spazieren geführt haben. So ein verbauter Schlafwagen.

– Du und ein Millionär.

– Wenn ein wohlhabender Bürger der U.S.A., und er versteht sich mit seiner Regierung, dann darf er schon mal in den Wald bei

Mönchengladbach und ansehen, wie seine Army für die Verteidigung von Westeuropa arbeitet.
– Statt dessen fällt sein Blick auf eine Sekretärin mit papenbrockschem Haar, die hält sich nett und bescheiden an ihrem Tisch, ist auch geschickt an der Schreibmaschine, hat einen gindeganten Pullover an aus Jersey, der bietet er, mit Erlaubnis ihrer Vorgesetzten, den bescheidenen Wohnwagen an, in dem er durch Bundesdeutschland reisen muß, weil die Eisenbahnen der Staaten darniederliegen.
– Neid ist eine schlechte Eigenschaft für eine Bank, Marie. Eine Botschaft von de Rosny him-self.
– Angesehen hätt ich's mir, das Ding.
– Was sollte denn da sein. Eine etwas beengte Vierzimmerwohnung, Geschirrschrank wie im Segelboot, Zugtelefon, Fernschreiber.
– Gemälde an der Wand. Gerahmt. Und sieben Gästezimmer.
– Eines; meist besetzt vom Diener, der auch kocht, wenn der Chef ein Diner gibt. Sonst: Doppelbett. Das wäre, nach einem halben Jahr Rumkutschierens, eben der Preis gewesen.
– Hätte er dich geheiratet?
– Nach zwei Jahren wäre mir eine Abfindung sicher gewesen. Der fährt immer noch täglich von München nach Hamburg oder zurück. Wenns ihm gut gehn soll, ziehen sie ihn mal durchs Ruhrgebiet statt immer rein nach Frankfurt und raus aus Frankfurt. Noch von Wunstorf aus können sie ihn ankoppeln an den D nach Regensburg. Hat mir übrigens vergeben.
– Darf ich mal fragen nach Taormina?
– Mit dem bin ich mal gern gereist; da war eine Unterhaltung zu haben bei Tische. Auch tat er, als wolle er begreifen, daß ich tu, wonach mir ist, statt meinen Hormonen oder Drüsen zu gehorchen. Reichlich viel bildet der sich ein auf Übernachtung in Taormina, in getrennten Zimmern.
– Und dann kam der auf den du die ganze Zeit gewartet hast.
– Dann kam Jakob.
– Da warst du – dreiundzwanzig.
– Und ein halbes Jahr. Da du von schön ansetzenden Busen redest, sollte ich dich ein wenig warnen. Es gilt heutzutage als ein wenig lächerlich, daß eine Frau so lange sich Zeit nimmt. Es wär dir gewiß unrecht, daß die Leute lachen über deine Mutter.

– Gnädige Frau, ich bitte Sie. Alle meine Gespräche mit Ihnen unterliegen einer unbedingten Vertraulichkeit! Und wollen Sie sich ganz wie zu Hause fühlen; obwohl ich mich zurückziehe. Sie dürfen die Variationen für den Schüler Goldberg spielen so lange Sie wünschen, und das Quodlibet zweimal.

Noch nie Zeitung gelesen um Mitternacht. In Ostdeutschland hören die Presse und die Sender urplötzlich auf, die Tschechoslowakei mit ihrem Dreck zu bewerfen. Zwar unterschlagen sie, daß der Sachwalter ausgebuht wurde in Bratislava, auch angeregt: Damoi! ab nach Hause! Von Amtes wegen heißt es: »Vorüberkommende Passanten winkten und riefen ihm wieder und wieder nette Grüße zu.«
Gestern abend ist das Radar in Islip auf Long Island ausgefallen, das die Flugrouten rund um New York bewacht. Mehr als hundert Minuten lang hingen Flugzeuge über J.F.K. in der Luft, Landung verwehrt.
Wir fliegen auch bald. Doch Zeitung gelesen nach Mitternacht, oft! Aber auf Ortszeit Europa. Wenn wir nach Hause gekommen waren.

– What kind of a caller are you? Cant't you dial the time number first?
– Entschuldige, Gesine. Ich bin es nur. Anita.
– Das ist recht.
– Ich hab mich verrechnet um eine Stunde. Bist du –
– Ich bin wie es heißt O.K.; auf deutsch wär das anders. Im Augenblick ist gerade das Schlimmste, daß D.E. von Jakob doch wußte. Daß ich einzig mit dem hab leben wollen, und ihn noch bei mir habe. Die Herren möchten doch gern die einzigen sein, und womöglich die ersten.
– Vielleicht war er kein dummer Herr. Für was deine Anita ist, ein guter Mensch.
– Ja. Aber daß er gewußt hat –
– Er war ganz einverstanden mit den sechs Jahren in deiner Nähe. Wiege das einmal mit.
– Anita, eine Weile brauch ich das noch. Daß du mir zuredest.
– Ty snajesh.

Eine Todesnachricht überbringen.
Auf D. E.s Strecke nach New Jersey fahren schon die angedrohten Busse: das Unterdeck ist in seiner Gänze höher als der Fahrersitz; Rauchen verboten. Die Fensterscheiben so tief bläulich getönt, die Gegend kaum sichtbar. Dafür Erinnerungen. – Oh, you can't buy memories! hat einmal Esther ausgerufen. And you can't get rid of them, either.
Der Bus kommt aus dem Tunnel südlich von Hoboken. Da nahm vor Jahren D. E. das Kind und mich mit in ein Apfelsaftgeschäft am Hafen, da aßen die Männer Muscheln, aus Steingutschüsseln, und die Schalen warfen sie in das Sägespanmehl auf dem Boden. Marie betrachtete ihn ernst, ihren gastgeberischen Freund. Denn damals war sie noch ein Kind, das nahm zwar von einer fremden Dame im Bus ein Bonbon an, reichte ihr nach Verzehr das Bewickelpapier zurück; to keep our city clean. Wie hat sie sich gefreut, als er den Ruck aus dem Handgelenk vormachte, mit dem sie ihre Schalen gegens Paneel knallen durfte! – Zack! sagte D. E. Spaß hat er wohl gehabt mit uns.
Südlich Newark. Nach Newark lud er uns mit einer Ortsbeschreibung: Newark besteht an einem Sonntagnachmittag aus einer Kirche, die von anständigen Bürgern mit gefaßter Miene verlassen wird. Es wäre auch eine Statue auf der Rückseite des Bahnhofs zu nennen, die weiß und schmalzig das Andenken der ersten Bürgerin der Vereinigten Staaten verewigt, die jemals und bisher heilig gesprochen wurde: Frances Xavier Cabrini. Die Hauptstraße heißt Broadstreet, ist mit vierhundert Schritten zu erreichen, benimmt sich wie die lokale Idee von Downtown (zu singen), und ist der Schauplatz einer Parade, die polnische Bauernkleidung karikiert. Das heißt P.A.T.H., das sollte doch bekannt sein. Van Cortland Straat, dann links. Yours, truly, D. E.
Bei klirrendem Eiseswetter sind wir zu D. E. gefahren, unter dem Hudson hindurch in eine verschorfte, mit unverweslichen Abfällen überladene Landschaft an verfaulenden Flusses Rand. In Newark hatte D. E. seine polnische Parade zu zeigen, mit exakt marschierenden Teilnehmern von dunkler Hautfarbe; danach einen Keller, in dem Erbsensuppe serviert wurde mit Schinkenstückchen, à la Mecklenburg. Wie war Herr Professor Dr. Erich-

son zufrieden, als wir die zweiten Teller bestellten! Was hat es ihn amüsiert, daß eine Mutter eben den Augenblick weiß, da einem durchgefrorenen Kind im Warmen die Nase zu rinnen beginnt; vertrauensselig steckte Marie ihr Gesicht ins bereit gehaltene Taschentuch. Gefreut hat D. E. sich über uns, das auch.
Es ist eine unwirsche Frau Erichson, die einen Flügel öffnet in D. E.s gediegenem Bauernhaus. Steif die Miene, steif gesträubt die glatten weißen Haare unter ihrer schwarzen Reiterkappe. Schwarz die Jacke, die Hosen, die Stiefel, die Schleife im Blusenkragen. Sie hat schon einen Besuch gehabt an diesem Tag, von Herren zu zweit in sportlichen Jacketts, die holten etwas an einer Kette aus der Hosentasche und versteckten es gleich wieder, als hätten sie ihr es in der Tat gezeigt. Die wünschten das Arbeitszimmer D. E.s zu besichtigen, auch wohl ein wenig zu durchwühlen; denen hat sie die Tür gewiesen. Nun ist sie unmutig, ein wenig ängstlich. Denn in einem fremden Lande, man müßte den Abgesandten der Behörden Folgsamkeit erweisen, was sagst du, Gesine?
Daß sie nach ihren Rechten gehandelt hat, sie hört es erleichtert. Widerstrebend, denn sie hat zum Reiten wollen, führt sie den zweiten Besuch des Tages über den Flur, öffnet die Tür zur Küche, läßt erstaunt sich ins Wohnzimmer geleiten, in einem Sessel sicher unterbringen, damit sie vor Sturz gesichert ist in dem Moment der Neuigkeit, daß ihr einziger Sohn, die Mitte und der Stolz ihres alten Lebens, angeblich und nach Hörensagen in Nordosteuropa zu Tode gekommen ist in einem Fluggerät, das zu bewegen er seit vier Jahren versteht. Sie sitzt wie bereit für eine Hinrichtung. Es folgt der Schlag, das Knicken im Nacken, das Absacken des Körpers, der ihn verkleinert.

– Glöwst du dat, Gesine?
– Ick sall. Ick möt.
– Verbrennt un inbuddelt un nu nicks mihr?
– Hei wull dat so.
– Nu kannst mi ook ünner de Ierd bringen.
– Du liwwst noch lang. Wierst ünnerwægens un wullst ein Pierd dat Fürchtn liehrn. Du möst up sin Såkn uppassen.
– Ick hew doch Post von em, schræwn' an Sündag!
– Stempelt.

– Schræwn, sühst?
– Ick seih't. Œwe dat is din Sœhn sin Rechtsanwalt, de seggt –
– Hast den Erbschein bei, Gesine?
– Nu låt dat doch.
– Du warst ne oll Fru dat Hus låtn.
– Kannst biholln alltied.
– Gesine, bist schwanger?
– Bin'ck nich.
– Det di dat leed?
– Wo kann ick no eins n Kind uptrekken åhn em.
– Lütt Marie, wo höllt se't ut?
– Ick hew Angst, ehr dat to –
– Kœnt ji bi mi lewn kåmn?
– Wi mötn na Prag.
– Hei is man ebn dot.
– Hei harr dat so wullt: ierst de Såk farrich makn.
– Jå. So is hei. Un wenn ji Prag dœrch hewt?
– Marie möt in de Schaul. Kåm du doch na New York.
– Dat is so wiet wech von em. Wat, du geihst?
– Butn töwt dat Taxi. Ick möt den Bus kriegn. To Hus töwt Marie. Kannst doch mitkåmn.
– Né. Denn gå ick ridn.

Im Frühjahr 1951 meldete Robert Pius Pagenkopf sich zur Bewaffneten Volkspolizei, zum Aero-Club in Cottbus. Er war der einzige unter den dreihundertsiebzig Oberschülern zu jener Zeit; neuerdings verließen viele die Schule nach der Elften Klasse, deren Abschluß viele Eltern noch für gleichwertig hielten mit dem Einjährigen von ehedem. Die entschieden sich für den deutschen Westen, meist ohne viel Ahnung, daß sie dort einer Wehrpflicht in die Arme liefen. Pius stellte sich auf die andere Seite. Da wir eben bloß taten wie ein Ehepaar, hatte er dies für sich allein entschieden.

Ick wull allein sin, Gesine.
Pius, wenn ick je din Rauh stört hew –
Låt man Gesine. Du wierst richtich fœ mi.
Pius, ich harr –
Is doch gaud. Bloß daß ich die Mädchen später messen werd

an dir, und das war zu meinem Schaden. Heiraten is schlecht, Gesine.

Hest mi allein sittn låtn, an unsn Tisch.

Nach dem Abitur wärst du deine Wege gegangen, an meinen vorbei. Die Trennung sah ich voraus, da schnitt ich lieber selber.

Um allein zu sein.

Gesine, alln dissn Schiet und Friedenskrampf, da hatten sie doch recht, die Zwillinge Sieboldt und Gollantz.

Als ob es keinen Politunterricht geben würde bei der Armee.

Da ist es Dienst, Gesine. In der Armee muß *der Vorgesetzte mir glauben, was ich ihm aufsage, und keiner im Glied darf zweifeln,* daß *ich das glaube. Dann ist das Zwinkern weg, das kaputte Lächeln, das deine Lüge überführt und belobigt in einem. Dann darf ich denken was ich will, und keiner wird es erfahren.*

So hast du nie mehr einen Freund, Pius.

Ich dachte du bleibst mir, Gesine. Das ist uns ja gelungen.

Und was hattest du dir vorgenommen für den Fall eines Krieges?

Dazu mußte ich an jene Stelle, wo auf den Knopf gedrückt wird. Denn was ich schließlich anfange mit der Maschine, das bestimme ich als Kommandeur allein.

Drei ganze Jahre umfaßte Pius' erste Verpflichtung; um unseren Tisch hing ein kalter Glanz, von dem blieb viel übrig für die Schülerin Cresspahl, während sie das letzte Schuljahr allein absaß in der Zwölf A Zwei, in einem viel kleineren Zimmer im dritten Stock, eine von fünfzehn, allein an einem Tisch, mit Fensterblick auf Dom und Hof. Wir redeten Pius zu, doch zu bleiben bis zum Abitur. Selbst seinem Vater, dem verdienten Funktionär in der Parteiverwaltung von Schwerin, so reichlich für sein Ansehen die neue »gesellschaftliche Betätigung« seines Sohnes sich nutzen ließ, sie machte ihm Angst. So kann man einen Sohn verlieren. Helene Pagenkopf blieb Wochen lang am Weinen; wenn Pius die Frau in den Arm nahm und ihr die Schultern streichelte, war zu sehen wie groß er nun gewachsen war. Sechs Fuß war er hoch, und dann noch ein paar Zoll. Wenn wir ihm sprachen von den Vorzügen einer abschließenden Bescheinigung für Kenntnisse in den Wissenschaften des Geistes und der Natur, lächelte er, weil wir daran noch glaubten. Daß die Wissenschaft vom Gebiß des Pferdes, zum Beispiel, einem Schüler behilflich sein könne im späteren Leben, etwa. Was er an Physik je benötigte in kommenden Jahren, die Luftwaffe würde ihn damit versehen. Der Schüler Lockenvitz beneidete den Jugendfreund Pagenkopf um das Taktische an seinem Einfall; weniger die Sache selbst, die war ihm verschlossen, seiner Augen wegen. Dennoch redete er Pius zu, den Wert eines Großen Latinums zu bedenken, anerkannt bei den Universitäten aller Länder; dann blickte Pius streng, hielt die schwärzlichen Augenbrauen starr, als fühle er sich belästigt. Pius' Entschluß, er vergoldete die Lernziele der Neuen Schule so einmalig, so rar, er hätte es sachte angehen lassen dürfen mit dem Lernen und dennoch ins Abgangszeugnis die Noten bekommen, auf denen er im Januar stand. Aber Lässigkeit und Pius, das waren zwei verschiedene Eigenschaften. Pius hielt sich an das Pensum, und damit die Schülerin Cresspahl in der Gewohnheit des Arbeitens, das das Lernen sein soll in der Jugend. Nur wußte er seine Zukunft, das gab ihm einen Blick weit über die Schule hinaus. In einer neunten Klasse 1951 veranstaltete die F.D.J. einen Wettbewerb im Verkaufen ihrer Zeitung, der *Jungen Welt*; den Preis gewann ein findiges Bürschchen, das seinen Packen bei Fischhändler Abel in der Straße der Nationalen Einheit absetzte, wobei er zwar zuzahlte, aber doch die Belästigungen von Passanten vermied. Es war Tagesgespräch an der Schule. Pius zuckte die Achseln. Dann kam man sich vor wie ein Kind neben ihm. In der Elf A Eins gab es einen Jungen namens Eckart Pingel, der bekannte im Fach Gegenwartskunde: In der Sowjetunion haben sie auch die größten Schweine! Nun sollte er einen Knopf runter kommen in der Klasse; Bettina Selbich beantragte ein Disziplinarverfahren. Nur war Oll Pingel kein beliebiger Vater, sondern Sägemeister bei Panzenhagen, proletarischer Adel; unter den Arbeitern von Gneez wurde besprochen, daß Pingel sein Eckart von der Schule geschmissen werden soll, bloß weil er die Wahrheit gesagt hat. Deswegen durfte er sich vor der Lehrerkonferenz herausreden auf die sowjetischen Zuchterfolge am gemeinen Hausschwein. Bettina sagte ihm die Ausflucht auf den Kopf zu; jetzt konnte er vorlesen aus dem Lehrbuch, das seine Klasse ihm aufgestöbert hatte (seine Schulklasse). Zwar vermied Eckart Pin-

gel, seine wissenschaftliche Erkenntnis zu oft zu wiederholen; es war doch von ihm bekannt, und er trug es wie einen Ruhm, daß er zuerst darauf gekommen war. Pius lachte auch, aber indem er bloß Luft durch die Nase stieß; das nahm sich geringschätzig aus. Schale um Schale fiel seine Zugehörigkeit zu uns von ihm ab; er blickte uns an aus einer Ferne, fast war er erwachsen. Es gab Abende, die verbrachte er im Dänschenhagen; zwar ohne es seiner Mutter zu sagen, aber auch ohne das eigens zu verbergen. Danach veränderte sich sein Körpergeruch; zu seiner stillen, brauenhebenden Verwunderung begann seine Freundin Cresspahl, ihre Morgentoilette um Parfüm zu erweitern. Pius war des weiteren Gast in Lokalen der Eisenbahner von Gneez, auch im Lindenkrug, wo die Schaffnerinnen schon mal auf den Tischen tanzten. Für die Versammlung zum Abschluß des Lehrjahres 1950/51 schlug Gabriel Manfras vor, die Schulgruppe der F.D.J. solle den Jugendfreund Pagenkopf aus ihrer Mitte zum Dienst bei der bewaffneten Polizei *delegieren;* Pius betrachtete ihn aufmerksam so lange, bis Manfras, dem der Mumm zu solchem Dienst abging, ein Mal doch rot wurde im Gesicht. Pius wurde von den Schülern und der Lehrerschaft *verabschiedet.*
Ging nach Cottbus zur militärischen Grundausbildung, wurde aufgenommen als Flieger, befördert zum Gefreiten und Unteroffizier; einmal unterschrieb er sich als »Fahnenjunker«. Die Frau Selbich blieb noch der Zwölf A Zwei als Klassenlehrerin erhalten und durfte der Schülerin Cresspahl die Anregung erteilen, doch mal zwecks Erbauung am patriotischen Vorbilde Pagenkopf was vorzulesen aus seinen Briefen. Die hatte Lust dazu. Denn Pius erzählte darin, wie »in unserem Betrieb« die Postzensur gehandhabt wurde: der Rekrut hat seinen Privatbrief offen in der Wachstube auszuhändigen. Dann sieht er sich vor mit dem, was er zu Papier bringt. Was er noch lernen muß: die Genossen Unteroffiziere lesen einander den Inhalt eingehender Briefe mit Lust und Anmerkungen vor; da ist es schlimm, wenn statt der Mutter eine andere Frau geschrieben hat. Auch bei der Mutter kann es erbärmlich zugehen, so wenn sie von Sorgen schreibt um ihr Kind, das nunmehr entlarvt ist als ein Muttersöhnchen. – Wenn du auf die Altgedienten hörst, so ist es bei uns ärger als beim Barras: erzählte Pius schriftlich; der gab seine Nachrichten, entgegen einer Dienstanweisung, auf einen zivilen Postweg. Gerne wollte Ge-

sine das öffentlich zum Vortrag bringen, als Beispiel für stalinistische Wachsamkeit. Aber sie ahnte, Bettinchen werde ihr den Brief aus der Hand nehmen, hatte sie ihn einmal in die Schule getragen; darin standen auch Anreden wie das russische Wort für »kleine Schwester« (Pius war anderthalb Jahre älter); sie stritt einen Briefwechsel ab.

Mit ihren eigenen Briefen nach Cottbus ging es Gesine verlegen. Einmal, sie mußte die gewohnte Anrede vermeiden, da sie ihm sonst das beim Barras verschlimmerte Gewicht seines Spitznamens um den Hals gehängt hätte; für sie war er nun einmal Pius, Robert und Rœbbing für die Mutter. Zum anderen, wie konnte sie erzählen in einem Brief, dem Durchsicht bevorstand, daß drei »Bürgerliche« aus Gneez auf einen Kursus zwecks sozialistischer Ausrichtung geschickt wurden, deshalb mißtrauten sie einander. Als sie aber ihr Zimmer in Schwerin betreten hatte, verhängte einer das Schlüsselloch, hielt der zweite den Rücken gegen das Fenster, berieten beiden den Dritten bei der Suche nach den Mikrofonen; einträchtig, verschworen kamen sie nach den vier Wochen zurück nach Gneez, bestätigt als Steueramtmann, Molkerei-Direktor, Personalchef bei Panzenhagen. Ein ganz neues, zwar in den Grundzügen bekanntes, Netz aus Beziehungen zog sich über die Stadt; jetzt ist es gelegentlich unnütz, daß einer den anderen kennt seit so Stücker zwanzig Jahren: wie konnte sie das schreiben, ohne ihm seine Bewertung im Politunterricht zu vermasseln auf ewig und drei Tage? Deswegen war sie erleichtert, wenn er noch einmal wissen wollte, was aus einem Fischhändler Abel in England wird: Able, worauf er sein Ladenschild ändert in Ebel, worauf die Leute sagen: Ible, worauf und so fort; auch froh. Denn sie verstand, daß er nun wieder unterwiesen wurde im Englischen und in einem Notfall umsteigen konnte auf zivile Luftfahrt. Daß die ganze Familie Pingel nach Eckarts »Einjährigem«, über die Schule verärgert offenbar, in Richtung Westen abgehauen war, das war wiederum unpassend. Am liebsten war ihr, er kam zu Besuch, ging mit ihr um den Stadtsee und hatte ihr etwas mitgebracht. Denn Cresspahl war wieder imstande, sich zu besinnen auf väterliche Erziehungsgewalt, und hatte bei den Tabakhändlern von Jerichow bis Gneez mit privaten Drohungen ein Verbot erlassen, je seiner Tochter was zum Rauchen zu verkaufen. So kam Pius an mit Zigaretten aus China, deren Marke

hieß »Tempel der großen Freude« (in Pius' Esquadrille konnte Einer sich melden zum Dienst in jener Volksrepublik). Davon gibt es eine Fotografie, unsere einzige.
1953 nahm Gesine Cresspahl Wohnung im Hessischen, im Westen, und war besorgt, sie könne Pius auch bei diesem Umzug verloren haben. Denn sie durfte von Pius befürchten, er habe solche Freizügigkeit mißbilligen gelernt; auch war ihm ein Briefwechsel mit Leuten im feindlichen Ausland sicherlich untersagt. Rostfrei war die alte Freundschaft! denn Pius richtete seine Briefe nach Hause nunmehr an »Meine Lieben«. Darin war Gesine eingeschlossen; hätte doch Helene Pagenkopf Schriftzüge von ihres Sohnes Hand lieber behalten als sie gehorsam weiterzugeben an Röbbertin sin Gesin. 1954 verlängerte Pius seine Verpflichtung, wurde Berufsoffizier, zu Weihnachten Leutnant, und Gesine klagte ihrem Robertino, zu dieser Anrede hatte sie sich durchgerungen, wie schwer sie sich tue mit ihrem Englisch in einer amerikanisch besetzten Provinz. Inzwischen hatte Pius die Grunzochsen gut genug im Griff, die YAK 18 zum Üben, die YAK 11 zum Können, durfte zurückkommen aus der Sowjetunion; Dienststellung in Drewitz: Flugleiter (stellvertr.). Gesine schickte an die bejahrte Frau Pagenkopf einen klitzekleinen Rasierapparat, wie ein junger Mann ihn brauchen kann; Pius flog nunmehr die MIG 15, im Verband, einmal auch einzeln, weswegen er 1955 in die Leitung der Sprungausbildung versetzt wurde. Gesine sah das an auf eine Degradierung, Pius als »gegroundet«; so hieß das, wo sie nunmehr arbeitete. Das kann einem passieren aus gesundheitlichen Gründen oder zur Strafe. Da war's ihr recht zu hören, daß er unverwundet war; allerdings hindurchgeflogen unter der Autobahnbrücke über den Großen Zern-See. Endlich vergab ihm sein Regiment; Oberleutnant in Merseburg.
Im Januar 1956 gestand der Sachwalter Ostdeutschlands ein, daß er junge Leute noch zu anderen Zwecken im Fliegen ausbilden ließ als aus deren Lust daran; jene Clubs der Bewaffneten Volkspolizei gehörten nun zu einer Nationalen Volksarmee. Als ob ein Volk so für sich allein des Nationalen ermangele. Ein halbes Jahr später fragte die Luftwaffe der Roten Armee, heute heißt sie die »sowjetische«, bei den Untergebenen in der D.D.R. umher, welche Piloten sie abzugeben hätten; sie sollten durch fliegerisches Können so aufgefallen sein, daß man sich das merkt. Die Kartei-

karte des Genossen Pagenkopf, denn diese Eigenschaft war nun sein, wurde herausgezogen aus den Meldestellen von Gneez und anderswo; die Angaben zu seiner Person waren nun gebunden in den »begehrtesten Paß der Welt«, den mit dem Wappen der Sowjetunion. Gesine versandte wenig Anzeigen von der Geburt eines gesunden Mädchens im Juli 1957; Pius schenkte dem Kind eine Puppe in der Puppe in der Puppe, mit Gebrauchsanweisung: die allerinnerste, die zu öffen unmöglich ist, nennen sie hierzulande die Seele. Der Major Pagenkopf fing noch einmal an mit einer Grundausbildung: auf der MIG 21 A, B und C, damit er sich versuchen konnte an der MIG 21 D, einem Abfangjäger, einsatzfähig in jedem Wetter (Name bei der N.A.T.O.: »Fishbed«). Auch Gesine machte eine Lehre, ausführlich und streng, bei einer Bank in Düsseldorf; Pius befaßte sich mit einem SU-7(»Fitter«), einem schweren Jagdbomber, geeignet für nukleare Aufgaben. Auf den Fotos steht er nun immer allein, ein junger Mann in einem Maßanzug, der britisch anmuten soll; blickt hochmütig, aus einer Ferne; für einen Unterleutnant ein Vorbild, für einen ostdeutschen Offizier eine Respektsperson. Denn die Luftwaffe der D.D.R. ist der Luftverteidigung der Sowjetunion unterstellt; die bekam keinen »Fishbed«. Pius als Geheimnisträger; er teilte von sich mit als Auffassung, der Kaukasus weise doch weniger Ähnlichkeit auf mit dem Grunewald als Göring behauptet habe, ein Luftmarschall von ehedem; Gesine durfte verstehen, daß man ihn nun auch in der Geschichte des Krieges unterwies, gegenwärtig demnach mit der Schlacht von Stalingrad. Gesine wurde in die U.S.A. spediert, die fortgeschrittenen Tricks in der Vermehrung des geliehenen Geldes zu erlernen; ungerührt fragte Pius »meine Lieben« nach den Abenteuern Maries im Amerikanischen. Wenn Düsenjäger knallten über Westberlin, die Bevölkerung einzuschüchtern, saßen darin andere als Pius; der war ein Testpilot, wertvolles Material, als Kader gehütet. Ärztliche Untersuchung alle vier Wochen, Kuren in den Sanatorien, die reserviert sind für Leute vom Minister aufwärts. Und unerreichbar. Anita, mit all ihrer Geschicklichkeit im Reisen, sie hat ihn lange gesucht in der Sowjetunion und doch nie lebend zu Gesicht bekommen. Der konnte nun das o sprechen wie ein Moskauer. Gesine flog aus ihrer ersten Arbeit in Brooklyn Knall und Fall; Pius probierte, was noch zu verändern sei am SU-9 (»Fishpot«), einem Jäger mit ei-

ner Höchstgeschwindigkeit bei Mach 2; der N.V.A. vorenthalten. Vielleicht unterließ er deshalb Besuche in der Heimat. Als er nach Hause gekommen war, wußte das Gerücht von einem mitternächtlichen Auftreten Pius' bei seiner Mutter, 1962. Als der Präsident Kennedy ermordet war, schrieb Pius einen Brief, der sollte eine Gesine in New York City trösten. Der Form halber, abschätzig, erwähnte er »meinen Lieben« eine kurze Ehe mit einer Masha, einer Marie. Der war endgültig allein. Kam nun dieser Mensch zu sich selbst in seiner Arbeit? Die letzte war die an einem TU-28, einem Jäger für lange Strecken jenseits der Geschwindigkeit des Schalls; eine Maschine von dreißig und einem halben Meter Länge regierte er, eine Spannweite von 19.8 Metern. Oberst Pagenkopf. Wetten, daß das k in seinem Namen den Russen ausfiel als Annäherung an ein g? Und weil er den Sowjets lieb geworden war mit seinen Verdiensten um das Verbessern ihrer fliegenden Waffenträger, schickten sie im Dezember 1964, statt ihn an Ort und Stelle zu begraben, einen zugeschweißten Sarg nach Gneez, Mecklenburg. Der wäre nur mit industriellem Gerät zu öffnen gewesen. Fast dreiunddreißig Jahre alt ist Pius geworden.
(Für die technischen Beschreibungen ist zu danken Herrn Prof. Dr. Erichson. Er beschaffte sie auf Reisen mehr als zwei Jahre lang, in Verhandlungen mit Vertrauensleuten in der U.S.-amerikanischen und westdeutschen Luftwaffenführung [wo wir insbesondere von einem Herrn B. kein Aufhebens machen sollen]; zu Zeiten und Gelegenheiten, da hätte er wohl vorgezogen, sich auszuruhen und ein, sagen wir: Glas Tee zu trinken. Sollst bedankt sein, D.E.)
Einen Bericht von Pius' Funeralien verdanken wir unserer Schulfreundin Anita Gantlik. Mit ihrer Sorte von Dokumenten fuhr sie, die Protestantin, nach Gneez zu der katholischen Veranstaltung, auf die die sozialistischen Eltern sich geeinigt hatten. Ihr zufolge also wird die Lieferung der Materialien zur Verwandlung angezeigt durch zwei Klirrschläge. War die Rede von unserem Bruder (einmal: Diener) Robert Pagenkopf. Dem nunmehr die »Wegzehrung« widerfährt, die er lange entbehrt hat. Auch bei denen sei »dies mein Leib, dies mein Blut«. Es trat die Mutter vor zur Hl. Kommunion; stocksteif blieb der alte Pagenkopf stehen, schuldbewußt. Wo angesagt wird: Wir beginnen den Ritus

der katholischen Beerdigung. Da weiß man doch. Sarg erst in der Kapelle sichtbar. Viel Niederknien. Die Vorfreude auf Pius' Vereinigung mit Gott. »In das Paradies werden Engel ihn geleiten.« Abschied mit Weihrauch am Grab.
Keinerlei militärische Präsenz. Der Sarg ohne eine Fahne der Roten Armee, der N.V.A. Auf dem Sarg ein Messingschild mit dem vollen Namen. Die Anschrift für die Ewigkeit.
Unter den Trauergästen erblickte man. Die Kranzschleifen lauteten. Diese Gesine in New York hätte sich auch was Gescheiteres einfallen lassen dürfen als: Rœbbing sin Gesin. Ach, als Dativ zu denken? Nu seggn Se doch eins an. Ausführliches, mecklenburgisches Mittagessen, im Gespräch mit dem Priester.
Zwei Todesnachrichten überbringen.
Was unsere Arbeit angeht, so stehen wir in der N.Y. *Times*, Seite 1, Spalte 3: Die Č.S.S.R. begehrt Anleihen in einer Höhe von 400 bis 500 Millionen Dollar zum Ankauf industrieller Ausrüstung. de Rosny: Bin schon da.
Am Riverside Drive wartet ein betrübtes Kind, das will trösten: Es ist ein Telegramm da, und leider hab ich es aufgemacht. Es ist von D.E. aus Finnland. Er hat einen Unfall gebaut. Was für ein schußliger Mensch, vergißt die Adresse! Man möchte ihm doch schreiben! Unterschrieben: Eritzen.
Das ist die Handschrift Anitas. Genosse Schriftsteller, daß du sie ja korrekt bewertest!
Handschrift der Schülerin Gantlik, Anita: Keinerlei Verformungen; vorzüglich; vornehmlich in Telegrammen.
– Und ergeht es dir besser mit deinen Augen, Gesine?

9. August, 1968 Friday

Gelernt ist gelernt, und zum Flugplatz LaGuardia kommt man mit der Westseitenbahn bis Times Square, mit der Flushingbahn bis zur 42. an der Dritten Avenue, vom gemeinsamen Bushof der Fluglinien nach Long Island. In all dem Schutt aus verlassenen Industriehallen, der Bauweise des zu geringfügigen Privateigentums, aus richtigem Abfall, aus nach ihrem Tode weiterlebenden Friedhöfen, in der Mitte all dessen zeigt ein Flugplatz das Mögliche, mit einem gläsernen Halbrundbau in zwei Stockwerken,

geräumigen Hallen für die Abfertigung wie das Warten, mit großzügigen Kaffeehäusern und Läden (worin nur die Ware der verkommenen Folklore erlegen ist), mit Marmor und anderen echten Steinen, mit sauberen Fußböden und ohne Zwangsmusik und einem unvollständig aus einem Granitblock herausgehauenen Bürgermeister Fiorello LaGuardia als Kunstwerk, das Platz hat. Von der oberen Terrasse ist der Flugverkehr zu übersehen, und wiederum ist elegant, wie die unzähligen Maschinen rasch und ordentlich den Raum um die beiden Steige ausnutzen, vor die Türen rollen und bei der Abreise sich ein wenig helfen lassen von bulligen (gelben) Kleintraktoren, bis sie ihre Kraft ohne Schaden auslassen dürfen. Die Lage des Platzes am Wasser vermehrt die Bereitschaft, bloß einen eingeführten und vernünftigen Sport zu erblicken, wenn die Biester ein wenig und beherrscht zu rasen anfangen, bis sie die Nase hochnehmen, das Bugrad einziehen, geschickt sich erheben in und über den Schmutz, ihn durch klebrige Abgase vermehrend. Wenige Minuten stehen wir da, da zielt aus dem Norden ein anderes Flugzeug auf die Bahn, scheint die Flügel zu breiten, setzt sich artig hin, behutsam hin; wird gleich angefahren kommen wie ein artiges Taxi. Das ist das für uns bestimmte.
Und wer sind die Cresspahls an diesem Morgen? Bloß Reisebegleiter, oder doch eine Eskorte, eine Wachmannschaft für Annie und ihre Kinder, der kapitulierende Rest der Familie Killainen?
Als Annie anrief gestern abend, weigerte sie sich strikte, die Cresspahlsche Wohnung zu betreten. Wir mußten sie aufsuchen (weil du meine Freundin bist, Gesine) in einem Hotel am Lincoln Center, wo man mit der Übernachtung bezahlt für das junge Alter des Baus, seine Nähe zu den Werkstätten der Kunst, für Spannteppich, hygienisch versiegelte Toiletten und austauschbares Mobiliar, Lederimitat, darauf haftet die Hand. Annie wollte uns zeigen, daß sie Geld mitgebracht hat; eine Art Unabhängigkeit. Einer Freundin gegenüber. In ein Restaurant hätten wir sollen, zwei Erwachsene mit insgesamt vier Kindern; bis Marie sich anerbot, die Aufsicht zu führen beim Ausprobieren des Zimmerservice durch F. F. junior, Francis R. und Annina S. Fleury. Sollst bedankt sein, Marie.
Auf dem Restaurant bestand die geborene Killainen, einer samtig

ausgeschlagenen Höhle in der östlichen Stadtmitte, beleuchtet durch blutfarbene Kerzen (wie apart wirkt die eine Dame da, die mit der Sonnenbrille), verwaltet von herablassenden Kellnern, denen man ihr hochnäsiges Französisch vom Gesicht reißen könnte mit einem einzigen vollständigen Satz in dieser Sprache. Annie bestellt, Annie legt ihre Börse auf die Tischkante, sie will bezahlen; eine Sicherheit vortäuschen, das hat sie im Sinn.
Es ist ihr also beschwerlich gefallen, mit drei Kindern in einer finnischen Kleinstadt eine unbekümmerte Dame vorzuführen, die ist ihrem amerikanischen Mann weggelaufen, dem Romanisten F. F. Fleury, über einen Streit wegen Viet Nam. Zumal dieser wie versprochen sich hat abordnen lassen nach Südostasien von einer Zeitung in Boston und auch Annie in geduldigen, beschämten Berichten seinen Irrtum beichtet und berichtet; tatsächlich hat die Zeitung ihm gekündigt wegen seiner Reportage über die Leichensäcke, die eine amerikanische Hubschrauberstaffel vorsorglich mitführt bei Einsätzen gegen einen Feind, den die Sendboten westlicher Kultur als »goon« bezeichnen; über die Füllung und den Transport solcher blutfesten Säcke. Bittende Briefe. Aber wenn Annie jemanden an ihrer Seite braucht für die Rückkehr zum Ehemann, ist das eher eine Warnung: möchte die Cresspahl anbieten. So äße sie noch einmal von dem Brot Verantwortung, so böte sie sich an als Sündenbock für die künftigen Zerwürfnisse in der Ehe Fleury; sie hütet sich. Und zuverlässig ist F. F. Fleury kleinlaut, klitzeklein vor Reue, mit Hut?
Annie nickt, schämt sich über sich selbst, beißt sich durch zu einer Aufrichtigkeit, bekennt: En jaksa enää.
Sie kann nicht mehr, ein Leben ohne den Mann geht über ihre Kräfte. Was bleibt uns da, da telefonieren wir um sechs Plätze in einer recht kleinen Maschine von den Mohawks, die hängt tief nach unten an ihren Flügeln, nennt sich Vista Jet, obwohl sie Propeller vorweist (vielleicht wegen versteckter Turbinen) und geht in einer eigensinnigen Art immer gleich steil nach oben. Die beiden älteren Kinder Annies beharren auf einem Trotz, einem hervorgekehrtem Gehorsam; Francis R. Knickebein Fleury ist nun drei Jahre alt, der blickt gänzlich verwirrt hinunter auf die fremde Gegend, ausgiebig bewaldetes Bergland, in dem Autobahnen, Tankstellen, Hallen für Großeinkauf unachtsame Löcher gerodet haben. Zwar waren auch norwegische Muster zu se-

hen, mit weißen und roten und Schieferfarben, Weiler oder auch einzelne Schmuckkästen hoch am Berg gelegen, mit kaum erkennbarem Weg dahin. Wir fliegen auch bald; wer unter den Flügeln sitzt, kann das Ausfahren eines Beins beobachten, bis alle Gelenkstangen gerade sind, so daß das Bein womöglich stehen wird. Der Flugplatz scheint für umfänglicheres Fluggerät kaum geeignet, besteht nebenbei aus einer engen Holzbaracke. Der einzige Abfertiger geht dem anrollenden Mohawk zum Einweisen entgegen, bis es ihm gehorcht und hält. Dann legt er die Bremsklötze vor, nimmt die Ohrenschützer ab und holt die Wagen für die Gepäckstücke, die dürfen die Fluggäste unter freiem Himmel an sich nehmen, als würde in Vermont ganz selten gestohlen. Die Cresspahls wenden sich vor Mrs. Fleury sogleich ab; die wollen ihre Buchungen für den nächsten Kurs nach New York/LaGuardia bestätigt haben; die finden sich entbehrlich als Zeugen in der Szene, da Annie dem ihr angetrauten Mann heulend an die Brust sinkt, ein dicklich gewordenes, schlaffes Kind in ihrem verrutschten Schneiderkostüm. Auch den Cresspahls muß die Hand gedrückt werden, darauf besteht er; schweigend, wie bei einem Trauerfall.
Und Fahrt über die Hauptstraße, entlang an Geschäften, die geben sich hartnäckig dezent. Die Bäckerei meldet sich als Bäckerei; vornehm versagt sie sich die Anpreisung von Super-8-Brot oder dergleichen großstädtischen Ersatzartikels; so halten die anderen Läden sich im Ländlichen zurück. Und Spaziergang. Die Nähe, die Anwesenheit der Universität bringt ins Glas der Ladentüren solche Bitten wie: Keine barften Beine. Die Kleider bieten Solidität an, bei den Souvenirs kommt der Käufer in der Regel davon ohne Blamage, die Fenster scheinen täglich geputzt. Um das Hotel an der Ecke ist eine Veranda gezogen, auf der stehen neue Schaukelstühle im Stil der Tradition ganz allein mit ihrer Langeweile. Annies künftige Welt. Das Haus, gebaut von einem Gentleman-Farmer um 1840, aus Stein, erweitert mit ochsenblutfarbenem Scheunenanbau, auf den ersten Blick geschützt durch alte Ahorne und Gebüsch, dem Ohr später erkennbar als dicht umgeben mit Nachbarn in Fertigbauten und Straßen, die sie wild befahren. Das Innere notdürftig gereinigt, gewaltsam aufgeräumt; Annies künftiges Leben. Das Hotel hat ein Mittagessen geschickt; der Gast wird um einen Toast gebeten von dem ge-

drückten mutlosen Ehepaar. Da sagte Mrs. Cresspahl, ohne darauf zu vertrauen, was hier sich gehört von Martje Flohrs. Was ist sie froh, was ist Marie erleichtert, als sie am späten Nachmittag den Flugplatz erreichen, wo der Abfertiger ihnen entgegen blickt wie Bekannten! Tatsächlich hat er schon einmal gebimmelt mit der messingnen Kuhglocke, die hier einen Start ankündigt.
Die N.Y. *Times* wird geteilt. Marie befaßt sich mit der Svetlana Stalina Allilujevna und ihrem neuerlichen Gejaule. Sie möchte der Welt mitteilen: ein Auto gedenkt sie zu erwerben, so gut geht es ihr in Amerika! ihren sowjetischen Paß, den begehrtesten der Welt, sie hat ihn ins Feuer geworfen!
Sie haben es aber doch erwogen und geplant, die Ostdeutschen. Mitte Juli haben sie eine Teilmobilmachung ausgerufen für die 650000 Mann der N.V.A.-Reserve, für eine Invasion der Tschechoslowakei. Vor drei Wochen wäre es beinah los gegangen.
Es war ein Ausflug. Und wie machen wir einen nach Mecklenburg? Den besorgt für uns Anita.
Sie fuhr zu Himmelfahrt / im Monat Mai, und betrachtete vom Zugfenster ernsthaft die seit 1964 nachgewachsenen Steine in der niedrigen Saat, manche größer als Kindköpfe, Brassköppe. Sie dachte an die Vorzeiten, da waren die Tagelöhner mit dem Eimer sammeln gegangen, die Bauern noch ärger hinterher. Die Gutsbesitzer hatten beachtet, daß ein steinarmer Acker die Maschinen bewahrt vor Bruch. Offenbar war für die Bereinigung der Endmoräne kein Platz in den Arbeitseinheiten der ElPeGees. Landwirtschaftliche Produktionsgenossenschaften heißt das.
Wenn eine Anita die Bahnhofsgaststätte Gneez betreten möchte, mag da gut und gern dran stehen, sie sei geschlossen. Das sieht eine Serviererin, dieser Dame ist der Wartesaal unzumutbar, da lärmt ein Bautrupp bei Bier und Schnaps; da schließt sie auf vor der Zeit. Die Tische frisch gedeckt, proper. Blumentapete, Sesselstühle mit Kunststoff bezogen, Bambusgestell mit Blattpflanzen, daneben die gängige Presse in ungeschickten Haltern; zierliche Tulpenleuchter (elektr.) an den Wänden. Da rümpft eine Anita die Nase, als röche es sauer. Die Kellnerin sieht's, gleich tut sie besorgt wegen der bloß 10 Gramm Butter je Brötchen, gegen Bestellung eines zweiten darf sie zehn Gramm zulegen. Heute: sagt diese junge Bürgerin von Gneez: war ja man früher ein Feiertag; nu habn sie uns den wechgenomm.

Wir verbitten uns Provokationen.
Der Betrieb nach Jerichow ist eingestellt, wegen Bauarbeiten: steht im Fahrkartenschalter; Öffnung nur zwanzig Minuten v. d. Z. eines abgehenden Zuges. Dahinter ein Beamter von 60 Jahren, korrekte Uniform, weißes Hemd mit Schlips; telefoniert. Fahrgast an falschem Fenster; die wird er ein bißchen erziehen. Nach zehn Minuten honoriert er ihr schweigsames Warten und teilt ihr die Zeiten für den Schienenersatzverkehr mit. Anita nahm ein Taxi nach Jerichow. Sie hält es für eine Ausnahme, daß jemand heutzutage bloß aus dem Hauptbahnhof Gneez zu treten braucht, da gewinnt er nach vierzig Minuten ein Taxi. Der Fahrer eine Enttäuschung, ein Mecklenburger, ein quaßliger. Wohl die Verwandten besuchen, die Dame? Aber Anita sah ein Pferd, das wartete nachsichtig auf seinen Bauern, der stand an der Ecke und klönte; so sind die Menschen eben. Wo die Straße über die Schienen geht tatsächlich Leute beim Picken; vielleicht bleibt die Strecke nach Jerichow erhalten. Die Neubauten von Gneez: Fabrikhallen in Sichtbeton, Baracken als vorläufige Lager für Brennstoffe, Düngemittel, Landmaschinen. Die Industrialisierung des Nordens. Kommunaler Zweckverband (Sarglager – Tischlerei).
Windmühlen ohne Flügel, waldige Partien, der Anstieg von zehn Metern, der erste Blick auf den grauen Strich unterm Himmel, die See. Es war einmal Anitas Schulweg gewesen; sie spricht von »deinem« Mecklenburg. Sie mußte da bleiben für fünf Jahre. Wegen der Steine, sie hat gefragt. Daran gehen doch Erntegeräte kaputt. – Och: sagte der Mann: denn stelln wir ebn den Mähdrescher aufn halben Meter!
Er wollte gern die Anschrift wissen in Jerichow, damit er was zu melden hatte. Da reicht Anita, in ihrem Sprechen ist schon vorher ein ausländischer Akzent aufgefallen, eine Schachtel mit vorstehender Papyrossy, hohlem Mundstück, wie nur die Russen sie täglich gebrauchen. Nun war Schweigen. – Zum Bahnhof: sagte Anita.
Dortselbst Begrüßung durch ein verwittertes Sperrholzschild an dem Gefallenen-Denkmal: Lernt, die ihr gewarnt seid. Den Opfern der imperialistischen Kriege.
Die Stadt-, die Ad. Hitler-, die Stalin-, die Straße des Friedens von Jerichow.

Unterschiedlicher Bauzustand. Die zumeist einstöckigen Häuser manchmal neu verputzt, mit verbreiterten Fenstern, auch neuen Türen versehen. Trägt eines aber den Vermerk »K.W.V.«, das Zeichen des Staatseigentums, können da nackte Steine aussehen wie seit Jahrzehnten vom Meerwind bloß gelegt und abgenagt, die äußeren Fensterrahmen grau gescheuert vom Regen. Gefährliche Bäuche im Fachwerk. Inwärtig jedoch feinster Farbanstrich, Blumentöpfe, makellose und dicht gereihte Dederon-Gardinen.

Selig, wer sich vor der Welt / Ohne Haß verschließt...

Auf fast jedem Dach eine Antenne für den Empfang von Fernseh-Sendungen, der westlichen Himmelsrichtung zugewendet.

Was Anita ein fremdes Gefühl beibrachte: die Spärlichkeit der Sichtwerbung. Etwa acht Fahnen entlang der Stadtstraße. Leere Steckhalter an fast jeder Haustür.

Karstadts Landkaufhaus nun ein »Magnet«. (Weil's anzieht, Gesine.) Eine Tischkreissäge wird abgegeben nur an gesellschaftliche Bedarfsträger mit Nachweis. Elektromaterial für Reparaturen vorbehalten. Schuko-Zubehör nur gegen Vorlage des Facharbeiterbriefes. Kühlschränke gibt es frei.

Ein privates Geschäft bot Radieschen, Wruken, Äpfel. Kartoffeln. Tomaten waren ausgegangen. Vor dem Schaufenster von Schlachter Klein stand eine Schlange, als sei sie eingerichtet auf ein Ausharren bis zum Ladenschluß.

Es gibt keine Ansichtenpostkarten von Jerichow.

Wie hat Anita sich erschrocken, als sie unverhofft gegrüßt wurde von einer alten Frau in Kopftuch und Nylonmantel! Von nun an sagte sie zu jeder, die fünf Jahre älter schien als sie: Tach.

Es gibt in der Stadtstraße von Jerichow kein Haus mit der Inschrift: Tue recht und scheue Niemand! das auf beiden Türflügeln einen geschnitzten, grün gestrichenen Igel trüge! es sei denn, es hätte gestanden neben der Sammelstelle für Altglas. Da ist eines herausgeschlagen aus der Reihe bis in den Keller hinein, ein gezogener Zahn.

Einträchtig nebeneinander: ein amtlicher, ein privater Kasten mit Bekanntmachungen hinter Glas:

Auf dich kommt es an, deinen Rat, deine Tat. Das Militärpolitische Kabinett ist geöffnet von bis. Mädel und Jungen; lebt und

handelt wie Revolutionäre von heute! Die Übungen des Fanfarenzuges finden ab sofort.
Der Verein der Schäferhundzüchter lädt ein. Der Verein der Kaninchen-, der Taubenzüchter. Es wird erstmals ein Pokal ausgeflogen; wer wird der stolze Gewinner sein? das werden wir im August erfahren! Das Schützenfest ist geplant für.
Vor dem evangelischen Pastorat ein Schaukasten, darin die Abbildung eines nackten Mannes, am 4. November 1959 von der Sowjetunion als Geschenk und Denkmal übergeben für den Park der Vereinten Nationen zu New York. Ein Werk von Jevgenij Wutschetitsch; Pendant in der Tretjakov-Galerie von Moskau. Der männliche Akt hat ein Schwert so weit umgebogen, daß am anderen Ende eine Pflugschar zu erkennen ist; Hammer in der Rechten ausgeholt. Inschrift: WE SHALL BEAT OUR SWORDS INTO PLOWSHARES (Jesaja 2;4). Kein Volk wird wider das andere das Schwert erheben, und sie werden den Krieg nicht mehr lernen!
Das Dach der Petrikirche zur Hälfte abgetragen, zur anderen mit neuen Ziegeln belegt in beißendem Rot, das wird sich geben im Wind vom Meer her. Die Einrüstung des Baus, die Leitern, sie scheinen lange unbegangen, unbestiegen; die Schutthaufen zu ihren Füßen eingeschnurrt. Wie es geschieht alle paar Jahrhunderte.
Im Friedhofsamt gibt man auch ortsfremdem Besuch die Hand. Heißt Bereich Landschaftsgestaltung, Abteilung Bestattungswesen. Obwohl die Gräber zu Cresspahls Haus schwer zu verfehlen wären. Die Buchstaben auf deines Vaters Stein, sie haben ihn verschmiert mit Ausscheidungen von Rost. Die Bepflanzung, als müßte der Etat einer Gemeinde dafür herhalten; Maiglöckchen. Deiner Mutter Kreuz, das Gußeisen, es blättert in Flocken ab; mit zwei Fingern kann man hindurchfassen, so verdorben ist es nun. Jakobs Tafel steht da wie ein Preisschild; der Rosenstock 1964 ist gesund angewachsen. Dein Platz ist noch unbelegt, Gesine.
Das Haus am Ziegeleiweg, das deinige, es ist aufgeteilt. Die kleinere Hälfte an den Veteranenklub der Volkssolidarität; leider geschlossen. Die andere Hälfte könnte später einmal ein Kindergarten werden. Davon ist vorerst nur eine Zukunft zu sehen: Das Betreten des Kindergartens ist fremden Kindern verboten; Eltern

haften für ihre Kinder. Viel später. Es ist so zerfallen, das braucht Handwerker für Wochen. Das Dach mit Eternit gedeckt. Das stört keinen Storch.
In der Bäk sprach Anita mit alten Leuten über den Zaun, lobte die Hyazinthen. Ja, die Wurzeln dazu sint ausm Wessn! In manchen Vorgärten weiß angestrichene Autoreifen, mit Erde gefüllt, als Blumenschalen; neuer mecklenburgischer Volksbrauch? Pferdegespanne vor Kastenwagen; mürrische Jungens auf verschmutzten Traktoren.
In der Bäk eine Gruppe Kinder, Achtjährige, in Zivilhemden, riefen im Chor: Wir verlangen, daß von der Volkspolizei in diesem Haus eine Durchsuchung gemacht werden kann! Die Bewohnerin jenes Hauses stand einverstanden lächelnd dabei. Sint eben Kinder, nich? Die meisten Kinder trugen echte Blue Jeans, dazu Bowie-Messer.
Vor Emma Senkpiels Laden eine R.F.T.-Säule aufgestellt; einstweilen stumm. In Emmas Laden bekam Anita, obwohl gegen die Vorschrift, ein Glas Milch eingeschenkt. Gesine, kein Mensch würde dich kennen in Jerichow.
Die Telefonzelle am Markt erneuert. Man merkt es daran, daß bei der Reparatur das umliegende Pflaster abhanden kam. Die Tür öffnet nun zur Fahrbahn hin, statt zum Gehsteig. Wenn dann die Taxigenossenschaft Gneez die Entsendung eines Wagens nach Jerichow, so bloß auf Treu und Glauben, von sich weist als volkswirtschaftlich unvertretbar, kann man sich in Jerichow fühlen wie gestrandet, auf Ölandinsel ausgesetzt. Der Schienenersatzverkehr war erst für siebzehn Uhr versprochen; die Fahrer nahmen es recht beliebig mit den Zeiten; fürsorgliche Warnung eines Polizisten in grüner Uniform.
Anita ging quer gegenüber zu dem ehemals wollenbergschen Laden; dreist mecklenburgisch sprechend erwarb sie ein Herrenfahrrad. Auf der Hauptstraße mußte sie es an der Hand führen, wegen der Katzenkopfsteine und des Anstoßes, den es gegeben hätte wegen ihres kurzen Rocks. Dann fuhr sie die neunzehn Kilometer nach Süden in einer bequemen Stunde, wieder und wieder attackiert von einer rotweißrot gestrichenen Fliegemaschine, die hätte an diesem Nachmittag Dünger verstreuen sollen. Der Pilot mag seine Freude gehabt haben an Anitas wippendem Rock.

Was Anita vermißte in so nördlicher Gegend: ein Schild mit einem Eierkorb darauf gemalt, deutender Hand: 300 m. Leute mit fahrbaren Verkaufstischen an den Straßen, die »Aal räucherfrisch« anboten; Himbeeren, Erdbeeren, die alte Frauen in den Gärten daneben pflücken.
Im Wald westlich von Gneez, an der Straße Lübeck nach Rostock (Fährverbindung nach Dänemark) stieß sie auf das Hotel zum fröhlichen Transit. Ehemals eine Ausfluggaststätte, stand da nun ein solider Bau aus zwei Stockwerken, leuchtend in seinem weißen Rauhputz, den Wald und Anita auf Fahrrad spiegelnd in golden getönten Fenstern; rückseitig eine Reihe von Bungalows aus vorgefertigten Bauteilen, jedes Hüttchen mit einer Fernsehantenne versehen.
Der Mann hinter der Theke des Empfangs glaubte sie verirrt, nickte herrisch hinüber zu dem Anschlag gegenüber dem fotografischen Abbilde des Sachwalters: Hier werden fremde Währungen in Zahlung genommen: Mark und Pfund und Dollar und französische Francs. Das glaubte Anita wohl; was sie fragt ist: warum besteht die Einheitspartei gerade bei den deutschen Geldern auf einer Parität?
Umsessen von westdeutschen Leuten auf der Durchreise speiste Anita gerösteten Aal von Markenporzellan, mit Silberbesteck, trank einen Chablis aus dem Kristallglas. Ließ sich die Vorgänge erklären von dem jungen Mädchen, dem die Hotelfachschule zur Erlangung von Devisen sichtlich in den Gräten saß: Da Sie den Essensvorgang doch nunmehr beendet haben, muß ich Ihnen den Brotkorb abräumen! das hab ich so gelernt! Mitten in Nordwestmecklenburg wurde Anita für Dollars bedient.
In Gneez gibt es keine Joachim de Catt-Straße.
Von dem Namen »Straße der nationalen Einheit« sind noch die Spuren der Einheit zu sehen. Sonst ist sie nach dem ersten Staatspräsidenten benannt und führt immer noch nach Schwerin.
Auch in Gneez keine Schlange vor den Schnapsgeschäften (im Hotel Stadt Gneez eine Schlange vor dem ehemaligen Direktorzimmer, wo westliche Waschmittel und Schokoladen und Spirituosen gegen westliche Währung über die Theke gewischt wurden, so fix ging das). Aber, Gesine: dein Mecklenburg trinkt nun schon früh am Tag. Das Restaurant im Hauptbahnhof immer

noch geschlossen, der Wartesaal dicht besetzt von Biertrinkern. Abgeschottete Gespräche: Zehntausint Platten angemacht, davon sind die Hälfte lose; davon red't bloß ein Knallkopp. – Es gipt aber welche, die redn da über.
Hier nahmen sie von Anita auch wieder das Geld des Landes; pikiert. Hier hatte seit langem kein Gast einen Tee mit Zitrone verlangt, wie er allerdings auf der Speisekarte angeboten war (Die Kalkulation kann eingesehen werden. Das Beschwerdebuch liegt aus). Der Tee kam dann auch. Alle blickten mit Vorwurf auf die Fremde. So ein Bier gegen fünf Uhr nachmittags, das ist doch das Gegebene!
Die Geldscheine zeigten Humboldt zu fünf Mark, Goethe zu zwanzig, Karl Heinrich Marx zu hundert.
Auf den Gleisen vor den beiden schlierigen Fenstern drückte eine schwere Diesellokomotive sowjetischer Bauart den Unterbau kaputt. Auf den Markstücken stand noch das Wort »Deutsche«, auf den Pfennigen fehlte es bereits.
Alle Versuche Anitas, das Fahrrad an einen Mann zu bringen, sie gingen in ein verlegenes Daneben. So viele Hundert an Mark hatte keiner vorrätig beim Biertrinken. Mit verwirrten Ahnungen sahen sie an, wie Anita mit dem Reisegerät in ein Abteil Erster des Schnellzuges nach Neustrelitz stieg. An die neunzig Kilometer stritt der Schaffner mit ihr über die offensichtliche Tatsache, daß das Unterbringen einer solchen Fahrmaschine im Gepäcknetz eines D-Zuges untersagt ist, verbotten! Beim Umsteigen nach Berlin ließ Anita das Rad im amtlichen Ständer verschlossen zurück. In den Wäldern westlich von Neustrelitz schläft und übt die Rote Armee, wie die Erbsen in der Schote sitzen sie da; da wurde demnächst ein Herrenfahrrad aus ostdeutscher Produktion als Prämie ausgelost. Falls es Faktionen gibt in der Sowjetischen Armee, und Anita schickt an sie Briefe, mit Fahrradschlüsseln darin.
Das war zu Himmelfahrt. Das militärische Sperrgebiet, das schwingende Land, es hat geleuchtet aus der Ferne. (– ANITA.)

Ein Stadtstreicher, nur bekannt als Red, kletterte gestern auf die Mastspitze des Leuchtschiffes an der Fulton Street. Den Bürgermeister Lindsay wollte er sprechen. Die N.Y. *Times* zeigt uns in drei Fotos, wie er sich zu Tode stürzte; sie nennt die Filmsorte, die sie benutzte, sie gibt die Belichtungszeiten. Als Gebrauchsanweisung?

Ein britisches Passagierflugzeug ist gestern im Bayerischen abgestürzt. Achtundvierzig Leute an Bord, alle tot. Wir fliegen auch bald.

In der Schule Hitlers waren wir gewarnt worden vor dem abgebrochenen Schatten eines Mannes mit Plutokratenhut: Feind hört mit. In der Neuen Schule lernten wir einander warnen: Jugendfreund hört mit.

Anfangs hatten wir die Lautsprecher in jedem Klassenraum verdächtigt, da sie eben bloß die Laufzettel ersetzten, auf denen bis 1950 schulische Bekanntmachungen umhergetragen wurden. Wenn sie auch Vorrichtungen enthielten zum Übertragen von Geräusch in anderer Richtung, mochten sie taugen den Lehrer bei seiner Arbeit zu überwachen; wir hielten sie für unfähig, aus den Gesprächen in der Pause die Stimmen von dreißig Schülern zu sortieren. In der Tat, dazu brauchte es einen Menschen.

In der Stunde für die Kunde von der Gegenwart waren wir belehrt worden über das Verbrecherische an der Sprache Hitlers, wie es sich ergebe aus dem Worte »Untermensch«; in der Pause sagte Saitschik achtlos, mit Spaß an der Erinnerung: Wenn'ck je ein seihn hev, denn wier dat Fiete Hildebrandt. Das war der ehemalige »landwirtschaftliche Nachtschutzbeamte« Friedrich Hildebrandt, von Adolf Hitler als Gauleiter und Reichsstatthalter über das gute Land Mecklenburg gesetzt; Pius gab zur Auskunft in einer einverstandenen Art, der sei 1945 auf freier Feldmark bei Wismar erschossen worden. Die Cresspahlsche widersprach: 1947 von einem amerikanischen Militärgericht zum Tode verurteilt und 1948 hingerichtet zu Landsberg am Lech. Das hatte sie von ihrem Vater, der hörte sich um nach dem weiteren Lebensweg solcher Goldfasane. Für ihn war allein der Name Hildebrandts noch vor fünf Jahren eine tägliche Bedrohung gewesen; Wallschläger, der Strahlende, hatte den Reichsverteidigungs-

kommissar von 1945 ins Kirchengebet eingeschlossen. In der Lehrerkonferenz vom Juni 1950 wurde über die Tatsache beraten, daß in der Zehn A Zwei eine bedenkliche Aufmerksamkeit grassiere für Nachrichten, wie die staatliche Presse sie dem ostdeutschen Volke vorenthalte als ungesund, eine verräterische Teilnahme am Schicksal von Verbrechern. Wir sahen um uns, auf die anderen Kinder in der Klasse; wer von ihnen hatte ein Ohr auf uns, lieferte unser erleichtertes Geschwätz ab bei einer Obrigkeit?
Wer brachte es über sich, die Lehrerin Habelschwerdt ans Messer der Strafversetzung zu liefern, indem er sie heimlich zitierte mit ihrem dummen Spruch vom Gemeinschaftsgefühl der Schüler? Gewiß war das ein pädagogisches Ziel der Hitlerschule gewesen, oder hatte doch so geheißen; wer das jahrelang hat aufsagen müssen, wird einmal sich versprechen dürfen. Daß Frau Habelschwerdt nunmehr ihre naturwissenschaftlichen Begabungen verschleuderte mit Rechenunterricht an der Niklot-Grundschule, verdankte sie es jemand von uns, mit dem gingen wir schwimmen, dem gaben wir gelegentlich die Hand?
Auf Gabriel Manfras kamen wir zuletzt. Einmal, wie sollte es denn glaublich sein, daß der Oberste Vorstand der F.D.J.-Schulgruppe Zeit und Mühe verschwendete auf Zuträgerei. Zum anderen, da war ein Bedürfnis ihn zu schonen, das verstellte uns den Blick. Gabriel Manfras war gestraft mit einer Mutter, die drohte ihm noch fünf Jahre nach dem Krieg: Unser Führer kehrt wieder und wird dich richten! Gabriel war geschlagen mit der Erinnerung an das Spalier, in dem auch er gewinkt und Heil gerufen hatte, bebend vor Begeisterung, wenn der Mann Hitlers in Mecklenburg einen Auftritt veranstaltete mit Durchfahrt in Gneez. Davon will einer los; dem nahmen wir den schaurigen Ernst ab, mit dem er nun sich bekannte zu einem anderen Sozialismus. Den belächelten wir nur wenig, wenn er berichtete von seinen Erfolgen als »Volkskorrespondent«, wenn ein »gms« als Namenskürzel stand unter einem Bericht der *Schweriner Volkszeitung* über einen Wettkampf im Eislaufen oder Skispringen, da hatte die Mannschaft der U.S.A. gesiegt. Das fehlte bei »gms«, bei dem stand das so: Die Sowjetunion belegte den ehrenvollen zweiten Platz.
Die Schülerin Cresspahl war noch der Zeiten in der Grundschule

von Jerichow gewahr, da hatte sie einmal sich bemerklich machen wollen für dieses wortkarge, finster brütende Kind mit dem akkuraten Seitenscheitel; bloß als Witz und aus Freude daran erzählte sie ein Beispiel für Sowjet-Darwinismus, ohne der Hörweite bis zu Gabriel Manfras zu achten: Der sowjetische Gelehrte Mitschurin liest über Insekten. Er zeigt seinen Hörern einen Floh auf seiner rechten Hand, er befiehlt ihm auf die linke zu springen. Der Floh tut's, auch im wiederholten Versuch. Nunmehr entfernt der Professor dem Floh die Beine, und befiehlt ihm abermals zu springen. Der Floh verweigert; worauf der wissenschaftliche Beweis erbracht sei, daß eine Amputation von Flohbeinen den Patienten zum Ertauben bringe ... Gesine Cresspahl lachte, aus Spaß an der Verdrehung des Gedankens; weil es ihr recht war, daß andere Kinder mit ihr lachten. Sie hätte mehr achten sollen auf die mühsame, verächtliche Grimasse, die das Kind Manfras sich ins Gesicht quälte.
Der Schüler Lockenvitz bedachte gewiß nur eine grammatische Feinheit, wenn er den Namen der Deutschen Volkspolizei abhorchte, auf einen possessiven oder akkusativen Genitiv. Wer besaß da wen, und stand da wer gegen wen? Es ging ihm um Semantisches, wenn er den Begriff der res publica als Sache des Volkes übersetzte, und eine Tautologie vermutete in der Bezeichnung »Volksrepublik«. Schon die Frage, warum man sie China und Polen zugestand, von einer »Volksrepublik Deutschland« vorläufig absah, sie sollte ihm späterhin von Schaden sein. Dank Manfras.
Auf verborgenen Wegen lief an der Schule ein Buch um, das hieß »Ich wählte die Freiheit«, war verfaßt von einem abgesprungenen Mitglied der sowjetischen Einkaufskommission in Washington D.C., berichtete von erzwungener Kameradenbespitzelung, institutionellen Fälschungen in der industriellen Produktion, Gewalt beim staatspolizeilichen Verhör, Konzentrationslagern und Zwangsarbeiterkolonien in der Sowjetunion. Dieser Viktor Kravtschenko hatte eine kommunistische Zeitung in Frankreich verklagen müssen, weil sie ihn verleumdet hatte als einen bezahlten Hetzer der Amerikaner; ein Gericht in Paris hatte seinen Wahrheitsbeweisen recht gegeben. Wenn Dicken Sieboldt das Cresspahls Tochter im Vertrauen verlieh, mußte er ihr eben Verstand zutrauen beim Weitergeben; Lockenvitz bemängelte die

Sprache des Berichts, oder doch die deutsche Übersetzung. Daraufhin verzichtete Pius auf die Lektüre, ließ sich den Inhalt berichten. Nun kam Gabriel Manfras an mit zutraulichem Blick, schob das Gespräch auf Argumente des Feindes, daß man sie kennen müsse, und seien sie enthalten in einem Buch, das heiße... Auch weil es Gabriels Einbildung von der Sowjetunion schmerzhaft beschädigen könnte, wo so frei das Herz dem Menschen schlägt in der schirokaja natura, stritt sie die Kenntnis von solcher Druckschrift ab. Sie meinte, der Inhalt könne einen Streit mit Gabriel in Gang bringen, mit kränkendem Ausgang für ihn; das wollte sie dem Kinde ersparen.

Auf dem Markt von Gneez, dem neuen, dudelte ein Trumeau-Lautsprecher den ganzen Tag, vom Morgen an, wenn die verschlafenen Arbeiter aus den Zügen stiegen, bis zum Abend, wenn sie eine Ruhe verdient hatten. Da hallte der Klageruf: Wir wollen nicht für den Dollar sterben! – Das schon: sagte Pius, grüblerisch: aber warum werden auf der Mustermesse in Leipzig alle Geschäfte auf Dollarbasis abgeschlossen? Das trug Manfras eilends zur Fachkraft Selbich. Aber Pius war fast schon Soldat, angetreten zum Schutze der Republik, dem konnte sie schlecht an den Wagen fahren. So tat sie denn, als sei sie gefragt worden von irgend jemandem in der Elf A Zwei, und erläuterte der Klasse einstweilen unumgängliche Zwänge des Weltwirtschaftsmarktes; mühsam, vom Schüler Lockenvitz bedrängt wegen einer sozialistischen Autarkie. Für die Arbeitsgemeinschaft Pagenkopf & Co. war er enttarnt, der Aufpasser, der Angeber Manfras, der noch Drecksarbeit auf sich nahm, wenn das Wohl der Einheitspartei sie erfordert. Uns selber konnten wir schützen von nun an; wie aber die anderen warnen? Eine Mitteilung an der Tafel in Druckbuchstaben, sie hätte uns uniformierte Leute ins Haus gebracht oder, schlimmer, in Zivil. Wir begnügten uns mit versteckten Rippenstößen, beiläufigem Räuspern, wenn jemand in unserer Mitte offenherzig sich ausließ über einen ausländischen General und Marschall, der hatte Truppen stehen in Mecklenburg. Ein verstohlenes Nicken zu Manfras hinüber, der gesenkten Kopfes dabei saß und mathematische Eintragungen vorschützte, wir verkniffen es uns.

Hünemörder kam zurück nach Jerichow und Gneez aus dem Lüneburgischen, getreu seinem Schwur: erst müsse das Gesindel der

Friedrich Jansen und Friedrich Hildebrandt ausgeräuchert sein in Mecklenburg. Ein paar Pfund Pinnen und Nägel hatte er mitgebracht aus dem Westen, ein Eisenwarengeschäft gedachte er zu eröffnen in Gneez; hatte sich etwas ausgerechnet in seinem wirtschaftlichen Verstand. Nun bedurfte er noch einer Verkäuferin und vernahm ungläubig, es sei Leslie Danzmann zu haben. Die Dame Danzmann? Gewiß; die war nach dem Wohnungsamt noch die Arbeit im V.E.B. Fischkonserve los geworden; wieder und abermals des Unterschlagens und ungesetzlichen Verbringens von Aalen etc. beschuldigt, an einem Wahrheitsbeweis gehindert, hatte sie gekündigt, in ihrem Stolz. Vorstellig in Schwerin bei der C.D.U., half ihr noch einmal ihr Leumund von früher und durfte sie aushelfen bei der Berichterstattung über Prozeß-Sachen in der *Neuen Union;* für eine Weile verschont von dem Erschrecken über die Bückware, die ihr als bevorzugter Kundin beim Fleischer wie im Milchladen zugelegt wurde, was sich kaum bemerklich machte im Verkaufsgespräch, empfindlich aber im Endpreis. Ihr »Blick in den Gerichtssaal« machte sie für eine Weile bekannt in fast allen Städten Mecklenburgs; dann holte sie ein, was in den Akten über ihren Lebenslauf geschrieben stand. Nun war Leslie Danzmann zu haben, zu beliebigem Stundenlohn. Erleichtert, mit gemütlichen Redensarten fertigte sie die Schlange aus Käufern ab, die sich aufstaute vor Hünemörders Schaufenster mit der Mangelware. Nach der zweiten Stunde Handelsbetrieb war die Volkspolizei benachrichtigt, trat paarweise auf und führte Leslie ab, an ein Handgelenk von Hünemörder gekettet. Was Hünemörder bekam für seinen Versuch, die Volkswirtschaft zu sabotieren mit dem Vertrieb kontingentierten Handelsgutes, es blieb unbekannt, weil in der Hauptstadt verhandelt; Emil Knoop, über den wohl der Nachschub hätte laufen sollen, war gerade zu Schiff nach Belgien (für Knoop zogen mittlerweile auch Lastkähne über die Grenzen). Leslie Danzmann wurde ein paar Tage einbehalten unter dem gneezer Landgericht, ohne Auskunft über eine Anklage, und mit der Säuberung der Zellen und Gänge beschäftigt. Wie sie sagt, ist sie entlassen worden auf die Stunde, da sie die Hafträumlichkeiten in Schick hatte. Das war der Danzmann neuerlich widerfahren als gesellschaftliche Belehrung; was aber würde sie daraus ziehen als Gewinn für ihre gesellschaftliche Erkenntnis? fragte das Kind

Cresspahl in vertrautem Kreise, bemerkte zu spät die aufmunternde Miene von Manfras im Näherkommen.
Bettinchen war furios. Die Brosche an ihrem Blauhemd bebte. (– Wo die Brosche sitzt, is vorn: auch das war ihr hinterbracht worden.) Aber sie mußte es bewenden lassen mit einer ungefähren Drohung gegen Leute, deren Mitleid mit Einzelpersonen des rückständigen Mittelstands ... Die Schülerin Cresspahl lächelte geflissentlich. Sie wußte von einem Foto, desgleichen Bettina, das zeigte die Lehrerin in sehnsüchtigem Umgang mit Mittelstand.
Der Kartoffelkäfer-Aufstand brachte es an den Tag. Die Zwölf A Zwei war auf die Äcker befohlen zwecks Unterscheidung von coccinellidae oder rodolia cardinalis von leptinotarsa decemlineata; da fehlten drei. Ob nun verabredet oder aus Vergeßlichkeit, die Schülerinnen Gantlik und Cresspahl hatten einen Spaziergang zum Smoekbarg vorgezogen, vielleicht weil sie den Rest der Klasse zuverlässig auswärts wußten. Saitschik gab an, er habe für sein Tanting' Kohlen in den Keller räumen sollen. Alle drei bekamen eine schriftliche Aufforderung, vor der Lehrerkonferenz sich zu rechtfertigen. Dort wurde der Schüler Haase von der Fachkraft Selbich mit der Tatsache bedroht, daß er nach dem volkswirtschaftlich vertretbaren Verstauen der Briketts Muße gefunden habe, die »Renaissance-Lichtspiele« zu besuchen. Statt den Kartoffelkäferfahndern auf dem Fahrrade nachzueilen! Während wir im Klassenzimmer auf das Consilium abeundi warteten, vertraute Saitschik uns an, wer ihn reingelegt habe; er war vor dem Kino auf den mit Politdienst entschuldigten Schüler Manfras gestoßen. (Es gibt ein Foto von dieser Armesünderbank, da hat Saitschik seinen Jackenkragen am Haken des Kartenständers befestigt, und steht mit schiefem Hals, hängenden Armen, als würde er gerade peinlich gehenkt.) Eine reuige Anita rettete ihr Vertrag mit den Sowjets; über einer reuigen Schülerin Cresspahl flog ein Schutzengel im Kreis; der hatte Bettina in Westberlin fotografiert; Saitschik bekam angerechnet, daß er immerhin durch das Filmkunstwerk »Rat der Götter« sich habe aufklären lassen über die imperialistische Verschwörung, ansonsten eine geharnischte Verwarnung, und bedankte sich für die Gnade des Kollegiums.
Die Bekanntmachung übernahm Anita. Es war ungewöhnlich,

daß die Schülerin Gantlik in einer Pause vor den Tisch des Schülers Manfras tritt, als habe sie ihm etwas Dringliches mitzuteilen; weswegen es still wurde in der Klasse und jedermann das wütige Zucken der beiden rötlichen Haarspitzen im Nacken sah, ihre vor Leidenschaft orgelnde Stimme hörte: Wer Gespräche unter uns, die wir führen mit einander im Vertrauen, wer Sachen aus der Familie und dem Privatleben ins Rektorat schleppt und auf die Partei, der ist, der ist –

Was war die schlimmste Verdammung aus Anitas Munde? der ist ein schlechter Mensch.

Gabriel hielt sein kahl gewordenes Gesicht still, versuchte aufmerksam auszusehen, nickte wohl auch einmal wie jemand, der für die politisch notwendige Sache auch dies noch zu erdulden gewillt ist.

Seitdem gedenken wir seiner, wenn die Rede ist von *Les Lettres Françaises*, oder vom Verleumden einer offenbarten Wahrheit. Das hinwiederum bringt uns auf den Anblick, den er bot bei der Festkundgebung zum Abschluß des Schuljahres 1951/52, als er hinter dem roten Tisch des Präsidiums stand und besinnlich mitsang im Chor, was uns seit dem Juli 1950 auferlegt war als Sachverhalt und Bekenntnis:

> Die Partei, die Partei, die hat immer recht!
> Und, Genossen, es bleibe dabei . . .
> Sie hat uns alles gegeben.
> Sonne und Wind. Und sie geizte nie.
> Wo sie war, war das Leben,
> Was wir sind, sind wir durch sie.

Gewiß ist uns gewärtig, was ein Gericht in Ostdeutschland befunden hat über Leute wie dich: der Ausdruck »Denunziant« sei keine Beleidigung, sondern eine Berufsbeschreibung. Da es nun einmal zu den Pflichten eines Hausvertrauensmannes gehöre, die politische Führung zu versorgen mit Nachrichten über die Bevölkerung.

Zuverlässig bist du uns erinnerlich. Denn du warst es, der hat unsere Klasse Zehn A Zwei verwandelt in einen Einschüchterungssalon. Dir ist zu danken, wenn die Schule von der elften Klasse an eine einzige Angstpartie war. Na, sei froh.

Denn sie hat dir fast alles gegeben, die Partei, Sonnenschein und nie Wind von vorn. Das fing an mit der Aufnahme in ihren Kandidatenstand 1951. Das ging weiter so, daß sie dir einen Studienplatz an der Humboldt-Universität von Berlin ein Jahr im voraus versprach. Ihr Vertrauen in den Jugendfreund und Genossen Manfras, sie bewies es; er durfte seine marxistischen Studien ergänzen durch Besuche und Aufenthalte im *British Centre* von Westberlin. Da ist eine Einschränkung; wir gönnen sie ihm. Da er Büdners Sohn ist, statt Landarbeiters, ermangelt er proletarischen Adels; weswegen er immer noch ausgeschlossen ist von jenen Versammlungen am Werderschen Markt von Berlin an jedem Dienstag, wo entschieden wird über die ostdeutsche Politik gegen Innen und Außen. Weswegen der Genosse Manfras um so eifriger bemüht ist, solche Beschlüsse zu erläutern; Anita betrachtet ihn gelegentlich auf dem Fernsehschirm, für Sekunden. Dafür wird er belohnt in Fülle, ohne Geiz; er darf in die Staatsbank gehen und sich nehmen aus dem Devisenschrank, wes er gerade bedarf, für ungehinderte Reisen in die Länder seiner Gegner. Sein Englisch, es soll inzwischen international sein, mit Anklängen ans Britische. Eine Villa am Müggelsee, Auto und Kaderschutz (Einkaufsprivilegien in Westberlin); es ist alles da. Sein einzig Sehnen, es geht auf die Übernahme in den diplomatischen Dienst. Da ist eine Sperre eingebaut, fast unüberwindlich, wenn man sie erst bemerkt im sechsunddreißigsten Lebensjahr. In seinen Reportagen aus der Großen Welt seines Landes (solchen wie ihm gehört es), die Telefone klingeln immerzu »rasend«, obwohl jeweils das Gerät regelmäßig nur tut, wozu ein Stromstoß es aufzieht. Auch hat er Anstände mit den Partizipien; einen Ehrendoktor der Philosophie wird man ihm kaum zuteilen für solche Bezeichnung einer Person: »Die auf dem Balkon rosenzüchtende Kaffeefrau des Ministers . . .« Vielleicht jedoch irren wir uns. Am Ende wird er Botschaftsrat; hoffentlich wo anders als in Prag.

– Zwei Fragen: sagt Marie.
– Bewilligt, Euer Ehren.
– Pius hast du den Rang eines Generals nachgesagt einmal.
– Es sind dreieinhalb Jahre vergangen, seit er . . . Wenn ich an ihn aber denke, als lebte er weiter, ist er inzwischen General; Generalmajor mindestens.
– Auf der anderen Pfote. Du denkst, du hättest eure Bettina Selbich im Griff.

– Ein Handumdrehen, und sie ist frei?
– Wie in der Zwickmühle. Zwar habt ihr sie abgelichtet, wie sie Westberlin bestaunt gegen ein Verbot.
– Jedoch.
– Derjenige, der das Auge am Sucher hatte, war da auch; wenn es denn um einen Nachweis ging.
– Was bin ich froh, daß du mir das erst heute sagst!

Zu Hause am Riverside Drive wartet das tägliche Telegramm aus Helsinki. Heute lautet es: Patient ist für eine Weile verhindert am Autofahren. Unterschrieben: Eritzen.

11. August, 1968 Sonntag

In Vietnam, bei Tabat, über dem Ashau-Tal, ging gestern ein Düsenkampfbomber vom Typ F-100 Sabre (Säbel) in den Tiefflug, ließ Kanonenschüsse und Raketen los auf Truppen der Vereinigten Staaten. Acht Tote, fünfzig Verwundete.
Über West Virginia versuchte eine zweimotorige Maschine der Piedmont Airlines einen instrumentalen Anflug auf den Flugplatz von Charleston, dreihundert Meter hoch gelegen. Aufprall in Feuersbrunst gerade vor der Landebahn. Von siebenunddreißig Leuten an Bord kamen nur fünf mit dem Leben davon. Wir fliegen auch bald.
Vorher wünscht Marie sich eine Kinder-Gesellschaft; jedoch ohne daß es hieße: zum Abschied. Nur, weil meine besten Freunde sind: Pamela, Edmondo, Michelle und Paul, Steven, Annie, Kathy, Ivan, ... und Rebecca Ferwalter; weswegen wir mit Rebeccas Mutter verabredet sind auf einer Bank im Park, das Koschere am Speisezettel auszuhandeln.
Voll Widerwillens sieht sie uns entgegen, die bloßen, zu feisten Arme neben sich gestemmt; sie versucht Freude zu zeigen. Mrs. Ferwalter ist zurück aus jenem Bereich der Catskills, den sie Fleishman nennt. Rebecca hat dort einen Jungen namens Milton Deutsch gefunden, der wird Moshele genannt (Moses). Moses Deutsch liebte Rebecca sehr und verprügelte sie; Rebecca weinte sich bei ihrer Mutter aus und ging Milton doch entgegen, sobald sie ihn nur von ferne sah. Mrs. Ferwalter sagt, verspricht in zor-

niger Erregung: Nie wird sie einen Ort aufsuchen, wo Milton Deutsch zu begegnen wäre!
Gespräch auf einer Parkbank.
Wird die Nazipartei in Deutschland zur Macht kommen?
Das wünschen in Deutschland wenige.
Was wollen die bloß?
Änderung der Grenzen, so für den Anfang.
Haben die Amerikaner ein Recht, da sich einzumischen?
Wenn es der Regierung in Washington beliebt, wird sie es tun.
Meine liebe Mrs. Cresspahl, überlassen Sie das mir. Ich werde bringen Passovergebäck, das ist buntfarbenes mit dickem Überzug, die Kinder mögen es auf einer Gesellschaft, es schmeckt nach Marzipan. Wir haben es zum letzten Mal zu Hause gebakken im vierundvierziger Jahr. Damals gehörte unser Ort zu Ungarn. Transporte kamen schon seit 1941 durch, und im Land wurden Leute abgeholt. Im Mai 1944 wurden alle genommen. Ich hatte einen katholischen Paß, mit katholischer Religion. Die Deutschen haben mich angesehen, und genommen. Die Ungarn und die Deutschen, die waren einander wert. Es waren alles Soldaten. Bitte, was sind Schwaben?
Bewohner einer süddeutschen Provinz, dächten wir.
Sind Schwaben mehr für Hitler gewesen als andere?
So wie die anderen auch.
Das waren Schwaben.
(Siebenbürger?
Nein. Die waren doch dagegen.)
Wir kamen nach Auschwitz. Ich war da acht Monate. Die meisten kamen gleich ins *Krematorium.* Viele von den *Aufsehern* laufen noch umher, und man staunt wo. So wie wir hier sprechen habe ich mit dem Mengele geredet.
Ich wurde *selektiert* ins *Magazin* als *Einweiserin.* In der Küche trugen zwei Mädchen Körbe hinter mir her. Ich teilte die Margarine ein und tat sie in die Kessel. Die Mädchen fischten die Margarine sogleich wieder heraus und warfen sie in Wassereimer, damit sie hart wurde. Dort war eine gute Frau meine *Chefin, Frau* Stiebitz. Sie sah weg.
Dürfen wir das beiseite tun?
– Do ti aber paß auf.
Mrs. Ferwalter erklärt nun was ein *Block* ist, mit abkantenden

Handbewegungen: Das waren Häuser, die standen so. In einem Block waren Mädchen, dreizehnjährige Kinder. Denen trug sie nach dem Dienst Eimer mit Suppe hin. Einmal wurde sie unterwegs angehalten von einer jüdischen *Kapo:* Du stiehlst, du Schwein.

– Du mußt wohl bezahlen?

Die jüdische *Kapo* drohte ihr mit Rapport, und tatsächlich wurde sie am nächsten Morgen, nach stundenlangem Stehen, herausgerufen, des Widerstands gegen die *Kapo,* auch eines Diebstahls beschuldigt. *Frau* Gräser, die Leiterin des Frauenlagers, sie sagte: Sie werden jetzt erschossen. Rief einen *Posten* herbei.

Frau Gräser hatte ein Mädchen lieb gewonnen und benutzte sie als eine rechte Hand, eine Frances. Frances sagte: Das machen doch alle. Wenn Sie mich wirklich mögen, tun Sie mir die Liebe und lassen sie am Leben. Ist doch tüchtig in der Küche.

Das Urteil wurde umgewandelt in eine Stunde Kniens auf Schottersteinen, zwei Steine dabei in erhobenen Händen. Es dauerte viele Wochen, bis die Knie wieder ihre Form hatten.

Frau Stiebitz schwieg dazu. Das muß man verstehen. Es war ja 1944 so: Die Deutschen waren fed up, sie hatten genug.

Als wir ankamen, war da nichts. Dann wurden Bäume gepflanzt, wie zu einem Park. Die dann noch lebten, waren Tiere geworden (animals, statt beasts).

Bei der Ankunft in Auschwitz wurden wir *entlaust* (you know, some kind of disinfection) und geschoren. Das Haar wuchs doch nach, und *Frau* Stiebitz sagte gern: Wie schön. War es ja auch. Ja die *Selektion* war wie eine Schönheitskonkurrenz. Auch *Frau* Gräser sagte einmal: Sie könnten gehen als Schönheitskönigin.

Bei der *Bestrafung* wurde mir eine Bahn durch das nachgewachsene Haar geschoren. Ich ging hin und ließ mir gleich alles abschneiden. Einundzwanzig Jahre war ich.

Wir arbeiteten in zwei Schichten. Die am Tag ging. Schlimm war die in der Nacht. In unserer Ecke arbeiteten sieben Krematorien. Am Ende der Nachtschicht war der Himmel rot wie Feuer. Ich hörte die Leute schreien: Help, help!

Sie werden es verstehen, Mrs. Cresspahl. Sie sind doch eine *Frau.*

Von Auschwitz wurden wir in eine Munitionsfabrik im Westen

gebracht, vielleicht in Deutschland. Ich habe ein Schild gesehen: Geh-len-au. Es war ein ganz kleines Lager für Franzosen.
Wir sahen die Engländer mit Fallschirmen abspringen. Wir wurden zum Bahnhof getrieben und in Waggons gesperrt. Die Einwohner des Ortes plünderten die Geschäfte. Es war nur noch eine halbe Stunde, dann wären die Engländer da gewesen, da fuhr der Zug ab. Wir kamen nach Mauthausen. In Mauthausen wurde ich *befreit.*
1945 versteckte *Frau* Stiebitz sich in Österreich. Die Häftlinge besorgten ihr Kleider und einen amerikanischen Schein (sie macht mit zwei Fingern das Zeichen eines sehr langen Rechtecks), so daß sie zurück konnte nach Deutschland.
In den ersten Tagen nach der *Befreiung* (9. Mai) lebten wir auf einem Bauernhof. Das gute Essen, die echte Milch, die roten Äpfel vom vorigen Jahr (in hausfraulichem Ton). Aber wir hatten Angst, auf dem Nachbarhof war SS versteckt. Sie konnten doch rauskommen und es wieder machen. In Mauthausen ein *Aufseher* hat sich nachts immer fünfzehnjährige Mädchen geholt.
Die jüdische *Kapo,* die sie mit der Kartoffel ertappt hatte, sah sie nach dem Krieg in einem Bürohaus in Tel Aviv, Israel. Die zeig ich an. Bis eine Freundin riet: Warum willst du dir das alles auf den Hals laden, die Lauferei zum Gericht, die Aussagen, die Unterschriften. Und ich ließ es.
In Israel war damals alles rationiert, die Städter gingen hamstern auf dem Lande. Diese *Kapo* geht durch die Hintertür in eine Küche und ruft. Die Bäuerin, Häftling in Auschwitz, im vorderen Zimmer sitzend, sie erkennt die Stimme. Schreit. Alle laufen auf die Gasse, halten die flüchtende *Kapo* fest. Sie bekam ein Jahr Gefängnis.
Vor Gericht in Israel stand auch ein Mädchen aus dem Heimatdorf, die behandelte alle übel, außer mich. Ist *Kapo* geworden in Auschwitz. Damals konnte man frei kommen, wenn eben so viele Zeugen für den Angeklagten aussagten wie gegen ihn. Ging ich hin und sprach für sie. Es ist eine alte Freundin, sie ist ein böser Mensch.
Aber Gott hat sie gestraft. Sie hat einen Mann geheiratet, der war schäbig zu ihr; sie ist geschieden.
Das eigentlich Schlimme war: daß die Deutschen die Juden

zwangen, einander umzubringen. Verwandte ins Feuer zu werfen bei lebendigem Leibe.
(Rebecca ist beim Laufen hingefallen:) My child, I have waited for you so long, eighteen years!
(Rebecca soll zum Trost von einem Brötchen essen, Fisch zolldick zwischen den Scheiben:) Sehen Sie! (Da Rebecca genudelt wird, ist sie bei zierlichem Körperbau ein bißchen dicklich.) Wenn doch mein Kind äße wie Ihrs!
Aus der Č.S.R. sind wir legal gegangen, mit Pässen. Wir durften die ganze *Hauswirtschaft* mitnehmen. 1948. Es waren acht oder zehn Tage bis Tel Aviv.
Weil mein Bruder Zucker auf dem Schwarzmarkt besorgt hatte auf dem Schwarzen Markt; der war rationiert. Bekam ein halbes Jahr Gefängnis: Die Strafe beginnt am nächsten Montag. Hatte er keine Lust, drauf zu warten, ging nach Preßburg, über die Grenze nach Wien. Die Polizei trat an am Montagmorgen. So sind wir mit des Allmächtigen Hilfe in New York.
Und bleibt es dabei, daß das Gebäck ich bringe zur Kindergesellschaft, Mrs. Cresspahl?

12. August, 1968 Montag

Die New York *Times,* sie möchte ihre Leser vorbereiten auf einen Jahrestag: morgen vor sieben Jahren ließ der ostdeutsche Sachwalter die Grenze seines Teils von Berlin zum Gebiet der westlichen Alliierten verstellen mit einer Mauer, seine Bürger am Umziehen, die von Westberlin am Besuchen zu verhindern. Ausnahmen werden erlaubt, wenn Tod vorkommt in einer Familie; wenn das gesetzliche Rentenalter erreicht werden konnte. »An meinem Geburtstag war ich glücklich«: schreibt eine Frau aus dem *demokratischen* Berlin an ihre Tochter im anderen: »älter geworden zu sein. Nun dauert es bloß noch fünf Jahre, bis ich dich besuchen kann.« Die Mauer ist bemannt mit zwei ostdeutschen Brigaden und drei Lehrregimentern, insgesamt etwa 14 000 Bewaffneten.
Am 7. Oktober 1951, dem ostdeutschen Staatsfeiertag, bekamen ausgesuchte Haushalte in Gneez, Mecklenburg, zwei auch in Je-

richow, zum ersten Mal gemeinsame Post, ohne Absender. Die Umschläge, das Papier im Format D.I.N. A 5 waren fleckig, mit holzhaltigen Verdickungen, rißempfindlich, wie die Dienststellen der Regierung es zu Mitteilungen verwandten; der Text geschrieben mit immer der einen Schreibmaschine, deren Typen für das e und das n zuverlässig aus der Zeile sprangen. Wer das mit der Hand abschrieb (wie Cresspahls Tochter), ehe er die Sendung ablieferte bei der Deutschen Volkspolizei als ein Zeugnis für seine stalinistische Wachsamkeit, bekam allmählich eine vorläufige Liste zur Justiz in Mecklenburg seit 1945.

(Der Versender setzte bei seinen Lesern voraus, die Bedeutung eines großen Z sei ihnen bekannt als Zuchthaus. Er vertraute auf ihre Ahnung, die Buchstabenfolge SMT stehe für »Sowjetisches Militär-Tribunal«, FT für Fern-Tribunal. Auch verließ er sich auf die Annahme, ein Mensch im lesefähigen Alter in Mecklenburg vermöge unter einem ZAL mühelos ein ZwangsArbeitsLager sich vorzustellen, unter einem »verh.« statt verheiratet ein »verhaftet«. Offenbar war er in Eile, oder kam selten heran an das klapprige Schreibgerät:)

1945

Prof. Dr. jur. Tartarin-Tarnheyden aus Rostock, geb. 1882, verh. am 20. November 1945; durch SMT verurteilt zu zehn Jahren ZAL.

Prof. Dr. Ernst Lübcke, geb. 1890, Naturwissenschaftler, am 8. September 1946 von sowjetischen Offizieren festgenommen; in die Sowjetunion verbracht, verschwunden.

Fred Leddin, geb. 1925, Student der Chemie, verh. am 27. September 1947; durch SMT verurteilt zu fünfundzwanzig Jahren ZAL.

Hans-Joachim Simon, Student der Naturwissenschaften, verhaftet am 27. September 1947; verschwunden.

Herbert Schönborn, geb. 1927, stud. jur., verh. am 2. März 1948; durch Sondergericht des M.W.D. (Ministerstwo Wenutrennich Djel, das sowjetische Innenministerium) verurteilt zu fünfundzwanzig Jahren ZAL.

Erich-Otto Paepke, geb. 1927, stud. med., verh. am 8. März 1948; verurteilt durch SMT Schwerin zu fünfundzwanzig Jahren ZAL.

Gerd-Manfred Ahrenholz, geb. 1926, Student der Chemie, verh.

am 23. Juni 1948; verurteilt durch SMT zu fünfundzwanzig Jahren ZAL.

Hans Lücht, geb. 1926, stud. med., verh. am 15. August 1947; verurteilt am 30. April 1948 durch SMT Schwerin zu fünfundzwanzig Jahren ZAL.

Joachim Reincke, geb. 1927, stud. med., verh. 1948; verurteilt durch SMT Schwerin zu fünfundzwanzig Jahren ZAL.

Hermann Jansen, geb. 1910, katholischer Studentenpfarrer zu Rostock, verh. 1948; verurteilt durch SMT Schwerin zu fünfundzwanzig Jahren ZAL.

Wolfgang Hildebrandt, geb. 1924, stud. jur., verh. am 3. April 1949; verurteilt durch SMT Schwerin zu fünfundzwanzig Jahren ZAL.

Rudolf Haaker, geb. 1921, stud. jur., verh. im April 1949; verurteilt durch FT zu fünfundzwanzig Jahren ZAL.

Gerhard Schultz, geb. 1921, stud. jur., verh. am 6. Mai 1949; verurteilt durch ein Sondergericht MWD zu zehn Jahren ZAL.

Hildegard Näther, geb. 1923, stud. päd., verh. am 8. Oktober 1948; verurteilt am 9. Juni 1949 durch SMT Schwerin zu fünfundzwanzig Jahren ZAL.

Jürgen Rubach, geb. 1920, stud. päd., verh. am 8. Februar 1949; verurteilt am 9. Juni 1949 durch SMT Schwerin zu fünfundzwanzig Jahren ZAL.

Ulrich Haase, geb. 1928, Student der Germanistik, verh. am 22. September 1949; verurteilt durch SMT Schwerin zu fünfundzwanzig Jahren ZAL.

Alexandra Wiese, geb. 1923, Bewerberin um ein Studium in Rostock, verh. am 18. Oktober 1949; verurteilt im April 1950 durch SMT Schwerin zu fünfundzwanzig Jahren ZAL.

Ingrid Broecker, geb. 1925, Studentin der Kunstgeschichte, verh. am 31. Oktober 1949; verurteilt durch SMT Schwerin zu fünfzehn Jahren ZAL.

Am 17. Dezember 1949 verurteilte ein SMT in Schwerin acht Angeklagte, darunter zwei Frauen, zu bis zu fünfundzwanzig Jahren ZAL.

Jürgen Broecker, geb. 1927, Bewerber um ein Studium in Rostock, verh. am 21. Oktober 1949; verurteilt am 27. Januar 1950 durch SMT Schwerin zu fünfundzwanzig Jahren ZAL.

Am 17. Februar 1950 verurteilte ein SMT in Schwerin einen

Helmut Hiller und acht andere wegen angeblicher Verbindung zum Ostbüro der S.P.D. zu insgesamt dreihundertfünfundsiebzig Jahren ZAL.

Am 16. April 1950 verurteilte ein SMT in Schwerin die Oberschüler

Wolfgang Strauß
Eduard Lindhammer
Dieter Schopen
Winfried Wagner
Senf
Klein
Olaf Strauß
Sahlow
Haase
Ohland
Erika Blutschun
Karl-August Schantien

zu insgesamt dreihundert Jahren ZAL.

Im selben Prozeß wurde verurteilt der Vorsitzende des Landesjugendrates der Liberaldemokratischen Partei Mecklenburg, Hans-Jürgen Jennerzahn.

Horst-Karl Pinnow, geb. 1919, stud. med., verh. am 2. April 1949; verurteilt im Mai 1950 durch sowjetisches FT zu fünfundzwanzig Jahren ZAL.

Susanne Dethloff, geb. 1929, Bewerberin um ein Studium in Rostock, verh. am 4. Mai 1949; verurteilt im Mai 1950 durch sowjetisches FT zu zehn Jahren ZAL.

Günter Mittag, geb. 1930, stud. med., verh. Anfang Juni 1950; verurteilt durch SMT, Strafe unbekannt.

Am 18. Juni 1950 wurde der Studienrat Hermann Priester aus Rostock, verurteilt zu zehn Jahren Zuchthaus, in der Strafvollzugsanstalt Torgau von dem V.P.-Meister Gustav Werner, bekannt als »Eiserner Gustav«, so zusammengeschlagen, daß er einen Oberschenkelbruch erlitt. Als er unfähig war aufzustehen, beschimpfte der V.P.-Meister ihn als Simulanten und zertrat ihm die Beckenknochen. Hermann Priester starb an den Folgen Ende Juni.

Gerhard Koch, geb. 1924, stud. med., verh. am 13. Juli 1950; verschwunden.

Am 15. Juli 1950 verurteilte das Landgericht Güstrow im Hotel Zachow dortselbst neun leitende Angestellte der Raiffeisen-Genossenschaft zu Z. zu insgesamt vierundachtzig Jahren. Darunter Arthur Hermes, geb. 1875. Dr. jur. Hans Hoffmann, weil er bemüht war, die Werte des bäuerlichen Selbsthilfeverbandes aus Mecklenburg nach Göttingen zu verbringen. (Zwei Tankkähne, fünf Kesselwagen.) »Das ist ihm leider auch gelungen.« Darunter Prof. Dr. Hans Lehmitz, geb. 1903, Naturwissenschaften, Mitglied der Einheitspartei: fünfzehn Jahre Z.
Am 18. Juli 1950 verurteilte das Landgericht Greifswald weitere Angehörige der Genossenschaft zu Z.
Friedrich-Franz Wiese, geb. 1929, Student der Chemie und Angehöriger des Hochschulausschusses der L.P.D., verh. am 18. Oktober 1949; verurteilt am 20. Juli 1950 durch SMT Schwerin zu fünfundzwanzig Jahren ZAL, am 23. November 1950 durch SMT Berlin-Lichtenberg zum Tode.
Arno Esch, geb. 1928, stud. jur., Beisitzer im Landesvorstand der L.D.P. Mecklenburg, von sowjetischen Sicherheitsbeamten verh. in der Nacht vom 18. zum 19. Oktober 1949 beim Verlassen der rostocker Geschäftsstelle. Gegner der Todesstrafe. »Ein liberaler Chinese steht mir näher als ein deutscher Kommunist.« »Dann stelle ich fest, daß wir hier nicht die Freiheit haben, Beschlüsse zu fassen. Ich bitte, das ins Protokoll aufzunehmen.« Verurteilt am 20. Juli 1950 durch SMT Schwerin zum Tode; nach Paragraph 58 Absatz 2 des Strafgesetzbuches der R.S.F.R. (= Russische Sowjetrepublik) wegen Vorbereitung des bewaffneten Aufstands. In der Untersuchungshaft verhöhnt wegen seiner pazifistischen Haltung. Die Todesstrafe wurde erst wieder eingeführt, als er längst in Haft war. Hingerichtet in der Sowjetunion am 24. Juni 1951.
Elsbeth Wraske, geb. 1925, Studentin der Anglistik, verh. am 11. April 1950; verurteilt durch SMT Schwerin am 28. Juli 1950 zu zwanzig Jahren ZAL.
Am 8. August 1950 verurteilte das SMT Schwerin Paul Schwarz und Gerhard Schneider, beide Angehörige der Zeugen Jehovas und deswegen schon bei Hitler im Konzentrationslager; wegen »antisowjetischer Tätigkeit« am 8. August 1950 verurteilt zu je fünfundzwanzig Jahren ZAL.
Siegfried Winter, geb. 1927, stud. päd. und beliebtester Hand-

ballspieler in Rostock, verh. am 16. August 1949; verurteilt am 27. August 1950 durch SMT Schwerin zu fünfundzwanzig Jahren ZAL.

Karl-Heinz Lindenberg, geb. 1924, stud. med., verh. am 16. September 1950; verurteilt am 21. Oktober 1951 vom Landgericht Greifswald zu fünfzehn Jahren Z.

Am 28. September 1950 verurteilte das Landgericht Schwerin den Oberschüler Enno Henk und sieben andere, des Verteilens von Flugblättern beschuldigt, zu Z bis zu fünfzehn Jahren.

Alfred Loup, geb. 1923, stud. päd., verh. am 3. Juli 1950; verurteilt am 31. Oktober 1951 durch SMT Schwerin zu fünfundzwanzig Jahren ZAL.

Gerhard Popp, geb. 1924, stud. med. und Vorsitzender der C.D.U.-Hochschulgruppe Rostock, verh. am 12. Juli 1950; verurteilt am 31. Oktober 1950 durch SMT Schwerin zu fünfundzwanzig Jahren ZAL.

Roland Bude, geb. 1926, Student der Slawistik und Mitglied der F.D.J.-Hochschulgruppenleitung Rostock, verh. am 13. Juli 1950; verurteilt am 31. Oktober 1950 durch SMT Schwerin zu zweimal fünfundzwanzig Jahren ZAL.

Lothar Prenk, geb. 1924, stud. päd., verh. am 24. März 1950; verurteilt am 9. Dezember 1950 durch SMT Schwerin zu fünfundzwanzig Jahren ZAL.

Hans-Joachim Klett, geb. 1923, stud. med., verh. am 23. März 1950; verurteilt am 12. Dezember 1950 durch SMT Schwerin zu zwanzig Jahren ZAL.

Am 18. Dezember 1950 verurteilte ein SMT in Schwerin vierzehn ehemalige Volkspolizisten wegen »Antisowjethetze und illegaler Gruppenbildung« zum Tode.

Am 27. April 1950 verurteilte das Landgericht Schwerin einen Angeklagten Horst Paschen wegen »Boykotthetze in Tateinheit mit Mord an einem Seepolizisten« zu lebenslänglichem Z.

Joachim Liedke, geb. 1930, stud. jur., verh. im Juni 1951; verurteilt zu fünf Jahren Z.

Gerhard Schönbeck, geb. 1927, Student der Philosophie, verh. am 6. September 1950; verurteilt am 22. August 1951 durch das Landgericht Güstrow zu acht Jahren Z.

Franz Ball, geb. 1927, Student der klassischen Philologie, verh. am 18. Januar 1951; verurteilt am 22. August 1951 vom Landgericht Greifswald zu zehn Jahren Z.

Hartwig Bernitt, geb. 1927, Student der Biologie, verh. am 29. Juni 1951; verurteilt am 5. Dezember 1951 durch SMT Schwerin zu fünfundzwanzig Jahren Z.
Karl-Alfred Gedowski, stud. päd., geb. 1927, verh. am 26. Juni 1951; verurteilt am 6. Dezember 1951 durch SMT Schwerin zum Tode.
Im selben Prozeß:
Brunhilde Albrecht, geb. 1928, stud. päd., verh. am 29. Juni 1951; fünfzehn Jahre ZAL.
Otto Mehl, geb. 1929, Student der Landwirtschaftswissenschaften, verh. am 29. Juni 1951; fünfundzwanzig Jahre ZAL.
Gerald Joram, geb. 1930, stud. med., verh. am 29. Juni 1951; fünfundzwanzig Jahre ZAL.
Alfred Gerlach, geb. 1929, stud. med., verh. am 29. Juni 1951; zum Tode.
Über dem Eingang zum Saal des Sowjetischen Militärtribunals zu Schwerin waren die Worte angebracht »Recht muß doch Recht bleiben«. Auf der Tribüne ein Gericht aus drei Offizieren. Außer den Angeklagten anwesend: ein Dolmetscher, Wachposten und überlebensgroße Abbildungen von Stalin & Mao. Vorwürfe: Verbindung mit der Freien Universität Berlin; Herstellung und Verbreitung von Flugblättern; Besitz und Verbreitung antidemokratischer Literatur. Begründung der Urteile nach Artikel 58 des Strafgesetzbuches der Russischen Sozialistischen Föderativen Sowjetrepublik, Absatz 6: Spionage, Absatz 10: antisowjetische Propaganda, Absatz 11: illegale Gruppenbildung, Absatz 12: Nichtanzeige konterrevolutionärer Verbrechen. Karl-Alfred Gedowski in seinem Schlußwort: Um sich für eine Weltanschauung zu entscheiden, muß man auch die andere kennen.
Gerhard Dunker, geb. 1929, stud. phys., verh. am 24. Dezember 1951; verschwunden . . .
Der Verfasser der fürsorglichen Korrespondenz mochte es umsichtig angehen und seinen Briefen unterschiedliche Stempel verschaffen, indem er sie einwarf in Stralsund, Rostock, Schwerin, Malchin, Neubrandenburg; er verriet sich durch seine Auswahl. Dem war es gleichgültig, daß Peter Wulff vorgeworfen war, er habe in den Jahren 1946–1948 den Staat (den es erst seit 1949 gab) geschädigt an Einkommen-, Gewerbe- und Umsatzsteuer, insgesamt um 8643,– DM; weswegen er in der Unterwerfungsver-

handlung vor dem Finanzamt Gneez im Mai 1950 die Zahlung einer Geldstrafe von 8500 Mark noch lange verweigerte, also im Juli verknackt wurde, gemäß § 396 der Abgabenordnung, zu siebentausend Mark und drei Monaten Gefängnis; Wulff hätte in solche Chronik gehört. Dem Verfasser war es als Wirtschaftspolitik zu geringfügig, daß der Bauer Utpathel in Alt Demwies wegen seiner Rückstände in der sollgemäßen Ablieferung von Fleisch, Milch, Wolle, Ölsaaten zu zwei Jahren Zuchthaus kam; obwohl er hinwies auf seine dreiundsiebzig Jahre, auf die minderwertige Qualität des vom Staat gelieferten Saatgutes, auf den Verlust seines gesamten Viehbestandes an die Rote Armee 1945, auf die Viehseuche von 1947; das Kreisgericht Gneez gestand ihm diese »objektiven Schwierigkeiten« zu mit dem Vorbehalt, als fortschrittlicher Landmann habe er eben seine Wirtschaft belasten müssen und auf Kredit sich Vieh beschaffen, damit seine Verpflichtungen gegen Staat und Volk zu erfüllen; wegen Schädlingstätigkeit eines großbäuerlichen Elementes (42 Hektar Akkerboden) Entzug des Vermögens, wegen Wirtschaftsverbrechens gem. § 1 Abs. 1 Ziff. 1 der WStrVO 2 – zwei – Jahre Zuchthaus. Nun stand Georg Utpathels Hof unbewirtschaftet, von den Nachbarn ausgeschlachtet; offenbar eine Lappalie für jemand, dem das Vorgehen von Strafkammern gegen Oberschulen näher ging, der nur die rein politischen, die ideologischen Bestrafungen eines Mitteilens für wert erachtet; daran würden sie ihn fangen, dazu seine Abschreiber: sagte Jakob, nahm Cresspahls Tochter solche Notizen weg, vorgeblich um sie zu besprechen mit seinem Freunde Peter Zahn. Tatsächlich lagen ihre Zettel aufbewahrt bei einem unbekannten Dritten in der Gewerkschaftsleitung der Eisenbahner von Gneez, der übersandte Cresspahls Tochter ihr Eigentum nach Jakobs Tod in einem Umschlag mit holländischem Poststempel.
Einstweilen hielt der namenslose Gerichtskorrespondent (der niemals einen Briefkasten von Gneez benutzte) seine unfreiwilligen Abonnenten auf dem Laufenden, wie es getrieben wurde gegen die Besitzer von Gaststätten und Hotels an der mecklenburgischen Ostseeküste unter dem Decknamen einer »Aktion Rosa«; zur Abwechslung. Vielleicht wollte er Eintönigkeit vermeiden und schob zwischen die Personalnachrichten noch einmal die Verlautbarung der sowjetischen Nachrichtenagentur

T.A.S.S. über die Todesstrafe: sie trägt einen zutiefst humanistischen Charakter, indem ... Dann wieder zeigte er seine Vorliebe für Oberschüler und erzählte uns von Dicken Sieboldts Verlegung aus der Strafanstalt Neubrandenburg mit unbekanntem Ziel, oder eine Voreingenommenheit für Studenten in Mecklenburg, als wolle er da sich bewerben: die Staatssicherheit von Rostock habe sich das »Volkshaus« unter den Nagel gerissen, schräg gegenüber der Universität, Zellen eingebaut im Keller und in zwei Stockwerken, drohe bei den Verhören mit Sippenhaft, ergehe sich in Prügeln gegen Angeklagte. Oder er hielt den Blick gerichtet auf die Zukunft mecklenburgischer Studenten, erläuterte seinen Beziehern die Herkunft des Gefängnisnamens »Bützow-Dreibergen« aus den drei Hügeln an der südwestlichen Ecke des Bützower Sees, auf denen die Unterkunft einst hatte errichtet werden sollen; erzählte uns vom ersten Leiter der Anstalt nach 1945, dem Schlossergesellen Harry Frank aus Bützow, der sich ausgab als Regierungsrat, bis er sich im Juni 1949 in einer Zelle erhängen mußte; von den Schlägertrupps in dem überfüllten Bau, benannt nach dem V.P.-Leutnant Oskar Böttcher. Dem Ton nach waren es Berichte, die uns ins Haus kamen; nur einmal gab der Schreiber einer Verärgerung nach, mit einem Ausruf schließend: Mecklenburger! berühmt sind wir nur noch für die Wruken, die bei uns an die politischen Gefangenen verfüttert werden, für die »mecklenburgische Ananas«; reicht uns das?
Nach den Weihnachts-, den Winterferien wurden in Gneez und bei Jerichow verhaftet: die Schülerinnen Gantlik, Dühr, Cresspahl; einer Festnahme entzog sich: Alfred Uplegger, derzeit Zehn A Zwei. Die Herren in den Ledermänteln kamen ihm auf den Hof, als er gerade mit einer langschäftigen Axt am Hauklotz zu Gange war. Woans sall de Has bewiesen, dat hei kein Voss is: überlegte der vorsätzlich, und schlug zurück. Wegen Körperverletzung am Staate hatte er unversehens eine wahrhaftige Straftat begangen, das sah er ein aus freien Stücken; lief was er konnte nach Westberlin. Wer schon seit Beginn der Ferien einsaß, das war der Schüler Lockenvitz.
Am 3. Januar 1952 sprach Jakob vor beim Volkspolizeikreisamt Gneez wegen eines Verbleibs von Cresspahls Tochter und durfte gelassen sprechen, dort aktenkundig als ein gewalttätiger Mensch. Da auch ein Mensch in blauem Uniformtuch so einem

ungern im Bösen begegnet, sei es des Nachts auf unbegangenem Weg zwischen Kleingärten, setzten die Leute in der Wache ihm auf eine vernünftige Art auseinander: daß sie ihm längst einen Wink gegeben hätten, wüßten sie irgend etwas; du warst doch dinen Hannes kennen, Jakob! Jakob nahm Urlaub vom Dienst, richtete sich ein auf langwierige Warterei im Vorzimmer jener Villa im Komponistenviertel, in deren Kellern die örtliche Staatssicherheit die kurzfristigen Anlieferungen sortierte, bis sie reif waren zu einer Überstellung in die Straße der Geschwister Scholl zu Schwerin. Sofort öffneten zwei von unseren Herren ihm die Tür, sorgfältig gingen sie seine Dokumente durch mit ihm: Ausweis der Gewerkschaft, der freien deutschen Jugend, der Polizei, der D.S.F., der Sozialversicherung, der Deutschen Reichsbahn; ehe er denn beginnen konnte. Betrübten, mitfühlenden Benehmens rieten sie ihm einen Gang aufs Volkspolizeikreisamt, wo man zuständig sei für Vermißte Personen; in diesem Hause sei der Name Cresspahl noch vom Hörensagen unbekannt. – Wenn wir es Ihnen doch sagen, Herr Abs!
Die Tür zum Empfangszimmer war angelehnt, Cresspahls Tochter konnte Jakob deutlich vernehmen, bis er sich verabschiedete mit dem mißmutigen Gehabe eines Bürgers, der wollte was nachsehen, nun sind ihm selber die Personalien überprüft. Die Schülerin Cresspahl stand da den zweiten Tag auf Stäbchenparkett, jeweils drei Stunden lang, streng angewiesen zu einer Unbeweglichkeit. Die Vernehmer begehrten, daß die verdächtige Person ihren Blick gerade richte auf einen Nagel in der Wand, eingeschlagen zehn Zentimeter oberhalb gewöhnlicher Blickhöhe, an dem hing in einem vergoldeten Rahmen eine kolorierte Photographie des Marschalls Stalin. Sprechen ohne Aufforderung war verpönt in diesem Hause; Sprechen auf Verlangen der Herren dringlich angeraten. Solange Jakob im Vorraum stand, fiel der Häftlingin Cresspahl das Atmen schwer, wegen der behandschuhten Pfote, die ihr über den Mund gelegt war. Als die Außentür hinter Jakob zufiel, mit einem seufzenden, zufriedenen Schmatzen, hieß es von neuem: Heben Sie den Kopf! Strecken Sie die Arme! Halten Sie die Handflächen gerade! Am Ende des dreistündigen Turnus waren jeweils Schreibübungen angesetzt, Wiederholungen des Lebenslaufes; danach Besprechung der Unterschiede zum gestern verfaßten Text. Jakobs Auftreten hatte dem

Verhörpersonal eine neue Waffe beschert; was fängt man an mit der Frage, ob man als Oberschülerin Cresspahl mit diesem Eisenbahner in geschlechtlichen Beziehungen stehe? Dem folgte die Gymnastik im Stillstand, die vertrug sich mit dem Ärger auf die dumme Gesine Cresspahl, die steigt an einem düsteren Mittwochmorgen im Januar in den Milchholerzug nach Gneez, in ein Abteil für sich allein, so daß sie ohne viel Aufhebens an der Station Wehrlich verladen werden kann auf die Hinterbank eines E.M.W. Und nun mal eine kurze Einschätzung

des verbrecherischen Treibens
der Feinde
des Sozialismus;

wir haben sogar den stellvertretenden Ministerpräsidenten der Tschechoslowakei überführt, diesen Rudolf Slánský; wenns beliebt, Jugendfreundin Cresspahl! Heben Sie den Kopf! Strecken Sie die Arme vor!

Eine einzige Ohrfeige fing sie sich, gegen Ende der zehntägigen Untersuchung; da war sie aus den Pantinen gekippt. Als sie am 12. Januar abends zurückkam in Cresspahls Haus, bekam sie eine Umarmung von Jakob; wie er sich darauf verstand, als sei ihm das eine Gewohnheit mit ihr.

Das war der Sonnabend; am nächsten Tag zur Essenszeit kam Anita nach der Kirche zu uns; wiederum ein Erstes Mal. Beide fingen wir an, gleichzeitig sprachen wir: Du, ich muß dir was sagen! (Im Vertrauen.)

Der Wachdienst in der ehemals Dr. Grimm gehörigen Villa war so genau eingeteilt; keine hatte von der anderen geahnt, daß die schlief auf der anderen Seite der Wand, beköstigt wurde mit Näpfen mecklenburgischer Ananas, schlief unter verschmutzter Decke und dem Duft von vielerlei Schweiß. Einig waren sie sich in der Befürchtung, wem sie solche Unterkunft und Behandlung verdankten; die Befragung hatte vornehmlich gestöbert nach der Herkunft, den Äußerungen, den Gewohnheiten »unseres schönen jungen Mannes« Lockenvitz. Wir waren gekränkt in dem, was wir uns vorstellten als männliche Standhaftigkeit. Daß er sich einen Gewinn an Zeit hatte verschaffen wollen auf dem Rücken und den Handflächen von drei Mädchen ohne Ahnung, es zu begreifen waren wir bereit; da blieb eine Enttäuschung. Bis Jakob für uns den Salomo machte und sagte: mit so ungeduldigen Da-

men solle man ihn verschonen! Ob wir wohl hofften, wir kriegten je einen Mann? Bedenkt doch, was man einem Menschen antun muß, ehe er Schaden stiftet für ein Mädchen!
Anita gefiel es in meines Vaters Haus. Da war Cresspahl, der ihr zuliebe die Schultern zurücknahm bei der Begrüßung und ihr in die Augen sah, als er dankte für die Bekanntschaft. Dor wier ne oll Fru, die betete vor dem Essen. Da gab es einen jungen Mann, der rückte für sie den Stuhl, legte ihr vor, bediente sie mit erzählendem Reden; auch einen Bescheid bekam man von ihm.
Die dritte im Bunde erkannten wir bei einer Turnstunde, da war unsere Klasse zusammen gelegt mit der Elf A Zwei. Annette Dühr ging steif; die hatte wohl länger stehen müssen mit durchgedrückten Knien. Die war gesehen worden, als sie etwas hinterließ an der Tür der Lockenvitzschen Wohnung; der war etwas weniger geglaubt worden. Das Glas auf ihrer Uhr war zerbrochen. Auf dem Rücken hatte sie blaue Striemen, von Schlägen. Ihr fehlte ein Zahn. Sie blickte an uns vorbei in einer bittenden Art; die wünschte sich ausgeschlossen aus solchem Bund.
Eine fühlte sich zu kurz gekommen. Lise war auf dem Dachboden von Buchbinder Maaß versteckt worden, sobald zwei fehlten in der Zwölf A Zwei. Sobald die Staatssicherheit sie sollte holen kommen, hätte Frau Maaß sie nachts in den Gräfinnenwald gebracht zu einem Auto, mit dem sie gerettet worden wäre nach Berlin; nun alles für die Katz und die Vögel. Als ob sie ganz ohne Behuf sei, eine unergiebige Lise Wollenberg.
Von Gabriel nahm inzwischen keiner mehr ein Stück Brot oder ein Wort. Bedrängt von der eigenen Schulklasse, angefleht von der Familie Dühr um eine Intervention der Zentralen SchulGruppenLeitung zu Gunsten der Verschwundenen, hatte er befunden: dergleichen Ansinnen zeugten von einem bedenklichen Mangel an Vertrauen in den sozialistischen Staat. – Unsere Sicherheitsorgane wissen was sie tun; nur das Notwendige. Da verkneift man sich Fragen. Da hilft man!
Manfras mochte leiden an der Gleichgültigkeit, die die Mädchen ihm erwiesen seit dem Sommer 1951; schmachtenden Gehabes sangen wir ihn an, blank ins Gesicht, bis er zuverlässig errötete: Schau mich bitte nicht so annn, / du weißt es doch ich kannn / (dir dann nicht widerstehen).
Aus Cottbus kam noch jemand mit einer Kur; Pius, zu einer Aus-

sage nach Gneez befohlen. »Tempel der großen Freude« brachte er, und einen Tadel: tatsächlich war uns keine Anzeige vorgelegt worden von Lockenvitz' Hand, von ihm unterzeichnet. Die Herren der Untersuchung waren vorgegangen nach der Ahnung, der Täter müsse Helfershelfer eingespannt haben. Wer aber schreibt gut und gern auf der Maschine, worum ein junger Mann sie bittet? die Mädchen sind es. – Und gerade du, Gesine! Für dich hat er gesorgt!
(Das war verdient. Denn nach den Osterferien 1951, die nunmehr Frühjahrsferien heißen sollten, war Dieter Lockenvitz ausgestiegen aus der Arbeitsgemeinschaft Pagenkopf & Co. Blieb schlicht weg; ohne Erklärung. In der Klasse wegen eines Streites befragt, hatte er angegeben: er sei nun einmal verliebt in die Gesine Cresspahl; unmöglich vermöge er Stunden lang die Gunst auszuhalten, die sein Nebenbuhler Pius genieße. Danach hatten Pius und ich öffentlich ihm einen Vogel gezeigt, einen tippenden, fragenden Zeigefinger gegen die Schläfe; jedoch ihm seinen Willen gelassen. Er hatte sich ausgerechnet, daß man der Schülerin Cresspahl seit mindestens acht Monaten keinen Umgang mit ihm nachweisen könne; mit einem seiner Fehler.)
Der Prozeß gegen Lockenvitz wurde abgehalten im Landgericht am 15. Mai 1952 vormittags; zwar sollte im Protokoll etwas stehen von Öffentlichkeit, aber keine anwesend sein im Saal. Hier hatten die Schülerinnen Gantlik und Cresspahl vorgesorgt mit der Straftat einer vollendeten Bestechung an dem Justizangestellten Nomenscio Sednondico, welcher Herr N. S. über Elise Bock die Klasse Zwölf A Zwei so pünktlich verständigte, daß noch vor Beginn der Veranstaltung im Landgericht eine Zusammenrottung junger Bürger im stolzen Blauhemd Einlaß verlangte; es wurden Rufe laut wie: Freundschaft siegt, Freundschaft siegt! oder: Wir sind die Klasse des Angeklagten! Unter den Zudringlingen die Kollegin B. Selbich, die dem Auszug ihrer Untergebenen hatte folgen müssen, um den offenen Aufstand zu vertuschen; tatsächlich war es ihrer beflissenen Feigheit zu verdanken, daß wir ihn noch einmal sahen, den ehemaligen Oberschüler Lockenvitz.
Sichtlich hatte die Staatssicherheit an dem ausprobiert, was seine Zettel ihr nachsagten. Sie hätte etwas verbergen können, wäre sie weniger geizig gewesen, hinter einer Brille von der Art der zer-

schlagenen. Nun wurde er hineingeführt mit nacktem Gesicht, tat blind, stolperte; hing auf dem Sünderstuhl, als gehe schon das über seine Kraft. Der mochte den Kopf horchend halten; einen Blick auf uns vermied er. Weil ihm die oberen Vorderzähne abhanden gekommen waren, Schwierigkeiten in der Lautbildung.
Zeugenaussage MANFRAS: Die Arbeit des Angeklagten in der Zentralen SchulGruppenLeitung, praktisch war das schon Sabotage.
(Was an Arbeit vorkam in der Organisation der freien deutschen Jugend, Lockenvitz hatte es erledigt; Gabriels Teil waren die Jahresansprachen gewesen, die Einschätzungen der Welt im Überblick. Nun bezichtigte er sich mangelnder Wachsamkeit, wie sie der Große Genosse Stalin ...)
Zeugenaussage WESTPHAL: Dieter Lockenvitz hat seit 1948 geholfen, die Bibliothek des Kulturbundes aufzubauen, im Katalog, bei den Bestellvorgängen; so kennt er die Räumlichkeiten. Wie soll ich ihn verdächtigen, daß er abends ein Fenster offen läßt, damit er nachts einsteigen kann und auf der Maschine schreiben?
Zeugenaussage der Mutter LOCKENVITZ: Mein Sohn ist ein verschlossenes Kind. Das kann er weder von mir haben noch von seinem Vater.
Zeugenaussage SELBICH: Entfiel. (Nachmittagsbesuche am gneezer Rosengarten.)
Der Staatsanwalt hatte auf dem Lehrgang für Volksrichter einen Unterricht im Deutschen versäumt. Wildes Umhertappen in der Grammatik. Umkippende Stimme beim falschen Artikulieren von Fremdwörtern.
Der Versuch des Angeklagten, sich ein Abitur zu erschleichen. (Es wär eines gewesen, wie es einmal vorkommt im Jahrzehnt [abgesehen von Chemie]. Der Angeklagte war eben bestimmt für jene Zeiten, da es einem Menschen ergehen soll nach seinen Fähigkeiten.)
Die ungeheuerliche Ambition (Ambítzion) des Angeklagten, Gerichtsurteile zu verbreiten, die die Strafkammern der souveränen Republik im Interesse des Staates unter Verschluß hielten! Sammlung staatsgefährdender Nachrichten.
Terror. (Da er seine Korrespondenz auch gerichtet hatte an die

Richter der Landgerichte im Neuen Mecklenburg, sie betroffen zu machen womöglich und einzuschüchtern.)
Antrag, die Mutter des Angeklagten im Gerichtssaal zu verhaften, wegen Verdachts der Beteiligung. (Gerda Lockenvitz, geb. 1909, Gartenarbeiterin; wegen Vernachlässigung der Erziehungspflicht und aktiver Mitwisserschaft zwei Jahre Z.)
Das Tatwerkzeug, ein Fahrrad schwedischer (ausländischer!) Herkunft, wird zu Gunsten des Staates eingezogen.
(Gänzlich unterblieb die Erörterung, wie ein anfangs doch landfremdes Kind herangekommen war an geheime Akten, Prozesse hinter verschlossenen Türen. Die ausführlichen Angaben zum 18. Juni und 20. Juli 1950, zum 6. Dezember 1951, sie waren gefundenes Fressen für ein Kreuzverhör. Allerdings tat das Gericht, als seien die Einzelheiten von Lockenvitz' einseitigem Briefverkehr jedermann unterhalb der Tribüne unbekannt; und es mochte bedeutet sein, daß dies Kind gesonnen war, seine Quellen auch weiterhin zu beschützen.)
Frage: Bekennen Sie sich zu Ihrer Feindschaft gegen den ersten Staat der Arbeiter und Bauern auf deutschem Boden?
Antwort: Ich bekenne mich zur Eindeutigkeit des deutschen und angelsächsischen Genitivs. Ich bekenne mich zu einer Pflege des Rechts auf offenem Markt in Deutschland.
Fünfzehn Jahre Zuchthaus. Und weil die Sowjets verzichtet hatten auf diesen Einzeltäter, entging ihm die Reise mit dem Blauen Expreß nach Moskau, im angekoppelten Zellenwaggon, getarnt als Gefährt der Deutschen Post. So kam er um das Vorrecht, in Workuta den Bergbau oder in Tajschet die Holzfällerei zu erlernen. So versäumte er die sowjetische Amnestie von 1954, die die Urteile der Militärtribunale aufhob. Weil er von einem deutschen Gericht verurteilt war, verbüßte er von seiner Strafe zwei Drittel.
Im September begann die Fortsetzung der unterbrochenen Korrespondenz:
Gerhard Dunker, geb. 1929, verh. am 24. Dezember 1951; verurteilt am 17. Juni 1952 durch das Landgericht Güstrow zu acht Jahren Z. ...
Anfangs wußte die Zwölf A Zwei, wohin Lockenvitz verbracht war: nach Bützow; zwei Schüler der Klasse durften sich eine Arbeit aussuchen für ihn, da er auch mitgeteilt hatte, welche Betriebe Aufträge vergaben in die Strafanstalt:

V.E.B. Schiffskombinat Rostock,
V.E.B. Kleiderwerke Güstrow,
V.E.B. Einheit Kataster, Schwerin,
V.E.B. (K) Wiko Korbwarenfabrikation Wittenberge,
V.E.B. Starkstrom-Anlagenbau Rostock,
Fa. Wiehr und Schacht, Bützow;

sie hatten eine Ahnung von seinem Speisezettel und durften aus seinen Nachrichten einen Stundenlohn von vierundneunzig Pfennig kalkulieren, der am Ende des Monats, nach Abzug von Steuer und Sozialversicherung und Haftkosten fünfzehn Mark übrig ließ, gerade ausreichend für zwei Pfund Butter und vier Glas Marmelade; sie wußten den erlaubten Inhalt eines Paketes, das sie ihm manchmal hätten schicken dürfen als Belohnung für gute Führung:

500 Gramm Fett,
250 Gramm Käse,
250 Gramm Speck,
500 Gramm Wurst,
500 Gramm Zucker,
für den Rest der vorgeschriebenen 3 Kilogramm netto: Obst, Zwiebeln, Markenkeks in Originalverpackung;

Anita verlangte solch ein Paket von sich ein einziges Mal, das kam zurück; sie hätte als Absenderin leben sollen unter Lockenvitz' Jurisdiktion und verwandt sein mit ihm.
Nach seiner eigenen Kundschafterei konnten wir ihn denken mit einem Haarschnitt von drei Zentimetern Länge, in abgelegtem Drillichzeug der Volkspolizei, beim Grüßen der Wachtmeister durch Abnehmen der Mütze und Blickwendung zwei Meter vor und einen Meter hinter dem vorüber schreitenden Würdenträger, beim Annehmen militärischer Haltung, beim Marschieren im Gleichschritt, beim Schlafen, niemals allein, neben einem Scheißkübel. Den ließen wir allein.
Haben wir etwa in seinem Schlußwort eine Entschuldigung erwartet wegen unserer zehn Tage Untersuchungshaft? Hörten wir auf Pius, so hatte Lockenvitz glauben dürfen, es sei niemand einvernommen denn er allein. Jakob sagte: Ji möt dat noch liehrn, dat Inspunntsien!
Nachdem die Verwalter des ostdeutschen Justizwesens Lockenvitz gezüchtigt hatten, vom Sommer 1952 an begannen sie zu

zweifeln, ob das heimliche Verhaften und das Verstecken von Bürgern die verschonten unter ihnen genügend einschüchtere. Vielleicht hatten die Bekanntmachungen dieses Oberschülers dazu geholfen, daß die Strafkammern nunmehr ihre Urteile in den Provinzzeitungen veröffentlichten, damit die Abschreckung gedruckt zu lesen sei.
Oder war uns unheimlich, daß ein Junge von achtzehn Jahren für irgend welche Wahrheit, sei sie eine erwiesene Tatsache, eine Zukunft riskiert, in der er eine Erlaubnis zum Studium hatte denken dürfen und, mit Glück, einen Beruf nach Wahl? Die Erinnerung an Lockenvitz bringt ein geringfügiges Flattern ins Denken; im Dunkeln aufgescheuchte Vögel.
Aus Gneez bekamen wir geschrieben, seine Mutter sei zurückgekehrt in die Stadt, sobald sie ihre zwei Jahre verbüßt hatte. Sie hat es versucht, in Gneez auf den Sohn zu warten; jener Domprediger, dem Anita aus dem Weg gegangen war bis hin nach Jerichow, er nahm sich die Mühe, von der Kanzel gegen sie zu wettern, mit solchen Worten, wie die Bibel sie anbietet für das Verjagen von Unwürdigen. Es heißt, sie warte im Bayerischen.
Von 1962 an, wir hätten uns umhören dürfen nach Lockenvitz. Aber seine Mitschülerin Cresspahl zog es vor abzuwarten, ob Anita ihre Drohung von 1952 verkleinern werde: Wenn er je mir über den Weg laufen sollte in der Untergrundbahn und bietet mir einen Sitzplatz an: stehen blieb ich!
Wir haben ihn im Stich gelassen, den Schüler Lockenvitz. Damit Anita das letzte Wort werde: Schuldig sind wir vor ihm.

13. August, 1968 Dienstag

Auf ihrer ersten Seite zeigt die New York *Times*, wie eine ostdeutsche Delegation in Karlovy Vary begrüßt wird von einer tschechoslowakischen; ohne Umarmung und Küsserei nach dem russischen Vorbild. Für Alexander Dubček jubelten die Zuschauer, dem Genossen Ulbricht erwiesen sie ein Schweigen, und wiederum haben die Mannschaften gespeist an getrennter Tafel. In einer dreispaltigen Lebensbeschreibung erwähnt die Chronistin der Welt einen Wortwechsel aus dem Jahre 1957 zwischen »Walter Ernst Karl« Ulbricht und einem Genossen Gerhard Ziller. Der Untergebene: Während wir in Konzentrationslagern waren, hielten Sie Reden in Rußland; Sie waren immer in Sicherheit. Der Vorgesetzte: Was Sie da gesagt haben werde ich nie vergessen; wir besprechen das später. Der Untergebene: (geht nach Hause und erschießt sich). An diese Erzählung haben wir ein längliches Fragezeichen gehängt, da wünschten wir jemand um Auskunft anzugehen für unsere Zweifel; bis sich als Gegenwart die Erinnerung meldete an den Ort, an dem er nunmehr sich aufhält.

(Das gestrige Telegramm aus Helsinki: SELBER ZU SCHREIBEN UNFÄHIG – ERITZION.)

Die Angestellte Cresspahl hat ihrer Tochter nun eingestanden, daß sie bis zum nächsten Dienstag tun darf, was ihr beliebt; Marie hat zögernd verzichtet auf die militärischen Schwimmübungen in ihrem Ferienlager. Gestern sind sie nach Chicago gereist; weil es doch nur mehr eine Stunde dauert in der Luft. (Weil am Telefonanschluß Cresspahl in New York unbekannte Männer tun wie bekannt und dringlich fragen nach einer Vermißten Person; auch weil man deren zweifelhaften Abgang zu melden unterlassen habe.) Marie gefiel es, daß die Gäste bei dieser Stadtbahn der Luft schlicht eine Nummer ziehen und erst an Bord bezahlen bei einer Stewardess, die ist mit Geldtasche vor dem Bauch verkleidet als Schaffnerin. In Chicago sind wir mit den klappernden Zügen auf der Schleife um die Innenstadt gefahren. Wir haben das Hotel gesucht, in dem wir 1962 wohnten wie eine Fürstin mit Infantin; abgerissen. In den Rundtürmen der Marina City am Chicago-Fluß besichtigten wir eine Musterwohnung, als wollten wir einmal da leben; im Fahrstuhl ein Herr in italienischer Jacke, der zwinkerte vertraut. Marie meinte, so geht es zu, wenn eine Dame einen Antrag bekommt; gewiß war er von einer anderen Gesellschaft. Und damit das Telefon tagsüber ins Leere klingelt hinter der verschlossenen Tür der Cresspahlschen Wohnung, ist dieser Dienstag gerade recht für einen Ausflug auf die Insel Rockaway im Atlantik, mit der Ubahn in länger als einer Stunde zu erreichen; die einzige Strecke, wo ein zweiter Jeton zu entrichten ist.

Hier haben wir ein Kind, dem steht die Reise in sieben Tagen ungemütlich bevor, dem ist das Land zu fremd, das hätte sich lieber noch besprochen mit einem Herrn, zur Zeit unerreichbar an der bottnischen Ostsee. Nun muß eine Verköstigung her, ein Vorgeschmack; der lange aufgesparte für Notzeiten. Ob Marie wohl weiß, daß Jakob im Herbst 1955 Briefe geschrieben hat aus Olmütz, Olomouc, wo er auf dem hl. n. die Betriebstechnik des Dispatchens einübte, am Eisenbahnkilometer Nr. 253 von Prag aus?

Der Zug zu den Stränden von Rockaway ist gleich in Brooklyn dicht bestanden. Die Neger unter den Fahrgästen reisen alle weiter als bis zur Vierundvierzigsten, und tatsächlich ist der weiße Strand bis zur Sechzigsten nur belegt mit Rosahäutigen, die liegen zu Paaren auf den Decken. Die Männer halten die Hände still auf den Rücken der Mädchen; einfallslos sieht es aus. In der Subway hatte ein junger dunkler Mann seine dösende Freundin in die Seite gestoßen, sich ihren Kopf auf die Schulter gekippt; während sie behagliches Zurechtkuscheln vortäuschte, entschädigte er für seine Güte sich mit dem Befühlen ihrer Oberschenkel.

– Jakob hat einmal gearbeitet, wo wir sein werden? Sehen wir uns das an?

Das sehen wir uns an in zehn Tagen, wenn es paßt. Wir suchen eine Familie, mit zwei Töchtern, die werden aus dem Haus sein inzwischen; Feliks und Tonja; die werden uns an Jakobs Namen erkennen. Da hat Jakob gelebt en famille; den Anfang des Tages erzählt: am Morgen sei da nur ein umfängliches, schwarzblau ausgetuschtes Fenster gewesen, davor eine dickbauchige Lampe, die suchte eine plumpe Beule in die auswärtige Dunkelheit zu drücken, über einem weißen, friedlichen Tischtuch. Daran mit dem Gast aus Mecklenburg der Hausherr, noch schläfrig, aber bekannt mit den Arbeiten des Tages und gewiß, sie zu bewältigen. Vorläufig wartet er mit verhehltem Genuß, welche von den Töchtern die erste sein wird. Heut am Morgen von Jakobs Brief war es die jüngere, gerade sieben Jahre alt, die aus den Schränken Geschirr und Besteck für fünf Gedecke aussucht und aufstellt, alles mit einem besorgten, angestrengten Gehabe, das sagen möchte: Ja, wenn ich nur da bin für euch! Dann läßt die Mutter mit den Kannen für Tee und Kaffee sich nieder, vier Leute essen schon, als die ältere Tochter an den Tisch kommt, lahm von verschlafener Eile, im Stehen ein Brot herrichtet, im Gehen essend, in ihrem Rücken beschützt von dem mitfühlenden Wissen aller, heute wird in ihrer Klasse eine Arbeit geschrieben, und ausgerechnet

im Russischen. Der Wind ging mittlerweile die Dunkelheit des Himmels mit einer Reibe an, es erscheinen darin längliche weißliche Schlitze. Diese Leute hatten zu reden. Von dem Bauern, der sein kakelndes Huhn zur Rede stellt: Nu hab dich man nicht so für deine achsseen Heller! denn das war der ungefähre Preis für ein Ei. Oder: Sieh mal, wie dick sich das Rotkehlchen aufplustert auf der Mauer, das muß um die null Grad sein draußen. Wenn nun der Eichelhäher kommt. Nesträuber haben es auch schwer; neulich ist ihm ein ganzer Schwarm Amseln entgegen geflogen. Amseln? Ja. Am-seln. Inzwischen ist die linke, die nordöstliche Himmelshälfte fast ganz abgeräumt, die rechte zu Schlieren aufgelöst, das waren also doch Wolken; nun kommt das Licht sprungweise. Nordwind. Setz ein Hut auf heute, kalt wird das. Dann sagen alle Tschüß, oder auch Hattjé, für alle beginnt endgültig der Tag; Jakob geht zum Bahnhof.
– Jakob konnte gar kein Tschechisch!
Wenn er zurecht kommen wollte mit den Leuten von der tschechischen Eisenbahn, mußte er sie verschonen mit seinem Russisch aus Mecklenburg. Was Jakob in dem Brief zitiert hat: Protože nádraži je velmi daleko. (Weil der Bahnhof weit weg ist.)
Ne, jejich manželky jsou Češky. (Nein, Vorsicht doch! Ihre Frauen sind Tschechinnen.) Ještě dělám chyby. (Ich mache immer noch Fehler.)
– Was du so kannst, Gesine.
Aber für Jakob stand jeden Morgen ein Junge im Fenster, vier Jahre alt, und wartete auf seinen Freund:
– Ich seh dich.
– So do I.
– Well, see you later.
– Will do.
Und mit den Redensarten auf dem Bahnhof kannte er sich aus, unter den Tschechen:
– Mit dir nehm ich es allemal noch auf! groß wie du bist.
– Denn fang an.
– Denn ich bin man klein, und laufen kann ich fix.
Feliks: schwarzer Kinnbart über immer weißem Hemdkragen; Tonsurglatze. Tonja: Noch in Besorgnis gütiger Blick hinter der ungeschickten Brille; ein Dutt. Was die beiden sich wunderten,

daß ein so junger Mann von siebenundzwanzig Jahren so geschickt sein soll, allein zu leben! Dem bügelt man die Hemden.
Im Kreis Nordmähren, Marie. An der March, der Morava. Das müßtet ihr doch so bei lüttem in der Schule haben, die Olmützer Punktuation. An die siebzigtausend Leute. Ein Erzbischofssitz. Ein Wenzelsdom. In der Mauritiuskirche die größte Orgel Mährens. Der *Heilige Berg*. Die *Olmützer Sprachinsel*.
– Das hört sich an nach einsamen Spaziergängen.
Der Eisenbahner Feliks nahm den Kollegen Jakob mit zum Biertrinken. Die Familie reiste mit ihm, drei Stunden Schnellzug, nach Prag, führte ihn von der Ecke der Kaprova und Maislova ulice zur Dušni ulice, Mikulášska, Celetná ulice, zum Altstädter Rathaus, zum Fleischmarkt, zum Kinský-Palais, zum Karolinum, zum Gebäude der Assicurazioni Generali, zum Gebäude der Arbeiter-Unfall-Versicherungs-Anstalt, zur Bílkova ulice, zu Dlouhá třída: damit er dort die Fotografien aufnehmen konnte, wie sie bei ihm bestellt waren von einer Freundin im Westdeutschen. Da sie einstweilen verhindert war, im Tschechischen Besuch zu machen. Die hat eine Einladung seit dem. Abends in Olmütz fanden sie eine verwüstete Wohnung.
– Da waren Einbrecher gewesen, angereist vom Riverside Drive in New York.
Da hatten sie die Katze vergessen, ohne ihr ein Schlupfloch zu lassen im Kellerfenster, in der Hintertür. Der Katze aber war bewußt als eine Pflicht ihres Berufes, nur draußen sich zu erleichtern; den Drang im Leibe und in ihrer Not sprang sie vom Geschirrschrank auf die Nähmaschine, vom Eierkorb ins Sirupfaß. Wie verlegen sie war, als sie zurück kamen, die bei ihr angestellten Menschen. Wie gemein sie es fand, mit Lachen bestraft zu werden, mit einem warmen Bade. Hatte doch genug Sorgen mit dem Sohn, dem schmeichelnden Blondchen, das für Jagd auf Vögel und Mäuse verdorben war, zu faul. So vor dem Nachwuchs bloß gestellt zu werden!
Wie anders die Hunde: schrieb Jakob. Bei denen sei das Kratzen mehr ein symbolischer Akt. Die Katzen aber möchten vergraben, was ihnen unlieblich in die Nase sticht. Ihretwegen muß der Blumengarten eingezäunt werden – finde du Draht hier!
– Schickte Gesine Kükendraht aus dem Westdeutschen.
Zum Dank für die Belehrung tat sie das. Inzwischen trauten

Tonja und Feliks dem Kollegen Jakob aus Mecklenburg, obwohl er nach Luther erzogen war und in die Hölle kommen würde; von dem Erzbischof Josef Beran erzählten sie ihm. Am 7. Juni 1948 unterschrieb der Ministerpräsident Gottwalt die neue Verfassung, weil der Präsident auf Lebenszeit, Eduard Beneš, sich geweigert hatte, und bat den Erzbischof um seine Begleitung zu einem Dankgottesdienst. Ein Jahr später aber wurde der Erzbischof von Prag am Predigen gehindert, im August seiner Rechte und seines Ausgangs beraubt, im März 1951 aus Prag verbannt. Was den Titularbischof von Olmütz anging, so war er am 2. Dezember 1950 verknackt worden zu fünfundzwanzig Jahren Gefängnis. Es gibt im Kommunismus Regierungen, da weiß man nie.

Und damit der Kollege Jakob in seine Heimat zurückfahre mit vollständigem Wissen um Olmütz, vertrauten die Eisenbahner ihm an, wofür die Stadt neuerdings berühmt war. Die Parfümkisten-Verschwörung war es, und keiner durfte es wissen. Die Bomben kamen in Prag an bei dem Vorsitzenden der Nationalsozialisten Peter Zenkl, dem Justizminister Prokop Drtina, dem Außenminister Jan Masaryk. Der Generalsekretär der Kommunisten erklärte in öffentlicher Versammlung, die Leute Peter Zenkls selber hätten die geschickt. Nun gab es bei Olmütz einen Tischler, Jan Kopka, den rührten die Fahndungen der Partei, denn er hatte die Kästen selber angefertigt und wußte auch wozu. Ging er sich melden, wurde von dem Oberpolizisten der Partei der Lüge beschuldigt und mußte dies als seine Aussage unterzeichnen. Noch waren die Demokraten im Justizministerium, die nahmen Kopka noch einmal fest, fanden bei ihm Maschinengewehre, Handgranaten, Munition. Kopka als Kommunist gab einen Genossen an in der Gesinnung, den Eisenbahner Oplušti; bei dem war ein noch größeres Arsenal, das hatte er beziehen müssen vom olmützer Parteisekretariat der Kommunisten, für eine Weigerung oder Plauderei bedroht: du könntest zerquetscht werden zwischen zwei Waggons, oder von einem Zug stürzen, und keiner wüßte, was da passiert ist. Das kündigte ihm der zweite Sekretär J. Juri-Sosnar an, der hatte die Parfümkastenbomben angefertigt mit eigener Hand, war überführt durch laufende Nummern in Olmütz; und wen hatte nun wieder der zum Auftraggeber? einen Alexej Čepička. Das war der Schwiegersohn

von Klement Gottwalt, so kam die Sache nie vor Gericht, und die Sache mit dem Erzbischof wirst du schon gehört haben, Jakob. Und wer mußte im nächsten Februar aus einem Fenster springen im dritten Stock? der ehemalige Justizminister Drtina. Und wofür saß er dann fünf Jahre und drei Monate? für falsche Anklagen auf versuchte Meuchelmörderei. Dafür sind wir hier in Olmütz berühmt, Jakob.
Jakob hatte in dem englischen Haushalt Cresspahls sich gewöhnt an Tee, der stand bei Tonja und Feliks bereit auf dem Stövchen (nur mit dem Saft frischer Zitronen haperte es; mit Teelichtern auch). Für einen jungen Mann in der Fremde, man muß doch sorgen, fährt Tonja eigens nach Brno, da hat es vorgestern Zitronen gegeben. Teelichter baut Feliks.
Tonja genierte sich für ihre Figur; Feliks war einverstanden.
Eine Liebschaft unter ihrer Aufsicht, die gönnte sie ihm; trotz des Schmerzes. Nur belogen (verraten) zu werden, das ging gegen ihre Selbstachtung. Selbstachtung müsse man sich bewahren.
Von Feliks lernte Jakob, das Niesen habe im Mittelalter gegolten als Anzeichen der Pest; daher die guten Wünsche. Was sagen denn deine Italiener dazu, Gesine.
Einer vom anderen dachten wir: tut er es, so ist es wohlgetan.
– So daß du rechtzeitig wußtest, worüber er sprechen wollte mit dir, Gesine?
Nun will Marie noch wissen, warum sie einen Brief von Jakob aus Mähren noch nie zu Gesichte bekommen hat. Weil er verwahrt liegt in Düsseldorf. Wird die Mutter schwören, daß es ihn gibt? Sie tut es, sie legt sich die Hand auf das Herz. (Und wenn's ein Meineid war, ich tät's gleich noch mal.)
Aber das Kind blickt auf einen Strand in Amerika. Neben den Ausflüglern wird gearbeitet; ein Schaufelbagger kriecht mit voller Schnauze auf seinen Ketten zu einer Molenspitze, schüttet die Ladung in das Netz eines Krans, der vor sich hin seine Standfläche verlängern kann. Neben dem breiten Bohlensteig reißen »gefärbte« Arbeiter mit Brecheisen die Fundamente verrotteter Bungalows aus der Erde, stapeln die Bretterschwarten ordentlich auf. Alles neu macht der Mai, die durchgehende Jahreszeit der Spekulation.
Hinter dem Bohlensteig verwitterte, krumme, zusammensin-

kende Holzhäuschen, die man mieten könnte als Wohnungen oder Sommerhäuser auf Zeit, auch wenn die Telefonnummern der Besitzer schon ausgebleicht sind, abgeblättert. Eine der handschriftlichen Anpreisungen: All the bungalow people kiss my dick. Im flirrenden Himmel Flugzeuge mit Reklameschriften. SIE SEHEN VERBRANNT AUS. KÜHLEN SIE ES MIT –. Hütten mit fabrikmäßig vorgefertigten Fleischwaren, Blechdosen mit siebenundzwanzig trinkbaren Flüssigkeiten. Marie vertraut auf das Eis, das sie hier erwerben kann; statt auf eines in einer Fremde.

Zurückgetreten auf den hölzernen Strandweg, reißt sie sich beim zweiten Schritt einen Splitter in die Fußsohle, hält stoisch still nach den Regeln des Ferienlagers und würdigt ihr vielfarbiges Eis, während die Mutter ihr die Haut mit einer Scherenspitze aufritzt. Dennoch bricht der Splitter mehrmals ab. Unter der Schere entsteht ein plumper, rasch kugliger Tropfen Blut. Wir haben nunmehr ein humpelndes Kind.

Als der Strand schmal wird, treten die Siedlungen derer heran, die Neger genannt sein wollen; Leute mit förmlichem Betragen, die blicken vertraulich. Vier siebzehnjährige Kinder möchten ein fünftes ins Wasser tragen; weil am Sonnabend ein Schwarm Haie vor der Küste gesichtet wurde. In den verkommenden Schaufenstern die Reklame-Insignien der »Weißen«. Ein Großvater mit drei Kindern und ihren Angelruten zum Spielen; seine eigene hat er zu Hause gelassen. Gegend, imstande zu saftiger Vegetation; unter Abfällen der Industrie verkommt sie. Rundum einstöckige Wüstenei. Mitten im Juchhe des bedrängten Bahnsteigs liest eine des Deutschen Kundige ein Buch; »Die Einsamkeit des Menschen in der modernen amerikanischen Gesellschaft« steht auf dem Titel. Marie hat's gesehen, sie lacht. Seufzend, tapfer sagt sie: Wenn wir doch bleiben dürften.

14. August, 1968 Mittwoch

In die Bank Union Dime Savings, Park Avenue Ecke 50. Straße, traten gestern morgen um fünf nach neun zwei Herren, durchschnittlich angezogen (»etwa wie ein Leutnant bei der Polizei«: schätzt die Polizei), die brachten einen Revolver und ein Hacke-

beil. Als sie mit $4400 auf der Straße standen, riefen hinter ihnen Angestellte der Bank: Diebe! Diebe! und kein Taxi nahm sie als Fuhre, so im dicken Morgenverkehr, und den Rest des Vormittags verbrachten sie im 17. Revier. (Der eine war gerade im Juni entlassen worden aus Sing Sing, verurteilt wegen Übungen im Fache der Bankräuberei.)
Der ostdeutsche Sachwalter ist aus Karlovy Vary abgefahren so voller Zorn über die Weigerung seiner tschechoslowakischen Kollegen, ihre Presse wieder an die Kette zu legen; er läßt seine eigene Presse verschweigen, wo er war für siebenundzwanzig Stunden.
Die Bürger der Č.S.S.R. haben vierzig Pfund Gold und Wertgegenstände zu etwa zwanzig Millionen Dollar abgeliefert beim Aufbaufonds ihrer kommunistischen Partei; die aber wünscht sich von ihnen lieber, sie möchten ihre Pausen für Kaffee oder Bier verkürzen, den Ausschuß vermindern; härter arbeiten. Ein Arbeiter, in einem Brief an die Gewerkschaftszeitung Prace, fragt sich wozu. Wenn junge Leute zehn Jahre warten müssen auf eine Wohnung und noch vierzigtausend Kronen ($2500) dafür zahlen. Neue Maschinen müssen her! Und so ungefähr das Gefühl, daß Arbeiten sich lohnt!
Die Erlaubnis zum Weggehen von der Oberschule, das Zeugnis der Studienreife, das Abitur, die Schülerin Cresspahl erwarb es sich mehrmals.
Einmal von den Lehrern, wie die es denn wollten.
In Latein von einem bückichten, schreckhaften Greis, der übersah mit einer Darstellung von zerstreutem Wesen, daß aus der Zwölf A Zwei sein vorgezogener Jünger in der Grammatik, der Famulus Lockenvitz, wegblieb auf ein Nimmerwiedersehn, desgleichen die Schülerinnen Gantlik und Cresspahl für anderthalb Wochen, ohne die vorschriftsmäßigen Zettel der Entschuldigung von seiten der Familien. Der verriet sich, indem er sie erst im Februar einmal drannahm, als sie das Versäumte mochten nachgeholt haben. Der wich ein wenig zurück, wenn man anläßlich seines Marcus Tullius Cicero auf die Erwägung kam, dieser Redner gegen Korruption im Staat könne die eigenen Bedürfnisse an Bargeld auch bedient haben, oder gar auf die Verbreitung des Lateinischen durch die christliche Mission in Westeuropa; der war einmal böse hereingefallen in Geschichte; strafversetzt aus

Schwerin. Der wäre in einem Herzanfall verflattert, hätte eine Abordnung der Klasse ihn ersucht, die eigene wohlerwiesene Sittlichkeit zu benutzen zu einer Unterweisung über die Unsitte, daß einer der Schüler sich merkt und meldet, was die Kinder um ihn so schwatzen bei Betriebsbesichtigung in Gaswerk oder Brauerei. Der sehnte sich dem Ruhestand entgegen, einer Muße für die Abfassung einer ureigenen Monographie über die Schelfkirche zu Schwerin. Wer dem stille Rede stand über den ablativus absolutus, dem gab er eine Eins für den Abgang; aus Dankbarkeit für die Schonung.
In Englisch eine Eins für die Abiturientin Cresspahl von Hansgerhard Knick, der diese Sprache mit Hilfe von Schallplatten erlernt hatte und sie zu sprechen glaubte, nachdem er noch einmal in kurzen Hosen zu den Weltfestspielen der Jugend und Studenten 1951 nach Berlin gereist war, als Dolmetscher für eine Gruppe sozialistisch gesinnter Mädchen aus England von diesen nachsichtig behandelt. Wenn der Cresspahl aus ihrer Beschäftigung mit Th. Dreisers »Sister Carrie« ein conductor statt des guard für den Schaffner in die Rede rutschte, er versuchte anfangs sich an einem Verweis, gab sie bald auf. Auch war diese Schülerin ein wenig geschützt durch ihr Vorhaben, an einer Universität zu studieren, was er hätte nachholen dürfen; außer dem durch eine Hinterlassenschaft des freien deutschen Jungen Lockenvitz, der die Frau Knick aus der verlorenen Heimat kannte, eine vermögliche Bürgerstochter, keine Tochter von Arbeitern und Bauern, wie sie sich gehörte für einen Englischlehrer, der möchte von der Einheitspartei angenommen werden als Kandidat.
In Russisch eine Zwei im Abschlußzeugnis für G. Cresspahl, vornehmlich wegen Teilnahme an der Verschwörung, einer jungen Volkslehrerin mit dem Namen von Bülow beim Erlernen dieser Sprache bis zu einer Lehrbefähigung behilflich zu sein. Die war ängstlich genug wegen ihrer adligen Herkunft, die psychologischen Auskünfte ihrer Lehrgänge verwirrten sie wegen ihrer Abweichung vom Benehmen einer Zwölf A Zwei in Mecklenburg. Der Unterricht im Russischen wurde demnach verwaltet von Anita. Ein Opfer. Denn auf dem Lehrplan stand Stalins Versuch »Über dialektischen und historischen Materialismus«, wo es wimmelt von »Ferner ... Also kann ... Also darf ... Also hört ... Also verwandelt ... Also muß ... Ferner ...«; danach

des gleichen Autors Abhandlung über »Marxismus und Fragen der Sprachwissenschaft«. Was slushaju. Keiner von uns hätte damit auch nur eine Nagelschere kaufen können in Kiew oder Minsk. Nach Hamburg ging diese Eva von Bülow am Ende des Schuljahrs 1951/52; da dolmetscht sie nun im westdeutsch-sowjetischen Handel in Schiffbau und Stahl.

In Musik eine Zwei, bei Julie Westphal. Weil die Schülerin Cresspahl es zufrieden war, zu verbleiben im zweiten Alt; so mit Freizeit versehen, wenn der ausgewählte Schulchor übte für die sommerlichen Vortragsreisen in die Ostseebäder, mit Zeit für Ferien ohne Aufsicht. Auch weil der Fachkraft Westphal zugetragen war durch den Kandidaten Manfras, die Schülerin Cresspahl habe eine ihrer Lehrmeinungen als dumm Tüch bezeichnet; das meinte Julies Befund, es müsse das Lied vom Mond, der aufgegangen ist, verschwinden aus der demokratischen Musikpflege, nämlich wegen der darin enthaltenen Bitte, auch unser kranker Nachbar möge ruhig schlafen dürfen: da solche Fürsorge die ideologische Wachsamkeit des klassenbewußten Menschen unterhöhle, indem der Nachbar durchaus ein getarnter Volksfeind sein könne, den ruhig schlafen zu lassen ein Vergehen wäre. Des weiteren, weil die Schülerin Cresspahl zwar anhörte und aufsagte, was Frau Westphal vortrug über die kosmopolitischen, reaktionären Nationalisten und Feinde der Sowjetunion, als da anzuführen wären die Komponisten und Musiker Paderewsky, Toscanini, Strawinsky; danach von der Lehrerin eine Vorführung solcher schändlichen Eigenschaften im Werke der Verfemten erbat, so mal paar Takte am Klavier, Frau Westphal; daß man eine Ahnung bekäme.

In Biologie/Chemie eine Eins von einem ältlichen Männchen. Eine Tante wie die für Latein, nur eben dicklich, kugelig. Bei dem bekamen wir in der Zehnten jenes Stück Unterricht, in dem Kindern die geschlechtlichen Bedürfnisse und Befähigungen eines Menschen erklärt werden sollen; da hatte dieser Sabberer, nach eigenem Verständnis ein Schwerenöter, seiner unausgelebten Lüsternheit Zucker gegeben, indem er den Jungen vortrug, zwinkernd, einen steilen Zeigefinger neben dem Auge: Allein der Gedanke hebt Ihn, mit samt dem Gedicht:

Wenn man bedenkt,
Wie er da hängt,

So lose,
Der Große,
In der Hose . . .
Ihr seid Schweine!
Bei euch gefällt mirs:
(»Heinrich Heine«).

(Woher ein Mädchen der Zehn A Zwei das wußte und zu hören bekam? Ratet einmal! am besten fahrt ihr mit: Osmose.) Der wuselte immer noch vor uns umher und begeisterte sich an Beispielen für eine »Entwik-ke-lung« in der Natur; 1952 tischte er seinen Schülern das Märchen auf, es werde dem Menschen durch den Genuß von Bananen eine Kinderlähmung verursacht, wie schon den Kindern von 1937; da es auch zu deren Zeiten keine Bananen im Handel gegeben hatte. Ob er ihn denn in der Tat verehrte, den Lieblingssohn Stalins, den sowjetischen Biologen Trofim Denissowitsch Lyssenko, die Schüler in der Klasse Biologie/Chemie hielten das für unvereinbar mit der Herkunft des Lehrers von der Universität Heidelberg; brav rezitierten wir ihm, es komme bei Pflanzen allein auf die Umweltbedingungen an, wenn sie erworbene Eigenschaften vererben sollen. Daß sie es taten, es war nun einmal unsere einzige Wissenschaft auf einem Fachgebiet; weswegen Anita bei Betriebsbesichtigung auf Saatzuchtgut den Vorsteher anging um eine Auskunft über Mitschurin und dessen Zögling Lyssenko. Das war ein Professor mit Lehrstuhl, ein vielfacher Doktor nach Verdienst und Ehren halber, ein Träger des Nationalpreises, dem war ein Verbleiben bei seinen Versuchsfeldern näher gewesen als der beiläufige Umstand, daß der Neue Staat sie in eigenen Besitz überführte. Zu einem solchen Mann spricht eine Anita bescheiden und mit einer Achtung, die kann er sehen. Er mochte Ärger aufbewahren von einer Sitzung in Rostock oder einer Akademie; erbost, streng wie ein Geheimrat setzte er ihr, ihr allein, auseinander, es möge eine Fixierung genetischer Eigenschaften auf somatischem Umwege vielleicht in 10 hoch 6 Millionen Jahren vorkommen, da andernfalls Theorie von der Weiterentwicklung des Lebens hinfällig. Bei mir gibt es keine Lyssenko-Beete, junge Frau! Wir standen um sie, sahen sie die Augen niederschlagen, erröten. In solchen Augenblicken fehlten sie uns, die Herren Pagenkopf und Lokkenvitz; die hätten jeder auf seine Art etwas unternommen gegen

die Kränkung eines Mädchens von ihrer Klasse. Zum Glück sah auch der Genosse Professor rechtzeitig, daß hier die Schule sich zu schämen hatte statt Anita; nahm sie um die Schultern und weg auf einen Spaziergang, ihr etwas zu erzählen von Bonitierung und Anerkennung des Saatgutes wie auch den Umstand, daß die Landwirtschaft eines kleinen Staates sich keine Beliebigkeiten erlauben darf in der Genetik. Wir standen um unsere Fachkraft für Biologie, überhörten ihr verlegenes Brabbeln und hofften, es werde uns eine getröstete Anita zurück gebracht. – Heil Moskau und Lyssenko! sagte die Schülerin Gantlik (wenn kein Jugendfreund Manfras in der Nähe war); sie hat an jenem Nachmittag auf einen Berufswunsch verzichtet.
Eine Eins in Mathematik und Physik für Gantlik wie Cresspahl bei Eberhard Martens; genannt »Das Böse Auge«, weil er aus Unteroffizierszeiten einen hypnotischen Blick behalten hatte, der suchte nach Vergehen. Ein Lehrer, der den Unterricht weiterführt, wenn ihm hätte aufgehen dürfen, daß nur drei Angehörigen seiner Klasse der Begriff der Zuordnungsvorschrift Funktion zugänglich geworden ist. Mit uns war der verlegen, der rätselte an unserer steifen Höflichkeit. Den hatten wir erzählen hören, breit mecklenburgisch, behaglich: Ich schwitz kaum; das haben mir die Märsche in Rußland abgewöhnt; die annnern habn ja ümme getrunkn; es gipt bloß einen Zustand, da schwitz ich. Zum anderen hatten wir den erzählen hören, in einem Gespräch unter Männern, mit der Fachkraft Hg. Knick, von einem bedenklichen Zusammentreffen auf den Straßen von Warschau im Jahr 1942: Kommt mir eine Person entgegen, die plinkert, bis daß ich das merk, ihr Busen ist verschoben gegen den Gang; hab ich sie vorgenommen. Hat doch das Biest von den Strumpfhaltern zum Büstenhalter mit Gummibändern kreuzweise ... war technisch wohl Rassenschande. »Das Böse Auge« versuchte die ostdeutsche Republik im Jahre 1954 zu verlassen, die Gepäckkontrolle an der Grenze fand privat anmutende Photographien von Heinrich Himmler und jenem General der S.S., der das warschauer Ghetto hat schleifen lassen und die Bewohner in den Tod verschleppen; zwei Jahre Zuchthaus. Diesem Lehrer schützten wir eine Fügsamkeit vor bis zum Abitur.
Die Fachkraft für Deutsch/Gegenwartskunde hätten wir angehen dürfen mit Lustigkeit; wir hüteten uns, in der Regel. Denn in

der Neunten von 1952 gab es ein Mädchen, das hieß Kress, zur Hälfte wie die Schülerin Cresspahl. Auf die Frage, wer denn wohl der Genosse Stalin sei, gab dies Kind die Vermutung an, er sei der Präsident der Sowjetunion. – Setzen! Fünf! schrie Bettinchen, und in gleichem Atemzug: deine ganze Familie ist mir verdächtig! Da sie die Schülerin Kress zum ersten Mal sah und unbekannt blieb mit deren Familie, wußte eine in der Zwölf A Zwei, auf wen Bettinchen in der Tat einen Piek empfand.
Ernsthafter Miene sagten wir ihr in Deutsch auf aus dem Gedicht »Die Erziehung der Hirse«, das der Schriftsteller Bertolt Brecht im Jahr zuvor veröffentlicht hatte:

20
Josef Stalin sprach von Hirse
Zu Mitschurins Schülern, sprach von Dung
und Dürrewind.
Und des Sowjetvolkes großer Ernteleiter
Nannt die Hirse ein verwildert Kind.

21
Nicht die Hirse war die Angeklagte
Als die launische Steppentochter ward verhört.
In Lyssenkos Treibhaus, fern in Moskau, sagte
Aus sie, was ihr hilft und was sie stört.

In Gedanken womöglich bei einem anders bezeichneten Hause, in dem der Schüler Lockenvitz, auch in einer Ferne, verhört wurde über was ihn stört, erläuterte Anita der Frau Selbich die poetischen Ziele dieser Zeilen, nämlich die naturwissenschaftliche Grundlage für die marxistische Auffassung von gesellschaftlicher Entwicklung, die Prägung des Menschen durch sein soziales Milieu sowie auch die Vererbung der so erworbenen Tugenden (samt Unterschied zu den Milieu-Theorien von Marx' Zeitgenossen; unter strikter Vermeidung des Terminus Soziologie, damals noch geächtet als Ausdruck imperialistischer Afterwissenschaft).
Überdies war »Die Erziehung der Hirse« verziert mit einer Vertonung, das ließ sich singen mit Längen auf dem jeweils letzten a:

Tschaganak Bersijew, der Nomaaade
Sohn der freien Wüsteneien im Land Kasakstaaan –

was sollte Bettinchen da erkennen als einen etwas kindlichen Übermut im Rahmen des Lehrplans?

Vom selben Autor wurde bei Frau Selbich studiert das Werk »Herrnburger Bericht«, eine poetische Erinnerung an den Empfang, der den westdeutschen Besuchern des Deutschlandtreffens von 1950 am Grenzübergang Herrnburg bereitet wurde von ihrer Schupo. Das Innenministerium von Schleswig Holstein hatte verordnet, die Jugendlichen seien nach ihren persönlichen Daten samt Arbeitsplatz zu registrieren und ärztlich zu untersuchen, weil sie auf Stroh übernachtet hatten; die Rückkehrer wehrten sich mit Steinwürfen und Handgemenge, biwakierten anderthalb Nächte auf freiem Feld, bis sie nachgaben und ihre Ausweise hinhielten für den Stempel »Erledigt« oder »In Ordnung«. Daraus war bei dem Dichter Brecht geworden, sie hätten die Fahne der F.D.J. auf das Dach des lübecker Hauptbahnhofs »gepflanzt« und gesiegt, mit einem Befund über zwei Parteivorsitzende in der Bundesrepublik:

Schuhmacher, Schuhmacher, dein Schuh ist zu klein,
In den kommt ja Deutschland gar nicht hinein.
Adenauer, Adenauer, zeig deine Hand,
Um dreißig Silberlinge verkaufst du unser Land.

Das wurde aufgeführt zu den III. Weltjugendfestspielen der F.D.J. in Berlin, und die englischen Mädchen mit dem sozialistischen Gewissen um unseren Hg. Knick in kurzen Hosen mochten es gewiß *awful* finden, was er ihnen übersetzte:

Deutsche wurden von Deutschen gefangen
Weil sie von Deutschland nach Deutschland gegangen.
. . . Schlagbaum und Schanzen.
Hat das denn Zweck?
Seht doch, wir tanzen
Drüber hinweg.

Wir waren albern genug, eine Inszenierung des Chorwerkes auch vorzuschlagen für die Fritz Reuter-Oberschule in Gneez (weil Herrnburg doch Nachbarschaft sei), zur Begeisterung von Bettina S. (über ihre pädagogischen Erfolge). Da legte Julie Westphal sich quer, der schwante etwas von unserer Verwunderung über einen Dichter, der sich empörte über westdeutsche Polizeikontrolle, weil er von der ostdeutschen meistens verschont wurde. Aber das Lehrziel erreichte die Schule. Indem sie uns nur die Brotarbeit Brechts vorführte, mit einem Nationalpreis (hunderttausend Mark) als Belohnung dazu, verleidete sie uns seine

»Hundert Gedichte«, die im selben Jahr 1951 auf den Markt kamen; die durften wir als auch madig verdächtigen.
Wer ein Exemplar von Bertolt Brechts »Hundert Gedichte«, wie immer antiquarisch, wenn möglich mit dem Schutzumschlag, abzugeben gewillt ist, wird um einen Preisvorschlag gebeten an Mrs. Gesine Cresspahl, wohnhaft... c/o Státní Banka Ceskoslovenská, Praha 1.
Mit dem Denunzieren der kosmopolitischen Volksfeinde hatte Bettina ihre Mühe. Von Rainer Maria Rilke wußte sie, er sei ein volksfremder Lyriker gewesen; Stefan George nannte sie einen Säulenheiligen. Aber was anfangen mit Jean-Paul Sartre? Die Schülerin Cresspahl schlug vor: dieser Mensch habe ein Buch namens »L'Être et le Néant« 1943 in Paris veröffentlicht, unter der nazideutschen Besatzung; eine Eins bekam sie. Ach, wie entbehrten wir Lockenvitz!
Der war noch bei uns gewesen auf der Betriebsbesichtigung Barlach; fuhr mit nach Güstrow in einem Anzug wie die Schülerin Cresspahl in einem sonntäglichen Kostüm; indem ihr Vater das angewiesen hatte als eine Schicklichkeit für den Besuch bei einem Toten. Den hatten die Mecklenburger, Fiete Hildebrandt immer voran, so getriezt und gequält, er starb in Rostock 1938, begraben werden wollte er in Ratzeburg. Hier, vor den schwebenden Engel im güstrower Dom, vor die Figur des Zweiflers, die junge Frau im schlimmen Jahr 1937, traten wir ein zweites Mal, wenn Bettina durch war mit ihrem ausdeutenden Sums; um sie schweigend ansehen zu können. (Lise Wollenberg brachte den Versuch fertig, den Namen der »Gefesselten Hexe« der ehemaligen Freundin Cresspahl anzuhängen; wegen einer zweifelhaften Ähnlichkeit en face; Lise wurde bei Gelegenheit nun angesehen, gerade von Jungen, als sei sie von Sinnen.) Mit einer Sammlung von Abbildungen des »Fries der Lauschenden« zog Gesine Cresspahl um nach Hessen, ins Rheinland, nach Berlin, an den Riverside Drive von New York City.
Den Ausflug hatten wir im September unternommen, im Dezember 1951 begann eine Ausstellung von Werken Barlachs in der Deutschen Akademie der Künste in Berlin NW 7, im Januar danach begann in Gneez eine Lehrerin für Deutsch und Gegenwartskunde zu lernen aus der Zeitung der Einheitspartei

Und in welchen Fällen bilden wir den Genitiv »des neuen Deutschland«?

Warum sprechen wir von einer Veröffentlichung »des ›Neuen Deutschlands‹«?

was Bettinchen uns falsch berichtet hatte vier Monate zuvor. Die S.E.D. hatte ihren Sachbearbeiter für Kunst entsandt in die Akademie, einen Girnus, wohlbewandert in den volksfeindlichen Praktiken des Formalismus, der wollte dem Verstorbenen wenigstens zugute halten, daß die Nazis ihn behandelt hatten als ihrer Art fremd. Aber Barlach habe auf verlorenem Posten gestanden, ein im Grundzug rückwärts gewandter Künstler sei er gewesen. Unberührt vom Hauch der russischen Revolution von 1906. Bekleidete eine Welt der »Barfüßler« mit einem Glorienschein. Was hingegen hat Stalin in seinem Werk »Anarchismus oder Sozialismus« über diese Welt der »Barfüßler« gesagt? Er hat erwidert: Richtig ist, daß ... Barlachs Orientierung auf eine verfaulende Gesellschaftsschicht hat ihm dem Zugang zu dem großen progressiven Strom des deutschen Volkes verschlossen. Von ihm sich isoliert. Das das ganze Geheimnis seiner selbstgewählten Vereinsamung.
Pflichtgemäß verfaßten wir einen Aufsatz in Deutsch über das ganze Geheimnis, peinlich vergleichend zwischen den Äußerungen eines N. Orlow in der Zeitung der Besatzungsmacht

Tägliche Rundschau! Neueste Ausgabe!
Klägliche Rundschau; alles Angabe.

und gewissen Auffassungen des zum Formalisten beförderten Ernst Barlach über die Bindung der plastischen Gedankenwelt »an die solidesten Begriffe des Materials, des Steines, des Metalls, des Holzes, fester Stoffe«. Wir logen wie gedruckt; wir arbeiteten für das Abitur.
Seit dem Besuch in Barlachs Haus am Inselsee von Güstrow hatten die Schülerinnen Gantlik und Cresspahl eine Verabredung mit einander, eine Heimlichkeit. Beide waren beiseite getreten von der kunstkritischen Unterweisung durch die Fachkraft Selbich, fanden einander auf dem Kamm des Heidberges, wo ein Abhang sich öffnet, güstrower Kindern wohlbekannt als

Schlittenbahn, auch dem Auge freien Weg öffnend über die Insel im See und das hinter dem Wasser sanft ansteigende Land, besetzt mit sparsamen Kulissen aus Bäumen und Dächern, leuchtend, da die Sonne gerade düstere Regenwolken hat verdrängen können; welch Anblick mir möge gegenwärtig sein in der Stunde meines

Es ist uns schnuppe, ob dir das zu deftig beladen ist, Genosse Schriftsteller! Du schreibst das hin! wir können auch heute noch aufhören mit deinem Buch. Dir sollte erfindlich sein, wie wir uns etwas vorgenommen haben für den Tod.

Sterbens. Wir vertrauten einander etwas an über die Unentbehrlichkeit der Landschaft, in der Kinder aufwachsen und das Leben erlernen. Wir sagten eine der anderen, wie wir einander gefielen. Für den Rest des Schuljahres galten wir weiterhin als zwei, da bleibt die eine der anderen fremd; freund waren wir.
Fast hätte Anita sich ums Abitur gebracht. Mitglied der Freien Deutschen Jugend war sie, nun sollte sie sich bekennen zum Beschluß des IV. F.D.J.-Parlaments vom 29. Mai 1952, für alle Mitglieder sei der Dienst in der Kasernierten Volkspolizei eine ehrenhafte Verpflichtung. Sie, die vor zwei Jahren noch beschworen hatte, sie werde sogar eine Arbeit im Telegrafenamt für Kriegszwecke verweigern, Anita war auserwählt zu marschieren wie die Mädchen der F.D.J. in Leipzig mit umgehängtem, die Jungen mit geschultertem Gewehr. Auch für Anita war eine Zukunft bereit gehalten, da durfte sie das Scharfschützen-Abzeichen der F.D.J. erwerben mit drei Schuß einundzwanzig Ringe für die Stufe Eins. Anita saß in der Klassengruppenversammlung mit gesenktem Kopf, hielt die roten Stütze im Nacken still, schwieg beharrlich. Wer weiß, ob sie noch zuhörte, als Gabriel Manfras sachte zu drohen begann mit einem Vergleich zwischen schulischen Leistungen und dem politischen Bewußtsein, das nun einmal mit auf die Reise muß beim Erstürmen der Festung Wissenschaft.
Die Schülerin Cresspahl, Vorsitzende der Beratung, sagte in aufgebrachtem Ton: Ohrfeigen könnte sie sich. Hier reden wir über den Stockholmer Appell und eine Wehrpflicht und haben keine Augen für eine Anita, die ist krank. Dir ist doch übel, Anita? Du

geh nach Hause. Abstimmung über die Unpäßlichkeit der Schülerin Gantlik. Dafür. Dagegen. Enthaltungen: Keine.
So konnte die Schulgruppe Fritz Reuter aus Gneez an den Zentralrat der F.D.J. in Berlin ein einmütiges Einverständnis mit dem Waffenbeschluß telegrafieren, ein einstimmiges, wie es für schick galt. So verzog Anita nach Westberlin, sobald ihr die Urkunde über schulische Leistungen ausgehändigt war.
Die Deutsche Reichsbahn nahm keine Koffer an zum Verschikken nach Bahnhöfen in Ostberlin; es sollte die Bürger hindern an der Flucht durch die Stadt. Anita gab einen Koffer auf an eine Station südlich von Teltow.
Für die Reise steckte sie sich an: ihr Großes Sportabzeichen, ihr Kleines Sportabzeichen, das Abzeichen der Gesellschaft für Deutsch-Sowjetische Freundschaft, das Abzeichen der F.D.J., das Abzeichen »Für Gutes Wissen« in Silber und das Mitgliedsabzeichen der Sozialistischen Einheitspartei Deutschlands, das sie einer Lehrerin für Gegenwartskunde zu entwenden gewandt genug gewesen war; litt unter den abweisenden, abschätzigen Blicken der anderen Fahrgäste, obendrein da sie von sich verlangte, einem jedem Uniformierten »Freundschaft« zuzurufen. Am zweiten Tag in Westberlin verließ sie das »Autohotel«, in dem sie durch einen Herrn Cresspahl empfohlen war, fuhr mit ihren Orden und Ehrenzeichen an der Brust über die Stadtgrenze, ihr Gepäck abzuholen. Das Gepäck war ausgeblieben. Sie machte einen Aufstand, wie er ihrem Parteiabzeichen anstand (»Der Parteilehrgang beginnt morgen, und ich steh hier ohne ein Handtuch!«), und erreichte, daß ihr der Koffer gegen die Vorschrift an den Ostbahnhof geschickt wurde (»Das werden Sie ja sehen ob Sie das machen, sehen werden Sie das ja!«); versuchte umzusteigen in die Stadtbahn Richtung Westen. Auf der Treppe zum Bahnsteig für Züge nach Spandau sah sie einen Tisch quer gestellt, daran Soldaten der Roten Armee. Flott, kameradschaftlich lief sie auf die Russen zu. Die waren eher erleichtert über die Abwechslung und flirteten mit dieser deutschen Verbündeten; wachsam und fürsorglich unterbrachen sie das Gespräch mit dem Ausruf: Laufen Sie bloß, Genossin, da kommt Ihr Zug. Jenseits der Grenze fiel sie auf mit ihrem Blech; hob mehrmals die linke Hand in Schulterhöhe, kratzte sich ein bißchen durch den Mantel, nahm in der hohlen Hand ein Ehren-

zeichen nach dem anderen ab und ließ es in die Manteltasche fallen.
Ob es sonst Schummelei gab beim Abitur? Gewiß; da kündet eine Sage von Englisch-Texten, versteckt in einer verrotteten Aulabank. Hier müssen wir billiger Weise beginnen zu schweigen, da die meisten der Beteiligten (Betroffenen) noch leben, wo sie das Zeugnis ihrer Befähigung erwarben.
Das erste Abitur, das war der letzte Besuch bei dem Schüler Lockenvitz gewesen, am 15. Mai 1952.
Das zweite war datiert vom 25. Juni und gab als allgemeine Beurteilung:
G. C. ist eine gewissenhafte, zuverlässige Schülerin gewesen, die selbständig und gründlich gearbeitet hat. Ihre Initiative hat vorbildlich auf ihre Klassengefährten gewirkt.
Zur gesellschaftlichen Tätigkeit:
G. C. ist seit dem 10. 9. 1949 Mitglied der F.D.J. Sie leistete gute organisatorische Arbeit. Sie bemühte sich durchaus mit Erfolg in weltanschaulichen Fragen Klarheit zu gewinnen.
Lizenz-Nummer: Zc208–25 3 52 5961–D/V/4/59–FZ501.
Da war sie wieder, die Weltanschauung, die verpönte. Frau Habelschwerdt hatte büßen müssen für ein verfehltes Wort. Die Neue Schule, die Alten Wörter. Von nun aus kenn sich aus, wer das muß und Lust hat.
Das dritte Abitur, es wurde in Jerichow abgehalten.
Da fuhr in den letzten Junitagen Cresspahls Tochter vom Baden in der Ostsee auf der rander Chaussee nach Hause, zu der sonderbaren Zeit von etwa siebzehn Uhr, da hören ehemalige Oberstudienräte für Englisch und Latein auf mit ihrer Arbeit in den Kleingärten hinterm Neuen Friedhof und begeben sich heimwärts, ihren Tee zu bereiten, wie sie sich das angenommen haben in Universitätsjahren zu London und Birmingham. Da schritt ein alter Mann fürbaß, in zerrissenem Oberhemd, Harke und Hacke auf der Schulter, dem bot die ehemalige Oberschülerin Cresspahl eine Tageszeit so schüchtern, wie ihr zumute war. Der tat ihr Bescheid wie vor zwei Jahren; tat entsetzt, als das Kind sich anschickte, abzusteigen und ein Stück Weges ihn zu begleiten. Er wies es von sich; um eine Verzeihung für seinen unschicklichen Aufzug bat er das gnädige Fräulein.
Daß er ihr ja aus den Augen komme, schickte er sie voraus in die

Stadt, mit genauem Auftrag, was sie denn einkaufen solle in der ehemals papenbrockschen Bäckerei an Hörnchen und Streuselkuchen und Amerikanern. Als sie auftrat in seinen zwei Zimmern am Markt in Jerichow, hatte Kliefoth sich rasiert, in einen schwarzen Anzug geworfen; stand an der Tür wie des Fräuleins gehorsamster Diener. Es war dann seine Besucherin, die mußte das Naschzeug aufessen bis zum letzten Krümel, während sie zwei Jahre Schulzeit beichtete. Er saß aufrecht hinter dem Tisch, festen Blicks. Ihm war behaglich, das war zu sehen, wenn er die Zigarre von sich abhielt und sie betrachtete mit einem Wohlgefallen. Der Schülerin war ein guter Ausgang ungewiß.

– Iam scies, patrem tuum mercedes perdidisses: sagte Kliefoth schließlich, auffordernd.

Du wirst bald wissen, daß dein Vater das Lehrgeld verloren hat. Was Sie in jener Schule gelernt haben, Fräulein Cresspahl, es ist eine schlechte Ausrüstung für ein Leben in den Wissenschaften.

Die Ferien des Sommers 1952 verbrachte Cresspahls Tochter noch zur Hälfte an der See; vom frühen Nachmittag an jeden Wochentag hatte sie bei Kliefoth aufzutreten mit einer Tüte Kuchen und nahm von ihm Belehrungen an vermittels eines Buches, dessen einer Leitsatz lautet: It may be fairly said that English is among the easiest languages to speak badly, but the most difficult to use well (Prof. C. L. WRENN, University of Oxford: The English Language, 1949, p. 49).

Zur Abreise an die Universität bekam sie's sogar geschenkt, das Handwerkszeug, und ist damit umgezogen bis auf die andere Seite der Welt: Gustav Kirchner, Die zehn Hauptverben des Englischen im Britischen und Amerikanischen, Halle (Saale) 1952.

Diesen Lehrer hat die Schülerin Cresspahl aufgesucht, solange sie noch nach Hause kam nach Mecklenburg. Und immer mußte sie vor seinen Augen Kuchen essen, weil das eine von seinen Vorstellungen war für junge Damen.

Dem schreiben wir einen Brief Rechenschaft ein jedes Jahr, und sieben dazu, wenn's uns beliebt.

Den hat die Schülerin Cresspahl einmal am Rande gefragt, wie es zuging für zehnjährige Kinder im Jahre 1898 in Malchow am See in Mecklenburg; dreißig Seiten in einer Schrift aus Stickerei schickte der:

»Der 10jähr. Landjunge von 98 könnte ich selber sein – aber wir Stadtjungen distanzierten uns doch von den post numerando gebliebenen gleichaltrigen ›Landmoritzen‹ (lokale Verballhornung ›Landmilizen‹). In M. wurde die übliche päd. Medizin schmunzelnd – weil der Lehrer stets in ›Mählspich‹ (Vorhemd und Kragen) ging, während der Bürger u. Handwerker solche ›Kreditspitzen‹ nur bei wichtigen Gängen in die Stadt umband – hingenommen u. im Vorübergehen ohne Anmerkung weitergegeben: ›Hest all hürt, Heinrich, Fritz A. hatt hüt morgen wedder n'Norsvull kraegen?‹ Wie kam nun der 10jährige vom Land in die Stadt? Von der Benutzung eines Fahrrades, damals noch Veloziped, plattd. Vilitzipeh genannt u. auch nur bei trockenem Wetter weiß ich nur in 1 Fall. Von Gutsjungen gingen mit mir zusammen nur der Sohn eines Kutschers u. ein Statthalterssohn, der die 5 km von seinem Gut zu Fuß zurücklegte. Bewohner von Ortschaften an den Seen (Petersdorf, Göhren, Nossentin) kamen (sonntags) meistens per Kahn zur Stadt. Forts. folgt. 20. 9. 63. Kl.«

Bloß weil ich wissen wollte, wie mein Vater mochte aufgewachsen sein. Aber worüber klagt Kliefoth: manchmal verwendet er eine ganze Woche auf die Gedichte von Robert Burns, und es kommt vor, daß er eines dann doch vergessen hat.

Dem schicken wir, über Anita, die Zigarren und den Tabak, wie sie ihm zustehen nach seinem Bedürfnis und Verdienst, (so wie Brecht für den Dichter Oscar Wilde täglich eine frische Rose hätte besorgen wollen in Ostdeutschland); weswegen seine Briefe regelmäßig beginnen: Mahnend erhobenen Zeigefingers ob der Verwöhnung eines unnützen alten Mannes . . .

Seine Briefe unterzeichnet er, als wär's eine Zensur, mit Lehrerkürzel.

Er beginnt sie mit den Worten: Liebe, verehrte Frau und Freundin Cresspahl.

Hätten wir's doch verdient.

Das dritte Abitur, das soll gelten.

Es mag ein Abfertiger auf dem Flugplatz J.F.K. N. Podgorni heißen, oder doch ein solches Namensschild tragen müssen auf der uniformierten Brust, so daß er gewöhnt sei an befremdliche Begebenheiten, und arbeitet seit sechs Jahren für ein und die selbe Luftfahrtgesellschaft, an diesem Morgen blickt er zweifelnd auf zwei Damen namens Cresspahl, die wünschen nach California zu reisen mit keinem Gepäck als dem, das sie vielleicht mitführen in ihren Manteltaschen, darunter womöglich eine Waffe zum Schießen; am liebsten würde er die beiden abtasten. Da haben Sie mit Zitronen gehandelt, Mr. Podgorni, und auf Wiedersehen, mein Herr.
Was wollen wir in San Francisco auf einen Tag? Wir wünschen über die Bucht des Goldenen Tores einzufliegen. Marie soll das Große Rad sehen, das an seinen Kabeln die Straßenbahnen über die Berge der Stadt zieht. Die spanischen Hauskästen auf den Hügeln, leuchtend vor Weiße in dem bräunlich gebrannten Bewuchs der Erde. Vielleicht begegnen wir noch einmal am Hauptpostamt dem Bettler, der vor sechs Jahren für einen Vierteldollar sich bedankte mit dem Bescheid: You are a real lady, that's for sure. Wir benötigen einen Fensterplatz an der Fischerswerft. Und warum dürfen wir das? weil Marie eine Rückkehr nach New York City gegen neun Uhr abends erwartet. Weil wir uns von neuem vorbereiten müssen auf ein Fliegen über lange Strecken. Und warum möchten wir es? weil in New York fremde Stimmen in die Telefonleitung kommen, italienische wie amerikanische, und fragen nach einem Professor Erichson. Weil da zur beliebigen Stunde ein Telegramm geliefert werden kann aus Helsinki mit der Nachricht, es sei da jemand im Sprechen behindert. Bitte, würden die beiden Damen mit dem Anfangsbuchstaben C als erste die Kabine betreten. Wir begrüßen die Schwestern C. an Bord unserer 707 auf dem Fluge nach S.F.

– Zur Eingewöhnung in den Abschied: vermutet die jüngere der Reisenden C., nachdem sie im Steigflug ihren Grundbesitz auf Erden vermessen hat, die Insel Manhattan und die orangenen Doppelstockboote im Hafen. – Nie ginge ich weg für immer von wo ich zu Hause bin!
– Das sagt jemand leicht, der hat zu Hause höhere Anstalten für

höhere Bildung die Menge, und eine Columbia-Universität um die Ecke.
– Gesine, würdest du mir raten zum Studieren?
– Wenn du lernen möchtest, eine Sache anzusehen auf alle ihre Ecken und Kanten, und wie sie mit anderen zusammenhängt, oder auch nur einen Gedanken, damit du es gleichzeitig und auswendig verknoten und sortieren kannst in deinem Kopf. Wenn du dein Gedächtnis erziehen willst, bis es die Gewalt an sich nimmt über was du denkst und erinnerst und vergessen wünschtest. Wenn dir gelegen ist, eine Empfindlichkeit gegen Schmerz zu vermehren. Wenn du arbeiten magst mit dem Kopf.
– Und wenn du im Leben bloß gelernt hättest, wie man eine Kuh melkt oder Kartoffeln kocht für Schweine?
– Das mit dem Lügen wäre gleich schlimm, auch die Schuld gegen andere. Aber die Erinnerung wäre weniger scharf, bequemer glaub ich. »Dumm sein und Arbeit haben / das ist...« das wünscht ich mir. Für diese Auskunft hafte ich nur dir, Marie.
– Wärst du geblieben in Jerichow, hättest du geheiratet in der Petrikirche, drei Mark für Ausschmückung zur Trauung, vier Mark für Gesang und Orgelspiel, ohne das genierliche Singen.
– Davon ist bloß wahr, ich möcht da beerdigt werden. Wenn du die Gemeinde dazu kriegst, den alten Friedhof noch einmal zu öffnen. Es braucht kein eigenes Grab zu sein; Jakobs genügt mir.
– Weil die Erde unvergänglich ist.
– Ja. Aus Aberglauben. Gegeben auf der Erde, den heutigen, neuntausend Meter über Chicago.
– Das mußt du aufschreiben lassen bei Dr. Josephberg. Wenn wir abstürzen, wir sterben doch zusammen.
– Mit Glück.
– D. E. erledigt das für uns.
– D. E. kann kochen, er kann backen. Und übermorgen stiehlt er der Königin Kind. And there will be / an end of me.
– Of him, Gesine. Rumpelstiltskin.
– Der Abschied 1952 war wie 1944 zum ersten Mal. Cresspahl brachte seine Tochter an die Haustür, lehnte am Rahmen, redete ein letztes Wort mit ihr. Binde dich ein Schaol um dein Hals. Als ginge es bloß zum Gustav Adolf-Lyzeum in Gneez, statt zu einer

Martin Luther-Universität an der Saale. Blot dat he man rookte as 'n lüttn Mann backt.
– Mein Großvater war von stattlichem Wuchs!
– De lütt Mann, das war in Mecklenburg der arme, der heizte mit Reisig; der wohlhabende mit Buchenkloben. Das gibt einen feinen, einen ruhigen Rauch.
– Wenn einer gerade was verliert.
– Raucht er hastig.
– Nun die Aussteuer.
– Die Aussteuer war ein Mietzimmer am Amtsgraben von Halle, fünf Minuten Fußweg zur Saale; das hatte Jakob mir besorgt. Kommen viel umher, die Eisenbahner. Dahin wurde eine Truhe geliefert mit Windrosenschnitzwerk im Deckel. Herr Heinrich Cresspahl, Tischlermeister i.R. zu Jerichow, hatte seine Tochter für ein Leben an der Saale versehen mit einem Kostüm für den Winter, zwei neuen Kleidern für den Sommer (Rawehn, feinste Schneiderarbeit am gneezer Markt). Von Herrn Dr. Julius Kliefoth waren beigesteuert: FEHR, Die englische Literatur des 19. und 20. Jahrhunderts / mit einer Einführung in die englische Frühromantik; KELLER / FEHR, Die englische Literatur von der Renaissance bis zur Aufklärung; WÜLKER, Geschichte der Englischen Literatur von den ältesten Zeiten bis zur Gegenwart; die Columbia Encyclopedia von 1950; ein MURET-SANDERS von 1933. Von Jakobs Mutter eine Bibel, mit der Inschrift auf dem Vorsatzblatt: 1947 eingetauscht für einen Hasen; Gottes Segen für G. C. in der Fremde. Des weiteren ein Konto beim Postscheckamt Halle/Saale.
– Finde ich frech, sich das Stipendium überweisen zu lassen vom Staat.
– Kein Stipendium für eine Studentin aus dem rückschrittlichen Mittelstand.
– Dein Vater zahlte Steuern! Du warst belobigt worden für deine Auftritte in der staatlichen Jugend!
– Für Cresspahl war der Staat jemand, mit dem hatte er keinen Vertrag; der besaß bloß Macht über seine Arbeit. Von dem wollte er keine Studienbeihilfe für seine Tochter geschenkt. Überwies ihr im Monat 150 Mark, dreißig weniger als die Kinder mit proletarischen Stammbaum sich abholen durften im Prorektorat für Studienangelegenheiten am Universitätsplatz 8/9.

– Wäre ich böse gewesen.
– Marie, ich kam aus. Butter konnte ich kaufen.
– Auf die Staatsverwaltung böse.
– Vorsicht an der Bahnsteigkante! Das konnte ich jeden Tag verlieren, was das Seminar für Englische Philologie (6) anbot im Herbstsemester vom 22. September bis zum 19. Dezember 1952:

Geschichte der amerikanischen Sprache;
Neuenglische Syntax, mit Seminar;
Englische Sprachübungen;
Geschichte der engl. Lit. im Industrie- und Monopolkapitalismus, mit Seminar;
Geschichte der am. Lit. im Imperialismus;

dafür erschien stud. phil. Cresspahl pünktlich zum pflichtmäßigen Unterricht in Russisch, Pädagogik, Polit-Ökonomie; schrieb in Gesellschaftswissenschaften säuberlich mit, daß Trotzki in seiner Eitelkeit einmal angeboten habe, für die Revolution zu sterben, nämlich unter der Bedingung, drei Millionen Parteimitglieder sähen ihm zu dabei. Kein Widerspruch wurde erhoben von dieser Studentin, als die Universität eine Fahne mit Picassos Friedenstaube (dritte Fassung) gestiftet bekam von der Kommunistischen Partei Frankreichs, sie klatschte mit im Takt beim Festakt; noch für Biologie eingeschrieben hätte sie verschwiegen, daß Tauben von unverträglichem Wesen sind, einander die Nester zerstören und ein Unglück bedeuten für jedes Haus, das sie mit Nistplätzen angreifen.
– So ein schweigsames Kind, es fällt auf.
– Das Cresspahlsche Kind hatte gelernt von seinen Freunden Pagenkopf und Lockenvitz. Wenn sie denn laufen sollte auf einem Seil, so spannte sie sich Netze. Wurde nach einem der wichtigsten Sätze der amerikanischen Literatur gefragt, rezitierte sie gehorsam die Äußerung von J. L. Steffens (1866 bis 1936) über seine Besuche in der Sowjetunion:

Ich habe die Zukunft gesehen, und sie funktioniert;

dann noch zu einer rechten Zeit wissen und aussprechen, was die Engländer für einen Ausdruck benutzen, wenn sie eine Kommode meinen, es konnte nur helfen. Die andere Sicherung hatte sie von Pius gelernt, die gesellschaftliche Betätigung. An Martin Luthers Universität reichte vorerst, daß sie sich meldete für einen

Kursus im Rettungsschwimmen. Schwer bekleidet, mit einem belasteten Rucksack schwamm sie fünfzig Meter unter Wasser, wendete zum Luftholen; wie sollte ein Aufpasser vermuten, daß sie da einen Ausgleich fand für den Ekel vor dem Badezimmer am Amtsgraben, das sie nur einmal in der Woche zum Duschen benutzen durfte? So eine Studentin, die nebenher noch fünfzehn Wochenstunden abzusitzen hat allein im Englischen, der fehlt Zeit für Ämter bei den jungen deutschen Freien. Trägt man ihr eines an, sobald sie das Große Schwimmzeugnis vorweisen kann, ist sie längst sieben Schritt weiter und gibt zwei Stunden in der Woche her für einen Verein, den hat das Innenministerium im August 1952 gegründet, damit die Jugendlichen das Funken und das Schießen lernen.
– Gesine, du lüchst!
– Was Pius Pagenkopf bestimmen wollte über einen fliegenden Waffenträger als Kommandeur, das nahm seine Freundin sich heraus mit einem Kleinkalibergewehr. Auf wen sie am Ende anlegen wollte und abdrücken, so daß der Schuß traf, das gedachte sie in Ruhe zu überlegen.
– Du hast gar keinen Waffenschein, Gesine!
– Seit wann brauch ich ein Stück Papier zum Schießen?
– Du kampftüchtige Amphibie!
– Neid, my dear Mary, ist eine ungünstige Eigenschaft; sogar für eine Bank. Although bankers have human feelings, too.
– Ich geb es auf. Ich glaub's.
– Bitte. Auf Verlangen recht freundlich.
– Etwas über Sachsen.
– Über drei vier Leute in Halle. Die ersten beiden hielten einander für ein Paar, die nahmen für ein möbliertes Zimmer fünfundzwanzig Mark, in dem zweitbesten Wohngebiet. Die Frau arbeitete für den Direktor eines VolksEigenen Betriebes und war aus der Ehe ein bißchen abgerutscht in die Aufgabe, ihren Vorgesetzten auswendig zu lernen. Ihr Tag war so wie dessen Laune; stolz kam sie einmal an und erzählte, sie habe dem Genossen Direktor noch gerade rechtzeitig vor einer Konferenz die Krawatte zurecht gezogen. Das hatte ich mir anders vorgestellt bei VolksEigens; unterhalte seitdem eine Ahnung, wie man damals im Ostdeutschen was wurde als Chefsekretärin. Darüber kam der ihr bloß angetraute Mann sich vergessen vor, vernachlässigt; klopfte

geflissentlich an die Zimmertür der Untermieterin, gern abends, zu einer Erörterung verständnisarmer Ehefrauen, die auf Sitzungen und Versammlungen laufen bis in die Mitternacht. Die Studentin Cresspahl verließ die Abhänge des Reilsberges schon im zweiten Monat, zog um an den Gertraudenfriedhof von Halle. Das Schild im Kopf der Straßenbahn Nummer 1 gab als Ziel eine »Frohe Zukunft«; das Haus an der Haltestelle war arm, bot Toiletten für vier Parteien auf halber Treppe. Die Bewohner mißtrauisch gegen die Fremde, da sie verlegen war mit der hiesigen Sprache; auch weil ihre Kleider aussahen, als dürfe sie mehr kaufen als ihnen die Lebensmittelkarten oder Bezugscheine erlaubten. Die Vermieterin gab sich Mühe, die bedurfte der zwanzig Mark; sie putzte das Fenster, fegte aus in der Mansarde, die Anita aus einer einzigen Schilderung erkannte als »Schillers Sterbezimmer«. Das Wasser auf dem Lavoir, im Januar war es morgens gefroren. Da hab ich den Vorsatz gefaßt für ein Kind, sollte ich mal eines bekommen –

– Thank you ever so kindly.

– es sollte aufwachsen außerhalb einer Untermiete, in eigenem Zimmer, mit fließendem Warmwasser und Dusche.

– Was bin ich froh, daß ich dich habe. Wie werd ich dich entbehren.

– A tua disposizione, Fanta Giro. Bestellen wir Champagner bei dieser bedürftigen Fluggesellschaft?

– Was nutzt das schlechte Leben. Ich wünsche mein Steak durch, durch und durch. If you please.

– Der vierte Mensch in Halle war vom Stamme Gabriel Manfras.

– Ein Schnüffler nach Gesinnungen.

– Inzwischen war meine Akte überwiesen von der Kreisleitung Gneez, nun wollte eine Hochschulgruppe sich vergewissern, was denn die Studentin Cresspahl im Innersten zusammenhält, etwa ein nachtragendes Wesen wegen der Unterbringung ihres Vaters im Konzentrationslager Fünfeichen, wegen der verunglückten Haussuchung vom vorigen Sommer? Der Junge gab sich als Bewerber, ging mir nach, traf auf die Kommilitonin mit dem Vorgeben einer Überraschung, nachts um elf auf der Peißnitz-Insel zwischen Wilder und Schiffs-Saale; hatte unwissentlich sich ertappen lassen beim Warten an der Brücke der Freundschaft. Der verriet sich bald; gab von Gneez und Jerichow Kenntnisse zu verstehen, wie sie schwerlich zum Alltag gehören fern von Mecklenburg. Sein Opfer tat harmlos, erzählte mit glaubwürdigem Zögern, was ungefähr in der Akte stehen mochte, ihm mitgeteilt war bei der Beschreibung des Auftrags. Der hatte es mit jener Dialektik, die zunächst einmal rät, den »Fakt«, und sei es die Abschaffung des Namens »Nachtigallen-Insel«, zu betrachten in der Beleuchtung eines Cui bono

– Hatten wir! Kann ich: Wem es nützt!

– mit dem Ziel der Erkenntnis, nunmehr stehe »dein Fakt« doch verändert da, oder sei getilgt. Zu schmusen wünschte der auch; dem war es vermutlich einmal gelungen, eine ins Bett zu quasseln. Was die Herren nur haben mit meinem Busen und loben ihn wie ein Verdienst! Als ob ich ihn abzulegen vermöchte!

– Und die schönsten Beine auf dem ganzen Fünferbus von New York, oberhalb der 72. Straße.

– Grazie tanto, du Amerikanerin. Ich hab es lieber, daß mir ins Gesicht gesehen wird; das fiel dem Lockspitzel schwer. Der glaubte sich unterwegs zu einer unentgeltlichen Liebschaft; den hielt ich mir als Begleitdogge. Das kostete ihn, oder den Reptilienfonds des Innenministeriums, ein Stück Geld. Denn Besuche auf dem Tanzbums am Thälmannplatz, dem »Tusculum«, Eintritt und Anfassen frei, die verweigerte ich; mit Einladungen in die »Goldene Rose« in der Rannischen Straße, in das alte Café Zorn an der Leipziger Straße, neuerdings benannt nach Klement Gottwald wegen der Geographie, ließ ich mich versöhnen. Der mochte Land sehen, wenn ich ihm auf die schmalen Handgelenke blickte, die er beim Sprechen zierlich wendete, dieses Teiles Anmut für seine Person wohl bewußt. Der versuchte die künftige Geliebte betrunken zu machen, sie dingfest zu kriegen mit einem verfänglicheren Fakt als dem, daß sie gern auch Romanistik belegt hätte; als sie vorbehaltlich zugestand, sie wolle ein Zweitstudium begreifen als ein »bürgerliches Überbleibsel«, war er in Grüns Weinstuben am Rathaus ärmer geworden um den Preis von zwei Flaschen Beaujolais, und das Mädchen nüchtern. Sie kam aus der Cresspahlschen Schule, in der ein Schluck Richtenberger gelehrt wurde als eine Medizin; die hatte mit Jakob Silvester begangen im Lindenkrug von Gneez, bei jeweils hundert Gramm Wodka; wie würde sie denn einem jugendlichen Agenten

in Sachsen anvertrauen, daß sie in selbiger Nacht einem Rotarmisten die Mütze vom Kopf gewischt hatte, vorgeblich aus Versehen, absichtlich aus Unmut über die Niederlassungen seines Vereins im Gräfinnenwald, iswinitje paschalsta! Zu Anfang des zweiten Semesters war ich kostbar geworden für den jungen Mann, weil ich zurückkam aus dem unbekannten Mecklenburg, weiterhin bedenklich, die Seine zu werden; da machte ich dem Spiel ein Ende, der Aushorchung vermittels beantragter Liebe.
– Schade. Mir hat es gefallen. Obwohl, er verdient keinen Namen.
– Den soll der Real Existierende Sozialismus holen! Er kam an mit einer Einladung in den Salon der Frau von Carayon an der Behrenstraße ... der Ludwig Wucherer-Straße von Halle, da besprachen ältere Semester hinter ansehnlichen Fassaden aus der Gründerzeit, was sie ungesättigt ließ am Diamat, dem Dialektischen Materialismus, etwa eine Untersuchung von Jean-Paul Sartre über »Das Sein und das Nichts«, Hamburg 1952. Die Studentin Cresspahl war mit den Herren bekannt aus Tischgemeinschaften in der Universitätsbibliothek, wurde von ihnen gegrüßt, einverstanden und spöttisch; nun sollte sie helfen, daß es denen an den Kragen ging. Für den Schnüffler stieß sie sich an der Bedingung, daß in jenem Freundeskreis ein weiblicher Gast nur willkommen war, wenn ein männlicher bürgte für Redlichkeit und Verschwiegenheit der Dame; nun durfte er sie auch noch bewundern als eine Vorkämpferin für die Unabhängigkeit der Frau. Angst hatte sie, Hilfe bestellte sie sich.
– Kann ich, weiß ich von dir: Wat min grotn Brauder is, de hett Nœgel ünne de Schauh.
– Jakob trat auf in der Stadt Halle a.d. Saale, in einer Sonntagsuniform der Deutschen Reichsbahn, den einen oder anderen Stern auf den Schulterklappen, und geleitete sin lütt Süster geduldig von einem Studentenlokal in ein anderes, bis sie ihm ihren Betreuer weisen konnte. Während ich dem ein unbetrübtes Lächeln vorführte, ging Jakob auf ihn zu und sprach ein paar Takte; der Spitzel sah an uns vorbei, als wir am Sonntagmorgen schritten zu Pottel & Broskowsky am Waisenhausring, einem bürgerlichen Weinrestaurant mit sauberen Tischtüchern und silbernem Besteck; das ging über sein Spesenkonto. Ihm mochte aufgehen, daß es weniger schutzlos stand um sein Opfer; daß hier ein

Gericht schärfer gewürzt war, als er würde aufessen mögen. Begehrte nie mehr, mir in abgedunkelten Projektionsräumen an die oberen Armpartien zu rücken. Dem stand das Lächeln schief; stud. phil. Cresspahl durfte sich geben, als hätt sie ihn vergessen.
– Wenn ich bloß wüßte, was Jakob dem mitgeteilt hat!
– Leider war auch ich neugierig –
– Keine Neugier. Bloß daß ich immer alles gern wissen möchte.
– Marie, dein Vater hat dafür gehalten, daß ein Mann zwar eingreift nach bestem Wissen und einem Erfolg; dennoch darf er es einer jungen Frau verschweigen.
– Und sei sie zweimal neben ihm aufgewachsen, als sei sie seine Schwester.
– Denk dir was aus.
– »Mein Herr, ich bin vorbestraft. Wegen Körperverletzung.«
– So viel Aufwand für einen Zweihundertgroschenjungen? Bei meiner Frage erinnerte sich Jakob, womit er ihn verscheucht hatte, so daß er lächelte; auch über mich, leise warnend, als wolle er mich vor einem unziemlichen Betragen behüten. Bei Jakob war ich all die Zeit die Jüngere. Er wünschte nun einen Vormittag bei Pottel & Broskowsky mit Cresspahls Gesine zu halten als ein Fest; ein Privatissimum sollte sie ihm erteilen über jenen Professor Ertzenberger und seinen Spaß an der Lautbildung eines Jungsemesters aus Mecklenburg. Prof. Ertzenberger war abgereist an eine Universität im westlichen Deutschland, als der Große Genosse Stalin am 12. Januar eine Verschwörung jüdischer Ärzte aufgedeckt, entlarvt und zerschlagen hatte in seiner eigenen Stadt Moskau. Nachdem ihm vom Kollegen auf den Fluren einer Universität in Halle der morgendliche Gruß verweigert worden war.
– Aus einem solchen Lande ginge ich weg. Wenn ich nur wüßte, warum Jakob da blieb!
– Daß wir es wüßten. Vielleicht weil er eine Arbeit versprochen hatte bei der Deutschen Reichsbahn; Einer muß sie doch tun.
– Da dachtest du daran, die ostdeutsche Gegend zu verlassen.
– Du denkst es einfach, bloß weil du von dem Umzug weißt. Anfänge hatte das so viele, bloß den ersten weiß ich noch: Jakob nickte zu meiner Ankündigung, obwohl wir doch saßen unter ei-

nem heilen Dach, pfleglich betreut von Herrn mit langen weißen Schürzen unter der Frackjacke, mit Ente auf dem Teller und Wein im Kübel mit Eis. Er bat sich aus, ich solle mir den Abschied überlegen für ein Vierteljahr.
– Die Stadt Halle/Saale verlassen.
– Das war leicht; die kannt ich ein halbes Jahr, als ich ging. Ich wußte bloß, was für Türme da den Leuten am liebsten sind, daß sie einen kleinen Platz namens Reileck für einzigartig halten in der Welt; hatte auch ihre Sprache verstehen gelernt. Aber ich vermied Wege über den Robert Franz-Ring (sie mögen da Ringe als Straßen), weil da die Verwaltung des Ministeriums für Staatssicherheit in Sachsen/Anhalt untergebracht war. Am Kirchtor 20 stand die Strafvollzugsanstalt Halle I, der »Rote Ochse«. Von Grüns Weinstuben wußte ich nun, daß es um die Ecke zur StVA Halle II ging; gegen meinen Willen hatte ich zu tun an der Kleinen Steinstraße zwischen Poliklinik und Hauptpostamt. Und wie kommst du dir vor auf schleichendem Gang zum Paulus-Viertel, um durch eine Wohnungstür in der Ludwig Wucherer-Straße eine ungezeichnete Mitteilung zu stecken des Inhalts, daß einer begehren kann nach vertraulichen Besprechungen über den Existenzialismus, und lächeln kann, und immer lächeln, und kann ein Vigilante sein!
– Da warst du entbehrlich, nahmst Abschied. Wir befinden uns über Omaha, Nebraska.
– Auch weil seit Mai 1952 zu fürchten war, der Sachwalter würde die Grenzen dicht machen. Damals wurden die Grenztruppen der Staatssicherheit unterstellt, die zogen entlang der Demarkationslinie einen zehn Meter breiten Kontrollstreifen, einen fünfhundert Meter breiten Schutzstreifen, daran fünf Kilometer Sperrzone; da siedelten sie aus, wer ihnen bedeutet war als unzuverlässig: Kaufleute, Gastwirte, Handwerker, Großbauern. Eben die, bei denen die Regierung sich unbeliebt gemacht hatte mit Steuerkrieg und Ordnungsstrafe. Da war schon einmal der Ausgang geschlossen.
– Solche freiwilligen Soldaten, sie wissen doch, daß sie einschreiten müssen gegen die Wünsche ihrer Nachbarn.
– So ein Junge, der aufwacht auf dem Land, er sieht doch Knochenarbeit um sich, oft noch für Fremde, ohne daß er jemals etwas erwürbe für sich; der geht gern mit den Werbern für die Be-

waffnete Polizei, wenn sie ihm ordentliches Tuch versprechen, besseres Essen als für Knechte, leichten Dienst und eine Versorgung auf lange Lebenszeit. So ein Lehrling in der Stadt, der hat die Feilerei satt, oder Arbeit überhaupt, der verpflichtet sich auf Zeit, denn so kriegt auch er höher bestückte Lebensmittelkarten und ein Anrecht auf Wohnraum. (Materieller Anreiz; was vermag dagegen das Gewissen: Anita.) Auch wird ein erfahrener Staatslenker seine thüringischen Rekruten eher im Sächsischen einsetzen, und die von da in Mecklenburg. Übrigens war das Land Mecklenburg aufgelöst.
– Entschuldige, Gesine. Mir kannst du viel erzählen.
– Dazu gab es ein »Gesetz über die weitere Demokratisierung des Aufbaus und der Arbeitsweise der staatlichen Organe in den Ländern« der D.D.R. vom 23. Juli 1952. »Mecklenburg«, das durftest du nun noch sagen in einem sprachlichen, einem volkskundlichen Sinne. Sonst bestand es aus drei Bezirken: Rostock, Schwerin, Neubrandenburg; dahin wurden Landtag und Landesregierung überführt. Im Süden ist ein Stück Westprignitz dazugekommen, und die Uckermark. Weil nun in dem Gesetz, das die Länder abschaffte, von ihnen die Rede war, wurden noch 1958 durch die Bezirkstage Abgeordnete zur Länderkammer gewählt, die mußten immer mal wieder zusammentreten und erklären, das sie keinen Einspruch erheben gegen das Gesetz vom Sommer 1952.
– Tut es dir leid um die Farben Blau-Gelb-Rot?
– Um die Beseitigung des Blau, wegen des goldenen Greifen auf solchem Grunde; für Rostock. Um rot und gold; für Schwerin. Um das Rot, die Zunge des schwarzen Büffelskopfes für das Gebiet Wenden. Es ist ein Stück Herkunft unkenntlich gemacht worden.
– Und weil später die Arbeiter und Bauern einen Aufstand gemacht haben gegen eine Regierung der Arbeiter und Bauern, bist du weggegangen aus Mecklenburg.
– Was für großmächtige Worte, Marie!
– So heißt es in der Schule.
– Die amerikanische Schule bringt euch das bei als eine erste Auskunft über den Sozialismus, damit ihr vorbeisehen lernt an den Aufständen der Neger von Watts bis Newark!
– Gesine, du sagtest: Erst ab Oktober.

– Vesógelieke. Was Gesine Cresspahl war, die kannte keinen Arbeiter im Vertrauen.
– Einen, bitte.
– Zwei; in einem Irrtum. Im Mai 1953 hatte stud. phil. Cresspahl doch einmal zu wenig Geld, vergessen bei Jakob einen Freifahrtschein zu bestellen; wünschte sich zu besprechen mit Anita. Um am Preis für die Eisenbahn zu sparen, fuhr sie bloß bis Schkeuditz und stellte sich da auf am Autobahnkreuz, die Kollegtasche unter einem Arm, den rechten winkend erhoben. Das dauerte anderthalb Stunden. Die meisten Fahrer in den westdeutschen Wagen grüßten mit der Lichthupe, was heißen sollte TutMirLeid; weil ihnen das Aufnehmen von Passagieren im Transitbereich gefährlich werden konnte bei der Volks-Polizei. Runde Blitze, weißer als die Morgensonne. Wer da hielt für entmutigte Studentin nach Berlin, es waren zwei vierschrötige Kerle, unterwegs mit Umzugsgut aus dem Vogtländischen, für eine VolksEigene Firma; die bekundeten Vergnügen an Gesellschaft, hielten ihren Gast am Schweigen mit dem wiederholentlichen Austausch von Geschichten, da hatten Damen zu einer nächtlichen Zeit gewartet am Straßenrand und waren bereit gewesen zu einer Vergütung der Fahrt in Stellungen auf der Bank hinter dem Fahrer, der habe den ungetümen Wagen fast in den Graben gesteuert aus Vorfreude. In der Frankfurter Allee von Berlin, die damals umgebaut wurde zu Ehren des Großen Genossen Stalin, rückten sie ihrem mitgenommenen Mädchen auf den Leib, bis sie zwanzig Mark rausrückte, mehr als das Geld für eine Reise auf der Reichsbahn. Gutmütiges Drohen mit der Bereitschaft zu Handgreiflichkeiten.
– Finde ich schäbig.
– Finde ich verdient, als Auskunft über die Gemeinsamkeit von Interessen der Arbeiter im Transportgewerbe und der Studenten zwischen Halle und Leipzig. Zwar wurde gerade in diesem Jahr dem ostdeutschen Staatswappen neben Ährenkranz und Hammer noch ein Zirkel verpaßt, als Sinnbild der »technischen Intelligenz«; die beiden Vogtländer hätten auch einen Studierenden der Ingenieurswissenschaften hochgenommen und ausgepreßt. Allerdings waren wir –
– Ihr?
– Anita und ihre mecklenburgische Freundin beständig erstaunt,

was alles Arbeiter in Ostdeutschland sich gefallen ließen: die Veränderungen der Betriebskollektivverträge durch einen »sozialistischen Inhalt« im Januar 1953, sprich eine Anhebung der Normen für Arbeitsleistungen; was für einen Lohnempfänger so aussehen mußte, als könne er allmählich immer weniger Lebensmittel kaufen für sein Geld. Der Sachwalter wünschte nun zurückzunehmen, was ihnen im vorigen Sommer verordnet war an höheren Löhnen; er war auch bedrängt von einem Kaufkraftüberhang, da er solche Sachen wie den Primat der Konsumgüterindustrie bekämpft hatte, aus wissenschaftlichen Gründen, und nunmehr zu wenig Schuhe oder Kochtöpfe anzubieten hatte auf dem Markt; weil die Partei kein Mensch ist, denn sie hat immer recht.

– Du kanntest den Vater von Eckart Pingel in Gneez.

– Oll Pingel hätte der Studentin Cresspahl die Tageszeit geboten mit einem raschen Zusammenkneifen der Augen, das bedeutete die beschwingte, die belustigte Erkundigung: Na, Gesine; bist auch da? Die Mütze hätte er abgenommen vor Händedruck und Gespräch; aus einer Anfrage wegen der Technischen Arbeitsnormen von Gnaden der Sowjetunion wäre er weggetreten, wie vor einer Zudringlichkeit. Denn zu diesen Zeiten, da Eckart Pingel fast von der Schule geflogen wäre (»weil er die Wahrheit gesagt hat«), da hielt sein Vater jeden für einen Günstling des Neuen Staates, der da etwas studieren durfte, für einen Verbündeten der Obrigkeit.

– Bauern kanntest du.

– Wenige. Nach dem Krieg waren die Rittergüter im Winkel um Jerichow aufgesiedelt worden (bis auf das Plessensche, im Süden, und ein viel kleineres, das ehemals Kleineschultsche an der Ostsee; die hielt die Rote Armee sich zur eigenen Versorgung mit Fleisch, Brotmehl, Fett). (Und ein drittes, das von den Oberbülows, das war erhalten als V.E.-Gut in einem Vertrag mit den Städtischen Krankenanstalten Wismar.) Unter den Leuten, die 1946 Stücke Land angenommen hatten zwischen zwei und vier Hektar, waren wenige der Landarbeiter von dunnemals; die verstanden die Wirtschaft und hätten es ab zehn Hektar erst versucht, durchzukommen. Es gab ein einziges Dorf, da waren nur Bauern, seit dem vierzehnten Jahrhundert. Was da anfiel nach den Schwarzmarktzeiten an Verkehr, damit das Haus Cresspahl

Kartoffeln in die Keller bekam, das besorgte bis 1950 Jakob; dann hatte Cresspahl von neuem erlernt, über Land zu gehen. Das Kind Cresspahl war seit 1944 auf Schule in der Stadt Gneez, danach noch weiter auswärts. Kannte keine Bauern. Fuhr wohl einmal, auf Dr. Kliefoths Ersuchen, mit dem Rad eine Schleife über Pötenitz und Alt Demwies; konnte ihm berichten von leeren Höfen, aus denen die Siedler zurückgewichen waren, als des Sachwalters Leute ihnen das Geschenk von bloß vor sechs Jahren wieder abzugewinnen trachteten in einer Umwandlung der Hofstellen in Landwirtschaftliche Produktionsgenossenschaften. *(Wi weit't dat nu!)* Hatte ungetränkte, ungemolkene Kühe brüllen hören; war kuriert von dem Aberglauben, kein mecklenburgischer Bauer lasse ein Haupt Vieh auch nur für eine Nacht ohne Futter und Aufsicht zurück. Kannte keine Bauern.

– Georg Utpathel.

– Dem war es gegangen nach der Regel; saß zu einem Glück längst; durfte sich helfen mit der Einbildung, er habe seinen Hof wenigstens verloren durch eine Handhabe des Gesetzes. Doch kannte ich einen Bauern!

– Johnny Schlegel.

– Der war eine von den Ausnahmen. Ein studierter Mensch, mit Ansichten über landwirtschaftliche Kommunen aus der Zeit von Weimar. Eine von denen lief hinaus auf die Behauptung, ein Proletarier in der Landwirtschaft, und sei er belehnt (bestochen) mit einer Kate, Gartenland und Deputat, er werde seine Arbeit niemals annehmen als eine eigene, da sie lediglich das Eigentum des Grundbesitzers oder des Pächters erhalte und vermehre. Unter der Fuchtel von Hitlers/Darrés landwirtschaftlicher Gesetzgebung hatte er seine 120 Hektar bearbeiten müssen in der feudalen Art des Hergebrachten; nachdem diese beiden den Krieg verloren draußen wie binnlands, hatte er sein Angestammtes zu etwa neun Teilen ausgegeben an Flüchtlinge aus den verlorenen Ostgebieten, sie mußten nur Bauern sein oder den Beruf lernen wollen. Für diese Schenkungen, dem Namen nach Ausleihen, hatte er eine jeweils erfundene Summe eintragen lassen ins Betriebsvermögen, auch ins Grundbuchblatt; betrieb unter dem Schutz seiner Freunde in der Roten Armee eine landwirtschaftliche Kommune, wie sie nach seinem Sinne war; noch 1951 konnte ihm kein Kontrolleur von den VolksEigenen Erfassungs- und Aufkaufsbetrieben an den Wagen fahren. Kam die wissenschaftliche Erkenntnis der ostdeutschen Regierung, eine sozialistische Landwirtschaft bedeute Großraumwirtschaft; kam deren Erstaunen über Leute an der Ostsee bei Jerichow, die 1952 längst arbeiteten in einer Genossenschaft, weit fortgeschritten über den sozialistischen Typ III, der bloß eine gemeinsame Nutzung des Ackerlandes, der Zugkräfte, Maschinen und Geräte hatte einführen sollen nach sozialistischer Manier. Bei Johnny war noch die persönliche Hauswirtschaft allen Mitgliedern gemeinsam, da wurde in einer Küche gekocht, an einem Tisch gegessen. Aus den erfundenen Zahlen waren nun solche geworden, damit konnte Frau von Alvensleben abgefunden werden für ihren Anteil, als ihre Kinder sie nach auswärts baten in die Pflichten einer Großmutter; das Geld kam zurück auf der Stelle, da holte Frau Sünderhauf ihren Bruder aus dem Westen, wo er im Ruhrgebiet hatte unter der Erde arbeiten müssen. Als Mittelbauern veranlagt, mußten die Angehörigen von Johnnys Entwurf ein Vielfaches abliefern von dem, was den Siedlern, den Kleinbauern auferlegt war: acht statt zwei Doppelzentner Weizen je Hektar, 75 statt 25 dz Kartoffeln, 59 statt 38 dz Fleisch; dennoch standen sie noch gegen Ende 1952 so da, daß Johnny besorgten Besuchern sagen konnte: So!

– Gesine! Wie kannst du in einem amerikanischen Flugzeug den Unterarm anwinkeln und eine Faust machen!

– Dies ist ein internationaler Flug. Io sono di Ierico.

– Wie hast du den alten Herrn jenseits des Gangs erschreckt! der weiß nämlich, was es bedeutet.

– Vi forstår desværre ikke amerikansk, kære frøken.

– Kommt nun etwas in der Art, daß Eifersucht eine üble Eigenschaft ist, sogar für eine sozialistische Verwaltung? That socialist rulers have human feelings, too?

– Wie kannst so etwas auch nur denken! Nein, sie waren begierig zu erfahren was denn Johnnys Welt / im Innersten zusammenhält; eine Tiefenprüfung stellten die Fachleute fürs Soll an bei ihm. Nun war die Ernte von 1952 man mau ausgefallen, da war der Schlegelsche Verein mit der Milch in Rückstand geraten; großzügig und nach den Vorschriften hatten die Erfassungsämter erlaubt, statt derer Schweinefleisch abzugeben. Fehlte es danach an dem, so durfte er es umrechnen in Rindfleisch.

– Dann kriegt er noch weniger Milch in den Eimer!

– Das war gleichgültig, die verpfändete Kuh durfte er behalten im Stall; er mußte sie bloß bezahlen.
– Das eigene Tier?
– Zu einem vierfachen Preis. Hätte er sie angebracht als Soll, so wäre ihm nur der Stopp-Preis von 1941 angerechnet worden.
– Auf solchen Umwegen, ich würd mich auch verrechnen.
– Johnnys Bücher waren genau, vollständig. Leider. Denn nun konnten die Steuerfahnder aus regelmäßigen »Entnahmen« entschlüsseln, daß Johnny im Herbst 1947 den Maltzahns jenen Keil abgenommen hatte, der ihn schon seit fünfzehn Jahren störte, ein paar Hektar, und bis 1950 bezahlt über Westberlin auf deren Auslandskonto in Schleswig-Holstein. Privater Devisenverkehr.
– Haftbefehl?
– Im Februar 1953.
– Aaah! sagte das Gericht. Sehr schlecht.
– Vorzüglich: dachte der Richter. Und Otto Sünderhauf hatte sein Anteilsgeld in Frankfurt am Main umgetauscht, wo er bloß dreiundzwanzig westliche Mark hinlegen mußte, um einhundert östliche zu bekommen. Der verbrecherische Wechselkurs der Imperialisten.
– Angebot und Nachfrage.
– So wurden die Angeklagten überführt als tief verhaftet im kapitalistischen Denken.
– Schon zwei.
– Schon vier. Nach Sünderhauf wurden Frau Bliemeister und Frau Lakenmacher einvernommen. Denn Johnnys Verein hielt sich an einen anderen Plan, als er ihn den Behörden eingereicht hatte in mehrfacher Ausführung. Darin war der Tod von Jungtieren vorausgesehen.
– Gesine!
– Du denkst, bloß Kleinkinder sterben zu früh. Es kann doch auch ein Kalb sich erkälten und eingehen an Lungenentzündung.
– Dafür hat man einen Arzt.
– Von den fünf Veterinärmedizinern in Gneez hatten inzwischen drei »in den Westen gemacht«, Dr. Hauschildt immer voran. Wenn Johnny die eigenen Kenntnisse in dieser Wissenschaft in Rechnung stellte, und fachmännische Hilfe davon abzog, kamen

für die Zukunft Abgänge im Viehbestand heraus. Daraus machte der Staat, vor dem die Tierärzte davon liefen, Johnny den Vorwurf der Verleumdung. Wirtschaftsverbrechen. Boykotthetze. Und weil Johnny in seinem Schlußwort zu wissen begehrte, wieso das Gericht ihm auftrenne, was die Krasnaja Armija ihm genäht hatte: Vergehen gegen das Gesetz zum Schutz des Friedens.
– They threw the book at him.
– Fünfzehn Jahre Zuchthaus. Für die übrigen Angeklagten: von acht bis zwölf. Einzug des Vermögens. Im April stand Johnnys Genossenschaft ausgeräumt. Die Mitglieder waren mit allen Kindern in die Flüchtlingslager von Westberlin abgehauen. Inge Schlegel blieb noch eine Weile; die wollte versuchen, das Wohnhaus zu retten; einer mußte ja sorgen für Axel Ohr mit Paketen ins Gefängnis. Nun war offenbar, wo Johnny sich verrechnet hatte in seiner Erfindung: sie bedurfte seiner Anwesenheit. Wenn nur eine Frau allein den weitläufigen Hof versorgen soll, kann er schon nach einem Monat schiefe Türen haben und Löcher in den Dächern. Ihr war ein einziges Pferd gelassen worden, Jakob sin Voss. Als der erschossen war, ging sie. Es ist eine Geschichte ... wie die von Kleinkindern, die in eine Wassertonne fallen.
– Ich muß mir das abgewöhnen mit der Feigheit. Erzähl sie.
– Marie, verzichte.
– Ich bin elf Jahre alt.
– Du wirst es bereuen.
– Auf meine Verantwortung.
– Jakobs Fuchs wurde in den Büchern geführt als mittleres Arbeitspferd. So eines braucht im Jahr:

10 dz Heu,
16 dz Futterstroh,
20 dz Rüben,
18 dz Körnerfutter,
30 dz Grünfutter,

von dem es sich ein Teil selber auf der Weide holen kann. Wenn du nun einen Zentner Hafer für 1953 veranschlagst mit fünfundzwanzig Mark –
– überfordert ein solches Pferd den Etat der Studentin Cresspahl.
– Das Frühjahrssemester 1953 endete am 9. Mai, am Montag danach war ich bei Inge Schlegel zu Besuch. Sie hielt mich an der

Schulter, als Jakob sin Voss an uns vorbeigeführt wurde; ich ging ihm nach an die große Futterküche. Der Mann mit der Leine in der Hand sah sich um mit einem dwatschen Grinsen, als wolle er mich einladen zu einem Schauspiel, einer Überraschung. Das Pferd ging munter, freundschaftlich nickend unter den begütigenden Reden des Kerls. Ein paar Rippen waren zu sehen; es war ganz gesund. Seine Blicke sagten: ihr habt mich ein wenig hungern lassen, Ihr Menschen, nun kümmert ihr euch von neuem um mich; ich will mich gern mit euch vertragen. Als ihm in der Küche das Bolzenschußgerät auf die Stirn gesetzt wurde, schloß es vertrauensvoll die Augen; dies war etwas Neues von den Menschen. Nach dem Tod, auf die Seite geschlagen, zuckten die Beine heftig, durcheinander, schlugen ausdauernd gegen den hallenden Boden. Das sah sich verzweifelt an; wissenschaftlich betrachtet waren da noch Nerven am Wirken. Das gutmütige Tier, Jakob sin Voss, ein widerliches Stück Fleisch in blondem Fell war es mit einem Mal; kenntlich noch an den offenen Augen.

– Statt vor der Tür zu warten, Gesine!

– Woher sollte ich wissen, der Fremde ist ein Schlachter aus Gneez! seine beiden Gehilfen mit dem Messer erblickte ich zu spät.

– Gesine, wenn ich noch einmal angebe mit meinem Alter, fährst du mir über den Mund, verstanden? Dann knallst du mir eine!

– Unsere Position ist Salt Lake City, Utah.

– Nun hattest du genug.

– Nun mußte ich noch ansehen, wie in Gneez die Möbel von Elise Bocks Schlafzimmer versteigert wurden. Sie waren Volkseigentum, seit Elise umgezogen war nach Westberlin. Da drängten Leute einander in einem schmalen, schmutzigen Hof vor den offenen Flügeln von Elises Fenstern. Darin trat auf ein Mann in abgewetztem Anzug, am Revers das Abzeichen der Einheitspartei, und hielt der Versammlung Bilder hin, einen Sessel, Lampen. Die Bieter, Alfred Fretwust voran, johlten ihre humorigen Anmerkungen, als seien sie jugendlich, oder angetrunken. Nun fing ich an, wegzugehen.

– Warst du denn volljährig?

– Nach ostdeutschem Gesetz. Cresspahl und Jakobs Mutter, sie ließen mich reden eine Nacht bis an den Morgen. Einer alten Frau hab ich Angst bereitet. Cresspahl hoffte, das Kind werde sich be-

sinnen. Er sprach von einer Erholung. »Ferien bei Anita« sollten es sein.
– Und Jakob?
– Jakob gab der Studentin Cresspahl einen Freifahrtschein zur Reise an die Universität Halle, statt über Stendal ausgeschrieben für die Strecke: Gneez–Güstrow–Pritzwalk–Berlin. Das Kind in der Grenzkontrolle ohne vollständige Papiere, unter einem Verdacht, der sie hinter Gitter bringen konnte! Dem beugte er vor. Und er hatte sich ausgedacht, daß im Juni die Morgende hell sind, Sonnenlicht tanzt in den Wäldern, die Seen blinken bei Krakow und Plau; das sollte sie zum Abschied sehen. Erst als ein Schaffner ihr den Schein mit braunem Querstrich und Reichsbahnstempel zurückgab wie einer Kollegin, ging ihr auf: Jakob hatte sie mit einer Rückfahrkarte ausgestattet.
– Welcome to San Francisco, Gesine!

Und was machen in S.F. die Chinesen?
Einige stehen entgeistert in einer Galerie zum Schießen mit Luftgewehren auf bewegte Ziele, da betrachten sie eine europäische Touristin mit einem amerikanischen Kind, die haben einen fremdsprachigen Wortwechsel. Geht die Dame hin, nimmt ein Gewehr, hat nach zehn Schüssen eine Weckeruhr sich verdient, den Hauptpreis. Klatschen Beifall, neidlos, die Zuschauer. Das machen in S.F. Chinesen.

16. August, 1968 Friday

In New Orleans eine New York *Times* vom Tage finden, es ist ein chercher une aiguille dans une botte de foin, und betreffen läßt sie sich wie etwas Exotisches, in einem Eckladen an der Canal Street, der zumeist ausländische Druckerzeugnisse feil hält. Abgegeben wird sie gegen zehn Cents Zuschlag für die Luftfracht. Die einzige Nachricht für uns: in New York hat es gestern gebrannt. Gestern nachmittag, kurz nach Mittag, hat ein mittleres Feuer den erhöhten Bahnsteig der Subway von Rockaway Park kahl gefressen; wo wir den Dienstag verbrachten mit Jakobs Brief aus Olomouc, Č.S.S.R. Marie bittet sich das Blatt mit der Fotografie der Brandstätte aus, zur Vermehrung unseres Gepäcks, ein Streitge-

spräch über Zufall mit D. E. vorzubereiten; – für wenn wir wieder zu Hause sind.
Marie hat sich verkuckt in die Chinesen von San Francisco, an die einverstandene Art, mit der das Auge des Durchreisenden die gelben und schwarzen und rosanen Leute mit einander umgehen sieht auf den Bürgersteigen, in den Seilstraßenbahnen, wo sie dem Fremden Platz einräumen nach der Gebrechlichkeit, dem Alter, in einer Kameradschaft. Weil sie Marie erinnern an einen Sonntagspaziergang im Juli von New York mit D. E., da lag auf einer Stützmauer des Riverside Park, an einem Abfall von fünfzehn Meter, ein Bürger dunklerer Hautfarbe mit geschlossenen Augen; schlief im Vertrauen auf den Sonnenschein. – Das ist alles, was wir geschafft haben in unserer Stadt! befindet ein beschämtes, ein enttäuschtes Kind.
Über ihrem Vergnügen an den Kuttern in der Fischerswerft, es läßt sich leicht ein Bus, sogar ein Taxi zum Flugplatz von San Francisco versäumen; sie ließ sich den Vorschlag gefallen, aus der Reise eine mit drei Ecken zu machen. Wenn eine jüngere Dame in Begleitung einer älteren vorbeischreiten an einem livrierten Hotelportier, mit gar keinem Gepäck versehen als einem tickenden Paket, ehrenvoll behält das Haus sie über Nacht: nämlich wenn man auftritt, als täten wir das alle Tage, wie D. E.! ruft das Kind, vorfreudig.
Diesen Professor Erichson, der seinem Dasein abhanden geraten ist in einer nordosteuropäischen Umgebung, Marie bringt ihn noch heran, wenn sie die Mutter belobigt für das Umbuchen einer Flugreservierung: wie wir es gelernt haben von ihm! befindet sie. Für ihn betrachtet sie New Orleans, in der Hoffnung ihm sei es fremd, auf daß sie ihm zu erzählen habe, aus diesem Flugplatz entkomme man nur in sechssitzigen Limousinen, deren Fahrer seine beiden letzten Gäste ungefragt zu einer Familienpension zwischen Canal Street und Mississippi brachte, an eine lange schmale Treppe mit dem Ruf: Folks, ich bringe euch jemanden! Und wieder sei eine Rezeption verwundert gewesen, weil wir tatsächlich aus einem Paß dessen Nummer ins Register schreiben!
Solange wir unwiderruflich nach New York gebucht sind für morgen früh, will sie eine Stadt an einem Mississippi ertragen. Zwar, er kommt ihr gelb vor, schmutzig; seine Hafenfähre kommt schlecht weg beim Vergleich mit der in ihrer Stadt. Auf

die Balkongalerien in Vieux Carré, die Kunstschmiedegitter vor den Innenhöfen, darin die Magnolienbäume mit ihren langen blanken Blättern, den weißroten Blüten, auf all das blickt sie als ein Zitat aus jenem Europa, das ihr am Dienstag immer noch spät genug auf den Leib rücken wird; sie vermeidet zu klagen aber erwähnt die schwere warme Feuchtigkeit, den muffigen, kühlen Geruch, – nach Friedhof: so empfindet sie es nun einmal; Mrs. Cresspahl schaudert es bei der Voraussicht auf eine Besprechung über Zufall, da sie erweitert sein wird auf Ahnungen. Was Marie gelten ließ, war ein weitläufiges Krankenhaus vom Jahrhundertanfang, das würdige Bürger dunklerer Hautfarbe besorgt blickend verließen. Zeitungen auf gelbem und lila Papier, es ist ihr gerade als Unterschied recht. Die Restaurants findet sie schmutzig, an den unbenutzten Stellen; die Bratplatten sind nur in der vorderen Hälfte blank, statt wie in New York gänzlich poliert. Manche Straßen, nahe der Canal Street, so ärmlich kaputt, daß auch Mrs. Cresspahl sich fragte, wie denn man hierher gelange: doch kaum mit Flugzeugen. In einer Imbiß-Stube eine Katze, die blickte begehrlich auf Maries doppelstöckiges Sandwich, sie hat dem Kind gefallen.

Am 9. Juni 1953 machte der Sachwalter der ostdeutschen Republik seiner Bürgerin Gesine Cresspahl einige Vorschläge, ihre Rückkehr unter seine Fuchtel betreffend.

Seine Partei gedenke nunmehr zu verzichten auf eine unmenschliche von ihren Tugenden, die Unfehlbarkeit: sie habe in der Tat Fehler begangen. Eine Folge sei gewesen, daß zahlreiche Personen die Republik verließen. Dies gilt Ihnen, Frl. Cresspahl!

Da die Partei es fertig gebracht habe, Peter Wulff wie angekündigt die Waage auf Null zu stellen, auf null Gramm! wie sie ausgerufen habe in ihrem Eifer, so wolle sie sich überwinden zu der Erlaubnis, daß er das Lebensmittelgeschäft neben seinem Krug von neuem eröffne. Auch gedenke sie ihn mit Waren zu beliefern. Des weiteren, er solle einstweilen keine Sorgen sich machen wegen der ausstehenden Steuern seit 1951 und der Beiträge zur Sozialversicherung. Schluß mit den Zwangsmaßnahmen, Herr Wulff!

Nun zu Ihren anderen Leuten in der Republik, Frl. Cresspahl. Bestrebt, uns treu zu bleiben, haben wir einen genossenschaftlichen Hof an der Ostsee bei Jerichow verwandelt in einen »devastierten«, so daß kein Treuhänder dem auch nur mit der Feuerzange näher rücken wollte. Wenn Frau Sünderhauf, Herr Leutnant, Frau Schurig, Frau Winse mit all den Kindern Inglischminsch, Epi, Jesus, Huhn und Häuneken sowie auch denen unter achtzehn Jahre alt zurückkommen möchten auf Johnnys Versuchswirtschaft, so soll ihnen das Eigene zurückgegeben und geholfen werden mit Krediten wie Inventar. Wie gefiele Ihnen das, Gesine Cresspahl.

Wir haben im Ernst vor, Ihren Georg Utpathel aus der Strafhaft nach Hause zu schicken, wie überhaupt Leute, die nach dem Gesetz zum Schutz des Volkseigentums zu bloß drei Jahren verurteilt sind. Vorbehalten möchten wir uns jene, denen wir schwereren Schaden nachsagen, also Johnny Schlegel, diesen berüchtigten Atheisten und Adelsfeind. Aber vielleicht ließen wir wegen Otto Sünderhauf mit uns reden?

Sie waren ergrimmt auf uns bei Ihrem letzten Besuche in Wendisch Burg, weil wir da ein Mädchen namens E. Rehfelde so lange getriezt haben wegen ihres evangelischen Glaubens und ihres Festhaltens an der Kirche, bis dann auch Klaus Niebuhr und seine Ingrid Babendererde auf ihr Abitur verzichteten, aus dem Lande gingen, damit doch für ihre Teile eine Gleichheit bewahrt bleibe vor der Verfassung. Die Rehfelde soll wieder zugelassen werden zum Unterricht, Frl. Cresspahl. Wenn die Schüler Niebuhr und Babendererde sich entschließen zu einer Rückkehr nach Wendisch Burg, ihnen soll verstattet sein, die versäumten Prüfungen zur Reife nachzuholen. Na, wie wärs?

Was nun Sie selber angeht, stud. phil. Cresspahl. Wir haben eine Ausnahme gemacht, als wir Sie zum Studium zuließen. In Zukunft wollen wir es grundsätzlich so halten mit befähigten Jugendlichen aus den Mittelschichten. Wenn wir da absehen von einer Benachteiligung, Sie kriegten am Ende noch ein Stipendium, Frl. Cresspahl.

Auch zu Ihrem Herrn Vater wollen Sie uns ein paar Zugeständnisse anrechnen. Was wir ihm im April draufgelegt haben bei den Preisen für Lebensmittel, es soll ungültig sein ab 15. Juni, nächsten Montag schon. Auch werden wir auf dem Rathaus von Jerichow Bescheid sagen, daß Herrn Heinrich Cresspahl, Ziegeleiweg, ab sofort wieder Karten für bewirtschaftete Waren zustehen.

Nun sagen Sie mal an, junge Frau. Kommen Sie nur; wir werden

tun, als seien Sie bloß auf Ferien gewesen. Sollten wir schon was beschlagnahmt haben von Ihren Sachen, wir geben es zurück. Oder leisten Ihnen Ersatz. Lebensmittelkarte, Deutscher Personalausweis, alles sollen Sie haben. Bitte kommen Sie in Begleitung Ihrer Freundin Anita, Frl. Cresspahl!
Dies waren einige Vorschläge, die die Einheitspartei des ostdeutschen Sachwalters an Cresspahls Tochter richtete für den Fall ihrer Rückkehr.

Sie verbrachten die Sommermonate des Jahres 1953 im Stadtbezirk Grunewald von Westberlin, Fräulein Cresspahl?

Da Sie das bereits wissen. Bitte.

In einer Villa im Grunewald?

In einem Haus, das vom ersten Stock an eine Ruine war.

Möchten Sie uns die Straße angeben?

Vergessen.

Die Namen Ihrer Gastgeber?

Sind mir entfallen.

Der Hintergrund Ihrer Beziehungen zu diesem Haushalt?

Wissen Sie doch. Ein Hund namens Rex. Oder King. Oder Woshd; wie Sie wünschen.

Wie kann ein Hund vom Jahrgang 1933 zwanzig Jahre später noch was ausmachen?

Ich hab ihn gesehen vor seinem Tod. Ein eigensinniger Patriarch von einem Schäferhund, schwarzgrau am ganzen Leibe. Tat beim Ausgehen, als könne er doch noch sehen. Ist 126 Jahre alt geworden nach menschlichem Ermessen.

Demnach sind Sie spätestens im Jahre 1951 in Berlin gewesen, um vermittels verbrecherischen Umrechnens in westlichem Bargeld Artikel des Tischlerbedarfs zu erwerben?

Aus Freundschaft zwischen den Familien.

Wegen gemeinsamer Anwesenheit mit einem Hund auf Familienfotos? Statt wegen handelnder Freundschaft im Jahre 1944, 1947, 1949, 1951?

Dazu verweigere ich die Aussage.

Bloß wegen guten Andenkens an Cresspahl gibt man Ihnen da eine Kammer, ein Frühstück, einen Hausschlüssel, ein Taschengeld?

Sehen Sie mal an.

Das sollen wir Ihnen abnehmen?
Sie können es mir auch lassen.

Anita schrieb Adressen zur Ferienzeit, für Kaufhäuser und Werbefirmen, das Stück zu einem halben Pfennig West, bis sie herankam an Leute, die boten ihr eine Mark pro Seite für Übersetzungen aus dem Russischen. (Was das für Kümmeltürken waren, wir schweigen uns besser aus über sie; sagen wir: sie wünschten die Arbeit getan für das Referat Kulturelle Zusammenarbeit bei der Kommandantur der Französischen Armee in Westberlin. Das muß genügen.) Wann immer Anita Zeit übrig hatte, waren wir am Stadtbahnhof Nikolassee verabredet für das Strandbad Wannsee. Wir mußten sehen, »daß wir mehr die billigen Freuden benutzten«; für Besuche in Kinos oder Theatern waren wir zu arm. Dauerhaft, ob wir nun die Havel abschwammen nach Nord und Süd oder ich bei Anita in Neukölln übernachtete auf Frau Machates Bügelbrett, unbeirrt war Anita verwundert, daß ihre Freundin Cresspahl schon wieder einen Grund ausgedacht hatte, von dem aus führte ein verständiger Weg zurück nach Jerichow oder zur Martin Luther-Universität. Einmal war es die Erinnerung an die Nachricht, daß im April alle jüdischen Ärzte, denen Stalin eine Verschwörung nachgesagt hatte gegen die Sowjetunion, gänzlich entlassen waren in eine fachliche und staatsbürgerliche Unbescholtenheit. Konnte man daher eine Linie ziehen zu einer künftigen Rechtssicherheit in der ostdeutschen Republik?
– Erzähl das den beiden, die gestorben sind unter der Folter, Kogan und Etlinger! sagte Anita. – Erzähl das den jüdischen Schriftstellern, die er noch hat erschießen lassen im vorigen Sommer, der Blutsäufer! sagte Anita.
Stalin sei doch gestorben am 6. März: gab die Cresspahl zu bedenken.
Und wie sei ihr zumute gewesen, als die ostdeutschen Wochenschauen in den Kinos von Halle die Funeralien aus Moskau zeigten, die ostdeutschen Veranstaltungen von Trauer mit gesenkten Fahnen und untröstlicher Musik?
Die Cresspahl gestand zu, daß der Anblick auch ihr eine Betroffenheit ins Gefühl geschmuggelt habe, die sei ihr widerlich gewesen.

So ist das Ableben Stalins, das die ganze fortschrittliche Menschheit mit tiefem Schmerz erfüllt, ein besonders schwerer Verlust für die deutsche Nation? Die Sozialistische Einheitspartei wird der siegreichen Lehre Stalins stets die Treue wahren? Stets?
Es sei ein Versprechen: gestand Anitas Freundin.
Nun hätte Anita sagen dürfen: Siehste. Aber sie enthielt sich des Beratens; aus Fürsorge ließ sie sich von dem wankelmütigen Kinde Cresspahl die Papiere vorlegen, prüfte sie auf Lücken, auf Gültigkeit. – Technisch wärste sicher auf einer Fahrt nach Halle, bis zehnten September: entschied sie, tief aufatmend; ein Seufzer war es geradezu. Anita und die Freiheit eines Christenmenschen.
Den 16. Juni verbrachte stud. phil. Cresspahl an der Havel; als sie am 17. die Radionachrichten von einem Aufstand im Ostsektor der Stadt nachprüfen wollte durch Augenschein, wurde die Straßenbahn 88 an der Lützowstraße aufgehalten, wo sie die Potsdamer verlassen soll und die Grenze zum Ostsektor abfahren bis Kreuzberg; von westberliner Schupo, die die Straßen voller Schaulustiger eine nach der anderen in Richtung Süden abzuräumen suchten, vergeblich. (Zu einer Reise nach Ostberlin mit der Stadtbahn fehlte ihr der Übermut; die Bahnhofskontrollen konnten sie leicht früher abschieben nach Halle/Saale, als ihr recht war.) So kennt sie den Aufstand lediglich als Nachricht, in Wort wie Abbild; als Hörensagen von Studenten aus Halle, die es schafften bis in die Flüchtlingslager von Westberlin:
Vor der Strafvollzugsanstalt II in der Steinstraße standen zweihundert oder dreihundert Frauen, die riefen: Gebt unsere Männer frei. Das sah eine Kolonne streikender Arbeiter, die aus den Werken von Buna und Leuna anmarschiert kamen; die stürmten das Tor, holten die Gefangenen aus den Zellen, viele davon Frauen, in üblem Körperzustand. Die Arbeiter räumten das Gerichtsgebäude aus. Eine Wachtmeisterin fuchtelte mit der Pistole; wurde verprügelt. Die Kreisleitung der Einheitspartei in der Willi Lohmann-Straße, die Bezirksleitung am Steintor, die Kreisleitung am Markt: gestürmt. An den Toren des »Roten Ochsen«, am Kirchtor, wartete Volkspolizei mit entsicherten Schußwaffen. Die Menge drückt eine Nebentür ein; wird vom Dach her beschossen; zerstreut sich. Hier soll es Verwundete ge-

geben haben. Das Hauptpostamt blieb seit dem Morgen in der Hand der Polizei. Gegen achtzehn Uhr warten etwa dreißigtausend Menschen auf dem Hallmarkt. Die Forderungen der Redner: Generalstreik gegen die Regierung; Loyalität gegenüber der Roten Armee. Disziplin. Strafe für Hamsterkäufe, Plünderungen, Tötungen. Rücktritt der Regierung. Freie Wahlen. Wiedervereinigung mit Westdeutschland. Gegen neunzehn Uhr rollen vom Obermarkt her russische Panzer an; vorsichtig. Zu den Papieren, die aus den Fenstern der gestürmten Behördengebäude geflogen waren, flattert inzwischen ein Flugblatt, unterzeichnet vom Chef der Garnison und Militärkommandanten der Stadt Halle (Saale), der den Ausnahmezustand verhängt, Demonstrationen und Versammlungen verbietet, den Aufenthalt auf den Straßen von 21 bis vier Uhr untersagt, für den Fall von Widerstand den Gebrauch der Waffe androht.
Von dem Einmarsch der streikenden Arbeiterinnen und Arbeiter in Halle gibt es eine Fotografie. Sie erfaßt etwa neunzig Leute vollständig, die Frauen in Sommerkleidern, die Männer meist wie fürs Arbeiten angezogen, in dunklen oder grauen Overalls oder Hemd und Hose. Sie gehen in ungeordneten Reihen, mit schwingenden Armen, ein paar winken einander zu (der Kamera unbewußt). Zwei sind mit Taschen gekommen. Auf dem Bild sind allein elf Fahrräder zu sehen; wie hätten sie denn so teure Maschinen mit sich geführt, wenn sie Gewalt zu stiften im Sinne trugen, oder Gewalt zu erleiden erwarteten?
Am 21. Juni unterbreitete das Zentralkomitee der ostdeutschen Einheitspartei der Bürgerin Cresspahl einen zusätzlichen Vorschlag für den Fall ihrer Rückkehr: Der Aufstand in ihrer Republik, er müsse begriffen werden als bloß Ereignisse. Als das Werk der amerikanischen und (west)deutschen Kriegstreiber, die in ihrer Enttäuschung über die Gewinne der Friedensbewegung in Korea wie in Italien einen Kriegsbrand hätten hinüberwerfen wollen über den Brückenkopf Westberlin... überführt durch das Absetzen von Banditen mit Waffen und Geheimsendern aus ausländischen Flugzeugen... durch Lastwagen mit Waffen an der Autobahn Leipzig-Berlin...
Aus Gneez wurde ihr geschrieben, daß die Arbeiter des Sägewerkes Panzenhagen die Keller unter dem Landgericht geöffnet hatten mit dem Ruf: Wir wollen unseren Ausbeuter wiederhaben!

Sie maßte sich an, bescheidentlich, sie kennte die Arbeiter denn doch vom Sehen besser als der ostdeutsche Sachwalter das sagen durfte von sich, an ihren Beschwerden: die Rücknahme der Verkürzungen für Eisenbahnfahrkarten, die Beschwerden in der Familie durch Herabsetzung der Mindestrenten, die Anrechnung von Heilkuren auf den Jahresurlaub, die Verseuchung der Arbeitszeit durch Spitzelei, das travailler pour le Roi de Russie, bekräftigt durch das Bestehen der Einheitspartei auf einer zehnprozentigen Erhöhung der Normen noch am Morgen des 16. Juni. Sie wäre zurückgegangen, hätte nun jedermann von Gneez bis Halle sagen dürfen: wir haben gesehen, wer in diesem Lande regiert; die Sowjets. Wenn sie sich entschloß zu einer Abreise, so kaum, weil im jenseitigen Deutschland die Amerikaner regierten als Besatzungsmacht; sie fürchtete sich vor der Aufforderung, an der Saale in einem Seminar der Universität etwas aufzusagen von einem Tag X, an dem jemand anderes als die Arbeiter . . .
Daß sie vorstellig wurde im Flüchtlingslager Berlin-Marienfelde, die Erinnerung bietet es an; besteht darauf. Der dies schreibt möchte zweifeln, ob das schon benutzt wurde im Juli 1953. Das Gedächtnis will, es sei im Bau gewesen seit dem 4. März. Ob nun in Marienfelde, in der Kuno Fischer-Straße oder am Karolinger Platz, sie traf da zum ersten Mal auf einen jungen Mann aus Wendisch Burg, einen hageren steilköpfigen Jungen mit damals blondem Haar, der in einer abwesenden Art ihr Bekanntschaft antrug aus einem Umgang mit den Fischer- und den Lehrer-Babendererdes, auch den Niebuhrs in Wendisch Burg. Auf einem Spaziergang im Viertel von Dahlem, der westberliner Universität, betrachtete er abschätzig die hiesigen Studenten und nannte sie »all diese schönen jungen Leute«; anfangs hielt sie ihn für eingebildet wegen seiner älteren Semester (Physik). Sie beschrieb ihre Verwunderung, daß Klaus Niebuhr seine Schule, seine Unterkunft in Mecklenburg aufgab allein aus einem Konzept, wonach er auf seine Bürgerrechte verzichte, werden sie einem Mädchen namens Rehfelde gekränkt. Das freute diesen Erichson (Dipl. phys.); auf der Stelle wies er dem Fräulein Cresspahl ein verwandtes Verhalten nach. – Seit fünf Jahren lassen Sie sich ein auf den Abstand zwischen dem, was Sie denken und den Sachen, die Ihnen die Lehrinstitute so abfordern durften bisher; nun er ein bißchen größer geworden ist als Ihnen gefällig, haben Sie es satt;

schon mal vom dritten Grundsatz der Dialektik gehört, Umschlag von Menge in Qualität? kann man auch somatisch verwenden: sagte der als Antwort auf ihre Ausrede, ihr sei eben schlecht. Eine Werbung war es kaum. Der ließ sich ausfliegen, ehe sie noch die Vorprüfung I erreicht hatte im Verfahren der Notaufnahme.

Die amtliche Befragung wurde widerlicher von Büro (»Stelle«) zu Büro. Der ärztliche Dienst befand sie als eine Zwanzigjährige wie sie ihm keine Sorgen macht. Zuständig war Stelle Zwei, die über Zuständigkeit befand. Nach der Einweisung, der Polizei, der Anmeldung kam Stelle 7, die Vorprüfung durch die Kampfgruppe gegen Unmenschlichkeit. Denen wie den nächsten, dem Untersuchungsausschuß Freiheitlicher Juristen mißfiel diese Studentin, da sie ihnen die Beihilfe bei dem Urteil gegen Sieboldt und Gollantz anrechnete als eine Schuld und sich obendrein belustigte über Appelle wie den, die Menschen in der »Sowjetzone« sollten ihren Widerstand bekunden, indem sie an einem beliebigen Mittwoch den Besuch der Kinos vermieden; worauf denn doch jedermann, seinen politischen Leumund zu bekräftigen, die Renaissance-Lichtspiele von Gneez aufgesucht habe. Hier bekam sie Verweise, schlechte Noten; das merkte sie auf der Stelle 7c, dem Polizeipräsidium, Abteilung V (politische Abteilung); wurde angeblickt wie eine schlechte, eine widerspenstige Schülerin. Für 7d, die Abwehr der Briten, ließ sie sich von Anita vorbereiten mit einer Auskunft über das Haftarbeitslager in Glowe auf Rügen, wo etwa viertausend Zwangsarbeiter für Margarinestullen und Kartoffelsuppe schufteten an einem Ringbahnnetz mit vier Rollfeldern für Düsenjäger und Bomber, an einem Kriegshafen für Unterseeboote und leichtere Überwasserfahrzeuge; es war eines von den gängigen Gerüchten in Mecklenburg. (Zum Schaden für sowjetische Strategie; sie nahm immer noch die Roten Ecken auf den öffentlichen Plätzen übel, Stalins Ikonenwinkel. Sie war mit Anita einig, die Sowjets hätten ihre Panzer am 17. so behutsam nur eingesetzt, weil sie Reservegerät und Truppen erst noch heranbringen wollten für den groben Schlag, sollte er nötig werden.) Leider war das Gerücht dem britischen Herrn mit dem wolligen Schnauzbart vertraut, bedauernd bewegte er die Tabakspfeife; die Protokollantin, neun Ringe zu viel an den Fingern für ihre fünfundzwanzig Jahre, sie blickte mit vorwissender

Schadenfreude, ohne Kameradschaft auf das Kind aus Mecklenburg, das mit so billiger Münze eine Fürsprache erlangen wollte zum Flüchtlingsausweis. Die nächste Erkundigung ging auf diejenigen Angehörigen der Fritz Reuter-Oberschule von Gneez, die sich gemeldet hätten zur Bewaffneten Volkspolizei.
Die vernommene Person drehte ihre Aussage weg auf die Martin Luther-Universität zu Halle, wo Studierende aller Fakultäten sich einen weißen Fuß machen können mit Übungen am Kleinkalibergewehr und Funk-Anstalten im Gelände an den Ufern der Saale; schützte ein Unwohlsein vor; wurde streng ermahnt, zu einer Fortsetzung der Prüfung aufzutreten.
Draußen, in einer befremdlich heilen Gegend aus Villen und unbegangenen Bürgersteigen, wo nur ab und an ein Dienstmädchen einen Hund spazieren führte, war sie allein mit der Sorge, sie habe dem Häftling Lockenvitz wenig Nutzen eingebracht und werde dem Unteroffizier Pagenkopf einen Schaden bereiten. Wenn dies der Preis war für einen Ausgang nach Westdeutschland, wollte sie lieber durch die Büsche sich verdrücken.
Anita fand ihn, den Schleichpfad. Ihre Freundin Gesine wußte von dem Rechtsanwalt, Lietzenburger Straße, der Schulden in Raten beglichen hatte für Johnny Schlegel?
So kam Gesine Cresspahl zu einer Zuzugsgenehmigung für das Land Westberlin; außer der Reihe zwar. So durfte sie sich bei einem gewöhnlichen Polizeirevier, statt der Abteilung V, anmelden als regelmäßig wohnhaft im Stadtbezirk Grunewald. Wer da nachgewiesen ist, in einer Kartei hat er ein Recht auf den Personalausweis von Westberlin. Mit einem Darlehen von einhundertzwanzig westlichen Mark (allein das Ticket kostete über achtzig), als eine private Person flog sie in der vorletzten Juliwoche nach Frankfurt a. M., in einem Douglas-Clipper vom Typ 3, nachts.
Unter den Flügeln der DC 10 auf dem Wege von New Orleans nach N.Y.C. darf eine Einbildung nun im Atlantik die vorgelagerte Insel erkennen, das weißliche Brett Land, auf dem Mrs. Cresspahl Ferien versucht hat vor einem Jahr. Marie blickt nach vorn statt nach unten, die sieht die Inseln der Generalstaaten, Manhattan, Long Island.

– Welcome home, Gesine!

Am Riverside Drive wartete ein einziges Telegramm bei Mr. Robinson Adlerauge. Aus Helsinki war es zuverlässig gekommen, die Unterschrift schwer beschädigt: DEMNÄCHST TRANSPORTFÄHIG – ERISINION.

Zum Frühstück ein Telegramm aus Helsinki: BESUCH UNNÖTIG – ERISINN.

Mit der gewöhnlichen Post ein Brief mit deutschen Marken, amtlichen Aussehens: vom Forschungsinstitut für Psychoanalyse zu Frankfurt am Main. Rechnet man die Zeit für den Transport ab, so kommt die Antwort nach weniger als vier Wochen. Ein Professor macht sich die Mühe und schreibt einer Angestellten Cresspahl dreieinhalb Seiten, auf Privatpapier! in seiner eigenen Zeit.

Und hat sie persönlich zu kennen nie das Vergnügen gehabt. (Möchte er nach Lektüre des Briefes ernsthaft sagen.) Eine Diagnose von ferne weist er von sich, wegen mangelhafter Information, zu schmaler Basis; wie gewünscht. Zu Mitteilungen ist er bereit: wenn ich die Stimmen von Toten, von Abwesenden höre, wenn sie mir antworten, es kann auch liegen an der Ausstattung der Person mit dieser Art von Erlebnis. Bitte, entnehmen Sie meiner Folgerung nur, was Sie gerade brauchen können. Demnach eine feste Bindung an die Vergangenheit der Person; keine Rede, sie sei darüber hinaus. Sie ist auf dem richtigen Wege mit der Vermutung, hier wirkten Folgen von Verletzungen fort, von Verlusten; sie irrt sich, wenn sie da an Jakob denkt, an Cresspahl; angefangen hat es in der Tat mit der Mutter, die sich aus der Welt »ver-rückt« hat. Wir reden von dir, du Lisbeth geborene Papenbrock! Entfremdung ja; keine Wahnbildung. Nur daß sie unerledigt ist, die erste Verstoßung durch die Mutter (die zweite, die dritte). Keine Gefahr von Vererbung. Eines allerdings ist falsch, Mrs. Cresspahl: daß Sie manchmal die Antwort Ihres Kindes wissen, bevor Marie sie überhaupt ausspricht. Das kann eigennützig sein, ein Kind und in ihm sich selbst beschützen zu wollen; für das Kind wird solche Symbiose demnächst gefährlich; hemmt seine Unabhängigkeit. Sie selber haben da ein Wort für illegale Betätigung gebraucht und sich verraten, Mrs. Cresspahl.

»Sie bedürfen des erheblichen Mutes, auf Sicherungen verzichten zu wollen, obgleich das nach den Erfahrungen Ihres Lebens aussehen könnte wie Fahrlässigkeit. Sie würden Zeit gewinnen, bedienten Sie sich dabei eines – ich weiß, es schwebt Ihnen auf der Zunge – »head shrinkers«. Dieser Kopfjägervergleich geht aber weniger auf die Kosten meiner amerikanischen Kollegen, als auf die Ihren, weil Sie selber durch die Anspielung sich hindern, sich eines ärztlichen Dienstes zu bedienen, der Ihnen zu mehr zeitgemäßer innerer Sicherheit verhelfen könnte. Ein solcher Versuch wäre harmlos; Sie dürften ihn jederzeit abbrechen. Mit freundlichem Gruß Ihr A. M.«

Was er deutlich ausgelassen hat: ein Bedenken wegen Unfähigkeit zur Arbeit. Nach meinem brieflichen Betragen bin ich noch gerüstet für eine Arbeit in einem Ausland, in Prag.

»Sehr geehrter Herr Professor, in einiger Beschämung ist mir unerfindlich, wie Ihnen zu ...« Das geschieht dir recht, Gesine Cresspahl. Du hast um etwas Schwieriges gebeten, nun quäl dich am Bedankmichbrief. In drei Wochen hast du ihn geschrieben!

Zum Frühstück die Nachrichten der New York *Times* aus Bonn: die Westdeutschen haben es sich überlegt wegen des Vertrags, den sie geerbt haben vom 29. September 1938, als die Herren Chamberlain, Daladier und Mussolini das Sudetenland an Herrn Hitler verschenkten. Bisher hat es heißen sollen: »nicht länger gültig«. Nunmehr bekommen vielleicht die Leute der Č.S.S.R. ihren Willen und eine Unterschrift zu der Formel: »von Anfang an ungültig«.

In Prag ist nach dem Marschall Tito der Präsident von Rumänien zu Besuch, und Nicolae Ceausescu beschreibt wie man es macht: ein kleines kommunistisches Land, solange es militärisch eingebunden bleibt, darf durchaus Kredite in konvertierbarer Währung begehren. Wenn am Tage nach Übermorgen die Abgesandte einer new yorker Bank auftritt in der Hauptstadt eines kleineren kommunistischen Landes, was ist denn dabei.

– Nun die Studentin Cresspahl an einer westdeutschen Universität: bestellt Marie sich, sobald sie das Losmachen der Fähre zu seinem Ende beaufsichtigt hat. – Stud. phil. G. C. an einer Universität ... wie heißen die in Westdeutschland?

– Eine war benannt nach Johann Wolfgang von Goethe, stand in Frankfurt am Main und war gesonnen, dies Zweitsemester aus

Halle an der Saale einzuschreiben im Englischen Seminar. (Weißt: weil ich einmal immatrikuliert war. Anitas Abitur galt wenig im Westen von Berlin; die mußte es ganz und gar »nachmachen«.) Als ich die Gebührentafel sah, gab ich auf.
– Dein Vater hatte westliches Geld! ein paar Tausend Pfund auf der Surrey Bank of Richmond, mit den Zinsen seit 1938!
– Gegen Cresspahls Willen war ich weggegangen aus seinem Land, von ihm. Wie unvernünftig werd erst ich sein, wenn du mich verläßt! Und er durfte leicht denken, sein Guthaben sei beschlagnahmt als feindliches Eigentum.
– Dein Vater wollte dich strafen.
– Mit Strafe hätt er gehofft, die Tochter zurückzuholen. Nein, die sollte ihren Willen haben und danach leben. Und was das Akademische anging, so hatte sie sich durchschaut.
– Finde ich schade.
– Dr. Gesine Cresspahl, wie sieht denn das aus.
– Prof. Cresspahl, hört sich erträglich an für mich.
– Ja, mit Marie als Vornamen! werde du doch Professor.
– Das werden wir ja sehen, Gesine.
– Was kann man arbeiten mit abgeschlossenem Studium der Anglistik?
– Lehrer.
– Das Verlangen nach einem solchen Beruf war mir ausgetrieben auf der sozialistischen Oberschule von Gneez. Vor einer Klasse stehen mit dem Wissen, etwas zu verschweigen, von den Schülern des Lügens verdächtigt; mir wollt ich es ersparen.
– In einem freien Lande durftest du lehren was du wolltest.
– In der Grammatik, in der Metrik, in den Formen gewiß. Aber keine Betrachtung des Inhalts mit jener Art von Dialektik, die mir eingeleuchtet hatte, 1953! Überhaupt wollte ich bloß die Sprache.
– Deines Vaters wegen.
– Wollt ich mir das aufdröseln lassen von einem head shrinker . . . einem psychoanalytischen Kopfjäger, wir könnten nie mehr Ausflüge machen nach New York über Frisco und Louisiana. Mir genügte eine Dolmetscherschule, und stehe sie am linken Ufer des Rheins in einem Talgraben, da sieht es bei Nebel aus wie Flandern nach der Schlacht. Wo die Geschicklichkeiten von Hitlers Chefdolmetscher dir geläufig sein mußten wie die Sprüche

Salomos. Da wurden die Schüler zu Diplomaten, wenn sie hinüberwechselten aus dem Naturschutzpark eines Pensionsberechtigten in die freie Wildbahn der Aktiven. Viel abgebrochene Riesen darunter. Schmalspur-Akademiker. Einer wurde mir gezeigt, der kam aus einer Dolmetscher-Kompanie, der hatte für Hitlers Abwehr gearbeitet, ehemals Schauspieler in Leningrad; Hände weg. Ein anderer, im Suff brüstete der sich mit Entführungen; deswegen machte ich einen Bogen um das Fach Russisch. Italienisch, Französisch, ja. Wenigstens lernten wir reden, sprechen; zack-zack: wie Emil Knoop sagen würde. Und alles hatten Herr Dr. Kliefoth und zwei Semester in Halle eben kaum heilen können, was übrig geblieben war von einem Unterricht bei Hg. Knick. Knickei. Der hatte uns doch verabschiedet mit dem Befund: Der Gebrauch des Passivs ist im Englischen recht häufig. Das war's denn. Viel remedial teaching.

– Simultan dolmetschen.

– Das ist ein Klacks, das mach ich dir im Halbschlaf. Nein, das Konsekutive ist die Kunst, die Hohe Schule des Dolmetschens à la Konferenz; wenn du eine dreiviertel Stunde lang einen Vortrag so übersetzen und sprechen kannst, als hättest du selber ihn entworfen. Hier hast du einen von meinen verfehlten Berufswünschen: als Mitglied gewählt zu werden in die A.I.I.C., die Association Internationale des Interprétes de Conférences. Die nehmen einen erst nach zweihundert Tagen Konferenz, und fünf Kollegen sollen für dich bürgen. Dafür hätt ich zehn Semester bezahlen müssen am Rhein bei Schifferstadt, statt meiner sechs, von denen mir noch zwei sind erlassen worden.

– Womit hast du bloß bezahlt, Gesine? Kommst an und hast noch fünf Mark in der Tasche. Einen Dollar und fünfundzwanzig Cents.

– Es werden so fünfundsiebzig Cents gewesen sein. Die Schülerin Cresspahl hätte gearbeitet in der Küche jenes Instituts, mit Freuden; es hätte sich verlaufen unter den fünfzehnhundert Studierenden; galt für unschicklich. Hier hast du unsere Legende vom Tellerwäscher: in Mannheim stand nächtens hinter der Schranke einer Garderobe die Schülerin Cresspahl und bedankte sich für jeden Groschen, den man ihr auf den Teller legte. Kamen von der Schule zu Gast die Rheintöchter, die Erbinnen aus den großen Häusern von Düsseldorf oder aus Südamerika, die fanden es im dritten Semester noch witzig zu sagen: Yes – yes, oder: I don't have it necessary; beschwerten sich bei der Direktion; wegen Unschicklichkeit. In einer Nachtbar sollen die Gläser öffentlich gewaschen werden. Das nächste war die Nachtschicht in einer Fabrik für Spielzeug und Gartenzwerge. Und wenn ein Dozent etwas geschrieben haben will, übersetzt, dann fragen Sie mal die Cresspahl; die nimmt einen deftigen Studenlohn; das ist vorlagereif wie die das macht. Noch später war sie gefragt in jenem nördlichen Viertel von Frankfurt, wo die Straßen nach Schriftstellern heißen, von Franz Kafka über Franz Werfel und Stefan Zweig bis zu Platen, da wohnten die Familien der amerikanischen Besatzer und gingen nachts aus und ließen ihre Kinder behüten von einer Miss Cresspahl für deutsches Geld; die wollte von den Kindern Kinderreime lernen und Märchen und wie man auf amerikanisch befiehlt: Auf die Plätze – fertig – los! Und im letzten Semester, als ihr das Diplom sicher war, schien es gerechtfertigt, ihr das Abhalten von Übungen zu bezahlen.

– Du hast wieder gehungert, Gesine!

– Aus eigenem Verschulden; wenn ich doch eine Schreibmaschine brauchte. Auf die wissenschaftliche Art; mit Quark und Schwarzbrot alle zwei Stunden; mit Gymnastik geht das zu machen.

– Und zwei Zigaretten am Tag.

– Rauchen fiel aus bis 1955.

– Und Heimweh nach Jerichow, nach Gneez.

– In Gneez hatte ich die Maiparade von 1953 angesehen, da marschierte Bewaffnete Volkspolizei vorbei an der Tribüne auf dem Neuen Markt, die schwenkte die Glieder in der bräunlichen Uniform, die Beine in den kostbaren Stiefeln zur Parade (und hielt sich fest am Karabinerriemen, wäre sonst umgefallen); da schrie der Genosse vom Kreis, als hätte er Messer an den Stimmbändern: Und mag es heute noch heißen Dü-dü-Äh –; im nächsten Mai werden wir sagen können: Geh-düdü-Äh! Das war eine verspätete Entschlüsselung für den Spruch Goethes, der bei rein schulischen Veranstaltungen sichtbar gewesen war an der Stirnwand der Aula:

Mir ist nicht bange, dasz Deutschland nicht eins werde; unsere guten Chausseen und künftigen Eisenbahnen

WERDEN SCHON DAS IHRIGE TUN. VOR ALLEM ABER SEI ES EINS IN LIEBE UNTEREINANDER . . .,

auf Mittelachse geordnet. Das war die Ankündigung von Bürgerkrieg gewesen; danach sollt es mich verlangen? Gesamte Deutsche Demokratische Republik; nur mit Waffengewalt herzustellen. Dazu hatte der Schüler Lockenvitz angemerkt, was er gefunden hatte bei Voltaire zum Heiligen Römischen Reich.

– Daß das Reich keins ist und weder römisch noch heilig. Meine Schularbeiten hab ich gemacht.

– Heimweh. Ich versteh immer Bahnhof. Am Hbf. Gneez hatte die Stadt einem Alfred Fretwust den Fahrradstand als Altenteil verliehen, Justizwachtmeister des Großdeutschen Reiches. Na, der hatte schon während des Krieges einen Posten Soldatenstiefel verwandelt in Gutschriften auf ein Konto in Hamburg. Na, da war er paar Mal in Bützow einhäusig. In der Periode der Neuen Ökonomischen Politik nahm er Anzahlungen auf Motorräder in der H.O. Industriewaren, Straße des Großen Genossen Stalin; die wurden nie und nie geliefert. Na da war er mal wieder. Als es noch gut ging, mietete er sich Gartenhäuser auf dem Großen Werder, zum Alleinsein, für Freundinnen. Trank immer bloß einen Schnaps in der Stunde den Tag über. Zu Hause alles wie von der Katze abgeleckt; Familienleben in der Küche; über den Ehebetten eine abstumpfend nackte Venus. Spielte eindringlich den Bürger, den die anderen ihm wegen guten Auskommens abnahmen. Ein Spitzel. Nur wenn einer angetrunken den Angetrunkenen einen Zuchthäusler nannte, gab's Prügelei. Na da war er mal wieder. Da durfte er bloß noch den Stand am Bahnhof bewachen. Pro Rad und Tag höchstens dreißig Pfennige. Und weil er doch schlafen mußte, versah die Frau den Dienst, bei all ihrem Stolz. Nach Alfred Fretwust, Justizwachtmeister, unbedroht, Entnazifizierter der Ersten Stunde, unbestraft, nach dem sollt ich Heimweh haben?

– Und doch bist du gefahren, um Jerichow zu sehen.

– War einmal im Norden zu Besuch, hatte zu Pfingsten in der langsamkriechenden Kolonne der städtischen Ausflügler die graue See unter dem verhangenen Himmel im Auge, über strahlendem Rapsgelb und regentiefem Wiesengrün, ganz am Ende einen auffällig geraden Strich Land; am Abend im Hafen das nördlichste Stück der mecklenburgischen Küste, blau mit weißen

Flecken, handbreit, daneben ging das Meer einwärts am Großen und Kleinen Höved, hinter denen saß ungefähr Jerichow. Hinter dem Küstenknick am Landende war die Bucht zu übersehen, rechts die Westseite, ihr gegenüber, unverbunden, die Ostseite unter dem tintigen windüberjagten Wolkenhimmel, ungleichmäßig, mit Höhen wie Steilufervorsprüngen, Einbuchtungen wie Häfen, nadelfeinen Spitzen wie Kirchtürmen, Risse wie lauernde Wachboote. Wenn ich die Augen schließe ist die Erinnerung genau. Das ähnliche das fremde Gedröhn.

– Kommt die Eiche vor der Esche, gibt's ne große Wäsche. Verstehssu ja, Gesine. Aber, kommt die Esche vor der Eiche, gibt's ne große Bleiche, wie 1952. Heut nachmittag hab ich mir meine großen Eichen angesehen, die sind bald grün. Die Esche steht da wie taub! Am 1. Mai haben wir früher, ich bin ja nu älter als du Gesine, haben wir früher Holzpantoffeln und Strümpfe ausgezogen, Schuhe gab's keine, bloß sonntags, sind wir barfuß zum Distelstechen gegangen in den Roggen. Heut möcht'n sich Hantschn anziehn. Früher fing der Winter in Oktober an und ging bis Februar, doch, und Schnee! Sind wir auf den Knicks zur Schule gegangen, und wenn einer abrutschte im weichen Schnee, waren wir über ihm doppelt so hoch wie wir bloß lang waren. Jetzt dauert der Winter viel länger. Am Erssn Mai muß sich im Roggen eine Krähe versteckn können! Jetzt sühst noch de Mus lopn! Nein, und wir haben auch nur noch eine Heuernte. Früher die erste, Anfang Juni, und die zweite, Anfang August, was ihr wohl Grummet nennt, wir sagn da Nachmahd zu. Wer füttert denn Heu noch heute. Will mal sagn, das hat sich verschoben mit den Jahreszeiten. Sint allns die Atombomben an schuld. Das gibt kein Sommer. Hast di dacht! – Du seggst jo nicks, Gesine.
– Worüm süht Ein' Meckelnbörg so klår?
– Das liegt anner Feuchtigkeit der Luft. Aber die da drüben, ich mein dein Vater, die haben heut morgn unser Wetter gekriegt.

Da blieb die Cresspahlsche Cousine nur einmal über Nacht. Die Nähe, da sie unbenutzbar war, sie schnitt.
– Denn Heimweh ist eine schlimme Tugend, Gesine. Daughters have human feelings, too.
– Right. Entbehrlich war ich auch. Wenn die See- und Handels-

stadt Wismar 1954 ein Alter von siebenhundertfünfundzwanzig Jahren begeht, kann sie das ab ohne Gäste aus Je-, aus der Gegend von Rhein und Main. Ihr reicht die Festschrift, weil ihr Vater sie übersendet, ein dickes Heft auf Kunstdruckpapier mit viel berichtigter Geschichte, H.O.-Anzeigen zum Ruhm des Neuen Kursus und dem Schnack, für mecklenburgische Volksweisheit ausgegeben, daß ein Mensch im Alter, vom Wohnungsamt im Stich gelassen, zu seinen Enkelkindern zieht.

– 1954 wurdest du ... wurdest du volljährig, Gesine.

– Einundzwanzig Jahre. Und bekam durch Johnny Schlegels Anwalt in Westberlin, im Auftrage von Dr. Werner Jansen, RA zu Gneez/Meckl. aus einer letztwilligen Verfügung von Dr. Avenarius Kollmorgen ein versiegeltes Päckchen übersandt.

– Wehe, wenn du mir verschweigst was drin war!

– Tät ich gerne.

– Mußt du sagen.

– Weil es ein Paar goldener Ringe waren. »Zu Ihrer Mündigkeit, sehr verehrtes Fräulein Cresspahl, Ihnen zu Füßen zu legen erlaubt sich.« »Da ich selbst, infolge Begegnens widriger Umstände.« »Zu jedweder ehelicher Verbindung, sie sei nur gewählt, Sie meiner Ergebung.« Mit Kollmorgen ist eine Art zu sprechen ausgestorben.

– Trauringe. Aus dem Grab.

– Das sind ... die für dich. Deine.

– Als ob ich je heiraten würde, Gesine!

– Das haben wir auch von mir gesagt. Behalte das im Auge.

– Kein Gedanke an eine Rückkehr nach Jerichow oder Halle/Saale.

– Dagegen gab es das Radio. »Die Sowjetunion hat das Penicillin erfunden.« Einmal sagte da einer einen Musiktitel an mit dem Seufzer: »*Ein* Amerikaner in Paris – ach, wär das schön!« Verfehlte vor lauter Brillanz in der Agitation die Umkehrung: wie wünschenswert es sei, nur *einen* Sowjetmenschen in der ostdeutschen Republik zu wissen, und den zu Ferien an der Ostsee bei Ahlbeck. Als ob sie gehofft hätten, auf Wellenlängen zu siegen! Als ob sie sich zutrauten, den Himmel zu teilen.

– Für welche Partei warst du im westlichen Deutschland, Gesine? Durftest doch wählen.

– Die Sozialdemokraten erklärten 1954 in Berlin ihren Willen, auf einem Parteitag! unter »Bedingungen an gemeinsamen Anstrengungen zur Sicherung des Friedens und der Verteidigung der Freiheit auch mit militärischen Maßnahmen teilzunehmen«.

– Wie ich dich kenne, war daraufhin der Ofen aus bei dir.

– Sieh an, du kennst mich. Der Staatspräsident war ein Freidemokrat, der hatte 1933 Hitler abstützen helfen mit dem Ermächtigungsgesetz, das die Republik von Weimar um die Ecke brachte. Nun empfahl er seinen Bürgern, die Vergangenheit »zu bewältigen«, und da das keine Arbeit war oder ein Stoff –

– To accomplish. To master.

– blieben nur die Tätigkeitsworte besiegen und unterwerfen übrig. Enthielt sich öffentlichen Bewältigens für seine Person. Der Kanzler war von den Christdemokraten, was für ein Ausdruck, und hielt sich ein Hündchen, das durfte im Bundestag jedesmal »Sehr richtig!« rufen, wenn er von einer »Wiederherstellung der deutschen Einheit in Freiheit« redete, so am 17. Juni. Mit der anderen Hand aber zog er seine Republik hinein in wirtschaftliche Verkettung mit einer Montan-Union und band sie fest in einem militärischen Verein, der war benannt nach dem Nordatlantik. Auf den gab es ein nationales Lied, Erstaufführung am 16. Mai 1950 in München.

– Gesine, wenn ich doch weniger schüchtern wär.

– Hier haben wir ein Kind, das geniert sich für seine Mutter auf einer spärlich besetzten Fähre, da kennt sie von den Ausflüglern Niemanden.

– O.K. Wenn es da Partien zum Mitsingen gibt, ich übernehm die zweite Stimme.

– Get to your marks – Get set – GO: »Oh mein Papa / war eine wunderbare Clown / oh mein Papa / war eine große Kinstler! / Oh mein Papa / Wie war er prächtig anzuschaun –«

– Staatsverleumdung. Strafbar.

– Zuverlässig in Ostdeutschland. Im Westen, wer immer das sang mit Andacht und unter Tränen, ihm war unbewußt, für wen er da betete.

– Gesine, das sollte deine Heimat werden!

– Die Schülerin Cresspahl versuchte es, seit sie als Angestellte lebte in Düsseldorf, in einem möblierten Zimmer am Postamt Flingern-Nord, bei einer Witwe, die für ihre kommunistische

Ortsgruppe die Kassiererin machte und es mürrisch anfing mit einer Untermieterin, die hatte auf ihre Parteifreunde im Ostdeutschen verzichtet; verbot Herrenbesuch. Das enterbte Kind suchte keine Herren; sie teilte ihre Abende auf zwischen dem Zentralbad in der Grünstraße und der Landesbibliothek am Grabbe-Platz, wo die Leute fürsorglich waren zu einer Kundin, die bestellt einen Jahrgang Zeitungen nach dem anderen. Las die entgangene Zeit nach, seit 1929. Lesen, lesen; wie nach einer tückischen Krankheit. Hielt Düsseldorf für eine Endstation; versuchte sich zu gewöhnen an die glatten, durchgehenden Fassaden. Hielt Groschen bereit am 10. November, wenn die Kinder Laterne gingen für den Heiligen Martin; wünschte dennoch am nächsten Tag sich aus der Stadt, da begann der Karneval. Ging den Radschlägern aus dem Weg. Las tapfer nach über Jan Wellem und Immermann, begann eine Sammlung mit dem Führer »Willkommen im Neuen Heim«; Düsseldorf um die Jahrhundertwende. Ging zu Fuß nach Kaiserswerth; fand eine Ahnung von Jerichow an einem ochsenblutrot gestrichenen Schuppen, Ausspannung eines Gasthofs in verrottetem Garten. Sah sie in einer Wirtschaft ein Meisterdiplom hängen mit dem Hakenkreuz im Amtssiegel, überklebte sie es klammheimlich mit einer Briefmarke, die zeigte immerhin den Kopf des Staatsverräters, der hierzulande Staatspräsident war.

Haben Sie das gesehen, wie der den Kellner fertig gemacht hat? hat jetzt 'n Fotogeschäft. Wenn wir den Krieg gewonnen hätten, wär der fein raus. Hat 64 Panzer abgeschossen, der Mann. Einmal zehn mit vierzehn Granaten, da hat er 'n ganzn Kessel aufgebrochen. Hat das Ritterkreuz, sie haben ihm auch Land im Böhmischen geschenkt. Hat sie einfach rankommen lassen, die abgeschossenen schon als Deckung benutzt. Sein Richtkanonier, der drehte durch. Wolln mal sagen, Wut war das, kein Mut. Is 'n netter Kerl, gar nich eingebildet. Sie sind so still, Fräulein Cresspahl?

Bei solchen Reden kriege ich keinen Bissen runter; selbst wenn ich hungrig wär. Mit Dank für die Einladung. Ich muß jetzt gehen.

Eine Heimat ist Düsseldorf geworden, seit es da für den Namen Cresspahl die Tür einer abschließbaren Wohnung gab, ein separates Telefon. Die vereinigten britischen und amerikanischen Militärs, für die eine Angestellte in einem Wald bei Mönchengladbach mit deutschen Landräten verhandelte über die Abschätzung von Manöverschäden, die wünschten sie sicher aufgehoben, erreichbar. Bloß ein ausgebauter Dachboden, ein weitläufiges Zimmer mit Kammer und Küche; alle Fenster gegen den Himmel. Düsseldorf-Bilk, das war meine Gegend, in einer Kneifzange aus Lärm auf Schienen, von Straßenbahn und der Strecke nach Krefeld und Köln. Bei Alt St. Marien; täglicher Anblick die Tafel zur Erinnerung an »DIE IN DER NACHT VOM 11. ZUM 12. JUNI 1943 UNTERGEGANGENE BILKER STERNWARTE«; auf Mittelachse geordnet. In einem Haus, das wies über seinen Fenstern Brauen und zwei Mittelbalkons; wahrhaftig geknickte Augenbrauen. Da gab es kleine Parks, Trinkhallen, zum Spazierengehen den Südfriedhof; wenig Straßen nördlich das Stadtbad in der Konkordia-Straße. Was der Wohnung noch fehlte, als Jakob nach Düsseldorf kam, hat er verputzt, angeschraubt, verklebt, lackiert. Für Jakob leistete ich mir eine gelbseidene Bluse mit locker hängendem Kragen, langen Schleifen, obgleich ich wußte: es ist an ihn verschwendet; der sieht mir ins Gesicht.

– Erst mußt doch du zu Besuch gehen nach Jerichow!

– Wer sagt dir . . . das sagt Einer mir bloß nach, ich sei auf einer Dienstfahrt über die ostdeutsche Transitstrecke nach Berlin ausgestiegen, gegen ein Verbot, und durch die Wälder geschlichen nach Jerichow. Weil du es bist, dir gebe ich es zu. Schlecht ist es mir bekommen. In eine Nachbarschaft geriet ich, vor der wollte Jakob mich bewahren. Das war ein Herr Rohlfs, der wünschte mit mir Jakob zu bereden; hatte auch mich in den Akten, von Gneez bis zum Grunewald und dem bei Mönchengladbach. Wie schäme ich mich, wie sicher ein jeder wir Jakobs waren!

– Wie gefiel es meinem Vater in Düsseldorf im Westen?

– Schnuppe war es ihm. Der wollte wissen, ob ich meine acht Stunden Schlaf auch nehm für jede Nacht, ließ sich meinen Weg zum Arbeitsbus führen, fragte nach meinem letzten Termin beim Zahnarzt. Einen Shawl brachte er mir an aus Mecklenburg! Wenn ich nach Hause kam bei Alt St. Marien in Bilk, hatte Jakob mir

Wurst gebacken à la Jerichow; ein Mann kann braten mit Blut und Mehl, Rosinen, Majoran, Thymian und Apfelscheiben, damit seine Gesine einmal noch ißt wie zu Hause! Wenn er sich auskannte in Delikatessenläden an der Graf Adolf-Straße von Düsseldorf, ohne Neid. Wohl, zehn Sorten Brot den täglichen Tag, er wünschte es auch für sein Land; oder das Land, aus dem er kam. Wenn wir vorbeikamen an einer Baustelle und sahen Ziegelsteine abgeladen wie Porzellan so sachte, verpackt in festes Papier, sechsfach verschnürt, er seufzte. Ja, er hat geknurrt, weil die Bahn in der westlichen Republik die Schnellzüge fuhr auf einen einzigen Mann. Oder weil die Züge unverhofft anruckten, sanft ohne Warnung. Er war zu Besuch, Cresspahls Tochter wegen. Manches hat ihm Spaß bereitet. So eine freudige Olsch, dick gesessen in der Kinokasse, die schreitet vor dem Hauptfilm noch einmal durch die Gänge mit einer Aromaspritze, die Gäste zu betäuben mit Stinkschwaden. Humphrey Bogart in »The Desperate Hours«, an einem Tag wie jedem anderen. Der Text zum Pausenzeichen des Norddeutschen Rundfunks: »Ist die Gébühr bézahlt?« Wie zwei Kinder da stritten mit einander: Persianer ist bloß so ein Schaf; du bist eines, meine Mutter hat einen. Bekümmert, wenn auch bloß mit einem Schaudern in den Schultern, machte ihn der Auftritt eines ausgewiesenen Charakterschauspielers, der verwandelte in der Filmreklame ein Gespräch am Telefon in den Gebrauch und die Empfehlung eines Rasierapparats; fürs liebe Geld. Wenn Jakob etwas von neuem erkannte an mir, krochen ihm Lächelfalten in die Augenwinkel; weil ich wie bei Pottel & Broskowsky am Waisenhausring von Halle, so im Park-Hotel am Corneliusplatz in Düsseldorf die Rechnung bestellte ohne ihn zu befragen; er war in meiner Stadt, er war mein Gast.
– Er hätte bleiben können.
– Was wir beredet haben für das Jahr danach bis 1983, Veranstaltungen im Unsichtbaren, Aufbauten in einer Zukunft, es sind nunmehr Geschichten wie die, da fallen kleine Kinder in eine Wassertonne; da hängt es an den Fäden einer Minute, ob einer kommt und rettet sie.
– Gelernt ist gelernt, Gesine. Sag du es.
– Fährt zurück an die östliche Elbe, geht bei Morgennebel über ein Gleisfeld, das verwaltet er seit zwei Jahren, wird von Zugbe-

wegungen erfaßt, stirbt unter dem Messer. Das Begräbnis hat Cresspahl ausgerichtet. Frau Abs und seiner Tochter gab er erst Bescheid, als Jakob unter der Erde war. Das war für die eine gesund; für die andere ein Schaden. Die eine hat versäumt, sich umzubringen. Sie wünschte erst klar Schiff zu machen, reinen Tisch. Das ist so eingerichtet, damit jemand überlebt. Als der Selbstmord mir verboten wurde, war er beinahe vergessen.

– Wer hat denn dir etwas zu untersagen, Gesine!

– Das war eine kräftige Person. Wenn ich ihr einen Finger in die Handfläche steckte, machte sie eine Faust; einen Meter hoch im Freien schwebte sie an ihrem festen Griff. Eine zufriedene Person, schlief ausdauernd, wachte auf mit leisen Kehllauten. Vier Wochen später sah sie mich an, als vertraute sie mir. Im dritten Monat kannte sie meine Stimme; erwiderte das Lächeln einer kommunistischen Witwe aus Flingern-Nord. Im Oktober 1957 hörte sie mir zu; tat einverstanden mit ihrer Stimme. Am Martinstag wandte sie den Kopf dahin, woher meine Stimme kam. Zu Weihnachten blickte sie mit beiden Augen in die gleiche Richtung. Im Neuen Jahr beginnt sie zu sprechen; sie läßt sich ein auf das Übliche: ja, ja, mei, mei; sieht ihre Großmutter freundlich an, jedoch fremd. Im Februar lachte sie, als eine Flasche umfiel; wenngleich's die ihre war. Ist stolz auf ihr Spielzeug; besitzbewußt. Im April verkroch sie sich unter meiner Schürze, als Cresspahl in die Tür trat. Im Mai versuchte sie aufzustehen. Im Juni verstand sie den Weg auf den Südfriedhof, in den Hofgarten; warf Spielzeug aus dem Bett, damit die Mutter es ihr zurück bringe. Im Juli kroch sie über Stufen, richtete sich auf für Augenblikke, kannte ihren Namen.

– Fast, als hättest du mich gern gehabt.

– Für dich war der Unterschied zwischen gut und böse abgeschafft; weswegen im Norddeutschen die Mütter von ihren Kindern sagen: mein Herzschlag. Sünt je dumm Lüd, so'n Mauder; holln ehr Kint uppe Hüft un ropn: Wo bissu denn, wo bissu denn, min Häuneken? Wir lebten in einer Symbiose; wenn du dir das nachschlagen möchtest; was wir abschaffen werden. Du wurdest krank, es mußte mir nur ein wenig jämmerlich gehen.

– Gelernt ist gelernt, Gesine. Sag es nur, wenn du willst.

– Als wir im September vorbeikamen an unserem Haus mit den gesträubten Brauen, waren die Instrumente geschliffen, der Patient präpariert. Am Rinnstein stand ein Wohnwagen, hing ein gelbes Schild am Vorgartengitter. Nächsten Tages schlugen Zimmerleute dem Haus die Zähne aus; trugen Fenster und Türen sorgsam beiseite, das verwertbare Material. Dann zersägen sie dem Haus die Knochen, brechen ihm das Rückgrat, trennen es vom Nachbarn; der Nachbar tut taub. An sämtliche Türen neben dem Opfer kommt ein rotweißes Plakat. Um elf Uhr morgens sinkt das Haus an einer Sprengwunde in sich zusammen zu einem Häufchen, so klein du glaubst es kaum. Aus den Resten splittern noch Balken, Rest von Balkongeländern; der Staub schmeckt nach Bombenkrieg. Zur Beseitigung sind zwei Caterpillars aufgefahren, zwei Förderbänder. Fast bis zum Ende ist der geschmiedete Zaun heil, bis er zertrümmert und weggefegt wird in einem einzigen Schaufelschlag. Dabei verfitzt sich ein junger Baum, der kriegt eins gegen die Wurzel; weg ist er. Die freigelegten Wände des angrenzenden Hauses sehen so ungeschützt aus mit ihren drei zugestellten Türdurchbrüchen, es scheint in der Sonne zu frösteln. Oben in der flimmernden Luft, da habe ich mit Jakob gelebt.

– Was hatte ich für eine Krankheit?

– Ein Fieber befiel dich. Einundvierzig Grad, das wollte stärker sein als die Medizinen. Warst zwei Tage bewußtlos. Als du aufwachtest, saß an deinem Bett noch einmal Cresspahl, betrachtete seine Erbin.

– Erst bist doch du dran.

– Jakobs Kind, es ging vor. Für so eine Marie von Jakob verging Cresspahl sich gegen das Gesetz. Nach einem ostdeutschen Gesetz wurden Leute verhaftet und verurteilt, wenn die Stelle 12 in ihren Briefen über die Grenzen Klagen fand über die Weisheit des Sachwalters; was war da erst angedroht für privaten Verkehr mit Devisen! Statt sein Konto bei der Surrey Bank of Richmond anzumelden beim Finanzamt Gneez oder der ostdeutschen Post, reiste Cresspahl nach Westberlin zu einem Anwalt in der Lietzenburger Straße, der berät auch Inge Schlegel, dem setzte er einen Brief auf in englischer Sprache. Nach Jerichow kam eine Karte mit Osterwünschen, unterschrieben von Anita; Fassung für die Zensur; Übersetzung: aus Richmond, England, meldet eine Bank erleichtert, bankers have human feelings too believe you me! daß ein Mr. Cresspahl sich bekennen will zu all den

Pfunden, die bei ihr gewartet haben seit 1939 mit Zins und Zinseszins, seit drei Jahren frei gegeben in die beliebige Verfügung ehemaliger Feinde. Cresspahl, mit seinen bald neunundsechzig Jahren, er steigt zum ersten Mal in ein Flugzeug, einen Kontoauszug nach Düsseldorf zu bringen. Das war die eine Hälfte. Von Düsseldorf aus reiste Cresspahl zu jenem Amt im Wald bei Mönchengladbach; machte sich kenntlich mit jenem half penny, Prägejahr 1940, vorn eine Kogge voller Mut, auf der Rückseite GEORGIVS VI, deo gratia omnium rex et fidei defensor. Treu und Glauben bekamen ihren Wert; Cresspahl wurden seine dreißig Schillinge ausgezahlt. Das war die andere Hälfte. Cresspahl, ostdeutscher Bürger, baute in einem Testament zu Düsseldorf zwei große Haufen Pfund in einen Kasten aus Gesetzesstäben, den knackst weder du noch ich; allenfalls ein Vormund mit testamentarischer Vollmacht.

– Wer ist mein Vormund, außer dir?

– Gegenwärtig mußt du mit mir auskommen.

– Ich wünsch mir deinen Erichson.

– Der ... hat es streng genug; könntest du dich verstehen zu Anita?

– Nachdem ich es besprochen habe mit D. E.; vielleicht. Habe ich mich feindselig betragen zu meinem Großvater?

– Anfangs warst du ängstlich vor solchem schwarzen Mantel aus dem Jahr 1932; bis dir die samtenen Aufschläge gefielen. Bald fandest du lustig, uns nachzumachen; setztest dich ihm und mir gegenüber, schlugst ein Bein übers andere, faltetest die Hände und blicktest ergeben, hängenden Kopfes, als seist du traurig. Cresspahl war es genierlich, ein Kind betrübt zu haben mit seiner Miene; er hielt dir seine Hand hin, eine geräumige harte Tischlerklaue, und du schlugst hinein mit deiner Katzenpfotenfaust. Du bist eingeschlafen ohne Angst, wenn er dir erzählte von den Zeiten, als der Teufel noch ein kleiner Junge war, da mußte er Kümmel holen für seine Großmutter.

– Und meine eigene Großmutter? nach der ich heiße?

– Frau Abs fürchtete sich nun vor einem Jerichow, da kann ein Herr Rohlfs mit dem Abzeichen der Staatssicherheit sie beiseite nehmen und befragen wegen einer Gesine Cresspahl; die blieb in Hannover. Sie war eingeladen nach Düsseldorf; sie kam lediglich zu Besuch. So bist du tagsüber erzogen worden von einem Kin-

dergarten, statt von einer Großmutter. Die sah dich an, Jakobs Kind; die Augen gingen ihr über. Sie war besorgt, ihr Kummer könne dir schaden. Wollte allein leben und sterben und ist begraben hinterm Schloß in Hannover.
– Warum fehlt das in meiner Erinnerung?
– Weil es dir vorenthalten wurde.
– Warum ging Cresspahl zurück nach Jerichow? hätte doch bleiben können bei uns.
– Bi't Starben sünt wi all Meisters un Lihrjungs. Er wollte das alleine abmachen. Bloß keinem lästig fallen; und wenn's die eigene Tochter ist. Sein Versprechen hielt er: in die beiden Zimmer, die Jakobs wegen von der Deutschen Reichsbahn verwaltet wurden, nahm er Jöche und Muschi Altmann auf. Da war keine Gefahr,

Dat ick hier dotbliev un kein Ein süht mi sittn

de oll Lüd seihn am wietsten in de Fiern.
– Bin ich eine vermögende Partie bei meiner Mündigkeit?
– Für fünf Jahre Studium langt es.
– Und doch, Gesine. Hättest du es benutzen dürfen zu einer rechten Zeit.
– Für mich wär es dreimal zu viel gewesen. Jedoch er gab mir etwas ab: für das Kind. Ein Kind, mit der Mutter zurückgefallen in eine Untermiete, weil der Kommerz in den westdeutschen Altstädten in Dutt schlägt, was die Bomben verschont haben; wie kann ein Großvater das dulden! Er richtete eine Gartenwohnung ein am Lohauser Deich; dem Kind zuliebe. Er bezahlte die Miete ein Jahr im voraus, da die Mutter noch einmal eine Lehre begann, in einer Bank; dem Kind zuliebe.
– Ein Auto hätt er dir schenken sollen.
– Das bezahlte ich alleine, als du zu sprechen anfingst; war es mehr zufrieden. Bei einem Großhändler, der pries seine Kutschen an mit dem Zeichen der (zweiten) Hand. Auto mußte sein. Heute unverständlich.
– Wir sind unterwegs gewesen nach Dänemark.
– Du hast als kleines Kind Italienisch gesprochen, und Französisch.
– Nie nach England. Deines Vaters wegen.
– Wüßte ich das Hindernis, ich zeigte es dir.

– Die Ferien in London mit D. E., die haben dich kuriert.
– Thank you, Doc.
– Nun will ich dir ernstliche Vorhaltungen machen. Düsseldorf ist deine Stadt geworden, so wie Berlin für Anita.
– So wie die Niebuhrs es von Stuttgart denken.
– Wenn du dir etwas gönnen möchtest, gehst du essen in den Hauptbahnhof von Düsseldorf. Wenn eine Brücke eingeweiht wird in Düsseldorf und benannt nach einem Bundespräsidenten, murrst du gegen den alten Herrn, und gehst hin. Es ist deine Brücke. Was Heinrich Heine über Düsseldorf geschrieben hat, es ist dir eben recht. Du schämst dich für die Stadt, wenn sie diesen Heine verleugnet. Unverhofft machst du dich auf die Socken nach Amerika, ein schutzloses Kind unter dem Arm! Gesine!
– Das war die Angestellte Cresspahl. Die mußte beschenkt und belobt tun, wenn ihr zwei Jahre zur gehobenen Ausbildung angeboten werden bei einer »uns befreundeten« Bank in Brooklyn, New York. Fügsamkeit hat ihren Lohn; vielleicht würde eine Kündigung nun später eintreffen. Aus Schicklichkeit zierte sie sich ein wenig; heimlich war sie erleichtert.
– Bis heute hast du mich glauben lassen, New York sei mein Entschluß!
– Es ist dein Entwurf. Der Crédit Lyonnais oder ein Institut in Milano, mir war es eins. Ich wollte aus dem Land, für eine Weile. Am Weihnachtsabend 1959 war in Köln, in der Nachbarschaft, eine Synagoge mit Hakenkreuzen beschmiert worden und mit Sprüchen: »Deutsche fordern Juden raus«. Dora Semig ließ ihren Mann aufbieten; er möge sich vor dem Amtsgericht Hamburg melden bis zum 2. September 1960; widrigenfalls er für tot erklärt werde. Das war das eine.
– Mir reicht es.
– Das andere war die Karriere eines Politikers in der westdeutschen Republik. Nun werde ich dich langweilen.
– Nur damit ich niemals bestreiten kann, du hättest es mir gesagt, und zwar an Bord einer South Ferry, im Hafen von New York, nachmittags, Kurs auf Manhattan.
– Ertrag es. Als junger Mann ist er im Studentenbund der Nazis gewesen. Als er zweiundzwanzig Jahre alt war, bewarb er sich um Aufnahme in deren Kraftfahrkorps, erbrachte die Voraussetzung: politisch zuverlässig; Bereitschaft immer tiefer in das

nationalsozialistische Gedankengut einzudringen. Im Krieg war er »Offizier für wehrgeistige Führung« an einer Flakschule im Bayerischen; Voraussetzung: aktivistischer Nationalsozialist. Nach dem Krieg gab er sich aus als Widerstandskämpfer; er hatte das Sagen beim Entnazifizieren im Bereich Schongau, als Landrat. 1949 rief er aus in öffentlicher Versammlung: »Wer noch einmal das Gewehr in die Hand nehmen will, dem soll die Hand abfallen.« Seit 1957 leugnet er, das sei je aus seinem Mund gekommen. Da war er Minister für die Verteidigung Westdeutschlands. Als im April 1957 achtzehn Wissenschaftler aus Göttingen davor warnten, die Bundeswehr mit atomaren Waffen auszustatten, nannte er einen von ihnen einen »weltfremden Menschen«; er selbst hat das Abitur. Den Professor der Physik und Träger des Nobelpreises Otto Hahn beschrieb er im Presseklub der Hauptstadt als »einen alten Trottel, der die Tränen nicht halten und nachts nicht schlafen kann, wenn er an Hiroshima denkt«. Im Juni 1957 ertranken fünfzehn Rekruten in der Iller bei einer Übung, für die sie zu wenig ausgebildet waren; der verantwortliche Minister, statt zurückzutreten, begeht am nächsten Tag seine Heirat, befiehlt sich einen fast kriegsstarken Zug von Feldjägern mit Stahlhelmen und weißem Lederzeug als Eskorte. Bleibt der Trauerfeier für die Opfer fern. Im selben Jahr sein Ausspruch: er sei zwar kein Wehrdienstverweigerer, aber trotzdem kein Feigling. Im folgenden Jahr verschafft er der westdeutschen Republik einen nationalen Helden: der Verkehrspolizist Siegfried Hahlbohm tat am 29. April 1958 Dienst an der Kreuzung vor dem Bundeskanzleramt zu Bonn, als die Karosse des Ministers drüber rollte, gegen das Handzeichen des Ordners, so daß eine Straßenbahn unverhofft bremsen mußte. Hahlbohm zeigte den Fahrer des Ministers (fünfmal vorbestraft) an nach vier Paragraphen der Straßenverkehrsordnung und nach zweien des Strafgesetzbuches: Transportgefährdung. Der Minister verspricht, diesen Mann von der Kreuzung verschwinden zu lassen; als sein Bemühen aufkommt, spricht er von »Geheimnisverrat«. Im Oktober 1959 gab es ein Treffen »organisierter Ritterkreuzträger« in Regensburg; der Minister schickte ihnen mit Grüßen und Musik drei Bundesoffiziere. 1961 verunglimpfte er einen politischen Gegner, einen Emigranten so: »Aber eines wird man doch fragen dürfen: Was haben Sie in den zwölf Jahren draußen gemacht, wie man uns gefragt hat, was habt ihr in den zwölf Jahren drinnen gemacht.« Das las ich schon in New York, erleichtert, aus der Reichweite des Herrn Ministers zu sein. Im Jahr darauf verleiht er seinen Offizieren einen »Gesellschaftsanzug« mit Fangschnur; der wohl erinnerlichen Affenschaukel; verordnet den Mannschaften ein Koppel mit Schloß, darauf steht: Einigkeit und Recht und Freiheit. Danach versuchte er ein westdeutsches Nachrichtenmagazin zu zerschlagen, dessen Redakteure sein finanzielles und amtliches Treiben gewissenhaft betrachtet hatten; mit Denunziation, mit Lüge. Vor dem westdeutschen Bundestag bekannte er sich bewußt zur Unwahrheit: »Es ist kein Racheakt meinerseits. Ich habe mit der Sache nichts zu tun. Im wahrsten Sinne nichts zu tun!« Danach mußte er ein wenig ausscheiden; seit 1966 ist er einer westdeutschen Regierung wieder gut genug als ein Finanzminister. Der kann keinen Jagdschein erwerben, ohne daß es abginge mit Schummelei. Der Mann möchte Kanzler von Westdeutschland werden und Atomwaffen unter den Druckknopf bekommen; von dem ist im Bundestag gesagt worden: Wer so spricht wie der Herr Bundesverteidigungsminister, der schießt auch.

– Es sind bloß schlechte Manieren, Gesine.

– Hätt ich je Heimweh nach der westdeutschen Politik, ein Bild hängt ich mir auf von dem.

– Der kriegt keinen Namen?

– Der verdient den Namen, den er sich macht.

– Jetzt sind wir im März 1961, unterwegs nach NYC. New York City!

– Weil die Angestellte Cresspahl sich gefügig gezeigt hatte, bekam sie erst noch vier Wochen Urlaub. Da hüteten wir ein bei Anita in Berlin.

– Wo man so aufpassen muß beim Reden. Kaufst eine lange lange Wurst, schon fragen sie dich, ob du für eine vielköpfige Familie sorgst. War ich stolz auf meine Mutter, als sie zurückschoß: Will eine Einsiedlerei gründen! Berlin die Stadt der Flugzeuge.

– Flugzeuge über dem klirrenden Glasdach. Passen sich in Ruinenlücken zwischen den Dächern, scheren Firste, fügen sich zu Kirchturm, Hochhaus, Regen. In Gärten, Sportstadien, Parks, Straßen, Balkons, überall blickten Flugzeuge herab, verzogen sich, schickten andere. Unsichtbar hoch aber weitsichtig zwäng-

ten die Düsenjäger der Roten, der Schönen, der Krassnija Armija sich durch die Schallbarriere und warfen den boxenden, schüttelnden, atemstockenden Knall ab. Als wir abflogen nach Paris, sahen wir Anita auf ihrem verlorenen Balkon, die winkte.
– Und nun auf die *France*, ab nach New York!
– Jedoch weiß ich von einem Kind, das konnte noch lange aufzeichnen, wie die Möbel gestellt waren an den Gartenfenstern von Düsseldorf. Das den Tränen nahe war, wenn sie zurückdachte zu einem Kindergeburtstag, da sang ein Chor: Du bist jetzt Drei! Du bist jetzt Drei!
– In New York wurde ich vier. Endlich sind wir angekommen, wo meine Erinnerung Bescheid weiß. Welcome home!

18. August, 1968 Sunday

Cresspahls Tochter lebte in New York, als er starb im Herbst 1962. Amerika ist mir zu weit zum Denken. Fœundsœbentich is nauch.
Er versuchte auf dem Rücken liegend einzuschlafen. Er wollte nahe genug am Morgen gefunden werden. Sie sollten keine Mühe haben mit dem steifen Körper, weil er anders lag als er liegen sollte im Sarg. Früher hatten sie solchen die Knochen gebrochen. Aber es drehte ihn im Einschlafen auf die Seite, und wenn es nur der Kopf war. Morgens, wenn die Nacht dünner wurde im Gehirn, wandte der Kopf die Nase senkrecht. Schon fühlte er sich getragen, leicht gekippt in der Enge der Stubentür zur äußeren, endlich in der kühlen Wintersonne, gestreift von den kahlen Heckenästen. Das Stuckern auf dem Pflaster sandte sanfte Blutwellen hinter die Stirn, während er den Medizinalrat Prüss sagen hörte: In einer solchen Krankheit ist die Lebenslänge ungewiß.
Heute morgen sah die schlafende Tochter noch einmal zu, wie sie aufstand, sich aus dem Fenster hangelte auf den Riverside Drive, über das grünspanige Brückengeländer auf die Straße darunter. Aus Gehorsam gegen das ärztliche Aufgebot trug sie nur einen Mantel über dem Hemd. Zog die Wagentür hinter sich zu sacht wie ein Dieb, ließ die Räder in östlicher Richtung rollen zum Eingang des Tunnels unter dem Broadway, den bei Tageslicht die Untergrundbahn kreuzt. Inzwischen war sie eskortiert von lack-

schwarzen Karossen; gefangen. Die Fahrt ging wie auf Schienen; nur den Totmannsknopf mußte sie drücken. Als sie unter den Friedhöfen angekommen war, fand sie eine betonierte, kreisrunde Höhle ausgeweitet, gegliedert durch Kliniktüren. Hinter der ersten war die Kleiderkammer; da sollte sie sich umziehen für die Operation. Auf dem inneren Korridorbogen kehrten die Türen wieder; hießen Herz, Lunge, Nieren, Blut. An der letzten wurde ihr ein leichtes Paket ausgehändigt, die Reste der Sektion.

Den Tag noch einmal beginnen.

Um fünf Uhr morgens bringt die Rundfunkstation WNBC beliebte Stücke von Mozart und Haydn. Um sechs Uhr zieht WNYC nach mit Brahms, Requiem, und Schubert.

Ein arbeitsfreier Tag. An dem Marie eine Gesellschaft geben will für Kinder, zum Abschied.

19. August, 1968 Montag

Die Nummer 40385 der New York *Times*.

Nachrichten aus Bogotá, Jerusalem, dem Irak, Cairo, La Paz, Peking, Biafra, London. Wer wird da zweifeln an einer Vollständigkeit. Gestern morgen wurde ein Personenzug der Vorortbahn von Long Island beschossen; ein junger Mann tot, ein anderer verwundet.

Die *Pravda* hat durchblicken lassen, was sie als Wahrheit gültig wünscht in Moskau: wenn Arbeiter in Prag die sowjetischen Truppen um ein Verweilen im Lande ersucht haben, sind sie einem »moralischen Terror« ausgesetzt. An jeder Ecke in Prag stehen Volksredner, sammeln sich Aufmärsche; alles subversive Aktivitäten antisozialistischer Kräfte. Damit das klar ist, ja?

Am westdeutschen Kanzler hält die *Times* heute für berichtenswert, die sanftmütige Platzanweiserin: er ist Boot gefahren auf dem Starnberger See und rettete einen Dackel vorm Ertrinken.

In Süd Viet Nam haben Truppen des Nordens und verbündete Guerilla an neunzehn Orten angegriffen. Amerikanische Truppen unter Maschinengewehrfeuer wollen nur zehn eigene Tote verloren haben, schreiben den anderen fünfhundert an. Solche runden Zahlen.

Heute abend um sechs Uhr bringt Radio WNRV »Just Jazz« mit Ed Beach. Selbst wenn wir es aufzuzeichnen wünschten, wir versäumen es schon.
Als wir unterwegs waren nach den Vereinigten Staaten von Nordamerika, war es gerade fünf Jahre her im April, da führte ein Stabsfeldwebel der Marine-Infanterie (ein Bier, drei Schnäpse im Bauch) unerfahrene Rekruten in eine Wattenlandschaft von South Carolina, so daß sechs ertranken. Militärpolizei stand Wache vor den mit Fahnen bedeckten Särgen, als wären sie für die Nation ums Leben gekommen.
Darum hielt Marie noch vor einem Jahr uns für verpflichtet, jedwede Schallplatte von Pete Seeger zu kaufen, weil der den Vorfall besungen hatte: Aber der dicke Schinder, der wußte nur: Voran!
Als wir ankamen, unterhielten die U.S.A. weniger als eintausend Berater in Süd Viet Nam. Der neue Präsident, J. F. Kennedy, vermehrte ihre Zahl im Jahr 1961 auf dreitausend, 1962 auf zehntausend. Diese runden Zahlen immer. 1964 behaupteten die Kommandanten der Zerstörer »Maddox« und »Turner Joy«, sie seien im Golf von Tonking, vor der Küste von Nord Viet Nam beschossen worden, und konnten keine Schäden melden; im August ließ der neue Präsident, Lyndon B. Johnson, sich freie Hand geben vom Kongreß. Ohne Kriegserklärung landeten 1965 die Marine-Infanteristen, brachten die Zahl ihrer Landsleute in Viet Nam auf einhundertachtundvierzigtausend Mann. Die einheimische Guerilla tötete am 7. Februar 1965 acht Amerikaner; das Bombardement des Nordens begann; von April 1966 an mit achtstrahligen Bombern vom Typ B-52. Und die Sowjetunion hielt still. 1967 fing es an mit dem chemischen Entlauben der Wälder von Viet Nam. Damit ich dich besser bomben kann. Einen Luftwaffengeneral haben die Amerikaner zum Verbündeten, der nennt als sein politisches Vorbild Adolf Hitler. Nach der Tet-Offensive der Kommunisten vom März 1968 bekannte ein amerikanischer Präsident sich zu seinen Fehlern; L.B.J. verzichtete auf eine neue Kandidatur. Sein Nachfolger könnte ein Nixon werden, ein Tricky Dickie, nix on with him, der hat für 1968 als Motto verkündet, statt über die Niederlage der U.S.A. solle verhandelt werden, »wie wir noch mehr Druck für unseren Sieg ausüben können«. Dem Bewußtsein schuldnaher Anwesenheit, das

uns im Nacken saß den schmutzigen Algerienkrieg der Franzosen hindurch, von 1954 bis 1962, ihm ist die Last nur ausgewechselt.
Was war das erste außenpolitische Angebot der U.S.A. an die Gäste Cresspahl? die waren eben zwei Wochen da, da überfielen Truppen mit Wissen des Präsidenten Kennedy die Schweinebucht von Cuba.
Im Sommer mauerte jene Partei, die immer recht hat, die Stadt Berlin ein, zog einen Sperrzaun um ihr Staatsvolk. Die vorgezogene Angst: ob es Tote gegeben habe. – Keine am ersten Tag: sagte Anita am Telefon: viele in den nächsten Jahren.
Im Dezember verlor die Angestellte Cresspahl, täglich zwei halbe Stunden unter Manhattan und dem East River hindurchgerissen, ihre Arbeit in Brooklyn. Zufällig kam sie am Schalter für Auskünfte in der Zweigstelle vorbei, aus Gefälligkeit stellte sie sich auf vor einer ältlichen Kundin, die dachte auszusehen wie eine Amerikanerin, sprach mit sächsischem Akzent.

Deutsche Schuldverschreibungen in Dollar? die hätten wir zwar.

Wenn es etwas aus Sachsen sein könnte.

Da gibt es Städtische Anleihen von Dresden und Leipzig, beide zu sieben Prozent, von 1925 und 1926, fällig 1945 und 1947.

Mein Tip ist: die sind zu haben für einen Appel und ein Ei.

Da sind Sie zutreffend berichtet, gnä Frau. Weil die nämlich ausgeschlossen sind vom Londoner Schuldenabkommen 1952 mit Deutschland. Ganz zweifelhaft, wann die garantiert werden.

Sie raten mir ab, Miss ... Crespel?

Wer Ihnen den Tip gegeben hat, der kann Ihr Freund schwerlich sein, gnä Frau.

Die Belehrung von seiten der Direktion: Miss Cresspahl, Sie werden von uns bezahlt fürs Verkaufen! Hier sind Ihre Papiere. Wenn Sie so gut sind beim Beraten, machen Sie gefälligst Ihr eigenes Büro auf; statt uns einen Gewinn zu vermasseln!
Von Januar an verfuhr die Arbeitslose Cresspahl, mit einem vierjährigen Kind als Beraterin, ihre Ersparnisse, von der atlantischen Küste bis zu den braunen Stränden von Oregon und hatte Niemanden zum Besprechen ihrer Sorgen als die redende Straße:

Bleiben Sie auf dem Pflaster
Seien Sie zum Anhalten bereit
Langsamer Verkehr: rechts halten
Seien Sie geduldig: Überholspur kommt bald
Auf der Mittelfahrbahn dürfen Sie nun nach links
Unterlassen Sie das Überholen
Unterlassen Sie das Parken
Corvallis 38400 Einwohner
Bitte fahren Sie vorsichtig (wir brauchen jeden Einzelnen)
Diese Fahrbahn ist nur zum Überholen
Eisenbahnübergang
R x R
NO XING
Steine
Lastwagen
Wer jetzt noch rechts fährt muß raus
Unbefestigtes Bankett
Danke Ihnen
Danke Ihnen
und kam sich oft vor wie auf einem Schild, da führte ein bezopftes Mädchen ein kleineres Kind an der Hand über eine angedeutete Straße mit Zebrastreifen. Kinder, Kinder!

Dann kam Anita mit ihren ungesetzlichen Anträgen. Anita zahlte die Spesen. Eine Touristin mit amerikanischem Paß, die sich in Prag erkundigt nach dem Wilson-Bahnhof, der längst umbenannt ist in Střed. Eine Touristin mit französischem Papier, die auf dem Ostbahnhof von Berlin tschechische Kronen einzuwechseln sucht.

Seit unser vielseitig verehrter Vizepräsident de Rosny seiner Untergebenen Cresspahl das Transferieren von ein paar Millionen in den tschechoslowakischen Staatshaushalt zutraut, hat er ihr gestanden, warum er ihr trotz der Vorstrafe Arbeit stiftete: weil sie sie zugab. Oder wegen der Natur des Vergehens.

An einer Maschinenbuchung. Kein Wort hört man von dieser »Mitarbeiterin« mehr als nötig ist zur Höflichkeit. Angestellt und beobachtet seit 1962. 1967 für tauglich befunden.

1962 fand uns ein Prof. Dr. Dr. D. Erichson und trug eine Ehe an, nachdem er Marie zu kennen gelernt hatte; bekam vorläufig nur den Namen D. E., weil Marie das gern mochte, den winzigen

Schluckauf zwischen einem amerikanischen Laut für D und E. Di-i. Später wußte sie, sie hatte gemeint: Dear Erichson.
1963 war ich noch von auswärts. War bereit zu Lustigkeit angesichts eines Bürohauses, zusammengesetzt aus Stahl und Glas und Beton, das trug in aufwendigem Aluminium die Inschrift und bekannte sich als: Sperrholz-Haus der Vereinigten Staaten. Wenn ich einer goldenen Schrift auf einem grünen Kastenwagen noch die Übersetzung ablesen konnte: Theatralische Umzüge – Unsere Spezialität. Als mir die Kehle noch kitzlig wurde vor Gelächter, trat ich in eine Aufzugkabine zu dreizehn Herren und sah sie ihre Hüte vom Kopf nehmen. Am Anfang eben; was ich für einen Anfang hielt.
Fühlte mich sicher. War bei der Verwaltung der Sozialen Sicherheit gewesen. Mitten im Broadway, zwischen Restaurants und Läden, ein verblüffend seriöser Flur mit zwei Messingteilen ausgestattet. Im ersten Stock eine Fläche groß wie ein Schlagballfeld, ohne Zwischenwände. Nächst den Fahrstühlen kleine Gruppen von Wartestühlen. Dann ein Schreibtisch, der mit einem Schild unablässig fragt: Kann ich Ihnen helfen. An einem Pfeiler die Fotografie des Präsidenten, schwarz gerahmt wie die eines Verstorbenen; unten am Passepartout jene Unterschrift, die der sowjetische Ministerpräsident respektiert. An der Wand Schreibplatten, schmal wie in deutschen Postämtern. Die Karteikarte wollte den Namen wissen, den die Angestellte »benutzt«, auch den man bei der Geburt bekommen hat. Hiermit versichere ich an Eides Statt, daß ich noch nie eingekommen bin um eine social security number. Not lehrt lügen.
Als aus Jerichow, Meckl., die altmodisch bedruckte Karte angekommen war im Herbst 1962, verbrachte ich Zeit in der Bar des Hotels Marseille. Die Damen waren alle in Tweed und versehen mit jenen Kleinigkeiten, die die Nachrichtenmagazine auf ihren privaten Seiten empfehlen, nur daß sie warteten auf die Ehemänner, die diese Sorte Dasein bezahlten, und daß mir Marie bevorstand, und daß ich selbst bezahlte. Die Herren waren zum Lächeln. Einer, die Brille auf dem Nasenknorpel, mehr mit der Zeitung beschäftigt, mit der Börsenseite als wär's das Book of the Times, der zerstreute Gelehrte fragte nach George.
– Den haben sie in Brooklyn gekascht.
– Wo er doch in der Bronx wohnt.

– Wegen Bescheidwissen über günstige Wetterschwankungen. Was ist es?
– Das selbe. Nè, geht nicht. Was ähnliches.
– Was ich dir gegeben habe?
– Du bist der bessere Arzt.
– Hier haste dein' Ballantine. Den ganzen weiten Weg von New Jersey bis hier.
Das nahm sich aus wie eine Erlaubnis, anderen Leuten zuzusehen beim Leben; wenn einem das eigene abhanden gekommen scheint. Wenn ein trockenhäutiger Schlaks an die Bar trat mit den Gebärden der Eile und begehrte:
– Wo finde ich das Wasser.
– Wenn Sie es nirgend wo finden, genau hier. Sir.
– Geben Sie mir ein Glas Wasser.
– Unberechnet: sagte Mr. McIntyre; gab durch privates Lippenschürzen zu verstehen, es gebe so spröd pigmentierte Kerls, zu alt um Manieren zu lernen. McIntyre, der die letzten Tropfen einer Flasche in das Glas des Gastes tat wie ein Opfer, ein Geschenk, etwas Heiliges. McIntyre, den sie neulich unverhofft auf eine Insel getan haben und gekleidet in etwas Auffälliges, damit ihm zunächst versagt ist, hinter einer Bar verborgen Geschichten zu erzählen; was nur das Bundeskriminalamt als Wissen verwalten darf.
1963 traute D. E. sich ein erstes Mal zu einem Vorschlag: mir das Leben gefallen zu lassen, und ich tat gehorsam. Von der Geselligkeit bei McIntyre kam ich schwer los. Das waren Gespräche, die sich lohnen. Mr. McIntyre nahm sich, jeweils mit Entschuldigungen, das Amt eines Lehrers heraus und brachte zu Gehör, wie man englische Worte ausspricht auf Amerikanisch, daß ein öffentlicher Festtag hier ein legaler ist und eine Proposition schlicht ein Vorschlag, statt wie bei den Engländern ein Vorschlag und ein Geschäft und ein Fall und eine Erwägung und ein Ausweg und ein Plan und ein Satz und eine Behauptung. Zwischen schweigsamen Herren, denen der Verlauf des Tages auch mißfallen hatte, die ihre Wünsche so einsilbig ausdrückten, daß Mr. McIntyre eine Abwehrstellung vorschützte. Einem war das Stück Eis lästig im Glas, er drückte es McIntyre in die Hand wie ein Trinkgeld; der sagte: Was ich mir immer gewünscht habe. Und ich redete mir ein, daß das Leben mir gefiele, weil in zehn Minuten der Bus

des Kindergartens fällig war und der Klingeljunge Maries Namen sagen würde und sie in die Bar kommen, uns ernst und freundlich betrachtend wie Jakob, aber mit nun einem schamlosen Amerikanisch, das die Leute ihr abbettelten inzwischen. Dann gingen wir Hand in Hand auf der abfallenden Straße dem Riverside Park entgegen, und ich dachte zu leben genüge.

1964 fing das an mit dem Heimweh nach New York inmitten New Yorks. Allein die Geräusche, sie verlangten das Geständnis, daß ich mich am Leben fühle. Obwohl doch die schweren roten Wagen der Feuerwehr unterwegs waren zu einer Gefahr, sausend inmitten des auf der Stelle tretenden Gewimmels aus niederen Autos, wie schon zu spät; obwohl die Helme und die schwarzen, gelbbestreiften Schutzmäntel der Besatzung befleckt waren von den älteren Zeiten, in denen das Unglück noch unhinderbar war, das Feuer wie die Pest; obwohl der kräftige, um eine Sekunde taumelnde Sirenenton wie das tierische Röhren des Horns klangen nach der hergebrachten Angst; obwohl der Fachmann am Schluß der tüchtigen Technik den überlangen Wagen so nachlässig aussteuerte, als nähme er einen Unfall hin in sportlicher Art.

Im Juli 1964 erschoß ein Polizist, über einen Meter achtzig groß, zwei Zentner schwer, einen schmächtigen Negerjungen, der mit anderen einen rosahäutigen Bürger belästigt hatte mit Flaschenwürfen und Mülltonnendeckeln. Vier Nächte und drei Tage kämpften die Leute von Harlem mit Cocktails à la Molotow, Ziegelsteinen, Plünderei, Brandstiftung gegen die Blauen Jungs von New York mit ihren Stahlhelmen, Holzknüppeln, Revolvern, Tränengas. Noch Wochen danach trug eine Deutsche in der Stadt ihren Paß bei sich als ausländischen Ausweis.

1965 im März begann das amerikanische Militär mit dem Abwerfen von Brandbomben über Viet Nam, Napalm.

In einer Bank in New York City wurde das Bürozimmer einer Fremdsprachensekretärin außen links vor der Tür versehen mit dem auswechselbaren Schild MRS. CRESSPAHL.

Als am 9. November um 17:28 Uhr die Lichter ausgingen im Norden der U.S.A., war das verbrieften New Yorkern ungeheuer. Eine Fremde, die sich Heimat hatte erschmeicheln wollen durch Nachlesen, sie erinnerte sich an den August 1959, da war der Strom ausgefallen für dreizehn Stunden in dem Gebiet zwi-

schen den Flüssen Hudson und East, von der 74. bis zur 110. Straße; denn es gehörte zur Geschichte der Oberen Westseite von Manhattan, ihrer Gegend. Sie erinnerte sich an den Juni 1961; am heißesten Tag des Jahres standen Untergrundbahnzüge still, blieben Aufzüge hängen. Für die Verdunklung von 1965 hat ein jeder seine ureigene Geschichte; da Mrs. Cresspahl ihren Weg fand über die Feuertreppen der Bank auf die Straße und zu Fuß ging von Stadtmitte bis an den Riverside Drive und doch eine Geschichte anbieten soll, erzählt sie von dem Schaffner des dieselbetriebenen Wolverine Express, der ihr im Bahnhof Grand Central eine Schlafwagenkarte nach Detroit aufgeschwatzt habe. Sie nickt, wenn Einer den Unfall erklärt mit dem Versagen eines Computers in der Schaltstelle des Verbundsystems, das die Niagara-Kraftwerke überwachen soll; sie gibt zweifelnd zustimmende Laute von sich, hängt einer fest an dem Verdacht, das Militär habe eine Übung für den Bürgerkrieg veranstaltet. Sie benötigt keine Allwissenheit; ihr genügt, sich leben gemerkt zu haben in dieser Nacht. Kam zum Kerzenlicht in ihren Fenstern am Park, dem Schattenumriß von Marie an in einem Zuhause.
Die Abschiede wurden schwierig; obwohl sie das Tor waren zu Ferien in Dänemark, in Italien. 1966, an einem Abend im Copter-Club auf dem Dach des Hochhauses, das die PanAmerican dem Grand Central auf die Schultern gesetzt hat, war ich benommen vom Ausmaß des Dunstes, durch den eine Schwirrflügelmaschine uns wegtragen würde zu dem Platz, der jetzt J.F.K. hieß. Der See im Central Park war ein bleicherer Fetzen in einer fahlen Lake. Anmaßlich klar und schwarz und weiß standen zwei Büroquader Posten vor der verhängten Häuserturmlandschaft. Bis zur 96. Straße war zu urteilen, wo die Laternenumrandung des Mittelstreifens in der Park Avenue aufhört. Dort kommen die Züge der Eisenbahnen New Haven und Grand Central aus den Tunneln hervor. Züge wären an einem so vernebelten Tage sicher gewesen. Die Südstirn des *Newsweek*-Hauses sprach hartnäckig auf rot: 77°; 19:27. Die Helikopter stiegen inzwischen alle Viertelstunden auf; die Flugnummern stimmten überein mit den Uhrzeiten. Aus dem Nichts kam das Brodeln von Rotorblättern, das nach einer Weile verschwand im Nichts. Marie ließ sich unsere Tickets zeigen, überprüfte sie auf eine Buchung zurück zu dem Ort, den zu verlassen uns bevorstand.

1966 suchte ein James Shuldiner, 31, Steuerwissenschaftler, erstmals das Gespräch mit einer Dame aus Deutschland; in einem verräucherten kleinen Eßgeschäft, an rotweiß karierten Tischtüchern, in einem engen Sack hinter dem Gang zwischen den Bars für Getränke und die Speisen. Every body here lives on the verge of crime. And one crime greets another. Einmal: dozierte er: eine Gesellschaft, die die feindselige Energie unterstützt statt verwandelt (police brutality, glorification of misdoings, violence against small nations), muß solche Morde wie den von Chicago täglich gewärtigen. (Der nächste Mord des Jahres stand bevor in Austin.) – Andererseits, solche Tötungen setzen einen Rekord, den zu übertreffen einen Anspruch stellt! Und lange noch hat seine Mrs. Cresspahl ihm zu verheimlichen gesucht, daß auch sie seit 1961 zu den Studenten der Stadt New York sich rechnet. Mr. Shuldiner glaubte sich von ihr beraten, als er ein jüdisches Mädchen zur Frau nahm, dem die Arbeit zu widerlich war, die Krankenschwestern tun müssen in der Schweiz. Ist nun eingesperrt mit ihrer unreinen Haut in einer piekreinen Wohnung am Broadway, mit Flügel und Gitarre. Marie nahm bereitwillig, aus guter Manier, von dem süßen Grahambrot, das die dürre, hochmütige Mrs. James Shuldiner ihr hinstreckte; wurde abfällig befragt: ob sie denn hungern müsse bei uns. James blickte betreten; schämte sich; bereute. Seine seitlichen Blicke, die uns aufrufen sollten zu einer Mitschuld, wir übersahen sie.
Ein jeder in New York City hat seine Geschichte mit einem Taxifahrer; Mrs. Cresspahl verfügt über deren zwei. Der erste gestand ihr seine jüdische Abkunft, die sie abgelesen hatte von der Karte mit seiner Physiognomie und Lizenz; und daß er aus geschlechtlichem Umgang mit einem Mädchen aus Deutschland eine Impotenz erworben habe. Eine Unfähigkeit zu erigieren, damit Sie mich verstehen, meine Dame. Wären Sie bereit zu der einzigen Kur, die auf Erden mir noch helfen kann?
Der andere brachte sie mit Marie zum Krankenhaus des Heiligen Lukas; mit einem Kind, das war krank am Knie, 40 Grad Fieber, dem schlimmsten Schmerz im Gelenk; in ihrer Not bat sie um Hilfe in deutscher Sprache. Während die Mutter das Kind zu den Treppen des Hospitals trug, vergeblich im Ellenbogen den hängenden Kopf anzuheben trachtete, da die Zöpfe so dicht schleiften über dem schmutzigen Pflaster, rief der Fahrer ihr nach:

Möge dein Kind verrecken, du deutsche Sau!
Wie alljährlich so 1967 muß eine Ausländerin ihre Erlaubnis zum Arbeiten vorlegen bei der Polizei, wo sie die ansässigen Fremden aufschreiben, an der Wurzel des Broadway im Süden; alljährlich wird sie von den Herren befragt, was denn sie bewege zu einem Verbleiben in N.Y.C., da sie doch wohnen kann und Geld verdienen in that wonderful country, Germany. Sie blicken ungläubig, verdutzt bei der Auskunft der Antragstellerin, bei einer Wahl zwischen New York City und Düsseldorf und Frankfurt am Main würde sie New York den Vorzug geben, aber unschlüssig verharren zwischen Düsseldorf und København. Das Kompliment, das sie der Heimat der Beamten erweisen wollte, es blieb ihnen unerfindlich. Seitdem erwähnt sie in einer ungefähren Art den Wechselkurs von »deutschmarks« und Dollars; es beleuchtet sie mit einem Anschein von Wohlhabenheit, beschleunigt die Bewilligung. Wie wären denen die Mienen verrutscht, hätte sie einen Dichter zitiert als Eideshelfer und Sandgrau, die Löwenfarbe New Yorks!
1968 haben wir eine Ausnahme gewählt von dem Gesetz, wonach zu warten ist auf das Nacheinander der Ereignisse, auf die künftige Geschichte, bis Menschen von dunkler Hautfarbe mit rosanen leben als Nachbarn und in Freundschaft unter einander; eine Francine haben wir herausgegriffen aus einem Wirrwar von Messerstecherei und Ambulanz und Polizei. Die kleine Person mit den weitläufigen Augen, sie kommt manchmal in faserige Morgenträume, hält den Kopf schräg und flicht ihre störrischen steifen Zöpfe, sagt spöttisch und mit Sehnsucht »Yes Ma'am – Yes, Ma'am«; legt zum Abschied ein weißes Tuch mit Spitzenrand auf ihren dunklen Blick und Kopf; die Farbe der Trauer, mag gestorben sein; ist verloren.
1968, zu Anfang unseres achten Jahrs in der Stadt, hörte ich zwei negerhäutige Herren vor mir reden an der Bushaltestelle 97. Straße, ohne sie belauschen zu wollen. Als ich endlich versuchte, vergeblich, zu unterscheiden zwischen Englisch oder Spanisch, erkannte ich den Abstand zu der Hoffnung, das fremde Gespräch je zu verstehen.
1968 kam eine vorläufig letzte Nachricht von D. E., dem gefallen hat, wie wir leben. Der Vertrag über eine Geburtstagswohnung für Marie am oberen Riverside Drive, er wird ohne Unterschrift

bleiben. D. E. läßt sagen, er sei davon und dahin durch ein Flugzeug, mit tödlichem Ausgang.
Auf der Agentur für Luftfracht sind die Leute kiebig. Zwei geräumige Koffer und noch einer, eingerichtet als ein Schrank, bestimmt nach Prag, in ein kommunistisches Land, da könnte ja jeder kommen, meine Dame! Die Listen, die Lizenzen? – Wir sind kein diplomatisches Personal, mein Herr. Die Rechnung geht an eine Bank in Stadtmitte; sehen Sie auch das grün bedruckte Stück Papier unter meiner Hand? die ich gleich aufheben werde, je nach Ihrem Belieben? Wird das Frachtgut morgen abend bereit stehen auf dem Platze Ruzyně? – Zuverlässig. Weil's für eine Dame ist wie Sie. Glück auf die Reise!

– Geben Sie etwa die Wohnung auf, Mrs. Cresspahl?
– Auf was für Einfälle Sie kommen, Mr. Robinson (Adlerauge).
– Es ist nur, ein Freund, der eine Freundin ... Sie sind gesehen worden beim Besichtigen in Morningside Heights.
– Bei Besuchen, Mr. Robinson. Am Klingeln des Telefons können Sie hören, daß wir ein Lebensrecht behalten möchten am Riverside Drive.
– Verzeihen Sie, Mrs. Cresspahl. Und seien Sie versichert: in diese Wohnung bricht Niemand mehr ein!
– Wir sehen Sie ein wenig später im Jahr.
– Einverstanden. Bitte, tun Sie das, Mrs. Cresspahl.

– Hier spricht die Vermittlung.
– Wir haben kein Gespräch angemeldet.
– Sie haben in den letzten Tagen gesprochen mit Plätzen im Ausland, Berlin ...
– Und einmal mit Helsinki.
– Wir fürchten, das gibt eine happige Rechnung.
– Sie wird beglichen werden. Es ist kein Anlaß, die Leitung zu sperren.
– Wir haben uns überlegt, es ist vielleicht bequemer für Sie, wenn Sie das in Raten zahlen, Mrs. Cresspahl.
– Bei einem Dienst am Kunden wie dem Ihren, wir bleiben Ihnen verbunden.
– Es ist uns ein Vergnügen, Mrs. Cresspahl.

In der Subway kommen wir zur falschen Zeit unter den Times Square. Aus den Pendelzügen vom Grand Central treiben dicke Kolonnen uns entgegen, von Bahnpolizei auf die drei Treppenbahnen geschleust. – All the way down. All the way down: Vorgesetzte, die heute sich väterlich geben. Sobald sie uns sehen, räumen sie den Mittelgang. – Make room for the lady! Make room for the child!
Im Bahnhof Grand Central die durcheinander laufenden Gehströme setzen sich zusammen aus so angepaßten, verbundenen Bewegungen, alle Leute sind aus dem Wege zwei Schritte vorher und kommen schneller voran, als wenn sie sich beeilen wollten. Aus dem PanAmerican-Anbau laufen drei Rolltreppen abwärts, reglose Stufen aus Menschen lösen beim Übergang auf die Gehebene mit einem Ruck sich ab, wie auf Eis. Die gerade Richtung schwenkt bedachtsam ab, biegt zum nächsten Ziel sich krumm, nach links und rechts zu den Vorortzügen, halblinks zur Lexington Avenue, zur Untergrundbahn Lexington, halbrechts zur Madison Avenue, den Hotels, geradeaus zur Zweiundvierzigsten, der winzigen Auskunft-Rotunde. Aus der Lexington Avenue treiben die Menschen herein auf abertausend Füßen durch die Klapptüren, schwimmen dahin unter den niedrigen vierblättrigen Gewölben, werden aufgefüllt aus den Ausgangshallen des Graybar Building, strömen dicht, ohne Gedränge uns entgegen unter das Tonnengewölbe, in dessen Höhe der Sternenhimmel golden abgebildet ist wie eingeritzt. Wir gehen in der falschen Richtung unter dem hohen Zelt.
Um die Ecke warten die Flughafenbusse, elefantische Brummer. Die getönten Fenster ziehen einen Schatten vor die Stadt. Die Fahrt wird über die Strecke zwischen den Friedhöfen gehen, zu einem Gelände, wo Gebüsch und Rasen einen Park zu machen suchen aus dem technischen Areal. Wir werden warten bis zuletzt; auf die Ansage in den Lautsprechern, die uns zurückruft nach New York. Bis sie sagen werden, dies sei der letzte, der endgültige Aufruf zum Betreten der Flugmaschine. Passagererne bedes begive sig til udgang. Please proceed to the gate now. Begeben Sie sich zum Ausgang.

In einem Badehotel an der dänischen Küste, Schweden gegenüber. In einem Speisezimmer für Familienbegebnisse; Rohrmöbel, Damasttischtuch. Im Garten, hinter dem Gebüsch zur Promenade. Am Strand. Von zwölf bis sechzehn Uhr.
Ein elfjähriges Kind, das vor Müdigkeit leise spricht, matt. Eine Dame um die Fünfunddreißig, die hinter Marie die Treppe hinuntersteigt, vorfreudig, weil zum Empfang gerufen. Anita hat sich für Prag versprochen; Anita ist imstande, schon in Klampenborg uns zu empfangen.
Portier, Chauffeur, Kellnerin; Hotelpersonal.
– Wir danken für das pünktliche Wecken. De har vist mig en stor teneste.
– Ingen årsag! Ein Herr wünscht Sie zu sehen, sobald Sie es einrichten wollen.
Der Herr steht auf der Terrasse, geschrumpft, eigenwillig aufrecht, schwarzweiß gekleidet, unter schlohweißen Haaren, mit erhobenen Armen kostet er den Empfang aus, ein Rabe, der seine Bewegung verbergen will.
– Nein! Nein! So tun alte Leute aus Mecklenburg.
– Herr Kliefoth. Marie, begrüße meinen Lehrer für Englisch und Anstand.
– I am very pleased to meet you, Dr. Kliefoth. My mother told me some of your stories.
– Es erschiene mir geschickt, wenn wir außerhalb des Deutschen blieben. Dies Land ist einmal deutsch besetzt gewesen.
– D'accord, mine leewe Fru Cresspahl. Wo ich ohnehin illegal bin. Ihre Freundin Anita, die setzt einen Menschen von zweiundachtzig Jahren auf den Zug nach Lübeck; nach Lübeck schickt sie ihm einen Ausweis, damit er nach Kopenhagen reist, und die Polizei von Jerichow weiß nüms nich. Aber der Name im Paß ist Kliefoth, es ist mein Bild; den könnt ich behalten so wie er ist.
Von vorn gesehen ist Kliefoths Kopf schmal, im Profil erscheint vergessene Tiefe. Am Tisch stützt er den Kopf an der Schläfe in die Hand; die Brille rutscht mit dem oberen Rand über die Brauen. Jetzt sitzen die dunklen Pupillen genau in der Mitte.
– Daß Sie sich die Mühe machen, Fru Cresspahl. Umsteigen in Kopenhagen, einem unnützen Menschen zuliebe.

– Wir verdanken es Anita. Der mißfiel es, daß wir in Frankfurt umstiegen. Anita sind wir gehorsam.
– Sie hat mich hier eingemietet für zehn Tage, wenn es mir recht ist.
– N goden Minschen is se; dat seggt wi sülbn.
– Ach wo. Manch ein Mal, da fehlen wohl bloß Zwiebeln. Was früher Südfrüchte hieß, desgleichen. Nur, wenn man in einer Zeitschrift aus dem Jahre 1928 trifft auf die Anzeige einer Fischräucherei, da ist von Tausenden Tonnen geräucherten Aals die Rede; wunnert ein' sick. Givt kein rökerten Aal in Jerichow orre Gneez. Nein, zur Gesellschaft freue ich mich auf das Essen; wir können uns jo wat vetelln bi her.
– Hvad ønsker herskabet?
– Saure Heringe. Makrelen in Tomatensauce. Geräucherten Aal mit Rührei; lachen Sie man! Und welchen Wein ... hvilken vin vil De anbefale os til det?
– Für uns ist es jetzt halb sieben am Morgen, Herr Kliefoth. In unserer Schule wird man bewertet mit Plätzen. In meiner Klasse bin ich auf Platz 4. Wie war meine Mutter als Schulkind?
– Es ist mehr daher, daß ich von den Überlebenden der Älteste bin. Müßt auf den Friedhof gehen, wollt ich mit jemandem reden.
In der Erschöpfung hält er die Augen geschlossen. Unter die Brillenbügel greifend massiert er mit Daumen und Zeigefinger einer Hand die Schläfen. Die Augenhaut ist grau, vielfach gefältelt, ohne Regung. Sitzt da wie ein Toter; bis er sich weckt mit den kletternden Fingern.
– Was ist gesprochen worden an meines Vaters Grab, Herr Kliefoth?
– Unfug. Hab ich mich quer gelegt. Hev ick ein P voerschræwn. Und wenn Ihnen nun der Wein mißfallen hätte?
– Wär er zurückgegangen. Das hab ich gelernt von einem Menschen, der ...
– Wie kommen Sie bloß darauf! Jakob ist bei mir zu Besuch gewesen fünfmal im Jahr, seit Sie weggereist sind aus seiner Aufsicht. Kam Ihre Briefe zu lesen, wollte wissen wie das so zugeht an Dolmetscherschulen. Ihr Vater war ein verläßlicher, ein fürsorglicher Mann, mein verehrtes junges Fräulein Cresspahl.

– Herr Kliefoth, ich bin bloß elf Jahre alt. Bitte, sagen Sie du zu mir.
– Deine Mutter, Marie, sie war im Mai 1953 etwa einen Meter fünfundsechzig groß und trug ihr schwarzgraues Haar mit Messern geschnitten. Ausladende Schultern, schmale Hüften. Wenn sie in Jerichow war, nahm sie mit Vorliebe Hosen, lief ihren barften Beinen Bräune an. Mit den dunklen Brauen, vorsichtigen Augenbewegungen, sparsamen Lippen war das erwachsene Gesicht sorgfältig vorbereitet.
– Wie hieß solch Wetter in Jerichow?
– »Schönstes Damen-Segelwetter«, Fru Cresspahl. Werte Lieben ausgeschlossen.
Eine Stimme mit einer schartigen Heiserkeit, die bei lockerem Sprechen im Baß orgelt.
– Herr Kliefoth, manchmal träume ich das. Auf einem polnischen Schiff, Zwischenlandung in Liverpool, dann hierher nach Kopenhagen. Die Einfahrt nach Rostock neben dem Alten Strom, Walddurchblicke im Doberaner Forst, der Bahnhof von Wismar oder Gneez. Oder, wenn mir Jerichow untersagt ist, nach Wendisch Burg. Zur Not Neustrelitz, Waren, Malchin, wo Keiner uns kennt, wo ich eine Wohnung verdienen kann mit Blick auf einen See, einen Liegeplatz für ein Boot, Morgende im Winter am Eis, Schilfschatten, Ofenfeuer ... aber Herr Rohlfs ist tot, oder auf seine Art gescheitert an der Majorsecke. Nur auf Durchreise dürfen wir nach Mecklenburg, in einem Hotel absteigen unter Aufsicht; da ist kein Unterkommen nach Belieben.
– Wär jemand wie ich doch vermögend in der Zukunft, Fru Cresspahl. Åpen un ihrlich!
Dem alten Mann geht der Hosenbund bis an die Brustwarzen. Seine abgetragene Kleidung wird von Mal zu Mal verkleinert. An Zigarren, an Tabak haben wir gedacht; Stoff für einen Anzug vergessen.
– Die Möbel hab ich dem Museum in Rostock vermacht. Wenn Sie nun verwandt wären mit mir, Fru Cresspahl, denn hätten Sie den Tisch und den Schrank kriegen dürfen; sind doch Geschenke Ihres Vaters. Mit meinem Hauswirt hab ich Vertrag für den Fall meines Todes: er behält den Rest; muß aber sorgen, daß ich weg komm.

Kliefoth knetet seine Hände, überlegend. Der Schmerz macht ihm die Pupillen eng.
– Einmal hatt ich mich geschnitten, gab Jakob den Fuß in die Hand aus dem Stand. Er sah sich das an, ließ den Fuß abgleiten im selben Rhythmus wie meine Hand auf seine Schulter sich stützte; die Bewegung ging mir durch den Leib ohne einen Schmerz. Ich glaub das geschieht einem im Leben ein einziges Mal.
– Må jeg bede om Deres pas? De er nok med Deres underskrift, resten ordner jeg.
– De er meget elskværdig. Hvor meget bliver det ialt? Det er til Dem.
– Meine Frau war behindert in ihrer –
– Marie hab ich das Nötige mitteilen müssen, Herr Kliefoth.
– in ihrer Kinderstube. So eine Frau bekommt die meisten Kinder an die Schürze; in der Küche, im Garten. Im Grund weiß man vom Leben nur eines: was dem Gesetze des Werdens unterliegt, muß nach diesem Gesetze vergehen. Mir, da seien Sie unbesorgt, ergeht es genügend. Mein Latein ist flatterig geworden; das Gedächtnis verhält sich lediglich angemessen. Ich muß dem Geschicke dankbar sein dafür, mich so gnädig behandelt zu haben. Ich danke Ihnen, mine leeve Fru Cresspahl. Sie haben dazu geholfen.
– Herr Kliefoth, mögen Sie leben, solange es Ihnen gefällt.
– Ihr Vater hat mir die Ehre seiner Freundschaft erwiesen. Eine seiner Auffassungen ging dahin: Geschichte ist ein Entwurf.
– Wie es uns ergeht, haben wir aufgeschrieben bis zu unserer Arbeit in Prag, 1875 Seiten; mit ihrer Erlaubnis werden wir es Ihnen überreichen. Nachzutragen sind an die zwei Stunden Flug in den Süden. Was soll uns geschehen mit einer Gesellschaft Ceskoslovenské aerolinie C.S.A., die tritt im ausländischen Verkehr auf unter den Buchstaben O und K? Wo wir fest gebucht sind, O.K.? Heute abend rufen wir an aus Prag.
– Will you take good care of my friend who is your mother and Mrs. Cresspahl?
– Ich versprech es, Herr Kliefoth. Meine Mutter und ich, wir sind befreundet.
Beim Gehen an der See gerieten wir ins Wasser. Rasselnde Kiesel um die Knöchel. Wir hielten einander an den Händen: ein Kind; ein Mann unterwegs an den Ort wo die Toten sind; und sie, das Kind das ich war.

[29. Januar 1968, New York, N. Y. – 17. April 1983, Sheerness, Kent.]

Uwe Johnson
Sein Werk im Suhrkamp Verlag

Begleitumstände. Frankfurter Vorlesungen. es 1019
Berliner Sachen. Aufsätze. st 249
Das dritte Buch über Achim. Roman. Leinen und st 169
Der 5. Kanal. es 1336
Ingrid Babendererde. Reifeprüfung 1953. Mit einem Nachwort von Siegfried Unseld. Leinen und st 1387
Heute Neunzig Jahr. Aus dem Nachlaß herausgegeben von Norbert Mecklenburg. Leinen
Jahrestage 1. Aus dem Leben der Gesine Cresspahl. August 1967 – Dezember 1967. Roman. Leinen
Jahrestage 2. Aus dem Leben der Gesine Cresspahl. Dezember 1967 – April 1968. Roman. Leinen
Jahrestage 3. Aus dem Leben der Gesine Cresspahl. April 1968 – Juni 1968. Roman. Leinen
Jahrestage 4. Aus dem Leben der Gesine Cresspahl. Juni 1968 – August 1968. Roman. Leinen
Jahrestage 1-4 in Kassette. 4 Bde. Mit einem ›Kleinen Adreßbuch für Jerichow und New York‹. Ein Register zu Uwe Johnsons »Jahrestagen« mit Namen, Orten und Verweisen von Rolf Michaelis. Leinen
Jahrestage. Aus dem Leben der Gesine Cresspahl. 4 Bde. im Schuber. es 1500
Karsch, und andere Prosa. Nachwort von Walter Maria Guggenheimer. st 1753
Die Katze Erinnerung. Uwe Johnson – Eine Chronik in Briefen und Bildern. Zusammengestellt von Eberhard Fahlke. Gebunden
Mutmassungen über Jakob. Roman. Leinen, BS 723 und st 147
Porträts und Erinnerungen. Herausgegeben von Eberhard Fahlke. es 1499
Eine Reise nach Klagenfurt. st 235
Skizze eines Verunglückten. BS 785
Wohin ich in Wahrheit gehöre. Ein Uwe-Johnson-Lesebuch. Herausgegeben und mit einem Nachwort versehen von Siegfried Unseld. Gebunden
Uwe Johnson – Siegfried Unseld. Der Briefwechsel. Herausgegeben und kommentiert von Eberhard Fahlke und Raimund Fellinger. Mit zahlreichen Abbildungen. Leinen
Max Frisch – Uwe Johnson. Der Briefwechsel. Herausgegeben von Eberhard Fahlke. Gebunden

46/1/12.99